# TATIANA BELINKY

## UMA JANELA PARA O MUNDO

Coleção Textos

Dirigida por:

João Alexandre Barbosa (1937-2006)
Roberto Romano
Trajano Vieira
João Roberto Faria
J. Guinsburg

Equipe de realização – Edição de texto: Lilian Miyoko Kumai; Revisão: Daniel Guinsburg Mendes; Projeto da capa: Adriana Garcia; Ilustração: Sergio Kon; Produção: Ricardo W. Neves, Sergio Kon, Raquel Fernandes Abranches e Luiz Henrique Soares.

# TATIANA BELINKY
## UMA JANELA PARA O MUNDO
☙
### TEATRO PARA CRIANÇAS E PARA TODOS

MARIA LÚCIA DE SOUZA BARROS PUPO
ORGANIZAÇÃO

PERSPECTIVA

CIP-Brasil. Catalogação-na-Fonte
Sindicato Nacional dos Editores de Livros, RJ

J33

Tatiana Belinky: Uma janela para o mundo. Teatro para crianças e para todos / Tatiana Belinky ; [Maria Lúcia de Souza Barros Pupo org.]. - São Paulo: Perspectiva, 2012.

(Textos ; 28)

Inclui bibliografia
ISBN 978-85-273-0963-9

1. Teatro brasileiro (Literatura infantojuvenil). I. Pupo, Maria Lúcia de Souza Barros.

| 12-6474. | CDD: 028.5 |
| | CDU: 087.5 |

06.09.12    19.09.12                                       038841

Direitos reservados à

EDITORA PERSPECTIVA S.A.

Av. Brigadeiro Luís Antônio, 3025
01401-000 São Paulo SP Brasil
Telefax: (11) 3885-8388
www.editoraperspectiva.com.br

2012

SUMÁRIO

Apresentação – *Maria Lúcia de Souza Barros Pupo*............. 9
Cronologia................................................................. 23

Desde Que o Mundo é Mundo – *Karin Dormien Mellone*..... 29
O Teatro Para Crianças e Adolescentes:
Bases Psicológicas, Pedagógicas, Técnicas e Estéticas
Para a Sua Realização – *Júlio Gouveia*............................ 67

O TEATRO DE TATIANA BELINKY

> *O Macaco Malandro*................................ 83
> *A Cidade dos Artesãos*............................. 94
> *A Cumbuca*......................................... 137
> *A Promessa dos Reis Magos*..................... 153
> *A Sopa de Pedra*................................... 167
> *Beijo, Não!*........................................ 180
> *Ester, a Rainha*.................................... 193
> *Mão-Furada*........................................ 210
> *A Mitzvá ou O Banquete dos Pobres*.......... 226

O Gato de Botas .................................................. 240
O Peru de Natal ................................................. 264
O Toque de Ouro ................................................ 275
Os Verdes Anos .................................................. 287
Peter Pan ........................................................... 304
Quero a Lua ....................................................... 341
Turandot ............................................................ 361
Um Cheirinho de Pão ou Os Vizinhos do Padeiro ... 380
Vitória Para Dois ............................................... 394

Tecelã dos Fios da Ficção – *Maria Lúcia de Souza Barros Pupo* ................................................................. 409

Olhares de um Percurso ............................................... 437
Bibliografia ..................................................................... 445

APRESENTAÇÃO

A existência mesma de uma modalidade específica de manifestação cênica, o teatro voltado para a infância, se confunde em São Paulo, e em certa medida no Brasil, com a trajetória dessa artista peculiar que é Tatiana Belinky.

Assim como as demais produções culturais dirigidas às crianças, esse teatro está diretamente vinculado à emergência da noção de infância, conceito que está longe de ser marcado pela estabilidade. Tributária da organização social e do tempo histórico, a ideia de infância pode ser examinada mediante a análise da produção cultural e artística a ela destinada. Se a literatura tida como infantil começa a se consolidar na Europa ao longo do século XVIII, o teatro assim adjetivado fez sua aparição bem mais recentemente, na virada dos séculos XIX e XX, data que coincide aproximadamente com seu surgimento também entre nós.

A análise histórica da dramaturgia e encenação infantis – ainda que apenas iniciada – revela, no entanto, os equívocos e as fragilidades dessas realizações. Esse teatro caracterizado pelos seus destinatários resultou, no decorrer dos anos, em nosso país, em produções muitas vezes marcadas por construções incipientes, carregadas de didatismos e atravessadas por visões de mundo empobrecidas.

É nesse contexto que emergiu a figura de Tatiana Belinky, como um contraponto a esse quadro. A trajetória de suas mais de nove décadas de existência e de trabalho incessante se confunde com a história do teatro e da literatura infantis entre nós. Nela, Tatiana, se originaram inúmeros percursos de artistas que, desde os anos de 1940, se dedicam à ficção para jovens. A ela está vinculada uma série de obras emblemáticas e um repertório reconhecido por várias gerações, além de políticas públicas, instituições, festivais, associações, que, de um modo ou de outro, alimentam esses circuitos ou deles resultam.

O recorte de um público preciso, as crianças, encontra em sua obra um significado peculiar. Diante da sua dramaturgia, o espectador infantil é convidado a se envolver em situações e conflitos dramáticos em uma perspectiva de abertura para outros momentos históricos, outras culturas, imaginários diversos que levam a diferentes modos de dar sentido à convivência humana e à existência.

Estamos no coração de um debate que, embora hoje relativamente arrefecido, viveu lances apaixonados em décadas passadas: a legitimidade e o interesse de uma produção teatral voltada prioritariamente para crianças.

Defensores da especificidade do teatro infantil assinalam que determinadas ordens de experiências e um vocabulário cuidadoso, em suma, um tratamento peculiar, devem caracterizar a criação a ser fruída pelas jovens gerações, o que pode eventualmente incluir também, embora de modo diverso, a adolescência. Por outro lado, outros criadores e estudiosos contestam essa posição e enfatizam as qualidades artísticas como critérios norteadores para a definição do repertório a ser fruído. Assim, no campo literário, por exemplo, Peter Hunt nos reporta à posição precisa de W. H. Auden, segundo o qual "não há bons livros que sejam apenas para crianças"[1].

---

1. Peter Hunt, *Crítica, Teoria e Literatura Infantil*, São Paulo: Cosac Naify, 2010, p. 75.

Na época em que escreveu sua dramaturgia – principalmente durante as décadas de 1950 e 1960 –, Tatiana Belinky nos apresentou textos que, de algum modo, ofereceram as melhores respostas do momento para aquele debate. Sua produção revela o quanto a combinação entre as referências culturais e a intencionalidade de quem escreve pode desembocar em peças voltadas para crianças, e que também interessem os adultos.

Embora o que nos ocupe aqui seja a dramaturgia, nossa autora domina os meandros de diferentes manifestações da escrita e, em cada um deles, revela sua percepção aguçada, seu humor certeiro e sua sensibilidade em relação à afetividade dos pequenos e dos grandes. No campo da ficção, o teatro e a televisão se cruzam e até se fundem no percurso da artista; mas sua produção vai ainda além: contos, poesia e crônicas são campos nos quais Tatiana continua atuando com notável fôlego. As traduções do russo, alemão, inglês e francês constituem uma esfera de excelência dentro de sua obra; grandes nomes da literatura daqueles países ganharam cores especiais no Brasil graças ao seu conhecimento e manejo poético da língua portuguesa. Colaboradora regular dos jornais *Folha de S.Paulo*, *O Estado de S.Paulo* e *Jornal da Tarde*, Tatiana aí também nos ofereceu observações agudas e bem-humoradas sobre questões do cotidiano e a relação entre a infância e a literatura.

Penetrar no universo da dramaturgia de nossa autora implica seguir um percurso *sui generis*. Entre 1949 e 1952, Tatiana Belinky e Júlio Gouveia foram os responsáveis pelas encenações do Teatro Escola São Paulo (Tesp), um reconhecido grupo teatral que naquele período realizou apresentações semanais para crianças com o apoio da prefeitura da capital paulista. Dentre essas, *Peter Pan*, adaptação livre da narrativa de James Matthew Barrie, foi um dos espetáculos mais emblemáticos do Tesp, mas múltiplas foram as adaptações da literatura infantil, tanto brasileira quanto internacional, assim como de clássicos da dramaturgia ocidental encenadas pela trupe. Se nos primeiros tempos da existência do grupo Júlio e Tatiana estavam igualmente imersos em todas as tarefas, rapidamente as

*Tatiana Belinky e Júlio Gouveia.*

qualidades da escrita de Tatiana se sobressaíram e ela assumiu completamente essa vertente do trabalho cênico.

A repercussão dos espetáculos do Tesp chegou a tal ponto que o casal foi convidado a deslocar sua produção para a TV Tupi, então em seus primeiros passos. Iniciam-se assim, em 1952, cerca de catorze anos praticamente ininterruptos de uma série de programas dirigidos a crianças e jovens, marcos na história da nossa televisão.

Dado o prestígio desses textos para a televisão, que, à semelhança do Tesp, também cobriam amplo espectro, de literatura internacional a Monteiro Lobato, muitas foram as demandas dirigidas à autora no sentido de que tais textos pudessem se tornar acessíveis a escolas, clubes e agremiações as mais diversas. Para atender a tais expectativas e tornar perenes textos que foram referências da excelência da produção televisa para as jovens gerações, como *Era uma Vez*, *Teatro da Juventude*, *Fábulas Animadas* e o famoso *Sítio do Pica-Pau Amarelo*, muitos deles seriam publicados. Mas para que pudessem ser mais facilmente absorvidos por seus leitores, em vez de se apresentarem como roteiros, foram elaborados em formato de dramaturgia.

*Encenação de* Peter Pan, *no Tesp, 1949.*

Estamos, portanto, diante da interseção entre os universos do teatro e da televisão. No início da carreira do casal Belinky-Gouveia, as necessidades do teatro constituíam o norte da produção dos textos. Mesmo que posteriormente essa rica experiência tenha permitido a Tatiana o exercício e o domínio da especificidade da realização de roteiros para a TV, foi o campo do teatro que possibilitou a perenização dos textos de nossa autora.

Continuamente encenadas desde então, as peças de Tatiana Belinky permanecem circulando nas esferas do meio teatral que se dedicam ao universo infanto-juvenil. Sabemos o quanto a televisão em seus primórdios, tanto em São Paulo quanto no Rio de Janeiro, se beneficiou com o trabalho de atores teatrais consagrados e com uma dramaturgia de qualidade, como com os programas *TV de Vanguarda* e *Grande Teatro Tupi*, entre outros. No nosso presente caso, entretanto, a relação se inverte, pois a produção de Tatiana Belinky endereçada ao teatro, traz à tona sua origem singular, uma vez que bebe na fonte do roteiro destinado à televisão. A trajetória seguida pela autora parte, portanto, do teatro, se encaminha para a televisão e regressa ao primeiro.

A palavra enunciada pela voz, palavra que é corpo, pois emerge atravessada pelo corpo do ator, constitui a matéria específica dessa artista. Sempre envolvida com a passagem do texto para a cena, teatral ou televisiva, Tatiana nos oferece uma escritura enxuta, precisa, marcada por diálogos ágeis, que abre margens para descobertas durante a enunciação. Rica matéria-prima para o ator, esse texto suscita variações no tocante ao ritmo, entonação, intensidade e fraseado, possibilitando aos artistas da cena a tão desejada plasticidade das conotações.

Boa parte da dramaturgia aqui apontada foi publicada na revista *Teatro da Juventude*, idealizada e coordenada pela própria Tatiana, enquanto diretora pioneira do setor infanto-juvenil da Comissão Estadual de Teatro. Confrontada com os desafios da formulação de políticas públicas para a área, ela soube manter a periodicidade da revista de 1965 a 1972. Depois de longa interrupção, a revista retornou em 1995, ainda sob supervisão da autora, e sua periodicidade foi mantida até se encerrar em 2002.

Exemplares da primeira fase da revista podem ser encontrados hoje de modo esparso em bibliotecas públicas, mas não se têm notícia da existência de uma coleção completa. É nesse período que foi publicada boa parte da dramaturgia da autora.

Em sua segunda fase, a revista se expandiu. Os textos teatrais eram apresentados segundo as séries escolares às quais se destinavam: primário, ginasial, colegial e uma seção voltada a universitários e amadores em geral. Cada número, editado em cerca de 2500 exemplares, distribuídos em São Paulo e em outros estados, trazia ainda artigos e textos de orientação para os educadores interessados. Profissionais especializados abordavam temas relativos ao fazer teatral, como a escolha de textos, direção, execução de máscaras e assim por diante. A prática de atividades teatrais com crianças, embora em menor escala, também foi objeto das preocupações da revista: artigos de Maria Alice Vergueiro e Maria Clara Machado argumentavam em favor dessa perspectiva.

Estimular a prática teatral, "levando o teatro à escola e a escola ao teatro", era a meta declarada por Tatiana Belinky. A revista

*Teatro da Juventude* em São Paulo e, no Rio de Janeiro, os *Cadernos de Teatro* do Tablado tiveram papel relevante na disseminação da visão educacional que fundamentaria, em diferentes cantos do país, a importância do trabalho teatral, particularmente em termos dos textos concebidos para as jovens gerações.

Um agradecimento especial a Julio Carrara, responsável pela organização do material que originou a presente publicação, merece ser feito aqui. Sem sua dedicação e seu rigor, seria impossível a reunião do vasto universo de peças teatrais que constituiu nosso ponto de partida, algumas publicadas, outras não disponíveis, mas todas selecionadas pela própria autora. Os cuidados que cercaram a reconstituição desses textos escritos ao longo de décadas permitiram que eles fossem trazidos agora até as gerações atuais.

Vasto material de textos não publicados ou não mais disponíveis se encontra ainda disperso em meio a um amplo volume de pastas acumuladas na residência onde há décadas vive Tatiana Belinky: fotografias, criações ficcionais e traduções permanecem à espera de outros esforços de organização e divulgação.

O conjunto das obras que o leitor irá descortinar nesta publicação é composto por dezoito peças agrupadas em função do desejo de revelar a surpreendente diversidade contida nessa criação dramatúrgica. Sejam originais ou adaptações de autores consagrados, o vasto leque de peças aqui descobertas revela pontos de contato com contos de procedência a mais variada: mitos, relatos bíblicos e referências a narrativas populares. Ao retratar universos diversificados – da fábula ao fantástico –, os textos publicados neste trabalho fazem emergir vasta amplitude temática e revelam a notável familiaridade de Tatiana com os melhores modelos de construção dramatúrgica vigentes na época em que foram concebidos. No entanto, mesmo levando em conta a intenção de ressaltar a multiplicidade desse repertório, sabe-se que a subjetividade das escolhas não pode ser escamoteada; é necessário reconhecer que, dentro desse critério, as peças que falaram mais alto à sensibilidade da organizadora orientaram a seleção final.

As peças apresentadas aqui correspondem a um fragmento do projeto artístico bem-sucedido que, durante décadas, mobilizou a atuação cotidiana do casal Tatiana Belinky e Júlio Gouveia no teatro, na televisão e no campo das publicações. A formação da juventude foi a meta para a qual a escritora e o médico-psiquiatra voltaram seus esforços. A leitura e a abertura do apetite pela literatura foram os vetores privilegiados que nortearam uma criação marcada pela inventividade, coerência, continuidade e cuidado artístico.

Ressaltada como intrínseca a essa arte, a dimensão pedagógica da cena teatral foi por eles exaustivamente valorizada. O caráter vivo e presente dos corpos dos atores, trazendo à tona personagens de ficção, foi inúmeras vezes salientado pelo casal como uma poderosa modalidade de ampliação de nossas referências sobre as questões humanas.

Ao se projetar em situações fictícias, o espectador infantil experimenta – sem riscos – outros modos de ser e de estar no mundo, o que contribui de modo significativo para a elaboração de suas próprias emoções, muitas vezes contraditórias. Seguindo de modo coeso essa linha de argumentação, Tatiana e Júlio foram, sem dúvida, grandes responsáveis pelo relevo atribuído às relações entre a educação e a arte teatral ao longo dos anos de 1950 a 1970. Como se poderá verificar, no entanto, trata-se de uma dramaturgia muitas vezes irreverente, isenta de intenções edificantes e moralizadoras. É como fato artístico que ela se constitui e como fato artístico que vem atravessando décadas e interessando pessoas em diferentes momentos históricos.

Nos anos de 1980, já desligada de compromissos com a TV, uma nova fase se inicia no percurso dessa escritora tão fecunda, agora atuando sozinha, sem o contexto de um grupo: a poesia, a crônica, a criação e adaptação de contos passam a constituir o seu interesse maior.

A trajetória das peças de Tatiana segue seu curso; elas continuam sendo encenadas por jovens e menos jovens em busca de uma dramaturgia que tenha ressonâncias em seu desejo de falar sobre o mundo por meio do teatro. Trazendo à tona apenas o exemplo de um diretor teatral entre tantos outros, cabe lembrar que *Quem*

*Casa Quer Casa*, *Sopa de Pedra* e *João Magriço* foram recentemente encenadas por Júlio Carrara. Mesmo a produção literária e mais especificamente poética da autora vem sendo ponto de partida de criações cênicas em nossos dias. Na medida em que atualmente a própria noção de dramaturgia vem passando por significativas mutações, podendo-se levar à cena textos de natureza variada ou mesmo nenhum texto, é interessante observar como diferentes modalidades de criação da autora continuam dando origem a espetáculos teatrais; tal é o caso, por exemplo, de *Um Caldeirão de Poemas*, encenado há pouco por Karin Dormien Mellone.

Tantas décadas de produção intensa, entretanto, paradoxalmente não geraram aquilo que comumente é denominado de fortuna crítica. Não há obras que tenham se proposto a analisar criticamente as criações de Tatiana Belinky. Desde os anos de 1950, inúmeros têm sido os testemunhos, as entrevistas, as declarações prestadas por nossa autora. Um sem-número de manifestações de Tatiana foi objeto de artigos, notícias, aparições em programas televisivos, referências em sites, e muitas dessas manifestações ganharam a forma de depoimentos pessoais em seminários, colóquios, reuniões públicas, sempre em torno da produção ficcional dirigida aos jovens.

No entanto, o âmbito dessas modalidades de difusão do seu pensamento tem revelado variações sobre um conjunto restrito de temas: seu percurso pessoal e as recordações relativas aos primeiros trabalhos, no teatro e na televisão, frequentemente acompanhados da visão da autora sobre o que ela considera uma produção de ficção de qualidade endereçada à infância. Por vezes emitidos na primeira pessoa, outras vezes relatados por entrevistadores os mais diversos, como estudiosos, cronistas, repórteres, esse costuma ser o teor das obras e referências em torno da autora.

Com efeito, a biografia de Tatiana – que por si só já constitui uma substanciosa narrativa – vem sendo há décadas reiteradamente lembrada em depoimentos e entrevistas, assim como os vínculos entre o interesse que desde menina ela nutria pela leitura e a sua própria produção subsequente costumam ser trazidos para o primeiro plano com alguma regularidade. Saborosos relatos em que a autora narra com riqueza de detalhes as aventuras do Tesp e da realização das produções televisivas na TV Tupi vêm sendo divulgados há décadas com grande satisfação por Tatiana, que não se furta a empreendê-los por meio dos mais diferentes veículos. O caráter memorialista desses testemunhos é patente, e a eles inclusive se deve uma parcela substancial da documentação que hoje pudemos acumular acerca da televisão brasileira em suas primeiras décadas, especialmente antes do advento da gravação em videoteipe.

Se, por um lado, a contribuição histórica proveniente desse material disperso em jornais, imagens, depoimentos prestados a pesquisadores é extremamente valiosa, por outro se observa, talvez com surpresa, que uma tão vasta carreira não gerou análises que se voltassem para a obra da autora com uma perspectiva crítica. Destaques para o caráter singular da trajetória de Tatiana Belinky e elogios abertos aos seus textos não têm faltado, mas as lacunas são patentes quando procuramos apreciações cuidadosas e fundamentadas sobre suas criações dramatúrgicas ou de outra natureza.

Observando mais de perto a situação da dramaturgia dirigida à infância no Brasil, poderemos verificar que o tema não vem sendo estudado com a atenção merecida. Não temos abordagens históricas que deem conta das suas origens no final do século XIX ou das transformações sofridas por essa modalidade de texto e de encenação. Não temos claro quem foram e quem são esses autores, nem dispomos de estudos específicos que analisem o teor de tais produções, muito menos ainda das encenações a que deram origem. O saudável exercício da crítica nessa área ainda ocorre de modo rarefeito.

Confinado entre preceitos de ordem educacional, muitas vezes baseados no estrito senso comum – e o desprezo dos observadores do teatro sem adjetivos – portanto dirigido a adultos –, o nosso teatro infantil vem padecendo há décadas de realizações duvidosas e de uma lamentável indigência de apreciação acadêmica. Com efeito, o desequilíbrio instaurado pela relação de poder que caracteriza o teatro infantil exigiria uma abordagem crítica peculiar, que, de algum modo, talvez pudesse integrar também a recepção do espectador-criança.

## APRESENTAÇÃO

Mais uma vez se manifesta, portanto, a ambiguidade que envolve o tratamento de temas vinculados à produção artística e cultural mais ampla dirigida à infância: tida como menor, ela não vem merecendo o tratamento interdisciplinar que contribuiria para iluminar de modo mais amplo os seus desafios. Essa ambivalência se manifesta nitidamente ao observador atento. Nos meios em que a infância é tratada como fase particular do desenvolvimento, ela é objeto de um discurso específico e de atenção particular, o que não impede, porém, que os docentes atuantes junto a crianças, assim como as manifestações culturais e artísticas voltadas para essa faixa, sejam encarados como menos prestigiosos do que seus congêneres adultos.

Esse é o contexto que serve de pano de fundo para explicar a lacuna crítica envolvendo a obra de Tatiana Belinky. O fato de sua criação sempre ter sido muito bem aceita e louvada nos meios artísticos e educacionais não foi suficiente para acarretar, ao longo de tantos anos, um pensamento crítico de peso correspondente. De certa forma, podemos afirmar que a presente obra tem a intenção de ser um dos primeiros passos nessa direção.

Nosso agradecimento também a David José Lessa Mattos, sempre lembrado como o Pedrinho do Sítio do Pica-Pau Amarelo, cujo apoio e disponibilidade em relação a este trabalho reavivou lembranças e impulsionou reflexões.

Uma cronologia e o texto "Desde que o Mundo É Mundo", de Karin Dormien Mellone, autora de dissertação de mestrado sobre a obra de Tatiana Belinky, introduzem o leitor no universo da autora e no panorama histórico que está na base da emergência da sua dramaturgia. Significativas repercussões da imprensa acerca da atividade teatral e televisiva do grupo coordenado pelo casal Belinky-Gouveia são ali oportunamente trazidas à tona, permitindo interessantes descobertas ao leitor contemporâneo.

Reproduzimos, ao longo dessas páginas, um texto assinado por Júlio Gouveia e apresentado como tese em torno dessa modalidade teatral em evento realizado no Rio de Janeiro, em 1954, o Primeiro

*Tatiana Belinky e David José Lessa Mattos.*

Congresso Brasileiro de Teatro. Trata-se de "Bases Psicológicas, Pedagógicas, Técnicas e Estéticas do Teatro para Crianças e Adolescentes", publicado em diferentes ocasiões, mas hoje dificilmente acessível. Gouveia ressalta a importância da experiência da ficção como caminho para a elaboração subjetiva de emoções e traz para o primeiro plano dois temas que ainda constituem desafios para artistas e interessados no teatro infantil. Um deles é o oportuno questionamento da pretensa oposição entre a passividade e a participação do público infantil diante do espetáculo; o outro consiste na ênfase na observação sistemática da plateia de crianças como parâmetro relevante para se examinar a recepção das encenações.

Após o conjunto de peças selecionadas, apresentamos "Tecelã dos Fios da Ficção", texto que analisa mais diretamente a dramaturgia em questão, destacando elementos do enredo, dos recursos dramáticos e da caracterização dos personagens, de modo a trazer para o primeiro plano a noção de intertextualidade, chave proposta para o mergulho na criação teatral da autora.

Um levantamento da bibliografia referente às obras de autoria de Tatiana Belinky e um outro, elencando publicações que contribuem para conhecer sua dramaturgia, realizados por Karin Dormien Mellone, encerram esta publicação.

Ao leitor, agora, deixamos o convite para desvendar as paisagens recortadas por essa singular janela aberta para o mundo.

*Maria Lúcia de Souza Barros Pupo*

# CRONOLOGIA

1919    18 de março: Tatiana Belinky nasce na capital da Rússia, hoje São Petersburgo. Sua mãe era Rosa Belinky, dentista em uma época em que era raro uma mulher estudar e fazer carreira. Ela cantava muito bem e tinha um vasto e variado repertório musical. Seu pai, Aron Belinky, estudava psicologia e contava histórias que marcaram a vida da pequena Tatiana. Os pais tiveram mais dois filhos: Abrám e Benjamin.

1921    A família se muda para Riga, capital da Letônia, onde mora a maior parte de seus parentes. Seus pais vinham de famílias numerosas e acolhedoras. Nessa época havia guerra civil, fome e racionamento de alimentos, o que tornava a vida muito difícil. Lembremos que a Primeira Guerra Mundial durou de 1914 a 1918, e a Revolução Russa aconteceu em 1917.

1923    Tatiana aprende a ler e fala quatro idiomas: russo, letão, alemão e ídiche. Pouco depois, aprende a escrever, e cada idioma que fala tem alfabetos diferentes.

1929    Emigração para o Brasil. O pai vem três meses antes, para sondar o terreno. A mãe e as crianças passam por Berlim para comprar instrumentos de dentista e seguem de Hamburgo no navio General Mitre, da companhia de navegação "Hamburgsuedamerikanische Dampfschiffahrtsgesellschaft", palavra que impressionou a pequena Tatiana, pois parecia um jogo de trava-língua! Chegam ao Rio de

Janeiro, onde ela admira o primeiro cacho de bananas da sua vida, depois seguem para Santos e, em um trem de tração especial, para São Paulo, como ela descreve em seu livro autobiográfico *Transplante de Menina*.

1931    Lê o primeiro texto de literatura brasileira: *Jeca Tatu*, de Monteiro Lobato.

1940    Casamento de Tatiana Belinky e Júlio Gouveia. O casal tem dois filhos: Ricardo e André.

1945 a 1948    Entre essas datas, Júlio e Tatiana conhecem Monteiro Lobato, com quem mantêm longas conversas.

1948    Estreia de *Peter Pan* no Teatro Municipal de São Paulo, com Júlio Gouveia, Haydée Bittencourt, Clóvis Garcia, Eny Autran, Benjamin Belinky, Ricardo Gouveia, Alberto Guzik.

1949    Organização da Sociedade de Amadores do Teatro de Arte para Crianças, inspirada em Stanislávski e dirigida para crianças e jovens, que ficou conhecida como Teatro Escola de São Paulo (Tesp). Era um grupo de familiares e amigos que se dedicaram a divulgar teatro infanto-juvenil de boa qualidade artística.

1949 a 1952    Apresentação de peças com o Tesp nos teatros da prefeitura, bibliotecas, cinemas, clubes, igrejas e até em hospitais nos fins de semana, com o objetivo de divulgar teatro de boa qualidade para crianças e jovens, acompanhadas apenas por monitores. A prefeitura cede os figurinos do Teatro Municipal, o espaço, o carro de som para a divulgação das peças, o transporte das crianças da escola para o local de apresentação e concede um cachê para os artistas.

1950    18 de setembro: Assis Chateaubriand inaugura a TV Tupi de São Paulo, primeira emissora da América Latina.

1951    Estreia da peça *Os Três Ursos,* de Tatiana Belinky, na TV Tupi, como apresentação de Natal.

1952    Ruggero Jacobbi é contratado como diretor-artístico da TV Paulista, ainda em fase experimental. Ele convida Júlio Gouveia para apresentar um ou dois espetáculos para crianças, e este último adapta as duas primeiras histórias do livro *Reinações de Narizinho*, de Monteiro Lobato: "A Pílula Falante" e "O Casamento da Emília". Tatiana inicia uma vasta carreira de tradutora e adaptadora de livros.

1952 a 1963    Chamado para a TV Tupi, o casal cria vários programas, por mais de dez anos; sem interrupções: *O Sítio do Pica-Pau Amarelo, Fábulas Animadas, Era uma Vez... e Teatro da Juventude.* Tatiana Belinky, nesta época, adapta e escreve mais de mil roteiros de alta qualidade. Grande parte das telepeças foi apresentada também

*Tatiana Belinky.*

*Júlio Gouveia.*

na TV Tupi do Rio de Janeiro na vesperal do Teatrinho Trol de Fábio Sabag.

1954 Júlio Gouveia apresenta, no Rio de Janeiro, o ensaio-tese "O Teatro para Crianças e Adolescentes: bases psicológicas, pedagógicas, técnicas e estéticas para sua realização" no Primeiro Congresso Brasileiro de Teatro.

1958 a 1962 Tatiana escreve uma coluna de crônicas chamada Nossa Vida na TV, no *Diário de São Paulo*, além de colaborar com outros periódicos.

1965 a 1972 Criação, organização e direção da subcomissão de teatro infanto-juvenil da Comissão Estadual de Teatro e publicação da revista *Teatro da Juventude*.

1968 a 1969 Tatiana monta *O Sítio do Pica-Pau Amarelo*, de Monteiro Lobato, na TV Bandeirantes.

1972 Inicia o trabalho de cronista, articulista e crítica de teatro e de literatura infanto-juvenil para a TV Cultura e os jornais *Folha de S. Paulo*, *Jornal da Tarde* e *Estado de S. Paulo*, além de colaborações em vários periódicos.

1978 Participa da fundação da Associação Paulista de Teatro para a Infância e a Juventude (APTIJ), que visa à melhoria de qualidade da produção do teatro para crianças e jovens.

1979 Prêmio pelos trinta anos de atividade em teatro e literatura infanto-juvenil pela Associação Paulista de Críticos de Arte e Prêmio de Mérito Educacional pela Câmara Brasileira do Livro.

1985 Publicação de *A Operação do Tio Onofre*, iniciando uma vasta carreira como escritora de literatura infantil e juvenil.

1988 Estátua de bronze para A Personalidade Cultural do Ano, concedida pela Fundação Nestlé de Cultura. Prêmio Monteiro Lobato de Tradução (1988 e 1990), concedido pela Fundação Nacional do Livro Infantil e Juvenil (FNLIJ).

1989 Prêmio Jabuti para Personalidade Literária do Ano, concedido pela Câmara Brasileira do Livro (CBL).

12 de dezembro, falecimento de Júlio Gouveia aos 75 anos.

1991 Prêmio Jabuti concedido pela Câmara Brasileira do Livro para o livro *Di-Versos Russos*.

Prêmio Homenagem Especial da Fundacem, de Teatro, e Prêmio Francisco Igreja, pela União Brasileira de Escritores.

Prêmio Abrinq, homenagem da Associação Brasileira dos Fabricantes de Brinquedos – Fundação Abrinq pelos Direitos da Criança –, pelo conjunto da obra.

1993   Prêmio FNLIJ, categoria Criança, por *A Saga de Siegfried*.
1995   Prêmio FNLIJ, categoria Criança, por *Sete Contos Russos*.
1995 a 2002   Volta a ser publicada a revista *Teatro da Juventude*.
1999   Prêmio FNLIJ, categoria Criança, por *Dez Sacizinhos*.
2003   Prêmio FNLIJ, categoria Poesia, por *Um Caldeirão de Poemas*.
2007   Inauguração do Núcleo de Televisão Infantil Tatiana Belinky, da TV Cultura, o maior centro de produção de televisão de qualidade para crianças e jovens da América Latina.
2010   25 de outubro: Agraciada com a Ordem do Ipiranga, atribuída pelo Governo do Estado de São Paulo.
Especial de Natal da TV Cultura *A Menina Trança Rimas*, sobre Tatiana Belinky.
2011   Patronesse da Feira Nacional do Livro de Poços de Caldas (Flipoços), Minas Gerais.
Eleita para a Academia Paulista de Letras.
2012   Prêmio Juca Pato de Intelectual do Ano, concedido pela União Brasileira de Escritores (UBE).

# DESDE QUE O MUNDO É MUNDO

Desde que o mundo é mundo sempre existiram contadores de histórias, recebendo a sabedoria de seus ancestrais e narrando contos e lendas, poesias e canções para ouvidos atentos de crianças, jovens e adultos.

As experiências da cultura humana vão sendo transmitidas para as próximas gerações, trazendo para a roda de ouvintes, com leveza e graça, os mistérios da vida e levando à fruição artística e à reflexão coletiva.

A origem de muitas histórias se perde na bruma dos tempos e espaços, mas as boas histórias trazem sempre uma realidade arquetípica, que pode ser atualizada e trazer a verdade buscada por quem delas se ocupa.

Vamos contar aqui a história de uma grande contadora de histórias, a escritora Tatiana Belinky, no que se refere à sua atividade como dramaturga.

Ela começa em 1948, quando o casal Tatiana Belinky e Júlio Gouveia decide dar a uma criança, em seu aniversário, um presente diferente. Júlio Gouveia adapta *Peter Pan*, de James Matthew Barrie, e eles fazem com amigos uma pequena apresentação em sua casa durante a festa. É um sucesso, e são convidados por uma sociedade beneficente a ampliar a apresentação e levá-la ao palco do Teatro Municipal de São Paulo para angariar fundos. Alguns dos amigos que acompanham essa montagem forem o italiano Ruggero Jacobbi, que veio ao Brasil a convite do Teatro Brasileiro de Comédia e criou o cenário; Clóvis Garcia, que representou o pai; e Alberto Guzik, que fez o papel de uma criança.

A partir da estreia no Teatro Municipal, a Secretaria Municipal de Cultura os convida a apresentar, nos finais de semana, peças para crianças em teatros públicos da época: o Santana, o São João de Belém, o São Pedro, o São Paulo e o Colombo. Estreiam as peças no Teatro Municipal, apresentam-se nos outros teatros do centro, depois vão aos bairros e à periferia. Onde não há teatros, eles se apresentam em cinemas, auditórios de bibliotecas, clubes, igrejas e até em hospitais.

E assim, de 1949 a 1952, nos fins de semana, eles apresentam teatro para crianças e jovens. Ônibus da prefeitura buscam as crianças nos grupos escolares, só com alguns monitores, deixando-as livres da tutela de adultos. Os ingressos são impressos, e cada criança recebe o seu, para que o teatro seja devidamente valorizado.

O grupo desenvolve um artesanato cuidadoso, amador no bom sentido, que no decorrer do tempo lhes dá os instrumentos para a profissionalização. As pessoas descobrem o que lhes dá mais prazer: atuar, fazer cenário, música, escrever, produzir, roupas, luz, programa, divulgar, dirigir; na prática, todos fazem de tudo em algum momento. Mas o que está muito presente nessa atividade é o grande prazer em encontrar um grupo de verdadeiros parentes e amigos que acreditam na importância de compartilhar arte e cultura com crianças, formando toda uma geração[1].

1. Um dos programas que pesquisamos nas pastas de Tatiana é o do "Peter Pan" no Cine Teatro São Pedro do dia 18 de fevereiro de 1951. Tatiana é a mamãe, Sérgio Rosemberg é Joãozinho, Lúcia Lambertini é Vanda, Clóvis Garcia é o papai, a Fada Sininho é representada por "Ela mesma", Haydée Bittencourt é Peter Pan, Nelson Schor é Quasetudo, Sonik Vaz é Banguela, Evon Kuperman é Pele Vermelha, Cláudio Gandelman é Mão-Furada, André Gouveia (filho caçula de Tatiana) é Lamparina, Nestor Schor é Martim Pescador, Benjamin Belinky (irmão caçula da autora) é o Capitão Gancho, Aldo Lazzerini é o Gorila, Raymundo Victor Duprat é Beiçudo, Roberto

Esse grupo recebeu o nome de Teatro Escola de São Paulo (Tesp), e Júlio Gouveia afirmava que o nome Tesp não foi escolhido ao acaso. "Acontece que Tesp lembra Tespis, que é o nome de um ator e autor trágico grego que, de acordo com a tradição ateniense, foi o criador do drama, isto é, do teatro grego, que é o pai de todo teatro mundial"[2].

Tatiana Belinky e Júlio Gouveia acompanhavam de perto a atividade artística desenvolvida pelos imigrantes judeus que moravam no bairro do Bom Retiro e animavam a cidade com um movimento teatral de grande vitalidade, do qual Jacó Guinsburg foi um dos líderes.

David José Lessa Mattos conta a história deste movimento e faz um estudo detalhado dos grupos amadores de teatro da época, do qual o Tesp faz parte:

Para o casal Júlio Gouveia e Tatiana Belinky, o ano de 1949 é o da organização da Sociedade de Amadores do Teatro de Arte para Crianças, uma sociedade cultural, formada por seus familiares e alguns amigos, cuja finalidade era fazer exclusivamente teatro infantil e juvenil, apresentando espetáculos de valor estético e educativo, sem interesses comerciais, dirigidos às crianças e aos adolescentes .[...] Segundo Haydée Bittencourt, Júlio Gouveia foi a primeira pessoa em São Paulo a estudar e a introduzir o método de interpretação para atores de Constantin Stanislávski, tão em voga na época na famosa escola de formação de atores de Nova York, o Actor's Studio[3]

Júlio fez um estudo sobre a especificidade do teatro para crianças e delimitou o território do que é bom teatro para elas a partir da experiência adquirida durante os anos das apresentações do Tesp. Escreveu um ensaio-tese "O Teatro para Crianças e Adolescentes: Bases psicológicas, pedagógicas, técnicas e estéticas para a sua realização", apresentado no Primeiro Congresso Brasileiro de Teatro no Rio de Janeiro, em 1954. Ele fazia pesquisa sobre o

Zambelli é Zarolho, Milton Cesar Pestana é Capenga e O Jacaré é "O próprio". O guarda-roupa é de responsabilidade de Tatiana Belinky.
2. Recorte da publicação *Papel e Tinta*, de 13 set. 1958.
3. *O Espetáculo da Cultura Paulista: Teatro e Televisão em São Paulo (Décadas de 1940 e 1950)*, São Paulo: Códex, 2002, p. 214.

teatro infantil no mundo e mostrou os instrumentos científicos para compreender a reação das crianças no teatro. A partir dessas pesquisas, ele fez constatações importantes, tais como:

A experiência já demonstrou sobejamente, nos Estados Unidos, na União Soviética e em alguns países europeus, onde foram feitas pesquisas sobre o público teatral, que a integração e o amadurecimento da personalidade avançam um passo a cada experiência estética fornecida pelo teatro. E quanto mais verdadeira, autêntica, for a experiência estética, tanto mais profundo será o resultado educativo[4].

Certa vez perguntaram a Stanislávski, o grande teatrólogo russo criador do "método" que leva seu nome, como deveria ser o teatro para crianças. Ele pensou um instante e respondeu: "Igual ao dos adultos, só que melhor"[5].

Portanto, o teatro infantil pioneiro de São Paulo começou da melhor maneira, apresentando ao público escolar como um todo espetáculos de ótima qualidade apoiados pelo poder público e com uma clara função artística e educativa. Era vanguarda para a época, seguindo Stanislávski em sua busca por um teatro de arte, e ainda mais elaborado, por ser teatro para crianças. O Teatro Infantil seguia a orientação da *American Educational Theatre Association*, da qual Júlio Gouveia era o único membro brasileiro, sendo que ele foi também presidente da Seção Paulista do Instituto Internacional de Teatro da Unesco.

No livro *Os Caminhos do Teatro Paulista*, Clóvis Garcia registra no retrospecto de 1951: "O Teatro do Sesc, sob a direção de Júlio Gouveia, representou *O Noviço* de Martins Penna. Tivemos ainda o teatro infantil apresentado por Júlio Gouveia com *Peter Pan* e *Os Três Ursos*[6].

Paralelamente ao teatro infantil, Júlio dirigiu o grupo de amadores do Serviço Social do Comerciário (Sesc), convidado por Décio de Almeida Prado. Comentários da época falam da evolução

---

4. Júlio Gouveia, *Antologia de Peças Teatrais: Mas Esta É Uma Outra História...*, São Paulo: Moderna, 2005, p. 62.
5. Idem, p. 59.
6. Clóvis Garcia, *Os Caminhos do Teatro Paulista: O Cruzeiro (1951-1958), a Nação (1963-1964)*, São Paulo: Prêmio, 2006, p. 52.

do grupo amador, cuja qualidade melhorava a olhos vistos e conquistava os aplausos da crítica teatral de São Paulo. Durante certo período, alguns atores, como Lúcia Lambertini e Haydée Bittencourt, atuavam nos dois grupos: Tesp e Sesc. Vejamos a vitalidade desse movimento por meio do texto publicado em um programa do Teatro Municipal de São Paulo:

Teatro do Comerciário:

Quem escrever a história do teatro em São Paulo, não poderá omitir um capítulo para o Teatro do Comerciário, porque representa a participação consciente de uma classe no reerguimento artístico de São Paulo.

Foi apresentado em cinco de janeiro deste ano com "Os Irmãos das Almas", de Martins Pena, graças ao idealismo de Décio de Almeida Prado que o tirou do nada e traçou-lhe o rumo. "Não basta fazer teatro é necessário bom teatro." Tal foi o êxito que exigiu sucessivas representações e permitiu a realização do Curso de Noções de Teatro com o apoio de Alfredo Mesquita, Cacilda Becker, Décio de Almeida Prado, Júlio de Gouveia, Oduvaldo Viana, Ruggero Jacobbi, Vicente Ancona. E mais tarde o Curso Prático de Teatro, sob a direção de Júlio de Gouveia[7].

O envolvimento com o bom teatro estava presente na vida dessas pessoas que viviam em uma São Paulo muito menor do que a de hoje: em 1950, a população paulistana era de 2,2 milhões de habitantes. A efervescência cultural na cidade era grande: em 1948, foi fundado o Teatro Brasileiro de Comédia por Franco Zampari, o Museu de Arte de São Paulo Assis Chateaubriand (Masp) por Cicillo Matarazzo e a Companhia Cinematográfica Vera Cruz. Júlio Gouveia participou do Teatro Brasileiro de Comédia como ator com Paulo Autran e Clóvis Garcia na montagem *A Noite de 16 de Janeiro*, de Ayn Rand.

Tatiana Belinky e Júlio Gouveia foram os pioneiros do teatro infantil e juvenil paulistano. Foram também os formadores e educadores artísticos das gerações de crianças que assistiram à televisão entre 1951 e 1963.

7. Programa do Teatro Municipal de São Paulo do dia 28 out.1950.

Assis Chateaubriand inaugurou a TV Tupi-Difusora em 18 de setembro de 1950. Em 1951, o Tesp já tinha boa fama e experiência, e eles foram convidados a comunicar através da TV o que já faziam de fato: o melhor teatro para crianças. E assim, *Os Três Ursos* foi a peça de estreia da televisão, para crianças no Brasil, no Natal de 1951. Tratava-se da história de *Cachinhos Dourados e os Três Ursos*, que já estava sendo apresentada no teatro, baseada nas personagens de Charlotte Chorpenning, uma pioneira do teatro para crianças nos Estados Unidos. Ela tinha sessenta anos em 1933, quando começou a escrever peças para crianças para o Goodman Theatre, em Chicago, e lá ficou por 21 anos. Adaptava títulos bem conhecidos porque acreditava que as crianças iriam preferir assistir peças de teatro com histórias que já conhecessem e personagens com os quais pudessem se identificar. Percebia uma qualidade universal de questões arquetípicas do crescimento das crianças nos contos de fadas.

Em 1952, o diretor de teatro Ruggero Jacobbi foi contratado como diretor artístico da TV Paulista. Era um canal de TV ainda em fase experimental, e ele convidou Júlio Gouveia, Tatiana Belinky e o Tesp para a apresentação de um ou dois espetáculos para crianças. Júlio Gouveia adaptou as duas primeiras histórias do livro *Reinações de Narizinho* de Monteiro Lobato: *A Pílula Falante* e *O Casamento da Emília*. Disseram-lhes para representar simplesmente, sem se preocupar com as câmeras, pois isso seria problema da equipe técnica. A maior parte do pessoal que trabalhava na TV nessa época vinha do rádio e tinha a agilidade própria daquele veículo, que também transmitia ao vivo. Mas havia um problema: o rádio não tinha imagem, então, no início da TV, colocavam-se os microfones diante das pessoas e elas liam ou falavam o texto. Quando o Tesp apresentou as histórias de Monteiro Lobato, o público ficou encantado, pois ali havia representação de corpo inteiro!

Pouco tempo depois foram convidados definitivamente para a TV Tupi, a pioneira, e lá ficaram até 1963, com intensa programação.

Quando Tatiana começou a escrever as adaptações de livros para a televisão, já tinha a experiência do período em que eles haviam realizado teatro para crianças em São Paulo. Foi uma escola de convivência próxima com o público de crianças, de observação do que era certo e do que funcionava para elas.

O depoimento prestado por Tatiana Belinky na apresentação do livro *Sustos e Sobressaltos na TV sem VT e Outros Momentos* é muito esclarecedor. Ao descrever o trabalho a partir dos bastidores, a autora reitera que a TV dos anos de 1950 era ao vivo, como teatro mesmo, e em preto e branco. Eram dois capítulos de cerca de quarenta minutos de uma minissérie que variou ao longo da década, mais o *Sítio do Pica-Pau Amarelo*, que tinha um encanto muito especial nos anos 1950, e um "teatrão" completo aos domingos, de uma hora e meia. Havia apenas um patrocinador por programa, sem intervalos comerciais, o que permitia que a plateia desenvolvesse a concentração por longos períodos. O produto patrocinado também era escolhido com cuidado, para que não prejudicasse seus consumidores.

Ela já conhecia muitas histórias da boa literatura brasileira e estrangeira; o critério básico era a boa qualidade, e o objetivo, promover o livro e a leitura. Mas era um trabalho imenso! "Mais vale a prática do que a gramática!", segundo Tatiana. Bater à máquina de escrever o roteiro, o *script* adaptado para a televisão, copiá-lo no mimeógrafo a álcool, distribuir as cópias para todos os participantes: atores, diretores, iluminadores, cenógrafo, sonoplastas. Depois fazer a leitura coletiva, decorar, ensaiar e no dia seguinte fazer a transmissão direta sem erros, se possível. Numa época de grande amadorismo, eles eram muito profissionais e, ao mesmo tempo, como todos tinham de estar atentos entre si para resolver qualquer imprevisto, havia muito jogo de improvisação dos atores uns com os outros e com os técnicos, trabalho de equipe e senso de responsabilidade. Segundo Tatiana:

> Outra coisa indispensável era uma enorme dose de criatividade. Os recursos técnicos ainda eram poucos e rudimentares, se comparados aos atuais: três grandes e pesadas câmeras e uma grua, ou "girafinha", no estúdio, tinham de dar conta de todas as mudanças de cena, superposições, trucagens, e o mais que houvesse. A mesa de switch não tinha nada de

parecido com a parafernália tecno-eletrônica de hoje. O sonoplasta segurava na mão o pickup do toca-discos e soltava a agulha no sulco exato, no momento exato "daquele" ruído, ou "daquele" efeito sonoro, ou "daquele" acorde ou "daquela" música... E é preciso lembrar que uma programação infantil tinha necessariamente muita magia, muita trucagem, muita coisa bem mais complicada do que o teleteatro para adultos. Tínhamos de inventar coisas "do arco da velha" e o melhor é que elas funcionavam mesmo, sempre. Bem, quase sempre. Houve imprevistos, sim, não muitos, mas houve, uns engraçados, outros dramáticos[8].

Uma das histórias que ela conta é a dos atores de teatro convidados de vez em quando a fazer um papel. Eles tinham um ritmo diferente, e, na tentativa de decorar tudo muito rápido, às vezes "dava um branco". Então um deles descobriu um jeito de disfarçar essa falha: continuar movendo os lábios para que todo mundo em casa pensasse tratar-se de uma falha técnica, muito recorrente naquela época.

O elenco tinha um lugar de encontro e de ensaio, um casarão da família Gouveia no bairro da Liberdade que não podia ser vendido nem alugado e só dava despesas, que então foi apelidado de "Elefante Branco", passando a ser a sede do Teatro Escola de São Paulo (Tesp).

Encimando o portão de entrada do jardim, uma grande placa desenhada pelo artista plástico Berco Udler mostrava o símbolo do Tesp: as máscaras de dois elefantinhos. Uma delas era a do "susto", equivalente infantil da Tragédia, a outra, a da Comédia, "num riso aberto", elefantino, como definiu Tatiana Belinky. Esses programas, no início, eram simples. A duração de cada apresentação não ultrapassava os vinte e cinco minutos, exceto as de *Era uma Vez...* que chegavam a levar uma hora e meia. As peças necessitavam de poucos atores e um ou dois cenários. Os figurinos eram alugados na Casa Teatral ou confeccionados no próprio Tesp. Jornais e revistas não poupavam elogios à magia e ao sentido construtivo e educacional dos programas. Em poucos meses, o público infantil (e também o adulto) defrontava-se – não raro pela primeira vez – com as fábulas de

---

8. *Sustos e Sobressaltos na TV Sem VT e Outros Momentos* (apresentação), São Paulo: Paulinas, 2006.

Esopo, Fedro, La Fontaine, Krylov ou do nosso folclore; acompanhava a turma do Pica-Pau Amarelo em mirabolantes aventuras nas terras do sítio de Dona Benta, no reino de Águas Claras, no País da Gramática, na Grécia antiga ou na Roma de Nero; e assistia encantado à teatralização de conhecidas histórias, tais como *Os Três Porquinhos*, *Chapeuzinho Vermelho*, *João e Maria*, *Rapunzel*, *A Bela Adormecida*, *O Gato de Botas*, *Branca de Neve e os Sete Anões*, *Cinderela*, *O Mágico de Oz*, *O Mata Sete*, *Rumpelstiltskin*, *O Rouxinol do Imperador da China*, *Copelia* e *O Rouxinol e a Rosa*. Os nomes dos Irmãos Grimm, Charles Perrault, L.F. Baum, Hans Christian Andersen, Hoffmann, Oscar Wilde e vários outros autores tornavam-se familiares aos espectadores dos 8 aos 80 anos. Com o tempo e a experiência os projetos tornaram-se mais ambiciosos, sobretudo os espetáculos de Era uma Vez..., e posteriormente, do Teatro da Juventude, resultando em produções como *Guilherme Tell*, *Ester*, *Os Dez Mandamentos*, *José no Egito*, *Sansão*, *Sol Esplêndido*, *Cristóvão Colombo*, *As Aventuras de Tom Sawyer* e até mesmo *Timão de Atenas*, de William Shakespeare. Fábulas Animadas, por sua vez, voltou-se para a novelização de alguns clássicos da literatura infanto-juvenil: *As Aventuras de Pinocchio*, de Collodi (1954-1955), *Peter Pan e Heidi*, de Johanna Spyry (1956). Com *Pollyanna*, de Eleanor H. Porter (1956-1957), o programa passou a ser anunciado apenas como novelinha. Seguiram-se *O Pequeno Lord*, de F. H. Burnett (1957-1958), *Pollyanna Moça*, também de Eleanor H. Porter (1958), Nicholas (*O Jardineiro Espanhol*), de A. J. Cronin (1958--1959), *Angelika*, de H. E. Seuberlich (1959), *O Jardim Encantado*, de F. H. Burnett (1959-1960), e outros[9].

Nos anos dourados da televisão artesanal brasileira, nos tempos em que tudo era tão mágico como tirar coelhos da cartola, tempos da TV a lenha, como diz Tatiana, ela foi a grande dramaturga que envolveu muita gente em um universo de fantasia e beleza ao contar histórias pela telinha recém-descoberta.

Ligar a TV era ser transportado para um universo de sonho, de aventura e encantamento, para um mundo melhor, de reflexão e companheirismo com os atores que representavam os personagens, de descoberta de novas ideias e pensamentos.

Toda uma geração foi formada ouvindo o "Era uma Vez...", que o médico psiquiatra Júlio Gouveia pronunciava ao abrir um livro

---

9. Flávio Luiz Porto e Silva, *Revista da Faap*, set./out. [s.d.].

no início de cada apresentação, introduzindo uma nova história que seria lida e ensinando o amor por livros e pela leitura. Os atores do Teatro Escola de São Paulo (Tesp) apresentavam então a emocionante história para uma plateia que aguardava e acompanhava atentamente cada momento de um prazer compartilhado. Várias gerações cresceram vendo e ouvindo estas estórias maravilhosas que eram transmitidas pela recém-nascida televisão.

José Lessa Mattos, que foi Pedrinho no *Sítio do Pica-Pau Amarelo* na TV Tupi, defendeu tese de doutorado sobre *O Espetáculo da Cultura Paulista: Teatro e TV em São Paulo* onde destaca um suplemento lançado nos jornais *Diário de São Paulo* e *Diário da Noite*, em setembro de 1953, que contém um depoimento de Júlio Gouveia:

> A PRF-3TV é a pioneira do teatro para crianças na América Latina [...] Mas não é somente a pioneira. É também a recordista. Pois, desde o Natal de 1951, data do primeiro teatro para crianças na TV, com a peça *Os Três Ursos*, de Tatiana Belinky, foram apresentadas na Tupi exatamente 245 peças para crianças, em três programas semanais, o Fábulas animadas (às quintas-feiras, 07:00 horas da noite), o *Era uma Vez...* (Teatro da juventude, aos domingos, às 10:00 horas da manhã) e a teatralização das histórias infantis de Monteiro Lobato, o Sítio do Pica-Pau Amarelo. Foram 245 peças, em apenas 19 meses![10]

O clima que se sente nesse início da TV é de muito envolvimento entre os participantes, é um jogo vivo, onde se ensaia muito e se representa a sério, mas onde a boa improvisação está sempre presente. A TV Tupi dos anos de 1950 com o Tesp era um encontro marcado com hora certa, esperado por todos para compartilhar de novas aventuras com a "turma", o que lhes dava imenso prazer. Cada capítulo ou história era um desafio sempre novo e as soluções eram criadas por toda a equipe com muita imaginação, seja filmar o reino das águas claras dentro da água, seja fazer Moisés caminhar pelo mar que se abre diante dele! "Só fizemos o que fizemos porque ninguém disse ser impossível!", nas palavras de Tatiana.

10. David José Lessa Mattos. op. cit., p. 227.

Bem no começo, os programas eram curtos, e a TV só funcionava em certos horários. A ideia era estimular a leitura, para que a vontade de viver no mundo encantado que apresentavam fosse prolongada pela descoberta dos livros.

"Morar" nos livros era um prazer de horas a fio. Entrar na arte literária, em mundos criados pelo gênio humano como argila moldada, dando forma a novos horizontes.

Tatiana Belinky, quando ainda era criança, "morava" nos livros de Monteiro Lobato e se encantou com a Emília, que era uma "bruxa" de pano e falava tudo o que queria, sem papas na língua. Nascida em São Petersburgo, na Rússia, veio para o Brasil aos dez anos de idade, já com um repertório grande de livros lidos e estórias ouvidas, mas sem saber quase nada sobre o país onde viveria dali em diante. Ela se "encontrou" nos livros de Lobato e descobriu um país onde tinha prazer de estar. Para compreender o universo de Tatiana Belinky, temos de apresentar Monteiro Lobato.

Lobato nasceu em 1882, contemporâneo de D. Pedro II, ainda no tempo da escravidão. Morou na fazenda, brincou com bonecos de chuchu e palitos, sabugos de milho e saboreou jabuticabas. Foi reprovado em português! Estudou direito no Largo de São Francisco em São Paulo e teve um ótimo grupo de amigos no Minarete, a república onde moravam. Escreveu artigos em jornais e afiou a pena da caricatura escrita. Criou a polêmica do Saci contra os anõezinhos importados da Praça da Luz. Formado, foi trabalhar em uma cidade morta, Areias, onde o tempo custa a descer pela ampulheta, leu e escreveu muito. Casou com Dona Purezinha, com quem teve quatro filhos. Herdou a fazenda de café do avô e passou um tempo tratando de renová-la e de ficar muito bravo com o Jeca Tatu, caricatura inesquecível, que coloca fogo no mato esturricando a natureza. (Mazzaropi filmou mais tarde o Jeca Tatu). Vendeu a fazenda e foi morar em São Paulo, onde compra a *Revista do Brasil*. Fundou uma editora que se mudou várias vezes por falta de espaço, porque cresceu muito, e acabou falindo, porque Lobato comprou maquinário novo e enfrentou uma crise de falta de luz e de água.

Depois ele viajou aos Estados Unidos como adido comercial de Washington Luiz e voltou ao Brasil com a ideia de desenvolver o país com a exploração do petróleo e do ferro. Assim, acaba se dedicando inteiramente ao que mais gostava: a literatura para crianças.

Vejamos a linha do tempo que levou ao estabelecimento de uma cultura para a infância no Brasil.

Lobato, quando criança, "morava" nos livros de Wells e Júlio Verne na vasta biblioteca de seu avô visconde. Mas, quando seus filhos nasceram, não havia quase nada que uma criança pudesse ler em português do Brasil. Em uma carta de 8 de setembro de 1916, ele diz ao seu amigo Rangel:

> Ando com várias ideias. Uma: vestir à nacional as velhas fábulas de Esopo e La Fontaine, tudo em prosa e mexendo nas moralidades. Coisa para crianças... Um fabulário nosso, com bichos daqui em vez dos exóticos, se for feito com arte e talento, dará coisa preciosa. As fábulas em português que conheço, em geral traduções de La Fontaine, são pequenas moitas de amora do mato – espinhentas e impenetráveis. Que é que as nossas crianças podem ler? Não vejo nada. Fábulas assim seriam um começo da literatura que nos falta. Como tenho um certo jeito para impingir gato por lebre, isto é, habilidade por talento, ando com ideia de iniciar a coisa. É de tal pobreza e tão besta a nossa literatura infantil que nada acho para a iniciação de meus filhos[11].

Em 1920 é publicado o primeiro livro para crianças de Monteiro Lobato, *A Menina do Narizinho Arrebitado*". Em 1928 Lobato é adido comercial do governo Washington Luiz em Nova York. Lá ele conhece Anísio Teixeira, grande educador brasileiro, aluno de Dewey, um dos criadores da educação progressiva no Teacher's College da Universidade de Columbia. "Lobato e Anísio uniram-se em uma amizade que duraria por toda a vida, desenvolvendo, conforme registrou Alberto Venâncio Filho, uma admiração mútua incondicional e sem reservas. [...] Terminado o curso, Anísio

---

11. Monteiro Lobato, A Barca de Gleyre II, *Obras Completas*, São Paulo: Brasiliense, 1955, p. 104.

Teixeira retorna, sobressaindo-se mais tarde como um dos líderes do movimento pela renovação do sistema educacional"[12].

Anísio Teixeira afirmava que: "Só existirá democracia no Brasil no dia em que se montar no país a máquina que prepara as democracias. Essa máquina é a da escola pública"[13]. Segundo Ana Mae Barbosa:

> Havia uma crença generalizada no poder da educação para modificar a sociedade. Esse "otimismo pedagógico", que surgiu como consequência do desejo de renovar o país, foi também inspirado em Dewey, em seus escritos, especialmente no *Democracy and Education*,[...] É evidente neste livro a crença no poder da educação para a reestruturação social. "O que a nutrição e a reprodução representam para a vida fisiológica, a educação representa para a vida social." Esse otimismo é descrito em linhas gerais em *The School and Society*, o segundo trabalho de Dewey mais citado no Brasil naquele tempo. "Quando a escola introduz e treina cada criança da sociedade, tornando-a membro desta pequena comunidade, saturando-a com o espírito da obrigação social e proporcionando-lhe os instrumentos para um autodirecionamento eficiente, nós temos a mais profunda e melhor garantia de que a sociedade maior seja admirável, harmoniosa, excelente."[...]
> "Teixeira foi o mais fiel representante das ideias de Dewey no Brasil"[14].

Assim, vamos procurar compreender a influência da educação progressiva nos escritos de Lobato e no espírito das adaptações feitas posteriormente por Tatiana Belinky para a televisão, ampliando a um público cada vez maior um ideal de sociedade ética, próspera e harmoniosa.

Em 1931 é publicado o livro *Reinações de Narizinho* como o conhecemos hoje. Narizinho, com sua ainda muda boneca de pano Emília, sonha à beira d'água com o Príncipe Escamado, o rei do reino das Águas Claras. Ele a convida a conhecer seu reino e passam pelo portão de coral, bonito que até parece um sonho. E assim a

---

12. Carmen Lúcia de Azevedo, Márcia Camargos, Vladimir Sacchetta, *Monteiro Lobato: Furacão na Botocúndia*. São Paulo: Senac, 1997, p. 241.
13. Disponível em: http://www.bvanisioteixeira.ufba.br/indexa.htm. Acesso em 22 abr. 2012.
14. *John Dewey e o Ensino da Arte no Brasil*, São Paulo: Cortez, 2002, p.67.

história conta como o doutor Caramujo cura Emília de sua mudez com a pílula falante. As cenas do casamento da Emília com o Rabicó, o leitãozinho guloso, fazem parte da fantasia de *Reinações de Narizinho*. É um livro onde todos nós "moramos" e que contém ideias de educação progressiva: não há um relacionamento autoritário entre adultos e crianças, reina a curiosidade, o grupo todo descobre novas histórias e aventuras, ciências e brincadeiras ou simplesmente descansa e manduca brasileiras jabuticabas. Não há limite para a imaginação que o pó de pirlimpimpim, o pó das fadas de Peter Pan, não resolva. Dona Benta é a personagem adulta que lê muitas histórias longas e depois as adapta para a compreensão das crianças. Os serões são momentos esperados por todos durante o dia inteiro, enquanto brincam e combinam novas aventuras. Quando chega a noitinha, Tia Nastácia estoura pipocas e todos sentam na varanda para ouvir e comentar as histórias.

Ainda em 1928, em 17 de agosto, Lobato escreve outra carta para seu amigo Godofredo Rangel, anunciando entusiasmado o nascimento da televisão nos Estados Unidos:

O *rush* deste país rumo ao futuro é um fenômeno, Rangel. Quando escrevi *O Choque*, pus entre as maravilhas do futuro a televisão. Pois já é realidade. O *Times* de hoje anuncia que a estação WCFW vai inaugurar comercialmente a irradiação de imagens. O sonho que localizei em séculos futuros encontro realizado aqui... A primeira vítima da televisão vai ser a velha e boa Saudade, que no fundo é filha da Lentidão e da Falta de Transportes... Mas o rádio e a televisão destroem o longe. Em breve futuro a palavra "longe" se tornará arcaísmo[15].

E 24 anos depois, o *Sítio do Pica-Pau Amarelo* vai para a televisão brasileira ao vivo, como teleteatro, trazendo os valores que formaram o livro original, primeiro na adaptação de Júlio Gouveia de episódios de *Reinações de Narizinho*: "A Pílula Falante" e "O Casamento de Emília", e daí em diante pela maravilhosa pena de Tatiana Belinky.

15. A Barca de Gleyre II, *Obras Completas*, op. cit., p. 309.

A grande frase de Monteiro Lobato, "Um país se faz com homens e livros", passa a ser divulgada por meio da encenação brilhante de seus livros pelo Tesp na televisão, aumentando em muito o número de leitores no Brasil. A obra de Lobato, o grande precursor da literatura jovem brasileira, foi inteiramente divulgada e repetida para sucessivas gerações de crianças durante esse período, levando-as a ler seus livros e muitos outros. Dada a importância da leitura para a construção da cultura e do desenvolvimento de um país, é fundamental o valor de que se reveste seu trabalho.

Além dos brasileiros de longa data, uma grande geração de filhos de imigrantes e migrantes, que vieram para São Paulo entre as duas guerras mundiais, "descobriu" um Brasil via literatura de Monteiro Lobato. *O Sítio do Pica-Pau Amarelo* era a expressão de um lugar cálido e agradável para se viver na imaginação. Lobato é um exemplo de aculturação, isto é, de comunicação de dados de diferentes culturas, assim como Tatiana Belinky. Isso é interessante, pois ambos dão origem a referências culturais comuns a todos em meio a tão grande diversidade cultural. Tatiana comenta em seu livro *Transplante de Menina*:

> A história dessa imigração maciça – de italianos, espanhóis, japoneses, poloneses, judeus, árabes e filhos de tantos outros povos – depois da Primeira e antes da Segunda Guerra Mundial é toda uma epopeia. Epopeia que já começou a ser contada em livros, teatro, cinema e até televisão. E que constitui um capítulo dos mais importantes na História do Brasil deste século, em especial a de São Paulo, do seu crescimento e progresso[16].

Tatiana conta em uma saborosa crônica chamada "Lobato e o Rei", no livro *Bidínsula e Outros Retalhos*, como o casal conheceu Monteiro Lobato. A partir de um artigo que Júlio Gouveia publica sobre Lobato, este telefona para sua casa e Tatiana atende, pensando ser trote. Ela disse que "se lá é Lobato, aqui é o rei George", e o fato ficou para a História. A crônica mostra a relação de profundo

---

16. *Transplante de Menina: Da Rua dos Navios à Rua Jaguaribe*, São Paulo: Moderna, 1995, p. 10.

O Sítio do Pica-Pau Amarelo *na* TV *Tupi, com Sergio Rosemberg no papel de Pedrinho, provavelmente em 1952.*

respeito e admiração que existia entre eles, e como isso marcou depois o trabalho de Tatiana Belinky e Júlio Gouveia na TV.

Durante treze anos, de 1951 a 1964, sem interrupção, foram ao ar inúmeros programas de alta qualidade artística e seriedade ética, dentro do espírito de divulgar a cultura e contar histórias que pudessem ajudar as pessoas a trazer para suas vidas harmonia e integridade.

Vamos mergulhar no universo das histórias contadas e acompanhar o conteúdo dos três eixos principais de formação e informação elaborados e transmitidos por Tatiana Belinky, Júlio Gouveia e o Tesp. Na verdade, eram três programas. Primeiro, o *O Sítio do Pica-Pau Amarelo* com a obra de Lobato. Depois *Fábulas Animadas*, que começou com fábulas, lendas, contos de fadas e adaptações do folclore do mundo todo, e, com o tempo, se tornou um espaço para seriados com adaptações da literatura universal específica para crianças e jovens. E finalmente o programa de domingo, que começou durante as manhãs com o título *Era uma Vez...*, depois passou para as tardes como *Teatro da Juventude*. Era um programa mais longo que apresentava histórias épicas e bíblicas, entre outras.

Quando se vê as imagens do *Sítio do Pica-Pau Amarelo* da TV Tupi daquela época, a varanda do sítio parece estar de frente ao espectador, e é apenas o vidro do aparelho de televisão que separa os atores do lado de lá dos espectadores do lado de cá; há uma sensação de proximidade, de igualdade, de prazer em compartilhar da mesma brincadeira no mesmo tempo do relógio.

O imaginário é respeitado, e as raízes profundas nos contos de fadas, no folclore e na terra do sítio com seus brinquedos e personagens se aliam à necessidade de conhecimento e descoberta de novos horizontes. A inteligência da criança é respeitada por esse triângulo formado pelo criador da literatura brasileira para crianças, Monteiro Lobato; pelo médico, diretor e ator Júlio Gouveia; e por nossa brilhante roteirista Tatiana Belinky.

Digna de nota é a solução encontrada para transmitir, através da televisão sem tecnologia da época, cenas que se passavam no fundo da água, no *Reino das Águas Claras*. A ideia – filmar através do aquário! – foi de Tatiana. Simples assim! E brilhante! E divertido!

"Morar" nas adaptações para TV dos livros do *Sítio do Pica-Pau Amarelo*, de Monteiro Lobato – com Dona Benta e Tia Nastácia, Narizinho e Pedrinho, Emília e o Visconde de Sabugosa, Quindim e Anjinho, São Jorge e o Barão de Muenchhausen, Esopo e o Príncipe das Águas Claras, Cinderela, Chapeuzinho Vermelho e o Lobo, Dona Carrochinha e Tom Mix, Péricles e a Grécia antiga, Hércules e o Saci, a Cuca e o Burro Falante –, trazia novas raízes; mil aventuras se abriam para povoar os sonhos de todos os que acompanhavam as histórias.

A distância da carta que Lobato escreveu a Rangel em 1916, relativa à literatura infantil que ainda era inexistente, e o seguinte texto de Edgard Cavalheiro em 1956 mostra o progresso conquistado:

das mais interessantes, no entanto, são as adaptações que para a televisão paulista tem feito Tatiana Belinky, adaptações que um grupo dirigido por Júlio Gouveia transformou em inesquecíveis espetáculos para a petizada... e também para os adultos. Duas dessas adaptações, "A Pílula Falante" e "O Casamento de Emília", foram gravadas pela Casa Odeon, num disco *long-playing*[17].

Citando Monteiro Lobato: "Loucura? Sonho? Tudo é loucura ou sonho no começo. Nada do que o homem fez no mundo teve início de outra maneira – mas já tantos sonhos se realizaram que não temos o direito de duvidar de nenhum"[18].

Alberto Guzik, quando criança, participou da primeira montagem do Peter Pan e escreve em seu depoimento no *Jornal da Tarde* em 1999:

Mas isso é uma outra história, que fica para uma outra vez... Todos os paulistanos que andam pela casa dos 40 ou 50 anos haverão de se lembrar dessas palavras. Ao dizê-las, fechando um grande livro encadernado (nada havia escrito nele, era um objeto cenográfico que ocultava

---

17. Edgard Cavalheiro, *Monteiro Lobato, Vida e Obra*, vol. I e II, São Paulo: Companhia Editora Nacional, 1956, p. 274.
18. *Miscelâneas*, 7. ed., São Paulo: Brasiliense, 1956, p. 178, em <http://www.unicamp.br/iel/monteirolobato/citacao.html>

folhas de script), Júlio Gouveia concluía os capítulos do Sítio do Pica-Pau Amarelo, adaptação dos romances infantis de Monteiro Lobato que ele apresentava na TV Tupi.

Isso foi a partir de 1951, nos tempos heroicos da televisão ao vivo e em preto e branco. Nessa época, o médico psiquiatra Júlio Gouveia, nascido em 1914, era um dos rostos mais populares da cidade... Sua face simpática aparecia no vídeo no início da noite, apresentando o Sítio... Com sua mulher, Tatiana Belinky, ele inventou os programas infantis da TV brasileira. Foi um dos pioneiros que estabeleceram os primeiros padrões dessa linguagem. Padrões bem distantes desses que hoje determinam o comportamento das Xuxas e Angélicas de plantão.

Com uma excelente dramaturgia e ótimos atores, Júlio Gouveia e Tatiana Belinky faziam na televisão um teatro que respeitava a criança, não a tratava como um mero consumidor dos produtos anunciados nos comerciais. *Havia no trabalho do casal outro conceito, o da educação por meio da arte. E o que faziam era arte, da melhor qualidade.* (grifo nosso)

Ele chegou à televisão pelo caminho do teatro. Nos anos 40 começou a interessar-se pelo jogo teatral, em que via um instrumento útil para seus pacientes. Da terapia pelo teatro, ele passou ao teatro propriamente dito. Estreou como ator em 1948, no Teatro Brasileiro de Comédia, em um espetáculo para adultos, A Noite de 16 de Janeiro, produzido e interpretado por um jovem e talentoso amador, ninguém menos que Paulo Autran...

O Tesp foi tão pioneiro no teatro para crianças quanto na televisão. Júlio Gouveia e Tatiana Belinky merecem também esse título, ao lado de Lúcia Benedetti, primeira dramaturga a escrever para crianças brasileiras. Os criadores do Tesp rapidamente conquistaram o público.

O trabalho impôs-se de tal forma que, quando Assis Chateaubriand criou a TV Tupi, ambos foram convidados a fazer nos estúdios do Sumaré o que já faziam nos palcos da cidade: o melhor teatro para crianças[19].

É importante lembrar que Júlio Gouveia nunca aceitou assinar contrato, eles foram *freelancers* durante todos os anos do *Sítio* na Tupi, pois não queriam se prender, caso não fossem respeitados em sua liberdade de criação.

Uma foto com a cena do Circo de Escavalinho em uma montagem dessa época mostra um cenário simples que lembra um jogo dramático feito pelas crianças com alguma cortina velha, criando

19. *Jornal da Tarde*, São Paulo, 12 jan. 1999.

um circo de faz de conta. Pedrinho é o domador de alguma fera e Dona Benta e Tia Nastácia o assistem. A representação dos atores é espontânea, próxima, e inspira o espectador a brincar também, criando seu próprio circo sozinho ou com os amigos, recriando o jogo dramático e enriquecendo a imaginação com temas que levam ao sonho e à arte. Quem assiste à TV está dentro do circo. A perspectiva é de que a lona cobre a todos. Estamos sentados frente a frente com Dona Benta e Tia Nastácia assistindo a Pedrinho domar a fera. Encontramo-nos dentro da roda, do círculo de jogo, e participamos também da brincadeira.

As fotos mostram espontaneidade nos momentos em que as personagens se abraçam em roda para combinar alguma coisa, na sequência de movimentos que Emília faz sentada no chão com a peneira para pegar o saci ou na imagem do Visconde amarrado a uma árvore, enquanto o resto da turma se espalha em volta. É uma linguagem de jogo dramático universal de todas as crianças, de todos os tempos e espaços, inerente ao ser humano.

Liba Frydman, repórter do jornal *A Gazeta* escreve um artigo em 1 de dezembro de 1958 sobre o *Sítio do Pica-Pau Amarelo* onde traz um pouco do clima de uma transmissão ao vivo dessa época. Ela conversa com Júlio Gouveia no estúdio em que estava a turma do *Sítio*, que nessa época era composta por Lucia Lambertini, a Emília; Hernê Lebon, o Visconde de Sabugosa; Benedita Rodrigues, a Tia Nastácia; Edi Cerri, a Narizinho; David José, o Pedrinho; e Suzy Arruda, a Dona Benta. Os cenários criados por Alexandre Korowaiczik e sua equipe eram um dos fatores do sucesso do programa.

Os atores, já devidamente maquilados por Barry e vestidos por Zelina Soares, esperavam apenas o sinal da campainha dado pelo diretor de TV, Antonino Seabra, para iniciar o programa. Estava presente também o diretor de estúdio Henrique Canalles. Eles chamavam Júlio Gouveia em altas vozes. Mais um minuto e seria dado o sinal para o início do programa. A luz vermelha das câmeras se acendia, e Júlio Gouveia tomava seu lugar diante de uma estante de livros – cenário, é claro –, uma vez que fazia, desde que o lançamento do horário, uma pequena narração para ajudar a compreensão dos espectadores. O *Sítio do Pica-Pau Amarelo* prosseguia com os atores. Emília, como sempre, não dava sossego a Narizinho e Pedrinho, e D. Benta, chamada a intervir, conversava com eles enquanto Tia Nastácia, lá da cozinha, chamava todos para a hora do lanche. O produto que patrocinava o programa era um achocolatado que aparecia na mesa da cozinha, sem interromper a narrativa nem a concentração dos atores e do público. A atmosfera era a mesma das histórias lobatianas.

Em certa ocasião, as professoras que assistiam ao *Sítio do Pica-Pau Amarelo* foram convidadas informalmente a encaminhar desenhos das crianças pequenas e redações das maiores mostrando o que era mais importante para elas no programa. Chegaram muitas cartas, e as crianças demonstraram sua predileção através de desenhos e redações que mostravam o gesto de Júlio Gouveia tirando um livro da estante e começando a contar uma história. Então os criadores do programa perceberam que haviam atingido seu objetivo: levar as crianças à leitura!

O que norteava Tatiana Belinky era fazer um teatro e um teleteatro educacional. O importante era a formação, e não tanto a informação. Não havia didatismo, sermões, aulas ou tentativas de enquadrar as crianças em alguma fôrma pré-moldada. Não se ensinava o que é bom ou mau, assim ou assado. Era um programa artístico, com muita brincadeira, engraçado ou dramático, mas sempre com um conteúdo ético, que levava a criança a tirar suas próprias conclusões. Como Monteiro Lobato, Tatiana procurava dar uma abertura e uma capacidade crítica de ver, ouvir e analisar, não aceitar as ideias sem pensar sobre elas, não engolir nada sem mastigar. Por exemplo, quando Dona Benta contava a fábula da cobra que comeu o sapo, a moral da história clássica era: "Fazer o bem sem olhar a quem!", mas Emília protestava dizendo que ela olhava muito bem a quem, sim, porque ela não era trouxa. Havia a representação da história, com muito senso de humor, que dava abertura ao pensamento crítico.

Tatiana sempre diz: "A criança gosta e precisa treinar as emoções. Precisa rir um pouco, precisa chorar um pouco, precisa sentir um pouco de medo. Tudo dosado. É como qualquer remédio: depende da dose para fazer bem ou mal. Era essa a ideia [...]. Júlio era médico e educador".

As máscaras dos elefantes do Tesp, que representam a tragédia e a comédia, comunicam o que é próprio do universo infantil: a tragédia é o "susto" e a comédia, o rir junto com a criança, nunca rir da criança.

A reportagem de Liba Frydman, de 1958, diz ainda:

> É preciso ressaltar que a família de Monteiro Lobato aprovou integralmente todo o trabalho de Júlio Gouveia e seu grupo, considerando que o espírito do compositor continuava vivo. É muito provável que, se ainda vivesse, trabalharia em estreita colaboração com Tatiana Belinky, de certo modo continuadora de sua obra, pois quando as obras possíveis para o vídeo se esgotaram, a adaptadora não titubeou, criando com os mesmos personagens novas histórias com o mesmo estilo e o mesmo espírito do falecido escritor. Por exemplo, Lobato escreveu *Emília no País da Gramática*, e Tatiana escreveu *Emília no País da Lógica*, exatamente como se fosse uma continuação[20].

E a repórter conta que, o programa já terminado, com um pé na porta para sair, Júlio Gouveia não se furtava ao prazer de contar o que foi considerado pelo grupo todo como uma grande piada:

> Todos os personagens tomavam um copo do produto patrocinador no meio do programa, diante das câmeras, e sempre faziam uma aposta para ver quem bebia mais depressa. Um belo dia, o Visconde de Sabugosa, que nesse tempo era interpretado por Luciano Maurício [...] decidiu por sal na bebida que Pedrinho, Narizinho e a boneca Emília deveriam tomar. David José, Edi Cerri e Lucia Lambertini não puderam disfarçar a primeira careta, mas depois ingeriram corajosamente o resto da bebida, lançando olhares assassinos em direção ao Visconde, que nesse dia muito sofreu nas mãos dos outros personagens de Monteiro Lobato...[21]

Nessa época, o *Sítio do Pica-Pau Amarelo* era um programa que conseguira o recorde de manter-se no ar por seis anos consecutivos,

---

20. *A Gazeta*, 01 dez. 1958.
21. Idem.

muitas vezes sem patrocínio comercial. Quando todas as histórias já tinham sido contadas, eles descansaram o *Sítio* por dois anos.

Então Cândido Fontoura, dono do famoso Biotônico Fontoura, que tinha sido grande amigo de Monteiro Lobato, consultou Júlio Gouveia sobre a possibilidade da volta do programa.

Considerando que se havia passado tempo suficiente para a formação de nova geração de espectadores que precisavam conhecer a obra do grande escritor, resolveram reencenar tudo o que já havia sido feito, desde a primeira história, com os mesmos atores das peças anteriormente.

Tio Candinho fez questão de trazer de volta a série "para matar a saudade de muita gente adulta, ilustrar os petizes com aulas de sabedoria e beleza, e demonstrar que, em qualquer tempo, o notável escritor sempre é necessário"[22].

As reinações faziam parte do dia a dia, e cada capítulo deveria ser uma nova aventura, que Tatiana conta em *Sustos e sobressaltos na TV sem VT,* dizendo que: "E era tudo feito perigosamente 'ao vivo', sendo que em geral tudo corria bem, graças, acho eu, à proteção de Santa Clara, padroeira da televisão"[23].

A manchete do jornal *Notícias da Noite* de 1958 anunciou: "Sem tiros, mocinhos e bandidos a gente do Tesp faz bom teatro". Na entrevista Júlio Gouveia comenta:

> O papel educacional da televisão é enorme. Não deixa, porém, de ser uma faca de dois gumes. Pode ser de influência má, apresentando como aceitável o que é ruim. Posso dar como exemplo um programa em que os pais discutem, a filha do casal trata mal a criada, as crianças são grosseiras. O conjunto pode ser engraçado e causar risos, mas é péssimo para as relações humanas. Duas coisas são importantes numa história: o conteúdo, que determina uma filosofia de vida; e a maneira de ser dos personagens. Assim, se a filha do casal for delicada com a criada, a peça tem boa influência.

Havia também o *Sítio do Pica-Pau Amarelo* no Rio de Janeiro sob direção artística de Maurício Scherman, com os textos de Tatiana

---

22. *Diário de São Paulo*, 05 mar. 1958.
23. T. Belinky, *Sustos e Sobressaltos na TV Sem VT e Outros Momentos*, op. cit., p. 9.

Belinky. Lucia Lambertini representava a Emília no Rio de Janeiro também, e o programa era igualmente uma das maiores audiência na época.

Só depois de muito estudo e pesquisa ficou claro o significado do *Sítio do Pica-Pau Amarelo* apresentado nos dourados anos de 1950: um sonho de liberdade. Foi como uma nuvem de luz captada no ar e sintonizada nos televisores. "A 'nossa educação' cairá como chuva de neve sobre o país, sem saber e sem querer saber onde os flocos irão pousar"[24], escreveu Monteiro Lobato.

Pois esses flocos pousaram na cabeça de gerações e lhes fizeram um imenso bem. É muito bonito descobrir como a história de um sonho vai se realizando, desde as "moitas de espinhos do mato" de uma literatura para crianças que mal podia ser lida até a divulgação feita por uma televisão que ampliava muito rapidamente seu alcance e transmitia programas de ótima qualidade artística, sempre com os maiores índices de audiência, educando um grande número de pessoas.

Agora vejamos o programa *Fábulas Animadas*, que começou trazendo fábulas de Esopo, Fedro, La Fontaine, Perrault, Krylov, os contos de Grimm, lendas e contos populares e anônimos do mundo inteiro, além do folclore de vários povos.

Com o tempo e a experiência adquirida, o programa foi se transformando e trazendo seriados cujos temas eram grandes obras da literatura para crianças e jovens, sempre com o espírito de divulgar o livro e a literatura de qualidade.

Acompanhando as obras mais conhecidas que foram adaptadas por Tatiana Belinky para a televisão, buscaremos compreender como as personagens de criança, heroínas desses livros ajudaram a transformar realidades que se colocavam como rígidas e injustas e a trazer valores de compreensão e justiça, de amor e respeito pela individualidade de cada um e pelas diferenças entre as pessoas.

*The Wonderful Wizard of Oz* foi publicado por Lyman Frank Baum em 1900. Narra a história de uma menina órfã, Dorothy, que mora com os tios nos Estados Unidos e é levada por um tornado.

---

24. Cassiano Nunes (coord.), *Monteiro Lobato Vivo,* Rio de Janeiro: MPM/Record, 1986.

Ela acorda no mundo mágico de Oz, onde ela e as personagens que encontra devem passar por várias provas antes que ela possa voltar para casa. A Metro Goldwyn Mayer fez um filme com Judy Garland em 1939, com a inesquecível música *Somewhere over the Rainbow*, traduzida como *Algum Lugar Além do Arco-Íris*, que fala de uma terra situada em algum lugar onde os sonhos se tornam realidade quando manifestados às estrelas. Traduzido e adaptado com o título *O Mágico de Oz* por Tatiana Belinky, foi um dos programas apresentados em *Fábulas Animadas*.

*Le Avventure di Pinocchio: Storia de un Burattino* foi escrito pelo toscano Carlo Collodi em 1881. Conta a história do boneco de marionetes Pinóquio criado pelo carpinteiro Gepeto, que expressa o desejo de ver o boneco transformado em um menino humano. A fada azul acorda o boneco Pinóquio, que passa por várias provas com a ajuda da consciência – o guia Grilo Falante. Pinóquio vence a mentira denunciada pelo nariz que cresce e supera a ilusão de fama e sucesso fáceis ao ser preso e explorado por malfeitores no teatro de marionetes. As orelhas de burro que crescem mostram que a preguiça não é a solução, e que o estudo é necessário. A coragem que demonstra ao salvar Gepeto da barriga do grande peixe o tornam merecedor da ajuda do sobrenatural, que o transforma finalmente em um menino humano. A adaptação de Tatiana Belinky para a televisão brasileira teve o nome *As Aventuras de Pinóquio* e foi ao ar em 1954-1955, logo no início do período de grandes obras da literatura infantil para crianças.

*Peter and Wendy* é o nome da peça de teatro escrita por James Matthew Barrie que foi publicada como livro para crianças em 1911. A história clássica do menino que permanece eternamente criança já tinha sido adaptada para o teatro por Júlio Gouveia e apresentada pela televisão em 1956.

Estes livros trazem o pulso do século. Na busca por uma atitude ética para a humanidade, todos foram muito populares e se transformaram em filmes de grande sucesso. Em um mundo que tinha passado por duas guerras, o espaço dedicado à criança parecia procurar por um lugar de sanidade mental, livre da loucura que tomava conta da realidade das pessoas.

Os filmes de Shirley Temple levavam as multidões que ficavam na fila do pão a gastar seus centavos na certeza de compartilhar momentos de elevação estética e ética na história cheia de heroísmo, tristeza, leveza e graça de *Heidi*. Tatiana Belinky tinha lido o livro quando criança e conhecia seu valor, realizando em 1956 a adaptação que foi ao ar na televisão brasileira. *Heidi* foi escrito por Johanna Spyri em 1880 e conta a linda história da menina órfã criada pelo avô em meio à natureza dos Alpes suíços. Contra sua vontade, ela é exilada para uma casa na cidade e, com perseverança, reconquista seu espaço amado. Heidi é a criança que enfrenta um mundo adverso com coragem e determinação, ajudando as pessoas que encontra no caminho e representando o arquétipo de tudo o que é mais puro, frágil e forte ao mesmo tempo no ser humano. A escritora suíça escrevia histórias simples de um mundo inocente, com beleza e graça, dedicadas às crianças e aos que as amam. Queria proteger as crianças da incompreensão por parte dos adultos, que frequentemente impedem a livre expansão de sua personalidade. Em 1937 foi realizado pela Twentieth Century Fox um filme encantador, *Heidi,* com Shirley Temple representando o papel principal com amor e integridade. "Ganhadora de um Óscar especial aos seis anos de idade, Temple foi a salvadora da Fox e do público na época da Grande Depressão. Inclusive o presidente norte-americano Franklin D. Roosevelt sucumbiu a seus encantos e lhe agradeceu por "ter feito a América atravessar a Grande Depressão com um sorriso"[25].

A Biblioteca Infantil Monteiro Lobato em São Paulo tinha um auditório que exibia estes filmes para as crianças. E havia um grande retrato de Shirley Temple pendurado ali.

*Pollyanna*, de Eleanor H. Porter, publicado em 1913, é considerado um clássico da literatura infanto-juvenil. Traduzido por Monteiro Lobato, é a história de uma menina que fica órfã e vai viver com uma tia severa. Mas ela acredita profundamente no

---

25. Disponível em: <http://pt.wikipedia.org/wiki/Shirley_Temple>. Acesso em 22 abr. 2012.

"jogo do contente", que aprendeu com o pai e que consiste em ver sempre um lado bom em tudo o que acontece, transformando para melhor a vida de todos a seu redor. O pai, que era um missionário, tinha se inspirado em uma frase de Abraham Lincoln – "Se você procurar a maldade nas pessoas, certamente a encontrará" – como base do "jogo do contente", que procurava ver o melhor em tudo e em todos. No final da história, Pollyanna corre o risco de ficar paralítica, mas o povo da cidade, transformado por ela, vem lhe trazer solidariedade, e ela reage com coragem.

Em 1920 é feito um filme com Mary Pickford. A versão brasileira na TV teve Lucia Lambertini, Beatriz Segall e David José como parte do feliz elenco do seriado, que foi um sucesso segundo um texto escrito por Oscar Nimitz no suplemento de televisão do *Diário de São Paulo* em 1958:

> O telespectador mirim olhou para o vídeo e descobriu otimismo e tranquilidade. Entre uma e outra frase, soube que no mundo também existe simplicidade. Depois... depois percebeu que, ao contrário do que muito adulto dizia, nem todos eram feitos de egoísmo e vaidade. E o pequeno continuou acompanhando aquela menininha de sorriso bonito, de olhos grandes e delicados, que parecia uma fada em miniatura a distribuir felicidade. "Pollyanna", figurinha frágil, parecendo uma concepção chinesa, ensinava a todos o "jogo do contente". "Pollyanna", nos seus diálogos ingênuos, mostrava que a maior felicidade consistia em oferecer felicidade... Centenas, milhares de telespectadores vibraram e continuam a se entusiasmar com a história de "Pollyanna", apresentada pelo canal 3, numa adaptação feliz de Tatiana Belinky. A produção de Júlio Gouveia, cuidadosa e excepcional, trouxe para o mundo da arte a moça Verinha Darcy, moça de dotes notáveis, de radiante simpatia, que oferece uma interpretação primorosa...

*Pollyanna Grows Up* também foi escrito por Eleanor H. Porter em 1915 e é uma continuação da história. Foi apresentado pelo Tesp em 1958, sendo intitulado *Pollyanna Moça*.

*Little Lord Fountleroy*, da autora anglo-americana F. H. Burnett, foi publicado em 1886. É a história de um menino americano que se torna herdeiro de um velho lorde inglês ranzinza que explora cruelmente os empregados. Ele acaba transformando o coração

Pollyanna Moça, *seriado apresentado na TV Tupi em* 1958. *Da esquerda para a direita: Adriano Stuart, Verinha Darcy e David José.*

do avô e as relações difíceis em torno dele através de sua pureza e bondade. São os ideais republicanos americanos transformando o que restava das relações feudais inglesas. Em 1936, Selznick fez um filme comovente. A história começa no Brooklin, Nova York, em 1880, e mostra o menino ganhando uma bicicleta, objeto que acabara de ser inventado e tinha uma roda muito grande na frente e outra pequena atrás[26].

Na TV brasileira, a adaptação foi ao ar como seriado chamado *O Pequeno Lorde* em 1957, "prestigiada como gentileza Lacta".

*The Spanish Gardener* é uma novela do escritor escocês Archibald Joseph Cronin escrita em 1950. Conta a história da injustiça cometida pelo ciumento pai viúvo de Nicholas contra um jardineiro que, por sua simplicidade, conquista a lealdade da criança. Em 1956 foi feito um filme com Dirk Bogarde, e Tatiana Belinky adaptou a história com o nome *Nicholas* para a TV brasileira em

---

26. Disponível em: <http://www.youtube.com/watch?v=qvfNbGM57Lg>. Acesso em 22 abr. 2012.

1958-1959 em 64 episódios com Rafael Neto, Henrique Martins e Marcos Rosenbaum no elenco.

*Angelika*, do autor austríaco H. E. Seuberlich, é uma série que descreve os anos de 1950, não no seu aspecto dourado, mas falando de refugiados e órfãos, como a personagem central, que dá título à obra. Tatiana Belinky traduziu e adaptou o texto, que foi transmitido como uma série de 69 episódios em 1959 e repetido em sete partes em 1960, com a maior teleaudiência de São Paulo, segundo o *Diário de São Paulo* de 7 de maio 1959, que dizia também: "[...] E se fica, então, com um 'nó na garganta', com vontade de ajudar a menina estranha de olhos grandes e tristes, tão sozinha no meio do grupo alegre e cheio de vida das outras meninas [...]".

Maria Adelaide Amaral fazia parte do elenco. Belas fotografias desta produção podem ser vistas no livro *A TV Antes do VT* de David José Lessa Mattos, editado pela Cinemateca Brasileira em novembro de 2010.

*The Secret Garden* também é de autoria de Frances Hodgson Burnett e foi publicado em 1911, inspirado na rima infantil "Mary, Mary, Quite Contrary". Na Índia, uma menina rica e mimada cujos pais só querem saber de festas cresce entre muitos criados. Perde seus pais, que morrem de cólera, e é enviada para o imenso castelo de um tio viúvo na Inglaterra onde uma governanta severa domina a todos. Um pássaro a leva a conhecer um jardim secreto muito amado por sua falecida tia, e a menina transforma o jardim abandonado em um espaço encantado vivo e alegre com a ajuda de um menino jardineiro. Ela descobre um primo de sua idade doente na cama que quer morrer e o desafia a viver. As três crianças fazem um ritual no jardim chamando de volta o tio que estivera viajando, se recusando a viver por saudades da falecida esposa. O tio retorna, todos põem para fora a governanta autoritária e passam a viver uma vida feliz.

Há uma bela adaptação para o cinema realizada em 1919 com Lila Lee, atriz que é uma lenda do cinema mudo. A adaptação de Tatiana, *O Jardim Encantado*, foi ao ar com a então menina Débora Duarte em 53 episódios entre 1959 e 1960.

Nelly Novaes Coelho afirma em seu *Dicionário Crítico da Literatura Infantil e Juvenil Brasileira*: "Entre as adaptações e textos originais, Tatiana Belinky escreveu nessa época cerca de 1500 *scripts*"[27].

Durante o Primeiro Festival Internacional de Cinema em São Paulo, em 1954, Sonika Bo, coordenadora do Cendrillon, um cineclube especializado em produções infantis, veio ao Brasil acompanhar o Festival de Cinema Infantil. Ela era uma autoridade da época em cinema para criança e impressionou-se com a beleza e o bom gosto dos teleteatros do Tesp. Confessou que eles superavam tudo o que já vira em vários países, afirmando que essas representações eram inigualáveis pelo conteúdo ético, riqueza de vestuários e cenários, segundo reportagem de Chico Vizzoni publicada em fevereiro de 1954[28].

Muitos desses textos e roteiros receberam forma de dramaturgia teatral, foram publicados pela revista *Teatro da Juventude* ou editados em livros. Circularam mesmo como cópias em xerox e passaram a ser montados por teatros amadores e profissionais de norte a sul, de leste a oeste do Brasil inteiro.

O *Teatro da Juventude* foi o programa mais longo sob a responsabilidade do casal, que o apresentava aos domingos. A duração era de mais de uma hora; as histórias tinham características épicas e abordavam temas bíblicos, entre outros.

*Cristóvão Colombo* foi uma encenação que focalizava de maneira inédita a complexa personalidade do descobridor da América, uma autêntica aula de história, filosofia e de ética.

"Quero ajudar o Brasil..." é um pequeno texto autobiográfico escrito por Monteiro Lobato em 1938 que fala da fé de um negro simples em sua pátria, o Brasil. Investindo seu pouco dinheiro no petróleo, levou os defensores do petróleo brasileiro a superar os maiores obstáculos para sustentar essa fé. O conto está no livro *Negrinha*. Foi apresentado na TV em 1958, e Paulo Bonfim escreve o seguinte em uma crítica de TV de 1958:

---

27. São Paulo: Edusp, 1995, p.1081.
28. Recorte de *Era uma Vez*, reportagem de Chico Vizzoni para os Diários Associados em fevereiro de 1954.

A adaptação de Tatiana Belinky impressiona pela absoluta fidelidade ao texto. Os diálogos permanecem vivos em sua deliciosa simplicidade, e a narrativa se desenrola no mesmo clima emotivo criado pelo escritor. Amandio Silva Filho, muito bem caracterizado, vive com segurança o tipo de Lobato. Seus companheiros encarnam bem as figuras da época. O preto velho, Pereira de Queiroz, e o inesquecível Manequinho Lopes, herói octogenário de 32, estão perfeitamente lembrados [...] A figura do preto velho é um símbolo que representa o ser humilde, o herói anônimo que permanece de pé após todas as batalhas, o homem do povo que ama sua terra com um amor puro e desinteressado, um amor que não pede votos e não vive de falsas promessas[29].

Em 1958 o Teatro da Juventude inaugura o grande Estúdio C da TV 3 com a peça *O Pronome Fatídico*, baseado no conto "O Colocador de Pronomes", de Lobato, com a presença do Tio Candinho, o Sr. Cândido Fontoura, da Campanha Nacional Pró-Monumento a Lobato.

*Jeca Tatu*, do mesmo autor, tem uma apresentação em 1960 com José Serber, Henrique Canales e Hernê Lebon, que muda de aspecto depois de tomar o Biotônico Fontoura!

Em 1958, Tatiana Belinky, baseada num caso verídico que causava polêmica nos jornais da época, escreveu para a TV a peça *As Professoras de Itápolis*. *Ricochete*, de H. L. Miller, teve uma apresentação em 1959.

*As Aventuras de Tom Sawyer*, de Mark Twain, novela escrita em 1876, conta as aventuras de um menino que cresce junto ao rio Mississipi. Um filme foi feito em 1930 com Jackie Coogan pela Paramount Pictures. A versão da TV brasileira é de 1954, com David José no papel de Ben Rodgers.

*A Moreninha*, de Joaquim Manuel de Macedo com adaptação de Miroel Silveira e adaptação para TV de Tatiana Belinky, foi ao ar em seis partes, em 1959, com participação de Fanny Abramovitch.

*Guilherme Tell*, a história ou o mito do herói libertador do povo suíço que, com sua famosa flecha, partiu em dois a maçã sobre a cabeça de uma criança, também foi contada.

29. *7 Dias na TV*, n. 550, 1995, p. 24.

*Timon de Atenas*, de William Shakespeare, adaptação de Tatiana Belinky, foi para o ar em três partes em 1959. E *A Princesinha que Queria a Lua*, de J. Thurber, foi adaptado em 1960.

Um espaço de destaque nas produções do Tesp são os textos bíblicos no *Teatro da Juventude*.

*Os Dez Mandamentos* foi uma série de sete espetáculos com uma hora de duração. As cenas que narram a passagem de Moisés e do povo judeu pelo mar que se abre diante deles e depois se fecha sobre seus perseguidores foi marcante na memória das pessoas. Filmaram a água caindo de caixas d'água e mostraram o filme de trás para diante. Na segunda cena inundaram mesmo os estúdios! Pelo guarda-roupa, observa-se o rigor à fidelidade das vestimentas da época.

*Santa Clara de Assis, Padroeira da Televisão* foi um espetáculo apresentado em 1958, baseado nas biografias de Johannes Joergensen e Piero Bargelini. *Santo Antonio de Lisboa* e *José do Egito*, de Tatiana Belinky, foram ao ar em 1959, assim como as adaptações de *Hoje é Páscoa* e *Coisas da Primavera*, de Hark e McQueen. *Esther* foi uma montagem encenada anualmente por ocasião de "Purim", uma festa judaica.

Paulo Bonfim escreve em uma crítica de TV sobre "Sombra Amiga", o programa de Luiz Galon, dedicado à musa inspiradora dos artistas, que traz um momento de paz e de amor na vertigem da cidade:

> Nada mais justo do que trazer, aos olhos do telespectador, a figura da musa, da inspiradora daqueles que realizam, nos mais diversos setores da atividade humana, algo de nobre e de bom. Se pudermos ver através dos gestos mais nobres, das atitudes mais heroicas, das mensagens mais sérias do mundo artístico, divisaremos sempre, através de gênios e de heróis, de sábios e de pioneiros, um vulto de mulher. Em torno desse anjo bom que orienta e inspira o caminho inquieto daqueles que plantam mais alto, na montanha, suas bandeiras de vitória, gira o novo programa de Luiz Galon, "Sombra Amiga". Que em 1958 apresentou um programa perfeito e humano, focalizando a vida de Júlio Gouveia através do prisma lírico de Tatiana Belinky. O tema é o do encontro de duas existências que, entre a realidade e o sonho, criam um novo sentido de beleza e de sentimento a milhares e milhares de jovens[30].

30. *Diário de São Paulo* de 1958.

*Cenas de* O Toque de Ouro.

Desde 1958 até pelo menos 1962, Tatiana escreve regularmente uma coluna de crônicas chamada "Nossa Vida com a TV", no *Diário de São Paulo*, em uma seção de TV–Rádio. É muito interessante porque acompanha o dia a dia da TV e levanta questões sobre a função do veículo, sua qualidade, discorrendo sobre o teleteatro aqui no Brasil e no exterior; conta a história do seu crescimento e depois dos problemas quanto à perda de espaço de um pessoal altamente qualificado e brasileiro na linguagem de TV para os filmes americanos dublados.

Consideramos que a primeira dessas crônicas do primeiro ano da coluna, de março de 1958, equivale a um depoimento sobre os primeiros anos da televisão. Vamos, portanto, transcrevê-la com suas próprias palavras:

Coisa muito séria, a TV em minha vida. Faz uns seis anos, ela entrou pela minha porta – entrou, instalou-se e ficou "veni, vidi, vinci". A TV é assim mesmo, entra e toma conta. E fica fazendo parte da vida da gente, dentro da casa da gente, no meio da família da gente, num fenômeno benigno de "coexistência pacífica". Foi assim comigo, e é assim com você também, não é verdade?

No começo, houve quem quisesse desfazer da TV, tentando diminuir-lhe a importância, negar-lhe o alcance, menosprezar-lhe a penetração em extensão e profundidade. Hoje a coisa já mudou de figura, e as mesmas pessoas que ontem faziam pouco da TV têm agora o seu televisor instalado em lugar de honra na sala de visitas, ou então sobre mesinha de rodas, para poder levá-la de um lado para outro, a fim de não perder um programa favorito na hora das refeições. E agora, também eles já podem falar da "TV em sua vida". Não podem ignorá-la nem mesmo aqueles que não possuem televisor (ainda).

Também, pudera! Ignorá-la, de que jeito? Com 250 mil aparelhos receptores instalados só em São Paulo e arredores – com uma média de três espectadores por aparelho – já imaginaram que auditório é este? Qualquer veículo de divulgação que atinge uma audiência assim é nada menos que uma potência. E uma potência tem que ser respeitada. Nenhum político, no maior dos comícios, nenhum ator, no maior dos teatros, nenhum esportista, no maior dos estádios, jamais teve um público assim... E pensar que a TV, entre nós tem pouco mais de seis anos, está engatinhando ainda, ainda vai crescer muito, seu público vai aumentar, decuplicar, centuplicar!

Sim, senhores. A TV é um gigante, um colosso de força enorme, descomunal. Se este colosso é bom ou mau, isto já é outro problema. A TV é um robô, um gigante sem vontade própria. Será tão bom ou tão mau, tão construidor ou tão destruidor, tão positivo ou tão negativo, como as mãos que o manejam – pois que não passa de um instrumento.

E vai daí, surge o problema da responsabilidade. A responsabilidade imensa dos "donos" da TV: os diretores comerciais e artísticos, os patrocinadores, os produtores, os escritores – todo este grande grupo humano que "põe no ar" um programa.

Como força educacional (no sentido mais amplo do termo, isto é, educar é transmitir alguma coisa, seja ela boa ou má, certa ou errada): como força educacional, a TV é a maior na história da humanidade. Por ser simultaneamente vista e ouvida, por estar dentro da nossa própria casa, por transmitir coisas que "estão acontecendo" no próprio momento da transmissão, o seu impacto é maior que o do teatro, do rádio e até mesmo do cinema – que é outro "veículo de massas". Sim, porque a TV é a hóspede permanente do lar e pode ser ligada a qualquer hora, mesmo pela mão de uma criança – e lá está esta criança exposta à influência "educacional" direta e imediata do que ela ouve e vê. Será preciso dizer mais da responsabilidade – perante a infância e a juventude, perante a família, a sociedade, o próprio país – daqueles que fazem TV?

Entretanto, existe mais um grande responsável, para repartir este peso com os que fazem TV. Não – é o censor. Não é o Juiz de Menores. Não é nem mesmo a Lei, que pode muitas vezes ser contornada. O segundo grande responsável é o Público. Com P maiúsculo, sim, porque me refiro ao público melhor, o público consciente. É a este público que cabe a última palavra. É a ele que cabe aceitar ou recusar, sugerir e repelir, aprovar ou desaprovar o que se faz na TV. E não diga que ele não pode fazer isso. Pode sim. Porque o público é o "freguês" da TV. E o freguês é quem manda.

E já que a TV está aqui para ficar, e já que nós estamos vivendo com a TV – e isto é um fato – façamos com que "A TV em nossa vida" seja uma coisa repousante e boa, que diverte e que instrui, que desenvolve e que educa – a criança e o adulto, o indivíduo e o cidadão – e façamo-lo honestamente, conscientemente, de ambos os lados: o nosso, cá de dentro, e o de vocês, aí de fora[31].

Em uma justa homenagem, foi inaugurado em 25 de abril de 2007 o Núcleo de Televisão Infantil Tatiana Belinky da TV Cultura,

---

31. Crônica de Tatiana Belinky, *Nossa Vida na TV*, *Diário de São Paulo*, 1 mar. 1958.

o maior centro de produção de televisão de qualidade para crianças e jovens da América Latina. Um texto de Clóvis Garcia nos leva a pensar:

> Possivelmente a semente dessa enorme capacidade intelectual esteja naqueles anos em Riga, vivendo numa família de alto nível cultural, com atuação e assistência de teatro, dança, música, cinema, ópera, circo, leitura e narrativa de histórias e obras literárias. Toda essa intensa e variada atividade foi o cadinho onde se plasmou a personalidade artística e criativa de Tatiana. Mas, também possivelmente, o transplante para o Brasil, tropical, miscigenado, com a fusão de várias culturas, costumes e raças, com seu colorido tropical, sua sensibilidade, sua criatividade, terá sido um caldo cultural que permitiu o florescimento e frutificação do talento de Tatiana Belinky[32].

E ainda há muita coisa para ser pesquisada e descoberta... Bem, mas essas são outras histórias, que ficam para uma outra vez...

*Karin Dormien Mellone*

---

32. Um Transplante que Deu Certo, em Tatiana Belinky, *Quem Tem Casa, Casa?* São Paulo: Letras & Letras, 1992.

# O TEATRO PARA CRIANÇAS
# E ADOLESCENTES

*Bases Psicológicas, Pedagógicas, Técnicas
e Estéticas Para a Sua Realização*

Desnecessário enfatizar que, entre as várias funções do teatro para crianças, uma das mais importantes – talvez a mais importante – é a função de educar. É óbvio que esta não deve ser interpretada meramente no sentido estrito e rigoroso de conduzir, domar ou domesticar. Educar é fornecer os instrumentos intelectuais, morais e éticos necessários à criança (e ao ser humano em geral), visando à sua formação individual, e integração familiar e social, consciente e responsável. Educar é fornecer ao indivíduo condições para percorrer em pouquíssimo tempo o longo e árduo caminho de milênios que levou do homem primitivo ao homem civilizado, através do aprendizado por *trial and error* (tentativa e erro), ao relacionamento humano autêntico e construtivo, ou seja, a aprender que é preciso respeitar para ser respeitado, e assim garantir a sua tranquilidade pessoal e o bem-estar social.

No palco, devemos criar situações e conflitos que precisam ser resolvidos. E a maneira encontrada para essa solução irá desencadear na criança processos mentais que a levarão a formular conceitos de comportamento e de relacionamento adequados para o desenvolvimento harmonioso da sua personalidade. Assim, a maior assiduidade da criança ao bom teatro acaba por colocá-la em contato com toda sorte de situações e conflitos, ampliando, por extensão, os seus próprios processos mentais. Por meio desse mecanismo, o teatro se torna uma das poucas agências educacionais que, em vez de "fazer a cabeça" da criança (expressão horrorosa, tão em moda nos nossos dias), *abre* a cabeça da criança, tornando-a apta a avaliar por si mesma o "bom" e o "mau", o "certo" e o "errado". Esta criança vai deixando de "engolir sem mastigar" julgamentos apriorísticos, baseados nos conceitos deturpados, viciados e falsos (melhor dito, preconceitos) adquiridos por contaminação da maioria dos adultos. Preconceitos e imensurável e estúpido acirramento, que, com tanta frequência, criam neuroses e acabam sendo os principais responsáveis pelo encaminhamento do adulto ao psiquiatra.

Porém não há dúvida de que o teatro para crianças tanto pode contribuir para a educação como para a deseducação. Depende do grau de competência e seriedade do autor e do diretor, e até mesmo do mais obscuro dos atores. Certa vez, perguntaram a Stanislávski, o grande teatrólogo russo criador do "método" que leva seu nome, como deveria ser o teatro para crianças. Ele pensou um instante e respondeu: "Igual ao dos adultos, só que melhor". Concordamos, porém em termos, já que os critérios aqui não podem ser absolutos, e sim relativos. Pois se cada público tem o teatro que merece, por outro lado, nenhum teatro pode ir além das possibilidades do seu próprio público. Por isso convém indicar quais as medidas que devem ser postas em prática a fim de preparar públicos cada vez melhores, tanto qualitativa como quantitativamente, para produzir a "reação em cadeia", que, ao dar ao público um teatro cada vez melhor, cria ao mesmo tempo um público cada vez mais exigente e melhor para o teatro.

Portanto, no teatro como na medicina, ao lado das medidas curativas, isto é, a reeducação dos adultos imbuídos de preconceitos — tarefa ingrata, lenta e de resultados duvidosos —, teremos de utilizar também e principalmente os métodos profiláticos, a saber: evitar na criança a formação de concepções falsas, desenvolver o interesse pelas coisas de teatro, e, divertindo-a, elevar o nível intelectual e artístico das novas gerações. Dessa forma, chegaremos mais depressa ao dia em que o teatro, tanto o infantil como o adulto, poderá contar com um público numeroso, consciente e de padrão cultural elevado.

Assim, fica claro que, enquanto o teatro para adultos deve ser encarado pelo aspecto cultural, o teatro para crianças e adolescentes só pode ser considerado como educativo – o que nos obriga imediatamente a colocá-lo no âmbito da pedagogia (aplicada), lembrando sempre que "o teatro é para a criança, e não a criança para o teatro" e que a principal finalidade do teatro para crianças não consiste apenas em formar para o futuro um público adulto de boa qualidade, mas implica primordialmente determinadas influências psicológicas de alcance muito maior do que se pensa usualmente. E isso porque todos os acontecimentos do palco passarão a fazer parte do subconsciente da criança, constituindo "engramas" e contribuindo para a formação daquele fabuloso depósito mais ou menos inconsciente de ideias e emoções, que terá posteriormente uma tremenda participação na inteligência, na sensibilidade e no comportamento da pessoa adulta.

Educar uma criança é integrar a sua personalidade dentro da sociedade, sem prejuízo do senso crítico; é iniciar o processo de maturação que se prolongará por toda a existência do indivíduo. Essa integração e esse amadurecimento, que constituem a base da saúde mental ideal, requerem uma harmonia perfeita entre o intelecto e as emoções; emoções que necessitam de treino, que só pode ser conseguido através da participação efetiva em experiências pessoais verdadeiras.

Entretanto, é claro que a experiência real, em todas as situações da vida, não é possível nem desejável, especialmente em se tratando de crianças. Constatou-se, porém, que as experiências pessoais imaginadas também podem servir para exercitar e desenvolver as emoções, desde que constituam verdadeiras experiências, vivências acompanhadas de participação afetiva. Podemos, pois, valer-nos de experiências imaginárias, "vicariantes" ou "vicárias", realizadas por projeção, para, através de expressões emocionais, encarar de perto todas as relações e reações humanas. E o melhor elemento de que dispomos para isso é o teatro.

A experiência já demonstrou sobejamente, nos Estados Unidos, na União Soviética e em alguns países europeus, onde foram feitas pesquisas sobre o público teatral, que a integração e o amadurecimento da personalidade avançam um passo a cada experiência estética fornecida pelo teatro. E quanto mais verdadeira, autêntica, for a experiência estética, tanto mais profundo será o resultado educativo.

Assim sendo, o valor de uma peça para crianças, ou de uma peça para adolescentes, não deve ser julgado apenas em função da sua popularidade (embora este seja um ingrediente importante) ou do resultado financeiro, mas sim da sua contribuição para o desenvolvimento intelectual, emocional e estético dos espectadores.

A primeira conclusão de tais fatos é que toda peça para crianças e adolescentes deve apresentar um conflito perfeitamente delineado, com personagens bens caracterizados e uma situação absolutamente clara, para que o jovem espectador, através da identificação com um dos personagens (ou com uma situação), sofra uma experiência, uma vivência pessoal verdadeira, com a correspondente participação emocional.

Uma peça sem conflito, sem "nó dramático", pode até resultar numa contribuição estética de qualidade, mas a permanência dessa contribuição estética e a sua incorporação à personalidade da criança serão duvidosas justamente por faltar a participação afetiva que só um conflito pode produzir, e porque somente a participação afetiva é capaz de fixar o resultado das experiências vividas.

O segundo princípio básico do teatro para crianças e adolescentes é que o gosto, o interesse e a preferência desse público não podem ser avaliados e julgados diretamente pelos adultos, pois o mundo da criança é para o adulto um mundo diferente, estranho e fechado. Entre as maneiras de avaliar o interesse das crianças, devem ser recusadas e imediatamente postas de lado as seguintes:

1 – Julgar exclusivamente em função das manifestações de entusiasmo ou de júbilo durante o espetáculo. Pois não só é muito fácil

provocar essas manifestações das crianças – o que absolutamente não implica boa qualidade do espetáculo – como também é muito difícil distinguir se tais manifestações partem propriamente do público infantil ou se é dos adultos que usualmente estão presentes na plateia, "incentivando" (ou tolhendo) as crianças.

2 – Entrevistar as crianças diretamente. E isso porque nenhum adulto deve pensar ou esperar que uma criança lhe confie a sua opinião real, pois mesmo que a criança estivesse disposta a isso (o que é raro) não saberia como fazê-lo. Além do que, a própria situação de entrevistado cria neste uma inibição. E mesmo que a criança responda, o mais provável é que ele queira "agradar" o adulto e procure dizer o que imagina que o adulto espera dela.

A única maneira de tentar vislumbrar o que se passa no íntimo de uma criança é através da experiência e da observação, abstraindo tanto quanto possível a situação adulta do observador, aplicando todos os conhecimentos de psicologia infantil e da pedagogia, e empregando o método científico clássico: a. observação; b. hipótese para a interpretação do fato observado; c. experiência provocada para verificar a exatidão da hipótese; d. nova observação, com consequente confirmação ou desmentido da primeira interpretação. Este processo, que é utilizado há muitos anos na União Soviética e é aplicado também nos Estados Unidos, consiste no seguinte.

O autor escreve uma peça, que supõe apropriada para crianças de determinados limites de idade, entrega-a ao diretor artístico especializado, o qual monta a peça e apresenta-a a um público--padrão, constituído de crianças de idades dentro daqueles limites e com características psicológicas conhecidas. Durante o espetáculo, o diretor artístico, o autor e alguns educadores e especialistas em psicologia infantil observam e anotam todas as reações do público, e tiram fotografias (com infravermelho) sincronizadas palco-plateia em determinadas passagens da peça. De acordo com essas observações é que a peça será aprovada, modificada ou rejeitada para o público daquela faixa etária. Nesse último caso, o processo repete-se com públicos de idades maiores ou menores, até se encontrar o público certo para a peça, ou se resolva que ela não serve para crianças, mesmo alterando o texto. (É claro que isso é bem mais difícil no Brasil, por ora, enquanto ainda não se estabeleceu o hábito salutar de se levar as crianças ao teatro em turmas escolares).

Para avaliar o interesse e as preferências do público jovem, o inquérito por escrito pode dar bons resultados, conforme constatamos em experiência realizada pela União Paulista de Educação, com cerca de mil crianças. O inquérito que realizamos baseia-se numa série de perguntas preparadas pelo professor Solon Borges dos Reis. As perguntas são formuladas por escrito e sem intervenção da professora. O exame e a comparação das respostas darão informações bastante precisas, especialmente se o mesmo inquérito for realizado com o mesmo público depois de diversos espetáculos, com peças diferentes.

De uma forma ou de outra, no teatro para crianças e adolescentes, a peça deve ser apropriada para o público, partindo do ponto de vista deste e não do ponto de vista do adulto. Para tanto precisamos conhecer o público infantil, estudar seu comportamento durante e depois do espetáculo, e apresentar as conclusões aos autores de peças para crianças, para que eles possam produzir textos cada vez melhores e capazes de orientar os jovens, tanto do ponto de vista estético como do ponto de vista pedagógico, sem jamais esquecer o lúdico. Fazemos nossa a frase com que John E. Anderson encerrou o VI Congresso Americano de Teatro para Crianças:

> Encerro a minha contribuição para este congresso com o voto para a maior e melhor observação e estudo das reações das crianças nos teatros, pois uma pessoa sentada a uma escrivaninha, por mais competente que seja, dificilmente poderá nos dizer o que convém às crianças, orientando-nos nesse mundo maravilhoso e cheio de mistério que é a alma infantil".

O terceiro ponto básico no teatro para crianças decorre do segundo, e é a necessidade de separar o público de acordo com as idades. O desenvolvimento mental, emocional e intelectual é tão diferente nas diversas idades que apresentar uma peça a um público heterogêneo, formado por crianças de quatro ou cinco anos, ao lado de crianças com dez, onze ou doze, é simplesmente absurdo, e tão obviamente errado, que dispensa comentários especialmente se nos lembrarmos de que até para frequentar a escola primária ou o ginásio há limites de idade, de acordo com a legislação. Aliás, a maneira mais lógica e mais viável de separar por idades o público dos espetáculos é em função do ciclo escolar: pré-escola ou jardim da infância, escola de 1° grau ou 2° grau, constituindo este último o público do teatro para adolescentes propriamente dito.

Infelizmente, porém, a separação por idade nem sempre é possível entre nós, já que poucas escolas levam os alunos ao teatro, e os pais ainda não desenvolveram o hábito de levar os filhos aos espetáculos teatrais (onde os há), muito menos de verificar a que faixa etária essa ou aquela peça é adequada. Mas nem por isso a separação por idades deixa de ser desejável, e devemos realizá--la sempre que possível, evitando assim que os nossos espetáculos sejam prejudiciais para as crianças pequenas e insuficientes e insatisfatórios para as maiores. Para isso seria bom que os jornais e revistas (e a imprensa em geral) mantivessem sessões permanentes de crítica e informação sobre teatro infantil, para orientação de pais e mestres.

Entrelaçada com a questão da separação por faixas etárias está a questão dos personagens maléficos, as bruxas, os vilões e outros "adversários" necessários. Consideremos aqui dois pontos:

1 – As atitudes dos personagens, as situações em que eles se encontram e os conflitos que enfrentam podem e devem ser dosados e controlados, na medida em que as situações e as personalidades dos personagens sejam tais que já contenham em si todas as possibilidades de uma solução plausível (e o plausível da criança certamente não exclui o mágico) e satisfatória. Nessas condições, qualquer emoção sofrida pela criança em sua identificação com a personagem só poderá ser benéfica (e catártica), pois servirá para mostrar à criança que as dificuldades devem ser enfrentadas e podem ser vencidas, dominadas ou ultrapassadas. De qualquer

forma, o "final feliz" é necessário e importante para a criança, especialmente a menorzinha.

2 – É evidente que a idade das crianças, aqui mais do que em qualquer outro ponto, é elemento de capital importância. Pois o mesmo acontecimento ou personagem, ou situação, que para uma criança de dez ou onze anos seria apenas interessante, às vezes até ingênuo demais, às vezes cômico ou no máximo emocionante, para uma criança de cinco ou seis anos pode apresentar-se como terrivelmente dramático ou mesmo constituir motivo de pânico.

Assim sendo, se outras razões não existissem, esta seria suficiente para que em todos os espetáculos para crianças houvesse sempre pelo menos a indicação das idades apropriadas para aquela determinada peça. Esse cuidado é também de capital importância nas peças para pré-adolescentes e adolescentes, pois estes, em consequência das suscetibilidades características da fase que atravessam, tenderão a se afastar dos espetáculos teatrais, se as peças que lhes dermos apresentarem "infantilidades" impróprias para a sua dignidade de "gente grande". Entretanto, não há dúvida de que existem textos e espetáculos com vários níveis de leitura, que podem ser assistidos com proveito por um público heterogêneo – mas são casos especiais.

O quinto ponto básico a considerar na realização do teatro para crianças e adolescentes é a questão da "participação". Esta, em última análise, nada mais é do que demonstração de interesse e envolvimento pelo que acontece no palco. A exteriorização desse interesse – que pode chegar à empolgação e à absorção e que, como sabemos, é o indicador mais importante da qualidade (e comunicabilidade) do espetáculo – pode ser verificada durante a função de duas maneiras principais: pela observação das expressões faciais e corporais do público e pela observação dos ruídos provenientes da plateia. A primeira é mais difícil, pois exige vários observadores, ou implica fotografias, com as consequentes possíveis perturbações e desvios de atenção. Resta-nos, porém, a possibilidade de observar a participação do público através dos ruídos da plateia.

Os ruídos da plateia constituem um dos capítulos mais interessantes do teatro para crianças. Antes de mais nada, porém, é necessário ter-se a certeza de que os ruídos partem do público infantil e não dos adultos que usualmente acompanham as crianças. (Aliás, quanto menos adultos na plateia do teatro para crianças, tanto melhor, pois tanto maior será a receptividade e a espontaneidade das crianças). As manifestações sonoras do público infantil são características e de vários tipos, representando cada um deles coisas totalmente distintas. Boa classificação, completa e concisa, é a de Mary Field[1], da Arthur Rank Organization:

> As plateias infantis são as mais exigentes do mundo. Demonstram a sua aprovação ou desaprovação por cinco tipos diferentes de ruídos. Quando ficam entediados, dizem-no em voz alta ou começam a conversar entre si sobre qualquer outra coisa. Barulho agradável é quando começam a falar e a discutir sobre o que está acontecendo no palco. Barulho delicioso, quando reagem e dão gritos, e melhor ainda quando dão gostosas gargalhadas. Mas, evidentemente, quando estão silenciosas é maravilhoso.

Portanto, o melhor "ruído" da plateia é o silêncio absorto e encantado.

A verificação da qualidade de uma peça através dos ruídos do público deve ser feita, porém, com grande cautela, especialmente no que se refere aos gritos e gargalhadas. Com efeito, esses ruídos tanto podem traduzir uma participação natural e autêntica como podem ser apenas o resultado de estímulos provocados deliberadamente, "de má fé", com recursos desprovidos de qualquer conteúdo emocional, ou com situações vulgares e sem significação estética. Estariam nesse caso certas correrias, certos trambolhões realizados em grande parte das peças infantis, e, em especial, as perguntas (em geral nada menos que idiotas ou provocadores de "delação") dirigidas pelos atores diretamente ao público, com a intenção de arrancar "respostas" gritadas, que nada mais são senão um berreiro

---

1. Diretora do departamento infantil da Arthur Rank Organization, uma empresa britânica de entretenimento criada em 1937, com instalações de produção, distribuição e exibição.

infernal, vulgar e sem sentido, que só produz uma excitação gratuita, que é o oposto da emoção verdadeira.

Entramos assim no terreno da comicidade infantil. Toda peça para crianças deve conter uma grande dose de humor e comicidade, pois a criança precisa de alegria e de risos para descarregar os excedentes de energia nervosa, e, no teatro, para avaliar a tensão das situações dramáticas. É claro, porém, que nem todas as formas de comicidade estão ao alcance da criança, como também aqui cada idade tem as suas limitações próprias no que se refere ao humor. Por exemplo, o paradoxo e a ironia são formas de comicidade de difícil compreensão para a criança, enquanto que mesmo o trocadilho banal pode tornar-se difícil quando a idade implica recursos vocabulares muito reduzidos. Entretanto, as brincadeiras com palavras, o *non sense* verbal, dentro do nível de compreensão de cada grupo etário, são bem aceitas e muito úteis.

Partindo do princípio de que não é a simples apreensão do fato acontecido o que suscita a comicidade e gera o riso, pois sabemos que o mesmo acontecimento pode provocar tanto a emoção quanto a hilaridade, somos forçados a admitir que a comicidade só se realiza quando o indivíduo em questão é capaz de realizar a chamada "representação efabuladora", ou seja, agir como se ele contasse para si mesmo a história referente ao fato cômico. Portanto, a comicidade depende do grau de inteligência, de sensibilidade, de cultura e de educação do indivíduo que ri. Isso explica por que a comicidade infantil é tão limitada e depende tanto da idade de quem ri. (E justifica em parte o "humor do trambolhão", quando usado com parcimônia, já que é um tipo de humor "circense", acessível até às crianças bem pequenas).

O indivíduo que ri admite implicitamente relações com a personagem de quem ri e reconhece o mundo em que este se movimenta. É por essa razão que as formas de comicidade são o humor do absurdo, do disparate (*non sense*) e o "humor da cumplicidade". O humor da cumplicidade é, a nosso ver, uma forma de humor bem característica da criança, e consiste em fazê-la participar do segredo da personagem (herói ou não). Trata-se aqui de legítimo *humour*, pois não há gargalhadas, mas apenas um sorriso feliz e silencioso. Nada deleita mais o público infantil do que um herói, personagem superior, deixá-lo participar de alguma coisa que as outras personagens, comuns, parecem ignorar. E, finalmente, não nos esqueçamos de que a coisa mais difícil e mais maravilhosa no teatro para crianças é conseguir o silêncio da plateia. Há quem ache, absurda e desavisadamente, que uma criança sentada e quieta no seu encantamento está "passiva" – mal sabem estes que a atenção concentrada, a absorção mental, é uma atividade, e das mais nobres, pois é atividade intelectual e emocional.

Tudo o que foi mencionado até aqui se refere naturalmente ao teatro para crianças representado por adultos (ou, em alguns casos, por estudantes dos cursos mais adiantados), e é aos adultos que compete realizá-lo, posto que só atores adultos e amadurecidos serão capazes de apresentar espetáculos de boa qualidade artística e educacional. Só eles – competentes e experientes – serão capazes de estabelecer as necessárias relações entre palco e plateia, orientando e controlando as reações do público infantil. Sem falar que um teatro estável é um trabalho profissional árduo, certamente inadequado para crianças. Entretanto, o teatro representado pelas próprias crianças e adolescentes deve ser igualmente estimulado – na escola, na biblioteca, no clube –, não só porque também constitui importante elemento de formação do hábito do teatro, como, principalmente, porque contribui como poderoso fator educativo para o desenvolvimento da personalidade "social" da criança, graças ao espírito de cooperação que caracteriza o trabalho em equipe, indispensável à realização de um espetáculo teatral. Sem falar no fator de desenvolvimento intelectual implícito no estudo e ensaio de um texto teatral. E há ainda o importantíssimo capítulo do *playmaking* ao "jogo dramático, que deve ser estimulado – deveria mesmo fazer parte do currículo – nas escolas, desde tenra idade; atividade essa na qual as crianças "brincam" suas histórias espontaneamente, mas sob orientação das professoras ou de especialistas, e que se constitui em possante auxiliar no desenvolvimento emocional e na socialização da criança, mas isso já é outro assunto, que não cabe neste trabalho.

Em nenhum caso, porém, sejam representados por adulto ou por criança, os espetáculos devem ser feitos "a portas abertas". A entrada do público infantil em qualquer representação teatral deve ser sempre mediante ingressos adquiridos – a preços acessíveis, mesmo simbólicos, mas adquiridos. E de preferência com lugares numerados. Ou, em alguns casos, quando não for paga, a entrada deverá ser feita mediante convites ou ingressos-convites, obtidos antecipadamente. De uma forma ou de outra, é importante que a criança perceba que deve dispender alguma coisa – dinheiro, tempo ou esforço – para assistir a um espetáculo teatral. O teatro deve se dar ao respeito, e essa será uma das melhores maneiras de, desde o começo, darmos o devido valor ao teatro perante o público ainda em formação. E, na mesma ordem de ideias, devemos abolir o abominável costume de distribuir balas ou presentinhos, ou, pior ainda, de realizar sorteios antes, durante o intervalo ou depois da representação. O teatro é atividade de lazer cultural que constitui em si mesma um prêmio que dispensa quaisquer chamarizes, engodos ou "subornos".

Todas essas considerações, em última análise, nada mais são do que uma maneira de desenvolver aquela frase de Stanislávski: "O teatro para crianças deve ser igual ao dos adultos, só que melhor".

*Júlio Gouveia*

O TEATRO
DE TATIANA BELINKY

# O MACACO MALANDRO

*Personagens:*
  Lobo
  Raposa
  Macaco

*Cena 1*

*Cenário:*
  Um campo qualquer, com uma árvore e uma pedra.

*O Lobo e a Raposa estão sentados, desanimados.*

RAPOSA: Estou com tanta fome, seu Lobo, que seria capaz de comer um boi inteiro, com chifre e tudo. De que serve a nossa sociedade de caçar juntos se nenhum dos dois consegue caçar nada?

LOBO: É. Eu também estou com o estômago tão encolhido que já está virando sanfona...

RAPOSA: Então toque um pouco, para distrair a gente...
LOBO: Tocar o quê?
RAPOSA: Sanfona...
LOBO: Que sanfona?
RAPOSA: O senhor não disse que o seu estômago virou sanfona?
LOBO: Ora, dona Raposa, isso é modo de dizer...
RAPOSA: Modo de dizer... É por causa dessa sua mania de modo de dizer que nós estamos passando fome.
LOBO: Que é que a senhora quer dizer com isso?
RAPOSA: É isso mesmo. Modo de dizer... Ainda ontem o senhor disse "olha lá um gato"! Eu pulei pra pegar o gato... E o gato era uma onça! Escapei por um triz!
LOBO (*esperto*): Modo de dizer, dona Raposa. Onça não é parente de gato?
RAPOSA: Ha! Se eu fosse um pouco mais nova, o senhor ia ver com quantos paus se faz uma canoa... Mas é bem feito pra mim, pra aprender a não fazer sociedade com ninguém... Também, de hoje em diante, cada um caça por sua conta. Acabou-se a sociedade.
LOBO: Quem quis fazer sociedade foi a senhora.
RAPOSA: Claro. O senhor vivia dizendo que era um grande caçador, que sabia pular feito onça, que sabia correr feito coelho, que sabia trepar em árvore feito gato, que sabia isso, sabia aquilo, sabia tudo...
LOBO: Só não sabia ser esperto como a senhora. E a senhora, dona Raposa, como já estava ficando velha para caçar, resolveu tirar vantagem à minha custa. Foi por isso que a senhora propôs caçarmos em sociedade. A senhora, dona Raposa, era tão esperta...
RAPOSA: Pois é... Era tão esperta e me deixei engabelar por um Lobo qualquer. Mas agora se acabou a sociedade. O senhor caça lá pro seu lado, que eu caço pro meu. Cada um por sua conta.
LOBO: Está bem, está bem. (*Uivo.*) Ai, que fome...
RAPOSA: Eu agora seria capaz de comer até um ratinho...
LOBO: Ratinho? Eu seria até capaz de comer grama.

RAPOSA: Que ideia! Onde é que se viu Lobo comer grama? Que horror? Ainda se fosse queijo...
LOBO: Queijo? Grrr! Que nojo!
RAPOSA: Não sei por quê. Acho que comer grama é muito pior. Uma vez, quando eu era ainda jovem, um corvo muito amável me ofereceu um pedaço de queijo, e olha que estava muito bom!
LOBO: Pois eu não comeria queijo nem que estivesse uma semana inteira sem comer. Imagine... Comer uma coisa escorreguenta e branquela, feita com leite de vaca. Grrr! Que nojo!
RAPOSA: Ora, seu Lobo, deixe de enjoamento! O senhor já não comeu carne de vaca? Quem come vaca, bebe leite. Quem bebe leite, come queijo.
LOBO: Desse jeito, quem come carne de vaca também tem de comer sola de sapato, porque sola de sapato é feita com couro de vaca... Pois eu não como queijo nem que me paguem!
RAPOSA: Já sei. O seu Lobo prefere comer grama... Grama que as vacas pastaram...
LOBO: Mas grama não é fedida, e queijo é!
RAPOSA: Ora essa, e a grama onde as vacas pastaram não fica fedida?
LOBO (*levanta*): E quem lhe disse que eu vou deixar as vacas pastarem em cima da grama que eu vou comer?
RAPOSA: Claro que não, porque se as vacas aparecerem em cima da sua grama, enquanto o senhor come a grama, eu vou é comer as vacas!
LOBO: As vacas que aparecerem em cima da minha grama quem come sou eu!
RAPOSA: Não é porque a grama é sua que tudo que estiver em cima da grama tem que ser seu também. Além disso, se o senhor não come queijo de vaca, também não deve comer a vaca que fez o queijo.
LOBO: Quem é que lhe disse que vaca é feita de queijo?
RAPOSA: Eu não disse que vaca é feita de queijo. Eu disse que é o queijo que faz a vaca... Quero dizer, é a vaca que faz o queijo... Grrr! O queijo é que é...

LOBO: Faça o favor de não fazer pouco das minhas vacas, dona Raposa, senão eu... Eu... (*Os dois se engalfinham.*)

RAPOSA: Espere, seu Lobo...

LOBO: A senhora fique sabendo que eu não admito...

RAPOSA: Espere, seu Lobo... Calma... O senhor já reparou que nós estamos brigando por causa de uma coisa que não existe? Nós não temos nem vacas, nem grama... Nem queijo...

LOBO: É mesmo... Que bobagem. (*Senta, e a Raposa também.*)

RAPOSA: Isso é por causa da fome... Não vamos discutir nunca mais!

LOBO: É... É por causa da fome... Não vamos discutir nunca mais!

RAPOSA: A gente às vezes discute por causa de uma bobagem, e depois ninguém sabe mais quem é que tem razão...

LOBO: É isso mesmo, dona Raposa.

RAPOSA: Seu Lobo, tenho uma ideia. Vamos combinar uma coisa. Na próxima vez em que tivermos um mal-entendido, em vez de discutir feito tolos, vamos procurar um juiz.

LOBO: Boa ideia! Na próxima vez em que tivermos um mal-entendido, em vez de discutir feito tolos, vamos procurar um juiz. (*Apoia a mão no queixo, para e começa a cheirar.*) Por falar em queijo...

RAPOSA: O que foi?

LOBO: Por falar em queijo, (*levanta*) dona Raposa...

RAPOSA: Mas o que é que tem a ver o queijo com o que nós estávamos falando agora?

LOBO: Queijo, dona Raposa...

RAPOSA: Que queijo, seu Lobo?

LOBO: A senhora não está sentindo?

RAPOSA: Não... Não estou sentindo nada...

LOBO: Queijo... Tem queijo por aqui, em algum lugar...

RAPOSA: Não diga... (*Os dois farejam. Dão uma voltinha, cheiram perto do chão em torno da árvore, e esbarram com os narizes um no outro. Recomeçam a cheirar.*) É mesmo, seu Lobo... Estou sentindo também... É queijo, e do bom... E não está muito longe, não... Ali!!! (*Dá um pulo e pega o queijo.*) Achei! Hum... Que delícia...

LOBO: Deixe ver... (*Agarra o queijo.*) Hum... Que delícia...
RAPOSA: O meu queijo!
LOBO: Seu queijo? Seu por quê?
RAPOSA: Meu sim!
LOBO: Seu, uma ova!
RAPOSA: Meu, sim, senhor!
LOBO: E por que há de ser seu?
RAPOSA: Porque eu peguei primeiro!
LOBO: Mas quem cheirou primeiro fui eu!
RAPOSA: E quem viu primeiro fui eu!
LOBO: Isso não quer dizer nada. O que interessa é quem cheirou primeiro. Quem cheirou primeiro fui eu. Logo o queijo é meu. Passe pra cá o meu queijo!
RAPOSA: Seu coisa nenhuma, é meu, e muito meu! O senhor não disse que não comia queijo, que queijo era uma coisa fedida, que queijo era um nojo?
LOBO: Mas aquilo era um modo de dizer...
RAPOSA: Outra vez! "Modo de dizer" não gruda mais!
LOBO: Mas era modo de dizer. Aquilo que eu falei não era desse queijo aqui, era de outro queijo.
RAPOSA: Pois esse queijo também é feito de vaca, como aquele outro queijo de que o senhor estava falando.
LOBO: Mesmo que fosse! A senhora não disse que quem come vaca pode beber leite, quem bebe leite pode comer queijo? Pois eu como vaca, e vou comer esse queijo também. Passe pra cá o meu queijo!
RAPOSA: É mais fácil o senhor comer a sola do meu sapato, que é feita de couro de vaca, do que comer o meu queijo! (*Os dois atracam-se com grande algazarra. A Raposa não larga o queijo.*)
LOBO: Espere. Espere, dona Raposa...
RAPOSA: Espera coisa nenhuma.
LOBO: Calma, dona Raposa... A senhora já se esqueceu da ideia de que a senhora teve agorinha há pouco?
RAPOSA: Que ideia?
LOBO: Aquela ideia de procurar um juiz.

RAPOSA: Juiz pra quê?

LOBO: Para resolver quem é que tem razão.

RAPOSA: Mas quem tem razão sou eu!

LOBO: Bem, dona Raposa, a senhora disse assim: "Na próxima vez que tivermos um mal-entendido, em vez de discutir feito tolos, vamos procurar um juiz"...

RAPOSA: Ahn...

LOBO: Então. A senhora diz que o queijo é seu, porque a senhora pegou primeiro. Eu digo que é meu, porque eu cheirei primeiro. Acho que só um juiz pode resolver.

RAPOSA: Está bem. Mas quem é que vai ser o juiz?

LOBO: O único juiz que eu conheço é o Macaco. Ele diz a todo mundo que é juiz.

RAPOSA: O Macaco é muito esperto.

LOBO: A senhora também não é?

RAPOSA: O Macaco é mais esperto do que eu.

LOBO: Por isso mesmo é que ele diz que é juiz...

RAPOSA: Está bem. Vamos consultar o Macaco. Mas quem leva o queijo sou eu.

LOBO: Pode levar, dona Raposa. Mas não pense que a senhora vai comer o queijo pelo caminho. Eu vou ficar de olho. Vamos. (*Os dois saem.*)

*Cena 2*

*Cenário*
A casa do Macaco. A entrada é sem porta.

*Macaco está andando de um lado para outro, se coçando e pulando.*

MACACO: Será que ninguém mais tem causas para eu julgar? Há três dias que não me aparece nenhum cliente. É o diabo. Sem clientes, eu vou acabar morrendo de fome... Oh! Será que apareceu outro juiz? Não, não é possível. O único juiz sempre fui eu e sempre serei eu... Pois não sou eu o mais inteligente de todos os bichos? (*coça-se.*) Hum... Parece que vem vindo alguém. Quem será? Ora viva, a dona Raposa e o senhor Lobo! (*Cantarola e esfrega as mãos.*) Com certeza tiveram algum mal-entendido e vêm aqui para eu julgar. Qual será a comida que eles trazem? (*Cheira.*) Queijo! Queijinho de Minas! Queijinho branquinho! (*Lambe os beiços.*) Queijinho de Minas! (*Cantarola.*) E eu gosto tanto de queijo! Aí vêm eles! (*Corre a sentar numa cadeira. Trepa num banco e finge ler um grande livro, de óculos. Sempre se coçando e fazendo visagens. Entram a Raposa e o Lobo.*)

LOBO: Com licença, seu juiz? (*Macaco olha por cima dos óculos.*)
RAPOSA: Com licença, seu juiz?
MACACO: Quem é? Ah... Dona Raposa e seu Lobo. Façam o favor de entrar... Eu não tenho mais cadeiras para oferecer... Mas... (*Fareja.*) Parece que a senhora dona Raposa está trazendo aí um queijinho... (*Raposa esconde o queijo.*)
LOBO: Pois é, seu juiz. Nós queremos que o senhor julgue uma pendência que nós temos por causa desse queijo. (*Vai pegar o queijo, a Raposa recusa.*) Nós temos que apresentar o queijo ao senhor juiz, dona Raposa. Não é mesmo?
MACACO: Claro. Eu preciso examinar o objeto de litígio.
LOBO: Não é de litígio não, senhor juiz. É de leite de vaca mesmo... Deixa ver, dona Raposa.
RAPOSA: Eu dou, mas só ao senhor juiz. (*Entrega o queijo ao Macaco.*)
MACACO: Hum... Que perfume delicioso...
LOBO: Não é mesmo, seu juiz? Pois acontece que eu fui o primeiro a cheirar esse queijo... e a Raposa acha que o queijo é dela.
RAPOSA: Quem pegou o queijo primeiro fui eu.
LOBO: Mas acontece que eu cheirei primeiro. O senhor juiz não acha que quem cheira primeiro é que é o dono da coisa cheirada? Antes de cheirar, não existe coisa nenhuma. O que existe é a coisa cheirada.

RAPOSA: Pois eu acho que o que existe é coisa achada. E coisa achada é sempre de quem pega primeiro. Eu vi primeiro, e eu peguei primeiro, logo o queijo é meu. Além disso, senhor juiz, o seu Lobo tinha dito que queijo era uma coisa nojenta e fedida, e que ele preferia mil vezes comer grama a comer queijo.

MACACO: Fedido? Nojento? Mas que ideia, seu Lobo! Chamar de fedida uma coisa tão perfumada como um queijo? E logo um queijinho de Minas! Ora essa, seu Lobo...

LOBO: O senhor tem toda razão, senhor juiz. Eu não estava me referindo a este queijo. Era só modo de dizer. Eu...

MACACO: Bem, vamos logo ao queijo. Quero dizer... Vamos logo ao caso jurídico. Estamos diante de um problema de coisa cheirada e coisa achada. Coisa achada não pode ser achada antes de ser coisa cheirada, e coisa cheirada não adianta nada ser coisa cheirada se não for achada. O seu Lobo é o cheirador e a dona Raposa é a achadora. A solução é uma só. Não adiantava nada o seu Lobo cheirar se a dona Raposa não fosse achar, e a dona Raposa só podia achar depois do seu Lobo cheirar. Logo...

RAPOSA: Logo...

MACACO (*pensativo*): Logo... (à *parte*) Como é que eu posso fazer para enganar esses dois tolos? Ah! Já sei! (*Para os dois*) O queijo pertence aos dois.

RAPOSA: Como assim?

LOBO: Como é que o queijo pode ser dos dois?

MACACO: Dividindo ao meio!

RAPOSA e LOBO: É mesmo! É tão fácil!

MACACO: Mas terá que ser dividido exatamente ao meio.

RAPOSA: Sim, é claro.

MACACO: Rigorosamente ao meio.

LOBO: Sem dúvida. Rigorosamente ao meio.

MACACO: Bem pesadinho na balança; nem um grama a mais, nem um grama a menos.

RAPOSA: Isso mesmo.

MACACO (*esfregando as mãos*): Muito bem. Então vamos dividir o queijo em duas metades igualzinhas. (*Pega a balança e põe em cima da mesa – sempre segurando o queijo e cantarolando.*) Iguaizinhas. Duas metades igualzinhas... Iguaizinhas... Lalaralalá... Laralalalá. Muito bem. Pega-se o queijinho. O rico queijinho de Minas... E divide-se em duas metades... Iguaizinhas... (*Corta o queijo com as mãos.*) Assim. E põe-se na balança... Uhmmm... Parece que não estão bem iguais.

RAPOSA: Este aqui está mais pesado.

MACACO: A senhora tem toda razão, dona Raposa. Vamos acertar já. (*Esfrega as mãos.*) Duas metades igualzinhas... (*Come um pedação.*)

LOBO: Eh, seu Macaco!

RAPOSA: Que história é essa?

LOBO: O senhor está comendo o pedaço que era meu!

RAPOSA: Seu por quê? Por que aquele pedaço maior havia de ser seu?

LOBO: E se não fosse meu, havia de ser seu, não é?

RAPOSA: Se podia ser seu, com muito mais razão teria que ser meu.

LOBO: Tem muita graça.

RAPOSA: Não vejo graça nenhuma.

LOBO: Pois eu vejo muita graça nessa sua cara amarrotada de raposa velha.

RAPOSA: Cara amarrotada é o seu fuço!

LOBO: Fuço amarrotado vai ficar o seu daqui a pouco.

RAPOSA: Venha, se é capaz!

*Enquanto isso, o Macaco, que está se acabando de deliciar-se com o queijo, começa a falar com a boca ainda cheia.*

MACACO: Meus amigos, estamos em um tribunal. Justiça será feita. Não se preocupem, pois a *minha* justiça será feita. Duas metades igualzinhas... (*Cantarolando*) Bem igualzinhas... Pegamos este pedaço que estava maior, e... Pronto. Uhm... Creio que agora é o outro pedaço que está um pouquinho mais pesado...

LOBO: É isso mesmo. Este está mais pesado.

RAPOSA: É isso mesmo. Este está mais pesado.

MACACO: Vamos acertar já, já...

RAPOSA: Um momento, seu juiz... (*É tarde! O Macaco já comeu mais um naco.*) Mas, seu juiz, assim o queijo está diminuindo!

MACACO (*engolindo*): Dona Raposa, o importante é que os dois pedaços sejam igualzinhos, não é? Pois então temos que conseguir dois pedaços igualzinhos...

RAPOSA: Mas o senhor comeu o pedaço que estava sobrando!

MACACO: E daí? A senhora queria que eu o desse ao Lobo?

RAPOSA: Claro que não!

MACACO: Também o senhor Lobo não haveria de querer que eu desse à senhora dona Raposa. Não é mesmo, seu Lobo?

LOBO: É, é, é isso mesmo.

MACACO (*cantarolando baixinho, comendo ora de um, ora de outro*): Duas metades igualzinhas... Oh! Agora é este pedaço que ficou maior. (*Continua comendo. A Raposa e o Lobo se entreolham e a Raposa chama o Lobo.*)

RAPOSA: Psiu! Psiu! (*O Lobo se aproxima.*) Desse jeito ele vai acabar comendo todo o nosso queijo.

LOBO: É o que eu estou começando a perceber.

RAPOSA: Seu Lobo, acho que nós devemos fazer um acordo, e bem depressa, enquanto ainda tem queijo.

LOBO: Eu também acho.

RAPOSA: Cada um de nós fica com um pedaço qualquer. Eu não me importo de ficar com o pedaço menor.

LOBO: Nem eu! Vamos depressa! (*Os dois correm para o Macaco, que continua como antes.*)

RAPOSA: Senhor juiz...

MACACO (*mastigando, sem olhar para eles, muito feliz*): Uhm...

RAPOSA: Eu e o senhor Lobo resolvemos entrar num acordo...

MACACO: Acordo? Que espécie de acordo?

RAPOSA: Nós dois concordamos que não vale a pena brigar por causa de um queijo, e achamos que nenhum de nós se importa de ficar com um pedaço menor que o do outro...

LOBO: É... eu posso perfeitamente ficar com o pedaço menor.
RAPOSA: E eu... Se ninguém se incomoda... Eu até faço questão de ficar com o pedaço menor...
MACACO: Mas, meus senhores! A *minha* justiça é a Justiça! Ninguém pode ficar prejudicado. (*O macaco fala solenemente.*)
RAPOSA: Mas eu não me incomodo de ficar prejudicada...
MACACO: Como é que a senhora não se incomoda de ficar prejudicada? Quer dizer então que a senhora também não se incomoda se os outros ficam prejudicados?
RAPOSA: Não, eu... Eu não quis dizer isso...
MACACO: Pois se a senhora não faz justiça para si mesma, não poderá fazer justiça para os outros! A Justiça é a Justiça!
LOBO: Mas, seu juiz... O queijo está se acabando...
MACACO: A Justiça é a Justiça! (*O macaco fala cinicamente.*) Com a *minha* justiça não se brinca! (*Lobo cai no chão.*) O queijo será dividido em duas metades iguaizinhas! (*Cantarola enquanto volta a sentar-se no banco.*) Iguaizinhas... Iguaizinhas... Lalalalá... O rico queijinho de Minas... Laralalalá... (*O Macaco continua comendo, ora de um, ora de outro, enquanto a Raposa e o Lobo acompanham desolados, até que o Macaco deixa um único pedaço.*)
MACACO: Bem, temos agora este pedacinho que sobrou...
RAPOSA e LOBO: Sim, senhor; sim, senhor...
MACACO: E, como paga pelo meu trabalho de juiz... se os senhores não se importam, esse pedacinho fica para mim... (*E come, com a cara mais satisfeita, enquanto a Raposa e o Lobo indignados e humilhados olham tristemente um para o outro.*)

# A CIDADE DOS ARTESÃOS
# OU OS DOIS CORCUNDAS

Baseada numa lenda medieval belga

*Personagens:*
    Duque de Malicorns: *vice-rei e governador de um monarca estrangeiro, que conquistou a Cidade dos Artesãos.*
    Guilherme Gottschalk: *conselheiro secreto do duque.*
    Moucheron: *burgomestre nomeado pelo duque.*
    Nanasse Moucheron: *apelidado* "Clique-Claque". *Filho do burgomestre.*
    Mestre Firene: *presidente da Corporação dos Tecelãos. Digno, sério.*
    Verônica: *sua filha.*
    Mestre Martim: *apelidado* "Martim Pequeno". *Presidente da Corporação dos Armeiros. Grande, forte, valente.*
    Mestre Ninoche: *presidente da Corporação dos Doceiros.*
    Gilberto: *apelidado* "Caracol". *Varredor de rua.*
    Vovó Taffareau: *velha adivinhadeira.*
    Timolle: *um garoto da cidade.*
    Moradores da cidade
    Soldados do duque

## Primeiro Ato

## Quadro 1

*O telão está fechado. Sobre ele se vê, pintado ou aplicado, o brasão de armas da lendária cidade medieval. No meio do escudo, em campo de ouro, um leão de juba opulenta comprime entre as garras uma serpente coleante. De trás da cortina, sai para o proscênio a Vovó Taffareau. Ela olha para a plateia, depois examina o escudo sobre o telão e volta-se novamente para os espectadores.*

VOVÓ TAFFAREAU: Em que tempo foi isso?
    Em que terra se deu? Difícil sabê-lo agora:
    Pois datas e letras
    Nos muros daqui
    O tempo levou-as embora
    Mas se o tempo implacável
    Borrou inscrições,
    A lenda vetusta persiste –
    A lenda que conta que neste lugar,
    A sombra do escudo nativo,
    Aqui nesta praça a luta ferveu,
    Do povo outrora cativo
    Contra a opressão, pela honra e a paz.
    Por um viver livre e altivo!

Eis o que poderia lhes contar este leão de prata no escudo da cidade. Mas como ele não sabe falar, serei eu quem lhes contará a história. Vocês sabem quem sou eu? A gente me chama de Vovó Taffareau. Eu tenho um baralho de cartas antiquíssimo: a única herança que me deixou minha mãe, quando morreu. Mas que cartas são essas! Eu não as trocaria nem mesmo por um saco de ouro. Olhem, aqui estão elas! (*Mostra um baralho de velhas cartas grandes*) Basta que eu as embaralhe e as espalhe na minha frente, e eu vejo, como num espelho, tudo o que o futuro reserva aos homens. Vocês não acreditam? Não? Pois os moradores da cidade dos Artesãos, que se oculta atrás desta cortina, acreditavam nas minhas profecias e muitas vezes vinham me procurar para conselhos... Vocês sabem por que esta velhíssima cidade se chama "Cidade dos Mestres Artesãos"? Porque os cidadãos que vivem nela sabem fazer tudo. São verdadeiros mestres do seu ofício. Lavram utensílios de bronze e de cobre, forjam espadas e lanças, tecem tecidos maravilhosos, entalham madeira e pedra. E que rendeiras nós temos! Elas sabem tecer rendas mais finas que teias de aranha. E que doceiros! Eles sabem fazer bolos recheados de música e pombinhas vivas que saem em revoada quando se põe o bolo na mesa! Maravilhosa e lendária cidade dos Mestres Artesãos. Mas... eu nem sei como contar-lhes sobre a grande desgraça que se abateu sobre a nossa cidade. Tenho medo de falar! Psst... Que não nos escutem os soldados invasores! Eles rondam pelas nossas ruas, e quando ouvem alguém falar mal do seu rei ou do duque, seu vice-rei e representante, que, à força e com astúcia, subjugou nossa cidade, eles agarram quem falar e o encerram na Torre do Silêncio. A Torre do Silêncio tem muros sem janelas e está cercada por um fosso profundo, cheio de água... É fácil ir parar naquela torre, mas sair dela não é mais fácil do que sair da sepultura. E pensar que ainda não faz um ano que nós vivíamos em liberdade e alegria, não curvávamos a espinha diante de ninguém! Os inimigos abateram-se sobre nós de surpresa... Quase todos que ousaram erguer a espada contra eles, eles mataram, expulsaram da cidade ou atiraram na Torre do Silêncio. Desde então, as nossas ruas andam quietas e desertas. A gente deixou de rir, de dançar e de cantar suas alegres cantigas. Todos olham com medo para o castelo onde, como um corujão no oco, vive o próprio tirano, o duque, vice-rei e preposto do monarca conquistador. É ele que emite todos os decretos sobre penas de morte e multas. Mas que aspecto ele tem, isso ninguém sabe. Nenhum dos habitantes da cidade ainda lhe viu o rosto... Eis, meus amigos, que desgraça se abateu sobre a nossa cidade. Mas parece que estou falando demais. O sol já nasceu. É melhor eu sair daqui, antes que me percebam os soldados do tirano.

*Ela sai. O telão se abre. Cenário de praça de uma cidade medieval, madrugada fresca. Sobre a praça dá o castelo do duque e algumas casas de arquitetura medieval, com saliências e balcões. Nos arcos, nichos e portais ficam as barraquinhas dos vendedores de rua, que ainda estão vazias. Diante dos portões gradeados do castelo fica a sentinela, armada de espada e alabarda. Há uma árvore junto de uma das casas. Além da sentinela, há só mais um homem na praça; é o corcunda "Caracol", o varredor. Ele é jovem, ágil e impetuoso, apesar do defeito. Tem um rosto belo e alegre. Algumas penas coloridas estão espetadas no seu chapéu e o jaleco está enfeitado com um ramo de macieira florido. Caracol varre a praça, cantando. Música de "minha enxadinha".*

CARACOL (*cantando*): Minha vassoura
   trabalha bem
   Varre a calçada,
   A rua, a praça,
   Num vai e vem.
   Minha vassoura
   trabalha bem
   Varre o entulho
   Remove o lixo
   Num vai e vem
   Num vai e vem.

*O sentinela bate com o cabo da alabarda no chão, ameaçador, porque o Caracol deu uma varrida bem junto dos seus pés e desviou "na hora H".*

CARACOL (*interrompe a canção*): Ah, agora é assim? Nem se pode cantar durante o trabalho? Quem sabe o senhor duque proibiu também os pássaros de cantarem? (*Presta atenção, ouve-se o trinar de passarinhos*) Não, eles cantam como sempre. Só os passarinhos é que permaneceram livres na nossa cidade. Tudo mudou aqui no último ano... Esses invasores são tão relaxados! Esta praça ficou irreconhecível, desde que eles apareceram por aqui! Mas não faz mal, nós vamos varrer tudo isso, varrer tudo isso... Chegará o dia em que vamos varrer todo o lixo, e novamente tudo ficará limpo e bom. (*Vai se aproximando passo a passo da sentinela e varre bem junto dos seus pés*) Não quer se dignar afastar-se um pouquinho, respeitável estrangeiro? (*A sentinela ameaça-o com a alabarda*) Não quer? Como queira. O lixo ao lixo.

*O relógio do castelo bate horas. Quase simultaneamente abre-se a barraca do doceiro Ninoche. Sobre a barraca pende o seu emblema, uma grande rósea dourada. Perto dali abre-se uma pequena cortina escura, que cobre o nicho onde está sentada a Vovó Taffareau, que está embaralhando as suas cartas, enquanto alguma coisa ferve dentro de um pequeno caldeirão.*

NINOCHE: Bom dia, Vovó Taffareau! Ah, o Caracol também está aqui!
VOVÓ: Bom dia, bom dia! Repare só, Mestre Ninoche, como o nosso Caracol se enfeitou hoje! Que feriado estás celebrando, Caracol?
CARACOL: O feriado não é lá muito grande, Vovó Taffareau, é tão somente o meu aniversário.
VOVÓ: Mas é mesmo! Como é que eu fui esquecer? Dezoito anos atrás, no mesmo dia, na mesma hora, nasceram os dois, tu e aquele outro, como era mesmo o nome dele, o tal que apelidaram de "Clique-Claque"?
NINOCHE: A senhora decerto está se referindo ao Nanasse, o filhote do novo burgomestre Moucheron?
VOVÓ: Aquele mesmo... Nasceram dois garotos, só que um deles veio a ser um homem, e o outro um... "Clique-Claque". Bem, bem, recebe meus parabéns, Caracol, pelo teu aniversário.
CARACOL: Muito obrigado, Vovó Taffareau.
NINOCHE: E recebe os meus parabéns também, amiguinho Caracol! Que vivas muitos anos e sempre cantarolando tuas canções. Deixa-me oferecer-te um dos meus bolos de hoje!

CARACOL: Obrigado, titio Ninoche! E que bolo! Vovó Taffareau, prove um pedaço do meu bolo de aniversário!
VOVÓ: Obrigada, meu filho! E eu que nem tenho nada para te dar de presente! Que tal se eu lesse a tua sorte, no dia dos teus anos?
CARACOL: Ler a sorte para que, Vovó Taffareau? A gente quer ler a sorte para adivinhar a felicidade, mas a minha felicidade está sempre comigo, igual à corcunda nas minhas costas!
VOVÓ: O que é certo é certo. Tu podes ter a espinha torta, mas em compensação a tua alma é direita. E olhe que há casos exatamente do contrário! Mas deixa-me ver que destino será o teu: torto ou direito... (*Espalha as cartas na mesa*) Isso... assim... Ora, vejam só, que cartas caíram para ti, e então? Tu serás feliz e serás belo também, e te casarás com a moça mais formosa da cidade. Mas não te rias não! Não se deve rir quando se deita a sorte!
CARACOL: Já é melhor rir em vez de chorar, Vovó Taffareau. Pois sim que ela vai querer casar comigo, a moça mais bela da cidade, comigo, um varredor corcunda!

*Ele se volta para olhar a casa onde mora o presidente da Corporação dos Têxteis. Nesse instante aparece à porta a filha do mesmo, Verônica. Caracol tira o chapéu e cumprimenta, curvando-se. Ela responde com um meneio de cabeça simpático.*

VOVÓ: Quem sabe tu nem sempre serás varredor. A vassoura não está grudada na tua mão, está?
CARACOL: Não, mas a corcunda está grudada nas minhas costas para sempre.
VOVÓ: Pode ser assim, e pode ser que não... Aqui as minhas carta dizem que nem corcunda tu serás mais.
NINOCHE: Ai, Vovó Taffareau, olhe que está passando da conta!
VOVÓ: Quem viver, verá.
CARACOL: E quando é que ela vai cair fora, a minha corcunda?
VOVÓ: Quando, quando... Pois sim que vou te contar tudo...
CARACOL: Por favor... por causa do meu aniversário!

vovó: Por causa do teu aniversário? Pois bem, assim seja, ouve: "Quando o pequeno tirar a espada da mão do grande, e a sepultura levar o corcovado, então tu e a tua cidade, ambos ficareis livres da corcunda".

caracol: Então é assim! Quer dizer que o corcovado tem que esperar que a sepultura o endireite... E até lá, tem que andar corcunda mesmo. Ora, que seja, eu já estou acostumado... Obrigado, vovó, pelas boas palavras.

verônica (*do balcão*): Ó Caracol, então não sabes que não se agradece pelos vaticínios das cartas? Senão a coisa não acontece. Mas aproxima-te Caracol. Por que não apareces há tanto tempo? Toda a cidade está com saudades de ti. Chega a manhã, e ninguém canta na rua. Chega a noite, e ninguém ri. Onde é que tu andaste sumido?

caracol: Estive no bosque, onde crescem as minhas vassourinhas. Cortei tantos gravetos que dá para varrer todo o lixo da cidade. (*Acena com a cabeça na direção da sentinela*) Mas eu trouxe este raminho para a menina Verônica.

verônica: Obrigada, Caracol.

*Caracol, subindo numa saliência da fachada, estende o ramo a Verônica. Detrás da casa surge Timolle, um menino de uns doze ou treze anos.*

timolle: Bom dia, Caracol! Vais me levar amanhã no bosque, quando fores buscar gravetos? Tu prometeste!

caracol: Ah, é Timolle! Bom dia, garoto. Claro que vou te levar, é só eu estar vivo.

verônica: E a mim tu prometeste inventar uma modinha nova, Caracol. Ou quem sabe não tiveste tempo de compô-la?

caracol: Oh, não, menina Verônica, eu sempre tenho tempo para tudo. Só tenho receio que alguém não vá gostar da minha cançãozinha.

verônica: Quem? Eu?

caracol: Não, o seu vizinho, aquele que se oculta no nosso castelo. Ora, também não é possível agradar a todos ao mesmo tempo! Ouça!

*(Canta.)*
Que se esconde, em segredo,
De si mesmo tem mais medo
A serpente em sua toca,
A coruja no seu buraco,
E o preposto do invasor
No castelo que usurpou!

*Enquanto ele canta, entra Nanasse, filho do novo burgomestre, Moucheron, apelidado "Clique-Claque". Ele é muito alto e magro, e desajeitado, de feições abobalhadas, e está luxuosamente trajado, com fivelas e presilhas brilhantes no chapéu, no cinto e nos sapatos. Vendo Caracol, ele presta atenção. Verônica repara nele.*

VERÔNICA: Psst! Olha para trás, Caracol!

CLIQUE-CLAQUE: Bom dia, formosa Verônica! Para que este corcunda se encarapitou no vosso balcão?

VERÔNICA: Ele me trouxe este raminho aqui.

CLIQUE-CLAQUE: E por causa deste raminho ele subiu tão alto? Não, ele estava cantando alguma coisa no vosso ouvido! Eu escutei! Toma cuidado, Caracol, vais despencar daí, e outra corcunda vai te nascer no corpo!

CARACOL: Não receies por mim, caro Clique-Claque. Eu sei não só subir para o alto, sei também descer quando preciso.

*Salta, ágil e leve, da saliência da parede direto sobre os ombros de Clique--Claque, e depois para o chão.*

CLIQUE-CLAQUE *(curvando-se)*: Ai!

CARACOL: Estás vendo como é simples? Mas será que o novo burgomestre, teu pai, saberá saltar para baixo com a mesma facilidade? Olha que ele se encarapitou muito alto, o novo burgomestre...

CLIQUE-CLAQUE: Cala-te, lesma corcovada! Meu pai foi nomeado burgomestre pelo próprio preposto do conquistador da cidade! E por estas cantigas tu poderás ir parar...

CARACOL: Onde?

CLIQUE-CLAQUE: Já se sabe onde… na Torre do Silêncio.

VERÔNICA: Sabes duma coisa, Clique-Claque? Farias bem se te retirasses para bem longe da minha casa. Adeus! (*Faz menção de entrar.*)

CLIQUE-CLAQUE (*lamenta-se*): Formosa Verônica! Não vos retireis! Perdoai-me. Hoje é dia de grande festa para mim… é o meu aniversário.

VOVÓ: O que é certo é certo. Faz hoje exatamente dezoito anos que nasceu este coitado.

CLIQUE-CLAQUE: Como te atreves a me chamar de coitado, velhota? Parece que nesta cidade não existe ninguém mais rico do que nós, os Moucherons. Olha só quantos relógios eu tenho… de ouro, de prata, de brilhantes!

VOVÓ: Pode ser que o relógio seja de ouro, mas cachola, esta é de latão.

CLIQUE-CLAQUE: Por que estás sempre me insultando? Ora sou coitado, ora sou de latão… Não quero te escutar mais! (*Consulta o relógio*) Epa! O tempo voa! Preciso voltar para casa e trocar de roupa para o almoço: o próprio senhor Guilherme prometeu vir, o conselheiro secreto do próprio vice-rei do conquistador!

VERÔNICA: Então é assim! Sua Excelência, o próprio senhor Guilherme Gottschalk? E vós já tivestes tempo de entabular amizade com ele?

CLIQUE-CLAQUE: Então! E como!

CARACOL (*dá uma varrida enfezada*): O lixo ao lixo.

CLIQUE-CLAQUE: O que é que estás resmungando aí?

CARACOL: Nada. Estou varrendo a rua.

CLIQUE-CLAQUE: Mentira! Repete o que disseste!

VERÔNICA: Não te zangues, Clique-Claque. Em vez disso, conta-nos; é verdade que o senhor Guilherme tem uma espada mágica?

CLIQUE-CLAQUE: É verdade sim. Eu mesmo vi esta espada… ela tem uma inscrição misteriosa gravada nela.

VOVÓ: E tu leste essa inscrição?

CLIQUE-CLAQUE: Claro que li. A inscrição na espada mágica diz assim. Como era mesmo? Ai, já me lembro: "Entorto o direito.

Endireito o torto. Levanto o tombado". Eu acho que toda a força mágica dessa espada está nessa inscrição. Só que não entendo o que ela significa. E meu pai também não entende.

VOVÓ: "Entorto o direito. Endireito o torto. Levanto o tombado". É preciso não esquecer isto.

CLIQUE-CLAQUE: Não esquecer isto? Ora essa, para quê? Que é que tu tens a ver com uma espada de cavaleiro, mendiga velha? Conhece o teu lugar, teu cajado e tuas cartas!

VOVÓ: Para mim, o meu cajado vale mais do que a tal espada de cavaleiro. Pelo menos o cajado serve para dar apoio.

CLIQUE-CLAQUE: Que é isso, enlouqueceste, velha? Mas será que compreendeste que espada é aquela? É a Gaiana Invencível, é isso mesmo que ela se chama.

VOVÓ: Espadas mais fortes que esta já foram arrebatadas de mãos indignas.

CLIQUE-CLAQUE: Mas se a espada é mágica, é encantada!

VOVÓ: A espada pode ser mágica, mas as mãos não são!

CLIQUE-CLAQUE (*zombeteiro*): Quem sabe és tu mesma, velha, que vais querer lutar com o senhor Guilherme?

VOVÓ: Há de surgir alguém mais forte que eu.

CLIQUE-CLAQUE: Nesta cidade não existe ninguém mais forte do que o vice-rei, o senhor Guilherme!

CARACOL: Será que esqueceste o Martim Pequeno, o presidente da Corporação dos Armeiros?

CLIQUE-CLAQUE: Martim Pequeno? Ha, ha! Bastará que o senhor Guilherme ponha a mão nos copos da sua espada que de vosso Martim Pequeno não ficará nem sombra!

CARACOL: Pena que Martim Pequeno não esteja aqui para te ouvir. Ele te faria uma carícia na cabecinha por estas palavras. E a mão dele é pesada.

CLIQUE-CLAQUE: Na cabeça? A minha cabeça? A cabeça do filho do burgomestre?

CARACOL: Grande coisa! A minha vassoura também pode ser nomeada burgomestre, se ficar dia e noite lambendo as botas do vice-rei!

CLIQUE-CLAQUE: O quê?! Mas como é que te atreves, corcunda desgraçado? Vamos, repete o que disseste! Eu vou me lembrar direitinho! Repita, repita!
VERÔNICA: Ora, deixai disso! Será que tu não compreendes uma pilhéria, Nanasse Moucheron?
CLIQUE-CLAQUE: Pilhérias deste tipo podem custar uma cabeça!
VERÔNICA: Acalma-te, Moucheron, acalma-te! Conta-nos melhor alguma coisa sobre o vice-rei. Que tal é ele? Tu já o viste em pessoa?
CLIQUE-CLAQUE: Ninguém viu o vice-rei em pessoa. Então Sua Alteza iria andar pelas ruas a pé? Ele vai carregado numa liteira fechada, enfeitada de ouro. E ao lado da liteira caminham os soldados da guarda e o senhor Guilherme com a sua espada mágica.
VERÔNICA: E será que o vice-rei não vai se mostrar nem mesmo na Festa da Primavera?
CLIQUE-CLAQUE: Este ano não haverá Festa da Primavera.
VERÔNICA: Como assim, não haverá festa? (*Volta-se para dentro e grita*) Pai, tu ouviste isso? Não vai haver Festa da Primavera!

*Os transeuntes, na praça, param. Entra o pai de Verônica, Mestre Firene.*

FIRENE: Quem disse que não haverá Festa da Primavera?
VOVÓ: Foi este moço aqui, Clique-Claque.
1º TRANSEUNTE: Será possível que não haverá Festa da Primavera?
2º TRANSEUNTE: Esta agora, que novidade!
FIRENE: E quem foi que inventou de abolir a Festa da Primavera? Não terá sido o teu paizinho Moucheron, o novo burgomestre?
CLIQUE-CLAQUE: Foi ele... Isto é, não foi ele... Foi Guilherme, quero dizer, o senhor Guilherme... Não, também não é isso... Estou todo confuso... Não foi o senhor Guilherme, mas Sua Alteza, o próprio senhor vice-rei do conquistador ordenou a Guilherme que abolisse a festa, porque o barulho e as danças nesta praça lhe perturbariam o sono. Entendestes?

NINOCHE: Será a primeira primavera sem festa! Até que ponto chegamos!
FIRENE: E não disse mais nada, o vosso Guilherme?
CLIQUE-CLAQUE: Não... Isto é, sim... Falou, naturalmente, mas é que eu esqueci o que ele falou.
VOVÓ: Mas por que fazeis perguntas a ele? Como é que este coitado pode lembrar-se de tudo?
CLIQUE-CLAQUE: És tu, velha, que não te lembras de nada, eu me lembro de tudo! O senhor Guilherme disse que vai por gente na cadeia por causa dos chapéus.
CARACOL: Por causa dos chapéus? Na cadeia?
CLIQUE-CLAQUE: Sim, sim, por causa dos chapéus! Quem não tirar o chapéu diante do senhor vice-rei ou do senhor Guilherme, irá imediatamente para as grades.
NINOCHE: Até agora nós tirávamos o chapéu diante dos mortos. E estes dois senhores ainda não se despacharam para o outro mundo. Que faremos agora?
CARACOL: Se um homem tem uma cabeça nos ombros e não só um chapéu na cabeça, encontrará uma solução. (*Sobe numa árvore, tira o gorro e agita-se entre dois galhos*) Que um pássaro faça ninho no meu chapéu! E agora, como é que vão me cobrar? Quem não tem chapéu não pode tirá-lo diante de ninguém.
TRANSEUNTE: Caracol, Caracol, pendura também o meu chapéu num galho!
VOZES – O meu também! O meu também! Apanha, Caracol!

*De todos os lados voam chapéus para as mãos de Caracol, que os vai apanhando e pendurando nos galhos da árvore.*

VERÔNICA: Pai, queres que traga o teu chapéu também?
FIRENE: Que é isso, minha filha! Onde já se viu que, no chapéu do antigo burgomestre, do presidente da Corporação dos Têxteis, um corvo ou uma gralha faça o seu ninho? Porém... ora essa, se é assim, que assim seja! Traze também o meu chapéu!

*Verônica sai correndo, volta com o chapéu do pai.*

VERÔNICA: Aí vai, Caracol, apanha!

CARACOL: Ah, mas este chapéu aqui eu vou pendurar no galho mais alto! Assim! (*Examina sua obra, satisfeito*) E não ficou bem enfeitado o nosso velho castanheiro? E tu, então, Clique-Claque? Onde queres que eu pendure o teu chapéu?

CLIQUE-CLAQUE (segurando o chapéu na cabeça com ambas as mãos): Eu não entrego o meu chapéu!

NINOCHE: E para que precisas dele?

CLIQUE-CLAQUE: Sei eu lá o que este corcunda inventa! Eu vou andar de chapéu. Eu sou o filho do burgomestre.

*Rufar de tambores. A sentinela do castelo se perfila para a praça. Do lado oposto ao castelo, entra uma procissão com um tambor, atrás dele dois homens de couraça, depois uma liteira rica, fechada, de cortinas cerradas, atrás dela mais dois de couraça. Ao lado da liteira caminha um homem alto e taciturno, de traje escuro e capa escura. É Guilherme. Ele ergue um braço e a procissão se detém imediatamente. Faz-se um silêncio total na praça.*

GUILHERME: O que é isto? O que se passa aqui? (*Silêncio geral*) Por que esses chapéus na árvore?

CARACOL (*da árvore*): É uma tradição aqui da cidade, Excelência, de oferecer os chapéus às aves da primavera, para fazerem os seus ninhos aos seus futuros filhotes.

GUILHERME: Tradição estranha... (Inclina-se, entreabre a liteira e sussurra alguma coisa a quem está lá dentro. Depois, endireitando-se, pergunta severo) Como se chama aquele homem que está no alto da árvore?

CARACOL: Eu sou Caracol, o varredor, Excelência.

GUILHERME: Se és varredor, por que estás na árvore?

CARACOL: É uma tradição dos varredores.

GUILHERME: Outra vez uma tradição?

CARACOL: Pois é. É porque nossas vassouras crescem nas árvores. Por isso acontece que nós temos que andar marinhando pelos galhos, para quebrar gravetos. A gente quebra uma porção de ramos finos, amarra num feixe, ajeita num cabo e pronto, temos a vassoura para varrermos a rua.

*Risadas abafadas na multidão.*

GUILHERME: O que pensas que estás fazendo? Rindo de nós? Quem te deu licença de quebrar os ramos da árvore que está na frente do castelo de Sua Alteza? Vais responder por isso, vilão! E não apenas tu, mas todos os que se encontram nesta praça! (*Aos soldados de couraça*) Avante, prendei este aqui e aquele outro! (*Indica com o dedo, a esmo*).

CLIQUE-CLAQUE (*precipita-se para ele*): Excelência! Será que não me reconhecestes?

GUILHERME (*examina-o fixamente durante alguns momentos*): Prendei-o! (*Os soldados o agarram*) Segurai-o bem! Tudo indica que este é o principal responsável. Todos os outros estão sem chapéu, só ele se atreve a ficar diante da liteira de Sua Alteza, sem tirar o chapéu da cabeça.

CARACOL: Estás vendo, Clique-Claque! Bem que te disseram. Tira o chapéu! Mas tu não quiseste. Pois agora todos nós estamos sem chapéu, só tu estás de chapéu.

CLIQUE-CLAQUE (*arrancando o chapéu e caindo de joelhos*): Senhor Guilherme! Ouvi-me, por favor! Todos eles tiraram os chapéus só para não tirar o chapéu, mas eu não tirei o chapéu só para tirar o chapéu diante de vós! Eu juro, Excelência!

GUILHERME: Que é que ele está engrelando aí? Este homem é louco?

CARACOL: Vossa Excelência adivinhou.

VOVÓ: Ele é assim de nascença... Que é que se há de fazer?

GUILHERME: Como é teu nome?

CARACOL: Clique-Claque.

GUILHERME: O quê?

CLIQUE-CLAQUE: Não o escuteis, Excelência! Meu nome é Nanasse Moucheron. Eu sou filho do burgomestre Moucheron... Clique-Claque é meu apelido.

GUILHERME: Filho do burgomestre? E não tens vergonha de te comportares assim no meio da rua? (*Inclina-se para a liteira e sussurra alguma coisa ao preposto. Depois volta-se para soldados, alto*) Levai-o para a casa do pai dele e dizei-lhe que não mais o deixe sair sozinho!

*Clique-Claque é levado embora.*

GUILHERME: E quanto a este palhaço, (*indica Caracol na árvore*) tirai-o da árvore imediatamente!

SOLDADO: Que palhaço? Aquele corcunda? (*A liteira estremece violentamente*).

GUILHERME: Psssst! (*A meia voz*) Mais baixo, tu aí, asno! Obedece calado!

NINOCHE: O quê? Prender Caracol?

VOZES: Não entregaremos Caracol! Esconde-te, Caracol! Por aqui, Caracol! Pula para o telhado! Salta aqui! Não deixaremos que te maltratem! Martim! Martim Pequeno! Chamem o Martim Pequeno! Chamem os armeiros!

*Por entre a multidão, abre caminho um homem alto, forte, mais alto que Guilherme. Atrás dele alguns rapagões, os armeiros.*

MARTIM PEQUENO: Quem me chama? Aqui estou! Anda, Caracol! Salta aqui! Não deixaremos que te toquem! Caracol salta para o chão.

*Os armeiros o rodeiam.*

GUILHERME: Avançar! Matai-os todos!

*Os soldados de couraça brandem as alabardas, os armeiros puxam os punhais. Nisso, um braço ossudo surge entre as cortinas da liteira e toca o ombro de Guilherme.*

GUILHERME: Alto lá! (*Os soldados baixam as alabardas. Guilherme inclina-se para a liteira, ouve respeitosamente. Depois se endireita e fala alto*) Por esta vez, Sua Alteza, o vice-rei misericordiosamente, deixa que todos vós volteis para as vossas casas. Mas como castigo pela impertinente desobediência, a cidade será obrigada a pagar ao tesouro de Sua Alteza trezentas moedas de ouro de cada corporação. E agora, dispersai-vos em ordem e cuidai das vossas ocupações! (*Ele faz sinal com a mão. O tambor rufa. A liteira se move. Súbito novamente o braço surge entre as cortinas. A procissão para. Guilherme se inclina, ouve, depois fala alto*) Sua Alteza, o vice-rei deseja saber por que este homem de tão grande estatura se chama Martim Pequeno.

MARTIM (*que é um gigante*): Por quê? Decerto porque ainda não alcancei a estatura de meu avô. O velho é bem umas duas cabeças mais alto do que eu.

GUILHERME (*inclinando-se para a liteira, depois fala*): Sua Alteza, o vice-rei deseja saber se o teu avô ainda é vivo.

MARTIM: O meu avô mesmo morto está quiçá mais vivo do que vós e eu juntos.

GUILHERME: Que queres dizer?

MARTIM: Eu não quero dizer nada. Vós é que fazeis perguntas.

GUILHERME: Responde direito. Se o teu avô ainda não morreu, onde é que ele vive agora?

MARTIM: Em toda parte! Nos relatos dos nossos anciãos, nas cantigas das nossas raparigas, nos jogos dos nossos meninos. E esta mesma praça, na qual vós estais a falar comigo, se chama Praça de Martim Grande. Ele foi o primeiro presidente da Corporação dos Armeiros, o meu avô, e ele me ensinou a forjar famosas espadas e a usá-las com não pouca habilidade.

GUILHERME: Falas demais. Responde às perguntas e não mais que às perguntas. Senão ainda, te calarás para sempre.

*O tambor rufa novamente. A procissão se afasta. Na praça ficam apenas dois soldados que dispersam o povo.*

SOLDADOS: Para casa! Dispersar! Para casa!

MARTIM: Vem conosco, Caracol. Morarás entre nós. Na rua dos armeiros ninguém te molestará.

CARACOL: Obrigado, Martim Pequeno. Eu sei, entre vós, os armeiros, a gente fica em segurança.

SOLDADOS: Para casa! Dispersar!
MARTIM: O que é certo, é certo! É hora de voltarmos para casa, para o trabalho. (*Baixo, para Caracol*.) O nosso trabalho está em grande procura agora, mal se tem tempo de forjar uma espada, alguém já vem comprá-la.
CARACOL: Adeus, Vovó Taffareau! Adeus, Verônica!
FIRENE: Até logo, vós dois! Obrigado pelo espetáculo de hoje!
VERÔNICA: Pelo espetáculo sim! Ao Caracol, pelo bom começo; ao Martim Pequeno, pelo bonito final...
SOLDADOS: Espalhai-vos! Para casa!

*Todos saem, ficam apenas Verônica e Vovó Taffareau.*

VOVÓ: Um rapaz e tanto, o nosso Caracol! Ele pode ser corcunda, mas mesmo assim não desejaria um noivo melhor para nenhuma das nossas donzelas. E tu, Verônica?
VERÔNICA: Eu, para dizer a verdade, nem percebi ainda nesta praça um guapo, e bonito.
VOVÓ: Ah, tens a vista aguçada, Verônica! E teus olhos não te enganam.
VERÔNICA: Mas eu tremo por ele, vovózinha! Todos os dias eu acordo em sobressalto... será que ele está em liberdade, será que o veremos ereto, guapo e bonito ainda nesta praça? Não é à toa que os invasores não tiram os olhos dele. Caracol é um simples varredor... é pobre, é corcunda, mas esses homens lá no castelo bem conhecem o valor das suas canções e das suas pilhérias. E como não o saberiam, Vovó Taffareau! Quando Caracol faz pilhérias, nós rimos e, quando ele ri, nós não temos medo!

*Um soldado aparece na praça.*

SOLDADO: Que conversas são essas agora? Para casa!
VOVÓ: Aqui nós estamos em casa. Vós, sim, vós sois hóspedes, embora ninguém vos tenha convidado. Vós é que deveríeis voltar para casa e boa viagem!

*O soldado faz um gesto de ameaça, ela volta para a sua barraca.*

*Segundo Ato*

Quadro 2

*Interior do castelo do vice-rei. Sala rica e sombria. Pesadas cortinas, junto à mesa-secretária, uma cadeira de espaldar alto, de costas para o público. O vice-rei está sentado nela, por enquanto invisível para o público. Ao lado dele, Guilherme. Ele, com uma mesura, entrega um papel após outro para o vice-rei assinar. Este assina em silêncio com pena de ganso, e devolve os papéis, um após outro. O espectador só vê a sua mão ossuda, saindo do punho de renda.*

VICE-REI: Todos os decretos estão assinados?
GUILHERME: Todos, Alteza.
VICE-REI: O burgomestre recebeu a ordem de se apresentar no castelo?
GUILHERME: É, e já está aqui desde cedo, Alteza. Espera na antecâmara, junto com o filho.
VICE-REI: Manda entrar os dois!
GUILHERME (*abre a porta*): Chamar o burgomestre com o filho!
VICE-REI: Descobre tudo o que for possível a respeito desse varredor que estava no alto da árvore. Por que a cidade inteira toma a sua defesa? Que espécie de homem é aquele gigante a quem chamam de Martim Pequeno? O que dizem sobre as penas de morte e as multas? O que pensam a meu respeito? Tu vais fazer as perguntas.
GUILHERME: Obedeço, Alteza.

*Entram Clique-Claque e o pai, Moucheron. Ambos fazem mesuras profundas.*

MOUCHERON: Muito bom dia, senhor Guilherme. Posso tomar a liberdade de indagar como está passando Sua Alteza, o vice-rei?
GUILHERME: Agradeço, burgomestre Moucheron. Sua Alteza goza de perfeita saúde. É melhor que comeceis a contar o que se fala por aí.

MOUCHERON: O que se fala a respeito do quê, senhor Guilherme?

GUILHERME: A respeito dos nossos últimos decretos, das penas de morte, das multas impostas à cidade... Sim, e também o que se pensa e se diz na cidade a respeito de Sua Alteza, o vice-rei.

MOUCHERON (*hipócrita*): Todos, do mais velho ao mais moço, abençoam Sua Alteza.

VICE-REI (sem se voltar, em voz baixa, mas clara): Não mintas! (*Pai e filho estremecem assustados, olham para o espaldar da poltrona de onde saiu a voz*)

GUILHERME: Não vos atrevais a mentir, burgomestre. Tentaremos saber a verdade pelo vosso filho. Espero que o rapazinho novo ainda não tenha tido tempo de aprender truques de raposa velha. (*Para Clique-Claque.*) Responde tu, o que dizem de nós na cidade?

CLIQUE-CLAQUE: Amaldiçoam-vos, Excelência.

GUILHERME: Quem?

CLIQUE-CLAQUE: Todos, Excelência. Do mais velho ao mais moço.

GUILHERME: Então, senhor Moucheron, o vosso filho, ao que se vê, não se parece convosco! Se vós tendes cauda de raposa, ele tem orelhas de asno.

CLIQUE-CLAQUE: Perdoai-me, senhor Guilherme, eu não queria dizer... eu pensei que...

GUILHERME: Tu disseste exatamente aquilo que pensavas. Responde: Por que a árvore diante do castelo estava ontem toda cheia de chapéus dependurados? É verdade que existe uma tradição assim nesta cidade?

CLIQUE-CLAQUE: É verdade. Isto é, não... Eu queria dizer... Não é verdade! Eles penduraram os chapéus na árvore para não terem que tirá-los diante de Sua Alteza.

GUILHERME: Então era isso! E quem teve esta ideia?

CLIQUE-CLAQUE: Ora quem havia de ser, senão aquele maldito corcunda!

*A poltrona do vice-rei range e balança. Clique-Claque olha para ela de esguelha, assustado.*

GUILHERME: Mais baixo! Eu quero dizer, aquele varredor que estava encarapitado num galho?

CLIQUE-CLAQUE: Aquele mesmo sim, o varredor corcunda.

GUILHERME (*olha para o espaldar da poltrona*): Chama as pessoas pelos seus nomes?

CLIQUE-CLAQUE: Sim, senhor. Aquele corcunda de Caracol, Excelência.

GUILHERME (*irritado*): Caracol é quanto basta. E que nome estranho é esse, Caracol?

CLIQUE-CLAQUE: Não é um nome, é um apelido. O nome dele, de verdade, é Gilberto. O apelido de Caracol é porque, como vossa Excelência sabe, o caracol é uma lesma que carrega a sua casa nas costas, que nem uma corcunda. Por isso o corcunda Gilberto foi apelidado de Caracol. Por causa da sua corcunda.

GUILHERME (que se arrepia toda vez que o outro menciona corcundas, enérgico): Tu disseste que o nome dele é Gilberto. Pois o chama de Gilberto! (*Clique-Claque cai na gargalhada*) Que é que tens?

CLIQUE-CLAQUE (*rindo gargalhadas tolas*): Não posso! O Caracol Corcunda... Gilberto! O Corcunda Caracol... Gilberto! Não posso. Já é melhor que o chame simplesmente de Corcovado! Caracol, o Corcovado!

GUILHERME (precipita-se para ele e tapa-lhe a boca com a mão): Cala-te, asno!

MOUCHERON (*levanta o braço como que vai esbofeteá-lo*): Silêncio, burro! (*Clique-Claque assustado, liberta-se deles e corre em direção à poltrona*)

GUILHERME: Para! Para onde vais?

*Clique-Claque não ouve, corre até a poltrona, de repente, para, como petrificado.*

CLIQUE-CLAQUE (*num espanto horrorizado*): Ahhh! (*Começa a recuar*) Lá... Tem alguém... Sentado... Parece com o Caracol... Mas mete medo!

GUILHERME: Que demônios trouxeram aqui este palerma? Mas sabes tu de quem estás falando? Quem está sentado ali é… (*A poltrona se afasta lentamente, e o vice-rei vem para o centro da sala. Ele tem uma corcunda nas costas, maior que a do Caracol*) É Sua Alteza, o vice-rei e preposto do Conquistador!

MOUCHERON: Aaai!

VICE-REI (*imperturbável*): Eu sei que ambos vós me sois dedicados, e por isso condescendi em dar-vos a honra de me verem e de falarem comigo frente a frente.

MOUCHERON (*mesuroso*): Estamos tão honrados… Tão desvanecidos… Tão felizes.

CLIQUE-CLAQUE (*mesuroso*): Vossa Alteza… Tanta honra…

VICE-REI (*gesto*): Basta. E agora, dizei-me. Por que é tão querido nesta cidade aquele varredor de ruas?

MOUCHERON: Alteza, os habitantes desta cidade gostam muito de cantar quando trabalham, e o varredor Cara… Gilberto conhece muitas cantigas.

CLIQUE-CLAQUE: Ele até sabe compor canções, ele mesmo.

VICE-REI: O varredor sabe compor canções? Isto é divertido. E que canções são essas? Vós as conheceis?

MOUCHERON: Não, Vossa Alteza, não conhecemos…

CLIQUE-CLAQUE: Eu conheço, sim! São muito engraçadas! (*O pai puxa-o pela manga, mas ele não entende*) Eu até sei uma de cor e posso cantá-la. Se Vossa Alteza quiser, naturalmente.

VICE-REI: Quero sim, canta.

CLIQUE-CLAQUE (*canta, caprichando na pronúncia das palavras*):
"Quem se esconde em segredo
De si mesmo tem mais medo:
A coruja no seu oco,
E o preposto do invasor
no castelo que usurpou".

MOUCHERON (*baixo, nervoso*): Nanasse!

GUILHERME (*fazendo-lhe sinais*): Cala-te!

CLIQUE-CLAQUE (*sacudindo a mão do pai*): Espera, ainda não acabou, como era mesmo?
"E o preposto do invasor
no castelo que usurpou.
Até hoje não sei não
Se ele é cobra ou escorpião"
Estais vendo que canção mais atrevida? E toda a cidade está cantando isso... Até eu já a decorei. E quem a compôs foi aquele corcunda Caracol (*Dá-se conta, cobre a boca com a mão, assustado*) Eu queria dizer, aquele Gilberto corcunda! Perdão, Alteza, o Caracol corcunda...

*Agoniado, enxuga o suor da testa.*

GUILHERME: Alteza, ordenais expulsar este palerma?
VICE-REI: Não. Então, foi ele quem compôs essa canção? E quem são os amigos deste... Caracol?
CLIQUE-CLAQUE: Toda a cidade, Vossa Alteza.
VICE-REI: Então é assim? E aquele gigante? Ele também é amigo do varredor?
MOUCHERON: Falais de Martim Pequeno, Alteza? Sim... Eles são grandes amigos. Devo informar-vos, Alteza, que Martim Pequeno é o presidente da Corporação dos Armeiros, é um homem muito perigoso. A palavra deles é lei para todos os artesãos que fazem armas.
VICE-REI: Dizes que ele é perigoso? Guilherme, hoje mesmo quero que este Martim Pequeno seja lançado na Torre do Silêncio. E uma dezena dos amigos dele, de quebra. Os outros ficarão mais sossegados depois disso. Ouviste?
GUILHERME: Vossa ordem será executada, Alteza.
VICE-REI (*para Clique-Claque*): E tu também és amiguinho do varredor?
CLIQUE-CLAQUE: Deus me livre, Alteza! Eu detesto esse corcun... Esse homem! Eu tenho ódio dele! Ele zomba de mim. Quando ele não está, vai tudo bem, mas assim que ele

aparece, todo mundo logo acha que eu sou um bobão. E o pior é que ele çaçoa de mim na frente de Verônica.

VICE-REI: E quem é ela, essa Verônica?

CLIQUE-CLAQUE (*entusiasmado*): Oh, ela é a moça mais linda da cidade. Se Vossa Alteza a visse, garanto que também ficaria apaixonado por ela! (*Abafa uma risada boba no punho fechado.*)

MOUCHERON (*puxa o filho pela manga*): Verônica, Alteza, é a filha do nosso antigo burgomestre, o presidente da Corporação dos Tecelões, Firene.

VICE-REI: E ela é de fato tão bonita?

MOUCHERON: Moça mais bela não se encontra no país inteiro, Alteza.

VICE-REI: Então é assim? Guilherme, por que nunca me falaste dessa moça?

GUILHERME: Esta é a primeira vez que ouço falar nela, Alteza.

VICE-REI: Tu tens obrigação de ver tudo e de ouvir tudo. (*Para Clique-Claque*) Com que então te agrada esta Verônica? Queres casar com ela? E ela? Está disposta a se casar contigo?

CLIQUE-CLAQUE: Não. Até me parece que gosta de outro, Alteza.

VICE-REI: Gosta de outro? De quem?

CLIQUE-CLAQUE: Eu acho que... ou do Martim Pequeno, ou do Caracol. Mas o Martim Pequeno já é casado, e o Caracol é corcunda. Por isso eu ainda tenho esperança que ela um dia vai concordar em se casar comigo.

VICE-REI: Eu espero o mesmo. Vou casá-la contigo. Não será mau se a filha do antigo burgomestre casar com o filho do novo burgomestre. Quem sabe depois desse casamento haverá mais ordem e sossego nesta cidade.

CLIQUE-CLAQUE (*encantadíssimo*): Agradeço mil vezes, Alteza! Estou tão feliz! Casar com Verônica, que maravilha! Como eu vou rir na cara do Caracol!

MOUCHERON: Alteza, o antigo burgomestre não permitirá que sua filha se case com o meu filho. Firene é um velho severo e obstinado.

VICE-REI: Não te preocupes. Se nem as muralhas desta cidade resistiram diante de mim, não será o antigo burgomestre que resistirá. Guilherme, faz vir ao castelo imediatamente essa Verônica e seu pai

*Guilherme curva-se e sai.*

CLIQUE-CLAQUE: E quando vai ser o meu casamento, Alteza?
VICE-REI: Quando tu livrares a cidade daquele varredor atrevido.
CLIQUE-CLAQUE: Do corcunda Caracol? É fácil falar, mas como fazer isso? É melhor que Vossa Alteza mande cortar a cabeça dele e pronto, estará tudo resolvido. Dizem que o vosso senhor Guilherme decepa cabeças com muita agilidade.

*Entra Guilherme.*

VICE-REI: Ah, se tu tens tanto medo desse varredor, é porque ele de fato vale alguma coisa. Não será melhor casarmos o Caracol com a Verônica, neste caso? Que achas, Guilherme?
GUILHERME (*sarcástico*): Eles dariam um belo casal, Alteza.
CLIQUE-CLAQUE: Que estais dizendo, senhor Guilherme! Que espécie de casal será este? A bela Verônica e um corcunda desgraçado! Mas ela não vai sequer poder mostrar-se na rua com aquele monstrengo corcovado! Ela terá de se esconder dos olhos da gente, como aqui Sua Alteza!
VICE-REI (*numa fúria, agarra-o pelo pescoço com suas mãos ossudas*): Se tu te atreveres a dizer mais uma palavra...
GUILHERME (*também se precipita sobre o Clique-Claque*): Nós te esmagaremos como a um rato!
CLIQUE-CLAQUE (*sufocado*): Vossa... Alteza...
VICE-REI: Então?
CLIQUE-CLAQUE (*arquejante*): Eu prometo... Livrar a cidade... Do varredor...
VICE-REI (*solta-o e fala, totalmente calmo*): Isto são outras falas, meu jovem Moucheron. Há mais tempo falasses assim!
CLIQUE-CLAQUE: Só que eu não sei como fazer a coisa. Bastará ele dar um grito que de todas as ruas virá gente correndo para ajudá-lo.
VICE-REI: Mas será que ele nunca se afasta da cidade?

CLIQUE-CLAQUE: Pelo contrário. Ele sai quase todos os dias para ir ao bosque buscar ramos e gravetos para fazer as suas vassouras.

VICE-REI: Ora, neste caso, a tua tarefa não é nada difícil. Para cada bicho existe uma armadilha. Para bicho de duas pernas também. Se um homem vai para o bosque, e pelo caminho passa por uma fossa, um grande buraco bem escondido por galhos, ele pisa nos galhos e cai no buraco fundo e ninguém ficará sabendo o que lhe aconteceu. E este homem morrerá de fome no fundo da fossa.

CLIQUE-CLAQUE: Isto é verdade, Alteza. Só que no caminho do bosque não existem buracos assim.

VICE-REI: Se alguém cavar, existirá. Burgomestre Moucheron, vós sois um homem astuto e experiente. Ensinai a vosso filho como é que se cava um buraco para o próximo.

MOUCHERON: Esforçar-me-ei, Alteza.

GUILHERME (*olha pela porta*): Alteza, o mestre da Corporação dos Tecelões, Firene e sua filha Verônica chegaram ao castelo.

VICE-REI: Excelente. Estás vendo, Nanasse Moucheron, comigo a palavra não se separa da ação. Vamos começar as negociações para o noivado imediatamente. Só espero que tu sepulte o varredor na fossa tão depressa como eu te casarei com a tua Verônica.

CLIQUE-CLAQUE: Não vos preocupeis, Alteza. Esse Caracol me incomoda tanto quanto a Vossa Alteza.

VICE-REI: Mas por ora, para não perturbar a moça, será melhor que tu nos deixe a sós. Guilherme, acompanha o noivo e traze a noiva.

*Guilherme e Clique-Claque saem. O vice-rei senta-se na poltrona de maneira a ficar quase invisível. Entram Firene, Verônica e Guilherme.*

FIRENE: Senhor Guilherme. Anunciai-nos ao vice-rei. Estamos aqui por ordem dele.

GUILHERME: Sua Alteza está aqui.

VICE-REI (*levantando-se*): Saúde, menina Verônica. Saúde, Mestre Firene.

VERÔNICA (*fita-o horrorizada*): Ah, meu Deus do céu... Boa tarde, Alteza!

FIRENE: Boa tarde, Alteza!

VICE-REI (*examinando Verônica*): Devo confessar, burgomestre Moucheron, que vosso filho não tem mau gosto. A donzela é de fato excepcionalmente formosa.

FIRENE (*seco*): Vós nos mandaste chamar por algum assunto especial, Alteza?

VICE-REI: Não vos apresseis, Mestre Firene. Meu caro Guilherme, não te parece que o jovem Moucheron empreendeu tarefa acima das suas forças?

GUILHERME: Tendes razão, Alteza. Esta donzela merece melhor destino.

VICE-REI: Entretanto, eu prometi fazer-lhe a proposta. Pois bem, Mestre Firene, não achais que já é tempo de dardes a vossa bela filha em casamento?

FIRENE: Espero, Alteza, que permitireis cuidar eu mesmo do destino da minha filha.

VICE-REI: Não contesto o vosso poder, mestre, mas para o bem da cidade da qual me compete cuidar, eu gostaria da reconciliar duas famílias honradas, a vossa e a do burgomestre Moucheron. Que esperais, meu caro Moucheron? Vinde, pedi a mão da bela Verônica para o vosso filho.

MOUCHERON (*insinuante*): Meu caro Mestre Firene, nós dois nos conhecemos desde a infância... Vossa filha cresceu diante dos meus olhos, e meu filho, diante dos vossos olhos...

FIRENE: Isto é verdade, eu conheço muito bem tanto a vós como ao vosso filho. Por isso mesmo acho melhor deixarmos de lado esta conversa. Alteza, se não tendes outro assunto comigo, peço licença para nos retirarmos.

VICE-REI: Como quiserdes, pois não. Guilherme, acompanha o Mestre Firene e o burgomestre.

VERÔNICA, FIRENE e MOUCHERON (*juntos*): Adeus, Alteza!

VICE-REI: Adeus... mas vós, formosa Verônica, eu peço que fiqueis ainda um pouco.

VERÔNICA: Pai!

FIRENE: Permiti que eu fique com a minha filha, Alteza. Ela não está acostumada a andar sozinha.

VICE-REI: Daqui a poucos minutos vossa filha vos transmitirá tudo o que eu lhe disser. Até breve, Mestre Firene.

*Firene, Moucheron e Guilherme se retiram.*

VICE-REI: Então, minha linda hóspede, concordais em casar com o jovem Moucheron? Ele, ao que parece, está fora do seu juízo de tanto amor por vós.

VERÔNICA: Perdão, Alteza, mas ele nunca teve juízo.

VICE-REI: Mas em compensação ele tem muito dinheiro e um pai que é inteligente e esperto. E é o próprio duque de Malicorn, eu mesmo, quem faz o pedido de casamento. Então, que dizeis?

VERÔNICA: Alteza, podeis expulsar-me da cidade, podeis encerrar-me na Torre do Silêncio, podeis até mandar me matar, como a muitos dos nossos amigos...

VICE-REI: Oh, quando estais zangada, Verônica, ficais ainda mais bela!

VERÔNICA: Alteza, se sois um ser humano...

VICE-REI: E o que sou então?

VERÔNICA: Não sei... Mas se tendes coração, permiti que fique com o meu pai... (*Esconde o rosto com as mãos.*)

VICE-REI: Tirai as mãos do rosto, bela Verônica. Quero ver como chorais.

VERÔNICA: Não zombeis de mim!

VICE-REI: Não estou zombando. Mas lágrimas vos ornam bem.

VERÔNICA: Vós sois livre de dizer ou fazer o que bem entenderdes. Na nossa cidade não se pode respirar mais, desde que ela caiu em vossas mãos. E apesar disso, vós não conseguireis me obrigar a casar com esse palhaço do Clique-Claque!

VICE-REI (*rindo*): Então não quereis casar com ele, Verônica? E então? Quem sabe tendes razão. Ele de fato não merece uma jovem tão bela e altiva. Não vou obrigar-vos a casar com ele. E se quiserdes, devolverei a liberdade a alguns dos vossos amigos. Devolverei a corrente de burgomestre ao vosso pai, e à cidade, muitas das suas regalias e liberdades. Estais admirada? Ao que parece, não esperáveis isto de mim, formosa Verônica?

VERÔNICA: Não esperava, Alteza.

VICE-REI: Não é para menos. Disseram-vos, decerto, que eu sou um monstro, sem coração, sem misericórdia nem pena por ninguém?

VERÔNICA: Sim, é o que dizem.

VICE-REI: Pois bem, estais vendo? Eu sou capaz de misericórdia e de perdão. Posso fazer a desgraça de um homem, mas posso também fazer sua felicidade. A vós eu gostaria de ver feliz, Verônica. E como sinal de minha profunda simpatia para convosco, aceitai este modesto presente.

*Tira do dedo um grande anel e estende para ela.*

VERÔNICA: O que é isso?

VICE-REI: Um anel. Eu uso apenas dois anéis. Um com o sinete de minha família, herdei-o de meu pai. O outro da minha mãe. É o seu anel de casamento. Aceitai-o, é vosso.

VERÔNICA: Para que aceitaria, Alteza?

VICE-REI: Vós sereis minha esposa.

VERÔNICA (*recua horrorizada*): Vossa esposa? Nunca! Antes a morte!

*Precipita-se para a porta, ele lhe barra a passagem.*

VICE-REI: Espera. É o vosso destino. Vós sereis a senhora desta cidade, a dama mais nobre do país, a duquesa... Esposa do vice-rei!

VERÔNICA: Nunca! Mandai que eu seja trancada na Torre do Silêncio! Mandai-me executar!

VICE-REI: Minha palavra é lei. O casamento será daqui a três dias. Preparai-vos para as bodas!

*Ele abre a porta e deixa Verônica passar, com uma vênia profunda.*

Quadro 3

*Clareira escondida na floresta. Árvores, arbustos. É madrugada. Em cena, com uma pá, Clique-Claque trabalha cavando.*

CLIQUE-CLAQUE: Ufa! Nunca na minha vida trabalhei tanto. Mas é só por causa de Verônica... Para casar com ela é preciso cavar uma fossa para enterrar o maldito corcunda Caracol. Só por isso que eu fico aqui cavando, calejando as mãos!

*Ouve-se uma buzina de caçador (corno) ao longe.*

CLIQUE-CLAQUE: Epa! O vice-rei com os seus caçadores já andam pela floresta. Vou avisá-lo que venha olhar o meu trabalho.

*Quebra rapidamente alguns galhos, cobre o buraco e sai. A cena fica vazia por alguns instantes. Mas logo aparecem Caracol e Timolle, com feixes de gravetos.*

TIMOLLE: Caracol, existem lobos nesta floresta?
CARACOL: Existem frutas, existem cogumelos, mas lobos? Eu cá nunca encontrei um lobo... E tu, tens medo de lobos?
TIMOLLE: Um pouco tenho...
CARACOL: Um lobo no verão não é perigoso, mas os outros lobos, os lobos de duas pernas, estes sim, são de meter medo. (*Novamente se ouve a buzina ao longe.*) Estás ouvindo? É o próprio vice-rei que hoje sai à caça. Estes sim são os lobos de quem é preciso ter medo. (*Repara no buraco.*) Cuidado, Timolle.
TIMOLLE: O que é isso?
CARACOL: Alguém cavou uma fossa neste lugar... uma armadilha. Cavou bem, mas escondeu mal. Logo se vê que é um caçador de meia tigela.
TIMOLLE: Isto é armadilha para lobos, Caracol?

CARACOL: Não sei, Timolle, não sei... Mas, por via das dúvidas, vamos deixar uma marca qualquer aqui, para não cairmos, nós mesmos, nesta armadilha, no caminho de volta. (*Ele desarma o seu feixe e coloca alguns gravetos em cruz como marca sobre a armadilha, uma cruz deitada.*) Pronto, agora vamos adiante, temos ainda muitos gravetos para quebrar...

*Ambos saem. Pouco depois, dentre os arbustos do lado oposto sai Clique--Claque e o vice-rei, este vestindo uma grande capa.*

CLIQUE-CLAQUE: Agora podeis mandar cortar minha cabeça, Alteza, se Caracol não cair na minha armadilha. Ele passa por aqui todos os dias. Mas onde está o buraco? Tenho certeza que o cavei nesta clareira... Essa agora! Sumiu! Ou será que foi na outra clareira? Não me lembro direito...

VICE-REI: Não deixaste marca nenhuma?

CLIQUE-CLAQUE: Deixei, Alteza, mas não me lembro que marca, nem em que lugar...

VICE-REI: Asno! Será que não tens cabeça?

CLIQUE-CLAQUE: Como assim, Alteza? Aqui está ela.

VICE-REI: Por pouco tempo.

CLIQUE-CLAQUE: Por quem sois, Alteza, não digais isso! Eu já me lembrei! O buraco é... por aqui... em algum lugar... à direita... não, à esquerda... isto é, à direita... mas muito cuidado...

*Ele vai levando o vice-rei através da clareira e ambos, com grito, caem na fossa. Da fossa sobem os gritos: "Socorro! Acudam!" e logo entra correndo Caracol.*

CARACOL (*inclina-se sobre o buraco*): Quem está aí?

CLIQUE-CLAQUE (*lamentando-se de dentro da fossa*): Quem és tu? Salva-me, eu te pagarei bem! Tenho muito dinheiro!

CARACOL: Sujeito engraçado! Então se cobra dinheiro para salvar alguém? (*Desce uma corda para a fossa e tira Clique-Claque*) Clique-Claque! Mas como vieste parar aqui?

CLIQUE-CLAQUE: Oh, és tu, Caracol! E eu... quero dizer... sabes eu... eu estava... tu compreendes...

CARACOL: Eu só compreendo uma coisa... fiz mal em te tirar do buraco. Poderias ter ficado lá dentro, quietinho sem atrapalhar a vida dos outros...

CLIQUE-CLAQUE: Que estás dizendo, Caracol! Eu não tenho tempo para ficar sentado dentro dum buraco. Eu vou me casar logo. Sua Alteza, o vice-rei, prometeu me fazer casar com Verônica.

CARACOL: Ah, então é assim? Neste caso, volta já para o buraco!

CLIQUE-CLAQUE (*choramingando*): Deixa-me Caracol. Larga-me! Eu não quero voltar para o buraco! Lá é escuro, eu tenho medo.

CARACOL: Volta para a tua toca, senhor noivo, anda!

CLIQUE-CLAQUE: Mas eu nem pretendo casar com Verônica! Eu estava só brincando. Juro! Só peço que me deixes ir embora! Pensa sozinho, Caracol. Achas então que o Mestre Firene consentiria que tua filha Verônica casasse comigo?

CARACOL: Tu mesmo acabaste de dizer que o vice-rei vai fazer com que cases com ela!

CLIQUE-CLAQUE: E que tem que eu falei? O que eu falei não vale nada! E o vice-rei, ele que vá para o diabo!

VICE-REI (*de dentro da fossa*): Moucheron!

CLIQUE-CLAQUE: Oh, eu que esqueci! Perdão, vossa...

VICE-REI (*interrompe calmo*): Espera, Moucheron! Ouve, varredor! Eu sou Bistecol, guardião do sinete de Sua Alteza, o senhor vice-rei. Tira-me daqui e eu te recompensarei regiamente.

CARACOL: Quem é que está lá embaixo, Clique-Claque?

CLIQUE-CLAQUE: É... é...o guardião do sinete de Sua Alteza...

CARACOL: Muito bem. Ele que guarde o seu sinete na fossa. E tu vais ajudá-lo. Estará mais bem guardado, o tal sinete.

VICE-REI: Ouve, varredor. Não te rias do sinete do vice-rei. Este sinete pode mandar um homem para o cadafalso, mas pode também livrar milhares de homens da prisão, da morte, do exílio. Diante deste sinete abrem-se todos os ferrolhos e fechaduras! Se me ajudares a sair desta fossa, eu te darei

o sinete por três dias e farás com ele o que quiseres. Pensa
bem. Durante três dias, tu poderás governar a tua cidade.
Em três dias muita coisa pode ser feita.

CARACOL (*pensa um pouco*): Quer dizer, o preço não é dos piores.
Dizei-me, senhor Bistecol, o sinete está convosco?

VICE-REI: O anel com o sinete do vice-rei está sempre comigo.
Desce a corda, e certificar-te-ás disso.

CARACOL: Está bem. Só que primeiro eu descerei, não uma corda,
mas um barbantinho. O barbante aguentará o peso do anel
de sinete, mas não o seu, vossa Excelência.

VICE-REI: E se tu me enganares, se ficares com o anel de sinete e
me abandonares no fundo da fossa?

CARACOL: Não confiais em mim? Como desejardes! Caracol ainda
nunca enganou ninguém. Mas preferes ficar no buraco...

VICE-REI: Desce a corda!

CARACOL: O barbantinho? Estou descendo... Amarrastes o anel?

VICE-REI: Podes puxar.

CARACOL (*retira o anel de sinete, examina-o*): É certo, é um anel de
sinete. O sinete representa um dragão coroado, o escudo
familiar do vice-rei... Bem, já que o negócio é sem tapea-
ção, vou descer-vos a corda forte...

*Desce a corda. Do buraco surge o vice-rei, mas sem a capa.*

CARACOL (*espantado*): Então sois assim, senhor Bistecol! Também
sois corcunda! Só que se a minha corcunda me valeu o
apelido de Caracol, a vossa merece pelo menos a de ca-
melo-dromedário! E muito agradecido pelo anel de sinete. (*Coloca o anel no dedo*) Devolvei-me a minha corda,
vou voltar correndo para a cidade... três dias dão para
fazer muita coisa!

VICE-REI: Espera, ajuda-me primeiro a tirar da fossa a minha capa.
Estou todo enregelado de frio.

CARACOL: Capa? Onde é que ela está?

VICE-REI: Espia lá dentro... Ali. ficou presa a uma raiz. (*Caracol inclina-se sobre a fossa. O vice-rei empurra-o com força, e*

*Caracol desaparece dentro do buraco*) Conhece o teu lugar, vagabundo! Foi mesmo para ti que esta fossa foi cavada.

CLIQUE-CLAQUE: E o anel? O anel de sinete, Alteza?

VICE-REI: Retirá-lo-emos mais tarde... (*Sardônico*) Lá embaixo ele estará em segurança

*Ergue o corno e buzina.*


*Terceiro Ato*

Quadro 4

*Na frente do pano, no proscênio, aparece a Vovó Taffareau.*

VOVÓ: Pois é, amigos, assim é que andam as coisas na nossa cidade. De hora em hora tudo piora. Martim Pequeno foi agarrado pelos esbirros do vice-rei e trancado na Torre do Silêncio. E junto com ele todos os armeiros da corporação, que estavam forjando espadas e lanças. E, ainda por cima, Caracol desapareceu. Foi para o bosque buscar gravetos para as suas vassouras e não voltou mais. Quem sabe também foi agarrado pelos soldados do invasor? A cidade ficou vazia, tristonha... E hoje é dia da nossa grande festa, a Festa da Primavera. Mas toda a gente até esqueceu de pensar na festa... As moças não cantam mais, só ficam chorando. E como não chorar? A nossa mais linda donzela, Verônica, a filha do respeitável Firene, está sendo obrigada a casar contra a vontade... e com quem? Com o malvado vice-rei, o cruel usurpador que se esconde no nosso castelo... Mas apesar disso, é preciso enfeitar a casa para a festa. Senão, que Festa da Primavera é esta, sem um ramo verde no arco da porta? Vou cuidar disso...

*Sai do proscênio. O pano abre. A cena é a mesma do primeiro ato. Diante da sentinela, na porta do castelo, está o segundo soldado de couraça. Ele*

*guarda a casa de Mestre Firene. É madrugada. O relógio do castelo dá horas.*

*O titio Ninoche e a Vovó Taffareau abrem as janelas de suas casas simultaneamente e olham para fora.*

VOVÓ: Bom dia, Mestre Ninoche!
NINOCHE: Bom dia? E como pode ser bom o dia de hoje? Eu cá não me lembro de um dia pior!
VOVÓ: Não se deve falar mal do dia antes da noite.

*Pendura uma grinalda de ramos verdes na janela, com um buquê de flores no alto*

NINOCHE: Não é que tencionais comemorar a Festa da Primavera hoje, vovozinha?
VOVÓ: E como não? Se os antepassados festejavam a primavera nós também temos que festejá-la.
NINOCHE: Pois antes ela não existisse agora, esta festa! Martim Pequeno atrás das grades. Caracol desaparecido. Verônica mais dia menos dia será arrastada para o castelo e entregue ao vice-rei! O dia é para chorar, não para festejar.
VOVÓ: Não se deve chorar antes do tempo.
NINOCHE: Pois se é o próprio tempo! A pobre Verônica decerto já não tem mais lágrimas para chorar... está vivendo as últimas horas em liberdade, pobrezinha, e que liberdade é esta? A coitada já está trancada a sete chaves... imaginai o que será a sua vida no castelo, em poder desse dragão usurpador!
VOVÓ: Pois aí vem ele... fala: no diabo...

*Na praça surge a liteira do vice-rei. Adiante e atrás os soldados de couraça. Ao lado, como sempre, o homem de capa escura. O capuz está na cabeça, escondendo os olhos.*

NINOCHE: Para que será que ele saiu tão cedo, de madrugada?
VOVÓ: Vai ver está querendo fiscalizar os seus guardas, ver se guardam bem a noiva dele.

NINOCHE: E é isso mesmo. Pararam diante da casa de Firene. Melhor a gente nem olhar.

VOVÓ: É certo, é melhor a gente não se mostrar a eles.

*Os dois se escondem. O homem de capa escura aproxima-se do guarda e faz-lhe um sinal. O guarda dá passagem, respeitosamente. Então desce da liteira o próprio vice-rei, também envolvido até os olhos na sua rica e ampla capa. O homem alto e o corcunda de capa entram na casa de Mestre Firene. Ninoche e Vovó Taffareau aparecem simultaneamente na soleira das suas respectivas portas.*

VOVÓ: Onde já se viu uma coisa dessas, entrar na casa da noiva assim, antes das bodas?

NINOCHE: Pobre Verônica! Vede, eles já estão voltando.

VOVÓ: E ela está junto!

*Da casa de Firene sai Verônica acompanhada pelo corcunda e pelo homem alto de capa.*

VOVÓ: Estão levando Verônica!

NINOCHE: E o pai, como é que estará se sentindo agora, pobre Mestre Firene! Adeus, bondosa Verônica!

VOVÓ: Adeus, filhinha!

*Verônica dá adeus com a mão. O homem alto ajuda-a a subir na liteira. O corcunda sobe atrás dela. Os soldados de couraça cercam a liteira. Mestre Firene surge na porta.*

FIRENE (*sereno*): Adeus, minha filha. Boa viagem! Logo nos encontraremos!

NINOCHE: Meu Deus! O que ele está dizendo? "Boa viagem"? Como pode ser boa? Pelo visto, enlouqueceu o pobre Mestre Firene!

VOVÓ: Quem sabe enlouqueceu, quem sabe não. Repara bem, Ninoche, no que está se passando aqui.

NINOCHE: Não estou entendendo nada... Será que estou vendo dobrado?

*Do portão do castelo surge uma segunda liteira igual à primeira. Igualmente cercada por soldados de couraça. Ao lado dela também caminha um homem de capa escura, Guilherme. Confusão momentânea. Guilherme grita "Alto", "Parados" e precipita-se, junto com alguns soldados, através da praça, em direção à primeira liteira. Com o barulho, os habitantes da cidade acorrem à praça e param num espanto ao verem diante de si dois Guilhermes, ao verem uma liteira idêntica em direção à outra.*

GUILHERME: Segurai esta gente! São impostores! Defende aquela liteira!

SÓSIA DE GUILHERME: Vós é que sois os impostores! Andai, tentai pôr as mãos na minha liteira! Dentro dela está Sua Alteza, o vice-rei!

GUILHERME: Estais mentindo! Sua Alteza está nesta outra liteira, na minha!

SOLDADOS DO 1º GRUPO: Fora do caminho!

SOLDADOS DO 2º GRUPO: Nem um passo!

SOLDADOS DO 1º GRUPO: Fora com as mãos!

SOLDADOS DO 2º GRUPO: Descei a liteira!

GUILHERME: O que esperais, soldados? Derrubai aquela liteira... ela está vazia!

*Neste momento, da liteira salta um corcunda, envolto na capa ducal.*

CORCUNDA: Quem se atreve a tocar em mim?

SOLDADOS DO 1° GRUPO: O duque! Sua Alteza! (*Recuam em confusão.*)

SÓSIA DE GUILHERME: Vistes agora? Fora!

*O próprio Guilherme ficou confuso por um momento. Da sua liteira salta o próprio vice-rei.*

VICE-REI: Que estais olhando, palermas? Agarrai-o! É um usurpador. O legítimo governador da cidade sou eu!

SÓSIA DO VICE-REI: Mentes! Não és legítimo... não foi por lei que dominaste a cidade, mas pela força! E para cada força existe outra força!

SÓSIA DE GUILHERME: Cidadãos! À praça! (*Deixa cair a capa*) Eu sou Martim-o-Armeiro!

SÓSIA DO VICE-REI (*também se desfaz da capa*):  E eu sou Caracol.

*O vice-rei atira-se sobre ele de punhal, mas Caracol é mais ágil, e o vice-rei recua, cambaleando, e tomba fora de cena.*

TIMOLLE (*dentre a multidão*):  A eles, amigos! A eles!
GUILHERME:  Duque! Alteza! Ele matou o duque! Mas ele não me escapará agora! (*Atira-se sobre Caracol*)
VERÔNICA (*saltando da liteira*):  Cuidado, Caracol!
GUILHERME:  Agora eu te endireito!

*Derruba Caracol com um golpe furioso de sua longa espada. Caracol tomba.*

NINOCHE:  Ele derrubou Caracol com a espada mágica!
VERÔNICA:  Ele matou Caracol!
MARTIM:  Amigos! Cidadãos! Caracol foi assassinado! O nosso Caracol! Avançai nos invasores! A eles, meus armeiros! Que nunca mais eles se esqueçam do dia de hoje!
GUILHERME:  A mim, meus soldados!

*Os armeiros, que estavam disfarçados de soldados de couraça, cercam Martim Pequeno junto com os cidadãos. Eles obrigam Guilherme e sua guarda a começar a recuar para os bastidores. Verônica se precipita para o corpo de Caracol, arrasta-o penosamente até a porta da casinha de Vovó Taffareau, onde o deita sobre o degrau da soleira.*

GUILHERME:  Avançai! Matai os revoltosos!
MARTIM:  Coragem, cidadãos! Se tivermos de morrer que seja com honra!
NINOCHE:  Fora da nossa terra, ladrões encouraçados!
GUILHERME:  Soldados! Será que recuareis diante de doceiros e sapateiros? Nós somos invencíveis! Vede, na minha mão está a espada mágica, a Gaiana Invencível! Minha Gaiana encantada!
MARTIM:  Não é com espada que se assusta um armeiro! Em guarda, senhor Guilherme!

*Atira-se sobre Guilherme, mas aquele lhe arrebata o espadim e ergue sobre a cabeça de Martim a espada mágica.*

GUILHERME (*brandindo a espada sobre a cabeça de Martim*): Recebe meu último golpe!
TIMOLLE: Recebe tu o meu primeiro! (*Desce um cacete na mão de Guilherme, o qual deixa cair a espada. Martim apanha-a se possível no ar*)
GUILHERME (*em pânico*): Ele se apoderou da espada mágica! Fujamos!

*Guilherme e os seus soldados fogem, perseguidos pelos cidadãos, encabeçados por Martim e Firene. Apenas Verônica, curvada sobre o corpo de Caracol, fica na praça. Vovó Taffareau aproxima-se deles.*

VERÔNICA: Ouves, vovózinha? Os nossos já estão arrombando os portões do castelo, mas Caracol não sabe disso! Não temos mais o nosso Caracol! E tu ainda dizias que ele seria feliz e belo, que casaria com moça do seu coração... Ele não conseguiu viver, o nosso Caracol, para desfrutar a felicidade, nem a liberdade!
VOVÓ (*inclina-se sobre Caracol*): Filhinho... ouve, filhinho. Sabes tu das nossas novidades? "A sepultura levou o corcovado, e o pequeno tirou a espada da mão do grande...". Saiu certo conforme a profecia das cartas! Ouves, Caracol?
VERÔNICA: Pensas acaso que ele não morreu, vovózinha?
VOVÓ: Não sei, donzela, não sei... A tal espada, dizem que é mágica, não é mesmo...
VERÔNICA: Ouve vovó... Silenciou tudo no castelo... Olha, olha! Os nossos vêm trazendo Guilherme.

*Aparecem os cidadãos excitados pelo combate. Na frente, escoltando Guilherme, marcham Martim, Firene e Ninoche.*

MARTIM: Cidadãos! Mestres e aprendizes! Estamos livres! A cidade nos pertence de novo! Quanto a este invasor de outras terras, que vos mandava executar sem julgamento, nós o trouxemos para que vós o julgueis!
VOZES: Viva a cidade livre! Viva a cidade dos Mestres Artesãos! Abaixo os invasores! Abaixo os traidores!

UMA VOZ: E os dois Moucherons, onde estão? Onde andam escondidos?

NINOCHE: É verdade! Todos estão aqui, só faltam eles!

VOZ: Olhai! Olhai... os Moucherons! Apareceram!

*O povo abre alas, dois armeiros trazem Clique-Claque e o pai para diante de Martim Pequeno.*

1º ARMEIRO: Eis aqui os fujões, Mestre Martim.

2º ARMEIRO: Nós os apanhamos já bem na saída da cidade!

VOZES: Ah, os traidores! Ao julgamento!

MOUCHERON (*tirando do pescoço a corrente de burgomestre*): Cidadãos! Mestres! Eis a corrente de burgomestre! Até que enfim vejo o dia feliz em que posso devolvê-la ao legítimo burgomestre da cidade! (*Entrega a corrente a Firene*) Como fardo pesado pendia esta corrente nos meus velhos ombros... Eu a estava trazendo para devolver quando estes bravos armeiros me detiveram.

NINOCHE: A raposa já agita a cauda! Vamos, tu, Clique-Claque, conta direito, para onde estavas indo, tu com o teu pai?

CLIQUE-CLAQUE: Não sei, meu pai falou, "para qualquer lugar, desde que seja bem longe daqui".

MOUCHERON: Não escuteis este palerma! Ele mesmo não sabe o que diz!

CLIQUE-CLAQUE (*ofendido*): Sei sim! Tu tinhas medo que cortassem a tua cabeça e eu tinha medo que cortassem a minha. Por isso fugimos ambos!

MARTIM: Ora vejam. Moucheron, o teu filhinho até que não é tão palerma como pensávamos.

CLIQUE-CLAQUE: Estais vendo? Sua Alteza, o senhor vice-rei, disse a mesma coisa (*Risos entre o povo*).

MOUCHERON: Que filho este! Quando é que já vou me ver livre dele?

MARTIM: Logo ambos vos vereis livres um do outro. A raposa foi traída pela cauda, e o asno pelas orelhas. Amanhã enfrentareis o Tribunal do povo. Levai-os para a prisão. E este Guilherme também.

GUILHERME: Eu quero que me executem imediatamente.
VOZES: Vede só a pressa dele! Quer morrer logo! Não quer ser julgado!
GUILHERME: Antes de morrer só faço um pedido.
MARTIM: Que pedido é esse?
GUILHERME: Que eu seja morto pela minha própria espada; e que esta espada seja posta entre minhas mãos, depois de morto.
NINOCHE: Como é possível entregar-lhe a espada mágica? Deixa que esta espada nos sirva a nós agora.
GUILHERME: Para que precisais dela? Hoje a minha espada perdeu sua força mágica, foi-me arrebatada das mãos por uma criança. Vós mesmos vistes.
MARTIM: Concordais em atender ao pedido deste homem, cidadãos?
VERÔNICA: Cidadãos! Mestres! Permiti que eu também diga uma palavra.
VOZES: Ouçamos a filha de mestre Firene! Fale, Verônica!
VERÔNICA: Concidadãos! Caracol foi morto por esta espada. Seu sangue ainda não está seco na lâmina. Não podemos misturar o sangue de nosso Caracol com o sangue de lobo deste Guilherme! Se mãos mortas devem segurar o cabo da espada mágica, estas mãos devem ser as de Caracol!
VOZES: Certo! A moça falou bem! Não daremos a espada a este Guilherme! Nem morto!
GUILHERME: Cidadãos! Eu sou vosso prisioneiro! Meu fim está próximo. É o meu último pedido antes de morrer! Não recuseis o último pedido de um condenado.
VOVÓ (*adianta-se*): Tu queres enganar a própria morte, Guilherme? O que está gravado na tua espada mágica? (*Guilherme se cala*) Obriga-o a responder, Martim!
MARTIM: Responde, Guilherme! O que está escrito na espada mágica?
GUILHERME: Está escrito: "Entorto o direito. Endireito o torto".
VERÔNICA: Só isso? Nada mais está escrito nela?
GUILHERME: Nada mais.
CLIQUE-CLAQUE: Tem mais sim! Lá diz também "Levanto o tombado".

GUILHERME: Cala-te, asno!
MARTIM: O que significa "Levanto o tombado"?
GUILHERME: Não sei.
VOVÓ: Não sabes? Pois bem, eu sei. Colocai esta espada nas mãos de Caracol!

*O povo se afasta, de maneira que Caracol fica visível.*

CLIQUE-CLAQUE: Caracol... Como é que ele veio parar aqui? Pois se nós o empurramos para dentro do buraco!
TIMOLLE: Vós o empurrastes, mas eu o tirei para fora!
CLIQUE-CLAQUE: Mais que coisa este Caracol! Escapa de qualquer armadilha! Mas desta vez parece que o ajeitaram bem... agora ele não se levanta mais!
VOVÓ: É o que nós vamos ver. Passa para cá a espada de Guilherme, Martim Pequeno!
MARTIM: Aqui está ela!

*Martim tira a espada da bainha e a entrega a Verônica. Ela se aproxima de Caracol e coloca a espada entre as suas mãos. Caracol se mexe, senta-se, boceja gostosamente e esfrega os olhos.*

VOZES: Caracol! Vede, ele acordou! Caracol está vivo!
MARTIM: Silêncio, cidadãos!
CARACOL: O que é isso? Quanto povo na praça! Será que hoje é dia de festa?
VOZES: Sim, Caracol! É festa! A Festa da Primavera!
CARACOL: Mas é mesmo! Como é que eu fui esquecer! Mas como foi que eu pude adormecer no meio da praça!?
FIRENE: Parece que te cansaste muito hoje, Caracol!
CARACOL: Ainda sinto zoeira nos ouvidos e os olhos embaçados... (*Passa as mãos pelos olhos.*) Parece-me que tive um sonho agradável...
MARTIM: Hoje todos os nossos sonhos se tornaram realidade, Caracol! Olha, os portões do castelo estão abertos. Guilherme é prisioneiro. Somos livres!
CARACOL: E o vice-rei?

VERÔNICA: Então não te lembras, Caracol?
CARACOL: Lembro, só que não sei o que foi sonho e o que foi fato... O pequeno Timolle me tirou do fundo do buraco. Isto foi realidade... Obrigado, pequeno Timolle!
TIMOLLE: Nem fales nisso, Caracol!
CARACOL: Então eu fui correndo para a Torre do Silêncio, mostrei o anel de sinete aos guardas, e eles soltaram Martim Pequeno e os outros armeiros.
MARTIM: E isto também foi realidade... obrigado, amigo Caracol!
CARACOL: Nem fales nisso, Martim... Depois...
VERÔNICA: Depois tu me salvaste a mim, Caracol. E isto também foi realidade.
CARACOL: Sim. E depois, depois eu adormeci... Devo ter dormido muito; tivestes tempo de libertar a cidade, de aprisionar Guilherme...
GUILHERME: Misericórdia!
MARTIM: Levai Guilherme e os Moucheron para a prisão, deixai-os bem trancados!

*Guilherme e os Moucheron são levados embora.*

CARACOL (*pondo-se de pé*): Viva a livre cidade dos artesãos! (*Ele não é mais corcunda*)
VOZES: Vede, olhai! Não é ele! Não é Caracol!
CARACOL: E quem é que eu sou então? Não me reconheceis, amigos?
NINOCHE: Caracol, onde está tua corcunda?
CARACOL: Sempre esteve nas minhas costas, e agora...
VOVÓ (*atalha*): E agora não está mais, como se nunca tivesse existido. Não é por acaso que a inscrição na espada diz "endireito o torto". Ela te endireitou.
VOZES: Como é? E mudou o nosso Caracol! Como está belo!
VERÔNICA: Mudou? Para mim ele sempre foi belo.
VOVÓ: É certo, Verônica. Ele sempre foi belo, mas nem todos o enxergavam. E então, Caracol? Saiu tudo de acordo com

a minha profecia. Não tens mais corcunda, e estás belo e feliz e casarás com a moça mais linda da cidade.

CARACOL: E será que ela vai me aceitar, a moça mais linda da cidade?

VOVÓ: Se eu já digo que vai, é porque vai mesmo. Não é certo, Verônica?

VERÔNICA: Não sei se a moça mais linda da cidade se casaria com ele, mas eu me casaria.

VOVÓ: Bem, agora a palavra está com o pai... Mestre Firene?

FIRENE: Caracol foi meu amigo nos dias amargos. Neste dia de alegria, fico feliz de podei chamá-lo de "meu filho".

MARTIM: Que o dia da nossa libertação seja o dia do casamento de Caracol e Verônica!

*O povo grita "Viva Caracol e Verônica", e os chapéus voam para o ar.*

FIRENE: Mestres e aprendizes! Três dias atrás fomos proibidos de comemorar a Festa da Primavera nesta praça!

NINOCHE: Aquele que o proibiu já está na sepultura!

FIRENE: Este será o destino de todo aquele que tentar roubar a nossa honra e a nossa liberdade. Cuidai-as bem, amigos! Guardai-as zelosamente na vossa pátria! Não existe nada mais precioso do que a liberdade e a honra de um povo! E agora, vamos festejar a Festa da Primavera! Acendei os fogos, trazei para a praça os estandartes das corporações! Que os músicos hoje não poupem nem as mãos nem as cordas, nem as bochechas!

MARTIM: E Caracol que cante para nós! Tu cantarás para nós, Caracol?

CARACOL: Eu gostaria, mas receio ter desaprendido a cantar.

VERÔNICA: Será que é possível ao nosso Caracol desaprender a cantar? Tu cantavas quando a cidade inteira estava em silêncio... Será que ficarás silencioso quando a cidade inteira canta?

VOZES: Canta, Caracol... Sem canções, uma festa não é festa!

CARACOL: Pois bem, eu tentarei... Mas vós cantareis comigo!

*Começa a cantar, o povo faz coro, todos cantam e dançam.*

# A CUMBUCA

*Personagens:*
   Miloca: *mocinha alegre e viva, uns 15 anos*
   Beti: *sua irmã mais velha, a noiva, uns 20 anos*
   Dona Mariana: *a mãe das duas, uns 40 anos*
   Tia Clotilde: *tia de dona Mariana, velhota excêntrica, rica e mandona*
   Tia Clara: *irmã de dona Mariana, simpática*
   Tia Ágata: *outra irmã de dona Mariana, esnobe e tola*
   Chiquinha: *colega de Miloca*
   Lolota: *"demoiselle d'honneur" de Beti*
   Criada

*Cenário:*
   O quarto das duas irmãs, com camas, penteadeira, escrivaninha, criado-mudo, poltrona, e algumas mesinhas e cadeiras, que não fazem parte da mobília do quarto, mas estão ali por causa dos presentes: tudo está cheio de presentes, caixas e caixinhas, abajures, vasos, bandejas, etc. O vestido da noiva, com véu e tudo, está pendurado numa das paredes, ao lado de um vestido rosa, de dama de honra.

*Ao abrir o pano, Beti e Miloca, ambas de "peignoir", estão sentadas numa das camas. Beti retocando as unhas e Miloca escovando o cabelo, em conversa muito animada.*

BETI: E lembre-se, Miloca, nada de molecagens! Como primeira dama de honra, você tem uma responsabilidade séria!

MILOCA: É a sétima vez que você me diz isso hoje, Beti (*suspiro exagerado*). Realmente, não é sopa a gente ser irmã da noiva!

BETI: Não brinque, Miloca! Afinal, eu fui gentil em deixá-la ser minha primeira "demoiselle d'honneur"...

MILOCA (*dando de ombros*): Desconfio que foi mais economia do que gentileza. Acontece que eu já tinha o vestido cor-de-rosa e não precisava fazer um novo...

BETI: Você é incorrigível, hein! Como se se tratasse disso! A única coisa que eu estou tentando meter na sua cabecinha de vento é que você precisa – hoje pelo menos – comportar-se com certa dignidade. Afinal de contas, você já tem quase dezessete anos!

MILOCA: Eu sei, eu sei! Você vive me lembrando a minha idade... Só que geralmente você diz: "Você não passa de uma criança de 16 anos...".

BETI (*tirando uma pilha de lingerie de uma gaveta, suspira*): Oh, Senhor, você chega a ser cansativa, querida irmã...

MILOCA: O que eu sei é que eu ando é cansada de tanto correr pra cima e pra baixo por causa do seu casamento, "querida irmã".

(*Entra Dona Mariana, a mãe das meninas, já toda vestida e arrumada.*)

MILOCA: Ôba, mamãe! Já toda bela e formosa?

MÃE: Com toda a parentada pela casa, alguém tem que ser o primeiro. Beti querida, já vieram buscar a sua mala grande. Me deu uma tristeza...

MILOCA: Tristeza? Meia hora atrás a senhora estava toda aflita de medo que chegassem atrasados.

MÃE: Miloca, meu bem, você é muito criança para compreender os sentimentos de uma mãe...

MILOCA: Está vendo, Beti? Eu não passo de uma criança, por isso não consigo ficar triste só porque minha irmã se casa. Pelo contrário... (*Marota*) Estou contentíssima, porque vou ficar com o quarto só para mim, e o armário, e a penteadeira, e tudo!

MÃE: Você é impossível, Miloca! (*Olhando para os presentes*) O presente da Tia Clotilde ainda não chegou?

BETI: Não... eu bem gostaria de saber o que será!

MILOCA: As tia-avós não têm pressa... especialmente quando são ricas! Quem sabe ela vai trazê-lo pessoalmente, no seu antiquíssimo Rolls-Royce, com o seu antiquíssimo chofer! (*Risadinha*) No mínimo há de ser uma daquelas antiquíssimas rocas de fiar... aquelas rocas... (*imita*) Prrrr...

BETI: Deus me livre e guarde! Que é que iria fazer com aquilo, num apartamento moderno!

MÃE: Ora, não seja pessimista, filha. Tia Clotilde tem coisas tão bonitas... porcelanas, prataria...

BETI: Tomara que ela não invente de me dar nenhuma daquelas velharias... A melhor coisa que ela poderia fazer era dar-me um cheque, para eu comprar o que eu precisar.

MÃE: Creio que há de ser isso mesmo... E ela deve chegar a qualquer momento. De qualquer maneira, o que quer que seja o presente, não demonstre desapontamento, Beti!

BETI: Eu sei, mamãe... mas...

MILOCA (*interrompendo*): Aquele amoreco de velhota excêntrica! Adoro a Tia Clotilde, ela tem senso de humor!

MÃE (*para Beti, que está com cara dúbia*): Lembre-se, Beti, Tia Clotilde é muito velhinha!

MILOCA (*no tom*): E muito rica...

MÃE: Miloca, não seja malcriada! (*Suspira*) O seu pai está que parece um chimpanzé fantasiado com aquela casaca...

MILOCA: Diga ao papai que os chimpanzés usam casaquinhos vermelhos e não casacas alugadas!

MÃE: Pelo amor de Deus, não fale em alugados, Miloca! Se alguém ouve!

*Entra a Criada, com mais embrulhos.*

MILOCA: Oba! O tesouro do pirata está aumentando!
MÃE: Ponha aqui... não, aqui... credo, não há mais lugar para nada!
BETI: Eu nem tenho tempo de abrir os presentes!
MILOCA (*oferecida*): Eu abro, maninha querida! (*Abre rapidamente e tira uma bandeja*) Uma bandeja!
BETI: É a quinta hoje.
MILOCA: É da Susana. (*Abre outro*) E um castiçal de prata... não, prateado. Dos Silveiras.
BETI (*suspirando*): Castiçais... Será que esse pessoal não acredita em eletricidade?
MILOCA: Até que acreditam.... Olha para a floresta de *abajures*!
BETI: É tanto abajur que acho melhor abrir uma loja de *abajures*! Bem, vá arrumando tudo... Eu preciso tomar o meu banho!
MILOCA: Aqui tem um pequenininho... É um sininho de mesa! (*Fá-lo tilintar*) Bonitinho! E é o primeiro. Espere, este é o último! (*Abre o último pacote e tira um vaso horrendo. Solta interjeição de nojo*) Brrr!
BETI (*da porta do banheiro*): Nossa, que monstro! De quem é?
MILOCA (*lendo o cartão preso à alça*): "Para a minha querida sobrinha-neta com muito afeto da Tia Clotilde"!!!
BETI: Não!
MILOCA: É o que diz no cartão.

*A mãe vai certificar-se e faz que sim com a cabeça*

MÃE: É verdade. É da Tia Clotilde.
BETI: Oh, mamãe! Como é que eu posso agradecer por "isto"? É medonho!
MÃE (*incerta*): Bem, eu... eu não entendo muito dessas coisas...
MILOCA: Não entende? E os seus olhos, mamãe? Não acredita neles?
MÃE (*animada*): Quem sabe esta é a explicação... Tia Clotilde é míope... quem sabe ela não viu direito...

*A Criada nesse meio tempo recolheu as caixas e saiu.*

BETI (*pegando o vaso, arrepia-se*): Que monstrengo!
MILOCA (*pega-o de volta*): Onde é que eu escondo isso?
MÃE: Esconder! Nem diga isso! Tia Clotilde jamais nos perdoaria... E vocês, meninas, já têm idade para compreender que não convém fazê-la ficar zangada...
MILOCA: ...e ser "deserdadas", não é? Aposto que ela não deixa um tostão para ninguém... (*Marota*) e com razão... Ela vai é legar um terreno para enterrar o Rolls-Royce... (*Coloca o vaso num lugar bem visível*) Pronto. Fica aqui. (*Nisso, entra Tia Clara, simpática e viva e Tia Ágata tipo de "snob", tola e solene*)
TIA CLARA (*de bobes na cabeça, alegre*): Posso espiar o quarto da noiva?
BETI: Eu ia agora mesmo tomar o meu banho.
TIA ÁGATA (*severa*): A criada me disse que o presente de Tia Clotilde acaba de chegar!
TIA CLARA: Estou curiosíssima!
MILOCA: Vocês não viram nada! Fechem os olhos! (*Apanha o vaso e exibe-o*) Está aqui!
TIA CLARA (*numa risadinha*): Não é possível!
TIA ÁGATA: Não é possível o quê? O presente é da Tia Clotilde, Clara!
(*Põe o pince-nez e examina o vaso.*)
BETI: Ele não ficará mais bonito com isso!
TIA ÁGATA: Menina ignorante, fique quieta! Hum... primeiro pensei que o vaso fosse assírio... mas acho que não... deve ser persa... não, turco... Século 15... ou 12...
BETI: Tia Ágata, a senhora acha então... que este vaso é... valioso?
TIA ÁGATA: O valor de um objeto é relativo. É sempre maior para aqueles que o entendem. Mas, de um modo absoluto... se você somasse o valor de todos os seus presentes... inclusive mesmo o da lâmpada que eu dei... e o multiplicasse por... dez, ou doze...
MÃE: Não diga, Ágata! Quer dizer que você acha que se trata de uma peça de museu?
TIA ÁGATA: Naturalmente. É uma antiguidade. Qualquer um pode perceber isso. Olhe você mesma, Mariana.
BETI: Se é assim, eu gostaria de vendê-lo

MÃE: Vendê-lo? Você está louca? Não enquanto a Tia Clotilde for viva... Mas que o vaso é feio é...
TIA ÁGATA: Feio!!! É uma coisa fina! Finíssima!
MÃE: Bem... quando se conhece o valor...

*Tia Clara e Miloca se entreolham, irônicas. Essas duas se entendem*

TIA ÁGATA (*coloca o vaso delicadamente no lugar*): Nem quero tê-lo na mão. É muita responsabilidade.
MÃE: Ainda bem que você nos esclareceu, Ágata, antes da Tia Clotilde chegar... Bem, eu tenho que ir ver a mesa, e tudo... Trate de se arrumar logo, Beti, que o tempo voa (*sai*)
TIA CLARA: Eu vou tirar os bobes do cabelo. Você vem me ajudar a penteá-lo depois, Miloca?
MILOCA: Naturalmente, Tia Clara. Com muito prazer.
TIA CLARA: Vamos, Ágata?
TIA ÁGATA: Sim, já vou. Miloca, fique por perto, não deixe ninguém tocar no vaso. É perigoso!
MILOCA (*batendo continência*): Sim, Tia Ágata. Montarei guarda e defenderei esta preciosidade até a última gota de sangue!
TIA ÁGATA: Não acho graça. Não brinque com coisas sérias. Vamos, Clara.

*Saem as duas tias.*

BETI: Bom, desta vez, tomo o meu banho.

*Entra no banheiro.*

MILOCA (*vai e examina o vaso novamente, de nariz torcido; olha para dentro. Interjeição de surpresa*): Epa! (*Grita*) Beti! Tem um papel dentro do vaso! Aposto que é a etiqueta do Bazar dos Saldos!

*Mete a mão pelo vaso adentro e... não consegue tirá-la mais. Ergue o vaso, faz nova tentativa. Nada. A luta silenciosa dura alguns instantes, e, no momento em que Miloca ergue a mão direita com o vaso para o alto, entram as duas amigas Chiquinha e Lolota.*

LOLOTA: Olá, Dona Estátua da Liberdade!
MILOCA (*abaixa o braço*): Olá, meninas.
CHIQUINHA: Cadê a noiva?
MILOCA: Tomando banho. E tomara que demore bastante.
LOLOTA: Uai! Por quê?
MILOCA: Porque me meti numa encrenca... Ou melhor, num vaso... Enfiei a mão nesta coisa para tirar um bilhete, e não consigo sair de dentro dela!
CHIQUINHA (*risadinha*): Parece a história do macaco e da cumbuca! O tal que enfiou a mão na cumbuca de melado e não conseguiu tirá-la mais! (*Ri.*)
MILOCA: Para vocês é fácil rir! E eu, que é que faço?
LOLOTA: Quebre este... vaso. É tão feio que será até uma boa ação!
MILOCA: Tá louca! Nem diga isso, o troço vale uma fortuna, diz a Tia Ágata!
LOLOTA: É? Presente de quem?
MILOCA: Da Tia Clotilde!
CHIQUINHA: Da tia-avó podre de rica? Ó diacho! Então deve ter valor mesmo!
MILOCA: Imagine a cara da Beti quando ver o que eu fiz!
LOLOTA: Você meteu a mão dentro do vaso. Se a mão entrou, tem que sair!
MILOCA: A sua lógica é esmagadora. Só que o vaso não quer saber de lógica...

*Tentativas de tirar a mão do vaso.*

CHIQUINHA: Quem sabe com um pouco de azeite... Eu vou dar um pulo até a cozinha!

*Sai correndo.*

LOLOTA: Quem sabe, torcendo? (*Puxa que puxa, nada.*) Está preso de verdade! Mas como é feio! Será que ele tem valor mesmo?
MILOCA: É o que Tia Ágata falou. Ela diz que isto é cerâmica da Babilônia, de um milhão de anos!
LOLOTA: Puxa! A Beti vai ficar tiririca!

MILOCA: Disso sei eu!
TIA CLARA (*de fora*): Miloca! Miloca!
MILOCA: Que é, Tia Clara?
TIA CLARA (*de fora*): Já tirei os bobes! Pode vir me pentear!
MILOCA: Eu... eu já vou, num instante, titia. Estou no meio de... de uma coisa!
CHIQUINHA (*volta com o azeite*): Aqui está o azeite... Vamos tentar...
MILOCA (*com nojo*): Nossa, que melação!
LOLOTA (*numa interjeição de susto*): Oh! Não!
MILOCA: O que foi?
LOLOTA: Como é que você sabe que o azeite não estraga a cerâmica, será que não mancha ou qualquer coisa?
MILOCA: É mesmo! (*Limpam.*) Mas que a mão não sai, não sai! (*Pega um lenço e enxuga o vaso*) Tomara que não manche...
LOLOTA: Quem sabe com sabão?
MILOCA: Talvez. Mas o sabão está no banheiro... e a Beti também.
MÃE (*de fora*): Miloca! Miloca!
MILOCA: Que é, mamãe?
MÃE (*de fora*): Venha cá depressa! Eu preciso de você!
LOLOTA (*em socorro da amiga*): Ela está ocupada, Dona Mariana... Eu vou no lugar dela! (*Sai correndo.*)
MILOCA: A Lolota sempre foi uma amigona. E agora, que é que eu faço?
BETI (*saindo do banheiro embrulhada na toalha*): Olá, Chiquinha!

*Miloca esconde a mão com o vaso atrás das costas.*

CHIQUINHA: Olá, Beti! Nervosa?
BETI: Um pouco... Especialmente depois que eu vi o presente da Tia Clotilde... Você já o examinou? (*Olha para o lugar vazio do vaso*) Ué! Onde está o vaso?
MILOCA: O... o... o vaso?
BETI: O vaso da Tia Clotilde! Onde está ele?
MILOCA (*pensa depressa*): Ah, sim... eu... eu o guardei... porque é perigoso deixá-lo aí... alguém pode esbarrar... e...
BETI: Mas a gente não pode escondê-lo, Miloca. Pelo menos até Tia Clotilde chegar... Vamos, onde está o vaso?

MILOCA (*mostrando-o*): Está... aqui.
BETI: Mas... o que é que você está fazendo com ele?
MILOCA (*depressa*): Tem um bilhete lá dentro.
BETI: Ah... Tire-o então.
MILOCA: Mais fácil dizer que fazer...
BETI: O quê?
MILOCA: Beti, aconteceu uma coisa horrível! Eu meti a mão lá dentro e não consigo tirá-la!
BETI (*sentando-se na cama*): Era só o que faltava! E você tendo que ser minha dama de honra às quatro horas! Deixe-me tentar! Não... não é possível! Oh, Miloca! Falta uma hora para o casamento, e você... oh, eu sabia que você ia acabar estragando tudo!
MILOCA (*aflitíssima*): Falta mais de uma hora, Beti... Muita coisa pode acontecer em uma hora... e... e eu não estraguei nada... e foi sem querer... eu... eu posso pôr uma echarpe sobre o vaso... ninguém vai perceber nada!
BETI: Não fale asneiras! Quem sabe era bom você correr ao médico...
MILOCA: Para ele amputar a minha mão?
BETI: Miloca, não brinque!
TIA CLARA (*chamando*): Miloca! O meu cabelo!
MILOCA: Meu Deus do céu! Que é que eu faço!
CHIQUINHA: Eu posso soltar o cabelo dela, enquanto isso.
MILOCA: Obrigada... (*Grita*) Titia, a Chiquinha vai no meu lugar... Ela tem muito mais jeito para arrumar cabelo do que eu!

*Chiquinha sai.*

MILOCA: Oh, Beti! Que coisa horrível!
LOLOTA (*entra com uma tigela com cubos de gelo*): Olhe, eu trouxe um pouco de gelo, quem sabe... (*Vê Beti*) Ah, então você já viu!
BETI (*trágica*): Já vi.
LOLOTA: Eu trouxe gelo... quem sabe...

*Tenta "gelar" a situação.*

MILOCA:  Beti, não fique aqui parada. Vá se vestindo! Eu dou um jeito!

BETI:  Acho bom dar um jeito depressa! Tia Clotilde deve chegar a qualquer momento!

TIA ÁGATA (*entrando*):  Eu já estou pronta. Vocês ainda estão assim! Que horror! Vão se arrumar, meninas! Podem usar o meu quarto! Miloca, que é que você está fazendo, sentada na cama e de "peignoir"? (*Miloca já escondeu o vaso*) Onde está o vaso da Tia Clotilde?

MILOCA:  Eu o escondi... (*Depressa*) Para que alguém não esbarre... é perigoso.

TIA ÁGATA:  Fez bem. (*Sai e se encontra na porta com Tia Clara, que vem entrando, toda bonita.*) Ah, você está pronta. Ainda bem...

TIA CLARA (*entra, seguida de Chiquinha*):  A Chiquinha é uma cabeleireira diplomada!

MILOCA (*com o vaso escondido*):  Você está linda, titia!

*Ouve-se o barulho de um carro parando.*

BETI (*num susto*):  Tia Clotilde chegou!

TIA CLARA (*rindo*):  Vá preparando seu discurso de agradecimento pelo vaso... onde está ele?

BETI:  Escondido.

TIA CLARA:  Boa ideia... Toda noiva acaba ganhando um ou dois monstrinhos...

BETI (*infeliz*):  Não sei, não sei... é uma coisa de valor.

TIA CLARA:  Talvez... mas é muito feio! Bem, meninas, vão se arrumar que está na hora! Vamos, eu vou ajudá-las!

*Lolota, Chiquinha e Tia Clara saem. As duas moças olham com dó para Miloca, que lhes devolve um olhar de desespero.*

BETI:  Vá se vestir, Miloca! Tia Clotilde já vai entrar!

*Entra a Criada.*

CRIADA: Precisa de alguma coisa?
MILOCA (*numa inspiração*): Já sei! Venha cá, você vai me ajudar a pôr o vestido... e pegue agulha e linha!
BETI: Mas...
MILOCA: Se for preciso abrir a manga... e costurar no corpo!
BETI: Você acha que consegue esconder o vaso?
MILOCA: Consigo sim! Venha, Maria! Será o que Deus quiser!
(*Vai saindo com a Criada: dramática.*)
MÃE (*de fora*): Beti! Tia Clotilde chegou! Podemos entrar?
BETI: Sim, mamãe... num instante! Saia duma vez, Miloca!

*Assim que Miloca sai, entra a mãe com a Tia Clotilde, uma velhota estilizada, de bengala e tudo. Entra, meio estabanada e fala grosso.*

TIA CLOTILDE: Deixe-me ver a noiva... Hum! Está bonita... Feliz, menina?
BETI: Sim tia Clotilde... muito... (*Hesita*) eu...
TIA CLOTILDE (*sem escutá-la*): Ainda bem. Se uma moça não está feliz no dia de seu casamento, quando é que vai estar? Estou vendo que você ganhou uma porção de tralhas... Tralha! É como eu chamo as coisas que eles fazem hoje em dia... (*Indica presentes com a bengala*) Abajures que se descolam todos, prata tão fina que entorta só de olhar... se é que é prata de todo... Onde está o meu presente? O vaso... Já chegou?
BETI (*sorrindo*): Sim, titia, já... Tia Ágata disse para guardá-lo, porque é muito precioso, e é perigoso deixá-lo de fora...
TIA CLOTILDE: Ah, é? Ágata disse isso? Espertinha, a Ágata...
BETI: Não é mesmo, Tia Clotilde? Tia Ágata entende de cerâmica – ela disse que o vaso é... persa do século doze... ou coisa parecida. Está certo?
TIA CLOTILDE: Não sei nada sobre esta parte da Pérsia, mas o que eu sei é que meti muito dinheiro naquele vaso...
BETI: Não tenho a menor dúvida, Tia Clotilde!
TIA CLOTILDE: Quer dizer que você gostou do vaso?
BETI: Naturalmente, titia! Adorei!

TIA CLOTILDE: O que eu quero dizer, você gostou do vaso pelo que ele é?
BETI: Mas certamente, titia… é um vaso tão… tão… diferente…
TIA CLOTILDE: Existem muitas maneiras de uma coisa ser diferente…
MÃE (*para mudar de assunto*): Onde está a Maria? Ela disse que vinha ajudar você com o véu…
BETI: Sim, mas… acho que ela foi ajudar a Miloca primeiro… estão no banheiro…
TIA CLOTILDE: Pois eu espero por ela… Pode ir, Mariana, eu me arranjo…
MÃE: Então, desculpe-me, Tia Clotilde… eu tenho mesmo muito que fazer. (*Sai*)
TIA CLOTILDE: Continue se arrumando noivinha, eu não me importo!

*Nisso, Miloca aparece, muito linda no seu vestido de festa, com o vaso enrolado numa linda echarpe.*

MILOCA: Tia Clotilde, resmungona querida!
TIA CLOTILDE: Ah, minha sobrinha favorita! Venha cá, moleque! Está bonita! Dê uma voltinha!

*Criada entra.*

CRIADA (*tira o véu*): Dona Beti, não acha melhor acabar de se arrumar lá dentro?
BETI: Sim… Vamos…

*Entra, olha para trás, preocupada.*

TIA CLOTILDE: Que é que há, filha? Você quebrou o braço?
MILOCA: Oh, não, titia… Venha, venha ver os presentes!
TIA CLOTILDE: Que foi que a Tia Ágata deu?
MILOCA: Este abajur… Ou foi este? Não, não! É este!!!
TIA CLOTILDE: Ela que entende tanto de coisas finas, porque é que não comprou uma? Esta droga é feita aos milhares! Ágata é uma boboca… sempre foi.

MILOCA: E Tia Clara deu uma baixela de prata.
TIA CLOTILDE: Hum! A Clara pelo menos é boazinha... Este presente está fora do seu orçamento... Mas onde está o meu vaso? A Beti contou uma história de guardá-lo para não quebrar... Aposto que ficou com vergonha de deixá-lo visível...
MILOCA (*sem convicção*): Oh, não... Ela ficou contentíssima.
TIA CLOTILDE: Depois que a Ágata falou do seu valor em dinheiro, não foi? Antes disso, ela deve ter tomado um susto! (*Risadinha*)
MÃE (*de fora*): Beti, você está pronta?
MILOCA: Ela fica pronta logo, mamãe!
MÃE (*entrando, afobadíssima*): O fotógrafo já chegou, ele quer tirar um retrato da noiva diante do espelho da sala. E de você também, Miloca... é melhor tirar esta echarpe!

*Miloca chega a mão enrolada mais junto de si.*

TIA CLOTILDE: Ela está, mas é escondendo alguma coisa debaixo dessa echarpe... Não será um gatinho?
MÃE: Oh, titia, não brinque! Que história é essa, Miloca?
MILOCA (*desistindo*): Oh, mamãe... uma história trágica! Olhem!

*Arranca a echarpe e exibe a desgraça.*

MÃE: Miloca! Que é que você está fazendo com este lindo vaso! Ponha-o no lugar, já!
MILOCA: Aqui é que está a tragédia! Não posso!
MÃE: Não pode?
MILOCA: Não posso. Enfiei a mão lá dentro para tirar um bilhete que havia lá e depois não consegui tirar a mão!
TIA CLOTILDE (*prendendo uma risada*): Quer dizer que você está presa, como o macaco na cumbuca?
MÃE (*num desespero*): Miloca! Que é que nós vamos fazer? Temos que sair dentro de um momento! Deixe-me tentar! (*Puxa*)
TIA CLOTILDE: Cuidado, Mariana! Lembre-se da idade e do valor desta peça!

MÃE: Eu sei, eu sei... mas como é que a menina vai entrar na igreja com isto!!

TIA CLOTILDE: Ela pode usá-lo em vez do buque... (*Risadinha*) e quando vierem dar os cumprimentos, ela estende o vaso, para ser apertado!

MILOCA: Oh, Tia Clotilde! E eu que pensei que a senhora me defenderia! A senhora que gosta tanto de uma piada!

MÃE: Isto não é piada e não tem graça alguma! Por que você não me disse antes? Podíamos ter chamado o seu pai!

TIA CLOTILDE (*apanhando um martelo que está na mesa*): O que ele pode fazer, eu também posso!

MÃE (*escandalizada*): Oh! Ele não iria quebrá-lo, Tia Clotilde! Não brinque assim!

BETI (*aparecendo*): Estou pronta... Oh! Quer dizer que todo mundo já sabe?!

TIA CLOTILDE (*severa*): Pois é. E agora, Miloca, que é que você tem a dizer?

MILOCA: Eu... nada... que é que eu posso dizer? Sinto muito.

BETI: Sinto muito? E o perigo de quebrá-lo? Uma coisa tão preciosa!!!

MILOCA: Eu sei. Eu vou tomar cuidado.

TIA CLOTILDE: Ah... quer dizer que você também aprecia este vaso, Miloca...

MILOCA (*encolhe os ombros*): Eu sei que ele é valioso.

TIA CLOTILDE: Não foi disso que eu falei. A sua irmã tem o gosto tão requintado que sabe ver a beleza artística desta peça. E você?

MILOCA: A senhora está perguntando se eu acho este vaso bonito?

MÃE: Por favor... deixemos esta conversa para mais tarde... o fotógrafo...

TIA CLOTILDE: Espere um momento, Mariana. Isto é importante. Miloca, você gosta deste vaso? Acha-o bonito?

MILOCA (*erguendo a mão com o vaso, sacode a cabeça, decidida*): Já que a senhora insiste em saber minha opinião, titia. Eu acho que este vaso é NOJENTO!

BETI e MÃE (*escandalizadas*): Miloca!!!

MILOCA (*dando de ombros*): Uma pergunta direta merece uma resposta direta.
BETI e MÃE: Oh... Miloca!
TIA CLOTILDE (*pendurando a bengala no braço e passando o martelo para a mão direita*): Silêncio! Eu queria falar um momento com a sua Tia Ágata.
MÃE: Mas temos tão pouco tempo...
TIA CLOTILDE (*não dá confiança e chama alto*): Ágata! Vamos resolver isto já.
TIA ÁGATA (*entrando solícita*): A senhora me chamou, Tia Clotilde?
TIA CLOTILDE: Chamei. É a respeito deste vaso. A Miloca não gosta dele.
TIA ÁGATA: E que é que tem isso? A Miloca não entende nada de coisas finas.
TIA CLOTILDE: Acho que devemos respeitar os jovens, Ágata... O mundo de amanhã é deles!

*Sem aviso prévio, dá certeira martelada no vaso, que se despedaça, deixando Miloca com um bilhete na mão e todos de olhos arregalados de espanto.*

TIA ÁGATA (*sem se conter*): Tia Clotilde, a senhora está louca?
TIA CLOTILDE: Não estou louca nem boba.
BETI: Oh, titia! O que foi que a senhora fez!
TIA CLOTILDE: Dei uma martelada e esmigalhei uma... como é que a Ágata a chamou, uma peça de museu. O bilhete ficou na sua mão, Miloca... passe-o para sua irmã.
BETI (*pegando o bilhete que é um cheque*): Um cheque... 500 mil cruzeiros! Oh, titia!

*Atira-se ao pescoço dela.*

MÃE: Oh, Tia Clotilde! Que generosidade!
MILOCA: E... e o vaso?
TIA CLOTILDE: Ah, o vaso... a minha cozinheira ganhou-o no parque de diversões, no tiro ao alvo... terceiro prêmio, ou coisa que o valha.
MILOCA: Quer dizer que foi uma brincadeira?

TIA CLOTILDE: Sempre fui uma velha louca por uma piada!
TIA ÁGATA (*ofendidíssima*): De muito mau gosto esta! (*Sai, de nariz para o ar.*)
TIA CLOTILDE: Como é, vocês não acham graça?
MÃE (*sem jeito*): Muita, Tia Clotilde...
TIA CLOTILDE: E você, Beti?
BETI: Muito obrigada, Tia Clotilde...

*Miloca, entretanto, caiu na cama de tanto rir.*

TIA CLOTILDE: Acho que a única que me entende aqui é a Miloca... Ela sim tem senso de humor, achou graça na brincadeira!
MILOCA: Eu sempre lhe acho graça, titia... A senhora é tão... tão jovem!
TIA CLOTILDE (*abraçando Miloca e rindo com ela*): Idade não é documento, não é, Miloca? (*Para os outros*) Vão, vão andando tirar as fotografias... Nós duas ainda temos de conversar um pouco... (*Riem juntas*)

# A PROMESSA DOS REIS MAGOS

*Personagens*:
 Sapateiro: *Don Miguelito*
 Doña Rosário: *sua mulher*
 Conchita: *menina de uns doze anos*
 Manuelito: *um garoto de uns nove anos*
 Consuelo: *sua amiguinha*
 Joselito: *seu amiguinho*
 1º Oficial
 2º Oficial
 3º Oficial: *muito garbosos e de fardas ricas*

*Cenários*:
 1. O beco da gente pobre numa aldeia espanhola. Fachadas de casinhas com janelas baixas, de parapeito, a oficina do sapateiro aberta para a rua – Talvez um poço no meio.
 2. A "Estrada" – No proscênio.

*Época*:
 Há muito tempo.

NARRADOR (*no proscênio, de lado*): Era uma vez, há muitos anos, numa cidade da velha Espanha, uma pequena rua, ou melhor, um beco... o beco mais pobre, do bairro mais pobre da cidade. Naquele beco, vivia e trabalhava o velho sapateiro Miguel e sua mulher Doña Rosário. Don Miguelito, como o chamavam todos, era muito pobre. Sim, porque apesar de só fazer sapatos para os ricos, o que ele ganhava mal dava para o seu sustento – o trabalho de artesão era muito mal pago... Entretanto, em uma coisa Don Miguelito e sua mulher Doña Rosário eram bem ricos; a riqueza deles era o afeto e a amizade de todos os vizinhos, principalmente das crianças do beco, que sempre vinham brincar diante da sua porta e ouvir suas histórias.

*Cena 1*

*Abre o pano, mostrando o sapateiro a trabalhar e as crianças a brincar de roda diante da sua porta, ainda durante a segunda parte da narração. Terminada a narração, narrador sai e ouvem-se então as vozes das crianças, cantando uma cantiga popular espanhola, e o sapateiro cantarolando com eles, batendo o seu martelo no ritmo da música.*

SAPATEIRO (*quando a cantiga acaba*): Muito bem, muito bem! E agora, Conchita, vai dançar sozinha para nós, não é?
TODOS: Sim, sim! Dance, Conchita!
CONCHITA: Eu danço, mas com uma condição!
SAPATEIRO (*sorrindo*): Eu já sei, já sei... a condição é que depois o velho Miguel conte uma história...
TODOS: Sim, sim. Uma história!
SAPATEIRO: Pois está prometido. Amanhã é véspera de Natal, e eu tenho uma história especial para contar a vocês... depois da dança de Conchita! Vamos, Conchita!

*Puxa a música. Todos cantarolam e batem no ritmo. Entra a música e a menina executa a sua dança. Enquanto ela dança, Doña Rosário aparece na oficina e assiste também. Quando termina o número, que deve ser breve, todos batem palmas e gritam: "muito bem, muito bem, olé, olé".*

SAPATEIRO: Muito bem, Conchita. Um dia você será uma grande bailarina e dançará diante dos nobres e dos ricos... quiçá diante do próprio rei.

CONCHITA (*com gesto altaneiro*): Eu não quero dançar para os nobres e os ricos! Eu quero dançar para os meus amigos e junto com eles (*dá mais alguns passos*).

ROSÁRIO (*num suspiro*): Não entendo como estas crianças, maltrapilhas e esfomeadas quase sempre, ainda têm coragem de brincar e de rir e de dançar.

SAPATEIRO: Eu também não entendo... mas sei que elas brincam, e dançam e riem... e o seu riso é como um raio de sol neste beco onde o sol não consegue penetrar...

CRIANÇAS (*juntando-se na frente dele*): A história Don Miguelito, a história!

SAPATEIRO: Promessa é dívida, meus filhos... aí vai a história. Todos vocês conhecem a história do menino Jesus, a história de Natal.

TODOS: Sim, sim, conhecemos.

SAPATEIRO: Pois bem. Quando o menino Jesus nasceu há muitos e muitos anos num estábulo, na cidade de Belém, na Judeia, sua mãe o pôs dentro de uma manjedoura, porque não havia outro bercinho para ele. E então, de muito longe, de outras terras, atravessando o deserto, montados em seus camelos, seguindo uma estrela no céu que lhes indicavam o caminho, vieram três homens sábios: Gaspar, Melchior e Baltasar.

MANUELITO: Eu sei, eu sei. Eram os três Reis Magros!

SAPATEIRO (*rindo*): Os três Reis Magos, Miguelito, não magros. Sim, os três Reis Magos vieram saudar o menino Jesus e vieram trazer-lhe suas oferendas, seus presentes: ouro, incenso e mirra. Eles saudaram o menino Jesus, e beijaram o seu pequeno manto e voltaram para as suas terras longínquas. Mas antes de irem, os três Reis Magos inclinaram-se sobre a

manjedoura em que estava o Menino Jesus e sussurraram-
-lhe uma promessa. Vocês sabem que promessa foi esta?
TODOS: Não, não sabemos!
MANUELITO: Que promessa foi, Don Miguelito? Conte depressa!
SAPATEIRO: Não seja impaciente, Manuelito... A promessa foi esta:
"Enquanto existirem crianças no mundo, todos os anos
nesta noite – toda véspera de Natal: nós, os três Reis Magos montaremos em nossos camelos como hoje e atraves-
saremos desertos e rios e montes, e levaremos presentes a
todas as crianças do mundo inteiro – em sua memória e
homenagem, Menino Jesus". E desde então, todos os anos
na véspera de Natal, os três Reis Magos saem pelo mundo
inteiro, montados em seus camelos, a levar presentes para
todas as crianças do mundo – e é por isso que na véspera
de Natal as crianças põem os seus sapatinhos nas janelas de
suas casas – para os Reis Magos saberem que naquela casa
existe uma criança e colocarem os seus presentes dentro.
Todos os anos na véspera de Natal, os três Reis Magos têm
que viajar muito nesta noite e ficam cansados e famintos,
por isso as crianças que põem os seus sapatinhos na janela
põem também ao lado dos sapatinhos doces e nozes, e pão
e vinho para os Reis Magos comerem e beberem...
MANUELITO: Eu sei, eu sei! Muitas crianças até vão para a estrada
ao encontro dos Reis Magos levando comida e bebida...
CONSUELO: Sim, mas nunca chegaram a encontrá-los... sempre
fica muito escuro antes deles aparecerem, e as crianças têm
que voltar para casa, deixando os presentes na estrada...
SAPATEIRO: Pois é... é por isso que ninguém ainda viu os Reis
Magos, quando eles vêm e põem os seus presentes nos
sapatinhos das crianças.
MANUELITO: É linda esta história... Só que aqui na nossa rua os
Reis Magos nunca estiveram! Eu, pelo menos, nunca recebi um presente deles!

*O sapateiro e a mulher se entreolham.*

CONSUELO: Nem eu!

CONCHITA: Eu também nunca recebi presente dos reis no Natal... Nunca! Por que será que os Reis Magos se esqueceram do nosso beco?

SAPATEIRO (*atrapalhado*): Talvez... talvez, porque o nosso beco fica tão longe... que não o encontram...

JOSELITO: Ou, então, porque o nosso beco é muito estreito e eles não podem entrar aqui, com os seus camelos, e... talvez eles não queiram sujar os seus ricos mantos neste lugar tão pobre e sujo...

MANUELITO: Não... não pode ser isso... A promessa dos reis foi para "todas" as crianças do mundo, não foi, Don Miguelito?

SAPATEIRO: Sim, meu filho... foi...

MANUELITO: Então, a promessa era para nós também, nós deste beco...

CONCHITA: Sim, mas a verdade é que os Reis Magos só põem presentes nos sapatos das crianças ricas...

MANUELITO: Eu não entendo... por que será que os Reis Magos não põem presentes nos sapatos das crianças do nosso beco? (*Olha para os seus pés, descalços e sujos, os dele e os de todos os outros e Miguelito tem a ideia*) Mas eu já sei!

SAPATEIRO: O que é que você sabe?

MANUELITO: Já sei por que os três Reis Magos não põem presentes nos sapatos das crianças deste beco. É claro! Olhem para os nossos pés! Descalços! Nós não temos sapatos. Não temos sapatos para pôr na janela, e os reis passam pelas nossas janelas, e não veem sapatos, e pensam que não há crianças dentro dessas casas!

TODOS: É mesmo! É verdade!

CONSUELO: Mas então... quer dizer que este ano nós também não vamos receber presentes de Natal!

CONCHITA: Por quê?

CONSUELO: Porque não temos sapatos nem mesmo para ir domingo à igreja! Eu nunca tive sapatos!

TODOS: Nem, eu. Nem eu!
ROSÁRIO (*disfarçando uma lágrima*): Pobres crianças!
SAPATEIRO (*baixo, para ela*): Eu não devia ter-lhes contado esta história...
MANUELITO (que estivera pensando, tem nova ideia e fica muito excitado): Don Miguelito! Eu já sei o que nós vamos fazer!

*Todos ficam muito interessados.*

SAPATEIRO: Como, meu filho? Fazer o quê?
MANUELITO: Eu sei o que fazer para os Reis Magos deixarem presentes para nós também... para as crianças pobres deste beco! (*suplicando*) Se o senhor nos ajudar, Don Miguelito!
SAPATEIRO: Mas como, Manuelito... que é que eu posso fazer?
MANUELITO: O senhor é sapateiro, Don Miguelito... Olhe quantos sapatos... A sua oficina está cheia de sapatos de crianças... (*Todos começam a compreender, o sapateiro também*) O senhor poderia nos emprestar esses sapatos? Só por uma noite, só para pôr nas nossas janelas!
SAPATEIRO (*hesitando, olhando para a mulher*): Mas... mas estes sapatos não são meus... pertencem aos meus fregueses... e...
MANUELITO: Só por esta noite, Don Miguelito! Só para os Reis Magos acharem as nossas casas... nós vamos tomar muito cuidado com os sapatos emprestados, não vamos?
TODOS: Sim, sim! Por favor, por favor, Don Miguelito!
SAPATEIRO: Eu... eu não posso recusar... mas... eu... (*As crianças gritam e suplicam, ele se rende*) Está bem, está bem! Podem levar os sapatos! Podem levar um par para cada um! Aqui... Rosário, apanhe aquele par ali...

*Os dois dão um par de sapatos a cada criança, e estas saem, em meio à grande algazarra, deixando o sapateiro e a mulher sozinhos em cena, olhando um para o outro, desanimados.*

ROSÁRIO: Pobres crianças... De que lhes vão adiantar esses sapatos emprestados? Para os pobres não há presentes de Natal... Será só uma desilusão a mais para eles!

SAPATEIRO: Eu sei, eu sei... mas que é que eu podia fazer? Eu não podia recusar... Antes eu não lhes tivesse contado aquela história... (*Recomeçando o trabalho*) Mas eu preciso terminar os sapatos novos do duque hoje mesmo. Amanhã Sua Alteza, o Príncipe, vem para esta cidade, e se os sapatos novos do duque não estiverem prontos, ai de mim!

ROSÁRIO: É verdade... Sabe, Miguel... a rua grande já está toda enfeitada para a chegada do Príncipe... Bandeiras nas casas e tapetes preciosos pendurados nas sacadas e balcões, e grinaldas de flores por toda parte... (*Lança um olhar para o beco*) Só o nosso beco continua triste e sujo, como sempre...

SAPATEIRO: Ora, Rosário, deixe-se de lamúrias... Quem sabe um dia as coisas melhorarão... Vá tratar do jantar que eu trato de terminar o meu serviço...

*A mulher entra e ele começa a martelar vigorosamente, cantando para se acompanhar.*

*Escurecimento para indicar passagem de tempo, rápida. Acende-se a luz, no mesmo beco. O sapateiro está de pé, na porta da sua oficina, encostado à porta; a mulher aparece, de dentro da casa.*

ROSÁRIO: Você já terminou o trabalho, Miguel?

SAPATEIRO: Sim, Rosário. Hoje não trabalho mais... É véspera de Natal...

ROSÁRIO: Sim, véspera de Natal... olhe para as janelas, Miguel...

SAPATEIRO: Sim, eu sei... estava olhando ainda agora... todos os sapatinhos emprestados nas janelas. (*Com amargura*) Amanhã de manhã estarão tão vazios como agora!

ROSÁRIO: Pobres crianças... A alegria dos presentes não é para as crianças deste beco!

SAPATEIRO: Pssst! Aí vem elas... não fale nada, deixe-as pelo menos sonhar com os Reis Magos, só por esta noite!

*As crianças entram, conversando animadamente.*

CONCHITA: Eu já pus os sapatinhos na minha janela!

TODOS: Eu também, eu também...
CONSUELO: E eu, eu pus uma laranja ao lado dos sapatos!
CONCHITA (*admirada*): Uma laranja?
CONSUELO: Sim! Meu pai me trouxe uma laranja hoje, e então eu pus a laranja ao lado dos "meus" sapatos, na janela, para os Reis Magos...
JOSELITO: Mas você vai ficar sem a laranja?
CONSUELO: Pois é... Vou... Mas não faz mal, os Reis Magos vêm tão cansados, para eles é mais importante.
CONCHITA: Eu também pus uma coisa ao lado dos meus sapatos. Não é tão importante como a sua laranja, mas eu não tinha outra coisa... Eu pus um pãozinho, você não acha bom?
JOSELITO: Eu acho. Pão é tão gostoso! Às vezes a gente fica dias sem ter pão em casa, e depois, quando têm, é a coisa mais gostosa do mundo! (*Triste*) Em minha casa não tem pão hoje... Eu só pus uma caneca com água do poço ao lado dos meus sapatos...
MANUELITO: E eu que não pus nada ao lado dos meus sapatos... Eu não tenho nada para pôr!
JOSELITO: Nem mesmo uma caneca de água? A água, é só tirar do poço lá da praça...
MANUELITO: Eu sei... mas é que eu... eu não tenho caneca... eu bebo na mão mesmo...
CONSUELO: Então você não vai oferecer nada aos Reis Magos?
MANUELITO (*triste*): Eu bem que gostaria... mas... oh, eu tenho uma ideia! Eu não tenho nada para os reis, mas eles vêm montados nos seus camelos, e os camelos também têm que comer, não é? (*Para o sapateiro*) Don Miguelito, o que é que camelo come? (*Esperançoso*) Capim, não é? Camelo come capim?
SAPATEIRO: Sim, sim, Manuelito... camelo come capim.
MANUELITO: Então eu já sei o que eu vou fazer! Eu vou juntar capim, e vou para a estrada real, ao encontro dos Reis Magos... e vou dar capim para os camelos deles!

CONCHITA: Mas já é noite, Manuelito! Você não vai para a estrada agora... lá é muito escuro!
MANUELITO: Eu não tenho medo do escuro... eu vou sim!
CONSUELO: A minha mãe disse que a estrada à noite é perigosa!
JOSELITO: Meu pai também diz isso... ele diz que às vezes tem até bandidos na estrada!
MANUELITO: Mas eu quero levar capim para os camelos dos Reis Magos!
SAPATEIRO: Eu acho que Consuelo e Joselito têm razão... um menino pequeno como você não tem nada que fazer na estrada e ainda mais à noite!

*Ouve-se o sino da igreja dar horas.*

CONCHITA: Oito horas! Eu vou para casa... eu quero ir dormir cedo hoje, para amanhã acordar bem cedinho e ver os presentes que os Reis Magos vão me trazer!
ROSÁRIO: Sim, vão para casa todos... você também, Manuelito... e nós também vamos entrar, que o jantar está pronto. Vamos, Miguel. Feliz Natal para vocês todos.
SAPATEIRO: Feliz Natal, para vocês, criançada!
TODOS: Feliz Natal, feliz Natal! (*As crianças se dispersam.*)
SAPATEIRO: Pobrezinhos... estão tão contentes e cheios de esperanças...
ROSÁRIO: Sim, esperança... e para quê? Vão dormir de barriga vazia e encontrar os sapatos alheios nas suas janelas, mais vazios ainda...
SAPATEIRO: Pois eu gosto de pensar que não... que, durante a noite, acontecerá alguma coisa... e os sapatinhos amanhecerão cheios de presentes...
ROSÁRIO: Só se for um milagre... e os milagres não acontecem mais nos nossos dias... Venha, Miguel, entremos.

*Eles entram, escurece. Pausa. A ruazinha está deserta e silenciosa, as luzes atrás das janelas se apagaram. De repente, abre-se uma porta devagarinho e aparece Miguelito, pé ante pé, trazendo um saco vazio. Olha em volta, vê que ninguém está vendo e foge.*

*Cena 2*

*Manuelito entra no proscênio, já com a trouxa bem cheia de capim, e juntando mais e mais. Ele para e endireita o corpo, cansado. Olha para trás.*

MANUELITO: Como fui longe... e como está escuro...

*Ouvem-se os ruídos noturnos do campo: sapos coaxando em algum lugar, um cão latindo longe e vento mexendo nas folhagens. O menino fica um pouco assustado.*

MANUELITO: Não... eu não vou ficar com medo... Eu estou tremendo de frio... é o vento... e os Reis Magos já devem estar chegando... estou tão cansado... se eu sentar um pouquinho aqui enquanto espero os três reis Magos. (*Senta-se, encolhidinho. Olha em volta e começa a rezar*) Meu pai do céu... Aqui é o Manuelito... o Manuelito do beco... eu estou muito cansado... e com frio... e meus pés estão machucados das pedras do caminho... porque eu não tenho sapatos... eu vim aqui para juntar capim para os camelos dos três Reis Magos... Meu Pai do céu, por favor... faça com que os três Reis Magos cheguem logo antes que eu fique com medo...

*Encosta bem no meio da estrada. Passa um pouco de tempo e ouvem-se patas de cavalos e vozes fora de cena.*

1ª VOZ: Ei, o que é isso... parece que há alguma coisa caída no meio da estrada.

2ª VOZ: Paremos para ver... A estrada tem que estar limpa para Sua Alteza...

*Logo entram em cena três homens, três brilhantes oficiais, de belas capas flutuantes, espadas cintilantes etc., dão alguns passos e encontram o menino caído no chão.*

1º OFICIAL: É uma criança! Um menino...
2º OFICIAL: Está morto?

3º OFICIAL (*inclinando-se sobre o menino*): Não, está só dormindo...
1º OFICIAL: Pois ele terá que acordar e sair daqui bem depressa!
2º OFICIAL: Sim, pois a carruagem de Sua Alteza não tarda, e a estrada tem que estar limpa e desimpedida.
3º OFICIAL: Já tratarei disso! (*Põe a mão no ombro do menino e sacode-o um pouco.*) Ei, garoto!

*O menino abre os olhos e fica boquiaberto de espanto, olhando de um para outro.*

3º OFICIAL: O que é que você está fazendo aqui, bem no meio da estrada, e ainda a essas horas da noite, menino?
MANUELITO (*pondo-se de pé num salto e mostrando o saco de capim*): Eu... Eu estava esperando pelos senhores... (*os três se entreolham, admirados*) Isto aqui é capim... para os seus camelos... (*Ouve-se o relinchar de um cavalo*) Mas... mas vejo que esta noite os senhores... quero dizer Vossas Majestades... vieram montados em cavalos!
1º OFICIAL: Naturalmente que viemos montando cavalos! E que tem isso?
MANUELITO: Perdão, Majestade... eu não tenho nada com isso, claro... os três Reis podem montar cavalos ou camelos, ou o que quiserem... vocês é que mandam...
2º OFICIAL (*para os outros*): Esta criança está delirando... Que é que você quer dizer, menino?
MANUELITO (*receoso*): Eu sei que os senhores... que Vossas Majestades... estão com pressa, e têm muito que fazer na véspera de Natal... eu sei que têm ruas muito importantes para visitar... muito mais importante do que o beco...
3º OFICIAL: Beco? De que é que você está falando, garoto? Explique-se logo que não temos tempo a perder!
MANUELITO: Eu sei, eu sei... mas o beco é tão pequeno... são só umas poucas casas. Vossas Majestades não vão perder muito tempo. São poucas crianças, só alguns pares de sapatos nas janelas... se os senhores... Suas Majestades... entrarem lá e deixarem um presente para cada uma... só

um presentinho pequeno, não precisa ser grande... as crianças do beco nunca receberam um presente de Natal! (*Os três oficiais olham um para o outro e começam a compreender*) Oh, por favor! O beco é pequeno e difícil de achar... mas eu mostro aos senhores... e Vossas Majestades... eu seguro os cavalos enquanto Vossas Majestades põem os presentes nos sapatinhos... Oh, por favor, não recusem!

*Os três se entreolham, desta vez já de acordo.*

1º OFICIAL (*sorrindo*): Diga-me, menino. Você sabe quem nós somos?
MANUELITO: Oh, sim, Excelência! Os senhores são Suas Majestades, os três Reis Magos, Gaspar, Melchior e Baltasar, que vêm de Belém para por presentes nos sapatos de todas as crianças do mundo! Mas os senhores nunca estiveram no beco onde eu moro... porque decerto não sabiam que havia crianças lá... por causa dos sapatos... as crianças do beco não têm sapatos. Por isso eu vim esperá-los na estrada... Vossas Majestades virão comigo desta vez, não virão?
OS TRÊS (*em coro*): Sim, nós iremos com você, iremos com você.
1º OFICIAL: Você virá comigo, no meu cavalo, e nos mostrará o caminho! (*Pega-o pela mão*) Venha, menino!

*Saem todos de cena, e logo se ouve o tropel dos cavalos.*


Cena 3

*No beco, os três "Reis" entrando, pé ante pé.*

1º OFICIAL (*para fora de cena*): Você é capaz de segurar os três cavalos, Manuelito?
MANUELITO (*fora de cena, voz abafada*): Sim, sim... eu seguro!
1º OFICIAL (*para os companheiros*): Bem, vamos fazer isso depressa ou não dará tempo de voltarmos para a comitiva de Sua Alteza!

2º OFICIAL: Dá tempo de sobra... a tropa de cavalos da carruagem de Sua Alteza demora... e olhem, são poucos sapatinhos!
3º OFICIAL: Sapatos alheios que o sapateiro emprestou às crianças do beco para os presentes dos Reis Magos!
2º OFICIAL: Contaremos a brincadeira para Sua Alteza. Aposto que ele achará ótima a nossa ideia de fazermos um "milagre" na noite de Natal...
1º OFICIAL: Sim, sim... mas vamos ao "milagre". Que presentes poremos nestes sapatos?
2º OFICIAL: Presentes! Nós não temos presentes conosco. Poremos dinheiro mesmo. As crianças encontrarão os sapatos cheios de moedas de ouro e prata e comprarão o que quiserem... Será até melhor!
3º OFICIAL: Isso mesmo... mãos à obra!

*Os três rapidamente tiram as sacolas de dinheiro dos cintos e enchem os sapatos nas janelas.*

1º OFICIAL: Pronto. E agora, vamos embora, depressa!

*Saem de cena e ouvem-se suas vozes, fora.*

1ª VOZ: Está pronto, Manuelito! Pode voltar para casa!
2ª VOZ: Obrigado por ter segurado nossos cavalos!
3ª VOZ: E bom Natal para você e para todos do beco!
MANUELITO (*entrando em cena de "marcha ré", dando adeus com a mão*): Obrigado, Reis Magos... Obrigado! Adeus, Reis Magos... Obrigado! Obrigado, Reis Magos!

*Entra em casa e fecha a porta. O pano vai se fechando, enquanto o narrador já vem entrando.*

NARRADOR: E assim aconteceu o "milagre". Aquele milagre que Doña Rosário não acreditava que acontecesse. E as crianças pobres do beco pobre do bairro mais pobre da velha cidade da Espanha receberam a visita dos três Reis Magos... E receberam um régio presente em reluzentes moedas de ouro e prata. Para os três garbosos oficiais aquilo não passou de uma brincadeira... uma boa brincadeira... mas para as crianças do beco aquele foi o primeiro Natal feliz de sua vida... O primeiro Natal em que receberam presentes e talvez o último... porque, porque... Mas isto é uma outra história que fica para uma outra vez. Esta, porém, terminou assim... Entrou por uma porta, saiu por outra, quem quiser que conte outra.

# A SOPA DE PEDRA

*Personagens:*
   Velha Avarenta: *esfarrapada e descabelada*
   Benzedrino: *um caipira, alegre e esperto*
   Magnólio: *companheiro de Benzedrino, tímido e bobo*

*Os personagens podem também ser palhaços, migrantes, saltimbancos ou outro tipo de dupla cômica.*

*Cenário:*
   Um descampado com algumas árvores. No canto, a casinha da Velha Avarenta. Uma porta dando para o descampado e a outra, para os bastidores; no fundo, uma janela, e no canto, um fogão antigo. Cama tosca, duas cadeiras e um armário. A casa da Velha é aberta para o público, naturalmente.

*Cena 1*

*Ao subir o pano, a Velha Avarenta está em sua cabana miserável, contando moedas que põe num cofre, resmungando o tempo todo.*

VELHA: ...121, 122, 123, 124, 125, 126, 127, 128, 129... Cento e vinte e nove moedas de ouro! Ah! Que maravilha! Como são bonitas... E pensar que cada uma delas vale cem moedinhas de cobre... (*Pega um cofrinho com moedas miúdas e conta*) Aqui já tem setenta e cinco moedas de cobre. Mais vinte e cinco e terei mais uma moeda de ouro... Só que não vai dar pra completar as cem assim tão depressa... Eu tenho que comer! É um azar a gente ter que comer!... É um tal de comprar sal, de comprar carne, de comprar verdura, de comprar arroz, de comprar feijão, de comprar cebola... Não sei por que a gente não pode viver sem comer... Eu já tentei passar uma semana sem comer, mas aí eu fiquei tão fraca que não podia nem andar... Fiquei com medo que algum ladrão me assaltasse... Eu não poderia nem defender o meu rico dinheirinho... Então tive que comer outra vez... Ainda bem que tenho reservas de comida para algum tempo... E roupa então! Toda hora a gente tem que comprar mais roupa... Porcaria de roupa que fazem agora; custam os olhos da cara e não duram nada. Este vestido só tem vinte e dois anos e olha o jeito que ele está... E esse avental! E o sapato então! Nem vinte anos ele tem e já está todo furado... Vou ter que comprar outro qualquer dia desses... Desse jeito, a gente pode ficar arruinada. E sem sapato eu não posso andar, com esse frio que está fazendo. É uma desgraça! Esse mês vou ter que gastar pelo menos umas cinco moedas... Deste jeito vai levar um século para completar as cento e trinta moedas de outro! Brr... Que frio! Ainda por cima vou ter que acender o fogo pra me esquentar. E gastar lenha!...Ora bolas!

*Acaba de guardar o dinheiro, fecha o cofre que guarda embaixo da cama e vai acender o fogo. Pega três achas de lenha, fica com pena, torna a guardar duas, põe uma no fogão e sai pela porta dos bastidores, resmungando.*

Cena 2

*Entram dois caipiras pelo outro lado.*

BENZEDRINO: Aqui é um bom lugar para uma partida de dados, não acha, Magnólio?

MAGNÓLIO: Acho. (*Acocoram-se*) Que é que nós vamos apostar?

BENZEDRINO: O seu cachimbo.

MAGNÓLIO: O meu rico cachimbinho? Eu preferia outra coisa!

BENZEDRINO: Você não tem outra coisa. Tem que ser o seu cachimbo.

MAGNÓLIO: Está bem. Vá lá. (*Atira os dados.*)

BENZEDRINO (*depois de uma jogada floreada*): Ganheeeei! Passe pra cá o cachimbo!

MAGNÓLIO: Arre! Nunca vi um azar desse! E você vai mesmo querer ficar com o meu cachimbo, Benzedrino?

BENZEDRINO: Que pergunta! Aposta é aposta! Passe pra cá o cachimbo.

MAGNÓLIO: Meu rico cachimbinho... Adeus! (*Passa-lhe o cachimbo*) Trate-o bem, hein, Benzedrino! Com delicadeza!

BENZEDRINO: Com o máximo de respeito, não se preocupe. (*Acende o cachimbo*) Hummm... é bom mesmo!

MAGNÓLIO: Se é bom... Eu tenho mesmo muito azar.

BENZEDRINO: Não se lamente, homem. Jogo é jogo!

MAGNÓLIO: Pois é. Quem mandou apostar o meu único cachimbo de estimação?

BENZEDRINO: Ué... Eu não queria apostar o cachimbo. Eu queria jogar dinheiro.

MAGNÓLIO: Dinheiro? E quem é que tem dinheiro? Eu estou mais liso que a careca do meu avô.

BENZEDRINO: E eu também...

MAGNÓLIO: E isso me lembra uma coisa...
BENZEDRINO: Não precisa dizer mais nada. Eu já sei...
MAGNÓLIO: Já sabe o quê?
BENZEDRINO: A mesma coisa que você.
MAGNÓLIO: E o que é que você sabe que eu sei?
BENZEDRINO: Eu sei que você sabe que eu já sei que você sabe que...
OS DOIS (*em coro*): Estou com fome!
MAGNÓLIO: Pois é.
BENZEDRINO: E eu não tenho um tostão furado pra comprar uma batata que seja...
MAGNÓLIO: E nem eu...
BENZEDRINO: Que é que nós vamos fazer?
MAGNÓLIO: Sei lá...
BENZEDRINO: Quer jogar mais uma partida?
MAGNÓLIO: Pra quê?
BENZEDRINO: Para tapear a barriga.
MAGNÓLIO: Então vamos...
BENZEDRINO: Mas você não tem mais nada pra apostar.
MAGNÓLIO: Que que tem? Aposta só você...
BENZEDRINO: Como assim?
MAGNÓLIO: Aposta só você...
BENZEDRINO: Aposto o quê? De que jeito?
MAGNÓLIO: Você aposta o cachimbo. Se eu ganhar, você me devolve o cachimbo.
BENZEDRINO: Ah, é? Muito engraçado... Já estou enjoado das suas lamúrias por causa do cachimbo.
MAGNÓLIO: Que lamúrias? Eu só queria jogar mais uma partidinha. Quem sabe a minha sorte vira...
BENZEDRINO: E se virar, o que você ganha com isso?
MAGNÓLIO: O meu cachimbo de volta.
BENZEDRINO: Cachimbo não enche barriga.
MAGNÓLIO: Quem sabe enche...
BENZEDRINO: Como assim?
MAGNÓLIO: Vamos experimentar; você dá uma cachimbada, depois eu dou uma. Quem sabe a fome melhora.

BENZEDRINO: Vamos ver. Mas eu desconfio que você quer é fumar o meu rico cachimbinho.
MAGNÓLIO: Bem, isso também. Em todo caso, vamos tentar.
BENZEDRINO: Vamos.

*Fumam o cachimbo. Uma pitada um, uma pitada outro.*

MAGNÓLIO: É gostoso, né?
BENZEDRINO: É gostoso, mas não enche barriga.
MAGNÓLIO: Isso é verdade. E agora?
BENZEDRINO: Temos que arranjar comida, ué.
MAGNÓLIO: Arranjar? Onde?
BENZEDRINO: Sei lá. Vamos andando, quem sabe a gente encontra alguma coisa. (*Vão andando um pouco.*)
MAGNÓLIO: Arre! Essa mochila está pesada... Ainda se tivesse comida dentro.
BENZEDRINO: E o fuzil, então... Pesa que nem chumbo. Se eu pudesse roê-lo, serviria para alguma coisa.
MAGNÓLIO: É uma ideia. (*Rói o fuzil.*)
BENZEDRINO: Que tal?
MAGNÓLIO: Não gostei. Quer experimentar?
BENZEDRINO: Eu não! Deus me livre!
MAGNÓLIO: Olhe! Estou vendo uma coisa!
BENZEDRINO: Que coisa? Onde?
MAGNÓLIO: Aqui mesmo.
BENZEDRINO: Ah, uma casinha!
MAGNÓLIO: Quem sabe tem gente dentro!
BENZEDRINO: Gente que tem comida!
MAGNÓLIO: Ai, já estou com água na boca!
BENZEDRINO: É. Mas não temos dinheiro pra pagar a comida.
MAGNÓLIO: Ué. Há tanta gente boa no mundo... A gente explica a situação e quem sabe eles dão alguma coisa pra gente...
BENZEDRINO: Nem que seja um osso...
MAGNÓLIO: Isso não! Eu não sou cachorro pra comer osso! O que eu queria agora era uma sopa. Hummm!
BENZEDRINO: Uma sopa!...

MAGNÓLIO: Uma boa sopa, bem gorda, bem forte. Cheia de verduras e batata, com bastante cebola e...

BENZEDRINO: Chi, Magnólio. Não fale assim que eu já tô começando a babar. Sopa é a coisa que mais gosto no mundo.

MAGNÓLIO: Eu também... Bem, chegamos. Vamos bater na porta.

*Batem à porta. Velha aparece, entrando dos fundos.*

VELHA (*de dentro*): Quem é?

AMBOS: Somos nós!

VELHA: Nós, quem?

AMBOS: Benzedrino e Magnólio.

VELHA: Benzedrino e Magnólio. Era o que faltava. (*Abre a porta.*) O que é que vocês querem?

MAGNÓLIO: Entrar e descansar um pouquinho, dona...

BENZEDRINO: Estamos tão cansados...

MAGNÓLIO: A senhora tem um ar tão simpático...

BENZEDRINO: Parece ser tão boazinha.

MAGNÓLIO: Deixe a gente entrar um pouquinho, dona...

VELHA: Se é só pra descansar, está bem... Podem entrar. Mas é só um pouquinho, hein?

AMBOS: Sim senhora. (*Entram.*)

*Cena 3*

BENZEDRINO: Dá licença! (*Senta-se numa cadeira.*)

MAGNÓLIO: Dá licença! (*Vai sentar-se na cama.*)

VELHA: Aí não. Vai gastar cobertor. Era o que faltava.

MAGNÓLIO: Desculpe, dona. (*Senta-se num tamborete.*)

VELHA (*resmungando*): Onde já se viu... Vão entrando, querendo usar a casa da gente, já não basta que ficam sentados gastando cadeira e ainda querem sentar na cama...

BENZEDRINO: Dona...

VELHA: Que é, agora?

BENZEDRINO: A senhora não podia nos arranjar um pouquinho de comida?

VELHA (*arregala os olhos espantada*): Comida?!

MAGNÓLIO: Estamos com uma fome de lobos. Desde ontem que não comemos nada...

VELHA: Comida? Vocês estão loucos? Pedir comida a mim?!

BENZEDRINO: Estamos com tanta fome, dona...

MAGNÓLIO: A gente paga pra senhora...

VELHA: Pagar? Quanto?

MAGNÓLIO: Quanto a senhora quisesse...

VELHA: Ah é?

BENZEDRINO: Mas é que não temos dinheiro...

VELHA: Não tem dinheiro? E eu não tenho comida.

BENZEDRINO: Como não tem comida?

MAGNÓLIO: Não tem nada, nada? Nem um pedacinho de pão?

VELHA: Pão! Imagine se eu tenho pão! Eu não tenho nada!

BENZEDRINO: Mas como é que a senhora vive?

VELHA: Os velhos como eu comem pouco... Já comi na semana passada... Agora não tenho mais comida.

BENZEDRINO: Nenhuma, nenhuma?

VELHA: Nenhuma.

MAGNÓLIO: Nada de nada?!

VELHA: Nada!

MAGNÓLIO: Arre! Que azar!

BENZEDRINO: É mesmo. Um azar dos diabos.

MAGNÓLIO: Estou ficando com frio.

BENZEDRINO: É por causa da fome... Vou pôr umas achas de lenha no fogo! (*Vai pegar a lenha.*)

VELHA: Tire a mão daí.

BENZEDRINO: Como?

VELHA: Você não desconfia? Avançar assim na minha lenha! Vai gastar à toa. Era só o que me faltava...

BENZEDRINO: Desculpa, dona!

VELHA: Vocês já não descansaram que chegue? É melhor irem dando o fora.

BENZEDRINO: Nós vamos logo, dona...
MAGNÓLIO: Só mais um pouquinho.
VELHA: Está bem. Mas só mais um pouquinho, hein?

*Afasta-se resmungando e vai mexer no fogão.*

BENZEDRINO: Magnólio.
MAGNÓLIO: Hein?
BENZEDRINO: Essa dona o que é, é avarenta...
MAGNÓLIO: É pão dura que nem o diabo...
BENZEDRINO: Ela tem cara de ter tudo...
MAGNÓLIO: Mas bem escondido... E não vai dar nada a ninguém, de jeito nenhum. Nós vamos sair mesmo é de barriga vazia.
BENZEDRINO: Acho que não.
MAGNÓLIO: Como não?
BENZEDRINO: Eu tenho uma ideia. Escute! (*Cochicha no ouvido dele.*)
MAGNÓLIO: Com os diabos! Que ideia-mãe... É capaz de dar certo.
BENZEDRINO: Vai dar certo sim... Espere só... (*Para a velha.*) Ô dona...
VELHA: Hein?
BENZEDRINO: Nós já vamos andando.
VELHA: Vão tarde!
BENZEDRINO: Muito obrigado pela pousada. A senhora foi muito generosa...
VELHA: De nada... Adeus!
BENZEDRINO: Adeus. Vamos, Magnólio. (*Alto para Magnólio, para a Velha escutar.*) A dona é tão boazinha... Estou até com vontade de lhe fazer um presente...
VELHA: Hein? Você disse alguma coisa?
BENZEDRINO: Disse, dona. Falei que estava com vontade de fazer um presente pra senhora. É uma coisa que eu sei fazer. Só eu que tenho esse segredo.
VELHA: O que é, hein?
MAGNÓLIO: Ele é o melhor cozinheiro do mundo. Sabe fazer cada comida!!!
VELHA: Cozinheiro! Não me interessa! Não tenho nada pra cozinhar.

MAGNÓLIO: Mas é que ele não precisa de nada.
VELHA: Como não precisa? Você quer dizer que pode cozinhar sem... sem...
BENZEDRINO: Sem nada. Quer dizer, nada, nada, não. Preciso só de uma coisa.
VELHA: Ah! Logo vi.
BENZEDRINO: Preciso de uma pedra.
VELHA: Pedra?
MAGNÓLIO: Ele faz sopa de pedra... É uma receita mágica que ele tem.
VELHA: Sopa de pedra?
BENZEDRINO: Pois é, dona, eu faço uma sopa de pedra que é uma delícia. Gostosa e nutritiva.
MAGNÓLIO: Cheia de vitaminas!
VELHA: Vocês estão loucos! Estão caçoando de mim...
BENZEDRINO: Nunca, dona. Garanto-lhe que faço uma sopa de pedra maravilhosa.
VELHA (*à parte*): E se for verdade mesmo? Não custa nada tentar... Se ele fizer isso, não precisarei gastar nada. (*Alto.*) Mas você sabe fazer isso mesmo?
BENZEDRINO: Juro. (*Faz pelo-sinal.*) Mas preciso de uma pedra bem boa...
VELHA: De que jeito? Que pedra?
BENZEDRINO: Tem que ser mais ou menos desse tamanho. (*Mostra com as mãos*) Nem muito clara, nem muito escura... nem muito grande, nem muito pequena...
MAGNÓLIO: Nem muito mole, nem muito dura.
BENZEDRINO: Cala a boca, bobo. Tem que ser dura sim. Dura que nem pedra! A senhora pode arranjar uma pedra assim?
VELHA: Posso, posso. Lá fora tem uma porção de pedras assim.
BENZEDRINO: Então a senhora quer que eu faça a sopa para a senhora?
VELHA: Quero, sim! Vou buscar a pedra, já, já. (*Sai.*)
BENZEDRINO: Desta vez vamos comer...
MAGNÓLIO: Nem fale! Já estou com água na boca outra vez...

BENZEDRINO: Psst! Lá vem a velha...
VELHA (*entrando com algumas pedras*): Aqui tem algumas. Quer ver se servem?
BENZEDRINO: Esta não, esta aqui também não... É muito gorda... Ah, esta está perfeita! Vai dar uma sopa maravilhosa!
VELHA: Acha mesmo?
BENZEDRINO: Acho não! Sei... A senhora tem uma panela grande, dona?
VELHA: Tenho, tenho. (*Tira a panela do armário*) Esta serve?
BENZEDRINO: Serve. (*Põe a pedra dentro*) Vou precisar de um avental, dona.
VELHA: Para quê?
BENZEDRINO: Não posso sujar a minha roupa.
VELHA (*tira o seu avental esfarrapado*): Aqui está.
BENZEDRINO: Obrigado! (*Põe o avental*) Bonito esse avental...
MAGNÓLIO: Muito... Parece renda, não é?
BENZEDRINO: Agora, precisa de água.
VELHA (*que já fora buscar o balde*): Aqui tem. (*Despeja.*)
BENZEDRINO: Muito bem... Magnólio!
MAGNÓLIO: Sim, Benzedrino!
BENZEDRINO: Ponha mais umas achas de lenha no fogão. (*A velha vai protestar*)... Senão a sopa não pode cozinhar. (*Magnólio obedece*) Muito bem, agora vamos começar, a senhora tem uma colher?
VELHA: Tem, tem. Aqui está. (*Dá-lhe uma concha.*)
BENZEDRINO: Muito obrigado. (*Mexe a panela*) Isso vai ficar muito bom. Já está quase fervendo... Precisa ferver bastante, sabe? Pedra é assim... Precisa de muita fervura... Deixa eu provar... Hummm... Está começando a ficar bom. Só que falta um pouquinho de tempero. A senhora tem um pouquinho de sal, dona?
VELHA: Sal? Tem. (*Vai buscar.*) Aqui... Mas não ponha muito.
BENZEDRINO: Eu não preciso de muito. Uma pitadinha só já basta. Assim... (*Prova de novo*) Hummm... Que delícia... Agora,

sopa de pedra fica muito bem com cebola. A senhora tem um pouco de cebola, dona?
VELHA: Cebola? Tenho, tenho sim. Já vou buscar.
MAGNÓLIO (*lambendo os beiços*): Ai, cebolinha!
BENZEDRINO: Psst! Fique quieto. Lá vem ela.
VELHA: Aqui está a cebola. (*Traz uma réstia.*) Não gaste muita, hein?
BENZEDRINO: Eu não preciso de muita. Isso aqui chega. (*Arranca uma cebola, que devolve à velha, e joga a réstia na panela.*) Um pouquinho só já chega... Sopa de pedra tem um gosto tão bom que quase não precisa de tempero. (*Prova.*) Humm, está ficando bom. Quer provar, Magnólio?
MAGNÓLIO: Quero. (*Prova e vai fazer uma careta, mas Benzedrino lhe dá um beliscão.*) É, está bom mesmo.
VELHA: Deixa eu provar, moço?
BENZEDRINO: Não, a senhora não. A senhora só vai comer a sopa pronta. (*Prova*) Hum... Agora precisava de um pouquinho de pimenta... E cheiro-verde... A senhora tem?
VELHA: Pimenta e cheiro-verde? Tenho sim. Aqui estão.
BENZEDRINO: Obrigado. Agora está quase pronta. O que falta mesmo agora?... Ah, toucinho! Um pouquinho de toucinho dá uma graça especial à sopa de pedra! A senhora tem toucinho, dona?
VELHA: Tenho toucinho. Tenho, sim... Aqui está, moço.
BENZEDRINO: Obrigado. (*Põe todo o toucinho na sopa.*) Hummm... Tá sentindo o cheiro, dona?
VELHA: Estou sim. Acho que vai ficar bom mesmo. Puxa! Nunca vi fazer sopa de pedra.
BENZEDRINO: Sabe, Magnólio, o que ia ficar bom mesmo aqui, é um pouco de batata, e abóbora e uns tomates. Essas coisas vão bem com sopa de pedra. Mas acho que a dona não tem essas coisas...
VELHA: Batata, tomate e abóbora? Tenho, tenho sim. Vou buscar já!
BENZEDRINO (*cutucando Magnólio*): Viu? Está funcionando!
MAGNÓLIO: Puxa, você é um gênio mesmo.

VELHA: Aqui estão, moço. (*Segura uma cesta cheia de coisas.*)
BENZEDRINO: Com licença. (*Vai pegando batatas, cenouras, tomates etc.*)
MAGNÓLIO: Acho que um pouco mais de batatas, não é?
BENZEDRINO: Pode ser. Mais umas batatas... Ai, sinta só o perfume, dona. O cheiro dessa iguaria sem igual... Agora só falta manteiga... Um pouquinho de manteiga só...
VELHA: Manteiga? Está aqui.
BENZEDRINO: Obrigado. Esta vai ser a melhor sopa de pedra que fiz na minha vida.
MAGNÓLIO: Nossa! Já não aguento mais!
VELHA: E então, moço, já está pronta?
BENZEDRINO: Quase pronta. Quase, quase. (*Prova.*) Praticamente pronta... Agora só falta uma coisa, uma coisinha de nada, e aí a sopa de pedra está pronta pra ser comida...
VELHA: O que falta, moço?
BENZEDRINO: Um pouquinho de carne... Um pedacinho só e pronto.
VELHA: Carne?
BENZEDRINO: Uma carne qualquer, de bicho... A senhora tem um pouquinho?
VELHA: Tenho. Tenho um pouco sim. (*Pega a carne.*) Aqui está. (*Traz um pedação de carne e uma faca.*) Aqui está a faca. Corte o pedacinho que precisa...
BENZEDRINO: Um pedacinho só. (*De fato corta um pedacinho só. Joga na panela o pedaço inteiro e devolve o pedacinho à velha.*)
VELHA: Mas como! O pedacinho... Que é isso?
BENZEDRINO: Oh, desculpe, dona. Eu me enganei. Imagine, que distração! Em vez de jogar o pedacinho menor, joguei o maior... Mas não faz mal. A sopa de pedra não fica estragada por causa disso... Não fique triste, dona. A senhora já vai ver o que é uma sopa de pedra de verdade! Está quase pronta... Magnólio.
MAGNÓLIO: Hein?
BENZEDRINO: Ajude a dona a pôr os pratos na mesa. Pegue umas colheres também...

MAGNÓLIO: Vou voando. Onde estão os pratos, dona?... Ah, já vi. (*Tira umas tigelas do armário.*) Isso é melhor que prato. Como é, Benzedrino, vai demorar muito?
BENZEDRINO: Nada. Está pronta a sopa de pedra.
VELHA: Está pronta? Deixe ver! Deixe provar...
BENZEDRINO: Pois não, dona. Cadê seu prato?
MAGNÓLIO: Aqui.
VELHA: Aqui, aqui.
BENZEDRINO (*enchendo as tigelas com a concha*): Um, dois, três... São tigelas bem fundas, não é? Ótimo, ótimo... Esta aqui é a minha... (*Enche a terceira tigela.*) Assim.

*Começam a comer verozmente. Devoram a sopa.*

MAGNÓLIO: Humm. Que delícia...
BENZEDRINO: Não está bom mesmo?
VELHA: Está, está! Você é mesmo um colosso, moço. Nunca vi uma coisa dessas. Sopa de pedra. Parece mentira!
BENZEDRINO: Parece, não é?
MAGNÓLIO: Parece, e é mesmo!
VELHA: Hein? O que foi que você disse?
BENZEDRINO: Ele disse que parece mentira e é mesmo.
VELHA: Como? A sopa que eu estou comendo não é de mentira...
BENZEDRINO: A sopa não é de mentira.
VELHA: Então o que é mentira?
MAGNÓLIO: Mentira que ela é de pedra...
VELHA (*começando a compreender*): O quê... Você quer dizer que...
OS DOIS: Com pedra ou sem pedra, seria a mesma sopa.
VELHA (*compreendendo*): Ohhh, fui roubada! Bandidos! Ladrões! (*Chora e se descabela.*)

*Benzedrino e Magnólio saem abraçados e apalpando a barriga.*

BEIJO, NÃO!

Peça infantil em um ato

*Personagens:*
    Feiticeiro Merlinaldo: *"sem idade", mas grisalho e barbudo*
    Coruja Urracunda: *velha e sábia (pode ser fantoche)*
    Macaco: *jovem, alegre e careteiro*
    Moço Quimzinho: *bonito e simpático*
    Moça Katita: *bonitinha, meiga e simpática*

*Local:*
    Algum lugar do Brasil

*Época*:
    Atual

*Cenário:*
    Interior da casa do Feiticeiro. Uma sala com janela para o parque ou bosque; porta lateral para o exterior; poltrona *bergère* do feiticeiro, com mesinha ao lado; estante com "livrões"; poleiro de coruja; grande globo terrestre; retrato grande de bruxa montada numa vassoura; um espelho; fruteira com bananas sobre a mesa e outros objetos ao gosto dos encenadores.

## Ato Único

*Abre com a coruja empoleirada sobre a estante e o feiticeiro sentado na poltrona lendo um livrão. Ele está de "robe de chambre" vistoso, com um gorro de pingente nos cabelos grisalhos. O macaco espia do lado de fora da janela, faz caretas, mas ninguém repara nele e vai embora, brincando e se coçando. Feiticeiro fecha o livro com gesto impaciente, põe o livro na mesa, levanta-se e começa a andar de um lado para outro com ar de enfezado, resmungando dentro da barba. Para na frente do globo terrestre, que faz girar, sempre com jeito irritado.*

FEITICEIRO (*resmunga alto*): Diacho! Treze vezes diacho!

CORUJA (*do alto da estante*): O que foi, bruxo Merlinaldo? Está tão nervoso que nem parece o velho feiticeiro experiente que é!

FEITICEIRO: E você, coruja Urracunda, nem parece uma coruja velha de setecentos anos! Com todo esse tempo comigo, você já devia adivinhar os pensamentos de seu chefe, em vez de fazer perguntas bobas!

CORUJA: Desculpa, chefe, mas eu nunca o vi tão agitado! O que é que o senhor tem hoje?

FEITICEIRO: Você não merece resposta, mas vou responder assim mesmo. Estou aborrecido, enfastiado, irritado, acho tudo desinteressante, enfadonho...

CORUJA (*interrompe*): ... "Chato", o senhor quer dizer, não é? Aqui no Brasil se diz "chato", estou "chateado".

FEITICEIRO: É isso mesmo, estou "chateado". Eu vivo esquecendo que estou no Brasil, neste tal de século vinte e um... Mas o fato é que a vida de feiticeiro, nesta época, aqui ou em qualquer outro lugar do planeta Terra (*Faz girar o globo*) é uma chatura só. Não há nada de interessante pra fazer!

CORUJA: Não diga isso, bruxo Merlinaldo! E as suas feitiçarias?

FEITICEIRO: Feitiçarias? Que feitiçarias? Ninguém liga mais pra feitiçarias! Os homens inventaram, criaram e construíram tantas coisas científicas que deixam qualquer feitiçaria antiga no chinelo! Que saudade da Idade Média...

CORUJA: Lá isso é verdade... Espelho mágico virou televisão, eles falam por telefone de um continente para o outro, tem o tal do computador...

FEITICEIRO: ... E o tal do *videogame*, e o tal de *e-mail*, e a tal de internet, e é fax, e é xerox e outras palavras mágicas. Um montão de coisas "virtuais" que substituem um montão de feitiçarias antigas...

CORUJA: O senhor acha mesmo que substituem, bruxo Merlinaldo?

FEITICEIRO: Acho, acho! (*Lamuriento.*) Depois de mais de seiscentos anos de feitiçarias, eu vou acabar sem ocupação: um triste feiticeiro aposentado...

CORUJA: É mesmo. Parece que nem as crianças se espantam com mais nada.

FEITICEIRO: É claro que não. Elas só querem é brincar no computador, jogar *videogame*, mandar *e-mails*... É tudo "virtual", virtual, virtual. Tudo virtual!

CORUJA: Espere um momento! Nem tudo é "virtual", meu caro bruxo Merlinaldo! É verdade que algumas coisas de eletrônica, informática e cibernética podem substituir algumas das suas feitiçarias, mas, ainda assim, o senhor ainda tem alguns bons truques dentro da manga! (*Feiticeiro olha para dentro da manga.*) Algumas das suas feitiçarias ainda podem fazer coisas bem espantosas que nenhuma tecnologia moderna pode sequer tentar imitar!

FEITICEIRO (*cético*): O que, por exemplo? Diga logo, sábia coruja Urracunda? Por exemplo?

CORUJA (*animando-se*): Por exemplo: nenhum computador ou *videogame* pode substituir um ser humano. Um homem vivo, de carne e osso, de pele e músculos, de sangue e lágrimas, de emoções e sentimentos, de...

FEITICEIRO: Onde é que você quer chegar coruja Urracunda? O que foi que a sua centenária sabedoria corujal lhe sugeriu? Fale logo!

CORUJA: Calma, bruxo Merlinaldo, já vou explicar. Lembra-se daquele caso da sua tia, a bruxa Babaiagá, acho que foi no século treze ou catorze, em que ela, só por capricho, transformou um belo príncipe num sapo escorregoso e nojento?

FEITICEIRO: Claro que me lembro. O coitado do sapo só desviraria de volta em príncipe quando uma linda princesa conseguisse vencer o nojo e dar um beijo na boca do sapo gosmento! Arrrrgh!

CORUJA: Foi só uma brincadeira...

FEITICEIRO: Brincadeira de mau gosto, eu diria. Eu não achei graça!

CORUJA: Pois é. Também não achei graça. Mas acontece que o senhor é bem capaz de repetir aquela façanha...

FEITICEIRO: Eu não faria uma ruindade dessa... (*Pensativo.*) Mas que poderia, poderia...

CORUJA: Mas não precisa ser ruindade! Pode ser uma brincadeira mesmo, até simpática...

FEITICEIRO (*pensativo, já interessado*): Eu até que seria capaz... mas pra começo de conversa, onde é que eu iria achar um príncipe aqui no Brasil pra transformar num sapo?... Talvez algum político, vereador, deputado, senador... sei lá.

CORUJA (*irônica*): Destes existem uns que nem precisam ser transformados em sapos ou mesmo em ratos... Não. A minha ideia não é por aí...

FEITICEIRO: Então, qual é a sua ideia, coruja Urracunda?

CORUJA: O senhor não imagina? Bruxo Merlinaldo, o que foi feito da sua criatividade?

*Feiticeiro faz um gesto de desânimo e perplexidade; encolhe os ombros, desanimado.*

FEITICEIRO: Sei lá... Você tem alguma sugestão?

CORUJA: A minha ideia é a seguinte, em vez de transformar um ser humano em algum bicho, sugiro que o senhor faça aquela brincadeira "ao contrário"...

FEITICEIRO: Como "ao contrário"?

CORUJA: Simples, o senhor transforma um bicho em um ser humano de verdade, de carne e osso.

FEITICEIRO (*entusiasmado*): Mas que ideia genial, coruja Urracunda! Vocês corujas são sábias mesmo! Claro, é isso mesmo que vou fazer! (*Durante a cena anterior, o macaco passa algumas vezes por fora da janela e espia para dentro, olhando para as bananas, fazendo macaquices, curioso.*) Mas que bicho eu vou arranjar pra... (*Vê de relance o macaco espiando pela janela.*) Mas é claro! O macaquinho que vive espiando pela janela e pulando de galho em galho pelas árvores do parque... (*Apanha uma grande banana na fruteira da mesa.*) Eu vou atraí-lo para cá. (*Para a coruja.*) Vou falar em macaquês com ele... Preste atenção, Coruja!

CORUJA: Espere um momento, bruxo Merlinaldo! O senhor não vai fazer essa magia vestido desse jeito. Não fica bem, não acha?

FEITICEIRO: Tem razão, como sempre sábia, coruja. Preciso estar a caráter...

*Vai atrás da estante e volta trajando uma roupa de feiticeiro medieval, com manto de estrelas, chapéu pontudo e tudo mais. A coruja aplaude.*

CORUJA: Assim está melhor. Bem medieval!

FEITICEIRO (*mira-se no espelho*): Até parece que estamos nos bons velhos tempos da Idade Média!... E agora, atenção! Lá vou eu.

*Torna a pegar a banana, que deixara sobre a mesa, e vai para a janela.*

CORUJA (*torcendo*): Tomara que dê certo!

FEITICEIRO (*na janela, acena com a banana e chama em "macaquês", com tradução simultânea*)... (*Sons macacais*): Venha, macaquinho... Olhe essa banana... (*Macaco parece curioso.*) Olhe, veja, macaquinho.... Olha que coisa mais linda, mais cheia de graça... Que amarelinha, gordinha, formosa, gostosa... banana brasileira, tropical, genial. (*Macaco se interessa, fala em macaquês, faz visagens.*) Entra, entra, macaquinho... Olhe só, esta belezoca é toda sua...

*Inventar cena do diálogo entre feiticeiro e macaco em macaquês. Macaco entra, faz macaquices, brinca com o rabo, se coça, pede a banana etc. Aproveitar a cena, até com efeitos de som, coreografias etc.*

CORUJA (*que assiste a tudo interessada, fazendo comentários corujais*): Uhu, uhu... Vai indo bem. Ele não esqueceu o macaquês...

*Macaco entra pela janela, pede a banana. Feiticeiro faz que dá, mas não dá, e finalmente entrega a banana ao macaco, que começa a descascá-la, lambendo os beiços.*

FEITICEIRO (*de repente, no meio da "conversa", faz pausa rápida, um gesto mágico e pronuncia a fórmula*): Abracadabra, macaco não é cabra. Mas só que de repente pode até virar gente. Abracadabra, balacobaco! Transforma-te em bom moço, amigo macaco.

*O truque da transformação deixo a cargo da produção e da direção, seja com escurecimento, efeito de luz, sons etc. A cena seguinte já é com o moço, com roupa atual, talvez calça jeans, colete, camisa vistosa, tênis e com uma banana meio descascada na mão e ar completamente perplexo, mudo e espantado. Coruja aplaude.*

FEITICEIRO (*à parte*): Ufa! Funcionou! Ainda não perdi o jeito... (*Para o moço.*) Bom dia. Seja bem-vindo, moço bonito.
CORUJA: Bonito e simpático.
MOÇO: Que truque é esse? O que é isto? Onde é que eu estou? Que voz é essa? O que aconteceu comigo? Cadê meu lindo rabo? O que é que...
FEITICEIRO (*interrompe*): Calma, rapaz! Uma pergunta de cada vez! Vamos lá!... Isto não é um truque, e sim uma velha e honesta magia medieval do velho bruxo-feiticeiro Merlinaldo, que sou eu... E você está na minha casa, no lindo país tropical chamado Brasil, século 21, ano 2002. E o que aconteceu é que eu transformei você que é – era – um macaco brasileiro e careteiro, no moço bonito e simpático que está aqui, boquiaberto na minha frente, com uma banana na mão...

MOÇO: Banana eu até que entendo... Mas e o meu rabo? Cadê o meu lindo rabo?

FEITICEIRO: Você é agora um ser humano. Gente humana não tem rabo.

MOÇO (*horrorizado*): Quem não tem rabo?

FEITICEIRO: Gente. Gente humana não tem rabo... Você agora é um ser humano, um homem, ex-macaquinho.

MOÇO: Macacos me lambam!

FEITICEIRO: Isto não será mais possível. Macacos não lambem gente.

CORUJA (*rindo*): Hu, hu, hu! Só cachorros lambem gente. E gente também lambe gente – às vezes.

MOÇO: E a minha pelagem? Cadê meus ricos pelos? O que é isto?

FEITICEIRO: "Isto" é a sua roupa. Gente não anda pelada por aí, por isso elas usam roupas... E você está bem bonito – mire-se no espelho!

MOÇO (*olhando no espelho*): Até que pra bicho-gente eu não estou tão feio. (*Tom.*) Mas o rabo faz falta!... Até quando vou ficar assim? Esta brincadeira sem graça vai acabar, não vai? O senhor pode desfazer essa feitiçaria, não pode?

FEITICEIRO: Que mania a sua de fazer uma porção de perguntas!... Vamos ver uma de cada vez: Até quando você vai ficar assim? Depende de você mesmo... Se essa brincadeira vai acabar? Não sei; pode ser que sim, pode ser que não... Se eu posso desfazer esse feitiço? Não posso... Este feitiço é muito forte e só vai acabar quando você cumprir a condição mágica.

MOÇO: Condição? Que condição?

FEITICEIRO: A condição é um beijo. Quando uma moça lhe der um beijo de amor, você imediatamente voltará a ser macaco...

MOÇO: "Beijo"? O que é isto?

CORUJA (*rindo*): Uh, uh, uh! Beijo é lambida de gente...

FEITICEIRO: Não deboche, Coruja. (*Para o moço.*) Beijo é uma demonstração de afeto, de carinho, de amor, de respeito, de gente! (*Imita um beijo com estalo.*)

MOÇO: E este é o único jeito de desfazer o feitiço?

FEITICEIRO: O único... Uniquíssimo... Quando você ganhar aquele tal do beijo, você imediatamente voltará a ser macaco, com rabo e tudo. É um truque velho, mas funciona... Você vai gostar...

MOÇO: Gostar de ser homem? Eu? Será mesmo? Duvido... E se eu não gostar? Ou se gostar tanto que não queira voltar a ser macaco?

FEITICEIRO (*rindo*): Para isso não acontecer, é só não deixar que uma moça te beije. Só depende de você...

MOÇO: Macacos me lambam... Desculpe, mas o que é que eu faço agora?

FEITICEIRO: Agora você sai e vai cuidar da sua vida, seu moço.

MOÇO (*lamuriento*): "Seu moço"? Nem nome eu tenho...

FEITICEIRO: É verdade. Gente precisa ter um nome. Mas que nome?

CORUJA: Escolha, Florismundo, Urruquildo, Braquiloso, Tracozendo, Benzedeiro, Rumpelstilho, Marmeloso...

MOÇO: Não gostei de nenhum.

FEITICEIRO: Nem eu... Escolha um mais simples: João, José, Paulo, Pedro, Joaquim...

MOÇO: Joaquim. Gostei deste.

CORUJA: Quimzinho para os íntimos.

MOÇO: Íntimos?

FEITICEIRO: Os amigos. Fica sendo Quimzinho, mesmo. E agora, vai andando...

MOÇO: Está bem, já que não tem outro jeito, eu vou... (*Vai saindo pela janela.*)

CORUJA: Alto lá! Pare com isso!

MOÇO: Isso o quê? O que foi que eu fiz?

FEITICEIRO: Ia saindo pela janela. Gente sai e entra pela porta, Quimzinho. Vai pela porta... Ah, e lembre-se, apareça aqui daqui a um ano e um dia, neste mesmo horário, pra me contar como foi a sua vida de moço-homem-gente.

MOÇO (*tristonho*): Pra falar a verdade, estou com medo... (*Começa a se coçar feito macaco.*)

CORUJA: Para com isso, Quimzinho. Gente não se coça desse jeito!

MOÇO: Que jeito?

FEITICEIRO: Jeito de macaco. Você não é mais macaco, Quimzinho.

MOÇO: Desculpe, é que fiquei nervoso... (*Olha para a banana que ficou o tempo todo na sua mão.*) Gente pode comer banana?

FEITICEIRO: Claro que pode. Vá comendo pelo caminho para se acalmar...

MOÇO: É, vou mesmo... (*Vai para a porta.*)

FEITICEIRO: Boa sorte, Quimzinho!

CORUJA: Até a vista, Quimzinho. Adeusinho e boa sorte!

MOÇO: Vou precisar... (*Sai dando adeusinho.*)

CORUJA: Então, feiticeiro Merlinaldo, não foi boa a minha ideia? Ficou satisfeito com a sua magia?

FEITICEIRO: Acho que sim. Na verdade, não vejo a hora de passar um ano e um dia, pra ver no que foi que deu essa magia...

CORUJA: Que impaciência é esta, feiticeiro Merlinaldo? Para quem viveu tantos séculos e já fez tantas magias, um ano e um dia passam num estalo...

*Efeito de "estalo", com escurecimento para marcar a passagem de tempo. Quando a luz volta, um ano e um dia já passaram.*

FEITICEIRO: É verdade, foi mesmo num estalo... Estamos na contagem regressiva. Faltam só sete segundos. (*Começa a contar.*) 7, 6, 5, 4, 3, 2 , 1 – zero. (*No mesmo instante, batidas na porta.*) É ele, o macaco Joaquim...

CORUJA: Pontual o bicho... Ou será... O moço?

FEITICEIRO (*alto*): Entra, Quimzinho, a porta está aberta.

MOÇO (*entra timidamente*): Eu voltei, feiticeiro Merlinaldo.

FEITICEIRO: Estou vendo... E na hora marcada.

MOÇO: Eu não via a hora deste momento chegar. Fiquei tão nervoso que até senti coceira...

FEITICEIRO: Seja bem-vindo, Quimzinho... Mas estou vendo que você não voltou a ser macaco... Como é? Não conseguiu o tal beijo?

MOÇO: Na verdade, nem tentei muito. Sou tão tímido, e as moças são tão... complicadas, espevitadas... Me dão medo, vontade de me coçar...
CORUJA: Não comece, Quimzinho.
FEITICEIRO: Mas, afinal, como é que foi a experiência? Você desistiu do beijo? Gostou tanto de ser homem? Achou mais fácil ser gente?
MOÇO: Médio. Ser homem até que é fácil; parece que qualquer um, bem ou mal, pode ser homem. Ser gente é mais difícil...
FEITICEIRO: Parece que você aprendeu uma coisa muito importante, Quimzinho.
CORUJA: Mais fácil é ser coruja.
MOÇO: Ou ser macaco. Ser gente é muita responsabilidade.
FEITICEIRO: E ganhou sabedoria...
MOÇO: É, mas de que me serve a tal sabedoria? Eu gostaria mesmo de voltar a ser um alegre macaquinho, pulando de galho em galho, balançando pendurado pelo rabo... Será que não dá mesmo pro senhor desfazer esse feitiço, bruxo Merlinaldo? Por favor!
FEITICEIRO (*sério*): Lamento, mas não dá. Esse feitiço é muito forte... Só com aquele lance do beijo de amor...
MOÇO (*desapontado*): Mas o que foi que eu fiz pra merecer esse castigo? Não é justo, bruxo Merlinaldo, eu quero protestar, porque antes eu era um macaco tão feliz e agora...

*Ele é interrompido por batidas delicadas na porta.*

FEITICEIRO (*contente por se ver livre do protesto*): Com licença, Quimzinho, um momento. (*Vai, abre a porta e dá com uma moça, bonitinha e simpática, que está com uma rede de caçar borboletas numa mão e chorando.*) Entra, entra, mocinha.
MOÇA (*entra mancando e chorando*): Ai, ai... (*Moço repara imediatamente nela e fica olhando.*) Torci meu pé correndo atrás de uma borboleta azul, tão bonita...
MOÇO (*timidamente*): Está doendo muito, moça... moça?
MOÇA: Meu nome é Katita. (*Olha bem para ele.*) Está, está doendo muito.

MOÇO: E o meu nome é Quimzinho... Para os íntimos...

*Daqui em diante os dois jovens não param de se mirar, obviamente encantados um com o outro.*

FEITICEIRO: Sente-se aqui, moça. (*Indica sua poltrona.*) Eu curo isto num só abracadabra...

CORUJA (*baixo para o feiticeiro*): Olhe bem pra eles, bruxo Merlinaldo... Aqui há coisa...

FEITICEIRO: Hummm... É mesmo... (*Malicioso.*) O meu abracadabra pode até ser bom, mas desconfio que uma massagenzinha feita por mãos jovens e fortes fará uma cura mais rápida do que a minha magia... Não é mesmo, Quimzinho? (*Aguarda resposta, que não vem. Os dois jovens estão tão entretidos, se olhando embevecidos, que não ouvem nem respondem nada.*) Hummm... Não estou ouvindo resposta...

CORUJA: Mas em compensação, estou ouvindo o bater descompassado de dois jovens corações.

*Efeito de som de corações palpitando.*

FEITICEIRO (*baixo, para a coruja*): Olhe só isso, coruja Urracunda! Você está pensando o que eu estou pensando?

CORUJA: Eu estou vendo o que o senhor está vendo.

FEITICEIRO: Pelo que me recordo...

CORUJA: Isto é amor à primeira vista!

FEITICEIRO (*encantado*): Que lindo... Dois jovens bonitos e simpáticos...

CORUJA: Apaixonados! Já, já, eles vão se beijar!

FEITICEIRO: Lindo, lindo... (*Num susto.*) Não! Se a moça beijar o moço... ele vira macaco! Que desastre!

CORUJA: Que horror! Faça alguma coisa, bruxo Merlinaldo!

*Os rostos dos dois jovens se aproximam perigosamente.*

FEITICEIRO (*aflito*): Eu não posso fazer nada!
MOÇO: Eu te amo, Katita!
MOÇA: Eu te amo, Quimzinho!

CORUJA: Eles vão se beijar!

*E agora eles vão se beijar mesmo. Merlinaldo dá um pulo e um berro.*

FEITICEIRO: Não! Beijo, não! (*Cobre o rosto com as mãos.*)

*Tarde demais. Os dois já estão se beijando, num doce e suave beijo de amor, com violinos e tudo.*

CORUJA: Não quero ver esse desastre! (*Cobre os olhos com as asas e se vira para o lado.*)

*Pausa de expectativa aflita; e nada acontece. Ninguém vira macaco. Apenas despertados do enlevo pelo berro do feiticeiro, os dois jovens olhando para ele, de mãos dadas.*

FEITICEIRO (*espiando entre os dedos e vendo que não houve desastre algum*): Mas como... mas como... Eu não acredito! (*Descobre o rosto.*) Mas o que foi que aconteceu?

MOÇO: Foi o que não aconteceu! Eu não virei macaco! Ela me beijou, e eu não virei macaco!

CORUJA: Ainda bem! Que maravilha! Bem feito!

FEITICEIRO: Não deboche, coruja, do meu fracasso!... Mas onde foi que eu errei? Ainda bem. – Mas onde foi? O que foi que houve? O que foi isso? O que é que há comigo?

MOÇO (*alegre*): Uma pergunta de cada vez, senhor bruxo Merlinaldo! Mas dá pra responder tudo resumido: não foi o senhor que errou, simplesmente foi a sua magia que não funcionou, por alguma falha, algum vírus no computador, como dizem agora...

CORUJA (*muito sábia*): E sabe qual foi esse "vírus", bruxo Merlinaldo?

FEITICEIRO (*perplexo*): "Vírus"? É alguma dessas novas feitiçarias cibernéticas? (*Horrorizado.*) Virtuais???!!!

CORUJA: Nada disso! É coisa muito mais antiga, muito mais antiga!... Pense, bruxo Merlinaldo! Pense!!!

FEITICEIRO (*súbita iluminação. Bate com a mão na testa*): Já sei! Burro velho que sou, como não pensei nisso logo! Claro!

MOÇO: Então explique, senhor bruxo Merlinaldo!

FEITICEIRO: Eu explico, o que aconteceu foi que a minha magia, tão forte que nem eu próprio podia desfazê-la, foi superada, foi vencida!

MOÇO: Vencida? Como?

CORUJA (*sempre sábia*): Elementar, meu caro Watson, quero dizer, bruxo...

FEITICEIRO: Pois é. Elementar mesmo. Acontece que a minha magia foi derrotada, honrosamente e felizmente, pela maior de todas as magias, a supermagia que vence todos os obstáculos, que nenhuma outra magia pode superar e que se chama... amor! (*Música. Cena final jubilosa, com o feiticeiro finalizando num à parte, malicioso; sorriso meio misterioso.*) Mas eu ainda tenho algumas boas feitiçarias dentro da manga pra gastar no século vinte e um. (*Meio promessa, meio ameaça.*) Me aguardem!

*Sobe a música.*

# ESTER, A RAINHA

Do *Livro de Ester*, da *Bíblia*

*Personagens:*
 Ester: *bela, jovem e virtuosa*
 Mordekhai: *velho judeu sábio, tio de Ester*
 Zetar: *servo do rei, amigo de Mordekhai*
 Ahasuerus, o Rei: *bom, mas influenciável*
 Haman, o Ministro: *arrogante, bajulador e intrigante*
 Dois guardas
 Dois homens (conspiradores)
 Aia: *criada de Ester*

*Cenários:*
 1. Pátio do palácio, com portão do mesmo
 2. Interior da casa de Mordekhai – recanto simples
 3. Sala do trono
 4. Aposento da rainha

1 – O "pátio" é representado no proscênio. O "portão"' pode ser um simples arco de um lado do proscênio. Os outros três cenários são a rotunda, preta ou azul, e;

II – O interior da casa de Mordekhai é representado por um aparador com o candelabro de sete velas (a menorá) e um banco ou dois tamboretes;

III – A sala do trono é apenas o trono duplo: duas cadeiras de espaldar alto, cobertas por um pano vermelho;

IV – O aposento da rainha é apenas um divã com almofadas e uma mesa baixa com objetos de toalete. Na última cena, com iguarias.

NARRADOR: Há muitos e muitos séculos, vivia na Pérsia antiga um rei muito poderoso chamado Ahasuerus, que se sentava no trono da cidade de Sussan e reinava, desde a Índia até a Etiópia, sobre 127 províncias. E vivia naquele tempo, na cidade de Sussan, um homem judeu de nome Mordekhai. Mordekhai era amigo de um dos servos do rei, chamado Zetar. Um dia estava Mordekhai junto às portas do palácio real...

*Mordekhai entra e anda dum lado para outro, pensativo, diante do portão, guardado por dois guardas. Aparece Zetar, com ar muito excitado.*

ZETAR (*vendo Mordekhai, para*): Ah, estás aqui, Mordekhai!

MORDEKHAI: Como de costume. Mas tu me pareces perturbado, amigo Zetar. Aconteceu alguma coisa durante a festa do rei?

ZETAR: Aconteceu coisa muito grave... Muito grave mesmo! Ouve! (*Toma Mordekhai pelo braço e conta-lhe em tom confidencial.*) O rei bebeu muito e mandou chamar a rainha Vaschti para mostrar a sua beleza aos seus convidados!

MORDEKHAI: O que me dizes! Mas isto é contrário à tradição!

ZETAR: Pois é. E a rainha recusou-se a comparecer!

MORDEKHAI: Compreende-se. Não fica bem a uma rainha exibir-se diante dos generais e sátrapas bêbados.

ZETAR: Mas o rei ficou furioso. E aquele bajulador que é o príncipe Haman sugeriu que ele deportasse a rainha, como castigo!

MORDEKHAI: E o rei concordou?

ZETAR: Sem hesitar. Só que disse que ele não pode ficar sem rainha.

MORDEKHAI: E então?

ZETAR: Então Haman sugeriu que o rei mandasse organizar um concurso com todas as donzelas mais formosas do reino para escolher aquela que mais lhe agrada para ser sua esposa e rainha!
MORDEKHAI: E o rei concordou também com isso?
ZETAR: Não só concordou como ficou tão entusiasmado com a ideia que nomeou Haman ministro do reino!
MORDEKHAI (*num sobressalto*): Haman? Ministro?
ZETAR: Sim... Haman, aquele cortesão bajulador e arrogante!
MORDEKHAI: E inimigo fidagal do meu povo! (*Triste.*) Má hora esta em que um homem como Haman é elevado a ministro do rei!
ZETAR: Pssst! Aí vem ele! É preciso saudá-lo!

*Entra Haman, com ares arrogantes e orgulhosos; os guardas do portão apresentam as lanças e Zetar prostra-se à sua passagem. Mas Mordekhai continua de pé, embora em atitude respeitosa. Haman já vai passando, mas de repente se dá conta da presença de Mordekhai, e volta-se para ele.*

HAMAN: Não conheces o edito do rei, ó velhote? Não sabes que eu sou Haman, o ministro?
MORDEKHAI (*calmo e digno*): Sei, Haman.
HAMAN: Ah, sabes? Então o que esperas para te prostrares? Dobra os joelhos, velho!
MORDEKHAI: Respeito o teu posto, Haman. Mas não me ajoelho.
HAMAN (*mais espantado do que zangado*): Não?! Mas... Que insolência é essa? (*Já furioso.*) Prostra-te, imediatamente!
MORDEKHAI (*digno*): Um judeu não se ajoelha diante de outro homem.
HAMAN: O que disseste, judeu?!
MORDEKHAI (*calmo*): Jeová, nosso Deus, criou o homem à sua imagem e semelhança, e o criou para andar ereto e não rastejante. Um judeu não se ajoelha diante de outro homem, Haman.

*Cumprimenta com a cabeça, volta-se e sai, digno.*

HAMAN (*furibundo*): Judeu insolente! Tu me pagarás! Guardas!
ZETAR (*que assistira a cena, assustado, intervém para defender o amigo*): Perdoa-me, senhor ministro... Mas sua majestade o rei está à tua espera.

HAMAN: Ah, ia me esquecendo. Fiquei com tanta raiva daquele velho atrevido, que... Mas ele não perde por esperar... (*Sai*)

*Apaga-se a luz um momento para indicar passagem de tempo. Acende de novo. Modekhai entra e encontra Zetar.*

ZETAR: Tu voltasse, Mordekhai! Tens muita coragem! (*Olha em volta.*)
MORDEKHAI: Precisava perguntar-te algumas coisas.
ZETAR: Mas agora? Depois que cometeste tamanha imprudência?
MORDEKHAI: Que imprudência?
ZETAR: Ontem não te ajoelhaste diante de Haman! Ele ficou furioso! Haman é vingativo, poderá causar-te muito mal!
MORDEKHAI: Não existe mal maior para um homem do que perder a sua dignidade humana, Zetar. O meu povo não se ajoelha diante de outros homens. Nosso Deus único não permite esta humilhação.
ZETAR (*dando de ombros*): Deves saber o que fazes, Mordekhai, pois és um homem vivido e experimentado. Toma cuidado porém.
MORDEKHAI: Agradeço os teus cuidados, Zetar. Mas não te preocupes comigo. E agora, dize-me: quem são as donzelas entre as quais o rei escolherá sua nova rainha?
ZETAR: Representantes de todas as províncias do reino, sem distinção de espécie alguma. Só deverão ser jovens, formosas e prendadas.
MORDEKHAI (*pensativo, cofiando a barba*): Moças formosas e prendadas... De todas as partes do reino... Sem distinção de espécie alguma...
ZETAR: Sim, sim... (*Preocupado.*) Mas é melhor ires embora, Mordekhai... Haman pode voltar a qualquer momento.
MORDEKHAI: Eu já vou, Zetar. A paz seja contigo.

*Saem os dois. Abre sobre o cenário da casa de Mordekhai, um recinto simples. Há um candelabro de sete velas sobre um aparador. Ester está sentada num banco, bordando; um momento depois, entra Mordekhai.*

ESTER (*levanta-se e vai ao seu encontro; ele beija-a na testa*): A paz seja contigo, meu tio. Tardaste hoje.

MORDEKHAI: Contigo seja a paz, Ester. Tardei porque ouvi novidades importantes. Tenho uma notícia para ti, Ester, minha sobrinha.

ESTER: Para mim, meu tio?

MORDEKHAI: Sim, Ester, para ti. Senta-te e ouve.

*Eles sentam-se, Ester retoma o bordado e fica atenta.*

MORDEKHAI: Já sabes tudo sobre a expulsão da rainha Vaschti.

ESTER: Sei, pois tu mesmo me contaste, meu tio.

MORDEKHAI: Ouve, pois. O rei Ahasuerus decidiu casar-se de novo. E para isto, a conselho do ministro Haman...

ESTER: Haman? Aquele que é cheio de soberba e gosta de humilhar o povo?

MORDEKHAI: Este mesmo. Ele tem muita influência sobre o rei, que é fraco de caráter. Mas desta vez talvez as coisas resultem diferentes do que ele espera...

ESTER: Como assim, meu tio?

MORDEKHAI: Ouve, Ester. Haman aconselhou o rei que mandasse vir donzelas de todas as províncias do reino, e entre elas o rei escolherá a mais prendada e a mais formosa aos seus olhos para ser sua nova esposa e rainha.

ESTER: É interessante. Mas o meu tio disse que tinha uma notícia importante para mim. Não será esta história, de certo?

MORDEKHAI: É justamente esta história, Ester. Eu quero que tu te apresentes como candidata nesta espécie de torneio.

ESTER: Eu???

MORDEKHAI: Tu sim. És formosa como as mais formosas, és prendada e instruída. Duvido que haja em todas as províncias donzela mais interessante do que tu, minha sobrinha.

ESTER (*baixando os olhos, modesta*): É o teu afeto que fala pela tua boca, meu tio. Não mereço tanto.

MORDEKHAI: Deixa que o rei Ahasuerus julgue isso, Ester.

ESTER: Mas, meu tio, eu sou judia! Como é que...

MORDEKHAI (*interrompendo*): Ocultarás a tua origem, Ester. Não revelarás a ninguém, nem mesmo ao rei, que és judia.

ESTER: Mas meu tio! Tu mesmo me ensinaste a ter orgulho da minha gente, do meu povo, e agora...

MORDEKHAI (*severo*): Sim, e repito agora: orgulha-te do teu povo, Ester, do teu povo que é o povo de Deus.

ESTER: Mas então não compreendo...

MORDEKHAI (*mais brando*): Obedece, Ester. Teu velho tio sabe o que faz. Tempo virá em que compreenderás essas coisas.

ESTER: Sim, meu tio. Tu foste um segundo pai para mim. Não farei mais perguntas. Obedecerei.

*Mordekhai beija-a na testa. No "cenário" do portão do palácio, Mordekhai entra com Zetar.*

MORDEKHAI: Há sete dias que o rei está escolhendo... Como demora!

ZETAR: Não entendo por que te preocupas tanto com a escolha da nova rainha, Mordekhai... Que interesse podes ter nisso?

MORDEKHAI: Os negócios do reino sempre me interessaram, sabes disso, Zetar.

ZETAR (*sorrindo*): Sei. Estás sempre rondando as portas do palácio!

*Entra Haman, preocupado. Zetar se ajoelha, Mordekhai não, mas Haman nem percebe no primeiro momento.*

HAMAN: Zetar, o rei já fez a escolha. Escolheu a donzela Ester, da cidade de Sussan! Levanta-te e corre à casa das mulheres, para avisar sobre os preparativos para as bodas!

*Zetar levanta-se e, nesse momento, Haman olha para Mordekhai, cujos olhos brilham ao ouvir a notícia.*

HAMAN: Ah, tu estás aqui outra vez, velho. De joelhos!

MORDEKHAI (*sereno*): Um judeu não se ajoelha diante de outro homem, Haman.

*Saúda com a cabeça, volta-se e sai.*

HAMAN: Velho insolente. Tu me pagarás caro, judeu. Tu e toda a tua raça. Não perdes por esperar. (*Saem.*)

*Cenário da sala de trono. O rei Ahasuerus está sentado no trono. Ao seu lado, em atitude bajuladora, está Haman, segurando um rolo de pergaminho para o rei assinar. Ele assina e afasta o pergaminho com a mão.*

REI: Basta, Haman. Chega de negócios de Estado por hoje. Quero repousar meus olhos na formosura da minha rainha Ester! (*Zetar sai correndo.*)
HAMAN (*servil*): A rainha Ester é na verdade formosa entre as mais formosas! (*Astuto.*) Foi uma boa ideia fazer aquele concurso!
REI: Ideia tua, meu fiel Haman. Graças a ti, sou o mais feliz dos soberanos. A cada dia que passa mais eu amo a minha rainha Ester!
HAMAN: Servir o meu rei é a razão da minha vida!
VOZ DE ZETAR (*fora de cena, anunciando*): Sua Majestade, a rainha Ester!

*Ester entra, lindamente vestida, mas sempre discreta e recatada. Haman prostra-se diante dela. E o rei Ahasuerus levanta-se do trono e vai ao seu encontro.*

ESTER: Meu rei e senhor mandou me chamar?
REI: Mandei chamar-te, minha rainha, porque meus olhos estavam saudosos da luz da tua presença... (*Para Haman.*) Estás dispensado, Haman.

*Saem. Abre no portão do palácio, Mordekhai e Zetar conversando no mesmo lugar.*

ZETAR: Ah, Mordekhai, a rainha é tão boa quanto é bela. Que pena que não a conheças. (*Mordekhai sorri.*) Um ano já se passou desde que o rei Ahasuerus a tomou por esposa e nunca mais o vimos de mau humor; o rei ama a rainha Ester como jamais amou a ninguém.
MORDEKHAI: E Haman?
ZETAR: Está sempre nas boas graças do rei. Fazes bem em evitar encontrar-te com ele. Ele é muito poderoso e não gosta de ser contrariado. E tu insistes em não te ajoelhares.
MORDEKHAI: Um homem digno não se ajoelha diante de outro homem, Zetar. Um dia talvez compreendas isso.

ZETAR: Talvez. Mas por enquanto prefiro conservar a cabeça sobre os ombros. Ficas aqui, Mordekhai?

MORDEKHAI: Ficarei, por enquanto.

ZETAR: Estás sempre rondando o palácio... És um velho esquisito, Mordekhai. Pois eu já vou andando. É tarde.

MORDEKHAI: A paz seja contigo.

*Zetar sai, Mordekhai fica só, andando dum lado para outro, pensativo. De repente, para, como quem ouviu alguma coisa. Presta atenção. Anda pé ante pé, ouve vozes cochichadas, esconde-se, espia e vê dois homens conversando em voz baixa atrás do portão.*

1º HOMEM: Então, esta noite, assim que a lua surgir no céu, tu me abrirás a janela...

2º HOMEM: Sim, e tu tratarás de matar o rei com um único golpe, porque se ele acordar e gritar, estaremos perdidos!

MORDEKHAI (*consigo mesmo*): Uma conspiração! Tenho de avisar Ester!

*Sai apressadamente. Pausa. Logo Mordekhai entra por outro lado passando lentamente pelo pátio diante do portão, como quem já cumpriu a tarefa e de repente entra Haman, e vê Mordekhai.*

HAMAN (*assim que vê o velho*): Ah! De joelhos, judeu!

MORDEKHAI (*pacientemente*): Um judeu não se ajoelha diante de outro homem, Haman.

HAMAN: Ah, é assim! Pois agora a minha paciência acabou! Amanhã mesmo falarei com o rei... Tu te arrependerás amargamente da tua arrogância, judeu! Tu e o teu povo inteiro! (*Saem.*)

*Sala do trono, no dia seguinte. Em cena, o Rei, que está no trono, e Zetar.*

REI: Dize-me, Zetar, já foram enforcados os dois conspiradores?

ZETAR: Já, majestade. Logo de manhã.

REI: E pensar que foi a rainha Ester que comunicou a conspiração!

ZETAR (*ar de quem sabe*): Na casa das mulheres fica-se sabendo de tudo, majestade.

REI: Então, deve-se saber também o nome de quem descobriu a conspiração!

ZETAR: O nome de quem descobriu a conspiração já deve estar registrado no livro das crônicas, majestade.
REI: É verdade. Eu vou... (*Interrompe-se, vendo entrar Haman, furioso.*) Meu bom Haman!
HAMAN: Saúde, ó rei!
REI: Vejo-te agitado. Aconteceu alguma coisa?
HAMAN: Sim, majestade! Não é possível que continues tolerando isso!
REI: Tolerando o quê, Haman?
HAMAN: Os judeus, majestade!

*Zetar tem um sobressalto.*

REI: Os judeus? Os judeus... Não são eles uma seita que vive espalhada por todo o meu reino?
HAMAN: Justamente. Justamente, ó Ahasuerus. Os judeus são um povo que vive espalhado pelo teu reino e suas leis divergem das de todos os povos. Não respeitam os nossos deuses e adoram um deus invisível, e não observam as leis do rei e não se curvam à sua passagem. Os judeus dão mau exemplo aos outros e não convém que os toleres. Ainda agora acabo de ser insultado por um deles, um velho insolente. E quem insulta o ministro do rei, insulta o próprio rei!
REI (*pensativo*): É assim? Isso é grave. O que sugeres que eu faça, bom Haman?
HAMAN: É para isso que estou aqui, ó rei, para fazer uma sugestão. Este povo rebelde e insolente precisa ser destruído. Se te parecer bem, ó Ahasuerus, dá-me a tua ordem real para que eu escreva a todos os sátrapas das províncias para que mandem os soldados destruir e matar e fazer perecer a todos os judeus, desde o menino até o velho, crianças e mulheres, e que suas casas sejam queimadas e seus bens confiscados e que tudo isso seja feito ao mesmo tempo, no 13º dia do mês de Adar. E assim ficará teu reino livre deste povo pernicioso.
REI (*tirando o anel do dedo*): És meu fiel servidor, Haman, e aceito o teu conselho. Toma este anel como símbolo de autoridade

e com ele selarás o despacho, pois te dou este povo para que faças com ele o que quiseres. Mas porque escolheste o décimo terceiro dia do mês de Adar para o massacre dos judeus?

HAMAN: Foram os deuses que me indicaram este dia. Joguei Purim[1], as sortes, e foram os Purim que me indicaram este dia e mês...

*Porta do palácio, Zetar falando excitadamente com Mordekhai, contando o que aconteceu em gestos eloquentes.*

ZETAR: ... e aqui está o despacho! (*Entrega o rolo a Mordekhai.*) Eu bem te preveni, Mordekhai, que pagarias caro a tua ousadia! Agora, todo o teu povo será sacrificado! E não é só para ti, Mordekhai, Haman mandou erigir uma forca especial, de cinquenta cúbitos de altura!

MORDEKHAI (*consternado*): Grandes devem ser os nossos pecados para que Deus assim nos castigue!

ZETAR: Mas o que fazes parado aqui, Mordekhai! Avisei-te com risco da minha vida, porque sou teu amigo! Foge, salva-te!

MORDEKHAI: Fugir! Pensas então que eu sou um canalha traidor que foge sozinho deixando seu povo na desgraça! Não, o que atingiu o meu povo atingirá a mim! Rezarei, jejuarei! Rasgarei minhas vestes, cobrirei minha cabeça de cinzas, pedirei perdão ao nosso Deus Jeová... Mas ficarei aqui. O que tiver de ser, será. (*Zetar encolhe os ombros e vai embora.*)

*Sala do trono. O rei Ahasuerus está sentado, pensativo, inquieto. Zetar entra com uma bandeja e uma taça de vinho.*

ZETAR: Aqui está o vinho que ordenaste, ó rei.

REI (*pegando a taça*): Meu coração está inquieto hoje.

ZETAR: A noite já vai alta. Não queres recolher-te e repousar, ó rei?

REI: Não poderia dormir... Sabes duma coisa: traze-me o livro das crônicas. Quero saber quem foi que descobriu a conspiração contra a minha vida.

---

1. O termo hebraico, que hoje dá nome à festa que assinala a salvação dos judeus por Ester, deriva do acádico *pur*, "lançar", "jogar" a sorte (N. da E.).

ZETAR: Sim, majestade. (*Sai rápido e logo volta trazendo o rolo*) Aqui está o livro, ó rei.

REI (*desenrola e lê*): Uhuhmmmmmm... Ah, está aqui: "o homem chamado Mordekhai descobriu e denunciou Bigtana e Teresch, os dois guardas do rei que tramavam contra a sua vida, tendo sido os conspiradores presos e enforcados". Mordekhai... Nome estranho... Dize-me, Zetar, que honra e dignidade foi conferida a este Mordekhai pelo seu serviço?

ZETAR (*os olhos brilhando*): Nada lhe foi conferido, ó rei. Apenas seu nome foi inscrito nos anais.

REI: Como assim! O meu súdito me salva a vida e nada lhe é conferido? Que dirá a história da gratidão do rei Ahasuerus? Zetar, vai chamar o meu fiel ministro Haman, ele saberá aconselhar-me também aqui!

*Zetar sai e logo entra Haman, apressadamente.*

HAMAN: Meu rei mandou-me chamar?

REI: Sim, meu bom Haman. Quero pedir-te um conselho. O que se deve fazer a um homem a quem o rei deve gratidão e a quem quer honrar perante o povo?

HAMAN (*iluminando-se todo, à parte*): A quem deseja o rei honrar, senão a mim? (*Alto.*) O homem que o rei deseja honrar, ó Ahasuerus, que lhe sejam trazidos os trajes reais de que usa o rei, e que lhe seja posto sobre a cabeça a coroa real e que seja sentado na liteira real, e que quatro sátrapas de sangue real carreguem a liteira, e que o príncipe mais importante e mais chegado ao rei caminhe na frente da liteira por todas as ruas e praças da cidade e proclame em alta voz: "Assim faz o rei Ahasuerus ao homem que deseja honrar".

REI: É uma belíssima homenagem, Haman. És realmente sábio e cheio de imaginação. Execute-se a tua ideia, pois, ao pé da letra. Amanhã mesmo faça-se tudo o que disseste ao homem chamado Mordekhai, que descobriu a conspiração

contra a minha vida. E como o príncipe mais chegado ao
rei és tu, Haman, tu irás diante da liteira e farás a proclamação ao povo.

*Haman deixa cair o queixo e perde a fala. A satisfação se estampa na cara de Zetar.*

*Se possível, cena de Mordekhai sendo carregado na liteira, com Haman andando a pé na frente e fazendo a proclamação, diante do pano fechado.*

*Casa de Mordekhai. Ele está diante do candelabro de sete velas, acesas, envolto no xale, orando e balançando o corpo, pitorescamente.*

MORDEKHAI: Senhor Deus de Israel! Tu, que permitiste que eu fosse honrado à custa da humilhação do inimigo do meu povo, não permitirás que o meu povo pereça às mãos assassinas deste inimigo! Inspira-me, Senhor! Ajuda-me a salvar minha gente! (*Ergue os braços e os olhos para o céu.*) "Schemá Israel, Adonái eloihéinu, Adonái ehód!"

*Ele abaixa os braços, volta-se para o público, tem a ideia, seu rosto se ilumina, ele diz alto – "Ester"! – e tira o xale que dobra, sai rapidamente de cena.*

*No portão do palácio, o lugar de sempre. Mordekhai em cena, Zetar entra logo em seguida.*

ZETAR: Vim assim que pude. O que aconteceu, Mordekhai?
MORDEKHAI (*urgente*): Preciso falar com a rainha Ester! Leva-me à casa das mulheres, Zetar!
ZETAR: Estás louco, Mordekhai! Ninguém pode falar com a rainha!
MORDEKHAI: É uma questão de vida e morte! Manda dizer à rainha que é Mordekhai, o benjamita, que quer falar com ela. Verás que ela me receberá! (*Agarra-o pelo braço e sai com ele.*)

*Aposento da rainha. Ester está sentada sobre o divã. Ouve-se uma voz de mulher fora de cena.*

VOZ DE MULHER: A rainha Ester manda que Mordekhai, o benjamita, entre imediatamente!

*Mordekhai entra, Ester levanta-se e vai ao encontro dele.*

ESTER: A paz seja contigo, meu tio. Meu coração se alegra ao ver-te depois de tanto tempo. Que bons ventos te trazem aqui?

MORDEKHAI: Não são bons os ventos que me trazem, Ester. Vejo que aqui na casa das mulheres não ficas sabendo de nada do que acontece lá fora e nem das desgraças que caíram sobre o teu povo.

ESTER: Desgraças? Que desgraças, meu tio?

MORDEKHAI (*tira das vestes o despacho do rei*): Lê o despacho do rei, teu esposo, Ester.

*Ester lê rapidamente e seu rosto se anuvia.*

ESTER: Oh, meu tio! Que desgraça! (*Começa a chorar.*)

MORDEKHAI: Lágrimas de nada adiantam, Ester. Não vim aqui para te ver chorar. Ouve-me. Tu não revelaste tua origem ao rei?

ESTER: Não, meu tio. Pois não me ordenaste guardar segredo?

MORDEKHAI: Muito bem. Pois agora chegou o momento de revelares a tua origem e intercederes junto ao rei em favor do teu povo perseguido. Vai ao rei e suplica pelo teu povo, Ester!

ESTER (*assustada*): Revelar a minha origem? Agora?

MORDEKHAI: Antes que seja tarde demais. O mês de Adar já começou, faltam poucos dias para o dia treze, marcado por Haman para o massacre dos judeus.

ESTER (*sempre com medo*): Mas... (*Hesita e acha a desculpa.*) Mas é impossível, meu tio! Pela lei, todo homem ou mulher que entrar na sala do rei sem ser chamado – e a rainha não é exceção –, para este ou esta só um castigo está prescrito: ser morto, a não ser que o rei estenda para ele o seu cetro de ouro para que viva. E já faz trinta dias que o rei não me manda chamar...

MORDEKHAI (*triste*): Receias por tua vida, Ester? (*Severo e patriarcal.*) Imaginas acaso que estando na casa do rei escaparás só tu à sorte de todos os judeus? Pois ouve, Ester. Se de todo te calares agora, de outra parte se levantará socorro e livramento para os judeus, mas tu e a casa de teu pai perecereis! (*Mais brando, após uma pausa.*) E quem sabe, Ester, se não foste elevada à rainha para tal tempo como este?

*Ester, que baixara a cabeça, envergonhada, levanta-a agora, com decisão.*

ESTER: Tens razão, meu tio. Perdoa a minha covardia. Vai, meu tio. Vai juntar todos os judeus que se acham em Sussan e jejuai por mim. Não comais nem bebais por três dias nem de noite nem de dia. Da mesma maneira também eu e meus criados jejuaremos e oraremos. E depois irei ter com o rei, que isso não é segundo a lei. Tentarei. Se perecer, pereci.

MORDEKHAI: É assim que deve falar uma filha de Israel. (*Beija-a na testa e sai – da porta.*) Adeus, rainha Ester. Abençoada sejas. (*Sai.*)

*Passagem de tempo. Indicada por apagar e acender das luzes. Abre no mesmo lugar. A Aia penteando os cabelos de Ester.*

ESTER: Apronta-me depressa, Aia. O prazo já terminou e tenho de falar com o rei.

AIA (*chorando*): Ó minha rainha... É tão perigoso! Ninguém pode entrar ao rei sem ter sido chamado! Se o rei se enfurecer... (*Põe a coroa sobre a cabeça de Ester.*)

ESTER: Será o que Deus quiser. Dá-me o manto. (*Sai energicamente.*)

*Salão do trono onde está o Rei com Haman ao seu lado, conversando em pantomima. Entra Ester e para à distância, diante deles.*

ESTER: Meu rei e senhor!

*Os dois levantam os olhos, surpresos. Haman muito espantado. Ester olha para o rei com uma expressão encantadora e sedutora. Suspense. O rei, que franzira o sobrecenho no primeiro instante, arrefece e abre-se num sorriso.*

HAMAN: A lei...

REI (*estendendo o cetro em direção a ela, corta a fala de Haman*): Aproxima-te, minha rainha! Benvinda sejas!

*Ester, num suspiro de alívio, aproxima-se e toca o cetro com a mão.*

REI: Senta-te ao meu lado, ó formosa entre as formosas, e fala, rainha Ester. O que queres, qual é a tua petição. Ainda que peças metade do reino, ser-te-á dada.

ESTER: Se aparecer bem ao rei, meu senhor, venha ele hoje, com o ministro Haman (*olhar sedutor para Haman*), ao banquete que hoje lhes preparei, nos meus aposentos. E então farei o pedido que acaba de me conceder.

*Haman se derrete todo.*

REI: Seja como dizes, rainha Ester. Hoje à noite irei ao teu banquete, junto com Haman, meu fiel ministro.

*Ester levanta-se, faz uma reverência e sai. Pano abre nos aposentos da rainha, arrumados para o banquete. Ester, rei e Haman estão sentados em almofadas diante da mesa coberta de iguarias, servidos pela Aia e por Zetar. O rei está alegre, com o braço em torno dos ombros de Ester, erguendo a taça.*

REI: À minha formosa rainha!

*Bebe, e Haman também. Ester sorri.*

ESTER: Estás satisfeito, meu rei e senhor?

REI: Estou feliz, minha formosa! (*Lembra-se.*) Mas, dize-me agora rainha Ester, para que me convidaste? Qual é a tua petição? Ser-te-á concedida. E qual é o seu rogo? Ainda que peças metade do reino, cumprir-se-á.

ESTER (*levantando-se, solene*): Se eu tiver alcançado o teu favor, Ó rei, seja-me concedida a minha vida, eis a minha petição. E a vida do meu povo, eis o meu rogo!

REI (*espantado*): A tua vida? A do teu povo? Mas quem é que ameaça a tua vida? E que povo é o teu?

ESTER: Fomos vendidos, eu e o meu povo, para que sejamos destruídos, mortos e pereçamos!

REI: O que dizes? De que estás falando, rainha Ester?

ESTER (*com dignidade*): Sou judia, meu rei e senhor. E o povo judeu é o meu povo.

*Haman a esta altura já está apavorado.*

REI: Judia... Nunca me disseste, rainha Ester!
ESTER: Tu nunca me perguntaste, meu rei e senhor.
REI: Tu e teu povo... judeus!
ESTER: Sim, judeus. E foi a maldade e a inveja de um só homem, cheio de hipocrisia e ódio, que o instigou a tramar e preparar este crime.
REI: Um só homem? Quem é este homem?
ESTER (*com um dedo acusador*): É Haman, o maldito, o inimigo do meu povo, que por maldade e inveja envenenou o teu espírito, meu rei, e te levou a permitir isto!

*Dá ao rei a cópia do despacho.*

REI (*passa os olhos no papiro e levanta-se furioso e agitado*): Então foi por interesse pessoal! Nunca pensei!

*Afasta-se, agitado, e anda de um lado para outro. Vira as costas a Haman e este aproveita para se atirar aos pés da rainha.*

HAMAN: Rainha! Perdoa! Misericórdia! (*Rainha vira o rosto e ele, desesperado, agarra-se aos joelhos dela*) Perdão! Piedade!
REI (*voltando-se e vendo-o agarrado à rainha*): Haman! Não sabes, miserável, que quem puser as mãos sobre a rainha morre!
HAMAN (*desesperado, sem soltar as pernas de Ester*): Rainha! Tem piedade!
REI (*furioso*): Primeiro este canalha quer desgraçar o povo da rainha e agora atreve-se a tocá-la com as suas mãos imundas! Prendei-o! Zetar! (*Zetar e um escravo agarram Haman e cobrem-lhe a cabeça com um pano.*) Sofrerá um castigo exemplar!
ZETAR: Se me permite, ó rei, lembrarei que existe na casa de Haman uma forca de cinquenta cúbitos de altura que ele preparou para nela pendurar o judeu Mordekhai!
ESTER: Meu tio!

REI: Mordekhai é judeu? E é teu tio, Ester? E é ao tio da rainha, ao homem que salvou a vida do rei, que Haman queria enforcar! Pois eis a minha sentença: seja Haman enforcado na forca que ele mesmo preparou! E seja o anel de autoridade dado a Mordekhai, o judeu. E seja o seu povo honrado e respeitado! (*Tiram o anel de Haman, e Haman é levado embora. Rei volta-se para Ester.*) Estás satisfeita, formosa entre as formosas?

ESTER (*com reverência profunda*): Obrigada, meu rei e senhor, o teu gesto ficará na história, e será lembrado pelo meu povo de geração em geração!

*Ela levanta o rosto radiante.*

NARRADOR: E assim a rainha Ester salvou o seu povo. E o judeu Mordekhai foi agraciado e honrado, e foi o segundo depois do rei Ahasuerus e grande entre os judeus e estimado pela multidão de seus irmãos, porque procurava o bem-estar do seu povo e cuidava da prosperidade da sua raça. É isso que nos conta a Bíblia, no Livro de Ester.

# MÃO-FURADA

*Personagens:*
   Vera: *uma menina de uns dez anos*
   Sônia: *sua prima, mesma idade*
   D. Mariana: *mãe de Vera*
   Dino: *irmão de Vera, uns dezoito anos*
   Dr. Reinhart: *um antiquário simpático*

*Cenário*:
   Sala de jantar da casa de D. Mariana, bonita, bem arrumada, baixelas de prata e castiçais, vasos com flores etc. Uma cristaleira bem fornida. Uma árvore de natal bem rica vê-se no fundo, onde deve ser a sala de estar.

*Ao abrir o pano, estão em cena D. Mariana, acabando de pôr a mesa, ajudada por Vera. Dino está arrumando a árvore. Nisso, fora do cenário, ouve-se um barulhão de coisas despencando. Todos tomam um grande susto.*

DONA MARIANA: Meu Deus do céu! Que será que esta menina quebrou agora!

VERA: Pelo barulho, foram todos os pratos do guarda-louça. Se a Sônia continuar muito tempo aqui, vamos ficar sem uma peça de louça em casa!
MARIANA: Verinha! Como pode dizer isso da sua prima! Lembre-se que ela é nossa hóspede.
VERA: Eu sei, mamãe. Mas por causa disso ela não deixa de ser uma grandessíssima mão-furada!
MARIANA (*suspirando*): Lá isto eu tenho que admitir. Nunca vi menina mais desajeitada; ela derruba tudo o que toca!
DINO: Não sei por que vocês sempre implicam com Sônia, mamãe, a menina é tão boazinha!
MARIANA: Ninguém está implicando com ela, Dino. É claro que ela é boazinha, a sua própria maneira. Mas seria melhor ainda se não mexesse em tudo com aquelas mãozinhas desajeitadas.
DINO: Ora, mamãe... Criança é assim mesmo. Ela só quer ajudar, ser útil.

*Entra Sônia, com uma pilha de pratos.*

SÔNIA (*alegre*): Ouviu o estrondo, titia?
MARIANA: Se ouvi! O que foi que aconteceu?
SÔNIA (*alegre*): Fui eu que esbarrei na mesa e derrubei três panelas! Três panelas duma vez! Ainda bem que panelas não quebram!
MARIANA: Então foi isso! Por favor, menina, ponha estes pratos na mesa, antes que você os derrube também!
VERA: Você tem o topete de carregar tantos duma vez, sabendo que são do aparelho de porcelana da Bavária!
SÔNIA (*sem se dar por achada*): Ora, por quê? Eu não derrubei nenhum! (*Vai pô-los na mesa, tropeça ligeiramente, dá um susto enorme em todos, mas consegue colocá-los inteiros sobre a mesa.*) Pronto! Que é que eu posso fazer agora, tia Mariana?
MARIANA (*com um arrepio*): Você... por que você não vai lá na cozinha acabar de descascar as batatas, enquanto eu e a Verinha acabamos de arrumar a mesa?

SÔNIA: Mas, titia, eu detesto descascar batatas! Deixe-me ajudar a pôr a mesa!

MARIANA: Já somos duas a arrumar a mesa, não precisa mais ninguém, Sônia.

SÔNIA: Oh, titia! Por favor! Eu prometo tomar cuidado!

DINO: Vamos, mamãe, seja boazinha! (*Sônia dá-lhe um olhar agradecido.*)

MARIANA: Está bem, está bem... Você pode ajudar com os talheres, o faqueiro de prata está lá na copa. E você, Verinha, pode trazer os copos e taças. Mas muito cuidado, hein! (*As duas meninas saem.*)

VERINHA (*ao sair*): Ora, mamãe, eu SEMPRE tomo cuidado. Você mesma sempre diz que eu nunca quebrei nada. (*Sai.*)

DINO: Não acha, mamãe, que a Verinha está ficando um tanto pernóstica? (*Imitando a irmã.*) "Eu nunca quebro nada"... dá vontade de lhe dar um puxãozinho de orelhinha... para "quebrar" esta pose...

MARIANA: Nem pronuncie a palavra "quebrar", Dino. A sua prima Sônia se encarrega de quebrar mais do que o suficiente para uma família...

DINO: Ora, mamãe! Coitada da menina! E ela já vai para casa daqui a uns dias...

MARIANA: Eu sei, eu sei... Só espero que ela e a Vera consigam ficar de bem até lá. Estas duas meninas brigam como cão e gato desde que aprenderam a andar!

DINO: Para mim, elas têm ciúmes uma da outra, mamãe.

MARIANA: Ciúmes? De que é que elas poderiam ter ciúmes, Dino?

DINO: Sei lá. Meninas são um mistério.

*Entram as duas, uma com uma bandeja de copos, outra com uma bandeja de talheres.*

SÔNIA: Cá estamos, titia! E eu não deixei cair nem uma colherzinha!

MARIANA (*para Vera*): Cuidado com esta bandeja, filhinha! Eu não quero que aconteça nada aos meus cristais!

*As duas colocam as bandejas sobre a mesa.*

SÔNIA: Que pratos lindos, titia! Esta louça deve ter custado um dinheirão!

MARIANA: Ainda bem que você gosta deles, meu bem... Você sabe, esta louça não só é muito fina, muito boa, ela é principalmente muito antiga. Não se trata do preço, coisas antigas não têm preço, mesmo porque não existem mais à venda. Estes pratos, se quebrados, não podem ser substituídos.

DINO: Neste caso, por que usá-los, mamãe? Essas suas antiguidades me põem nervoso sempre.

MARIANA: Vamos usá-los hoje, excepcionalmente, porque o Dr. Reinhart vem cear conosco hoje, e eu o convidei especialmente para ver a minha louça. E agora, preciso dar uma espiada no forno, que o peru já deve estar quase no ponto. (*Sai.*)

SÔNIA: Quem é esse Dr. Reinhart, Dino?

DINO (*com pouco caso*): Oh, é um velhote de óculos grossos, que é muito entendido em chaleiras rachadas e outras velharias.

VERA: Não fale bobagens, Dino! (*Pernóstica.*) O Dr. Reinhart é um estudioso, especialista em antiguidades. Ele escreve artigos para as revistas especializadas e tira fotografias coloridas de mesas bem postas e coisas assim.

DINO: Pois é. E mamãe está louquinha para ver se ele publica uma fotografia das suas porcelanas e cristais...

VERA: Naturalmente. A mesa hoje vai ficar linda. E, além disso, mamãe acha que talvez ele queira colocar o bule de noiva na sua exposição!

SÔNIA (*interessada*): Bule de noiva! O que é isso?

DINO: Um simples bule velho, é ainda por cima feio e barrigudo.

VERA: Dino, você é insuportável! Não acredite em nada disso, Sônia. O bule de noiva tem quase duzentos anos de idade, e sempre na nossa família!

SÔNIA: Papagaio! Duzentos anos é tempo pra chuchu! E por que que ele se chama bule de noiva?

VERA: Porque ele sempre passa para a primeira moça que casa na família.
SÔNIA: Que coisa romântica! Posso olhar este fenômeno?
VERA: Está na prateleira, bem atrás de tudo, no fundo. Mas não adianta querer mexer, Sônia, só mamãe é que pode mexer nele!
DINO: Por que você não conta o resto da história, Verinha? Sabe, Sônia, a história do bule é mais romântica ainda do que você pensa. Pertenceu a uma noivinha que desapareceu durante a guerra civil, a Revolução Farroupilha, para ser exato.
SÔNIA: Não diga! Como foi isso? Quem foi ela?
DINO: Era a irmã caçula da nossa tataravó, Delia. Durante a revolução, a casa onde ela morava foi incendiada, e ela fugiu, carregando o bule consigo. Mas, correndo na escuridão, ela caiu num barranco e morreu. Foi encontrada morta, segurando o bule com as duas mãos, e o bule nem sofreu um arranhão.
SÔNIA: Papagaio! Mas que coisa esquisita! A moça fugiu da casa em chamas e a única coisa que ela quis salvar foi esse bule? Que coisa esquisita!
DINO: Também acho. O fato é que o tal bule está aqui, no bufete; e depois daquela aventura, não admira que mamãe o considere uma peça de museu.
SÔNIA: Não é por falar, mas que esta história me parece um tanto... besta, parece...
VERA (*indignada*): Que é que você quer dizer com isso?
SÔNIA: Bem, vocês não acham que foi uma estupidez dessa sua tataravó, ou coisa que o valha, salvar um bule da casa inteira?
VERA (*corrigindo-a*): "Tia-tetravó", meu bem, e não se esqueça, não só "nossa", mas sua também, vê como fala dela!
SÔNIA: Minha? De que jeito?
DINO: Naturalmente, Sônia. Não somos primos? A moça do bule é tão sua "tia-tetravó" como nossa.
SÔNIA: Ora vejam só! Quer dizer que eu também sou candidata ao famoso bule, se ficar noiva primeiro?

VERA: Claro que não! O bule é da mamãe! E ela vai dá-lo a mim, quando eu ficar noiva!

SÔNIA: E como é que você sabe? Se o bule é para a primeira noiva da família... Quem lhe diz que a primeira a ficar noiva não serei eu?

DINO (*rindo*): Está aí uma coisa que não entrava nos "nossos" planos, hein, maninha?

VERA: Nada disso! O bule é da mamãe, e mamãe vai dá-lo para mim, assim que eu ficar noiva! Não há outras candidatas!

SÔNIA (*só de pirraça*): Há uma outra, e sou eu!

VERA: Não!

SÔNIA: Sim!

DINO (*rindo*): Esta é a maior! Duas pirralhas mal saídas das fraldas discutindo quem vai ficar noiva primeiro! Pois discutam, senhoritas casadoiras, e que a melhor das duas ganhe! Com licença, que eu vou buscar uma tomada para as velas da árvore... (*Sai.*)

*As duas se encaram, por um momento. Depois, recomeçam.*

SÔNIA: Minha querida prima, o que é que a leva a pensar que poderá ficar noiva antes de mim? Eu sempre fui mais ligeira do que você, em tudo; eu pulo corda melhor, e nado melhor, e corro mais... e você não passa de uma melindrosa não-me-toques!

VERA: Ah, eu sou, não é? Pois deixe-me dizer-lhe uma coisa, minha preciosa prima. Arranjar marido não tem nada que ver com ligeireza, nem com natação, nem com pular corda. O que é preciso é ser bonita! (*Faz um gesto e se mostra.*)

SÔNIA: Ha, ha! Você se acha muito bonita, com certeza, sacudindo esse "rabo de cavalo"... Pois eu não o queria nem que me pagassem! Os rapazes não gostam de rabo de cavalo a não ser para puxá-lo!

VERA: E você com certeza acha que os rapazes gostam de cabeças podadas que nem a sua! Pois vá perguntar-lhes! Uma moça tem que ser feminina, e não um moleque! Além disso, tem que ser boa dona de casa, e não uma mão-furada como você, que derruba tudo o que toca!

SÔNIA: Eeeeeu!?! Quem foi que disse que eu sou mão-furada?

VERA: Foi a minha própria mãe que disse, ainda há pouco!

SÔNIA: Não acredito! É mentira! Tia Mariana gosta de mim, e gosta que eu venha aqui, ela falou para mamãe!

VERA: Pode ser, mas eu sei que ela não gosta nem um pouco de ver você quebrando todos os pratos da casa!

SÔNIA: Os pratos! Eu nunca quebrei um único prato, só uma lâmpada, uma xícara, dois copos e dois vasos pequenininhos! E não acredito que titia me chamou de mão-furada!

VERA: Chamou sim, senhora!

SÔNIA (*fechando o punho e avançando*): Prima Verinha, se você está inventando esta história, eu já lhe mostro... Eu já lhe ensino... Eu...

VERA (*recua e apanha uma taça na mesa*): Não se atreva a tocar-me! Não se atreva! (*Brande o copo, que escorrega da sua mão e cai no chão e se quebra*) Oh!

SÔNIA (*vitoriosa*): Pronto! Viu, viu o que você fez? Você jogou o copo em mim, e quebrou-o! Bem feito!

VERA (*quase chorando*): Eu não joguei! Ele escapou da minha mão! Oh! Meu Deus! Um copo de cristal da Bohemia!

MARIANA (*entrando*): Bem, como vão vocês duas aí? A mesa já está arrumada? (*Vê o copo quebrado*) Oh, Sônia! Como foi que você pôde fazer isso! Eu não lhe disse claramente para cuidar dos talheres e não pôr as mãos nos cristais?

SÔNIA: Mas titia, eu não...

MARIANA (*interrompendo*): Oh, Sônia, você é mesmo uma mão-furada! Vera, vá buscar uma vassoura para varrer os cacos! E você, Sônia, é melhor que vá para o seu quarto e fique lá até a hora da ceia, e pode aproveitar para trocar de roupa e se arrumar, temos uma visita importante hoje. (*Vera sai.*)

SÔNIA: Sim, titia. Mas eu...

MARIANA: E procure não tocar em nada quebrável lá no quarto. Sua mãe deve ter dado graças a Deus quando inventaram a louça de matéria plástica! Onde se meteu Vera com a vassoura? Acho melhor eu mesma ir buscá-la... (*Sai.*)

SÔNIA (*sozinha, não aguenta mais e chora*): Não fui eu que quebrei aquela droga de copo velho! E eu não sou uma mão-furada! Eles vão me pagar por me chamarem de mão-furada! Eles vão ver! (*Sai correndo e chorando.*)

*Mariana e Vera entram, com a vassoura e pá de lixo, e começam a recolher os cacos.*

MARIANA: Isso me deixa doente! Agora o meu jogo da Bohemia está desfalcado!

VERA (*gaguejando e engolindo seco*): Mamãe, eu... eu acho que... que você não deve ficar muito zangada... com a Sônia... por causa do copo... ela... quer dizer, ela não fez por querer... foi um acidente...

MARIANA: Naturalmente, meu bem. Estas coisas são sempre acidentes. Nem eu acho que a Sônia quebra as coisas de propósito. Mas isto não conserta o meu copo de cristal!

VERA (*triste*): É... acho que não...

MARIANA: Bem, Verinha, vá jogar estes cacos no lixo, e venha acabar de pôr a mesa, enquanto eu me preparo. E tome conta da sua prima, para ela não quebrar mais nada até a chegada do Dr. Reinhart.

VERA (*cabisbaixa*): Sim, mamãe... (*Sai.*)

*Cenário vazio. Logo entra Dino, com um fio elétrico e uma tomada na mão, por outra entrada.*

DINO (*entra falando, pensando que há gente na sala*): Então, meninas, qual foi o resultado da contenda? Ora, não estão aqui... devem ter ido resolver lá fora, com luvas de boxe, quem vai ser a primeira noiva... Bem, vamos tratar da tomada, senão na hora agá as velas não funcionam...

*Vai consertar a tomada, e acaba ficando agachado atrás da árvore, bastante escondido, tanto que Sônia, que logo entra com um pote de creme na mão, não o vê.*

SÔNIA (*entrando, com o creme*): Mão-furada, não é... Pois eu vou lhe mostrar quem é mão-furada. (*Vai direto para a mesa e coloca os copos nos seus devidos lugares, diante dos pratos. Dá um passo para trás*) Hum... modéstia à parte, está ótimo... E não derrubei nada... (*Dino está espiando, bestificado, por trás da árvore, enquanto Sônia abre o pote de creme e começa a passá-lo nos fundos dos copos.*) Este creme da titia vai fazer a mágica toda... (*Risadinha.*) Não vejo a hora quando vão começar a passar os copos e pratos ao titio... Aí eles vão ver o que é bom... (*Risadinha.*)

DINO (*saindo pé ante pé detrás da árvore, agarra-a*): Com que então a senhorita não vê a hora dos copos e pratos escorregarem das mãos dos outros... pois eu não vejo a hora de lhe demonstrar o que acontece a uma menina que faz uma sujeira para os outros, e na noite de Natal, ainda por cima!

*Põe-na sobre o joelho e ergue a mão ameaçadora.*

SÔNIA (*gritando*): Não, por favor, Dino, não! Não me bata, deixe-me explicar!

DINO: Muito bem. Mas fale depressa, que raio de ideia foi essa de melar os copos e os pratos?

SÔNIA: Era para os outros ficarem sabendo como é que a gente se sente quando é "mão-furada".

DINO: E por causa disso deixar quebrar os cristais e as porcelanas de mamãe, como você faz com o resto?

SÔNIA: Mas eu... eu não quebrei tudo, Dino... o copo não!

DINO: Copo? Que copo?

SÔNIA: O copo que a Verinha quebrou e pôs a culpa em mim.

DINO: A Verinha fez uma coisa dessas? Falou que foi você?

SÔNIA: Bem... ela não falou que fui eu, mas também não confessou que foi ela, e naturalmente titia logo achou que a culpa foi minha e (*quase chorando*)... E me chamou de mão-furada!

DINO (*enfezando*): Ah, então é assim. (*Olha para a palma da mão.*) Acho que vou ter trabalho hoje... Onde é que está a minha querida irmãzinha agora?

SÔNIA (*começando a chorar*): Eu não sei... Eu não queria contar que foi ela, eu não sou linguaruda, Dino! Oh! Meu Deus, a Verinha me detesta, e titia diz que eu sou mão-furada, e agora você também está com raiva de mim!

DINO: Eu não estou com raiva de você, Sônia... E de mais a mais, eu acho que sei porque você é mão-furada!

SÔNIA (*através das lágrimas*): Por quê? Porque eu sou uma menina desajeitada, má e descuidada!

DINO (*rindo*): Nada disso! Eu acho é que você precisa de um par de óculos, como eu! Quando eu era pequeno, eu não era capaz de acertar um chute numa bola, e os meus amigos me chamavam de perna de pau! E, no fim, descobri que a culpa não era da minha perna, mas sim dos meus olhos...

SÔNIA: Oh, Dino! Você acha mesmo que é isso?

DINO: Claro! E quando seu pai vier buscá-la para ir para casa, vamos conversar com ele sobre este assunto.

SÔNIA: Oh, Dino, que bom! E agora eu vou limpar os copos e os pratos mais que depressa, e ninguém nem vai ficar sabendo, e... (*Entra Vera e para de repente.*)

VERA: Sônia, não era para você ficar no quarto e não sair? Que é que você está fazendo aqui?

DINO: Ela está conversando comigo, senhorita Vera. E quanto a você, convido-a a sentar-se aqui e escutar bem quietinha, antes que lhe aconteça alguma coisa desagradável.

VERA: De que é que você está falando aí, Dino?

DINO: Estou falando em administrar justiça a uma certa irmãzinha minha que deixou a sua prima levar a culpa pelo copo que ela mesma quebrou!

VERA (*avançando para Sônia*): Ah! Sua linguaruda de meia tigela!

DINO (*agarrando-a pelo braço e fazendo-a sentar-se à força*): Fique boazinha! Mão-furada, linguaruda... Chega de nomes! Basta! Vamos resolver isto, já e já! Vocês duas, desde que pararam de engatinhar, não fizeram outra coisa senão brigar, brigar por causa de bonecas, por causa de jogos, por causa de roupas; e hoje, chegaram ao cúmulo de brigar por causa de maridos! É o fim da linha! E na noite de Natal, ainda por cima! O Natal é o dia da concórdia, de amor, da paz! Hoje as famílias se reúnem e ficam juntas, e ficam agradecidas por poderem ficar juntas e felizes! Ouviram! Vocês deviam ser gratas uma pela outra!

VERA: Gratas! Vê lá se eu vou ficar grata por uma prima que me estragou a noite de Natal e me fez quebrar um copo de cristal da mamãe!

SÔNIA: E se ela pensa que eu sou muito grata por ela, engana-se! Ela disse que eu sou feia, e que nunca me casaria primeiro, e me chamou de mão-furada!

DINO: Pois ouçam aqui, senhoritas. Eu lhes dou exatamente três minutos para me dizerem cinco boas razões porque as duas não são gratas uma pela outra. Comecem a pensar depressa, porque senão... (*Ameaça com a mão.*)

VERA: Nem três meses me chegariam para inventar cinco razões de ser grata por ela.

SÔNIA: E para mim, nem três anos dariam!

DINO: Azar de vocês, porque se vocês não me derem as cinco razões em três minutos, ponho ambas sobre os meus joelhos, dou-lhes uma boa surra! É só escolher.

VERA: Você não se atreve! Eu conto para mamãe, Dino!

DINO: Pode contar, "depois" da surra! (*Agarra-as.*)

SÔNIA: Ele não está brincando, Vera! É melhor pensar!

VERA: (*Num lamento*) Mas eu não sei de nenhuma razão para ser grata por você!

SÔNIA: Eu... eu vou tentar... (*Faz força.*) Quanto tempo temos ainda?

DINO (*olhando o relógio*): Pouco. Apressem-se.

SÔNIA: Eu... eu estou pronta... Eu estou grata por ter uma prima que tem uns olhos negros tão bonitos... e um rabo de cavalo tão elegante!

VERA: Não vale! Você mesma me disse que detesta meu rabo de cavalo.

SÔNIA: Eu disse só por pirraça... (*Séria.*) Acho que era inveja... Eu mesma gostaria de ter um cabelo como o seu!

VERA: No duro?
SÔNIA: No duro reduro!
VERA: Bem... neste caso... eu acho que... eu estou grata por ter uma prima que é tão ligeira... e chega primeiro em todas as corridas!
SÔNIA: Ué! Você não disse que os esportes não são "femininos"?
VERA: Acho que era inveja também... Porque eu sou tão ruim para essas coisas...
SÔNIA: Oba! A coisa está ficando mais fácil! Eu sou grata por ter uma prima tão jeitosa e boa dona de casa... E está sempre tão arrumadinha e limpinha! Eu só sei descascar batatas.
VERA: E eu sou grata porque tenho uma prima que não tem medo de trepar em árvore e nem de sujar a roupa... Ela deve se divertir mais do que eu.
SÔNIA: Não sei se me divirto mais. Sujo-me mais com certeza. E eu sou grata por ter uma prima com quem eu posso passar as férias e que me recebe tão bem...
VERA: Isto está ficando até gostoso... Eu sou grata por ter uma prima que vem passar as férias comigo, é quase como ter uma irmãzinha.
SÔNIA: Que tal vamos indo, Dino?
DINO: Bem, bem. Mas continuem. Faltam mais duas respostas.
SÔNIA: Muito bem. Sou grata por ter uma prima que é tão meiga e bonita que vai ficar noiva primeiro.
VERA: E eu sou grata porque tenho uma prima tão viva e inteligente que é capaz de me passar na frente.
DINO (*rindo*): Eh, calma! Mais!
SÔNIA: Qual nada. Em quinto lugar, eu sou grata por ter uma prima que tem um irmão que soube nos obrigar a criar juízo e a enxergar as coisas boas uma na outra!
VERA: E eu sou grata por ter uma prima que tem tanta classe e espírito esportivo em tudo, até sua mão-furada!
DINO: Verinha!
SÔNIA: Não faz mal, Dino. Eu não me incomodo mais. Nós agora somos amigas.

DINO: Muito bem, meus parabéns. (*As duas meninas se encaram risonhas.*) E agora, tratem de limpar o creme dos copos!
VERA: Creme? Não entendo.
SÔNIA: Eu é que quis fazer vocês todos virarem "mãos-furadas", "engraxando" a louça! Venha, ajude-me a limpar tudo antes que chegue o Dr. Reinhart!

*Apanha um pano sobre a cadeira e rapidamente enxugam as peças meladas, pondo-as no lugar.*

VERA: Pronto!
MARIANA (*entrando*): Tudo em ordem? Ah, a mesa está bonita... e você também está bonita, Sônia. (*Campainha.*) É o Dr. Reinhart!
SÔNIA: Na hora H!
MARIANA: O quê?
VERA: Nada... Ficou tudo pronto na hora H...
MARIANA: Eu vou abrir... (*Sai e logo volta com o Dr. Reinhart.*) Boa noite, Dr. Reinhart. Feliz Natal!
DR. REINHART: Feliz Natal, dona Mariana. Como vai, Verinha? Dino, está bom? (*Cumprimentos.*) E esta é a priminha Sônia de quem me falou, não? Como está, Sônia? Mas que mesa bonita! Foi você que arrumou, Verinha?

*Mãe olha surpresa.*

VERA: A Sônia e eu, Dr. Reinhart.
DR. REINHART: Muito bem, muito bem... E você também gosta de louça antiga, Sônia?
SÔNIA: Bem, eu... Eu acho-a muito bonita, mas não entendo nada dessas coisas... Eu nem tinha ouvido falar de bule de noiva até hoje!
DR. REINHART: Ah, sim, o famoso bule; é a peça que eu queria fotografar e mesmo levar emprestada para a nossa exposição anual... Gostaria muito de vê-la, dona Mariana, se não for incômodo...
MARIANA: Ora, pelo contrário... Ela está aqui mesmo, no bufe. Quer alcançá-la para mim, Dino?

DINO: Ah, mamãe! Por que eu? E se eu deixá-la cair?
MARIANA: Ora, Dino, que ideia! Vá, vá apanhar o bule.

*Dino obedece, nervoso, alcança a famosa peça e entrega-a ao Dr. Reinhart com um suspiro de alívio.*

DR. REINHART: (*Ajeita os óculos e inspeciona a peça*) Belíssimo! Belíssimo! Uma verdadeira maravilha! Esta peça tem realmente quase duzentos anos! E está perfeita, sem defeito! Sabe, dona Mariana, que esta peça vale uma quantia realmente apreciável?

MARIANA: Naturalmente, Dr. Reinhart, mas nós nunca pensamos em nos desfazer dela; é uma tradição da nossa família. Este bule é dado sempre à primeira moça que se casa em cada geração. Na nossa família, hoje, só há duas "noivas" em perspectiva (*mostra as meninas*), de modo que o bule um dia será ou da Vera ou da Sônia.

DR. REINHART: Bem, é um pouco cedo para pensarem nisso, não é, senhoritas? Mas desde que vocês duas são as "herdeiras presuntivas" do bule, que tal se tirássemos uma fotografia das duas segurando a peça preciosa?

VERA: Mas mamãe nunca permitiu que eu tocasse nela!

SÔNIA: Eu ia morrer de medo só de passar perto!

MARIANA: Tolices, meninas! Se o Dr. Reinhart quer tirar uma fotografia, não há nada de mal, eu deixo.

VERA: Mas seria horrível quebrá-lo agora, depois de tudo por que passou.

SÔNIA: Pois eu, para falar a verdade, ainda não consegui entender porque aquela noiva antiga foi deixar queimar a casa inteira para salvar apenas o bule.

MARIANA: Era um legado, Sônia. Um legado é sempre precioso.

DR. REINHART (*fazendo as meninas posar*): Agora, minhas meninas, fiquem aqui diante da mesa, segurando o bule; assim.

*Põe o bule na mão de Vera.*

SÔNIA: Quem sabe fica bom eu olhando dentro dele, assim.

*Ergue a tampa do bule pela alça, ou botão, e deixa-o cair no chão. Todos gritam.*

MARIANA (*agarrando-se a uma cadeira, os olhos fechados*): Não! Não posso olhar!

DR. REINHART (*procurando pelo chão, apanha a tampa e a alça*): Sinto muito, dona Mariana; mas a tampa e a alça estão separadas!

MARIANA: Quebrado! Arruinado! A minha peça mais preciosa! Oh, Sônia! Como é que você pôde!

VERA (*pondo o bule na mesa e um braço em volta de Sônia*): Não foi culpa de Sônia, mamãe; ela só ergueu a tampa e ela se soltou.

DINO: Eu também acho que foi isso; deixe-me ver estes pedaços. (*Examina.*)

SÔNIA: Oh, Dino! Eu sou mesmo mão-furada! Desta vez não foram os meus olhos; a tampa caiu mesmo da minha mão!

DINO: Eu sei, Sônia. E sabe por quê? Porque a tampa estava quebrada muito antes de você tocar nela. Olhe, dá para ver os restos de cola com que ela foi colada antes! Eu sou um especialista, e não vi nada...

DR. REINHART: Impossível!

DINO: Sinto discordar, Dr. Reinhart, o senhor não olhou bem. Esta tampa foi colada há muitos anos; e a cola secou e quando Sônia ergueu a tampa, ela se soltou da alça pelo próprio peso... (*vendo algo*)... e se quebrou. E a prova do que digo, olhem para isto!

MARIANA: Um anel! Um anel de brilhante! Eu não o conheço! De onde surgiu isto?

DR. REINHART (*pegando o anel*): É um engaste antiquíssimo... fabuloso! A quem pertence este anel?

MARIANA: Não tenho a menor ideia!

VERA: Pois eu tenho. O anel pertence à noiva que salvou o bule do incêndio da casa! Ela não estava salvando o bule, e sim o anel!

DR. REINHART: Mocinha, acho que você tem razão... O incêndio foi durante a revolução farroupilha... invasão de tropas...

a moça escondeu seu anel na tampa quebrada do bule para não ser encontrado por ninguém...

VERA: ... E porque ela morreu, ninguém nunca ficou sabendo de nada!

DINO: E não saberiam até agora, se não fosse a Sônia!

DR. REINHART: Se este anel vale tanto quanto me parece, acho que um voto de gratidão para a Sônia está na ordem do dia. Que reportagem para a nossa revista!

MARIANA: O senhor vai tirar as fotografias?

DR. REINHART (*puxando a máquina*): Mas que dúvida! Qual das meninas vai posar com o anel?

VERA: Mamãe, deixe a Sônia ser fotografada com o anel; afinal, foi ela quem o descobriu.

MARIANA: Boa ideia, meu bem. (*Põe o anel no dedo de Sônia.*) Aqui, Sônia, a sua primeira oportunidade de ostentar o legado da família. Quem sabe um dia você vai usá-lo para sempre.

SÔNIA: Oh, muito obrigada, titia! (*Posa elaboradamente.*) Eu nunca pensei que chegaria um dia em que eu ia ficar contente por ser uma "mão-furada"!

DR. REINHART: Um sorriso, por favor!

*Sônia dá um lindo sorriso, a máquina fotográfica faz clic e acende o flash.*

# A MITZVÁ
# OU O BANQUETE DOS POBRES

História do final dos anos de 1930,
antes da Segunda Guerra Mundial

*Personagens:*
  Mordekhai Velho
  Mordekhai Jovem
  Moço
  Moça
  Reb Y.
  Leibl
  Mãe
  Motl Perneta
  Yosl Maneta
  Berl Caolho
  Mendigos
  Convidados

*Cena 1*

*Com o pano fechado ouve-se música alegre, moderna de festa. Logo entram na frente do pano fechado diversas pessoas vestidas festivamente. Moças e rapazes, e um senhor mais idoso, Mordekhai velho — judeu antigo de chapéu e barba. Todos estão alegres, quase dançando, dando adeusinho com as mãos e lenços, despedindo-se de um casal de noivos que partem para a viagem de núpcias, fora de cena. O grupinho é ruidoso, gritam todos juntos: "Adeus, tchau, boa viagem, divirtam-se, mazel-tov, felicidades, tudo de bom para os noivos" etc. O som da música diminui e para. O grupinho se aquieta e vai saindo aos poucos. Restam em cena o velho, um moço e uma moça. O velho suspira.*

MORDEKHAI VELHO: Eeeh... Os casamentos já não são como antigamente.

MOÇA: Por que diz isso, vovô Mordekhai? Foi um casamento bonito, não foi?

MORDEKHAI VELHO (*sem convicção*): É, foi.

MOÇO: O senhor não parece entusiasmado, vovô. Não foi uma festa linda?

MORDEKHAI VELHO: Todos os casamentos são lindos. "Ingele", mas...

MOÇA: Mas o quê? O que faltou? Não foi tudo uma beleza, tudo perfeito, muito chique com bufê francês, orquestra moderna, tudo?

MOÇO: Mas o vovô parece que não ficou muito contente.

MORDEKHAI VELHO: Ora, me deixem em paz.

MOÇA: Nada disso! Agora o senhor tem de nos contar como eram os casamentos antigamente...

MOÇO: Isso mesmo, vovô... Conte, conte!

MORDEKHAI VELHO: Está bem, está bem, vou contar. Uma vez fui convidado para um casamento. (*Para o público.*) Claro que não foi como esses casamentos de agora com as mulheres com (*mostrando*) decotes até aqui e saias até aqui. (*Os dois jovens sorriem.*) Nem foi com o tal bufê francês com peixe a "la fifi" e "bouillon a la fonfon", salada "a la bombom" e champanhe "antidiluvion". (*Caretas de gozação.*) Era um verdadeiro casamento judeu à moda antiga... Uma verdadeira "Ídiche Khassene" com os senhores e senhoras respeitáveis, "balebatisch", com vestidos de sábado, com uma ceia de "guefilte fish"; pato assado, bolo de mel, *strudel* e bom vinho em grandes jarras brancas e com música "freilakhs" e boas canções judaicas.

*Recorda-se cantarolando à moda chassidica "ai ba bai" ou "rebe eilemelakh".*

MOÇO (*interrompendo*): Vamos, vamos, vovô. Conte logo a sua história. Quando foi isso? Aonde?

MORDEKHAI VELHO: Foi há muito tempo, meninos. Eu ainda era jovem. Mais jovem do que vocês. Foi ainda lá na Europa, num "Schtetl" tão pequeno que para animar a festa precisava trazer os convidados das cidades vizinhas.

MOÇA: E o tal casamento era de quem?

MORDEKHAI VELHO: Espera, vou contar tudo, a nossa pequena aldeia tinha um homem muito rico, o Reb Ytzkhok Berkover, que tinha sete filhos, rapazes e moças, e para cada um deles fez uma grande festa de casamento. Uma festa na qual todos os preceitos e "mitzvás" eram rigorosamente cumpridos e observadas todas as cerimônias religiosas e todas as tradições, incluindo naturalmente a "mitzvá", que manda oferecer uma refeição festiva, um verdadeiro banquete também para os pobres.

MOÇA: Um banquete para os pobres?

MOÇO: Puxa, que diferença de agora... Eu não conhecia esse costume.

MORDEKHAI VELHO: Então, eu não disse? Mais do que costume era uma "mitzvá", uma obrigação. Os pobres devem sempre ser convidados para uma "simkhá", uma festa... Sem refeição dos pobres não havia casamento. Os donos da festa é que serviam a mesa dos pobres.

MOÇA: Continue, vovô. Continue.

MORDEKHAI VELHO: Pois bem. Chegou o dia do casamento da filha caçula de Reb Ytzkhok Berkover, "bas-schevele", a preferida.

E o velho Berkover havia preparado uma festa... Mas que festa... Hum, que festa... Tinha convidado todo mundo e trazido os melhores músicos, os "klesmerz" mais famosos de toda a região. Nossa aldeia era tão pequena que quase não tinha pobres. Então ele convidou todos os pobretões do vizinho "Schtetl", de Lipowitz, e logo na manhã do casamento ele mandou duas carroças com Leibl, seu empregado para buscá-los.

## Cena 2

*O pano vai se abrindo lentamente enquanto o velho, falando e gesticulando vai saindo de cena com os dois jovens. Quando o pano se abre, a cena é na sala de Reb Y. Berkover. Mesas postas para o almoço de casamento: uma para os ricos, outra para os pobres. Em cena o dono da casa, elegante com sua barba à moda antiga, solidéu, fraque. Vários convidados conversam dando mostras de impaciência. Entre eles, o jovem Mordekhai. Reb tira do bolso do colete o relógio com corrente e o consulta preocupado.*

REB Y.: Não entendo. Já são duas horas da tarde e os pobres da Lipowitz ainda não chegaram.
CONVIDADO 1: Mas Reb Y., o senhor não mandou buscá-los como de costume?
REB Y.: Claro que mandei. Foram duas carroças com o meu cocheiro Leibl logo de manhã para trazer todos eles.
CONVIDADO 2: Mas eles já deviam estar aqui há muito tempo. De Lipowitz até aqui de carro a gente vai em quinze minutos.
CONVIDADO 3: Será que aconteceu alguma coisa com as carroças?
REB Y.: Eu estou muito preocupado.
CONVIDADO 4: Eu acho que a gente não deveria esperar mais. O Rebe está esperando, os noivos estão esperando... Não fica bem.
MORDEKHAI (*olhando as mesas, lambendo os beiços*): E os convidados estão esperando também.

REB Y.: Fique quieto, Mordekhai. Tenha modos. (*Muito aflito, estalando os dedos.*) Eu não posso começar o casamento sem os meus convidados pobres. Nunca fiz isso antes.
CONVIDADO 5: Mas já está ficando tarde. Quando vai ser a cerimônia?
REB Y.: Já disse. Quando os pobres chegarem. Tenham paciência, meus amigos.

*Ouve-se galopes de cavalos de fora. Ao grito do cocheiro todos se voltam, e em seguida entra Leibl, esbaforido de chicote na mão.*

REB Y. (*alarmado*): Leibl, o que foi que aconteceu? Você está sozinho?
LEIBL: Eles não quiseram vir Reb Y.
REB Y.: Como não quiseram vir? Os pobres não quiseram vir para o casamento da minha filha? (*Todos falam e gesticulam ao mesmo tempo, escandalizados*) Como não quiseram vir?
CONVIDADO 6: Nunca se viu pobretões recusarem comida de graça. Que "mischigás". Ainda mais um banquete em casa de Reb Y. Berkover. É o fim do mundo.

*Todos falam juntos.*

REB Y.: "Schá Schtil". Silêncio, não se entende nada. Silêncio, por favor. (*Para Leibl.*) Leibl, explique o que aconteceu. Que história é essa dos pobres não quererem vir para o casamento da minha filha?
LEIBL: Olhe, Reb Y., acontece o seguinte: é que hoje já houve um casamento em Lipowitz pela manhã.
CONVIDADO 7: É mesmo. O filho de Reb Haim Yankel casou-se hoje com a filha de Braine Dbore... Um casamento assim, assim (*gesto*) você sabe, eles são bem pão-duros e então...
REB Y. (*interrompendo a mulher*): Psst... Deixe ouvir. E o que é que tem que houve um casamento hoje em Lipowitz... Que é que eu tenho com isso?
LEIBL: Acontece que os pobres foram convidados para aquele casamento também. Já almoçaram e estão com a barriga cheia.

REB Y.: E desde quando isso é motivo para um pobre não vir para outra refeição de graça? Eles até levam comida para casa se não puderem comer tudo.

LEIBL: É, mas acontece que alguns deles começaram uma verdadeira rebelião... Os outros até estavam dispostos a vir, mas eles não deixam. Aqueles três, o senhor sabe... É uma revolta.

MORDEKHAI: Aposto que eu sei quem são os três provocadores, Motl Perneta, Yosl Maneta e Berl Caolho. Eles sempre inventam coisas.

REB Y.: Não se meta em conversa dos mais velhos Mordekhai... Aqueles três desordeiros. O que foi que eles inventaram agora, Leibl?

LEIBL: Ele disse que todos estavam fartos e de barriga cheia, e que só viriam para este casamento se... (*Hesita com medo de falar.*) Se o senhor...

REB Y.: Se o quê? Se eu fizer o quê? Fale Leibl. Não fique aí parado que nem um "gólem".

LEIBL: Se o senhor... Eles disseram que só viriam se o senhor pagasse um rublo para cada um.

REB Y. (*indignado*): O quê? Eu lhes ofereço um banquete de graça, mando buscá-los com meus carros e ainda tenho de lhes pagar?

LEIBL: Pois é. Um rublo para cada um.

*Comoção geral. Todos comentam escandalizados e divertidos. Riem, se divertem.*

CONVIDADO 8: O atrevimento daqueles "schnorers" maltrapilhos... Onde já se viu uma coisa dessas? Deixa estar. Mas que é engraçado é.

REB Y.: Um rublo para cada um... Que audácia! É o cúmulo eu ter que pagar para eles virem comer na minha festa. Inacreditável. Um "mischigás".

LEIBL: Pois é. Um rublo para cada um. Fiquei discutindo com eles por mais de uma hora e quando vi que não chegava a nada, peguei um dos cavalos e vim correndo perguntar para o senhor o que fazer.

*Todos começam a rir, mas Reb Y. fica furioso.*

REB Y. (*já gritando*): Você discutiu com eles, não é? Pechinchou, não foi? Será que eles não deixam mesmo por menos?

LEIBL: Claro que pechinchei, mas eles não aceitam nem um centavo a menos, nem um copeque. Palavra de honra!

REB Y. (*irônico e zangado*) Hã... Nem um copeque a menos, hein?! As cotações das mercadorias deles devem ter subido ultimamente... Então por que você deixou as carroças lá? Vamos fazer a festa sem eles. Pronto. Podemos muito bem passar sem os esfarrapados.

*Comentários dos convidados entre si.*

LEIBL: Eu não sabia o que fazer. Fiquei com medo que o senhor ficasse bravo comigo. Mas vou voltar já já e trago os carros de volta em meia hora.

*Volta-se para sair, mas Reb Y. muda de ideia.*

REB Y.: Espere, Leibl. Não tenha tanta pressa. (*Leibl para.*) Que lhes parece isso? Eles me fazem uma oferta: eu tenho de lhes pagar um rublo a cada um para que eles me deem a honra de aceitar a minha comida, "a khutzpe"... Que audácia!

LEIBL: Eu até cheguei a oferecer-lhes um pequeno donativo em seu nome, Reb Y.

REB Y.: Mas um pequeno donativo eles não aceitam, não é? É pouco para eles... Tem de ser um rublo para cada um. Que atrevimento! Não. Eu não vou tolerar isso!

CONVIDADO 9: Isso mesmo, não é para aturar. Façamos a festa sem eles. Quem precisa dos mendigos? Avisem o rabino, aprontem a noiva...

MORDEKHAI: É, isso mesmo!... Os convidados já estão com fome.

REB Y. (*baixo*): Cale a boca, Mordekhai. Que foi que eu fiz para merecer isto? (*Anda agitado de um lado para o outro, torcendo as mãos.*) Por que eles têm que estragar toda a minha alegria? "Oi, Vei!". Aqueles maltrapilhos atrevidos! Mas eu

posso muito bem passar sem eles... Onde está o Rebe?
Toquem a música!... Preparem a noiva.

*Ouve-se música alegre judaica. Todos começam a se movimentar.*

LEIBL (*querendo sair novamente*): Então eu vou buscar as carroças.
REB Y.: Não, não! Espere, Leibl. Ainda é cedo... Ai, meu Deus do céu, o que é que eu faço?!

*Todos os convidados impacientes reclamam e pedem para começar a cerimônia.*

CONVIDADO 10: Chega... Eles estão abusando de nossa paciência.
CONVIDADO 11: É isso mesmo. Não espere mais.
CONVIDADO 12: Não ature isso. É o cúmulo. Já chega...
REB Y.: É isso mesmo. Vamos fazer a festa sem eles. Não é pelo dinheiro, é uma questão de princípios. É desaforo. Eles vão se arrepender depois, mas vai ser tarde. Casamentos como este não é todo dia que acontecem... E na minha casa é o último. Pior para eles.
LEIBL: Então eu vou buscar as carroças. (*Saindo.*)
REB Y.: Espere, espere, Leibl... (*Segurando-o pelo casaco.*) Não vá ainda. "Oi, Vei!", é o último casamento na minha casa. (*Meio se desculpando.*) Eu nunca fiz um casamento sem a mesa dos pobres... Não posso fazer isso, não posso!... A festa não estará completa, a alegria não será perfeita...
MÃE: É, Itzkhak, a mitzvá não será cumprida... Um casamento judeu sem a mesa dos pobres, Deus não abençoará.
REB Y. (*para Mordekhai e um dos convidados*): Por favor, meus amigos, vão com Leibl em meu carro particular. Vocês ouviram o que minha mulher disse. Vão até Leibovitz e tratem de convencer aqueles miseráveis a virem para cá participar de nossa festa. O Leibl sozinho não consegue... Me façam este favor!
MORDEKHAI: Mas é claro... Naturalmente que vamos. Quer dizer que temos carta branca para negociar com eles?
REB Y.: Sim, sim... Carta branca. Façam o que puderem, mas não voltem sem os pobres!

CONVIDADO 14: Então vamos! O tempo é curto.

*Leibl, convidado e Mordekhai saem.*

REB Y.: Vamos, vamos. (*Para os outros convidados*) Enquanto isso, tomamos um aperitivo.

*Todos vão saindo de cena, enquanto o pano fecha.*


*Cena 3*


*Diante do pano fechado aparecem Leibl, Mordekhai jovem e outro convidado que haviam saído. Estão indo para Leibovitz numa carroça conversando.*

LEIBL: Eu nunca vi uma coisa dessas antes. Imaginem só uma revolta de mendigos.
MORDEKHAI: É uma greve, uma verdadeira greve.
CONVIDADO 14: O que é que você entende de greves, menino? Eu já ouvi falar de greves de trabalhadores por melhores salários, mas uma greve de mendigos; um *ultimatum* exigindo um pagamento para comer...
LEIBL: E que pagamento! Um rublo cada um. Vejam só...
CONVIDADO 14: Exigindo pagamento para vir comer num "banquete de graça!"

*Todos riem muito.*

MORDEKHAI: E com carro para buscá-los e tudo.

*Riem.*

*Cena 4*

*Enquanto estão chegando, a cortina se abre para uma pracinha de Leibovitz onde os mendigos estão reunidos, tendo à frente os três líderes da greve: Motl perneta com a muleta, Yosl maneta com um gancho saindo da manga e Berl caolho com um olho tapado e mais diversos outros bem esfarrapados. Todos de gorro ou boné na cabeça. Uns de alpargatas, outros de botas furadas com o dedão de fora, barbas desgrenhadas etc. Os três grevistas estão incitando os outros que escutam e reagem comentando, gestos exagerados, concordando ou não, e fazendo muito barulho.*

MOTL PERNETA (*ao lado de uma cadeira velha na qual se apoia toda vez que agita a muleta no ar, enfático, quase perdendo o equilíbrio e sendo amparado pelo outros dois*): É isso mesmo companheiros! Não vamos recuar nem um passo.

YOSL MANETA (*agitando o gancho no ar*): Um rublo para cada um, nem um "copeque" menos!...

BERL CAOLHO (*sempre repetindo o outro*): É, nem um "copeque" menos!

MENDIGO 1: Bem, a gente comeu bastante, mas a gente podia comer mais uma vezinha... Eu sou magro, mas sou maior por dentro do que por fora... Sempre cabe mais um pouco.

MENDIGO 2: A gente podia deixar mais barato, né?!

MOTL: Nunca!... Para aqueles ricaços pensarem que só porque eles têm dinheiro eles podem mandar na gente?

YOSL: Pois é... Ele pensa que está nos fazendo um favor, mas somos nós que fazemos um grande favor a ele, deixando-o cumprir uma mitzvá.

BERL: É isso mesmo... Nós somos pobres, mas temos orgulho!

MENDIGO 2 (*timidamente*): Eu tenho orgulho, mas também tenho oito filhos. Poderia levar minha comida a eles.

MOTL: Cale a boca, você aí!... Sabe o que acontece aos fura-greve? (*Ameaça o outro com a muleta e quase cai.*)

MENDIGO 3: Eu acho que Reb Y. Berkover não vai fazer o casamento da filha sem a mesa dos pobres. Ele nunca fez isso antes!

*Os outros fazem barulho, comentam, concordam ou não.*

MOTL: Cale a boca, vocês aí. Eu também acho isso, e acho que ele ainda vai mandar buscar a gente... É só ter paciência e esperar mais um pouco.

MENDIGO 4: A gente espera mais um pouco, mas só mais um pouco! Está ficando tarde.

MENDIGO 5: Se demorar muito mais, eu vou pra lá nem que seja a pé!

MOTL: Calem a boca, seus medrosos!... Vocês não têm vergonha na cara? Uma vez na vida a gente tem a oportunidade de mostrar que também somos gente e vocês "tfu".

*Cospe de lado, indignado. Os outros fazem barulho, comentam, discutem. Nisso ouve-se o trotar de cavalos. Todos prestam atenção.*

BERL (*triunfante*): São eles... são eles. Voltaram para nos pedir para irmos lá. Eles vieram nos buscar...

*Entram Leibl, Mordekhai e o convidado.*

MOTL (*dá um pulo de alegria, quase vai ao chão e é amparado pelos outros*): Eu não disse? Não disse?!... Eles vieram nos pedir.

YOSL: Pedir não... suplicar!

BERL: Implorar... (*Algazarra generalizada.*)

LEIBL (*dá um berro forte*): Scha! Silêncio! Reb Nissim vai falar com vocês!

*Todos fazem shshshshsh uns para os outros até que se faz silêncio.*

REB NISSIM: Senhores Pobres! Amigo a "Ureme-lait".

*Os mendigos se cutucam contentes, cochichando.*

MOTL (*dando-se ares de importância*): Pode falar, Reb Nissim. Estamos ouvindo.

YOSL E BERL (*juntos*): Sim, Reb Nissim. Pode falar... Estamos ouvindo.

MOTL (*importante*): E, por favor, seja breve. Não temos tempo a perder!

REB NISSIM: Bem, é o seguinte... Reb Y. Berkover me mandou falar com vocês para dizer que ele... Ele nunca celebrou um casamento de um filho sem a tradicional mesa dos pobres e não deseja agora no casamento de sua querida filha caçula quebrar a velha tradição e obrigação. E ele pede com todo o respeito que os senhores façam a fineza de subir nas carroças que ele mandou para tomarem parte na festa do casamento e comerem e beberem e se alegrarem, todos juntos.

MOTL (*irônico*): Nós já explicamos a situação, iremos com muito prazer se forem atendidas nossas condições... Um rublo para cada um de nós e iremos todos.

YOSL: É isso mesmo, um rublo para cada um.

BERL: E nem um "copeque" menos.

REB NISSIM: Está ficando tarde, amigos. Vamos, venham para a festa. Vai ser um lindo casamento, um banquete maravilhoso, transporte gratuito, música, danças e ainda algum dinheirinho para vocês levarem para a casa...

TODOS OS MENDIGOS (*em coro*): Quanto? Quanto dinheiro?

REB NISSIM: Não sei com certeza. Alguma coisa vocês levarão.

MOTL (*irônico*) Um rublo cada um... Não podemos deixar por menos. Ou um rublo ou nada feito. (*Vira-se como que indo embora.*)

TODOS: É... isso mesmo... Um rublo cada um ou nada feito!

REB NISSIM: Ora, não criem problemas... Onde já se viu uma coisa dessas?!

*Começa uma grande gritaria, quase uma pancadaria. Os mendigos discutem; uns querem, outros não.*

MOTL (*batendo com a muleta no chão*): Quietos... Silêncio! (*Todos silenciam.*) Ouça, Reb Nissim... Seja razoável o senhor. Compreenda de uma vez por todas que, sem um rublo para cada um de nós, não nos mexemos do lugar.

YOSL: Sabemos muito bem que Reb Y. não vai fazer o casamento sem a mesa dos pobres. Ele não vai deixar de cumprir a mitzvá.

BERL: E sabemos também que ele não vai conseguir outra turma de miseráveis como nós aqui assim de última hora. Perto da casa dele só temos nós.

TODOS: É isso mesmo. Um rublo cada um ou ninguém vai e pronto...

REB NISSIM: "Oi, vei!"... Não sei mais o que fazer.

MORDEKHAI (*de lado para Reb Nissim*) Eu sei... Prometa o rublo para eles e pronto. (*Impaciente.*) Reb Y. aguenta fácil um rublo para cada um.

REB NISSIM: Mas eu não posso.

MORDEKHAI: Pode sim. Nós temos carta branca. Concorde de uma vez e vamos embora, já são quase três horas e eu estou morrendo de fome.

LEIBL (*timidamente*): É mesmo Reb Nissim, até a gente chegar e até fazer a cerimônia e tudo...

MORDEKHAI: O dia acaba e como é que vai ser? Reb Y. deve estar nervoso, o Rebe esperando e os noivos, coitados... E os convidados que estão sem almoço até agora. (*Esfrega o estômago.*)

TODOS OS MENDIGOS (*gritando numa só voz*): Um rublo cada um ou nada feito!

REB NISSIM (*tapando os ouvidos*): Basta, basta. Silêncio. Concordamos! Concordamos, pronto! Um rublo para cada um e vamos logo!

MOTL: Viva. Eles capitularam... Vamos, pessoal, vencemos. Vitória...

*Cena 5*

*O pano vai se fechando enquanto a turma de mendigos precedidos pelos emissários de Reb Y. vão saindo de cena aos gritos de "viva", "vitória", "ganhamos" etc. Assim que o pano se fecha, aparece o grupo todo na frente do pano cantando e dançando de alegria, indo para as carroças. Enquanto isso, por trás da cortina, está sendo armado o cenário. Duas mesas de banquete bem arrumadas.*

*Cena 6*

*Abre a cortina. Ouve-se música alegre dos "klezmerz". Mendigos entram com grande alvoroço, derrubando tudo pela frente e finalmente sentando--se às mesas. Convidados entram do outro lado. Todos se cumprimentam. Reb Y. cumprimenta a todos.*

REB Y.: Le-haim! Le-haim! (*Todos brindam. Tem início a festa.*)

*Cena 7*

*Pantomima do casamento judaico. Destaca-se do grupo o velho Mordekhai da primeira cena. Ele vem para a frente e se dirige ao público.*

MORDEKHAI (*velho*): E assim se cumpriu uma velha tradição que para nós é uma verdadeira lei. Foi uma verdadeira festa judaica. Reb Y. Berkover estava feliz e abraçava os amigos, e os mendigos por igual. Cantava, ria e chorava de alegria. Foi uma "Ídiche Khassene", como costumava ser naqueles tempos.

*Entra ele também na dança, que vai aumentando o ritmo e o som, e se alegra junto com os outros, enquanto o pano fecha lentamente.*

# O GATO DE BOTAS

Adaptação livre do conto de Perrault
Comédia em três atos

*Personagens:*
  João: Marquês de Carabás
  José e Pedro: *seus irmãos*
  Escrivão
  Gato-de-Botas
  Rei
  Rainha
  Princesa
  Pajem
  Ministro
  Escravo
  Coelho
  Papão
  Lacaio

*Cenário:*
  Descrição no texto.

*Primeiro Ato*

Cena 1

*Na cabana do moleiro. Mesa tosca, alguns tamboretes, um baú velho num canto, um fogão no outro. Janela ao fundo, por onde se vê o velho moinho. Ao lado da janela, a porta. Ao subir o pano, os três irmãos, Pedro, José e João, estão em cena, ao redor da mesa, em atitudes acabrunhadas. O gato está aos pés de João. Estão almoçando.*

JOÃO (*suspira*): Vamos sentir muito a falta do nosso bom pai. Por que havia de morrer tão cedo? Ainda era forte e trabalhador...
JOSÉ: Agora estamos sós. Que vamos fazer?
PEDRO: Em primeiro lugar, precisamos saber como foi que o nosso pai distribuiu a herança. Não temos muita coisa, mas há o moinho e esta casa. Já mandei chamar o escrivão. Ele deve chegar logo com o testamento, e então veremos o que ficou para cada um de nós.
JOSÉ: Será que o nosso pai deixou algum dinheiro?
JOÃO: Como é que você pode falar em dinheiro agora? Haverá dinheiro que compense a perda do nosso pai? Eu não trocaria a vida dele por nenhuma riqueza do mundo.
JOSÉ: Ninguém falou em trocas. Mas o caso é que ele está morto, e nós temos de cuidar da nossa vida.
PEDRO: É isso mesmo. Negócios são negócios. (*Batem na porta.*) Ah, deve ser o escrivão. João, vai abrir.
JOÃO (*abrindo a porta*): Boa tarde, senhor escrivão. Entre, por favor.

Cena 2

ESCRIVÃO (*de fora*): Khe, khe, khe... (*Entrando.*) Com licença, com licença... khe, khe, khe. Boa tarde, boa tarde. Que tempo úmido, khe, khe, mau para a minha bronquite...

PEDRO: Senhor escrivão, não vamos perder tempo. Trouxe o testamento do nosso defunto pai?

ESCRIVÃO: Testamento, que testamento? Khe, khe... Ah, sim, o testamento... Já vai já. Khe, khe. (*Tosse longamente.*)

JOÃO (*compadecido, batendo-lhe nas costas e quase o derrubando*): Está melhor, senhor Escrivão?

ESCRIVÃO (*defendendo-se*): Estou melhor, estou melhor... Muito obrigado...

JOSÉ: Se está melhor, então comece a leitura.

PEDRO: Sim, comece duma vez, vamos.

ESCRIVÃO: Já vai já. (*Tira o lenço, limpa os óculos.*) Neste ano da graça de mil... aos dezenove dias do mês de Janeiro, compareceu ao meu cartório... (*O pergaminho se enrola.*) Oh!... Hum, hum... Neste ano da graça de...

PEDRO: Pode pular esta parte. Vamos aos fatos.

JOSÉ: Isso mesmo. Que foi que o nosso pai nos deixou?

ESCRIVÃO: Está bem, está bem... Já vai já... Onde é que eu estava mesmo? Khe, khe... Ah, aqui está: "Sentindo-me velho e doente, e sabendo que pouco tempo me resta de vida, faço aqui o meu testamento, para que não haja rixas nem querelas entre os meus três filhos, depois da minha morte, por causa da herança"... Khe, khe...

PEDRO e JOSÉ: E então? E depois? Continua!

ESCRIVÃO: Já vai já. "Ao meu filho primogênito"...

PEDRO: O que é isso?

ESCRIVÃO: Primogênito é o mais velho...

PEDRO: Ah, isso é comigo! Depressa, o que é?

ESCRIVÃO: Já vai já... khe, khe... "Ao meu filho primogênito, Pedro, deixo a minha casa. Ao meu segundo filho, José, deixo o moinho. E ao meu caçula querido, João, deixo o meu gato de estimação. Nada mais possuo no mundo para deixar aos meus filhos, além da minha bênção de pai. Meus filhos, Sejam justos, trabalhadores e bondosos, e a sorte vos ajudará na vida. Adeus. Assinado, João Moleiro, vosso pai". É só. São três tostões.

PEDRO: Não tenho tanto dinheiro. Pode ir para casa... Adeus.
JOSÉ: Nem eu. Pode ir para casa. Adeus.
ESCRIVÃO: Mas, como, khe, khe... Mas o imposto... Mas como...
JOÃO: Espera, senhor escrivão. Eu tenho três tostões. São todas as minhas economias, mas não é direito que fique sem o pagamento dos seus serviços. Aqui está, senhor escrivão.
ESCRIVÃO: Muito obrigado, meu filho, muito obrigado... khe, khe... É um moço de bem, João, e a sorte há de te ajudar. Adeus.
JOÃO: Adeus, senhor escrivão. Muito obrigado. (*Acompanha o velho até a porta. Escrivão sai.*)

Cena 3

PEDRO (*a José*): Pois bem. Eu fico com a casa, e você, José, fica com o moinho. Proponho uma sociedade: moraremos juntos nesta casa e trabalharemos juntos no moinho, repartindo os lucros. Será vantagem para ambos. Aceita?
JOSÉ: Aceito. Toca aqui.
JOÃO: Manos, manos, e eu? Que será de mim?
PEDRO: Não sei nem quero saber. Não precisamos de você, com a tua herança. Nada podemos fazer com um gato vagabundo, que só ocupa lugar e come de graça. Pode ir embora com o teu gato.
JOSÉ: É isso mesmo. Vá embora com o teu gato. A casa mal dá para nos abrigar, a mim e ao Pedro, e o lucro do moinho já é bem pouco para sustentar nós dois. Vá embora com o teu gato.
JOÃO: Então, meus próprios irmãos me enxotam da casa onde nasci... Onde vou morar agora? E se eu tiver fome?
PEDRO: Tem a tua herança, João-bobo! Come o teu gato! Ha, ha!
JOSÉ: Ha, ha, ha! Isso mesmo! Come o gato! (*Os dois se dirigem para a porta.*)
PEDRO (*mão no trinco*): Adeus! Quando voltarmos, não queremos encontrar mais nem você nem o teu gato vagabundo!

josé: Isso mesmo! Nem você nem o teu gato vagabundo! (*Saem.*)
joão (*sozinho*): Está bem. Vou pegar minhas coisas e vou embora neste instante. Nunca imaginei que os meus irmãos fossem tão maus. Que diria meu pai se soubesse disso? (*Batem na porta.*) Quem é?
escrivão (*de fora*): Khe, khe, khe. Sou eu, meu filho.
joão (*abrindo*): Pode entrar, senhor escrivão. Esqueceu alguma coisa?
escrivão: Eu estava pensando... khe, khe (*Pega o dinheiro*) Afinal de contas, você precisa mais destes três tostões do que eu. Fica com eles.
joão: Mas é seu pagamento... Os impostos...
escrivão: Não faz mal, vou dar um jeito... Fica, meu filho... khe, khe... Fica com o teu dinheirinho.
joão: Obrigado, senhor Escrivão. Bem que eu vou precisar... Meus irmãos me expulsaram desta casa.
escrivão: Foi o que eu imaginei. E o que vai fazer agora?
joão (*desce*): Não sei... Talvez encontre alguém que me dê um emprego... (*Descendo e olhando o Gato.*) Se não arranjar trabalho, acho que terei mesmo que comer o gato.
escrivão: Meu filho, você é um rapaz bom e valente. Por que não vai falar com o rei? Ele está organizando um exército para combater o Papão, e você poderia se empregar como soldado.
joão: O Papão?
escrivão: Sim. O Papão que anda fazendo muita estripulia. Cada dia está pior. Khe, khe... Rouba os cavalos e as galinhas, estraga as plantações e mata os camponeses que encontra à noite pelos campos. Dizem até que come duas crianças por dia, uma ao almoço, outra ao jantar.
joão: Que horror!
escrivão: O rei te aceitaria no exército. Não será muito dinheiro, mas ao menos terá abrigo e comida.
joão: Mas, senhor Escrivão, eu não tenho jeito para soldado. Não sou de briga. Inda mais para lutar com o Papão...

ESCRIVÃO: Bem, foi apenas uma ideia... khe, khe... Faz o que achar melhor. Você é bom e honesto. Alguém vai te ajudar. Adeus, João. Khe, khe, khe.
JOÃO (*na porta*): Adeus, senhor Escrivão. Muito obrigado. (*Volta para o tamborete.*) Se eu não encontrar trabalho, terei mesmo que comer o gato...
GATO (*saltando*): Ah, isso é que não!
JOÃO (*cai do tamborete*): Quem falou?
GATO: Eu falei. A mim é que ninguém come. Sou indigesto. Escuta, patrão. Tenho uma ideia. Vamos arranjar para você um lugar no exército do rei.
JOÃO: O escrivão já teve esta ideia. Mas eu não quero ser soldado!
GATO: Mas quem falou em soldado? Eu vou te arranjar um posto de oficial. Gostaria de ser tenente?
JOÃO: Tenente? Não é mau...
GATO: Ou capitão? General será melhor ainda, dá menos trabalho. Deixa a coisa por minha conta! Eu só preciso de umas roupas para falar com o rei. Onde vamos arranjar roupa?
JOÃO: Eu tenho aqui um chapéu e um casaco que eram do meu pai. Talvez sirvam.
GATO: Ótimo. (*Pausa. Procuram.*) Mas eu vou precisar também de um par de botas.
JOÃO: Olha, também há um par de botas vermelhas aqui dentro.
GATO: Botas vermelhas! (*Começa a calçá-las, sentado na mesa.*) Parecem feitas de encomenda para mim!
JOÃO: Este é o chapéu...
GATO: Viva! Um chapéu de fidalgo! E uma espada de verdade! (*Começa a se vestir*) Você vai esperar por mim no bosque ao lado do rio. Eu vou falar com o rei e garanto que hoje mesmo será general do exército.
JOÃO: General... Mas desde quando aprendeu a falar, gato de botas?
GATO: Gato de botas! Isso mesmo! Este será o meu nome. Como aprendi a falar? Não sei... Acho que foi o susto de ser comido... (*Acaba de calçar as botas.*) Devia ver... Você será Marquês... o Marquês de Carabás. Gosta?

JOÃO: Marquês de Carabás... Soa bem... Mas... (*Mostra a roupa.*)
GATO: Sim, tem razão. Não pode ser marquês com estes farrapos. Precisamos arranjar um traje apropriado para você. Achei! Escuta. Escuta com atenção. Está escutando? Conhece o riacho que corre lá atrás dos jardins do Palácio Real?
JOÃO: Conheço. Sempre vou beber ali. Às vezes vou até tomar banho.
GATO: Pois é isto mesmo o que vai fazer agora.
JOÃO: Isto mesmo o quê? Tomar banho?
GATO: Exatamente.
JOÃO: Mas eu já tomei banho este mês.
GATO: Não discuta e faz o que te digo. Vai já para o riacho, tomar banho...
JOÃO: Brrrrrr! Com este frio?
GATO: Sim, senhor! Tira toda a roupa...
JOÃO: Toda, toda? Não posso ficar com o casaco para me esquentar?
GATO: Não interrompa, homem! Tira toda a roupa e a esconde num arbusto qualquer. E fica dentro da água até o pescoço, compreendeste?
JOÃO: Muito tempo? Brrrr! Vou apanhar um resfriado!
GATO: Deixa. Não importa que fique resfriado. Valerá a pena. Está tudo claro?
JOÃO: Claro? Não estou entendendo nada.
GATO: Nem precisa entender. Vai entender mais tarde. Agora, presta atenção. Quando me ouvir miar assim: Miaaau!, põe-te logo a berrar com todas as forças: "Socorro! Aqui del Rei! Pega ladrão!" Entendeste?
JOÃO: Entendi... Mas é que...
GATO: O quê?
JOÃO: Não entendi nada!
GATO: Pois então faça de conta que entendeu. Não há tempo a perder. Corre, João, e faz o que mandei. E não te espante se te chamarem de senhor Marquês. De agora em diante você será o Marquês de Carabás.

JOÃO: Mas...
GATO: Nem mais uma palavra. Depressa, antes que voltem os teus irmãos. Corre! (*Empurra João, que vai.*) Vai caçar. (*Só após pequena pantomina, faz uma reverência.*) Gato-de-Botas, criado do Marquês de Carabás... Não está mal...
PEDRO (*de fora*): Com duas bocas a menos para alimentar, o moinho poderá dar bons lucros para nós dois...

*Gato esconde-se atrás da porta num pulo.*

JOSÉ (*entrando com Pedro*): Acho que eles já foram embora.
GATO (*num salto*): Embora vão vocês! Fora daqui!
PEDRO: O gato vagabundo!
GATO: Já lhes mostro quem são os vagabundos! Rua!

*Grande algazarra, correrias, Gato expulsa os dois, fica só, salta sobre a mesa e solta formidável miado de vitória.*

GATO: Miaaaaaaau!


*Segundo Ato*


*Salão no Palácio Real. Rainha está desmaiada no trono. Pajem e princesa abanam-na, nervosos.*

PAJEM: Majestade! Majestade!
RAINHA: Ai, ai...
PRINCESA: Mamãe!
PAJEM: Majestade! Acorde! Ainda não há perigo!... O Papão...
RAINHA: Oh! (*Torna a desmaiar.*)
PRINCESA: Pronto! Outra vez! Por que fala tanto nesse Papão?
PAJEM: Eu não estou inventando, Alteza! O Papão é que anda ameaçando vir aqui e dar cabo de nós todos...
PRINCESA: Conversa! Não precisavas assustar a rainha com estas tolices. O rei, meu pai, já tem um exército que destruirá esse Papão num instante.

RAINHA (*voltando a si*): O rei, teu pai, é um pamonha! E o ministro é outro pamonha! Ninguém faz nada neste reino! Há um ano que eles falam do tal exército! Um ano! E todo este tempo o rei, teu paim ficou é comendo bananas! Não faz outra coisa! Está engordando que nem um leitão... que ainda vai servir de jantar para o Papão... E será bem feito! Bananas...

PAJEM: Majestade, não se aflija tanto... Tenho um pressentimento.

RAINHA: Você com os teus pressentimentos. Na semana passada tive o pressentimento de que o ministro se afogaria no rio... E até agora nada! Não há meios de ficarmos livres daquele pateta!

PAJEM: Mas agora eu tenho um pressentimento de verdade. (*Para a princesa.*) Um dia virá um príncipe, belo, alto, valente que se apaixonará pela Princesa à primeira vista e então, ele, sozinho, irá destruir o Papão... Como nas histórias. (*Suspiros da rainha e da princesa. Pajem toca uns acordes no alude.*) Ele virá, cheio de amor... (*Canta um pequeno trecho.*)

RAINHA (*interrompendo*): Mas esse teu príncipe que não fique depois gordo e barrigudo como teu pai ficou. Ele também era um príncipe muito formoso quando o conheci. Mas depois começou a se dedicar às bananas e deixou o reino às moscas...

PAJEM: Atenção! Aí vem o rei (*irônico, para princesa*) e o senhor Ministro.

*Entra rei, carregado, seguido do ministro.*

MINISTRO (*reverência para a rainha e princesa*): Mama... ma... jestade... a... a... alteza..

RAINHA: Bananas! Já soube que o Papão ameaçou vir aqui ao palácio e nos matar a todos?

REI: Ora, querida, não se aflija. O exército...

RAINHA: Exército! Ora pílulas! Há mais de um ano que ouço falar no tal do exército!

MINISTRO: Ma... ma... majestade... e... eu, eu...

RAINHA: Cala-te! São todos uns poltrões! Estou farta de todos vocês! Por sua causa não se tem mais sossego neste reino! Eu já nem me atrevo a sair do palácio, com medo de encontrar-me com aquele bruxo! E agora, nem aqui dentro estaremos garantidos. Não haverá homem neste reino com coragem bastante para enfrentar aquele monstro? (*Para o rei*) Onde está o teu exército? Onde estão os teus generais? Trancados em casa, tremendo de medo? Ou estarão comendo bananas, como o rei?

REI: Não fique nervosa, querida... O Papão é um bruxo terrível, um Lobisomem, não se pode enfrentar assim sem mais nem menos. Nenhum dos meus generais se atreve a desafiá-lo. Ele seria capaz de transformar todos eles em... em ...

RAINHA: Bananas?

REI: Temos de esperar que ele ataque primeiro. Então nos defenderemos.

RAINHA: Bonito! Ninguém se atreve... muito bem. O Papão vem aqui e mata todos nós. E não pense que você ficará para contar a história, reizinho de meia pataca. Pipa! Pançudo! Ba...naa...na! (*Chora alto. Confusão geral.*)

*Entra escravo.*

REI: Fala, fala!

ESCRAVO: Majestade, está aqui um gato de botas, que vem da parte do Marquês de Carrabàs, trazer um presente do seu amo e apresentar seus cumprimentos a Vossa Majestade.

RAINHA: Gatos de botas?

PRINCESA: Marquês de Carabás? Não o conheço. Ele é bonito?

PAJEM: Nunca ouvi falar dele. Que jeito ele tem?

ESCRAVO: O gato está sozinho.

RAINHA: Marquês que tem um gato por criado? As coisas que acontecem neste reino! Tudo culpa deste "governo". (*Susto.*) Oh! Não será o Papão disfarçado de gato?

ESCRAVO: Não sei, Majestade. Devo fazê-lo entrar?

RAINHA (*interrompendo o rei, que ia falar*): Espera! Precisamos primeiro saber de que se trata. (*Para o rei.*) Manda o teu ministro saber se é um gato de verdade.

REI: Ministro! Eu te ordeno que vá imediatamente verificar se se trata de um gato de verdade ou se é alguma esperteza do Papão.

MINISTRO: Ma... ma... majestade! E se... se for me... me... mesmo o Pa... pá... pá... pão! Ma... ma... mande outro em me... meu lugar!

REI (*a um sinal da rainha*): Ordeno que vá!

PAJEM (*com uma reverência*): Majestade, permita que eu vá. O senhor Ministro não gosta de gatos.

REI: Muito bem. Pajem, ordeno-te que vá verificar...

PAJEM: Obrigado, Majestade. (*Pajem sai.*)

RAINHA: O senhor Ministro não gosta de gatos... Pena que minha filha não seja uma gata.

REI: Seja quem for, devemos nos portar com dignidade. Venha, senhora.

*Rei e rainha sentam-se no trono. A corte se coloca protocolarmente. Pajem entra.*

PAJEM: Majestade, o Gato-de-Botas, criado do senhor Marquês de Carabás, vem trazer um presente e apresentar os cumprimentos do seu amo.

*Gato entra, com saco, que põe no chão e cumprimenta.*

GATO: Majestade... Alteza Real... Meu amo e senhor, o ilustre Marquês de Carabás, te oferece este precioso coelho real. (*Abre o saco e exibe o coelho.*)

RAINHA: Como é grande! Que pelo lindo!

GATO: É um coelho real, dos que existem somente nos bosques do meu senhor. Foi caçado especialmente pelo próprio Marquês.

RAINHA: Que formoso animal! Deixe-me vê-lo de perto.

*Ministro aproxima-se. Pajem e princesa querem levar o coelho à Rainha. Coelho escapa. Correria. Rei come banana. Coelho é apanhado pelo Gato.*

GATO: Perdão, Majestade, mas me parece que o coelho se assustou com a cara do senhor Ministro... (*Pega o coelho.*)
RAINHA: Não é para menos, pobre bichinho. Escravo! Leva o coelho do senhor Marquês. Quero que ele seja tratado com todo o carinho e consideração.
REI: Escravo! Ordeno-te que leve o coelho.

*Sai escravo, levando o coelho, e logo volta para seu lugar.*

RAINHA: Senhor Gato, seu amo tem muitos coelhos assim?
GATO: Meu amo é riquíssimo, Majestade. Possui bosques imensos cheios de coelhos reais e raposas prateadas... O seu castelo é tão grande que ele mesmo ainda não conhece todas as salas...
A CORTE: Oh!
PRINCESA (*aproximando-se dele*): É jovem o teu amo?
GATO: O senhor Marquês de Carabás é jovem, alteza, e nenhum príncipe do mundo se lhe compara em galhardia e coragem. Meu amo já esteve em guerras terríveis e saiu vitorioso em todas as lutas. (*Para a rainha.*) Qualquer exército se orgulharia de tê-lo à frente como o seu general.
RAINHA: Ah, é assim? (*Cochicha com o rei.*) Escuta, Gato de Botas. Acha que teu amo aceitaria ser nomeado general do exército real?
REI: Mas... nós já temos uma porção de generais...
RAINHA: Diz ao teu amo que o rei Pimpão convida-o a chefiar o nosso exército.
REI (*com um suspiro*): Ordeno-te que convide o teu amo...
GATO: O senhor marquês de Carabás aceitará certamente tão honroso convite, Majestade.
PAJEM: Saberá por acaso, Gato de Botas, que o teu amo terá de enfrentar o Papão, o Lobisomem mais terrível que já apareceu na face da terra?
GATO: Meu amo não teme nada. Já lutou com bruxos e dragões. Se meu amo resolve liquidá-lo, o Papão tem os dias contados.
RAINHA: Bravo! Assim é que se fala!

MINISTRO: Ma... ma... majestade... Se o Marquês é me... me... mesmo tão vá... vá... valente, ele não precisa de é... é... exército... já que...já que... já que...

PAJEM (*arremedando*): Já que, jaque, jaque...

RAINHA: Silêncio! Continua, ministro.

MINISTRO: Já que ele é tão vá... valente, ele poderá só... só... sozinho ma... ma... matar o Papão!

REI: Isso mesmo! Que grande ideia!

GATO (*à parte*): Chiii! Por esta eu não esperava!

RAINHA: É mesmo...

PRINCESA: O Marquês de Carabás seria capaz de matar o Papão, sozinho, por mim?

GATO: O Marquês de Carabás... Hum... Ora, é claro que sim! Será uma façanha em honra à princesa!

PAJEM: Viva!

*Grande alegria geral. Gato cai sentado.*

PAJEM: Não te disse, alteza? O Marquês já está apaixonado por você antes mesmo de te conhecer!

PRINCESA: Tolices! Conta-nos, Gato de Botas, como é o senhor Marquês?

GATO (*levantando-se*): O Marquês é... é alto... moreno...

*Pajem interrompe e começa a cantar enquanto os outros escutam, Gato esgueira-se para a janela e assovia. Todos se voltam. Gato disfarça.*

RAINHA: Linda canção, Pajem. Lembra-te, Pimpão, do tempo em que eu te conheci...

*Rei morde a banana, comovido. Gato assobia novamente. Todos se voltam.*

PAJEM: Que foi isso?

GATO: É... é uma outra canção... talvez o Pajem conheça... É assim: Fiiii-au!

PAJEM: Fiiii-au!? Não, não conheço Fiiii-au! É bonito.

*Gato espia pela janela, preocupado.*

REI:  Espera aí. Parece que estou me lembrando desta canção. Fiii-
-au! É isso mesmo! Fiii-au!

*Todos começam a assobiar. Gato está nervoso. Finalmente, ouve-se.*

JOÃO (*fora*):  Socorro! Socorro! Aqui del Rei! Ladrões! Socorro!
RAINHA:  Que será isso?
REI:  Que foi isso?
JOÃO (*de fora*):  Socorro! Acudam!
GATO:  Oh! É a voz do senhor Marquês de Carabás!
PRINCESA:  O Marquês! Ele está em perigo! Corram! Salvem-no! Oh!
GATO (*na janela*):  É o Marquês!

*Gato salta pela janela e some.*

MINISTRO (*contente*):  O Marquês! Pedindo socorro!
RAINHA (*para o rei*):  Faça alguma coisa! (*Desmaia.*)

*Todos correm para a janela. Atropelo geral.*

MINISTRO (*esfregando as mãos*):  O Marquês está em apuros... Gritando por socorro... Não me parece muito heroico, não acha, Pajem?
PAJEM:  Vossa excelência, parece estar com ciúmes do Marquês...
GATO (*entra, esbaforido*):  Majestade, Majestade! Os ladrões roubaram as roupas do senhor Marquês enquanto ele tomava banho no rio. Deixaram o Marquês pelado, nuzinho, dentro d'água, sem poder sair, tremendo de frio!
PRINCESA (*chocada*):  Oh!
A CORTE:  Ohh!
GATO:  Depressa, por favor, roupas, roupas para o senhor Marquês! Depressa, antes que ele apanhe um resfriado e morra de pneumonia.
RAINHA (*voltando a si*):  Ordeno já que levem imediatamente as melhores roupas para o senhor Marquês!
REI:  Escravos! Ordeno que...
ESCRAVOS:  Sim, Majestade. (*Saem correndo.*)
PRINCESA:  Oh! Que horror! O Marquês vai ficar resfriado!

PAJEM: Ouviu, senhor Ministro? Roubaram as roupas do senhor Marquês enquanto ele estava no rio, tomando banho. Mas vossa excelência não sabe o que é isto...

*Escravos voltam correndo, com as roupas, atravessam e saem. Todos voltam para a janela. Gato entra um instante depois.*

GATO: Foi na hora exata. O Marquês já estava ficando duro de frio! Mas agora ele já vai chegar...

*Rei e rainha voltam para o trono. Todos aos seus lugares. Princesa ajeita o cabelo. João entra, espirrando, ricamente vestido.*

GATO (*apresentando-o*): Meu amo e senhor, o Marquês de Carabás.
JOÃO (*cumprimentando*): Atchim!
A CORTE: *Dominus tecum!*
RAINHA: Senhor Marquês, nossos cumprimentos. Pode beijar minha mão.
JOÃO (*inclinando-se sobre a mão*): Majesta... a... atchim!
A CORTE: *Dominus tecum!*
REI: A minha também.
PRINCESA: A minha também.

*João beija-lhe a mão e esquece do mundo.*

GATO: Marquês... senhor... (*Puxão; baixinho.*) João!
JOÃO (*caindo em si*): Atchim! Oh! Que foi?
PRINCESA: O coelho real era lindíssimo.
JOÃO: Coelho?
GATO: O coelho real que você ofereceu à sua Majestade agradou imensamente...
JOÃO (*compreendendo*): Ah, sim, o coelho real. Peço perdão por tão insignificante presente.
PRINCESA: Foi um presente lindo. Adoro coelhos.
RAINHA (*para o Rei*): O Papão... Fala do Papão...
REI: Gato de Botas!
GATO: Sim, Majestade.
REI: Comunica ao teu senhor a nossa resolução.

GATO: Sim, Majestade. (*Para João, penalizado.*) Senhor Marquês, tenho o prazer de lhe comunicar que sua Majestade, o bondoso rei Pimpão, lhe concedeu o honroso privilégio de ir, sozinho, com suas próprias mãos, cortar a cabeça do temível Papão. (*João desmaia.*)
PRINCESA: Oh! Senhor Marquês!
GATO: Foi a água gelada do rio! Eu bem disse que lhe faria mal. Não é à toa que nós gatos nunca entramos n'água. (*Abana João.*)

*Pantomima. Todo mundo nervoso. Ministro contente. Pajem dá-lhe um pontapé na canela, disfarçando. Confusão geral.*


*Terceiro Ato*


*Gato entra na frente do pano fechado, puxando João pela mão.*

GATO: Arre, até que consegui te tirar de lá. Quase que me estraga toda a escrita com aquele chilique. Ainda bem que me lembrei do botar a culpa no teu resfriado.
JOÃO: Aaa... tchim!
GATO: *Dominus tecum*! Ora bolas! Agora temos de tratar de liquidar o Papão, sem perda de tempo.
JOÃO: Ai! (*Vai desmaiar. Gato o sacode.*)
GATO: João! Mas que é isso, homem! Coragem! (*João treme.*) Sossega, João. Já vou dar um jeito. (*Pensa.*) Eureka!
JOÃO: Eu... o quê?
GATO: Já achei a solução. Talvez custe a minha linda pele, mas se der certo, estamos feitos!
JOÃO (*animado*): Tem que dar certo. As tuas ideias sempre dão certo. (*Gato se faz de modesto.*) Que é que eu tenho de fazer, amigo gato?
GATO: Você? Nada. Vem comigo. Vamos ao palácio do Papão.
JOÃO (*medo*): Na... nada! Nada menos que entrar no covil do Papão! Ai! Nunca mais verei a minha princesa! (*Chora.*)

GATO: João! Marquês de Carabás! Deixa tudo por minha conta! Tudo o que tem de fazer é se esconder no jardim do Papão e esperar. Se dentro de meia hora não ouvir meu assobio, saia correndo, porque isto quer dizer que era uma vez um gato de botas.

JOÃO: Ai! Não diga essas coisas horríveis!

GATO: Espera! Ainda estou bem vivo, e o meu plano tem que dar certo. Escuta. Se esconda no jardim do Papão e espera. Assim que ouvir o meu assobio, entra no palácio com toda a pose de que és capaz, porque estará entrando na tua própria casa.

JOÃO: Não estou entendendo nada.

GATO: Não é a primeira vez. Obedece, que no fim tudo dará certo. E vamos logo, que não há tempo a perder! (*Saem.*)

*Abre o pano. Estúdio do Papão. Este está sentado à sua mesa, fazendo alquimia.*

LACAIO (*entrando*): Vossa Lobiscelência.

PAPÃO: Hein? O que é?

LACAIO: Está aí na antecâmara um gato de botas que fala como gente e deseja falar com o senhor.

PAPÃO: Estou ocupado, não recebo ninguém. Hein? Gato que fala? Será algum colega disfarçado? Manda entrar.

LACAIO: Imediatamente, vossa Lobiscelência. (*Lacaio sai.*)

PAPÃO (*resmungando*): Quem será este gato? Não gosto de concorrência. Se amolar muito, faço-o virar sorvete num instante.

GATO (*entra*): Boa tarde, vossa Lobiscelência.

PAPÃO: Boa tarde nada. Estou preparando uma trovoada para hoje. Que ventos te trazem, gato falante?

GATO: Vim de terras longínquas, atraído pela sua fama, que corre mundo nas asas ligeiras dos ventos alígeros...

PAPÃO: Ha, ha! Então a minha fama corre mundo? Já não era sem tempo.

GATO: Pois é, vossa Lobiscelência... Ouvi dizer que é o maior mágico do mundo...

PAPÃO: Ha, ha, ha! Lá isso sou mesmo! Que mais foi que ouviu falar de mim, meu bichano?

GATO: Ouvi dizer que os quatro elementos te obedecem. Que você manda na terra e na água, no ar e no fogo...

PAPÃO: Hum... Se mando... Quer ver uma fogueira na palma de minha mão?

GATO: Oh, não! Isto é mágica fácil!

PAPÃO (*com um urro*): O que foi que disse, gato atrevido?

GATO (*disfarçando o susto*): Nada, nada, vossa Lobiscelência... Apenas quis dizer que fogueira na mão é mágica que outros bruxos já fizeram... O que eu ouvi dizer é que vossa Lobiscelência faz coisas que mago algum jamais conseguiu.

PAPÃO: Ah, bem. Isto é verdade. Sei fazer coisas que ninguém mais faz nem fará nunca. Com minhas artes, dominarei o mundo inteiro! Vou governar esta terra, depois de dar cabo daquele pateta do rei e de comer a princesa, que deve ser muito tenra de carne...

GATO: Co... comer a princesa?

PAPÃO: Então? Filé de princesa é um prato raro e delicado. Hahahaha! Tem alguma coisa com isso?

GATO: Eu? Eu não. Mas pessoalmente prefiro os ratos. Mas eu vim de tão longe foi por outros motivos.

PAPÃO: Motivos? Que motivos? Fala depressa, gato, que tenho mais que fazer do que perder tempo com felinos, mesmo quando usam botas vermelhas e falam como gente.

GATO: É que, vossa Lobiscelência, contaram-me uma coisa que, com o devido respeito todo, não consigo acreditar...

PAPÃO: A meu respeito? O que foi?

GATO: Disseram-me que vossa Lobiscelência é capaz de se transformar em qualquer bicho, num abrir e fechar de olhos!

PAPÃO: E é isso que achas difícil de acreditar? Esquece que sou Lobisomem! Ha, ha, ha! É a coisa mais fácil do mundo.

GATO: É mesmo? Não consigo imaginar uma coisa dessas...
PAPÃO: Ah, não consegue? Pois já vai ver!

*Transforma-se em leão e dá uma patada e rugido.*

GATO (*apavorado*): Miiii-aaaaau! (*Pendura-se na cortina.*)
PAPÃO (*transformado em leão*): Que susto, hein, gatinho? Sorte tua que acabei de almoçar há meia hora, senão estava frito... Se bem que eu não tenha especial preferência por carne de gato... (*Volta à forma primitiva e ri às gargalhadas.*) Ha, ha, ha, ha!
GATO (*descendo*): Parabéns, vossa Lobiscelência! Que maravilha! Nunca vi uma coisa destas! Agora terei o que contar na minha terra.
PAPÃO: Conta mesmo. Conta que sou o maior dos mágicos, e que logo serei do mundo inteiro!
GATO: É o que contarei ao mundo inteiro, vossa Lobiscelência.
PAPÃO: Quando eu for dono do mundo inteiro, serei o maior tirano de todos os tempos!
GATO: Puxa! Não tenho a menor dúvida! (*À parte*) Noooossa! Que perigo! Preciso dar um jeito nisso, e depressa!
PAPÃO: Que é que está resmungando aí, gato? Olha, chega de conversa fiada. Está dispensado.
GATO: Já vou indo. (*Na porta.*) Só que... só que...
PAPÃO: Que é que falta mais?
GATO: É que... parece incrível...
PAPÃO: Que é que parece incrível? Quer que vire jacaré?
GATO: Não, não, não é isso. Jacaré também é bicho grande, e vossa Lobiscelência é tão grande que pode se transformar até em elefante, não tenho dúvida. O que me parece incrível é outra coisa.
PAPÃO: Incrível o quê? Não há nada que eu não possa fazer.
GATO: Eu sei, eu sei. Mas é que eu gostaria de poder contar que vi com os meus próprios olhos...
PAPÃO: Viu o quê?
GATO: Vi vossa Lobiscelência virar um bichinho pequeninho deste tamanhinho... um ratinho, por exemplo. Parece impossível.

PAPÃO: Ha, ha, ha! Não há nada impossível para o Papão-Lobisomem, seu gato bobo. Olha para cá.

*Vira rato e corre pelo palco.*

GATO: Ah! Era só isso que eu queria! (*Dá um bote e apanha o rato e devora-o*) Hum! Para quem ainda agora era Papão, este rato até que não estava mau de todo. Arre que sempre consegui dar cabo dele. Ainda bem. E foi na última hora mesmo. O rei e a comitiva já devem estar chegando. Vou avisar o Marquês. (*Assobia.*) Bem, agora o Lacaio. Lacaio!

LACAIO: Sim, vossa Lobiscelência.

GATO: Qual lobiscelência, qual nada! O Papão não existe mais. Dei cabo dele, para que nunca mais persiga ninguém nem ameace o mundo inteiro.

LACAIO: O queeeê?!

GATO: É o que ouviu, pateta. Teu patrão não é mais o Papão, que está li-qui-da-do, e sim o ilustre Marquês de Carabás, por direito de conquista.

LACAIO: Já compreendi. O dono disto agora é o Marquês de Carabás. Tanto melhor, não o conheço, mas ele não pode ser pior que o Papão. Nossa vida vai melhorar.

GATO: Se vai! O Marquês é o melhor homem do mundo. E agora, corre a avisar a criadagem toda, e manda preparar imediatamente um banquete no salão principal, porque vem aí Sua Majestade o rei Pimpão, com a rainha, a princesa e toda a comitiva. Corre!

LACAIO: Às ordens, vossa... Gatoscelênciaa! (*Sai.*)

GATO: Gatoscelência... Que bobagem! Ora, graças que tudo está saindo melhor que a encomenda. Puxa, que sujeira! Será preciso mandar queimar tudo isto.

JOÃO (*aparece na porta*): Amigo gato...

GATO: Ah, caro Marquês de Carabás. Chegou na hora certa.

JOÃO: E... o Papão?

GATO: Está no papo. Liquidadíssimo. O palácio é seu, senhor Marquês.

JOÃO: Ai, que alívio. Como poderei te agradecer, gato amigo?

GATO: Não tem tempo para agradecimentos. Se prepara para receber a visita do rei Pimpão e toda sua comitiva, que já devem estar chegando.

JOÃO: Comitiva? A princesa também?

GATO: Claro. E cá estão eles.

LACAIO (*aparece na porta*): Suas Majestades, Sua alteza real e comitiva!

GATO (*com grande reverência*): Bem-vindos sejam à casa do Marquês de Carabás.

*Entram rei, rainha, princesa etc.*

JOÃO (*grande reverência*): Grande honra me dá, Majestade.

REI: Lindo palácio, senhor Marquês.

JOÃO: É seu, Majestade.

RAINHA (*para o Rei*): Pergunta, pergunta...

REI: Ah... a respeito do...

GATO: O Papão? Morto, naturalmente. Morto e digeri... enterrado.

PRINCESA: O senhor Marquês é um herói.

JOÃO (*modesto*): Oh! Eu não fiz nada...

REI: É um herói, sim.

RAINHA: É sim. Pode beijar minha mão. (*João obedece.*)

PRINCESA (*para o Rei*): Papai, eu quero me casar.

REI: Casar? Ora, até que enfim, minha filha! (*Para a rainha.*) Ouviu, querida? A nossa filha quer casar!

RAINHA: Ora, graças!

REI: Vou já mandar emissários a todos os reinos vizinhos para convidar todos os príncipes...

PRINCESA: Não, não! Não quero príncipes! São todos bobos! Eu já escolhi o meu noivo! (*Olha para João.*)

*Rainha faz sinal para o rei, indicando João.*

REI (*compreende*): Oh, oh! Já entendi... Mas... não é possível. Ele não é príncipe.

PRINCESA: Não quero saber de príncipes! São todos patetas! Não quero, não quero, não quero!

REI: Está bem, está bem! Não fique assim, filhinha, já vou dar um jeito nisso. Senhor Marquês!
JOÃO: Sim, Majestade.
REI: Em agradecimento aos relevantes serviços que o senhor prestou à nação...
JOÃO: Serviços? Que serviços?
GATO (*cutuca-o*): Shshsh! Fica quieto, bobo!
PRINCESA (*ao pajem*): Como ele é modesto!
REI (*sem dar pela cena*): Resolvemos conceder-vos o título de Príncipe Invicto. Dobre o joelho. (*João obedece. Rei toca-lhe o ombro com o cetro.*) Pode se erguer, Príncipe Invicto.
JOÃO: Agradeço, Vossa Majestade, a imerecida honra...
PRINCESA: Oh! Quanta modéstia!
PAJEM: Mas é um pouco tímido, não acha?
PRINCESA: É disso que eu gosto. (*Para João.*) Saudo-vos, Príncipe Invicto. (*Estende a mão para ele beijar. Cena sentimental.*)
REI: Príncipe... Príncipe invicto...
JOÃO (*sobressalto*): Majestade!
REI: Pode pedir qualquer coisa, que de antemão está concedida.
JOÃO: Majestade... eu...eu...
REI: Então, então! Fala!
JOÃO: Majestade... só existe uma coisa no mundo que eu desejo... mas não me atrevo...

*Torcida geral.*

RAINHA: Que é isso, príncipe! Coragem!
REI: Fala, príncipe!
JOÃO (*toma fôlego*): Majestade... não mereço, mas vou pedir... a mão de sua filha!
REI (*à parte*): Arre! Custou, mas saiu! (*Alto.*) Minha filha, ouviu o príncipe. Qual é a tua resposta?
PRINCESA: Ouvi, meu pai. A minha resposta... A minha resposta é sim! E se ele não fosse príncipe, seria sim do mesmo jeito.
REI: Declaro-vos noivos. Príncipe, pode dar um beijo na noiva.
LACAIO (*entrando*): O banquete está servido.

REI: Já está servido? Mas que eficiência!
GATO: É, o serviço do Marquês, perdão, do Príncipe Invicto, é assim mesmo... (*Indica a saída.*) Podemos passar para o salão nobre.
REI (*para João*): Preciso lhe dar os parabéns pelo extraordinário mordomo que é o seu Gato de Botas...
JOÃO: Obrigado, Majestade. Porém o Gato de Botas não é o meu mordomo. (*Toma o gato pelo braço.*) Este Gato de Botas é o maior amigo que um homem jamais teve. É mais do que um irmão para mim.
REI: Ah, é assim? Neste caso, precisamos agraciá-lo também com um título nobiliárquico... Vejamos... Marquês... Não, duque será melhor...
GATO: Obrigado, Majestade. Mas tomo a liberdade de declinar esta honra...
REI: Recusa o título! Mas por quê?!
GATO: Perdoe-me, Vossa Majestade, mas sou de opinião que estas coisas de títulos nobiliárquicos e brasões já estão fora de moda... Os únicos títulos que importam são os de valor pessoal... Escute só como soa bem este título: Homem de Bem. Este é o título verdadeiro do meu amigo João.
PRINCESA: João! Que nome lindo!
REI: E soa bem mesmo... Mas então, Gato de Botas, como poderei te recompensar pela amizade e dedicação ao meu futuro genro?
GATO: A amizade não precisa de recompensa. Nada quero para mim a não ser uma vida normal de gato... e ratos gordos com creme de chantili todos os dias... hummmmmmm... porém...
REI: Diga, diga. Está concedido de antemão.
GATO: Porém, atrevo-me a fazer uma sugestão.
REI: Qual é?
GATO: Sugerir que no dia do casamento da sua filha com o meu amigo João, em regozijo pelo feliz acontecimento, vós, Majestade, conceda uma grande alegria ao seu povo...

REI: Que alegria?

GATO: A proclamação da República! (*Espanto geral.*)

PRINCESA: Bravo, gato! Que ideia formidável! Só assim vão acabar os príncipes patetas! Papai, o gato tem razão!

REI (*após sinal de aprovação da Rainha*): Bem, parece que a ideia é boa mesmo... Esse sistema de governo já deu bons resultados em outros tempos... Em Roma ou coisa que o valha... Mas, como é que vai ser... será que eu não ficarei desempregado?

GATO: Acho que não. Tem sido um rei bondoso, o seu povo o ama, e decerto se elegerá presidente da República. Ou talvez até vice-presidente.

REI: Vice-presidente. Que título interessante. Que é que um vice-presidente precisa fazer?

GATO: Nada, Majestade.

REI: Verdade mesmo? Seria ótimo emprego para mim, que já estou velho e cansado... E o presidente, que é que tem que ser?

GATO: Um homem de bem!

PAJEM: Que maravilha! Então já temos um presidente: o Príncipe Invicto.

GATO: Só que então ele já não poderá ser príncipe.

PRINCESA: Tanto melhor. Sempre impliquei com os príncipes. São todos uns patetas.

GATO: Então, Majestade, o que decide?

REI: Gato, tem razão. Terá os teus ratos gordos, e de hoje a sete dias celebraremos o casamento de minha filha com o Prín... o senhor João, e então, eu mesmo proclamarei a República.

*Regozijo geral.*

GATO: Obrigado, Majestade! E agora, senhores, ao banquete!

*Música. Todos saem dançando, aos pares, pela porta.*

# O PERU DE NATAL

*Personagens:*
   Jerôme: *camponês abastado*
   Martine: *sua mulher*
   Henri: *menino órfão, seu afilhado, uns sete ou oito anos*

*Cenário único:*
   Duplo: a sala, que é a parte maior, separada por um tabique da cozinha. Descrição no texto.

NARRADOR: Era uma vez, numa aldeia da França, um menino chamado Henri. Enquanto seus pais eram vivos, Henri teve uma vida boa, como qualquer menino de sua idade. Mas desde que perdera os pais numa epidemia, Henri passava fome. Recolhido pelo padrinho, granjeiro rico e avarento, Henri agora só tinha a lembrança dos belos dias de outrora, de mesa farta, dos assados suculentos, dos doces com creme de leite, dos biscoitos deliciosos que sua mãe fazia... Não que os padrinhos maltratassem o menino. Jerôme, o granjeiro, e Martine, sua mulher, não perdiam tempo nem com maus tratos, nem com carinhos com o órfão. Apenas achavam que a um par de braços inúteis correspondia uma barriga vazia — e Henri ainda era muito pequeno para trabalhar na granja... Um dia... faltavam poucos dias para o Natal...

*Cena 1*

*Abre o pano no cenário do interior da casa; grande sala estilo provençal com o clássico móvel de pratos à vista e xícaras penduradas, mesa, cadeiras. Ao fundo, a lareira, com panelas e tachos lustrosos — é casa de granjeiro, mas granjeiro rico. O casal de granjeiros está almoçando, e o menino, de pé, assiste, engolindo em seco.*

JERÔME (*servindo-se de vinho no copo*): Martine, passe-me mais um pedaço de salsichão.
MARTINE (*cortando um bom naco*): Aqui, Jerôme. Coma bem, que um homem forte como você precisa de muito alimento.
JERÔME: Inda mais trabalhando como trabalho; hoje ainda tenho que levar os queijos para o mercado...

*O menino engole em seco e suspira alto.*

MARTINE: Não fique aí parado feito um pateta, menino! Não gosto que fiquem olhando quando estou comendo...
HENRI (*timidamente*): Mas madrinha... eu... eu estou com fome!
JERÔME: Fome? Você já não lhe deu a fatia de pão, Martine?
MARTINE: Claro que dei, e uma bem grossa, por sinal!
HENRI: Mas padrinho... era pão de anteontem...
MARTINE: E você queria que eu jogasse fora o pão só porque era de anteontem, "senhor" Henri?
HENRI: Não, mas é que estava tão duro... quase não consegui comer...
JERÔME: Se não conseguiu, é porque não estava com fome.

HENRI: Mas eu estou com fome agora... e eu pensei... que o salsichão é tão grande... se pudessem me dar só um pedacinho!

MARTINE: Salsichão! Era o que faltava! Que é que você faz para pagar pela comida que recebe, Henri?

JERÔME: Quem não trabalha, não come. Quando você trabalhar e for útil na granja, receberá sopa e salsichão, mas agora você só dá despesa, e nós já somos bem generosos se lhe damos pão todos os dias de graça!

MARTINE: Isto porque somos seus padrinhos... senão...

JERÔME (*levantando-se*): Bem, vou andando. O mercado não espera.

MARTINE: Não esqueça do peru, Jerôme. Escolha um peru bem bonito, falta só uma semana para o Natal, e quero engordá-lo bem para a ceia.

HENRI: Natal! Mamãe também fazia peru assado no Natal... e doces... e pão de mel... (*Lambe os beiços.*) Será que no Natal, só no Natal, a madrinha me dá um pedacinho de pão de mel?

MARTINE: Há, há! (*Sarcástica.*) Pão de mel? E por que não o peito do peru? Por que não o recheio? "Vossa senhoria" não quererá também creme, ou frutas cristalizadas? Quem é que paga pela farinha? Pelo açúcar? Pelo mel? É você, por acaso?

JERÔME: Quem não trabalha, não come! Aprenda isso duma vez por todas!

HENRI: Mas na ceia de Natal... só uma vez...

MARTINE: A ceia de Natal é à meia-noite, e à meia-noite é hora de criança estar dormindo, ouviu! Você vai dormir às nove horas, como sempre!

JERÔME: Você não tem nada que ver com a ceia de Natal, entendeu? (*afasta-se*) E saia do meu caminho, menino! (*Henri abaixa a cabeça, chora baixinho.*)

*Cena 2*

*Véspera de Natal, à tarde – o relógio de cuco marca sete horas. Jerôme está sentado diante da lareira fumando o seu longo cachimbo todo refestelado. Martine de touca e avental entra toda atarefada – a mesa já está meio posta, festiva. Ela traz o bolo que põe em cima da mesa e o admira.*

JERÔME: Está bonito sim...

MARTINE: Bonito e gostoso... Se soubesse quanta passa eu pus no recheio...

JERÔME: Hummmm... E o peru já foi para o forno? Estou sentindo o cheiro do tempero daqui...

MARTINE: E que tempero! E que recheio! Vai ser o peru mais delicioso que assei em toda a vida! (*Arruma a mesa.*) Engordou que foi uma beleza! Está "deste" tamanho; daria uma ceia para seis pessoas!

JERÔME: E vamos devorá-lo nós dois sozinhos. É um luxo, não há dúvida. Enfim, Natal é só uma vez por ano!

MARTINE: Vou pô-lo no forno daqui a pouco... Ficará macio como manteiga!

JERÔME: E eu vou pôr meu traje domingueiro.

*Sai e passa para o cenário da cozinha. Grande fogão de lenha à moda antiga, com forno, muitas penas em cima do fogo. Henri está sentado em cima de um tamborete roendo uma casca de pão e olhando, suspiroso, para o peru ainda cru, coberto com um guardanapo.*

MARTINE (*entrando*): Você não mexeu em nada, Henri? Olhe que se faltar uma só casquinha de pão de mel eu lhe arranco as orelhas!

HENRI: Eu não me mexi deste lugar, madrinha, como a senhora mandou. Mas eu estou com fome.

MARTINE: Fome! Comendo o tempo todo e me fala em fome! Que é isto que você tem na mão?

HENRI (*para o que tem na mão*): Um pedaço de pão, madrinha... mas isto não dá para matar minha fome. Ainda mais com o cheiro das coisas que a senhora está preparando...

MARTINE: Você não tem nada com as coisas que estou preparando. (*Começa a se agitar na cozinha, pega o peru, põe no forno, mexe nas panelas etc., o menino olha e suspira.*)

HENRI: Mas como cheira bem o tempero do peru...

MARTINE: Ih, você me irrita, menino! Fica sentado aí, suspirando, atrapalha tudo o que eu faço!

HENRI: Mas, madrinha, eu...

MARTINE: Sabe duma coisa, em vez de ficar sentado aí sem fazer nada, vá para a aldeia, vai para a venda, e traga-me vinte francos de canela e cem de castanhas; é melhor que sobre do que falte.

HENRI: Agora, madrinha? Está escuro lá fora e tão frio...

MARTINE: O frio é bom, porque assim você vai correr para se esquentar e chegará mais depressa. (*Dá-lhe dinheiro contado.*) Pegue a cesta e vá, e que não me falte nem uma castanha, ouviu bem?

HENRI (*resignado*): Sim, madrinha. (*Apanha um agasalho – pode ser uma pelerine, ou manta e a cesta, e sai.*)

MARTINE (*suspiro de alívio*): Arre que fico bem mais sossegada sem esse moleque a me olhar com aqueles olhos de vítima...

*Cena 3*

*Henri aparece, tiritando, no proscênio, vai até o centro.*

HENRI: Que frio! Se ao menos eu tivesse comido, não sentiria tanto frio...

*No canto do proscênio, aparece o "Velhinho", uma espécie de Papai Noel; ele observa o menino com ar compadecido.*

HENRI: Preciso ir depressa, senão a madrinha fica furiosa...

*Velho aproxima-se do menino e fala com ele.*

VELHO: Bom Natal, meu menino… que e que estás fazendo na rua tão tarde, neste frio?

HENRI: A madrinha me mandou buscar vinte francos de canela e cem de castanhas bem boas, senão ela fica brava comigo, meu senhor.

VELHO (*acariciando a cabeça do menino*): És um belo homenzinho… mas por que estás assim tão pálido, menino?

HENRI (*com naturalidade*): É porque eu ainda não sei trabalhar, por isso ando com fome.

VELHO: Fome! Não jantaste ainda, meu menino?

HENRI: Não… quero dizer, sim… eu já recebi a minha fatia de pão, mas é que ela era tão pequena e dura, porque a Madrinha não pode jogar fora o pão amanhecido, não é?

VELHO: Uma fatia de pão, na noite de Natal?

HENRI: É que meu padrinho diz que quem não trabalha não come…

VELHO: Os teus padrinhos te maltratam, meu menino?

HENRI (*leal*): Oh, não… Eles são muito bons, me deixam viver na casa deles e dormir lá e me esquentar junto do fogão, na cozinha… Só que eu não posso comer outra coisa senão pão porque não trabalho e não sou útil na granja, e só dou despesa.

*Velho reage.*

VELHO (*à parte*): Isto não é bom, não é nada bom… Pena que eu seja estrangeiro e viajante. (*Para Henri.*) Eu gostei de ti, meu menino… Queres que eu te acompanhe até a tua casa?

HENRI: Obrigado, meu senhor. Gostaria muito, e é tão triste andar sozinho no escuro da noite, neste frio… (*Velho toma-o pela mão.*) Sua mão é tão quente, meu senhor, que eu nem sinto mais frio… (*Suspira.*) Só fome. Estou sempre com fome… E hoje é Natal… A madrinha preparou uma ceia, mas eu tenho que ir dormir às nove horas.

VELHO: Dize, meu menino... Gostarias de cear nesta noite de Natal? Gostarias de comer uma boa ceia, gostosa, verdadeira?

HENRI: Se eu gostaria? Oh, nem fale assim, meu senhor. Eu fico com tontura só de pensar nisso. Seria maravilhoso... como um sonho!

VELHO (*conspiratório*): Pois então, escuta-me bem, meu menino, e faze o que te digo.

HENRI: Sim, meu senhor!

VELHO: Vai pra casa, para a tua cama, e espera os sinos baterem à meia-noite. Assim que os sinos comecem a bater, diz estas palavras: "Que Noel transforme o que tem que ser transformado!" Entendeste bem?

HENRI: "Que Noel transforme o que tem que ser transformado!" Entendi... E o que vai acontecer depois?

VELHO: Tu mesmo verás. Mas uma coisa eu te prometo, se fizer o que te digo, terás uma bela ceia de Natal! Vai, Henri! Adeus! Bom Natal! (*Escapa de repente e some.*)

HENRI: Adeus, e muito obrigado, senhor... Oh! Ele desapareceu! (*Sacode a cabeça.*) Será que eu estou imaginando coisas por causa da fome? Bem, preciso entrar depressa... senão a madrinha fica danada... (*Sai rapidamente.*)

VELHO (*reaparece no proscênio*): É preciso que alguém ajude esta criança... E dê uma lição nos tais "padrinhos". (*Com malícia.*) E esse alguém serei eu! (*Sai.*)

*Cena 4*

*Mesmo cenário – Mesa toda posta e linda. Jerôme, fumando cachimbo – todo endomingado, de gravata de laço e paletó de veludo – vai para a cozinha, onde Martine está abrindo o forno e cutucando o peru com o garfo. No cenário da cozinha Henri está deitado num cantinho.*

MARTINE: Humm... está que é uma manteiga... mais meia hora e estará pronto. (*Suspira.*) Ah... já posso ir me arrumar.

*Começa a tirar o avental. Henri, no seu catre, no cantinho, está acordado, virando de um lado para outro na cama. Senta-se, afinal, apertando a barriga com as duas mãos.*

HENRI: (*Levanta-se num cotovelo.*) Oh, a barriga ronca tanto que não consigo dormir... (*Inspira o ar.*) E este cheiro de peru assado... é pior ainda! O que foi mesmo que aquele bom velhinho me falou? Quando os sinos da igreja baterem meia-noite, devo dizer: "Que Noel...", ora! Acho que eu sonhei aquilo... (*Senta-se.*)

*Martine entra na sala com o peru assado, lindo e enfeitado, na bandeja.*

MARTINE: Pronto, meu homem! Podemos ir para a mesa!

*Coloca o peru no meio da mesa. Orgulhosamente.*

JERÔME (*levantando-se*): Mas está uma beleza mesmo! E que perfume!

*Vai para a mesa, apanha a faca grande e põe-se a afiá-la em outra faca.*

MARTINE: Acho que nem é preciso afiar a faca... o peru está que é uma manteiga... Olhe! (*Cutuca-o com o garfo.*)
JERÔME: Mãos a obra... (*Prepara-se para trinchar.*)
MARTINE: Não, homem! Ainda não! Tomemos um copo de vinho; trinchar o peru, só à meia-noite, quando os sinos da igreja começarem a bater!
JERÔME: Está bem... (*Olha para o relógio de cuco.*) Faltam poucos minutos... (*Serve o vinho para si e para a mulher, ergue o copo.*) Bom Natal, minha velha...
MARTINE: Bom Natal, meu velho!
HENRI (*continua sentado sempre segurando a barriga vazia, as lágrimas correndo*): Oh, como é triste ser pequeno e não poder trabalhar para ganhar a vida... (*Devaneando.*) Quando eu crescer, vou trabalhar muito... Vou trabalhar tanto que vou poder comer tudo o que eu quiser... sopa e batata e carne e doces e... (*Nisso, os sinos começam a bater. Ele estremece*) Os sinos da igreja! É meia-noite! O velho disse...

ora, bobagem, aquilo foi sonho... Mas que importa! Vou dizer mesmo! (*Toma fôlego e diz em alto e bom som — os dois da sala ouvem.*) "Que Noel transforme aquilo que tem que ser transformado!" (*Repete.*) "Que Noel transforme aquilo que tem que ser transformado!"

JERÔME: O menino está falando sozinho!

MARTINE: Deve ser pesadelo, comeu pão demais hoje, está empanturrado!

JERÔME: É, deve ser isso mesmo...

MARTINE: Já bateu meia-noite, homem! Vamos ao peru!

JERÔME (*tornando a afiar a faca*): Vamos, mulher...

*Todo satisfeito vai ao peru — tenta cortá-lo, não consegue. Está duro. A mulher estranha. Ele tenta de novo... Agora, toda a pantomima de tentativas — o peru é duro como pau — há os comentários "Será que o peru era velho?"... "Está louca, mulher — era o peru mais novo que havia no mercado", "Mas eu não entendo. Há meia hora eu meti o garfo nele, e tava macio como manteiga", "Pois agora está duro como pedra" etc. Quebra uma faca, pega outra. "Mulher vá buscar o cutelo" — o cutelo também não funciona e, a esta altura, o homem não aguenta e solta uma praga.*

JERÔME: Com seiscentos mil demônios! (*Repete.*) Isto parece até feitiçaria!

*O berro alerta Henri que assoma a porta, de camisola, e fica a olhar, de cara admirada.*

MARTINE: Psst, homem! Não pragueje na noite de Natal que é pecado!

JERÔME: Como quer que eu não pragueje, mulher, se este peru dos diabos se transformou em pedra?

HENRI (*na porta, entende*): "Se transformou"... (*Entra, timidamente.*) Padrinho... deixe eu tentar cortar o peru?

OS DOIS: O quê?!

MARTINE: Que é que você está fazendo aqui, moleque, que não está na cama?

HENRI: Eu não pude dormir... (*Aproxima-se.*) O assado está duro, não é, padrinho?

JERÔME: Duro é pouco! Virou pedra!

HENRI: Mas eu acho que posso cortá-lo, padrinho.

JERÔME: Você? O menino está louco. Eu quebrei duas facas, e nem com o cutelo conseguiu cortar este peru dos demônios! E este pingo de gente pensa que...

HENRI: Deixe-me tentar, padrinho... não custa nada!

JERÔME (*rindo raivosamente*): Tome! Aqui está o cutelo... tente; quero ver!

*Henri vai até à mesa e com a mão, facilmente, sem esforço, arranca uma asa ou uma perna do assado. Os queixos dos padrinhos caem, com uma interjeição de espanto.*

HENRI: Aqui... foi fácil...

JERÔME (*voltando a si de espanto*): Ele... ele arrancou um pedaço... sem esforço nenhum! (*Arranca o pedaço da mão de Henri.*)

MARTINE: Parece mentira!

*Timidamente, com a mão, tenta arrancar também um pedaço. Mas qual! O peru está duro de novo. Jerôme também faz uma tentativa baldada. Os dois ficam a olhar para o menino, bestificados.*

HENRI: Madrinha, quer que eu tire um pedaço para a senhora?

MARTINE: Eu que... quero... sim...

HENRI (*tirando um pedaço*): Aqui, madrinha. Está gostoso?

MARTINE: Está macio como manteiga! Não entendo nada!

JERÔME: E... eu... eu também... você quer fazer o favor... (*Vencido.*) Henri, quer fazer o favor de trinchar o peru?

HENRI: Sim, padrinho (*Faz menção de começar, mas tem uma ideia e para.*) Mas se eu trinchar o peru, depois eu também posso comer um pedaço?

*Os dois se entreolham, veem que não há remédio.*

JERÔME: Pode... pode sim.

HENRI: Um "bom" pedaço, madrinha?

MARTINE: Sim, sim... trinche o peru, Henri!

HENRI: E um pedaço de bolo também?

MARTINE: Sim, Henri, sim...

HENRI: E creme também?

JERÔME: Sim, sim... Se você ainda tiver fome...

HENRI (*com sorriso lindo*): Eu tenho fome atrasada... muita fome!

*Põe-se a trinchar o peru, dá um pedaço para cada um dos velhos e tira um enorme para si mesmo, e se põe a comer, deliciado. Num canto do cenário aparece o rosto malicioso do velho, enquanto o pano vai se fechando. narrador entra no proscênio.*

NARRADOR: E foi assim que o Papai Noel – porque o bom velhinho outro não era senão Papai Noel – fez que o espírito de Natal – o espírito do amor, da bondade e solidariedade – descesse sobre a casa dos ricos granjeiros Jerôme e Martine. E para que o espírito de Natal continuasse a reinar o ano inteiro (*que é como deveria ser em todo lugar*), Papai Noel fez com que a sua mágica continuasse e assim, na casa de Jerôme e Martine, a única pessoa que conseguia cortar e servir qualquer comida, o ano inteiro, era o pequeno Henri. E quando, no Natal seguinte, o bom velhinho tornou a se encontrar com o pequeno Henri no caminho da aldeia, ele não o reconheceu mais de tão gordinho, forte e rosado que estava o menino... E assim terminou a história. Entrou por uma porta, saiu pela outra, e quem quiser que conte outra.

# O TOQUE DE OURO

*Personagens:*
    Nísias: *um escravo idoso*
    Midas: *Rei da Frígia, 40 anos*
    Áurea: *a Princesa, filha de Midas, 12-15 anos*
    Dois escravos: *jovens*
    Um escravo: *músico, com lira*
    Dionísio: *o deus, jovem e belo, a "estátua"*

*Cenário*
    É duplo. O palco está dividido em duas partes, uma maior, representando o pátio interno do palácio, com a estátua de Dionísio, com o nome no pedestal, um trono, vasos, ânforas, coisas bonitas. Este cenário, se possível, deve ficar sobre um praticável, para que o segundo, menor, fique um ou dois degraus abaixo. O segundo representa o "subsolo", com objetos de ouro por toda parte e grande arca cheia de objetos de ouro. Uma porta com trave no subsolo. Pode ser de verdade ou "faz-de-conta".

*Local e época*:
    Na Frígia, um reino da Grécia antiga.

*Entra o escravo Nísias, diante do pano.*

NÍSIAS: Eu sou Nísias, escravo do rei Midas, da Frigia. Vou contar-lhes um caso extraordinário que eu, Nísias, vi com meus próprios olhos. O rei Midas era um rei muito rico e poderoso. Na sua mocidade, Midas estudou e chegou a ser muito sábio. Mas quando subiu ao trono, ele ficou ambicioso, e não havia riqueza que o satisfizesse. Com o tempo, ele foi ficando cada vez mais rico, e quanto mais rico ficava, mais riquezas desejava. A tal ponto chegou o rei Midas que antigamente amara a natureza, as flores e a poesia, agora só gostava de ouro. Queria ouro e mais ouro, e o único sentimento humano que ainda conservava era por sua filha, uma linda menina, à qual, ainda por amor ao ouro, mas também por lhe ser muito preciosa, dera o nome de Áurea, que significa "de Ouro". Todos os dias, Midas costumava descer ao subsolo, onde guardava suas riquezas... Foi assim.

*Abre o pano no grande cenário; o trono de Midas sobre degraus, com dossel em cima. Vasos, ânforas, coisas bonitas, uma estátua de Dionísio com o nome no pedestal, o escravo Nísias atrás do trono, à direita, em atitude solícita.*

MIDAS: Estou preocupado, Nísias... Os meus navios já deviam ter voltado... Estão carregados de ouro, e se forem alcançados por uma tempestade... Nem quero pensar!

NÍSIAS: Não deves preocupar-te, rei Midas! O grande Zeus tem estado de bom humor e há semanas que não lança seus raios e trovões sobre a terra de Frigia.

MIDAS: É verdade, Nísias... Mas meu coração está aflito... Temo pelos meus tesouros!

NÍSIAS: Não temas, ó rei... Olha o pôr-do-sol... O carro de Apolo já está sumindo atrás do horizonte, e o céu está límpido... não há ameaça de tempestade... Os teus navios chegarão, rei Midas!

MIDAS: (*Olhando para o poente.*) Sim... o poente está límpido... dourado... (*Caindo na mania.*) Dourado... Imagina, Nísias, se

todo o céu fosse feito de ouro! E se fosse todo meu! Todo de ouro, e meu!
NÍSIAS: Não terias onde guardar tanto ouro, rei Midas...
MIDAS: Achas? Não sei... se eu pudesse, cercar-me-ia de ouro... As paredes de meu palácio seriam de ouro maciço! Um dia ainda conseguirei...
NÍSIAS: Se os deuses assim o permitirem...
MIDAS: Os deuses! É verdade. (*Levanta-se e vai até a estátua*). Preciso oferecer mais um sacrifício a Dionísio, a fim de que interceda junto ao grande Zeus, seu pai, para que proteja meus navios! Nísias, traze incenso! (*Nísias sai.*) Após o sacrifício, irei visitar o meu tesouro! (*Vai sentar-se, quando entra Áurea com uma orquídea na mão.*)
ÁUREA: Pai! Pai! Olha o que eu trouxe para ti!
MIDAS (*sorrindo*): Ah, minha filha... Que novidades me trazes, Áurea?
ÁUREA: Olha, pai! Ela desabrochou!
MIDAS: De que estás falando, filha?
ÁUREA (*mostrando a flor*): A planta exótica que veio dos países quentes deu flor, pai! No meu canteiro! Olha que linda ela é! Trouxe-a para ti!
MIDAS (*sorrindo, benevolente*): Toda essa excitação por causa de uma flor, minha filha?
ÁUREA (*desapontada*): Ah, paizinho! Tu gostavas tanto de flores... e eu trouxe-a para ti... (*Faz beicinho.*)
MIDAS: Ora, ora... Não fiques tão ofendida... Eu estou muito grato, muito comovido, por me teres trazido esta flor... Deixa-me ver... é muito bonita... com efeito... Imagina como seria ainda mais bonita se fosse de ouro?
ÁUREA: De ouro, pai? Uma flor de ouro? Que horror! Uma flor de ouro seria dura, fria, sem vida e sem perfume!
MIDAS: Mas teria peso e valor! (*Pausa. Compreendendo a "gafe", tenta consertá-la.*) E não murcharia nunca!
ÁUREA: Pois eu prefiro que ela murche. Quando chegar seu tempo! Mas que, antes de murchar, seja viva e perfumada! Acho que não gostaste do meu presente, pai!

MIDAS: Gostei, gostei, minha filha... não fiques assim... Vem, dá-me um abraço... e vamos pôr essa flor aí no vaso... Podes pô-la tu mesma, Áurea! (*Áurea põe a flor num vasinho de ouro.*)

ÁUREA: Olha como está linda!

NÍSIAS (*entrando*): Aqui está o incenso, ó rei!

ÁUREA: Incenso? Vais oferecer um sacrifício, pai? A quem?

MIDAS: Ao deus Dionísio, para que interceda junto a Zeus, seu pai, para proteger os meus navios carregados de ouro!

ÁUREA (*amuada*): Ouro, ouro... já ofereceste sacrifício hoje, pai... e eu que tinha uma surpresa para ti...

MIDAS: A surpresa não pode ficar para amanhã, Áurea? Preciso oferecer o sacrifício agora e depois descer ao subsolo para ver o meu tesouro...

ÁUREA: Todos os dias te trancas naquele porão por horas a fio, pai... Será que o tesouro não pode esperar um pouco? Eu preparei tudo, e depois vai ficar tarde. Eu queria que visses hoje mesmo! Pai?

MIDAS (*hesita*): Bem... eu... (*Olha para o céu.*) Parece que o tempo está firme... (*Decide.*) Nísias... oferece tu o sacrifício em meu nome... Queima o dobro de incenso... Eu verei a tua surpresa, minha filha... E depois descerei ao subsolo.

*Nísias vai queimar o incenso diante da estátua, com gestos rituais.*

ÁUREA: Ah, que bom, meu pai!

MIDAS: Então, depressa, minha filha... Que surpresa é essa que me preparaste? (*Senta-se no trono.*)

ÁUREA: Tu já vais ver, pai... É uma coisa linda!

*Bate palmas e entram dois escravos carregando uma harpa, que colocam no lugar próprio. Áurea senta-se, ou fica em pé, ao lado de Midas. Entra o músico com a lira, cumprimenta e se acomoda. Depois entram três escravinhas, Áurea dá sinal, o harpista começa a tocar e as meninas dançam, terminando com uma delas oferecendo a cesta de uvas ao rei, que sorri e pega um cacho. Áurea dispensa músico e escravas com um gesto, e eles saem, recuando.*

ÁUREA: Não foi lindo, pai? Esta dança foi em tua homenagem! Gostaste?

MIDAS: Gostei, sim, minha filha, foi muito bonito!

ÁUREA: E as uvas são de minha videira, pai, prova!

MIDAS (*trincando uma*): Muito gostosa... Saborosa... Uva melhor do que esta só se fosse de ouro maciço!

ÁUREA: Uva de ouro não teria gosto de nada! Meu pai parece só pensar em ouro! Parece que não gosta de mais nada no mundo!

MIDAS: Como não? Gosto da minha Áurea... Minha menina de ouro que um dia será a princesa mais rica do mundo (*Áurea faz um muxoxo.*) Não te importas agora, mas um dia compreenderás melhor... E agora corre, Áurea... Vai brincar... Eu tenho que descer ao subsolo... (*Beija-a a testa e ela sai. Midas volta-se para Nísias, que está ajoelhado queimando incenso e fazendo fumacinha diante da estátua de Dionísio.*) Ofereceste o sacrifício, Nísias?

NÍSIAS: Sim, meu senhor...

MIDAS (*afastando o escravo, faz uma inclinação diante do deus*): Ofereço-te este incenso, ó Dionísio... Roga por mim a teu pai, o grande Zeus, para que proteja os meus navios e não se perca sua preciosa carga de ouro!

*Midas volta-se e passa para o cenário do subsolo, para onde desce por alguns degraus. Enquanto se apaga a luz do cenário do trono, fecha a porta de trave atrás de si e se encaminha para a grande arca cheia de moedas, joias e objetos de ouro até a boca. Termina a cena com Midas se deleitando a manusear e a contemplar os objetos de ouro da arca. Escurecimento rápido. Pode-se aqui encaixar música, ou uma "dança do tesouro". Volta a cena no mesmo ponto, um foco de luz em Midas, de olhos acesos, manuseando os seus tesouros, fazendo cálculos mentais, etc. Ele suspira.*

MIDAS: Ah... Praza aos deuses que os meus navios cheguem bem... pois ainda é pouco o ouro que tenho aqui...

*Nisso, cai uma sombra sobre a arca. Midas tem um sobressalto, levanta os olhos e vê, dentro do "subsolo", como quem entrou atravessando a parede de pedra, Dionísio, a estátua animada, que para diante dele e olha-o com um sorriso estranho. Midas levanta-se, recua, encosta-se à parede, assustado. Dionísio continua a olhar para ele em silêncio. Afinal, Midas recupera a fala, gaguejante.*

MIDAS: Tu... tu és... és...

DIONÍSIO: Sim, Midas! Sou Dionísio, filho de Zeus.

*Midas olha para a porta trancada, Dionísio sorri.*

DIONÍSIO: Olhas para a porta, Midas? Um deus não precisa de portas para entrar!

MIDAS (*atirando-se aos pés de Dionísio*): É grande honra para um mortal a tua visita, Dionísio! Em que pode servir-te este teu servo?

DIONÍSIO: Levanta-te, Midas. Vim fazer-te uma visita, pois há muito tempo que lá fora, no jardim, ouço-te falar do teu subsolo... Fiquei curioso, os deuses também são curiosos e vim ver o que tens aí... (*Olha em volta*) E vejo que és um homem rico, Midas. Não creio que outras quatro paredes de uma casa de mortal contenham tanto ouro como este subterrâneo!

MIDAS: Bem... Devo confessar que não estou mal. Mas, por outro lado, Dionísio, verás que o que possuo não passa de uma bagatela, se considerares que levei a minha vida inteira acumulando isto... Se eu pudesse viver mil anos, aí sim, eu teria tempo para ficar rico de verdade!

DIONÍSIO: O que dizes, Midas? Então, não estás satisfeito com toda esta riqueza?

MIDAS: Não posso mentir a ti, que és um deus, Dionísio. Não estou satisfeito. Na verdade, estou muito longe de satisfeito. Muito, muito longe!

DIONÍSIO: Com que então é assim... E poderás acaso dizer-me, amigo Midas, qual é a coisa com que ficarás satisfeito?

MIDAS (*como que sonhando*): Ah, Dionísio... O meu ideal é que TUDO QUE EU TOCASSE COM AS MÃOS TRANSFORMASSE EM OURO!

DIONÍSIO (*após uma pequena pausa, com sorriso meio matreiro*): Então é isso o que desejas, Midas? O toque de ouro?

MIDAS: Sim... sim, o toque de ouro!

DIONÍSIO: E tens certeza, rei Midas, que a posse deste dom, o toque de ouro, te faria realmente feliz?

MIDAS (*pressentindo o que virá, já excitado*): Sim, sim! Feliz!

DIONÍSIO (*insistindo*): Pensa bem, Midas... Tens certeza absoluta de que é isto o que mais desejas?

MIDAS: Sim, Dionísio, sim, sim! O toque de ouro é a única coisa no mundo que me fará inteiramente feliz!

DIONÍSIO (*sério*): Muito bem, rei Midas. Se é de fato isto o que desejas, teu desejo será realizado. De manhã, assim que o carro de Apolo, o Sol, surgir no céu, terás o que tanto desejas: o dom do toque de ouro!

*Midas, boquiaberto e mudo, vê Dionísio desaparecer como apareceu, e fica a olhar a parede vazia. Depois volta a si.*

MIDAS: O toque de ouro! Eu terei o toque de ouro! Os deuses me ouviram! Oh, como poderei esperar o amanhecer?

*Sai correndo do subterrâneo pela coxia. Apaga-se a luz no subsolo, acende-se no pátio. Pausa. Midas sai para o pátio excitado, sozinho. Olha para o céu. E assim que a luz aumenta, ele fala.*

MIDAS: O Sol nasceu... Agora, verei se é verdade... (*Lembra-se de que o deus está presente, e lança uma olhadela, temeroso, para a estátua impassível.*) Agora... Agora... A primeira coisa... (*Olha em volta, e seu olhar cai sobre a flor.*) A flor! (*Vai até a flor.*) A flor! (*Mais um instante, ele toma fôlego e toca na flor. A flor e mais o vaso, que era de barro, transformam-se em ouro — pode haver aqui a "dança do toque de ouro". A alegria de Midas não tem limites. Ele ri alto, às gargalhadas. Toca num outro vaso, num objeto qualquer, ri, ri, chega a dar alguns pulos, mas se contém e se compõe, pois vê a cara espantada de Nísias, que entrou e olha. Midas senta-se na sua cadeira, ofegante.*)

NÍSIAS: Meu rei e senhor... Ordenas alguma coisa? Pareces cansado, rei!

MIDAS: Sim, estou cansado... Cansado de alegria, de felicidade, Nísias! Estou rico! Sou o rei mais rico do mundo! Tenho o dom do toque de ouro!

NÍSIAS: O toque de ouro!

MIDAS: Sim! Dionísio ouviu minhas preces! Dionísio concedeu-me o maior desejo! Traze incenso, Nísias, muito incenso! Quero agradecer ao deus Dionísio sua bondade para comigo!

NÍSIAS: Sim, meu senhor! (*Sai. Midas desce da cadeira e vai até a estátua em passos lentos e solenes e fica diante dela um instante, o tempo de o escravo voltar com uma tocha e um incenso na mão.*) Aqui está o incenso, meu senhor!

MIDAS: Acende-o, Nísias... Não, deixa que eu mesmo acendo! (*Pega a tocha, acende o incenso e se prostra diante do deus, enquanto o escravo fica olhando.*) Obrigado, Dionísio! Obrigado por me teres concedido o mais precioso dos teus dons! (*Levanta-se e vai sentar, com um suspiro*): Ah... como estou feliz! Até fiquei com fome! Vai, Nísias... Traze-me um cacho daquelas uvas saborosas! (*Recosta-se, enquanto o escravo sai e logo volta com a cesta de uvas. Midas estende a mão, toca as uvas e... no seu rosto a expressão de felicidade e satisfação se apaga para dar lugar ao susto e desapontamento, ao medo. Também o escravo arregala os olhos. O cacho de uvas endureceu, virou ouro!*) As uvas... ouro... (*A significação disto penetra-lhe na mente. A sua voz já treme quando diz.*) Nísias... água... traze-me água... depressa! (*Nísias sai correndo, volta com uma taça de cristal e jarra com água, enche a taça e passa para o rei, já tomando cuidado ele mesmo para não tocar nele. Midas estende a mão trêmula, pega a taça e a taça transforma-se em ouro, cheia até a boca de ouro. Horror! O rosto do rei é uma máscara trágica. Nísias está horrorizado. Pausa.*)

NÍSIAS (*afastando-se prudentemente*): Meu senhor...

MIDAS (*sua voz mudou*): É o fim, Nísias! É o meu fim!

NÍSIAS: Oh, meu senhor... eu... os deuses...

MIDAS: Os deuses! Oh, que trágica pilhéria fizeram comigo os deuses! O dom mais precioso, o dom que eu mais almejava na minha vida, será a minha morte! Não poderei mais comer, nem beber... (*Ironia triste.*) Por quanto tempo terei ainda a "felicidade" de transformar em ouro tudo o que toco? Dois dias? Três? (*Para a estátua.*) Oh, Dionísio! Que duro castigo me impuseste!

*Esconde o rosto nas mãos. Nísias abaixa a cabeça também. Nisso, na pontinha dos pés, com outra flor na mão, entra Áurea, como quem vem com outra surpresa. Olha para o pai, contente porque ele não a vê, e vai direto ao vaso; quando vê que a sua flor ficou dura, de ouro, o contentamento desaparece de seu rostinho. Ela pega a flor, desapontada, e solta uma exclamação.*

ÁUREA: Oh, meu pai! A minha flor! A minha flor está morta! (*Midas tira as mãos do rosto e olha para a filha, meio tonto. Só se lembra do perigo quando a menina se aproxima, falando.*) Olha, meu pai, o que aconteceu à minha pobre flor! Ficou dura, rígida, sem vida! Como foi que... (*Repara na expressão esgazeada do pai.*) Pai... paizinho... o que foi que aconteceu? Por que me olhas assim... (*Deixa a flor cair no chão, assustada.*) Paizinho! Estás doente?

*Faz menção de correr para ele, abraçá-lo, mas aí ele recupera a voz e grita, forte e duro.*

MIDAS: Não te aproximes! Não me toques!
ÁUREA: (*Assustadíssima.*) Meu pai!!!

*Faz outro gesto de aproximação. Midas grita.*

MIDAS: Nísias! Segura-a! Leva-a embora, não deixes que ela me toque! (*Nísias, sabendo do que se trata, segura a menina, espantada*)
ÁUREA (*debatendo-se*): Meu pai! Meu pai! O que foi que aconteceu? Não me amas mais, meu pai?
MIDAS (*sempre apavorado*): Não deixes que ela me toque! Não deixes que ela me toque!

NÍSIAS (*segurando a menina*): Princesa... Vosso pai não permite... É perigoso...

ÁUREA (*parando de se debater, já com plano de escapar*): Perigoso? Meu pai está doente? Pobre pai... (*Com um meneio, escapa das mãos de Nísias, gritando*) Não existe perigo que me impeça de abraçar meu pai!

*Antes que alguém possa fazer qualquer coisa, corre para Midas, atira-se para ele, que a empurra, ela recua cambaleante, escondendo o rosto com as mãos e... as luzes se apagam por um momento, se acendem de novo... e aparece a menina transformada em estátua de ouro. Consternação do escravo. Midas, fazendo tragédia grega em grande estilo, anda de um lado para outro, bate no peito, torce as mãos.*

MIDAS: Minha filha, minha pobre filha! Oh, que desgraça, ai de mim, ai de mim! (*Geme, arranca os cabelos e, finalmente, atira-se de joelhos diante estátua*) Oh, Dionísio! Grande deus... Perdoa o teu indigno escravo Midas... Tem compaixão, não por mim, que sou um velho tolo, estúpido e ganancioso, que merece morrer como castigo da sua vaidade e cegueira... mas tem compaixão de uma pobre criança inocente! Tira a minha vida, Dionísio, mas devolve a vida à minha pobre filha, que tem culpa da estupidez de seu pai!

*Cai no chão, chorando. Nísias, consternado, está no fundo, observando a cena. Pausa. Música de Dionísio. A estátua se anima diante de todos, move-se, estende um braço e tala.*

DIONÍSIO: Ergue-te, Midas!

*Midas levanta a cabeça lentamente, vê o deus animado, põe-se em pé dum salto.*

MIDAS: Dionísio! Dionísio, devolve a vida à minha filha! Mata-me imediatamente, fulmina-me aqui mesmo neste lugar. Mas salva Áurea, que não tem culpa de nada!

DIONÍSIO: Então, Midas... Não estás satisfeito com o dom que te dei? Não era o toque de ouro o que mais desejavas na vida? Não és um homem feliz?

MIDAS (*abaixando a cabeça*): Sou o homem mais desgraçado na face da terra! Quisera já estar morto!

DIONÍSIO: Então, não é o ouro o bem mais precioso da vida?

MIDAS: O ouro não vale nada... Eu perdi o único bem precioso que tinha na vida... a minha filha!

DIONÍSIO: Ah... Parece que fizeste um descobrimento... Responde-me agora, Midas... O que preferes: o toque de ouro ou um gole de água pura?

MIDAS: A água, grande deus! Uma só gota de água vale mais que todo o ouro do mundo!

DIONÍSIO: O toque de ouro, Midas... Ou um pedaço de pão?

MIDAS: O pão! O pão! Uma casca de pão que seja!

DIONÍSIO: O toque de ouro, Midas, ou a tua filha?

MIDAS (*chorando*): Oh, minha filha, minha filhinha adorada. (*Torce as mãos.*) Eu morreria agora, neste momento, morreria contente, se pudesse por um instante só ver o seu rosto alegre, as covinhas de suas faces! (*Cai novamente de joelhos.*) Oh, grande Dionísio! Tem compaixão! Salva a minha filha!

DIONÍSIO: Vejo que ficaste mais sábio agora do que eras antes, Midas. Não desejas mais possuir o toque de ouro?

MIDAS: Não, não! Tira-me este dom odioso, Dionísio! Salva minha filha!

DIONÍSIO: Está bem, Midas; já sofreste bastante. Livrar-te-ei agora do teu "dom precioso". Tu... (*para Nísias*) traze-me aquela jarra de água. (*Nísias corre com a jarra de água, Dionísio toca-a de leve com a mão, depois molha os dedos e asperge em Midas*) Estás livre do toque de ouro, Midas! Pega esta jarra, Midas. Tudo o que tiver sido transformado em ouro, aspergido com esta água, voltará ao natural!

*Midas agarra a jarra.*

MIDAS: Obrigado, Dionísio! Oh, obrigado! Não esquecerei a lição que me deste!

DIONÍSIO (*com o seu sorriso irônico*): Não? Os mortais esquecem facilmente... Não esquecerás porque te deixarei lembrança...

(*Estende a mão*) Como castigo de tua burrice, e como lembrança da lição que recebeste, rei Midas, hoje, ao pôr-do-sol, te nascerão orelhas de burro, que lhe acompanharão até o fim dos teus dias...

*Volta à posição estátua e "congela-se". Midas fica um instante olhando, Nísias também, depois "acorda" e olha para a jarra que lhe treme nas mãos.*

MIDAS: A água... será que... (*Olha para o chão e vê a de ouro.*) A flor... a flor... (*Hesitante, trêmulo, pica a flor e...*) Oh, alegria, a flor revive! (Ele apanha a flor, radiante, beija-a, balbucia) Minha filha... minha filha querida... Minha filhinha...

*Corre para a estátua de ouro, joga água nela, espera ansioso. Escurecimento, luz. A menina revive também e, sem entender nada, ri.*

ÁUREA: O que é isto, meu pai? Jogando água na minha túnica nova?
MIDAS (*radiante, depõe a jarra*): Oh, Áurea, minha filha querida! Meu bem mais precioso!

*Abre os braços, a menina cai neles, música feliz, o escravo sorri. O pano vai fechando lentamente e, assim que fecha, Nísias aparece diante do pano fechado, olha para os lados, faz sinal de "segredo" com o dedo nos lábios e fala para o público, em tom conspiratório.*

NÍSIAS: Vocês sabem de um segredo? O rei Midas... O rei Midas tem orelhas de burro!

*Ri e faz gesto de despedida, e assim que começam os aplausos, o pano se abre e os atares agradecem – sendo que o rei Midas, de fato, está com orelhas de burro, que ele procura esconder com a mão, encabulado, mas feliz.*

OBSERVAÇÃO – *A "transformação" dos objetos em ouro pode ser feita pintando-os de ouro de um lado só, e voltando este lado para o público, disfarçadamente, na hora certa.*

# OS VERDES ANOS

*Personagens:*
   Lúcia Martins, "Lu": *mocinha de 16 anos*
   Helena: *sua irmã, 24 anos*
   Sr. Dimas Martins: *pai das duas, senhor de 50 anos*
   Dona Susana: *mãe das duas, uns 45 anos*
   Daniel: *namorado de Helena, simpático, 33 anos*
   Zeca: *colega de Lúcia, alegre, 17 anos*

*Cenário único:*
   Sala de estar em casa da família Martins, classe média, agradável, com estante de livros, televisão, poltronas confortáveis. Uma janela que dá para a rua.

*Época:*
   Atual

*Cena* 1

*Ao abrir o pano, Lúcia está sentada, ou melhor, encarapitada, de pernas encolhidas numa poltrona, folheando uma revista. O pai, senhor Dimas, simpático cavalheiro de meia-idade, está fumando o seu cachimbo janto da janela, olhando para fora.*

PAI: Como chove. Desde ontem que não para este aguaceiro. Desta vez vai encher a represa até a boca...

LÚCIA: É... ainda bem que hoje é sábado e eu não preciso gramar para a escola neste dilúvio... Teria de ir a nado. (*Pausa. Suspiro*) Papai...

PAI (*vem sentar-se diante dela*): Que é, Lu?

LÚCIA: Papai, você não acha que os homens de mais idade são muito mais interessantes para nós mulheres do que os rapazinhos do colégio?

PAI (*sorrindo*): Bem, como homem de "mais idade" que sou, e a minha é idade mesmo, acho que eu deveria concordar com você...

LÚCIA: E não concorda?

PAI: Bem, como vou lhe dizer... Acho que você está sendo muito severa com os colegiais... (*Com intenção.*) O José da Silva, por exemplo, eu não diria que ele não é interessante; pelo contrário, o seu amigo Zeca é um jovem de muita personalidade.

LÚCIA (*com desdém*): Jovem é a palavra certa! Dezessete aninhos! É um bebê, e ainda por cima tão... tão imaturo!

PAI: Se não me falha a memória, você mesma não chegou até os dezesseis aninhos, não?

LÚCIA (*dá de ombros*): Tenho quinze e meio. Mas isto é muito diferente. Eu sou mulher. Acho que eu tinha mais idade aos dez anos do que o Zeca tem hoje. O doutor Garcia, meu professor de português, diz que eu tenho um amadurecimento mental raro para a minha idade.

PAI: Não me diga! E de onde foi que ele tirou essa ideia?

LÚCIA: Dos meus trabalhos, naturalmente. Ele diz que são muito ponderados e que mostram equilíbrio emocional.
PAI: Meus parabéns! A minha professora de português me dizia coisas bem diferentes, por exemplo: "Dimas Martins, o senhor tem a pior ortografia que eu já vi em trinta anos de magistério". (*Ri.*) E ela tinha razão!
LÚCIA: Pois nisso você tem companhia; o Zeca está no mesmo caso, o doutor Garcia sempre chama a atenção dele... E é uma pena porque, no fundo, burro ele não é...
PAI (*brincando*): Hum... mas é imaturo, naturalmente!
LÚCIA: Ora, papai, você pensa que estou exagerando, mas não estou! O Zeca não tem o mínimo interesse pelas coisas mais... mais elevadas da vida...
PAI: Tais como?
LÚCIA: *Ballet*, por exemplo; eu quis que ele fosse comigo ver a companhia de *ballet* que esteve aqui na semana passada, mas não! Ele não queria, ele acha que *ballet* é "coisa de maricas"! Diga você mesmo, papai, não é infantil isto?
PAI: Lá isto é verdade.
LÚCIA: E ontem, na aula de literatura, o Zeca soltou a observação mais imatura que eu já ouvi na minha vida; estávamos lendo Eurico, o Presbítero...
PAI: Deste eu me lembro, Eurico e Hermengarda, o Sultão Saladino e os sarracenos, e tudo o mais.
LÚCIA: Pois é, tudo tão lindo e romântico. Você se lembra como a infeliz Hermengarda enlouqueceu no final, quando descobre que não poderá casar-se com Eurico porque ele era monge.
PAI: Se me lembro, a gargalhada sinistra, e tudo... Muito triste, muito triste...
LÚCIA: Não é mesmo? Pois sabe o que o Zeca houve por bem dizer à guisa de comentário?
PAI: Diga logo, não me faça sofrer...
LÚCIA: Pois ouça bem – o Zeca pega e diz, em alto e bom som: "Doutor Garcia, eu acho que esta Hermengarda era

boboca! Por que cargas d'água ela precisava criar caso por causa daquele cara que dava para ser o pai? O que ela precisava era fazer esporte!" Diga agora, não é simplesmente revoltante?

PAI (*sorrindo*): Bem, talvez o Zeca seja apenas um grande realista...

LÚCIA: Realista, pois sim! Ele é, mas é um bobão! Completamente sem alma, sem finura de sentimentos!

PAI: Ora, Lu, não seja tão severa com o coitado!

LÚCIA: Coitado, nada... (*Melada.*) Aposto que o Daniel não era capaz de dizer uma coisa dessas!

PAI: Daniel é muito mais velho do que o Zeca.

LÚCIA: Ele não é tão velho assim.

PAI: O Daniel tem mais de trinta anos, Lúcia!

LÚCIA: E daí? Você fala igual ao Zeca, ele sempre caçoa de mim porque eu admiro o Daniel, e diz que o Daniel é um velho! Pois eu acho o Daniel formidável, que nem Eurico, o Presbítero!

PAI: E você não se incomodaria de ser outra Hermengarda, não é Lu?

LÚCIA: Para o Daniel, eu seria Hermengarda!

PAI: Corrija-me se estou enganado, mas não é certo que o notável Daniel está quase noivo da sua irmã?

LÚCIA: Sim, e eu acho que a Helena não sabe apreciá-lo como deve! Minha irmã não merece a sorte que tem.

PAI: Isto não foi nada gentil, Lu.

LÚCIA: Eu não quero ser injusta, ou maldosa, mas é que a Helena o aceita com tanta naturalidade. Ela nem percebe a joia que ele é, tão sensível, tão... tão legal!

MÃE (*entrando*): Espero não estar interrompendo nada de importante! Que caras tão sérias são essas?

PAI: Estamos conversando sobre a vida, o amor e a conquista da felicidade.

MÃE (*indo até a janela e olhando*): Que dia feio! Olhe! Lá vem um amigo seu, Lu!

LÚCIA: Quem?

MÃE: Parece que é o Zeca; está tão encapotado que nem se vê o rosto.
LÚCIA (*aborrecida*): Bolas! Que é que ele quer agora?
MÃE: Seu tom não é muito hospitaleiro, minha filha.
PAI: Sua filha parece preferir homens mais maduros.
MÃE: Não me diga que a Lu está outra vez com devaneios sobre o Daniel! Eu gostaria que você tentasse ter mais juízo, Lúcia! Este seu "culto da personalidade" põe o Daniel mal à vontade e acho que a Helena também não gosta nada disso.
LÚCIA (*dramática*): Não se dá ordens ao coração.
MÃE: Baboseiras! Você está, mas é com...
LÚCIA (*antes que ela continue*): E, por favor, não me venha com aquela conversa de que eu estou com paixonite de adolescente, isto não existe.
MÃE: Parece que existe, pelo menos nesta casa!
PAI: Minhas senhoras, minhas senhoras, não se exaltem.
ZECA (*simpático mocinho, desempenado e vivo, entrando*): Boa tarde, todo mundo!
MÃE: Boa tarde, Zeca. Tire esta capa, está toda molhada.
ZECA (*tirando-a*): Encharcada e empapada! (*Dá a capa à mãe.*)
MÃE: Vou pendurá-la onde possa secar. (*Sai.*)
ZECA: Obrigado, D. Susana. (*Desmorona na poltrona.*) Oba, Lu!
PAI (*levanta-se*): Acho que poderíamos tomar um café para esquentar estes velhos ossos neste dia tão úmido... até mais...

*Sai. Faz-se um silêncio, durante o qual Lu fica examinando as unhas.*

ZECA (*após pausa meio longa*): O que que há? Que cara de velório é essa?
LÚCIA: Muito engraçado, ha, ha.
ZECA: Você podia pelo menos me dar um "olá".
LÚCIA: Olá.
ZECA: Mas o que foi que aconteceu, Lu?
LÚCIA: Não adianta explicar, você não compreenderia, meu pobre amigo.
ZECA: Por que não tenta? Afinal de contas, não sou um mentecapto.
LÚCIA: Isto é uma questão de opinião, depois do que aconteceu ontem.
ZECA (*espantadíssimo*): O que foi que aconteceu ontem!

LÚCIA: Refiro-me ao vexame, ontem, na aula de literatura.
ZECA (*rindo*) Oh, você está falando do que eu disse sobre aquela boboca da Hermengarda!
LÚCIA: Ela não era tão boboca assim.
ZECA: Bem, eu não posso achar que ela foi muito esperta de ficar tão embeiçada por aquele camarada muito mais velho do que ela, a ponto de ficar tantã!
LÚCIA: Oh, você é impossível! Eu pensei que ia afundar naquele momento! E depois da aula, a Mila me olhou com aquele olhar de dó e piedade, e disse: "Eu compreendo como você deve estar se sentindo, pobre Lúcia!"
ZECA: É? O que é que a sua preciosa amiga queria dizer com aquilo?
LÚCIA: Ela sabe muito bem que nós dois temos saído juntos e que você vem aqui em casa, e então ela tem pena de mim, que ando na companhia de uma pessoa tão... tão sem sensibilidade artística!
ZECA: Aquela bobona! Piffff!
LÚCIA: Malcriação não prova nada.
ZECA (*cordato*): Ora, Lu, sinto muito! Você sabe que eu não tive intenção de aborrecê-la, e não vim aqui agora para brigar!
LÚCIA: E então, para que você veio agora?
ZECA: Para tornar a convidar você para vir comigo ao arrasta-pé da escola, hoje à noite!
LÚCIA: Não.
ZECA: Mas, pipocas, por que não? Eu sei dançar, não sei?
LÚCIA: Oh, sim, isto eu lhe concedo. Você sabe dançar. É a coisa que você sabe fazer. A única.
ZECA (*cordato*) Pois então. Qual é a dúvida?
LÚCIA: Bem... se você insiste... Eu vou ao cinema com Helena e Daniel, eles me convidaram.
ZECA: Você não quer dizer que prefere se meter num cinema qualquer para segurar vela para sua irmã e o namorado, em vez de ir à festa da escola?
LÚCIA: Exatamente.

ZECA (*andando dum lado para outro*): Ora vejam! Eu acho que é tudo porque você ainda está embeiçada por esse Daniel. E sabendo que ele é noivo de sua irmã, e que é um velho!

LÚCIA: Trinta anos não é nenhum Matusalém!

ZECA: Trinta e três. E de qualquer jeito, você com ele não cava nada. O Daniel é bem educado, e não lhe dá o contra às abertas porque não quer magoar você, nem tomar conhecimento das suas bobagens. É só.

LÚCIA: Eu não estou me queixando.

ZECA (*irônico*): Quer dizer que para você é suficiente adorá-lo de longe, e de vez em quando trocar duas palavras de cortesia?

LÚCIA: Sim... É tudo o que eu quero... Não espero mais nada...

ZECA: Que nem a Hermengarda!

LÚCIA: A qual, na sua opinião, era uma boboca!

ZECA: Eu não quis dizer isso!

LÚCIA: Talvez eu seja uma boboca e esteja "precisando de um pouco de esporte", quem sabe?

*Entram Helena e Daniel, simpático casal de "velhos" de vinte e dois e trinta e três anos.*

HELENA: Olá, criançada! Estamos pingando... Dê-me sua capa, Daniel, para pendurar.

*Sai com a capa.*

LÚCIA (*melada*): Boa tarde, Daniel.

ZECA: Tempo micho, não?

DANIEL: Boa tarde, meninos... Está chovendo muito, com efeito. Mas eu não me importo... Gosto de sentir a chuva fresca no rosto.

LÚCIA: Oh, que ideia bonita, Daniel!

DANIEL (*com uma vênia jocosa*): Obrigado, Lúcia!

ZECA: Pois eu não gosto... Fico me sentindo todo melado.

LÚCIA: Isto é porque você não tem finura de sentimentos.

ZECA (*com intenção*): Eu tenho toda a finura de sentimentos necessária, na hora e no lugar apropriados.

DANIEL: Não tenho a menor dúvida quanto a isto, Zeca. E você, Lu, que andou fazendo hoje?

LÚCIA: Passei o dia lendo... poesias...

DANIEL: Pois Helena e eu andamos bem mais ativos.

HELENA (*entrando*): E como! (*Deixa-se cair na cadeira, com um suspiro.*) Não paramos um minuto... primeiro visita à Margô, que teve nenê, depois as compras na cidade... Uma andança que não acabava mais...

DANIEL (*gemidinho*): Ai, ai. E estes velhos ossos estão sentindo os seus anos!

LÚCIA: Não, Daniel! Você nunca será velho, porque o seu coração é tão jovem!

ZECA: Oh, Senhor! (*Revira os olhos.*)

*Helena e Daniel se entreolham, sem saber o que dizer. A situação é salva pela mãe, que chama de fora.*

MÃE: Lúcia, venha cá, me ajudar um pouco... (*Aparece na porta.*) Não vou prendê-la por muito tempo, venha! (*Lúcia sai.*)

*Zeca faz a cara mais infeliz do mundo. Helena indica-o ao Daniel com um gesto, como quem diz "faça alguma coisa".*

PAI (*entrando*): Hum... Zeca, você não está com cara de quem está muito satisfeito hoje...

ZECA: E não estou mesmo...

PAI: O que lhe aconteceu, rapaz? Conte, quem sabe nós podemos ajudar?

ZECA (*após hesitar só um instante*): É a Lúcia, ela diz que não quer ir à festa comigo hoje. Ela prefere ir ao cinema com vocês dois.

HELENA: Conosco? Em vez de ir à festa? Não parece coisa normal. Na idade dela, eu trocaria um quilo de chocolate por uma festa da escola ainda mais com um rapaz tão simpático.

ZECA: Pois ela não acha. E... eu acho que você sabe por que, Daniel.

HELENA: Você quer dizer naturalmente que a Lu está embeiçada pelo Daniel.

ZECA: Embeiçada é o termo.

HELENA (*para Daniel*): Está vendo, meu bem, os seus encantos são fatais e irresistíveis.

ZECA: Não brinque, Helena. A coisa é séria.

DANIEL: Tomara que não. Lú é um amor de menina, e ninguém quer magoá-la...

HELENA: Claro que ela é um amor, mas deve haver uma maneira de a gente dar um jeito nesta coisa absurda. Não acha, papai?

PAI: Sim... é preciso tomar uma providência.

DANIEL: A questão é, que providência? Ninguém quer fazer nada para magoar ou entristecer a Lúcia.

ZECA (*levantando-se numa triste decisão*): Bem, obrigado pela compreensão, mas parece que estou perdendo meu tempo aqui. (*Vai saindo.*) Tomara que vocês consigam inventar uma solução.

PAI: A esperança é a última que morre, jovem. Não desespere.

HELENA: E volte hoje à noitinha, quem sabe a Lu terá mudado de ideia até lá.

ZECA: Obrigado, Helena. Mas eu não creio em milagres... (*Sai.*)

HELENA: Pobre rapaz.

PAI (*que já andou parafusando*): Diga-me uma coisa, Daniel, você não mencionou uma vez que no tempo de colégio andou metido em teatro amador, ou coisa que valha?

HELENA (*rindo*): Se andou metido. Não brinque com o Daniel, ele era assim uma espécie de Tarcísio Meira e Elvis Presley, num bolo só.

DANIEL: Não me encabule, moça.

PAI: Pois, pelas barbas do profeta, tenho uma ideia que acho que vai dar certo.

HELENA: Ideia? Que ideia? Tem alguma coisa a ver com teatro?

DANIEL: Isso é comigo?

PAI: Com todos nós, menos a Lu, naturalmente. Ela não pode saber de nada, tenho cá um plano, no qual todos nós vamos ter que bancar os atores. Quem é que topa a parada?

HELENA: Topar paradas é conosco. Diga logo, papai.

PAI: Escutem, então. Hoje à noite, quando o Daniel vier buscar Helena para ir ao cinema...

*Juntam-se e cochicham.*

*Cena 2*

*Mesmo cenário, à noite. Luzes acesas. Novamente Lúcia, sentada, lendo poesias. Mãe e Helena também estão, no sofá. Helena, segurando uma meada de lã, a mãe enrolando o novelo. Pai está lendo o jornal.*

LÚCIA (*olhando para o relógio-pulseira*): Já são 7h20; ele já devia estar aqui, não devia? A fila entra às oito, e até encostar o carro e tudo, e a fila...
HELENA (*séria*): Tem razão, Lu; o Daniel já devia estar aqui. Eu já fiquei um pouco preocupada com ele, quando saiu daqui, hoje à tarde... Ele não estava se sentindo muito bem.
MÃE: Nada de grave, espero.
HELENA: Acho que não.
PAI (*erguendo os olhos do jornal*): Talvez seja o tal vírus que anda solto por aí... E este tempo úmido acaba com a resistência das pessoas.
HELENA: A chuva amainou, em todo caso... (*Com intenção.*) Acho que a noite vai ficar bonita, ótima para a festa da escola, não Lu?
LÚCIA: Não estou interessada em festinhas escolares, obrigada.
MÃE: O Zeca não vem buscar você mais tarde, hoje?
LÚCIA: Não vejo por quê. Ele sabe muito bem que eu vou ao cinema.

*Campainha. Lu tem um pequeno sobressalto.*

HELENA: Deve ser o Daniel, agora. (*Vai abrir.*) Olá, Daniel.
DANIEL (*entra mancando visivelmente*): Olá, todo mundo.
LÚCIA (*levantando-se*): Boa noite.

DANIEL: Temos que ir embora já? (*Ar cansado.*) Eu... gostaria de descansar alguns minutos, antes de sairmos. (*Lu olha espantada.*)
HELENA: Naturalmente. Ainda temos muito tempo. Mas não fique de casaco, depois você vai estranhar o frio lá fora. (*Ajuda-o a tirar o casaco.*)
DANIEL (*num gemido*): Ai...
HELENA: O que foi?
DANIEL: É o meu ombro, outra vez... Deve ser este tempo úmido. Obrigado, Helena...

*Vai mancando até o sofá e senta-se, gemendo.*

LÚCIA (*preocupada*): Aconteceu alguma coisa com a sua perna, Daniel?
DANIEL: É o meu reumatismo, Lu... Nesta época do ano ele começa a se manifestar. Dói um bocado.
PAI: Eu que o diga... sei bem como você se sente, meu rapaz... Mas a gente tem que contar com estas coisas, amigo, à medida que os anos vão se acumulando.
MÃE: Por que você não procurou um médico, Daniel?
DANIEL (*rindo amargamente*): Oh, eu já fui ao médico, dona Susana. E sabe o que ele me disse? Ele disse que eu sou um "hipocondríaco"!
LÚCIA: Um hipo... quê? Alguma coisa com cavalo?
DANIEL: Hipocondríaco, Lu. Não tem nada a ver com cavalo.
PAI: Hipocondríacos são as pessoas que pensam que são doentes quando não têm nada; gente cismada, sabe.
LÚCIA: E por que havia o médico de lhe dizer uma coisa dessas? Que desaforo!
DANIEL: Bem, você compreende, eu já procurei este médico uma porção de vezes este mês. Acho que ele está ficando cansado de mim.
LÚCIA: Uma porção de vezes? Por que, Daniel?
HELENA: Sim, por quê? Você não me falou nisso.
DANIEL: Eu não queria aborrecê-la, Helena... Era uma coisa atrás da outra... O médico pensou que talvez fossem os dentes,

uma infecção, quem sabe. (*Apalpa dentadura da frente.*) Mas esta dentadura ainda está bem boa.

LÚCIA: Dentadura?

DANIEL: Só a superior... Placa bem feita, nem parecem postiços, não é? Tive que arrancar todos os dentes de cima no ano passado, na esperança de que melhorasse o reumatismo... mas não adiantou muito, parece...

HELENA: Foi por isso que você ficou tão atrapalhado com o caramelo que você comeu na casa da Margô... Ele ficou preso na dentadura, não foi?... Você estava tão aflito que fiquei com dó...

PAI (*tristemente*): É, a idade, isso mesmo... Primeiro vão-se os cabelos, depois os dentes... ninguém escapa.

DANIEL: Pois é... e além disso, há a minha miosite.

MÃE: Miosite? Parece nome de flor.

DANIEL: Antes fosse.

LÚCIA: O que é miosite, em português?

DANIEL: O meu médico diz que é uma espécie de inflamação dos músculos. Não há muito o que fazer nestes casos. (*Levanta-se e anda para cá e para lá, mancando.*) Ele diz que são as coisas que vão acontecendo, com a idade... A minha perna parece que fica dura quando fico sentado muito tempo...

HELENA: Neste caso, talvez seja melhor não irmos ao cinema... Afinal, são duas horas e meia sentados, e eu não quero ter que carregá-lo para fora do cinema, nas costas...

DANIEL: Bem, se você e a Lu não ficarem muito desapontadas, eu preferiria mesmo ficar em casa.

HELENA: Mas claro que não nos importamos, não é Lu?

LÚCIA (*desapontada*): Naturalmente... a fita está só começando, vamos assisti-la outro dia...

MÃE: E afinal de contas, a sua saúde é mais importante do que uma fita de cinema.

DANIEL: A propósito... ia me esquecendo. Pode fazer-me o favor de me trazer um copo com água, Helena?

LÚCIA: Eu trago.

*Sai correndo; os outros se entreolham e se entrepiscam.*

DANIEL: Que tal?
PAI: Vai lindamente bem.
HELENA: Você é um portento, meu bem. (*Baixo.*) Mas lá vem ela.
DANIEL (*alto*): Pois é. Acho que herdei esta saúde delicada do meu pai. Ele foi um inválido por quase vinte anos!
LÚCIA (*entrando, com copo d'água*): Vinte anos!
DANIEL: Pois é... dizem que estas coisas são hereditárias. (*Pega o copo.*) Obrigado, Lu... (*Tirando do bolso umas gotas que pinga no copo, do outro umas pílulas, que engole, junto com água, faz uma careta.*) Pronto; quase que eu esqueço... Tenho que tomar esta droga de três em três horas...
PAI: É? E isto deve curar o quê?
DANIEL: Os nervos. O meu médico diz que sou muito tenso... psicossomático, vago-simpático, que sei eu. Eu não durmo bem, sabe...

*Lu olha o tempo todo para ele, corre toda sorte de sentimentos mistos na cara.*

HELENA: Bem... já que não vamos ao cinema, que é que nós vamos fazer?
DANIEL: O meu médico diz que um pequeno passeio a pé é bom para a miosite... ativa a circulação, sabe... Só que tem que ser devagar, por causa do coração.
HELENA: Naturalmente. Nós vamos nos arrastar como duas lesminhas, eu lhe prometo, querido. Vou buscar minha bolsa. (*Sai.*)
DANIEL (*sentando-se novamente, olha para a cara perturbada de Lu*): Desculpe, Lu... Sinto muito... mas é que a minha perna está mesmo ruim hoje...
LÚCIA: Oh... não faz mal...
DANIEL: Fica para uma outra vez, quem sabe...
LÚCIA: Sim... uma outra vez...
MÃE: E eu vou subir e trocar de roupa. Prometi fazer uma visitinha a D. Carolina, e ela tem um olho crítico para o que a gente veste. Boa noite, Daniel.

DANIEL: Boa noite, dona Susana, desculpe não me levantar. (*Indica a perna.*)
MÃE: Naturalmente... espero que isto melhore logo. Lu, quer vir me ajudar a fechar o zíper?
LÚCIA: Sim... uma outra vez... passeio.

*Saem as duas.*

PAI (*vem e aperta a mão de Daniel, vigorosamente*): Muito bem, grande trabalho, seu "Marlon Brando".
DANIEL: Eu me sinto um verdadeiro cínico, seu Dimas. Mas... acha que a coisa fez efeito?
PAI: Se fez, como um feitiço.
HELENA (*entrando com a bolsa*): Como é, senhor hipocondríaco, reumático, vago-simpático, está pronto para sair?

*Daniel levanta-se num movimento ágil.*

PAI: Estive dando-lhe os parabéns pelo seu talento de ator.
HELENA: Ele merece, acho que conseguimos o nosso desígnio sinistro...
DANIEL: Eu só espero que a Lu não tenha ficado sentida.
HELENA: Sentida por quê? Ela pode ter ficado um pouco desiludida, mas na idade dela essas coisas não duram muito... (*Os dois vão saindo*) Boa noite.
PAI: Boa noite, Helena! Boa noite, Daniel.. Bom passeio para vocês. (*Os dois saem. Logo entra Lu, de "peignoir", olha para o relógio, dá de ombros, pega o livro, encolhe-se na poltrona, ajeitando-se para um serão de leitura.*)
PAI: Há.
LÚCIA: É o que parece...
PAI: O seu tom não é dos mais entusiásticos.
LÚCIA (*dá de ombros*): Papai, você sabia que o Daniel era tão cheio de... encrencas?
PAI: Pois é, minha filha, é assim mesmo: os verdes anos passam depressa, e as areias do tempo correm lentas mas inexoravelmente... Boa noite, Lúcia. (*Beija-a na face e sai.*)

LÚCIA (*sozinha*): As areias do tempo...

*Faz muxoxo e ajeita-se para ler.*

ZECA (*entrando inesperadamente*): Oba, Lu!
LÚCIA: Zeca! Que é que você está fazendo aqui!
ZECA: Eu? Eu vim buscar um livro que deixei aqui de tarde... Mas e você? Não está no cinema?
LÚCIA: Estou. Isto aqui é um fantasma.
ZECA: Ha, ha, ha. Por que você não foi ao cinema?
LÚCIA: Mudei de ideia.
ZECA: Mas por quê?
LÚCIA: Isto é uma longa e triste história, Zeca...
ZECA: Então não me conte. E já que estamos aqui os dois, não custa fazer mais uma tentativa; que tal irmos à festa da escola? Hum?
LÚCIA (*após pausa, e sem responder*): Zeca, você alguma vez já teve reumatismo?
ZECA: Reumatismo, eu? Na minha idade? Que ideia! Nunca!
LÚCIA: E... Zeca... os seus dentes são naturais?
ZECA: Naturais?
LÚCIA: Quero dizer, não são postiços?
ZECA: Era só o que faltava. Claro que não.
LÚCIA: E... você nunca teve miosite, teve?
ZECA: Mio... quê? É alguma doença de gato? Eu, hein!
LÚCIA: Não me interrompa. Diga-me, o seu pai tem boa saúde? E sua mãe?
ZECA: Meu pai é um atleta! E minha mãe é mais forte que... mas que é que você tem, Lu? Que interrogatório é este?
LÚCIA: Espere. E você nunca mancou?
ZECA: Mancar? Bem... uma vez, quando torci o tornozelo chutando bola!...
LÚCIA: Mas agora você não tem mais nada?
ZECA: Eu, hein! (*Dá umas piruetas.*) Tá bom assim?
LÚCIA: Ótimo. E você toma remédio de três em três horas?

ZECA: Diga-me uma coisa, Lúcia Martins. Eu tenho cara de candidato ao asilo dos inválidos da guerra de 1914? Que conversa é essa?
LÚCIA: E só o seguinte: eu vou à festa da escola com você.
ZECA: Você... vem para a festa?! No duro?!
LÚCIA: No duro.
ZECA (*dá-lhe um abraço e gira-a no ar*): Oba, oba, oba. (*Põe Lu no chão.*) Mas você está... assim?
LÚCIA: Eu vou correndo trocar de roupa. Espere aí. (*Sai.*)

*Zeca, de contente, começa a dar pulos sozinho, assobiando. Entra pai.*

PAI: Sim, senhor, seu Zeca. Você parece contente.
ZECA: E estou, se estou. A Lu vem à festa comigo! Eu não sei por que, mas ela vem. E eu não tenho reumatismo.
PAI: São os verdes anos...
ZECA: Hein? Os verdes anos? O que é isso?
PAI: Nada, nada... Vão à festa, divirtam-se.
ZECA: É o que vamos fazer... A Lu é um amor, não é?
PAI: Sim, ela é um amor. E você é um bom rapaz, Zeca, apesar da "imaturidade".
ZECA: Hein? É isso que ela me diz toda vez que eu não quero ir ao *ballet* ou nos concertos, ou nas exposições!
PAI: E nisso ela tem razão. Você deve acompanhá-la nestas coisas, Zeca. São coisas boas, e você vai gostar à medida que as for conhecendo... (*Pega livro na estante.*)
ZECA: Mas é que...
PAI: É que o juízo não vem antes da idade, não é? E a cultura é para os mais velhos?
ZECA: Ah, é assim? Pois o senhor vai ver. (*Grita*) Lu, Lúcia.
LÚCIA (*aparecendo toda de vestido bonito*): Pronto, aqui estou.
ZECA: Hum, como está bonita!
LÚCIA: Obrigada!
ZECA: Tão bonita que vou fazer-lhe outro convite. Hoje vamos dançar e amanhã, se quiser me dar a honra, vamos ao *ballet*? Quer?

LÚCIA: Ao *ballet*? Você falou ao *ballet*?
ZECA (*com dignidade*): Foi o que eu falei. E depois ao concerto da Sinfônica.

*Lúcia olha espantada para Zeca e para o pai, que lhe dá uma piscadela.*

PAI: As areias do tempo, hein, Lu? Elas vão correndo e fazendo estas coisas... .
LÚCIA: Viva as areias do tempo!
PAI: E viva os verdes anos! (*Ri gostoso.*)
ZECA (*espantado*): Não sei do que vocês estão falando, mas deve ser bom! Viva!

# PETER PAN

*Personagens:*

Peter Pan
Mamãe
Vanda
Joãozinho
Papai
Sininho
Quasetudo
Banguela
Mão Furada
Pele Vermelha
Gorila
Capitão Gancho
Zarolho
Meninos

*Cenário único:*

O quarto de Vanda e de Joãozinho, bem simples. Ao fundo, da esquerda para a direita, a porta do banheiro e as camas de Joãozinho e Vanda com um criado-mudo no meio e uma pequena lâmpada de cabeceira. Uma janela bem larga. À esquerda, uma cômoda com um espelho em cima e uma poltrona. À direita, uma estante, com livros e brinquedos; a porta de entrada, e, para a frente, um tamborete. Um "Cuco" na parede do fundo e alguns quadrinhos nas paredes.

*Primeiro Ato*

*Ao abrir o pano, Mamãe está sentada no tamborete. Joãozinho está no chão ao lado de Vanda. Mamãe e Vanda estão de "peignoir". Joãozinho, de pijama. Mamãe está costurando. Todos ficam imobilizados durante uns quinze segundos. Só depois que Mamãe começa a falar é que os outros dois também se animam.*

MAMÃE: O príncipe já estava cansado de procurar, quando uma tarde ele entrou numa casa onde havia três moças. Elas, que já esperavam esta visita, foram correndo experimentar o sapatinho... Mas qual! Não servia. Então o príncipe perguntou se não havia mais nenhuma moça naquela casa... (*O "cuco" toca uma vez.*) Pronto, agora vamos dormir... O cuco já tocou sete e meia. (*Levanta-se e vai preparar as camas.*)
VANDA: Ah, mamãe, fica mais um pouquinho.
MAMÃE: Não. Agora nós vamos escovar os dentes, lavar o rosto...
JOÃOZINHO (*levantando-se*): Eu não quero dormir, mamãe! Não quero! Não quero! Não quero! (*Bate o pé.*)
MAMÃE: Joãozinho!
VANDA (*logo se ajoelha na sua cama*): Mas, mamãe, você nem acabou a história...
JOÃOZINHO (*indo ajoelhar-se na sua cama*): Mais cinco minutos, mamãe! Por favor!
MAMÃE: Não.

JOÃOZINHO: Só cinco minutos?!
MAMÃE (*voltando-se entre as camas*): Vamos nos lavar, escovar os dentes. E depois eu acabo a história. (*Faz os dois entrar no banheiro e volta a preparar as camas e arrumar o quarto.*)
VANDA: Mamãe!
MAMÃE: Sim...
VANDA: Você vai sair?
MAMÃE: Vou.
VANDA: Onde é que você vai?
MAMÃE: Vou jantar fora.
VANDA: Mamãe!
MAMÃE: Sim...
VANDA: Papai também vai?
MAMÃE: Vai.
VANDA: A que horas vocês voltam?
MAMÃE: Antes da meia-noite.
VANDA: Mamãe!
MAMÃE: Sim...
VANDA: Onde é que vocês vão jantar?
MAMÃE: Na casa do Dr. Sansão...
VANDA: Mamãe! O doutor Sansão é o dono do escritório onde papai trabalha, não é?
MAMÃE: É.
JOÃOZINHO: Mamãe!
MAMÃE: Sim...
JOÃOZINHO (*aparecendo*): Mamãe, o Dr. Sansão é mesmo careca, não é?
MAMÃE (*vai até o banheiro*): É. Vamos depressa, Joãozinho! Você ainda não escovou os dentes!

*Pausa. A janela abre-se e Peter Pan aparece na janela.*

VANDA: Eu já estou quase pronta, mamãe!

*Peter Pan assusta-se e pula pela janela.*

MAMÃE (*voltando*): Ande logo você também, Joãozinho. Eu tenho que me vestir. Papai já deve estar pronto para sair e eu ainda nem comecei a me arrumar. (*Pausa. Peter Pan aparece na janela*) Quem é você? (*Peter Pan desaparece*) Ninguém... Mas tenho certeza de que vi um rosto, Joãozinho. (*A janela fecha-se lentamente.*)

JOÃOZINHO (*fora*): Que é, mamãe?

MAMÃE: Vanda!

VANDA: Eu estou aqui. (*Entrando, de camisola.*) Mamãe, Joãozinho não quer escovar os dentes.

JOÃOZINHO (*de dentro do banheiro*): Linguaruda! Linguaruda!

MAMÃE: Joãozinho! Escove os dentes já e bem direitinho. Você escovou os seus, Vanda?

*Vanda acena que sim e volta para o banheiro. Mamãe vai até a janela, depois volta para a cômoda e pega alguma coisa misteriosamente. Papai chama lá de dentro.*

PAPAI: Marina! Marina!

MAMÃE: Eu estou aqui.

PAPAI: Aqui onde?

MAMÃE (*guarda a "coisa" na gaveta*): No quarto das crianças.

PAPAI (*entrando, de cartola, calça e* smoking *e sem paletó*): Marina, a minha gravata! (*A gravata está em seu pescoço.*)

MAMÃE (*arrumando o quarto*): Que há com ela?

PAPAI (*andando atrás dela*): A gravata desapareceu. Já procurei pela casa inteira!

*Vanda e Joãozinho entram enxugando o rosto.*

PAPAI: Marina, onde é que você pôs a minha gravata? Vocês estão rindo? (*Avança para as crianças, dedo em riste; elas recuam para a esquerda.*) Pois fiquem sabendo que se eu não encontrar a minha gravata, eu não irei jantar na casa do doutor Sansão. E se eu não for jantar na casa do doutor Sansão... Nunca mais irei trabalhar. E se eu não for trabalhar, vocês morrerão de fome, e terão de deixar esta casa!

MAMÃE (*olhando para a gravata*): Jorge... você já viu se a gravata está no seu pescoço?

*Papai acha a gravata, fica encabulado. As crianças riem, ele as ameaça e elas vão para a cama, rindo.*

PAPAI: Já para a cama! (*Vai arrumar a cartola no espelho.*)
MAMÃE (*percebendo a cartola*): O que é isso?
PAPAI: Fica bem, não fica?
MAMÃE: Você não vai de cartola.
PAPAI: Por que não?
MAMÃE: Cartola com *smoking*? Que absurdo!
PAPAI: Mas, Marina! Desde o nosso casamento que não ponho a cartola... Fica tão bem!
MAMÃE (*tira-lhe a cartola e coloca-a sobre a cômoda*): Você parece criança!
PAPAI: Mas você ainda está assim? Já são quase oito horas e o jantar é às nove.
MAMÃE: Vou me vestir correndo! (*Vai saindo. Papai experimenta a cartola*) Jorge!
PAPAI (*assusta-se e esconde a cartola atrás das costas*): Sim...
MAMÃE: Você deu o remédio ao Joãozinho?
PAPAI: Remédio? Ah, sim, o óleo de fígado? Vou dar agora.

*Mamãe sai.*

JOÃOZINHO (*corre para a cama de Vanda*): Eu não quero tomar remédio!
PAPAI (*apanhando o remédio de cima da cômoda*): Quer, sim
JOÃOZINHO: Não!!!
PAPAI (*sentando-se à esquerda de Joãozinho, e Vanda fica em pé do outro lado da cama*): Seja homem, Joãozinho. Quando eu tinha a sua idade, eu tomava qualquer remédio sem um "ai." E eu dizia, "muito obrigado, queridos papais, por me darem remédios que me fazem bem."
JOÃOZINHO: Não!
VANDA: Aquele remédio que você toma é muito pior do que este, não é, papai?

PAPAI: Muito pior. E como exemplo para você, eu o tomaria agora, se não tivesse perdido a garrafa.
VANDA: Eu sei onde ela está, papai. Eu vou buscá-la. (*Sai correndo para o banheiro. Volta com garrafa e copo, enquanto papai tem um verdadeiro espasmo de ódio.*) Fui bem depressa, não fui?
PAPAI: Bem depressa! Ma-ra-vi-lho-sa-men-te depressa!
VANDA (*enchendo o copo*): Joãozinho agora você vai ver como papai faz.
PAPAI (*passando a colher a Joãozinho*): João primeiro...
JOÃO (*pega a colher*): Papai primeiro.
PAPAI (*pega o copo, experimenta tomar, mas não tem coragem. Vanda vai colocar a garrafa sobre a cômoda*): Vai me fazer enjoar, você sabe.
JOÃOZINHO: Vamos, papai.
PAPAI (*tenta novamente*): É um xarope horroroso... Parece grude!
VANDA: Eu pensei que você ia tomá-lo, dizendo "muito obrigado, queridos pais, por me darem..."
PAPAI: O caso não é esse! O caso é que no meu copo há mais remédio do que na colher de Joãozinho. E isso não é justo.
JOÃOZINHO: Papai, eu estou esperando.
PAPAI (*imitando-o*): É muito fácil dizer que você está esperando. Pois eu também estou esperando.
JOÃOZINHO (*cantarolando*): Papai é ratinho medroso. Papai é ratinho medroso, papai é um ratinho medroso...
PAPAI (*imitando-o*): Pois você também é um ratinho medroso.
JOÃOZINHO (*agressivo*): Eu não tenho medo.
PAPAI (*ainda mais agressivo*): Nem eu tenho medo!
JOÃOZINHO (*fazendo-se de cavalheiro*): Pois então tome!
PAPAI (*imitando-o*): Pois então tome você.
VANDA: Por que vocês não tomam ao mesmo tempo?
PAPAI (*arrogante*): Certamente. Você está pronto?
JOÃOZINHO: Estou.
VANDA: Um... dois... três...

*Joãzinho toma fazendo careta. Papai finge tomar e esconde o copo embaixo da cama.*

VANDA: Oh, papai! Você não tomou.
JOÃOZINHO: Papai não tomou! Papai não tomou o dele.

*Chora cada vez mais alto.*

PAPAI (*levantando-se*): Que é que você quer dizer... "oh, papai"? Eu ia tomar o meu... (*Inexpressivo.*) Quero dizer, eu já ia tomando, mas ele sumiu. (*Tenta rir. Vanda está pensando em fazer uma brincadeira.*)
JOÃOZINHO: Papai não tomou o dele.

*Continua berrando. Mamãe entra com vestido de noite.*

MAMÃE: O que foi?
JOÃOZINHO: Papai não...
PAPAI: Não foi nada. Vamos deitar! Já para cama!
MAMÃE: Mas o que foi que aconteceu?
PAPAI: Nada. Nada. Vamos deitar.

*Papai cobre Joãozinho. Mamãe cobre Vanda e vai até a janela.*

MAMÃE (*voltando da janela*): Jorge!
PAPAI: Ahn?
MAMÃE: Creio que não devemos sair hoje.
PAPAI: Por quê? Nós temos que ir. Meu novo emprego depende disso.
MAMÃE: Não sei. Há qualquer coisa que não está bem.
PAPAI: Só porque o Joãozinho desandou a berrar? Mas que tolice!
MAMÃE: Não é bem isso... É outra coisa...
PAPAI: Mas o que foi?
MAMÃE (*toma-lhe a mão esquerda e vem bem para a frente, misteriosa. Verifica, crianças não estão ouvindo*): Jorge... Hoje quando trouxe as crianças para o quarto, eu vi um rosto na janela.
PAPAI: O quê? Um rosto na janela? No terceiro andar?
MAMÃE (*verifica se as crianças estão ouvindo*): Era o rosto de um menino, ele tentava entrar. Querido, não é a primeira vez que eu vejo esse menino. (*Abre-se a janela e aparece Peter Pan, que fica escutando.*) A outra vez foi há uma semana. As crianças

estavam dormindo. Eu sentei na poltrona, peguei um livro para ler e acabei adormecendo também. De repente acordei com um golpe de vento, como se a janela tivesse sido aberta. Acordei e vi um menino dentro do quarto!
PAPAI: Dentro do quarto?
MAMÃE: Eu gritei. O menino correu. Eu dei um pulo e fechei a janela. Mas já era tarde. Ele já tinha escapado.

PAPAI: Ora, mas como é que você foi deixá-lo escapar?
MAMÃE: Espera. O menino fugiu, mas a sombra dele não teve tempo de escapar; a janela cortou-a rente e ela caiu.
PAPAI: Marina, e você não guardou a sombra?

*Peter Pan está atento.*

MAMÃE: Foi o que eu fiz... (*Peter Pan sorri e foge*) Enrolei-a... e aqui está ela. (*A janela fecha-se lentamente. Mamãe vai até a cômoda, pega a sombra e os dois a examinam.*)
PAPAI: Pelo jeito, trata-se de um grande velhaco!
MAMÃE: Acho que ele voltará para buscá-la.
PAPAI (*altivo*): Duvido. Isto aqui vale uma fortuna! Amanhã vou levá-la ao museu... hão de me dar muito dinheiro por isto.
MAMÃE: Jorge... eu ainda não disse tudo... Eu estou com medo...
PAPAI: Você é um ratinho medroso...
MAMÃE (*tomando-lhe a mão*): Jorge, escuta. O menino não estava sozinho. Ele estava acompanhado por... Não sei como dizer... Era uma bolinha de luz do tamanho do meu punho, mas andava pelo quarto como se fosse uma coisinha viva, correndo de um lado para outro...
PAPAI (*pensativo*): Isto é muito estranho. A tal coisa escapou também? (*Pausa. Os dois estão apreensivos.*)
JOÃOZINHO: Mamãe! Mamãe, a que horas eu nasci?
MAMÃE: Às duas da madrugada, querido.
JOÃOZINHO: Ah, mamãe. Tomara que eu não tenha acordado você.
MAMÃE: Eles são uns queridos.
PAPAI: São muito queridos. Os mais queridos do mundo.

MAMÃE: Olhe as horas. Vamos chegar atrasados.
PAPAI: É mesmo. Vamos depressa, Marina. (*Vai saindo*)
MAMÃE: Jorge... Você tem certeza de que não pode acontecer nada?
PAPAI: Claro. O que poderia acontecer? Afinal, pensando bem, acho que tudo isso é tolice.
MAMÃE: Mas... e a sombra?
PAPAI: A... A sombra... Ora, feche bem a janela, deixe as lâmpadas acesas e vamos embora. Vamos logo. Boa noite, meus filhos (*Vanda e Joãozinho respondem boa noite*) Vamos, Marina!
MAMÃE: Já vou já.

*Mamãe parece indecisa. Vai cobrir as crianças. Começa A se ouvir o "Lullaby". Mamãe cantarola, acompanhando. Acende a lâmpada de cabeceira, apaga a luz e sai. A música ainda continua alguns instantes e para. A lampadinha pisca três vezes e apaga-se. Ouve-se um assobio. Abre-se a janela e aparece Peter Pan.*

PETER PAN: Sininho, Sininho, você está aí?
SININHO (*acende-se o vaso em cima da estante, à direita*): Dlim, dlim.
PETER PAN: Ora, saia desse vaso! (*Apaga-se o vaso.*)
SININHO: Dlim, dlim...
PETER PAN: Você sabe onde eles a puseram?
SININHO: Dlim, dlim..
PETER PAN: Caixa grande? Qual caixa grande?
SININHO: Dlim, dlim...
PETER PAN: Aquela? Mas qual gaveta?
SININHO: Dlim, dlim..
PETER PAN: Sim, mostre.
SININHO: Dlim, dlim...
PETER PAN: Sininho, está muito escuro. Faça ficar mais claro!

*Fica mais claro. A janela fecha-se lentamente. Peter Pan vai até a cômoda, abre a gaveta errada. Sininho entra na gaveta. Peter Pan fecha a gaveta, abre outra gaveta e despeja tudo no chão. Encontra a sombra e logo se espanta porque ela não gruda, tenta grudar com cuspe. Vai ao banheiro, faz barulho, volta e tenta grudá-la com sabão. Vanda acorda e vê Peter Pan sentado no chão, chorando.*

VANDA: Menino, por que você está chorando?
PETER PAN (*levanta-se e faz uma reverência. Vanda faz outra*): Quem é você?
VANDA: Vanda Maria Tereza Cristina. E você?
PETER PAN: Peter Pan.
VANDA: Só?
PETER PAN: Só.
VANDA: Que pena.
PETER PAN: Não tem importância.
VANDA: Onde é que você mora?
PETER PAN: A segunda à direita e depois sempre em frente até de manhã.
VANDA: Que endereço engraçado!
PETER PAN: Não, não é.
VANDA: Mas é esse o endereço que vem nas cartas?
PETER PAN: Não recebo cartas.
VANDA: Mas sua mãe recebe cartas.
PETER PAN: Não tenho mãe.
VANDA: Oh, Peter Pan... (*Vai abraçá-lo.*)
PETER PAN: Você não deve me tocar.
VANDA: Por quê?
PETER PAN: Ninguém deve me tocar.
VANDA: Mas por quê?
PETER PAN: Não sei (*Ninguém o toca durante toda a peça.*)
VANDA: Não admira que você estivesse chorando.
PETER PAN: Eu não estava chorando. Mas eu não consigo grudar a minha sombra.
VANDA (*apanhando a sombra*): Ela se soltou! Que coisa horrorosa! Peter Pan! Você queria grudar com sabão?
PETER PAN: E então?
VANDA: Ela tem que ser cos-tu-ra-da!
PETER PAN: O que é isso?

VANDA: Oh! Você é horroroso de tão ignorante.

PETER PAN: Não, não sou.

VANDA (*vai buscar, agulha, dedal e linha no criado-mudo*): Está bem. Vamos costurá-la. Venha cá. Vamos precisar de mais luz. (*Acende a luz.*) Fique quieto. Aviso que vai doer um pouco.

PETER PAN: Eu nunca choro.

VANDA (*costura, ajoelhada. Peter Pan suporta bem cada picada*): Pronto. (*Recua e prende a agulha na camisola.*)

PETER PAN: Ainda não está bem como era.

VANDA: Teria sido bom passá-la a ferro antes.

PETER PAN (*dança com a sombra. Ri e depois canta de galo*): Ah, ah, ah! Corócócóóóó!! (*Rindo.*) Vanda, olhe, olhe! Ah, como eu sou esperto!

VANDA: Você imagina, então, que eu não fiz nada?

PETER PAN: Você ajudou um pouco.

VANDA: Um pouco?! Se é assim, acho que posso ir embora.

*Pula na cama e cobre-se com o lençol.*

PETER PAN: Vanda! Não vá embora! Eu não posso deixar de cantar de galo quando estou contente comigo mesmo, Vanda... Uma menina vale mais do que vinte meninos!

VANDA: Você pensa isso mesmo?

PETER PAN: Penso, sim.

VANDA (*levanta-se*): Você foi muito amável, acho que vou me levantar outra vez. Eu lhe daria um beijo se você quisesse.

PETER PAN (*senta ao seu lado e estende-lhe a mão*): Muito obrigado.

VANDA: Você não sabe o que é um beijo?

PETER PAN: Assim que você me der, eu ficarei sabendo. (*Vanda suspira e lhe dá o dedal*) Agora tenho que lhe dar um beijo também?

VANDA: Se você quiser. (*Peter Pan dá-lhe um botão, que Vanda, desanimada, pendura na corrente ao pescoço.*) Vou levá-lo nesta corrente. Quantos anos você tem, Peter Pan?

PETER PAN (*levanta-se e vem para a esquerda*): Não sei. Mas sou bem moço. Eu fugi no mesmo dia em que nasci!
VANDA: Fugiu? Por quê?
PETER PAN (*volta a sentar ao lado de Vanda*): Porque eu ouvi papai e mamãe conversando sobre o que eu seria quando eu crescer. E eu quero ser sempre um menino. A gente grande só faz coisas bobas. E eu quero me divertir. Então fugi. E fui viver entre as fadas.
VANDA: Você conhece fadas?
PETER PAN (*volta a sentar-se ao lado de Vanda*): Sim, mas elas já morreram todas. Você sabe que quando a primeira criança riu pela primeira vez o seu riso se partiu em milhares de pedacinhos que saíram saltando, e esse foi o começo das fadas. Agora, cada vez que uma criança nasce, seu primeiro riso se transforma numa fada. Portanto deveria haver uma fada para cada menino... ou menina.
VANDA: Deveria haver? E não há?
PETER PAN (*levanta-se e caminha para a direita*): Ah, não. As crianças estão muito sabidas, agora. (*Pesaroso.*) Logo elas não acreditam mais em fadas. (*Para o público.*) E cada vez que uma criança diz: "Eu não acredito em fadas", em algum lugar uma fada cai morta. (*Vem para a esquerda.*)
VANDA: Pobrezinha!
PETER PAN (*lembrando-se subitamente*): Onde será que ela se meteu? Sininho! Sininho! Onde está você?
SININHO (*abafado*): Dlim, dlim, dlim
VANDA: Peter Pan! Não me diga que há uma fada neste quarto!
PETER PAN: Ela veio comigo!
SININHO (*abafado*): Dlim, dlim, dlim! Dlim! Dlim!!! Dlim!!!
PETER PAN: Você não está ouvindo, está?
VANDA: Estou ouvindo, sim! Parece um sininho!
PETER PAN: É a linguagem das fadas. Também estou ouvindo.
SININHO: Dlim, dlim, dlim, dlim...
VANDA: Parece que vem daqui.
PETER PAN: Vanda! Acho que eu a tranquei na gaveta!

*Corre para a cômoda e solta Sininho.*

SININHO (*furiosa*): Dlim, dlim, dlim, dlim, dlim!
PETER PAN: Você não precisa dizer isso.
SININHO: Dlim, dlim, dlim!!
PETER PAN: Sinto muito, mas como é que eu ia saber que você estava na gaveta?
VANDA (*excitadíssima*): Oh, Peter Pan! Eu não a vi!
PETER PAN: Cada pessoa só vê a sua própria fada.
VANDA: Mas onde está ela?
PETER PAN: Elas nunca param quietas. Mas se ela quiser, ela pode parar e pode até se mostrar a você.
SININHO (*acende em cima do cuco*): Dlim, dlim, dlim!
VANDA (*corre a ajoelhar-se na cama de Joãozinho*): Olhe para ela! Que amor! (*Sininho se apaga.*) Oh, que pena! Para onde foi ela agora?
PETER PAN: Está no mesmo lugar. Sininho, esta senhorita gostaria que você fosse a sua fada.
SININHO: Dlim, dlim, dlim, dlim!
VANDA: O que foi que ela disse?
PETER PAN: Ela não é muito educada. Disse que você é uma meninona feia e que ela é a minha fada. Você sabe, Sininho, não fica bem você ser a minha fada, porque você é uma dama e eu sou um cavalheiro.
SININHO: Dlim, dlim!
VANDA: O que foi que ela disse?
PETER PAN (*vem para a frente*): Ela disse, "você é um burro". Ela é uma menina muito vulgar. Lá na terra das fadas, a única coisa que ela sabe fazer é consertar panelas furadas. (*Senta no chão.*)
VANDA (*senta-se à esquerda dele*): Onde é que você vive agora?
PETER PAN: Na Terra do Nunca, com os meninos perdidos.
VANDA: Meninos perdidos? Quem são eles?
PETER PAN: São os meninos que caem do berço quando a pajem está distraída. Se eles não são reclamados dentro de sete dias, mandam-nos para a Terra do Nunca. Eu sou o capitão.
VANDA: Deve ser muito divertido.

PETER PAN (*levanta-se e rodeia Vanda por trás*): Sim, mas nós nos sentimos muito solitários. Nós não temos nenhuma companhia feminina, sabe?

VANDA: Não há meninas lá?

PETER PAN: Ah, não. (*Malicioso.*) As meninas são muito espertas para cair do berço...

VANDA: É tão agradável ouvir você falar das meninas. Joãozinho só faz pouco desta gente.

*Peter Pan nota Joãozinho, examina-o por todos os lados e acaba derrubando-o da cama, puxando o lençol com grande técnica. Joãozinho continua dormindo no chão.*

VANDA (*ajoelhada na sua cama*): Seu estúpido! Fique sabendo que aqui você não é o Capitão, ouviu? (*Verifica que Joãozinho nem percebeu.*) Bem, afinal ele nem acordou. Acho que você não fez por mal. (*Volta para o centro. Peter Pan continua trepado na cama de Joãozinho*) Peter Pan, você pode me dar um beijo. (*Senta no chão.*)

PETER PAN: Eu sabia que você ia querê-lo de volta. (*Faz menção de devolver o dedal.*)

VANDA (*impaciente*): Não, eu não queria dizer um beijo. Eu queria dizer um dedal...

PETER PAN: Dedal? O que é isso?

VANDA: Eu vou mostrar. É assim... (*Vai fazer uma demonstração, mas acontece como se alguém lhe puxasse os cabelos.*)

PETER PAN: O que foi?

VANDA: Alguém me puxou o cabelo!

PETER PAN (*levanta-se e vai para o fundo à direita*): Foi Sininho. Sininho, você está ficando muito malcriada.

SININHO: Dlom, dlom!!

VANDA (*levantando-se*): O que foi que ela disse?

PETER PAN: Ela disse outra vez "você é um burro".

SININHO: Dlim, dlim, dlim, dlim, dlim!

VANDA: E agora, o que foi que ela disse?

PETER PAN:  Disse que vai fazer isso cada vez que dermos dedal um para o outro.
VANDA (*perplexa*):  Mas por quê?
PETER PAN (*igualmente perplexo*):  Por que, Sininho?
SININHO:  Dlom, dlom!
PETER PAN:  Outra vez ela disse "você é um burro".
VANDA (*olha para o "Cuco" com desprezo e vem sentar-se na frente, no chão*):  Ela é muito impertinente. Por que é que você veio parar aqui?
PETER PAN (*sentando-se à direita de Vanda*):  Para ouvir as histórias que sua mãe conta. Nenhum de nós conhece histórias lá na Terra do Nunca.
VANDA:  Que coisa horrorosa!
PETER PAN:  Você sabe por que é que os passarinhos fazem ninho no telhado das casas? É para ouvir histórias. Sua mãe estava contando uma história muito bonita.
VANDA:  Qual delas?
PETER PAN:  Era com um príncipe, não conseguia encontrar a moça que usava aquele sapatinho de vidro.
VANDA:  Ah, é a Cinderela. É uma história muito bonita. Eu sempre peço para mamãe contá-la. No fim o príncipe encontra a Cinderela. Eles vão embora juntos e são muito felizes.
PETER PAN (*deitado de bruços*):  Que bom.

*Levanta-se e corre para a janela.*

VANDA:  Onde vai você?
PETER PAN:  Contar aos outros meninos.
VANDA (*levantando-se*):  Não vá, Peter Pan! Eu sei uma porção de histórias! Hummm... As histórias que eu poderia contar aos meninos!
PETER PAN:  Então vamos! Vamos voando!
VANDA:  Voando? Mas eu não sei voar!
PETER PAN (*aproximando-se*):  Vanda, venha comigo!
VANDA:  Eu gostaria tanto, mas... E mamãe? Além disso, eu não sei voar.

PETER PAN: Eu ensino.
VANDA: Como deve ser bom voar!
PETER PAN: Venha, Vanda... Eu ensino a você como pular nas costas do vento e voar bem alto, conversando com as estrelas. Venha, Vanda. Lá fora é tão bonito! Em vez de dormir nessa cama boba, fazendo as mesmas coisas todos os dias... Venha, Vanda! E também há sereias com grandes caudas prateadas... Venha, Vanda, todos nós vamos respeitar você!
VANDA: Claro que isso é maravilhoso! Você também ensinaria o Joãozinho a voar?
PETER PAN: Se você quiser.
VANDA (*acordando Joãozinho*): Joãozinho! Joãozinho! Acorde! Joãozinho, há um menino aqui que vai nos ensinar a voar!
JOÃOZINHO (*levanta-se e esfrega os olhos*): A voar? Aqui? Quem é você?
VANDA: Esse menino chama-se Peter Pan. Ele vai nos ensinar a voar!
JOÃOZINHO: Voar? Como é que se faz?
PETER PAN: Não é difícil. É só você pensar em coisas bonitas... Ter pensamentos formosos... E eles levantarão você no ar... (*Pula para a esquerda.*)
JOÃOZINHO: Ah, então é fácil!
PETER PAN (*rindo, vem para a direita*): Não é tão fácil assim. Muita gente não consegue. Mas... eu ajudarei vocês.
JOÃOZINHO: Então vamos agora mesmo. (*Apanha a cartola na cômoda e a põe na cabeça e fica com ela até o fim da peça.*) Mas para onde é que nós vamos?
PETER PAN: Para a Terra do Nunca.
JOÃOZINHO: O que é que tem lá?
PETER PAN: Muita coisa. E piratas também.
JOÃOZINHO (*enterrando a cartola*): Piratas! Vamos agora mesmo!
PETER PAN (*correndo para a janela*): Vamos Vanda!
VANDA (*levantando-se*): Não, Peter Pan. Eu não posso ir... Mamãe morreria de tristeza... E depois, eu não sei se gostaria de lá.
PETER PAN: Eu sabia. Você pode ficar onde está. Há muita gente como você que quer as coisas, mas tem medo de

consegui-las. Tenho pena de você. Adeus! (*Vai para a janela.*)
VANDA: Peter Pan. (*Pausa.*) Por que você não traz os meninos perdidos para cá? Eu posso contar as histórias aqui mesmo... Enquanto mamãe não vem...
PETER PAN (*pausa, pensa um instante*): Está bem. Eu trago os meninos. Mas... e os piratas? Eles são capazes de vir atrás.
JOÃOZINHO: Traga os piratas também.
PETER PAN: Então eu vou buscar os meninos. Sininho, vamos depressa!
SININHO: Dlim, dlim, dlim, dlim, dlim, dlim, dlim...
PETER PAN: Cócórócócócó!

*Pula pela janela. Ouve-se ao longe, novamente, Peter Pan cantando de galo e a voz de Sininho afastando-se.*

VANDA e JOÃOZINHO: Volta logo, Peter Pan! Volta logo.


*Segundo Ato*


*A cena é a mesma. A janela está fechada. Todos os meninos estão em cena sentados no chão. Peter Pan está trepado na poltrona, na frente do espelho, fazendo molecagens. Vanda está no tamborete. Quasetudo na janela. Pele Vermelha sentado na cama de Joãozinho. Joãozinho está de pé em cima da cama por trás de Pele Vermelha. Lamparina está olhando os livros.*


JOÃOZINHO: Pois eu gostaria que os piratas tivessem vindo também.
QUASETUDO: Você não gostaria, não. Os piratas são perigosos. Você não imagina as coisas de que eles são capazes. Peter Pan é a única pessoa do mundo que não tem medo deles.
PELE VERMELHA: Eu também não tenho medo. Um Pele Vermelha não tem medo de nada. Mas o que eu gostaria agora era ouvir a história da Cinderela.

VANDA: Peter Pan, você vai gastar o meu espelho.
MÃO FURADA: Eu sonhei que o Príncipe tinha encontrado a Cinderela.
VANDA: E encontrou mesmo!
TODOS: Que bom! Que bom!
BANGUELA: Eu não me lembro da minha mãe, mas eu acho que ela deve ser como Cinderela.
MÃO FURADA: Como foi que o Príncipe encontrou a Cinderela?
JOÃOZINHO: Ora, não interessa. Contem vocês a história dos piratas.
PETER PAN: Os piratas não são histórias. São aventuras de verdade. Você... e você que ouvem histórias todas as noites. E depois? O que é que vocês fazem? Nada! Vão dormir. Nós, não. Na Terra do Nunca ninguém dorme. Sempre temos o que fazer. Os piratas, as sereias, as fadas...
SININHO (*acendendo-se dentro do vaso*): Dlim, dlim, dlim, dlim...
PETER PAN (*para a esquerda*): Eu sei, Sininho, eu sei. Mas a Terra do Nunca pode estar em qualquer lugar. Agora, por exemplo... É como se a Terra do Nunca estivesse aqui mesmo, neste quarto. Olhem estes livros, estas histórias nós as vivemos sem ter lido os livros. Os livros é que contam as histórias que nós vivemos... As aventuras que acontecem conosco.
VANDA: Então como é que vocês não sabiam a história da Cinderela?
PETER PAN: As histórias mais bonitas nós gostamos de fazer de conta que as esquecemos, só para que elas aconteçam mais uma vez e mais outra vez... E cada vez é como se fosse uma nova história! Você sabe, Vanda? A história da Cinderela já aconteceu comigo. Eu era o príncipe e Sininho era a Cinderela... Você se lembra, Sininho?
SININHO (*comovida*): Dlim, dlim, dlim...
PETER PAN: Mas a mesma história pode acontecer outra vez... Você pode ser a Cinderela... se você quiser...
SININHO: Dlom, dlom!

QUASETUDO: Sininho fica zangada sempre que Peter Pan brinca com outras fadas.

PETER PAN (*para Vanda*): Você sabe por que a Terra do Nunca se chama assim? É porque lá a gente nunca sabe o que é verdade nem o que é história. Mas é como se tudo fosse história...

QUASETUDO: O Capitão Gancho é que é de verdade mesmo. Aquele não é história, não...

PETER PAN: Para mim tanto faz.

VANDA: Você não tem medo do Capitão Gancho?

PETER PAN: Medo? Eu? (*Ri.*) Ele é que tem medo de mim. Quando eu estou longe, ele me procura, cheio de ódio. Mas quando me encontra, treme da cabeça aos pés. Ele sabe que não pode me vencer. E se não fosse o Jacaré.

JOÃOZINHO (*excitadíssimo*): Jacaré?

QUASETUDO: O Jacaré que comeu a mão do Capitão Gancho.

VANDA: Que coisa horrorosa!

BANGUELA: E depois?

PETER PAN (*sério*): Foi a única vez em que eu fiquei zangado de verdade. O Capitão Gancho quis me agarrar. E eu disse: "Ninguém pode me tocar". Ele não fez caso e estendeu a mão... Então eu arranquei a minha espada... (*Tira a espada e dá o golpe*) e cortei a mão do pirata! Depois... (*guardando a espada*) depois eu não sabia o que fazer com a mão e joguei-a para o jacaré. E o jacaré comeu a mão do pirata.

VANDA: Que coisa horrorosa!

BANGUELA: E depois?

MÃO FURADA: O Banguela já sabe tudo o que aconteceu. Mas ele gosta de fazer de conta que não sabe, só para ouvir a história.

PETER PAN: O jacaré gostou tanto da mão que agora ele anda todo tempo atrás do pirata, para comer o resto...

VANDA: Para comer o pirata inteiro? Que coisa horrorosa!

QUASETUDO: Por isso é que ele se chama Capitão Gancho.

JOÃOZINHO: Por quê?

PETER PAN: Porque em vez de mão agora ele usa um gancho.

VANDA: E o jacaré?
PETER PAN: A sorte do Capitão Gancho é que o jacaré engoliu um relógio despertador deste tamanho e o relógio está agora dentro da barriga do bicho, fazendo tic-tac, tic-tac… E sempre que o jacaré vem chegando o pirata ouve… e tem tempo de fugir.
VANDA: E quando acabar a corda do relógio?
PETER PAN: Ah… Um dia a corda se acaba. Então, o jacaré pode vir, devagarinho, devagarinho e… nhoc! Engole o pirata!
VANDA: Que coisa horrorosa! (*Ouve-se ao longe o coro dos piratas.*) "Vivo ou morto, eu vou te comer. Carne e osso, carne e osso, em meio litro de rum… Em meio litro de rum…" (*Risadas.*)
QUASETUDO: Os piratas!

*Correria geral. Pele Vermelha esconde-se sob os lençóis na cama de Vanda. Os outros, embaixo das camas.*

JOÃOZINHO (*tirando o arco do Pele Vermelha*): Os piratas! Que venham os piratas!
BANGUELA: Peter Pan! Onde é que eu fico?
PETER PAN: Joãozinho!
JOÃOZINHO: Sim, Capitão!
PETER PAN: Assuma o comando da defesa!
JOÃOZINHO (*fazendo continência*): Sim, Capitão.
PETER PAN: A porta do banheiro deverá ser defendida até a última gota de sangue!
JOÃOZINHO: Sim, Capitão. A porta do banheiro será defendida até a última gota de sangue. (*Corre para o banheiro.*)
BANGUELA: E eu?
PETER PAN: Banguela… O espelho de Vanda Maria Tereza Cristina tem que ser protegido! Nenhuma cara de pirata peludo pode se olhar nele!
BANGUELA (*fazendo continência*): Sim, Capitão. O espelho de Vanda Maria Tereza Cristina será protegido das caras peludas…

(*Corre para a esquerda e para. Faz continência.*) Até a última gota de sangue!

*Pega uma bola e esconde-se atrás da cômoda. Peter Pan verifica se está tudo em ordem. Ouve-se novamente o coro dos piratas, bem perto.*

PETER PAN: Sininho! Vá chamar o jacaré!
SININHO: Dlim, dlim!

*Peter Pan esconde-se atrás dá janela. Aparecem atrás da janela: Capitão Gancho, Beiçudo, Capenga e Zarolho e Gorila. Capitão Gancho espanta--os. Depois entra e chama os outros que entram na mesma ordem. Gorila apanha de Peter Pan ao entrar. Lamparina sai engatinhando em direção ao banheiro. Gorila aponta a pistola. Capitão Gancho agarra Gorila pelo pescoço com o gancho.*

GORILA (*mostrando o menino*): Uh, uh, uh, uh!
CAPITÃO GANCHO: Guarde essa pistola!
GORILA (*grita de dor*): Uh!...
BEIÇUDO: Era um dos meninos. Gorila poderia ter liquidado com ele agora.
CAPITÃO GANCHO: Sim, e o tiro faria com que Peter Pan se atirasse sobre nós. É isso que vocês querem? Guarde essa pistola!
BEIÇUDO: É isso mesmo. O Capitão tem razão. Nada de tiros. Deixe-me apanhá-lo com o meu saca-rolha. Ele é silencioso como um peixe.
CAPITÃO GANCHO: Não agora. Ele é um só e eu quero agarrar todos de uma vez. Se este anda por aqui, os outros não devem estar longe. Ah! Um espelho! Há quanto tempo não vejo um! (*Arruma-se diante do espelho. Os outros o acompanham. Capitão Gancho ameaça-os com o gancho e eles caem.*) Procurem os meninos!

*Eles saem farejando. Gorila apanha novamente de Peter Pan. Capitão Gancho acaba desistindo do espelho. Volta-se e espia debaixo do tamborete, depois de rodeá-lo, desconfiado. Joãozinho entreabre a porta, faz pontaria, atira-lhe uma flecha por trás e desaparece. Capitão Gancho vira-se e o espelho foge.*

CAPITÃO GANCHO: Gorila!
GORILA: Uh... uh...
CAPITÃO GANCHO: Acharam alguma coisa?
GORILA (*negativo*): Uh, uh!
CAPITÃO GANCHO: Eles devem ter saído. Vá procurar lá fora e leve Beiçudo. O Zarolho fica comigo. Isto está me cheirando mal. Com seiscentos milhões de baleias.
GORILA: Uh... uh!

*Perfila-se. Saem Gorila e Beiçudo pela direita. Zarolho esparrama-se na poltrona. Capitão Gancho expulsa-o e senta. Zarolho senta no chão.*

CAPITÃO GANCHO: Eu sei que eles estão aqui. Meu faro não me engana. E o capitão deles também! Aquele maldito Peter Pan que me cortou a mão. Há muito tempo que espero o momento de cumprimentá-lo com isso. (*Levanta o gancho.*) Ah, eu o rasgarei em pedaços! (*Peter Pan ri.*)
ZAROLHO: Este seu gancho é muito útil e vale mais do que vinte mãos.
CAPITÃO GANCHO: Se vale! (*Senta.*) É excelente para pentear os cabelos, palitar os dentes... Se eu tivesse filhos... Se eu tivesse filhos, rezaria para que eles nascessem com isso em vez disto... (*Levanta o gancho, com grande aprumo.*) Um homem distinto e fino como eu precisa de uma coisa destas. Dá personalidade. (*Uma ideia triste.*) Eu seria a criatura mais feliz do mundo se não fosse o jacaré. Ele me deixou louco, Zarolho, ele me tira o sono, me rouba a alegria de viver. No momento não me deixa em paz. Ainda ontem, ouvi o relógio bem perto. Oh... Um dia a corda do relógio se acaba e o jacaré me pega, Zarolho... (*Senta no tamborete, desanimado.*)
ZAROLHO (*aproximando-se*): Não chore, Capitão!

*Capitão Gancho tira um lenço com o gancho e assoa o nariz. De repente, começamos a ouvir um tic-tac, cada vez mais perto, e logo o jacaré entra, misteriosamente, pela esquerda.*

CAPITÃO GANCHO: Zarolho! Escute...! O jacaré!!!

*Levantam-se, esbarram um no outro, caem quase em cima do Jacaré e saem correndo pela direita. O jacaré segue atrás, impassível. Peter Pan desce e canta de galo. Todos aparecem, rindo, fazendo grande algazarra.*

JOÃOZINHO: Eu espetei o Capitão Gancho! Vocês viram? Eu espetei o Capitão Gancho!!!

*Pele Vermelha toma-lhe o arco e vai sentar-se onde estava antes. Vanda está arrumando o cabelo e a camisola, em frente do espelho.*

JOÃOZINHO: Como foi que o jacaré apareceu?
PETER PAN: Sininho foi chamá-lo... (*Ri.*) Sininho! Sininho!
QUASETUDO: Decerto ela ficou na Terra das Fadas.

*Senta no chão e começa a tirar o sapato esquerdo, calmamente.*

BANGUELA: Eu não deixei o pirata olhar no espelho! Eu não deixei o pirata olhar no espelho!
VANDA (*voltando-se*): Olhem só! Vocês estão todos sujos! Quasetudo, você está com a meia furada. E você precisa escovar os dentes! Que coisa horrorosa! Lamparina, quando foi que você tomou banho pela última vez?
PETER PAN: Você agora vai ser a nossa mãezinha? Pois então comece a contar histórias!
VANDA: Sim, senhor, mas primeiro vocês vão tomar banho e jantar. Depois eu vou cerzir as meias, e então poderemos começar com as histórias.
JOÃOZINHO (*levanta-se e bate o pé*): Eu não quero tomar banho! Não quero! Não quero!
VANDA: Joãozinho!
PETER PAN (*arrancando a meia do Quasetudo*): É melhor começar logo com as histórias. Você faz de conta que costura a meia do Quasetudo e nós fazemos de conta que já tomamos banho.
VANDA (*pensa um instante e senta. Pega a agulha que ficara na camisola e começa a cerzir. Todos sentam no chão*): Está bem. Era uma Vez... um príncipe...

MÃO FURADA: Eu queria que fosse uma princesa!

BANGUELA: Eu queria que fosse um ratinho branco!

VANDA: Sim, havia também uma princesa. Ele se chamava Jorge e ela se chamava Marina.

JOÃOZINHO: Eu conheço eles!

VANDA: Pois eles eram casados. E o que é que vocês pensam que eles tinham?

BANGUELA: Ratinhos brancos!

VANDA: Não. Eles tinham dois descendentes.

PETER PAN: O que é isso?

VANDA: Oh! Você é horroroso de tão ignorante! (*Peter Pan fica amuado e vira as costas*) Descendentes quer dizer filhos. Eles tinham dois filhos, um menino e uma menina.

BANGUELA: Por que eles não tinham dois ratinhos brancos?

VANDA: Eles tinham dois ratinhos, mas os ratinhos não eram filhos deles.

PETER PAN: De quem os ratinhos eram filhos?

VANDA (*ignorando a pergunta*): Um dia o menino e a menina foram para a Terra do Nunca, onde vivem os meninos perdidos.

QUASETUDO: Um deles se chamava Quasetudo...

VANDA: Isso mesmo.

QUASETUDO (*levantando-se*): Então eu estou numa história? Vocês viram? Eu estou numa história!

PETER PAN: Meninos, façam menos barulho!

*Quasetudo senta-se*

VANDA: Havia também outro menino, que se chamava Lamparina e que nunca tomava banho. Um dia o Lamparina foi caçar com o Mão-Furada...

MÃO-FURADA (*mostrando o estilingue*): Vocês viram? O Mão-Furada era caçador.

QUASETUDO: Caçador que nunca acertou um tiro.

VANDA: Mas naquele dia o Mão Furada caçou... Vocês sabem o que ele caçou?

BANGUELA: Ratinhos brancos!

PETER PAN: Espera! Sininho não está aqui. (*Corre para a janela.*)
VANDA: Peter Pan! Onde você vai?
PETER PAN: Vou buscar Sininho.
VANDA: Oh, Peter Pan, fique aqui!
PETER PAN: Eu preciso buscar Sininho. Ela é a minha fada. Não fique triste, eu voltarei logo. Vanda, enquanto eu não voltar, você pode cantar uma canção, como as mamães fazem. Uma canção bonita é para as crianças como a chuva que cai sobre a terra e faz as flores nascer...
VANDA (*chorosa*): Você volta logo? Eu não quero ficar sozinha...
PETER PAN: Pele Vermelha tomará conta de vocês... Cante pensando em mim. Sempre que você pensar em mim, eu estarei ao seu lado, mesmo que você não me veja.

*Vanda começa a cantar e não vê Peter Pan sair. Continua cantando. Banguela deita e adormece. Depois Lamparina, Mão Furada e Quasetudo. Joãozinho adormece por último. Vanda levanta-se sempre cantando, faz um carinho nos meninos e não vê Capitão Gancho, que aparece entrando pela direita. Capitão Gancho, extasiado, acompanha o ritmo da canção com a mão e a cabeça. Vanda, vencida pelo sono, vai parando de cantar, recostada no tamborete. Todos dormem.*


Terceiro Ato


*A cena é a mesma do ato anterior. Poucos minutos depois. Capitão Gancho chama os piratas, que levam os meninos. Vanda acorda, espreguiça-se e toma um tremendo susto ao dar com o Capitão Gancho.*


CAPITÃO GANCHO: Não se assuste, senhorita. Eu estou aqui para protegê-la.
VANDA (*levanta-se e corre para a janela*): Peter Pan! Peter Pan!
CAPITÃO GANCHO: Não grite assim. Vai estragar a sua voz. Como é seu nome? (*Vanda vira as costas*) Ora, não tem importância,

já que prefere conservá-lo em segredo... Mas deve ser um nome lindíssimo, como a sua voz. Tive o inefável prazer de ouvi-la cantar há pouco. Sua voz é bela como o mar. Com seiscentos milhões de baleias (*Vanda assusta-se*) que eu nunca ouvi uma voz assim! E olhe, menina, que eu já ouvi as sereias mais famosas... (*Estende-lhe o gancho.*)

VANDA: O senhor é horroroso!

CAPITÃO GANCHO: Não diga isso. Gostaria de conversar consigo. A vida de marinheiro é muito triste, a solidão do mar... Dias e dias... Como eu gostaria de ter alguém que me contasse histórias e cantasse para mim, no meu navio... O meu navio! Meu navio é o mais rico destes mares. É todo recoberto com tapeçarias do Oriente, e os móveis são de madeira perfumada, as famosas madeiras da Índia. O teto é todo recoberto de safiras, esmeraldas e rubis. (*Soluça, tenta sorrir; soluça novamente.*) Desculpe, senhorita, é que tomei hoje um vinho... Vinho da Groenlândia, feito com uvas congeladas. Já tomou vinho da Groenlândia? Eu lhe darei! E os charutos? Charutos da Sumatra. Quer experimentar?

VANDA: Deixe-me! Peter Pan! (*Tenta correr para a janela.*)

CAPITÃO GANCHO (*cortando-lhe a passagem*): Não grite assim, formosa menina. Venha para o meu navio. Eu tenho uns maravilhosos pentes de sereias.

VANDA: O senhor roubou os pentes das sereias?

CAPITÃO GANCHO: Bem... Isso faz parte da minha profissão.

VANDA (*avançando para ele. Ele recua*): O senhor é um monstro! Um ladrão horroroso, com esse gancho horroroso!

CAPITÃO GANCHO: Não diga isso, menina. Fique sabendo que eu sou o capitão mais distinto e mais educado destas paragens. Nenhum pirata tem a minha elegância... Venha para o meu navio. Verá como eu e todos os meus homens somos cavalheiros distintíssimos...

VANDA: São todos horrorosos. Eu já os vi a todos. São todos uns monstros horrorosos. Pensa que eu não vi aquele seu Gorila fazendo "uh, uh, uh"? E o outro também, com um olho só? Como é que o senhor imagina que eu possa pôr os pés naquele seu navio sujo, com aquela gente horrorosa?

CAPITÃO GANCHO: Oh, não... O Zarolho? (*Entra Zarolho.*) O Zarolho é um bom sujeito! E tem os dois olhos inteirinhos. Só que um dos olhos é tão vesgo que nunca se sabe para onde é que ele está olhando. (*Zarolho espia por baixo da venda.*) Por isso é que eu o obrigo a usar aquela venda. Com seiscentos milhões de baleias. E o Gorila?! (*Entra Gorila.*) Incapaz de matar uma mosca. Ele não é muito dado a conversas... Fala pouco, mas homem bom está aí. Gorila faz "uh! uh!"... É um pão com manteiga esse Gorila... chora por qualquer coisa... O Beiçudo... (*Entra Beiçudo, chupando um pirulito.*) Ele ficou com o beiço assim de tanto chupar pirulito... (*Beiçudo sai. Capenga entra e passa, como os outros.*) Ou o Capenga!!! Este é o mais bonzinho de todos! (*Aproximando-se de Vanda.*) Ele gosta tanto de histórias!

VANDA: Deixe-me!

CAPITÃO GANCHO: Mas nós não somos maus. Se às vezes fazemos alguma coisa (*gesto de cortar o pescoço.*) Bem, é a nossa profissão... E depois... senhorita, nenhum de nós teve mãe. Nós nunca tivemos mãe...

VANDA: Como assim?

CAPITÃO GANCHO: Nós nascemos sem mãe.

VANDA: Mas como? Não é possível!

CAPITÃO GANCHO: Pois é. As mães não querem ter filhos piratas... Nenhuma mãe nos quis... e então... nós nascemos de dentro das ostras. (*Senta.*) Ah, eu sou muito, muito infeliz. Muito infeliz...

VANDA (*um pouco comovida, contém um carinho*): Onde estão os meninos?

CAPITÃO GANCHO: Os meninos estão presos. (*Vanda fica furiosa.*) Ficarão como reféns até eu pegar aquele maldito. Com seiscentos milhões de baleias!

VANDA: Monstro! Prendendo os pobres meninos! Onde estão eles?
CAPITÃO GANCHO: Ora, menina... (*Leva três pontapés de Vanda.*) Gorila! Gorila!
GORILA (*entrando pela direita*): Uh, uh!
CAPITÃO GANCHO: Prenda esta sirigaita!
GORILA: Uh, uh!

*Agarram Vanda, não sem receber antes alguns valentes pontapés.*

VANDA (*suspensa no ar. Gorila aguarda ordens*): Monstros! Monstros horrorosos!
CAPITÃO GANCHO: Leve-a para o navio. E não a deixe fugir!
GORILA: Uh, uh!

*Sai carregando Vanda, que esperneia.*

CAPITÃO GANCHO: Menina malcriada. Grosseira! Um homem distinto como eu, elegante, educado (*gesto com o gancho, olha o gancho.*) Com seiscentos milhões de baleias! É por causa do gancho! Ah!!! Peter Pan há de me pagar. Desta vez eu o apanho. Mas como? É preciso cautela. Ele é um demônio esperto! É preciso pensar. Ai que me dói a cabeça! Há tanto tempo que não penso! É preciso pensar. É preciso um jeito... (*Acha o copo.*) Ah! Já sei! O veneno! O veneno! Porei veneno dentro deste copo e Peter Pan o tomará pensando que é remédio. (*Põe o copo no tamborete e despeja o veneno. Cospe a rolha e joga fora o tubinho.*) Ah, ah! Agora... Ah, já sei. Peter Pan pensará que a menina deixou remédio para ele tomar... Ah, ah! Gorila traga papel e pena! Vamos ver. (*Começa a escrever nas costas de Gorila.*) "Peter Pan, fui com os meninos visitar a Terra das Fadas. (*Põe a pena na boca e cospe.*) Espere por mim e tome este remédio. Assinado: Mãezinha". As mãezinhas sempre deixam remédio para os filhos tomarem. (*Põe o bilhete ao lado do copo sobre o tamborete e sai na ponta dos pés, rindo, satânico.*) Ah, ah, ah! Peter Pan tomará o veneno e eu estarei vingado. (*Sai.*)

SININHO (*entrando*): Dlim, dlim, dlim!

PETER PAN (*entrando pela janela*): Vanda! Vanda! Onde estão vocês? (*Procura.*)

SININHO: Dlim, dlim!

PETER PAN: Onde será que eles foram?

SININHO: Dlim, dlim!

PETER PAN (*descobre o copo e lê a carta*): "Peter Pan, fui com os meninos visitar a Terra das Fadas. Espere por mim e tome este remédio." Está vendo, Sininho. Vanda foi com os meninos visitar a Terra das Fadas. É engraçado que eu não os tenha encontrado no caminho. Com certeza eles passaram antes pela Lagoa das Sereias. Bem... vamos tomar o remédio.

SININHO (*desesperada*): Dlim, dlim, dlim, dlim!

PETER PAN: Por que não?

SININHO: Dlim, dlim, dlim!

PETER PAN: Veneno?

SININHO: Dlim, dlim, dlim!

PETER PAN: Aqui dentro? Ora, Sininho, que ideia!

SININHO: Dlim, dlim, dlim!

PETER PAN: Então você acha que Vanda deixaria veneno para eu tomar?

SININHO: Dlim, dlim, dlim!

PETER PAN: Sininho, isso é muito feio, você está inventando coisas só porque você não gosta de Vanda. Pois fique sabendo que Vanda é a minha mãezinha e eu não quero que você fale mal dela.

SININHO: Dlim, dlim, dlim!

PETER PAN (*um pouco zangado*): Está bem, Sininho. Nunca pensei que você fosse capaz de uma coisa destas. Sinto muito que isto tenha acontecido, mas já que você insiste em inventar mentiras assim, que não sou mais seu amigo. Você pode ir embora. Você não é mais a minha fada. (*Sininho chora. Peter Pan vai tomar o remédio.*) Sininho, saia do meu copo! Sininho! Você tomou o meu remédio! (*Sininho fala mais fraco.*) Sininho! O que foi que você fez! (*Sininho fala baixinho.*) Então era verdade! Era veneno mesmo e você tomou tudo para me salvar. (*Pega o copo com as duas mãos*) Sininho! Querida Sininho! Perdoe-me (*ajoelhando-se, põe o copo sobre o tamborete.*) Sininho! Sininho! (*Afasta-se*) você está morrendo! Não morra, Sininho! Por favor! Sininho! (*ajoelhado, chora.*) Sininho vai morrer... Sininho vai morrer...

SININHO: Dlim... dlim...

PETER PAN: A sua voz está tão fraca que mal a posso ouvir... Ela diz... ela diz que só poderia viver se todas as crianças do mundo ainda acreditassem em fadas. (*Levanta-se.*) Oh, por favor! Se vocês acreditam em fadas, batam palmas! (*Para a direita.*) Batam palmas! Por favor, batam palmas! (*Volta para o centro por trás do tamborete.*) Você está vendo, Sininho, as crianças acreditam em fadas!

SININHO (*fala bem alto*): Dlim, dlim, dlim, dlim!

PETER PAN: Oh, muito obrigado, muito obrigado, muito obrigado! (*Peter Pan dança e Sininho canta em vários tons.*) Sininho, agora temos de achar Vanda e os meninos.

SININHO: Dlim, dlim!

PETER PAN: Presos?!

SININHO: Dlim, dlim, dlim!

PETER PAN: O Capitão Gancho? Então foi isso! Pois ele vai ver! (*Puxa a espada. Corre para a janela. Para. Voltando.*) Não, assim não. Acho que ele vai voltar aqui, para ver se eu morri. (*Na frente*) Então ele não sabe que eu não morri? Pois logo ficará sabendo! (*Pensa. Põe o copo no chão, tira o chapéu e o põe ao lado do copo.*) Sininho, vamos nos esconder. Aqui, Sininho! Depressa! (*Escondem-se no banheiro.*)

SININHO (*brilha atrás da porta*): Dlim, dlim!

PETER PAN: Quieta, Sininho!

CAPITÃO GANCHO (*entra, procura e vê o copo e o gorro de Peter Pan*): Afinal! Peter Pan morreu! Gorila! Gorila! (*Entra Gorila.*) Peter Pan morreu, Gorila, olhe! (*Gorila exulta.*) Acabou-se!! Agora a Terra do Nunca me pertence! Traga os meninos!

GORILA: Uh, uh!

*Sai correndo. Capitão Gancho vem para a esquerda e logo voltam os piratas, cantando e trazendo os meninos amarrados.*

CAPITÃO GANCHO (*novamente à direita*): Atenção! (*Todos se alinham como soldados para a esquerda.*) Prestai muita atenção nas minhas palavras. É chegada a hora do meu triunfo. Olhai bem para mim. Diante de vós está um vencedor, um herói. (*Para a direita.*) Neste momento, todo o universo me inveja. Oh, glória! Ficai sabendo que eu agora sou o único senhor de todos os mares e da Lagoa das Sereias, (*para os meninos*) da Terra do Nunca e de todas as terras! Eu, o Capitão Gancho!

QUASETUDO: Na Terra do Nunca quem manda é Peter Pan!

CAPITÃO GANCHO: Meu jovem amigo Peter Pan morreu!

QUASETUDO: Não acredito. Peter Pan não pode morrer.

CAPITÃO GANCHO: Ah, é? Pois olha para isto. E para isto. Neste copo havia veneno, que Peter Pan tomou. Acabou-se Peter Pan! Nada mais resta dele além deste chapéu.

*Atira fora o chapéu e vem para a esquerda. Vanda chora.*

QUASETUDO: Não acredito, é mentira. Peter Pan não pode morrer.

CAPITÃO GANCHO (*para Quasetudo*): Cala-te! Com seiscentos milhões de baleias! Então acha que estou mentindo? (*Para a frente.*) Bem, não faz mal. Eu sou um cavalheiro e não quero manchar minha glória mandando meus homens matar criaturinhas tão simpáticas. (*Bate com o gancho no peito.*) Meu coração é generoso e sabe perdoar. (*Para Quasetudo.*) No meu navio encontrareis refúgio seguro e juntos conquistaremos todos os mares. Feito?

QUASETUDO: O senhor é muito generoso, mas eu acho que minha mãe não gostaria que eu fosse pirata; Banguela, você acha que sua mãe gostaria que você fosse pirata?

BANGUELA: Não creio. Mão Furada, você acha que sua mãe gostaria que você fosse pirata?

MÃO FURADA: Não creio. Pele Vermelha, você acha que sua mãe gostaria que você fosse pirata?

PELE VERMELHA: Não creio. Lamparina, você acha que sua mãe gostaria que você fosse pirata?
LAMPARINA: Não creio. Quasetudo, você acha que...
CAPITÃO GANCHO: Basta, com seiscentos milhões de baleias! Basta! (*Com a mão na cabeça de Joãozinho.*) Você... Como é que você se chama?
JOÃOZINHO: João Napoleão Pele Vermelha.
PELE VERMELHA: Pele Vermelha sou eu!
JOÃOZINHO: Sim, mas eu sou João Napoleão Pele Vermelha!
CAPITÃO GANCHO: Está bem, está bem... João Napoleão Pele Vermelha, você gostaria de ser pirata no meu navio?
JOÃOZINHO: Que nome eu teria se fosse pirata?
CAPITÃO GANCHO: Humm... Acho que ficaria bem João Napoleão Barba Roxa.
JOÃOZINHO: João Napoleão Barba Roxa... Não está mal... Quando eu estava na escola... Quasetudo, você já esteve na escola?
QUASETUDO: Eu não. Banguela, você já esteve na escola?
BANGUELA: Eu não. Mão Furada, você já esteve na escola?
MÃO FURADA: Eu não. Pele Vermelha, você já esteve na escola?
CAPITÃO GANCHO: Basta! Com seiscentos milhões de baleias! Basta! Tragam a mãe destes meninos (*vem para a esquerda. Beiçudo empurra Vanda.*) Agora, minha belezinha, você vai ver seus filhos pela última vez. (*Puxa a pistola e faz pontaria.*) Pode dizer suas últimas palavras.
VANDA: Eles vão morrer também?
CAPITÃO GANCHO: Sim. Silêncio! Vamos ouvir as últimas palavras de uma mãe aos seus filhos!
VANDA: Estas são as minhas últimas palavras! Meninos, eu sei que se as suas verdadeiras mães estivessem aqui, elas teriam apenas uma coisa a dizer, e seria isto: "Nós esperamos que os nossos filhos saibam se portar sempre com bravura e dignidade".
QUASETUDO: Eu farei o que minha mãe gostaria que eu fizesse. E você, Banguela?
BANGUELA: Eu farei o que minha mãe gostaria que eu fizesse. E você, Mão Furada?

MÃO FURADA: Eu farei o que minha mãe gostaria que eu fizesse. E você, Pele Vermelha?
CAPITÃO GANCHO: Basta! Vocês pensam que podem se divertir às minhas custas? (*Ouve-se um uivo. Os meninos começam a cochichar. Capitão Gancho para, faz pontaria novamente. Ouve-se outro uivo.*) Que é isto? Gorila, vá ver o que há.

*Gorila entra no banheiro. Peter Pan derruba-o com a espada.*

QUASETUDO: Um! (*Os meninos cochicham e riem baixinho.*)
CAPITÃO GANCHO: Gorila!... Beiçudo, Beiçudo, vá ver o que há!

*Repete-se a cena anterior.*

QUASETUDO: Dois! (*Os meninos riem baixinho e cochicham.*)
CAPITÃO GANCHO: Gorila! Beiçudo!... Capanga, vá ver o que há!

*Repete-se a cena.*

QUASETUDO: Três! (*Os meninos riem baixinho e cochicham.*)

*Outro uivo. Gancho olha para Zarolho.*

ZAROLHO: Não, Capitão... Por favor... eu não...
CAPITÃO GANCHO: Meu gancho acha que sim.
ZAROLHO: Não, eu não irei. (*Perde o chapéu*) Capitão, este lugar está mal assombrado! Vamos embora daqui!
CAPITÃO GANCHO: O que é isto? Motim? (*Obriga-o a entrar no banheiro e a cena se repete, só que Zarolho grita antes de cair.*) Zarolho! O que foi? Zarolho?!
QUASETUDO: Quatro! (*Os meninos riem baixinho e cochicham.*)
PETER PAN (*de dentro, põe a espada na bainha*): Cócorócócóóóó!
CAPITÃO GANCHO: Quem é? (*Para a direita.*)
PETER PAN (*entrando*): Eu, Peter Pan, o vingador!
CAPITÃO GANCHO: Peter Pan!
PETER PAN: Prepara-te para morrer! (*Tira o cinto, puxa a espada e joga longe a bainha.*)
CAPITÃO GANCHO (*tira o cinto, puxa a espada e joga longe a bainha*): Jovem orgulhoso e insolente, prepara-te para morrer! (*Os meninos se afastam.*)

PETER PAN: Bandido feio e sinistro, põe-te em guarda!

*Pausa. Estocada de Peter Pan. O Capitão Gancho defende e ataca todo o tempo. Capitão Gancho perde a espada. Peter Pan põe-lhe o pé em cima.*

MENINOS: Agora, Peter Pan! Agora! Peter Pan devolve a espada ao inimigo. Oh!

*Continua o duelo, encarniçado. Capitão Gancho ataca, mas Peter Pan defende-se facilmente, sempre brincando. Tira-lhe o chapéu e dá-lhe um pontapé por trás.*

CAPITÃO GANCHO: É com um demônio que estou lutando! Quem és tu, Peter Pan?

PETER PAN: Eu sou a juventude, eu sou a alegria! Capitão Gancho, tu não podes comigo! E tu sabes que nunca poderás comigo!

*Capitão Gancho responde com um último golpe, mas logo se convence de que é verdade o que Peter Pan disse. Logo Peter Pan dá-lhe uma estocada e Capitão Gancho cai pela janela, com um berro. Ouve-se um rugido. Peter Pan pula na janela.*

PETER PAN: O jacaré! O jacaré engoliu o Capitão Gancho!
MENINOS: Viva! Viva o jacaré!

*Peter Pan solta Vanda e os meninos. Peter Pan vai pegar a espada de Capitão Gancho. Todos pulam e gritam.*

MENINOS: Viva Peter Pan! Viva o jacaré!
PETER PAN (*solta os meninos e vê Vanda caída*): Vanda!!?
QUASETUDO: Foi o Capitão Gancho, com a flecha do Pele Vermelha!
BANGUELA: Eu pensei que só as flores morriam...
PELE VERMELHA: Talvez ele esteja com medo de estar morta...

*Pausa*

PETER PAN: Vanda! Acorde, Vanda! Vanda, eu quero levar você para ver as sereias! (*Começa a se comover.*) Vanda! (*Agora já está bastante comovido.*) Vanda!

QUASETUDO: Ela se mexeu!
PETER PAN: Ela está viva. Olhem! A flecha bateu aqui, no beijo que eu lhe dei! (*Levanta-se.*) O meu beijo salvou a vida de Vanda!
QUASETUDO (*avançando*): Eu me lembro de beijos... deixe ver... hummm... é um beijo, sim.
SININHO: Dlim, dlim, dlim...
PETER PAN: Sininho diz "você é um burro!"
QUASETUDO: Por que, Sininho?
PETER PAN (*para Joãozinho*): Senhor, por favor, o senhor é médico?
JOÃOZINHO: Sim, meu jovem amigo. Eu sou médico.
PETER PAN: Por favor, doutor, há uma senhorita muito doente aqui!
JOÃOZINHO (*bem ao lado dela*): Tsk, tsk, tsk. Onde está ela?
PETER PAN: Está quente.
JOÃOZINHO: Está para cá?
PETER PAN: Está fria.
JOÃOZINHO: Ah, cá está a doentinha... Vejamos... (*Toma-lhe o pulso, finge tirar um termômetro do bolso e sacode-o.*) Eu porei esta coisa de vidro em sua boca e ela ficará boa imediatamente. (*Põe o termômetro, toma o pulso, sacode a cabeça. Todos esperam. Tira-o novamente, sacode-o e examina-o.*) Tsk, tsk, tsk...
PETER PAN: Doutor, é muito grave?
JOÃOZINHO: É bastante grave. Mas ela já está curada.
PETER PAN: Folgo muito.
JOÃOZINHO: É preciso dar-lhe um xarope de... (tosse) Humm... Creio que será melhor óleo de fígado de bacalhau. É só. Se precisar de mais alguma coisa, é só chamar novamente. (*Vanda olha e finge que está desmaiada.*)
PETER PAN: Vamos levá-la para a cama.

*Os meninos carregam-na para a cama, Vanda finge ainda, mas muito mal. Peter Pan pega o chapéu e a espada de Capitão Gancho e mira-se no espelho. Ouve-se as vozes de papai e mamãe.*

MAMÃE (*fora*): A senhora do Dr. Sansão estava com um vestido engraçadíssimo!

VANDA: Mamãe vem chegando! Mamãe vem chegando! Fujam depressa! Peter Pan, vá embora! Peter Pan, vá embora, depressa!

*Os meninos saem correndo e pulam pela janela.*

JOÃOZINHO (*vai saindo também*): Vamos embora!
VANDA: Joãozinho! Você fica aqui!

*Novamente as vozes de papai e mamãe.*

PETER PAN (*resolve ir embora, corre para a janela*): Adeus, Vanda!
VANDA: Você volta?
PETER PAN (*na janela*): Não, Vanda! Para você, não. Para Joãozinho talvez eu ainda volte, algum dia. Mas você, Vanda, você está deixando de ser uma criança... É uma pena.
VANDA (*disfarçando a vontade de chorar*): Está bem, Peter Pan... Seja um menino bem comportado... E não roa as unhas...
PETER PAN: Adeus!
JOÃOZINHO: Peter Pan! (*Chora baixinho.*)
PETER PAN: Adeus, Joãozinho! Adeus, Vanda. Adeus!

*Salta. Vanda apanha carinhosamente o chapéu de Peter Pan e vem lentamente para a cama, esfregando o chapéu. Lentamente, a luz azulada que dava a atmosfera de sonho vai se apagando. Papai e mamãe estão bem perto, eles deitam-se e fingem dormir. Papai e mamãe entram na ponta dos pés. Acham que está tudo em ordem. Mamãe ouve Vanda mexer-se e caminha até ela. Papai fica atento.*

MAMÃE: Vanda, você está acordada?
VANDA: Sim, mamãe...
MAMÃE: Não aconteceu nada enquanto nós estivemos fora?
VANDA: Não, mamãe, não aconteceu nada...

*Papai se aproxima e fica à direita de Vanda. Mamãe à esquerda.*

MAMÃE: Boa noite, filhinha...
VANDA: Boa noite, mamãe...

*Papai e mamãe se curvam sobre Vanda para beijá-la. Neste momento, ouve-se ao longe o "cocoricó" de Peter Pan. Papai e mamãe se levantam, enquanto a luz torna-se novamente azulada.*

PAPAI: Marina!
MARINA: Jorge!

*Começa a se ouvir, em fundo, o "Lulaby". Os dois correm para a janela. Vanda corre também e coloca-se entre os dois.*

MAMÃE (*indica com o dedo ao longe. Há lágrimas em seus olhos*): Lá...
PAPAI (*lágrimas nos olhos*): Eu me lembro... Eu já vi este menino uma vez... Há muito tempo, quando eu era criança...
VANDA (*chorando baixinho*): Peter Pan...

*A música sobe. Ouve-se novamente ao longe o canto de Peter Pan como uma despedida. Os atores paralisam-se na posição em que estão, e o pano desce lentamente.*

# QUERO A LUA

*Personagens:*
  Bobo
  Rei
  Ministro
  Princesa
  Aia
  Médico
  Astrólogo
  Ourives

*Cenário único:*
 É duplo, dividido por um tabique ou biombo. De um lado, a sala do trono do rei. Do outro, a alcova da princesa, com cama de dossel. Os dois ambientes têm janelas ao fundo, através das quais se vê o céu e a lua. Na frente da janela da princesa, há uma árvore frondosa.

*A ação se passa ora num, ora noutro ambiente. Durante a ação, o lado que não estiver funcionando ficará escurecido. O Bobo aparece diante do pano fechado, sobre o qual podem estar pregados alguns elementos, indicando uma rua antiga, e toca algumas notas alegres na sua flautinha, para chamar a atenção da plateia. Conseguindo o silêncio, ele se dirige ao público, com atitudes e gestos largos, meio de dança ou pantomima de arlequim.*

BOBO: Atenção, atenção, povo da praça! Eu sou o Bobo do Rei e estou aqui para lhes contar o caso mais extraordinário que aconteceu neste reino, que foi o caso da nossa bem-amada Princesinha que... Mas esperem só para ver como é que a coisa aconteceu.

*Faz um gesto e o pano se abre, mostrando o lado que representa a sala do trono, iluminado. O Rei está sentado no trono, assinando com uma grande pena de ganso um pergaminho que o Ministro segura diante dele. O Ministro tem vários outros rolos de pergaminho debaixo do braço. O Bobo entra em cena e fica fazendo visagens, arremedando o Rei e o Ministro, voltado para o público.*

REI (*acaba de pôr o jamegão, suspira*): Decretos e mais decretos. Já estou com a mão cansada de tanto assinar decretos. Faltam muitos, meu bom Ministro?

MINISTRO (*mesuroso*): Decreto não falta mais nenhum, Majestade. Só falta uma proclamação.

REI: Proclamação? Que proclamação?

MINISTRO: A proclamação procurando uma nova confeiteira do palácio, Majestade.

REI (*ilumina-se*): Ah, sim! A doceira nova para fazer sobremesas novas para a minha filha bem-amada!

BOBO (*que lambeu os beiços assim que se falou em doces, pula diante do Rei*): Uma doceira nova para Sua Alteza, a Princesinha real! Doces novos e bolos novos, novas tortas e pastéis, quitutes e guloseimas para Sua Alteza, a Princesinha. E novas migalhas deliciosas para a boca do Bobo, que sou eu!

MINISTRO (*que enrolou o decreto e desenrolou a proclamação*): Pronto, Majestade, só falta assinar esta proclamação.

REI (*lendo*): Sua Majestade, o Rei... Hum hum hum... Procura uma doceira ou doceiro exímio, que tenha novas receitas de sobremesas... Paga regiamente... Hum hum hum...

BOBO (*dançando diante do Rei e lambendo os beiços*): Assina, meu reizinho... Assina depressa que a Princesinha real não gosta de esperar...

REI (*sorrindo*): Que é isso, meu Bobo! Tu sabes muito bem que nunca fiz minha filha esperar por nada...

BOBO: Eu sei, eu sei, eu sei! O Rei manda em todos nós, mas a Princesinha real manda no Rei, he he he!

MINISTRO (*escandalizado*): Cala-te, Bobo atrevido!

BOBO (*sempre fazendo visagens, como um arlequim*): Eu não sou Ministro, não preciso me calar, sou o Bobo do Rei, e o Bobo pode falar o que o ministro não pode, he he he! É a vantagem de ser Bobo!

REI (*sorrindo*): É isso mesmo. Mas não passes da conta, Bobo! (*Assina.*) Pronto, está assinada a proclamação, meu bom Ministro.

BOBO: Pode ir andando, "meu bom Ministro".

*O Ministro levanta o nariz, enfezado, e sai pisando solene, após fazer uma vênia para o Rei.*

MINISTRO: Com licença, Majestade.

*Sai, e o Bobo acompanha o ritmo dos passos dele com sopradas na flauta ou na gaita.*

REI (*rindo*): Ele caminha assim mesmo! Mas que tu és mesmo atrevido, meu Bobo, quanto a isso não há dúvida!

BOBO (*mesura exagerada*): Vossa Majestade me confunde com tão honroso título! Posso usá-lo daqui por diante, Majestade?

REI: Usar o quê?

BOBO: O novo título com que Vossa Majestade acaba de me agraciar!

REI: Título? Que título, Bobo?

BOBO: Atrevido!

REI (*espantado*): O quê? Tu me chamaste de atrevido?

BOBO: Não! Tu é que me chamaste de atrevido, Majestade! Este é o meu novo título, "Atrevido, o Bobo do Rei". Ou será que fica melhor, "O Bobo do Rei, Atrevido"?

REI: Tu és mesmo impossível, Bobo!

BOBO (*nova mesura*): Obrigado, Majestade. Não há nada que eu aprecie mais do que... (*Interrompe-se.*) Mas o que é isso? (*Pula para um lado para a passagem à Aia da Princesa, que entrou muito aflita, torcendo as mãos.*)

AIA: Majestade...

REI (*sobressaltado, põe-se de pé*): O que foi, Aia? Aconteceu alguma coisa com a Princesa?

AIA (*reverência*): Não, Majestade... Não... Ainda não.

REI: O que quer dizer isso? Ainda não o quê?

AIA: Sua Alteza real, a Princesa já comeu quatro sobremesas hoje depois do almoço e agora insiste que quer comer bolo de creme!

REI (*senta-se de novo*): É por isso que entras aqui como uma louca, me assustando dessa maneira. Se a Princesa quer comer bolo de creme, dá-lhe bolo de creme!

BOBO (*para o público*): Eu não disse que a Princesa manda no Rei? O Rei não recusa nada a Sua Alteza, a Princesinha!

AIA: Mas, Majestade, um bolo de creme depois de quatro sobremesas não é demais?

REI: Demais? Nada é demais para a minha filha querida! Se ela quer comer bolo de creme, dá-lhe bolo de creme, e sem demora! Já e já! Anda, Aia, já perdeste muito tempo!

AIA (*intimidada*): Sim, Majestade. Já vou, Majestade. (*Sai apressadamente.*)

BOBO (*arremedando-a*): "Sim, Majestade. Já vou, Majestade!"

REI: Que te parece isso, meu Bobo? A minha filha quer comer um bolo de creme...

BOBO (*interrompe*): Depois de quatro sobremesas...

REI: Pois é, a tonta da Aia acha demais. Que me dizes a isso, meu Bobo?

BOBO: O que não mata engorda quer dizer exatamente, Majestade, o que não mata engorda. O que não faz mal pode fazer bem. E o que não faz bem pode fazer mal. É que um bolo de creme é bom, mas, quando é bolo de creme demais, pode ser mau.

REI: Tu estás dizendo que só porque minha filha quis comer um bolo de creme...

BOBO: Depois de quatro sobremesas...

REI: Um bolo de creme depois de quatro sobremesas... Queres dizer que isso poderia...

AIA (*entra desesperada, com as mãos na cabeça*): Majestade... Majestade...

REI (*volta-se*): Tu outra vez, Aia! O que é agora? A Princesa pediu uma torta de chocolate?

AIA: Não é isso, Majestade. É que sua Alteza real, a Princesinha, comeu o bolo de creme...

REI: E então? Não era isso o que ela queria?

AIA: Era, Majestade... Mas é que... Ela nem pode terminar de comer o bolo porque... porque...

REI: Por que o quê? Fala de uma vez, mulher!

AIA (*aflita, mesurosa*): Majestade... Sua Alteza real, a Princesinha... a Princesinha ficou doente, Majestade!

REI: Doente? Minha filha, doente?

BOBO: O bom em excesso pode ser mau, Majestade.

REI: Para com essa filosofia barata, Bobo! A minha filha está doente! Leva-me a ela, Aia! Depressa!

AIA: *Sim, majestade... A Princesinha está nos seus aposentos... Está com muita febre... Eu já chamei o Médico real, Majestade...*

*Saem. O Bobo fica tocando flauta baixinho. O Rei e a Aia passam para o cenário do quarto da Princesa. Sobre uma cama de dossel, imponentíssima, a Princesinha está reclinada nas almofadas, de coroa, naturalmente, e o médico, muito sério, examina-a.*

REI (*entrando*): Minha filhinha... O que a minha filha tem, médico?

MÉDICO: Se Vossa Alteza real se dignasse a abrir sua real boquinha e mostrar-me a real linguinha...

REI (*em resposta à carinha enjoada da filha*): Abre a boca, minha filha. O Médico real precisa examiná-la.

*A Princesa obedece, enjoadinha.*

MÉDICO: Se Vossa Alteza real se dignasse a dizer Aaaaahhhh...
PRINCESA: Aaaahhh... (*O Médico balança a cabeça.*)
REI (*aflito*): É grave?
MÉDICO: Trata-se de uma forte indigestão, Majestade. (*Toma o pulso da Princesa.*) Com permissão de Vossa Alteza real. (*Fecha os olhos e conta.*)
REI: Então?
MÉDICO: Sua Alteza está com muita febre, Majestade... Terá que permanecer no leito real durante vários dias. Farei uma prescrição... (*Puxa um enorme pergaminho e começa a escrever com pena de ganso.*) Esta receita terá de ser aviada pelo Boticário real, e sua Alteza terá de tomar o remédio três vezes por dia!
PRINCESA (*enjoada*): O remédio é amargo?
MÉDICO: Um pouco, Alteza real. Mas Vossa Alteza precisa tomá--lo para ficar boa logo.
PRINCESA (*enjoada*): Eu não quero tomar remédio!
MÉDICO (*baixo, para o Rei*): Majestade, aconselho-vos a insistir que Sua Alteza real tome o remédio. É absolutamente indispensável para a sua real saúde.
REI: Eu cuidarei disso. Podes ir, Médico. (*O Médico faz vênias profundas.*)
MÉDICO: Majestade... Alteza real. Amanhã de manhã voltarei para vos ver. (*Sai, recuando primeiro, depois direto. O Rei senta-se na cama ao lado da filha.*)
REI: Precisas tomar o remédio, filhinha. (*Ela faz cara enjoada.*) É para ficares boa logo. Tu sabes como teu pai fica triste quando te vê doente...
PRINCESA: Mas eu não quero tomar remédio!
REI: É preciso, minha filha querida... Olha, sabes de uma coisa? Se tomares o remédio, eu te darei o que pedires... Qualquer coisa que queiras, terás!

PRINCESA (*olhando para fora da janela*): Qualquer coisa que eu queira, pai?
REI: Qualquer coisa! Há alguma coisa que estejas querendo muito, minha filha?
PRINCESA: Sim, meu pai. Há uma coisa que eu quero muito. Que eu quero tanto que tenho certeza de que só de ter essa coisa ficarei boa mesmo sem tomar remédio!
REI: Mas é preciso que tomes.
PRINCESA: Tomarei o remédio, pai, se eu ganhar o que quero.
REI: O que queres, minha filha?
PRINCESA (*indicando a janela*): Eu quero a Lua, meu pai!
REI: A Lua? Mas a Lua é... é... Não serve outra coisa qualquer?
PRINCESA: Não, pai. Eu quero a Lua.
REI (*decidido*): Está bem, tu terás a Lua, minha filha.

*O Rei beija-a e sai. Passa para a sala do trono. O Bobo está presente, fazendo caretas.*

BOBO: Então, Majestade?
REI: Vai já chamar o Ministro, Bobo!
BOBO: Sim, meu Rei. Obedeço. Vou já chamar o Ministro, Bobo!

*Sai e volta ligeiro, seguido pelo Ministro.*

MINISTRO (*entrando, cumprimenta*): Vossa Majestade mandou me chamar? O que ordena, Vossa Majestade?
REI: Meu caro Ministro, sabes que a Princesa está doente?
MINISTRO: Sim, Majestade. Toda a corte está ciente desse fato e está orando pelo pronto restabelecimento de Sua Alteza Real.
REI: A Princesa, minha filha, está doente, e, para sarar, pediu uma coisa que eu quero que lhe seja trazida hoje mesmo.
MINISTRO: Assim será, Majestade. Dizei-me que coisa é essa e tomarei as providências necessárias imediatamente.
REI: Minha filha quer a Lua.
MINISTRO (*arregalando os olhos*): A Lua??!! A Lua??!!
REI: Sim. A Lua. A LUA. Quero que me tragas a Lua.. ao quarto da Princesa hoje mesmo. Ou amanhã de manhã o mais tardar.

MINISTRO: Mas, Majestade... A Lua?

REI: A Lua, sim! A LUA, aquela ali, que está no céu. A LUA! Porque, se não tiver a Lua, a Princesa não poderá sarar!

MINISTRO (*puxando um grande lenço e enxugando a testa, solene*): Majestade! Durante os longos anos que vos tenho servido com dedicação e lealdade, tenho cumprido todas as vossas ordens. Tenho vos trazido muitas e estranhas coisas. Trago até comigo a lista das coisas que vos tenho arranjado... (*Puxa da cintura um rolo que desenrola e começa a ler, após ajeitar os óculos.*) Deixai-me ver... Tenho conseguido para Vossa Majestade marfim e pérolas, macacos e faisões. rubis, opalas e esmeraldas gigantes, orquídeas negras e elefantes de âmbar, cachorros azuis, línguas de beija-flor, penas de asas de anjos, chifres de unicórnios, ogres, gnomos e sereias, incenso, âmbar-gris e mirra, trovadores e menestréis e dançarinas orientais, três pacotes com manteiga, meia arroba de açúcar e duas dúzia de ovos... Oh, perdão, isso aqui foi minha mulher que escreveu para eu comprar!

REI: Não estou lembrando dos cachorros azuis!

MINISTRO: Aqui na lista diz claramente: "cachorros azuis"; está marcado "Executado" com lápis vermelho! Portanto, houve, sem sombra de dúvida, cachorros azuis. Vossa Majestade esqueceu, naturalmente, com as preocupações do governo.

REI: Bem, não se trata agora de cachorros azuis. O que eu preciso agora é da Lua.

MINISTRO: Majestade, para vos servir, fui a Samarkanda, a Bagdá, a Zanzibar. Mas, perdoai-me o atrevimento, Majestade, a Lua está fora de cogitações.

REI: Como assim?

MINISTRO: Não é possível trazer a Lua, Majestade! A Lua está a milhares de milhas de distância, lá no alto do céu. E, além disso, ela é maior do que o quarto da Princesa, de modo que não poderia caber dentro dele. Além disso, a Lua é feita de cobre derretido, o que é muito quente, e Sua Alteza Real poderia se queimar. Não posso, positivamente não posso, Majestade. Cachorros azuis, sim. Mas a Lua, não.

REI (*zangado*): Sois um incapaz! Um inepto! Não sei o que me faz conservar-vos no meu serviço! Ide-vos. Sumi da minha frente!

*Ofendido, o Ministro faz vênia e vai saindo sem dizer nada.*

REI (*ao encalço dele*): Mandai-me aqui o Astrólogo Real, imediatamente!

MINISTRO: Sim, Majestade.

*O Ministro sai. O Rei fica esperando, enquanto o Bobo faz caretas. Logo entra o Astrólogo Real, de longo manto estrelado, chapéu pontudo etc.*

VOZ: Sua Sapiência, o Astrólogo Real!

ASTRÓLOGO (*vênia*): Majestade.

REI: Ainda bem que vieste logo, Astrólogo!

ASTRÓLOGO: Vossa Majestade ordena.

REI: Quero a Lua para minha filha hoje mesmo ou de manhã o mais tardar!

ASTRÓLOGO: O quê?

REI: A Lua! Não estais ouvindo bem? A LUA, A LUA! Minha filha está doente e só ficará boa quando tiver a Lua, e vós, meu Astrólogo Real, sois a única pessoa capaz de conseguir isso.

ASTRÓLOGO: A Lua, Majestade?

REI: Sim, a Lua! Aquela ali! (*Indica a janela e o Astrólogo vai olhar.*)

ASTRÓLOGO (*como o Ministro, solene*): Majestade, nos longos anos que passei ao vosso serviço, consegui muitas e estranhas coisas por artes e ciências, e por magias brancas e negras. Tenho até aqui comigo uma lista das coisas que fiz para Vossa Majestade... (*Tira um rolinho do cinto, abre e lê*). "Prezado Astrólogo Real, devolvendo anexo o pedaço de pedra filosofal que o amigo teve a gentileza de..." (*Interrompe-se.*) Não, não é isso. (*Tira outro rolo, maior.*) Ah, é está aqui... (*Consulta.*) Vamos ver... agora, Majestade. Para Vossa Majestade, já tirei sangue de rabanetes e rabanetes de sangue. Arranquei coelhos de cartolas e cartolas de coelhos. Fiz aparecer bandeiras, flores e pombas de coisa nenhuma e transformei-as em coisa nenhuma de novo. Trouxe-vos varas de condão, gênios e fadas e esferas de cristal para ver o futuro. Preparei-vos filtros, unguentos e porções para produzir e curar paixão, preguiça e dor de cotovelo. Preparei-vos uma receita especial, secreta, de sombras da noite, leite de passarinho e rangido de porta, para espantar bruxas e demônios. Trouxe-vos pedras filosofais, botas de sete léguas, o manto da invisibilidade...

REI (*interrompendo*): Ele não funcionou!

ASTRÓLOGO: Quem?

REI: O manto da invisibilidade! Ele não funcionou!

ASTRÓLOGO: Como não? Funcionou, sim!

REI: Não funcionou! Eu vivia dando topadas nas coisas!

ASTRÓLOGO: O manto da invisibilidade tinha que fazer-vos invisível, Majestade, e não evitar que désseis topadas nas coisas.

REI: O que sei é que com ele eu vivia dando topadas.

ASTRÓLOGO (*dá de ombros e continua a ler*): Para vós, Majestade, eu fiz cálculos complicadíssimos. Calculei a distância entre os cornos do dilema e o comprimento do monstro marinho, o preço do impagável, a quadratura do ciclâmen e o quadrado do hipopótamo! Trouxe-vos as tintas do arco-íris e o ouro dos raios de sol, e mais um carretel de linha vermelha, uma caixa de agulha e um dedal... Perdão, isto foi minha mulher que anotou para eu comprar para ela.

REI: Tudo isto está muito bem, mas o que eu quero agora é que me entregueis a Lua, hoje mesmo, ou amanhã cedo, o mais tardar, pois a Princesa só poderá sarar se tiver a Lua.

ASTRÓLOGO: Impossível, Majestade!

REI: Como assim?

ASTRÓLOGO: Ninguém pode pegar a Lua. Ela está a milhões de milhas de distância, é duas vezes maior que este palácio e, além disso, ela é feita de queijo verde, cujo cheiro mataria toda a humanidade!

REI (*furibundo*): Fora da minha vista! FORA! Desaparece da minha frente, mágico incapaz! Sábio de meia tigela!

*O Astrólogo sai, ofendidíssimo. O Rei cai sobre o trono, acabrunhado. O Bobo chega-se a ele.*

BOBO: Meu Rei está triste… Será que o Bobo não pode fazer nada para alegrá-lo?

REI: Ninguém pode me alegrar, Bobo. Tu ouviste tudo. Minha filha quer a Lua, e, se não tiver a Lua, não ficará boa. E nem o meu Ministro nem o meu Astrólogo podem fazer nada.

BOBO: Quisera eu poder fazer alguma coisa…

REI: Não podes fazer nada, Bobo. O mais que podes fazer é tocar alguma coisa triste na tua flauta, porque o meu coração está triste…

BOBO (*após tocar pensativamente algumas notas*): Meu Rei… O que foi mesmo que eles disseram sobre a Lua?

REI: Tu os ouviste, Bobo… Disseram ambos que ela está longe demais. E um disse que ela é maior do que o quarto de minha filha… que é feita de cobre derretido e que minha filha se queimaria com ela. O outro disse que a Lua é maior do que este palácio e que é feita de queijo verde, que envenenaria, com seu cheiro, a humanidade inteira…

BOBO (*após tocar mais algumas notas*): O Ministro e o Astrólogo são homens de muito saber, e o que eles dizem deve ser verdade. E se cada um deles diz uma coisa diferente, quer dizer que a Lua é tal qual cada um pensa que ela é! Eu acho, meu Rei, que seria interessante perguntar à Princesa o ela acha da Lua!

REI: Isso não me havia ocorrido, Bobo… Talvez tenhas razão! Vamos falar com minha filha!

*Passam para o cenário do quarto, onde a Princesa cochila.*

REI (*carinhosamente*): Minha filha…

PRINCESA (*abrindo os olhos*): Meu pai… Oh, o Bobo também veio! Que bom… Trouxeste a Lua?

*O Rei olha, atrapalhado, mas o Bobo logo fala.*

BOBO: Ainda não, Alteza, mas vamos trazê-la logo. A Alteza sabe qual é o tamanho da Lua?

PRINCESA: Claro que sei, Bobo! (*Faz uma rodela com os indicadores e polegares.*) Ela é deste tamanho. Quando eu olho para cima, ela cabe direitinho no buraco dos meus dedos.

BOBO: E ela fica muito longe, Alteza? Muito alto?

PRINCESA: Um pouco mais baixo do que a árvore lá fora diante da minha janela. Eu sei, porque às vezes a Lua fica presa entre os galhos da árvore.

BOBO: Ah, então vai ser fácil pegá-la. Vou logo subir na árvore e ficar esperando, e quando a Lua ficar presa entre os galhos, eu a apanho e trago para Vossa Alteza amanhã cedinho. Está bem?

PRINCESA: Está muito bem, Bobo!

BOBO: Então eu já vou andando (*Lembra-se.*) Ah, ia me esquecendo... Vossa Alteza sabe de que é feita a Lua?

PRINCESA: Que Bobo mais bobo que tu és! A Lua é feita de ouro polido, naturalmente!

BOBO: Naturalmente, Alteza! Então, dorme bem. E amanhã tereis a Lua! Vamos, meu Rei!

REI: Descansa bem, filhinha. (*Beija a filha e vai saindo.*)

BOBO (*saindo com o Rei, baixo*) Não há tempo a perder, meu Rei! Vou correndo ao Ourives Real. Ele é um grande mestre. Durante a noite ele far-nos-á uma linda lua... deste tamanho, de ouro polido, e com um furinho e uma corrente, para que a Princesa possa pendurá-la no pescoço!

*Sai correndo.*

REI (*para o público*): Se alguém não tem nada de bobo, é esse meu Bobo!

*Fecha o pano, e imediatamente o Bobo surge no proscênio, por um lado, enquanto o Ourives, um velhinho simpático, aparece do outro lado, distraído. Encontram-se no meio, de chofre, chocam-se e o Bobo cai sentado no chão.*

BOBO: Mas é o senhor Ourives! Que sorte! Eu queria mesmo falar contigo!

OURIVES: Oh! És tu, Bobo?

BOBO: Sou. Mas se eu sou bobo ou não sou bobo, não tem importância. O que importa é que sou o Bobo do Rei, e venho com uma encomenda urgente para Sua Majestade.

OURIVES: Estou aqui para receber as ordens de Sua Majestade, Bobo. Qual é a encomenda? Dize que eu executo.

BOBO: É para amanhã cedo, Ourives.

OURIVES: Ainda que fosse para hoje. Sua Majestade manda, eu faço. Qual é a encomenda, fala logo, Bobo.

BOBO: Não é coisa fácil, mas é muito fácil, velho!

OURIVES: Deixa de falar em charadas e dize logo o que é que Sua Majestade deseja: uma coroa nova para ele mesmo, um diadema incrustado de pedrarias para a Princesa. Um anel raro? Uma pulseira nunca vista? Ou será um colar de sete voltas de ouro trabalhado?

BOBO: Não é nada disso, velho. É coisa muito mais fácil. É uma encomenda para a Princesinha...

OURIVES: Então acertei...

BOBO: Só até aqui. É para a Princesinha. Mas não é nada do que disseste, nem coroa, nem diadema, nem anel, nem colar, nem pulseira...

OURIVES: Então é um broche?

BOBO: Está frio...

OURIVES: Então é um... (*Interrompe-se, irritado.*) Mas o que é isso? Estás zombando de mim, Bobo? Não tenho tempo para charadas nem para brincadeiras de Bobo do Rei. Dize logo qual é a encomenda. O que foi que Sua Alteza, a Princesinha, pediu ao Rei, seu pai?

BOBO (*como quem não quer nada*): A Lua...

OURIVES (*distraído*): A Lua... muito bem... (*Cai em si.*) A LUA!!! Mas claro... uma joia em forma de lua... Lua cheia, quarto crescente ou minguante?

BOBO: Nada disso. A Princesinha quer mesmo a Lua, a própria Lua, aquela que fica no céu!
OURIVES: Enlouqueceste, Bobo? A Lua que fica no CÉU! Estás mangando comigo! Logo se vê que não tens o que fazer!
BOBO: Não estou mangando contigo, velho. É sério. A Princesinha pediu a Lua. Ela está doente e, se não ganhar a Lua, não ficará boa... porque não tomará o remédio!
OURIVES (*sacudindo a cabeça*): Ainda que isso fosse verdade, não seria comigo. Seria com quem entende de Lua. O senhor Astrólogo ou alguém assim... Que queres mais de mim, Bobo? Vai-te embora e deixa-me trabalhar!
BOBO: Ouve, velho. Vou te explicar o que aconteceu.

*Começa a contar em pantomima, sempre gesticulando e dançando como um arlequim, com música ao fundo, se possível. O Ourives vai se animando, esfrega as mãos. Faz que sim com a cabeça etc.*

BOBO (*parando a pantomima numa pose de arlequim*): Entendeste agora, Ourives?
OURIVES: Entendi, entendi. E é como disseste, Bobo: muito difícil e muito fácil. Difícil de lembrar como fazer a coisa, mas fácil de fazer. Para mim é muito fácil. Uma Lua cheia de ouro polido.
BOBO: Deste tamanho. (*Mostra com os dedos.*)
OURIVES: Deste tamanho.
BOBO: Demoras muito para executar a encomenda, Ourives?
OURIVES: Não demoro nada, Bobo. Executarei a tua encomenda num átimo. Em menos de meia hora estará pronta.
BOBO: Meia hora? Então não vale a pena eu voltar ao palácio. Levarei mais de meia hora para ir e voltar.
OURIVES: Podes vir comigo para a oficina e esperar lá mesmo, Bobo.
BOBO: Obrigado. Tocarei minha flauta para ti enquanto trabalhas, Ourives.
OURIVES (*que foi apanhar uma placa de ouro*): Podes tocar, Bobo. Eu gosto de música.

*O Bobo começa a tocar e a dançar, e saem os dois, por um lado. Logo, o Bobo volta só, dançando, com uma "Lua" muito brilhante numa das mãos e uma corrente na outra. Passa pela frente do pano e sai. Abre-se o pano na manhã seguinte, no quarto da Princesinha. Em cena, a Princesa, o Médico e o Rei.*

REI: Como passaste a noite, minha filha?
PRINCESA (*fraca*): Muito mal, meu pai. Onde está a Lua?
REI: Tem um pouquinho de paciência, minha filha. Logo ela estará aqui!
MÉDICO (*espantado*): A Lua?
REI (*piscando para ele*): Naturalmente, a Lua.
MÉDICO: Oh, a Lua. (*Pega o remédio.*) É preciso que tomeis o remédio, Alteza Real. Ainda estais com febre.
PRINCESA: Não. Não tomo enquanto não tiver a Lua!
BOBO (*entrando, todo alegre*): Aqui está ela!
PRINCESA: Oh, que linda!
BOBO: Não é mesmo? E foi fácil apanhá-la! Um instante!
PRINCESA: Ela tem uma corrente! Ela já era assim?
BOBO: Não! Levei-a ao Ourives Real para fazer um buraquinho e colocar esta corrente, para que vossa Alteza possa usá-la no pescoço.
PRINCESA: Que boa ideia, Bobo! Quero pô-la no pescoço já!
REI: Põe a Lua no pescoço da minha filha, Bobo! O que esperas?
BOBO: Não espero! (*Põe a "Lua" no pescoço da Princesa.*) Pronto. Que tal?
PRINCESA (*encantada*): Já estou me sentindo melhor!
MÉDICO: Então... Tomareis o remédio agora, Alteza Real?
PRINCESA: Palavra de Princesa não volta atrás!
REI: Muito bem, minha filha!

*A Princesa toma o remédio. O Médico põe-lhe a mão na testa.*

MÉDICO: Mas que coisa extraordinária! A febre já passou
PRINCESA: Posso me levantar?
MÉDICO: Hoje ainda não, Alteza. Mas provavelmente amanhã já estareis boa. Agora deveis repousar. (*Sai, mesuroso.*) Até amanhã, Alteza.

REI: Repousa bem, minha filha! (*Beija-a.*) Vamos.

*Sai com o Bobo e passa para o cenário do trono. Está preocupado. Senta-se no trono pensativo. Bobo olha para ele. Pausa.*

BOBO: Meu Rei parece triste outra vez! Não fique triste, meu Rei! A tua filha já está quase boa. Ela já tem a Lua.

REI: Sim, eu sei. É isso que me preocupa, Bobo.

BOBO: Como assim, meu Rei? Pois não está tudo em ordem?

REI: Está, por enquanto, Bobo! Mas quando chegar a noite, minha filha verá a Lua no céu de novo e perceberá que foi enganada! Então ficará triste outra vez!

BOBO: Mas...

REI: É preciso fazer alguma coisa! Manda chamar o Ministro, Bobo! Depressa!

BOBO: Sim, meu Rei. (*Sai. O Rei fica agitado. Logo, o Bobo volta e anuncia.*) Sua Excelência, o senhor Ministro Real!

MINISTRO: Majestade.

REI: Ministro! Tenho um grave problema!

MINISTRO: Dizei o que é, Majestade. Se não for para buscar a Lua, acharei uma solução!

REI: Não é para buscar a Lua. Esta parte já está resolvida. O que é preciso agora é evitar que a Princesa veja a Lua no céu esta noite! Sabeis como conseguir isto?

MINISTRO: Deixai-me pensar, Majestade. (*Anda pra lá e pra cá, bate na testa.*) Eu já sei, majestade!

REI: O que é?

MINISTRO: Mandaremos fazer para a Princesa um par de óculos escuros... Diremos que são ordens do Médico Real. Uns óculos tão escuros que Sua Alteza não possa ver nada através deles, nem mesmo a Lua!

REI (*zangado*): Mas que ideia mais tola! Só mesmo da vossa cabeça de ministro de meia tigela poderia sair uma asneira destas! Com óculos escuros assim, minha filha não iria enxergar nada! Iria pensar que está cega e, de aflição, iria ficar mais doente ainda! Sumi da minha vista! Mandai-me aqui o meu Astrólogo Real!

MINISTRO: Sim, Majestade. (*Sai.*)

REI: Aquele velho maluco queria deixar a minha filha mais doente ainda!

BOBO: É, meu Rei... a ideia dos óculos não foi das mais felizes... Ah, mas aí vem Sua Sapiência, o Astrólogo Real!

ASTRÓLOGO (*entrando*): Majestade!

REI: Ah! Ainda bem que chegaste depressa! Preciso dos teus serviços, Astrólogo!

ASTRÓLOGO: Desde que não seja para buscar a Lua, Majestade... O que desejais de mim?

REI: Não é a Lua. É o contrário.

ASTRÓLOGO: O contrário? Como assim, Majestade?

REI: É preciso esconder a Lua. É preciso que minha filha não veja a Lua no céu esta noite! É preciso esconder a Lua dos olhos de minha filha!

ASTRÓLOGO (*lentamente*): Esconder a Lua dos olhos da Princesa... Preciso meditar, Majestade... (*Toma uma atitude de ioga e medita.*) Já tenho a solução, Majestade! Mandai estender em torno do palácio e do parque do palácio, sobre altos postes, um grande toldo de veludo negro, como nos circos, um toldo que esconda o céu. Assim Sua Alteza Real não poderá ver a Lua.

REI: Um toldo de veludo! Que absurdo! Esconder o céu! Impedir a entrada do ar! Com esta "solução", minha filha não poderá respirar e ficará mais doente ainda! Não serve! Não podes pensar em outra coisa?

ASTRÓLOGO: Neste caso, terei que fazer alguns cálculos matemáticos. (*Tira giz ou carvão e risca no chão um quadrado grande, dentro de um círculo maior ainda, depois anda sobre o quadrado, depois sobre o círculo, depois para.*) Majestade, Majestade! Já achei a solução!

REI: O que é?

ASTRÓLOGO: Vossa Majestade mandará dar uma grande festa pirotécnica nos jardins do palácio, logo à noite. Mandareis soltar milhares de foguetes, rojões, estrelinhas e outros fogos de artifício que encherão o céu de tantas faíscas e fagulhas que a Princesa nem poderá distinguir a Lua!

REI (*furioso*): Que asneira! Deveríeis usar orelhas de burro em vez deste chapéu de astrólogo! Então não percebeis que o barulho dos fogos de artifício iria perturbar o descanso da Princesa? Ela iria ficar com dor de cabeça e mais doente do que antes! Fora da minha vista, imprestável! Fora! Fora! Fora!

*O Rei berra e o Astrólogo sai, humilhado. O Rei senta-se no trono, desanimado.*

BOBO: Meu Rei...

REI: Deixe-me, Bobo! Estou aborrecido! Quero ficar só!

BOBO: Sim, meu Rei. (*Sai. O Rei esconde o rosto nas mãos. O Bobo entra pelo outro lado, pé ante pé*) Meu Rei, o Sol já se pôs... Está anoitecendo...

REI: Anoitecendo! Que horror! Então, logo a Lua deverá estar no céu, e a minha pobre filha verá que foi enganada! Que farei, que farei?

BOBO: Não há alguma coisa que eu possa fazer para alegrar-te, meu Rei?

REI: Ninguém pode me alegrar. Meu coração está acabrunhado! Toca alguma coisa triste na tua flauta, Bobo.

BOBO (*tira umas notas*): Que disseram os sábios do reino, meu Rei?

REI: Os sábios! Os sábios não sabem nada! Tu os ouviste, Bobo! Eles não sabem como esconder a Lua dos olhos da minha filha!

BOBO (*mais umas notas*): Se os sábios não sabem como esconder a Lua... é porque deve ser difícil escondê-la... Entretanto...

REI (*interrompendo*): Olha! Olha! A Lua já está no céu! Já está lançando seus raios dentro do quarto da Princesa! Como vamos explicar-lhe agora, Bobo! Explicar à Princesinha como é que a Lua pode estar brilhando no céu, quando está pendurada numa corrente no pescoço da minha filha?

BOBO (*após umas notas*): Quem soube dizer como alcançar a Lua quando os sábios do reino disseram que ela estava longe demais? Foi a própria Princesa! Portanto, a Princesinha é mais sábia do que os sábios do reino, e entende mais de Lua do que eles... Vou perguntar à Princesinha! (*Sai.*)

REI (*sorrindo, triste*): Ah, dessa vez não será possível... Minha pobre filha!

*Levanta-se e segue o Bobo. Passam para o quarto da Princesa, que está sentada na cadeira, com a Lua falsa nas mãos e olhando risonha pela janela, para a Lua verdadeira. O Bobo olha para o rosto da Princesa, para a Lua de mentira e depois para a Lua verdadeira.*

BOBO (*timidamente*): Alteza Real...

PRINCESA (*alegre*): Ah, estás aqui, Bobo! Vem, senta-te aqui ao meu lado. Daqui poderás olhar a Lua no céu!

BOBO (*sentando-se no chão e olhando*): Sim, a Lua no céu. Ela está brilhando mesmo... Alteza Real, dizei-me uma coisa...

PRINCESA: O que é, Bobo?

BOBO: Dizei-me, Princesa! Como é possível que a Lua esteja brilhando no céu, quando está pendurada no seu real pescoço, numa corrente de ouro, e vós a tendes segura na vossa real mãozinha?

PRINCESA (*rindo*): Como tu és bobo, Bobo!

BOBO: Confesso que sou o Bobo mais bobo que eu conheço, Alteza! Não entendo nada! Dizei-me como é possível isso?

PRINCESA: Mas é tão simples, Bobo. Não sabes então uma coisa tão simples? Por exemplo, quando caiu meu dente de leite, nasceu logo outro no lugar dele, não é? (*A cara do Bobo se ilumina, e também a do Rei, que está ao lado.*)

BOBO: É verdade, Alteza!

PRINCESA: E quando o Jardineiro Real corta uma flor no jardim do palácio, nasce outra no lugar dela, não é?

BOBO (*animado*): E quando o unicórnio da floresta perde o seu chifre, nasce outro em seu lugar!

REI (*entrando na conversa*): E quando o Sol desaparece à tarde, no dia seguinte nasce outro em seu lugar.

PRINCESA (*triunfante*): E quando a gente tira a Lua do céu, nasce outra em seu lugar! Tão simples, não é, meu pai?

REI (*abraçando-a, radiante*): Sim, sim, tão simples, tão simples, minha filha.

*Os dois riem e o Bobo, risonho, tira umas notas alegres da flauta, dá algumas piruetas e volta-se para o público.*

BOBO: E assim, a Princesinha, que queria a Lua, ficou com duas luas, uma pendurada no pescoço por uma corrente de ouro e outra brilhando no céu. E a Princesinha ficou contente e sarou, e o Rei ficou contente porque a filha estava contente, e o Bobo, que sou eu, fiquei contente porque todos ficaram contentes, e espero que vocês também tenham ficado contentes. E assim terminou a história, entrou por uma porta e saiu por outra, quem quiser que conte outra.

# TURANDOT

Baseada numa lenda clássica

*Personagens:*
　Turandot
　Imperador
　Mandarim
　Aia
　Tímur
　Ali-Saad
　Asgard
　Menelik-Haissiê
　Escravo Do Gongo

*Cenários:*
　Sala do Trono
　Aposentos de Turandot
　Quarto de Tímur

## Primeiro Ato

### Cena 1

NARRADOR:  Era uma vez, há muitos e muitos anos, no longínquo Império de Catai, uma formosa princesa chamada Turandot, filha única do grande Imperador. Turandot era bela e inteligente e sua fama já corria o mundo. Príncipes e reis de reinos vizinhos vinham ao império de Catai para conhecê-la e pedir a sua mão em casamento. Mas Turandot não gostava de ninguém. O velho Imperador, seu pai, estava preocupado. Um dia...

*Ouve-se o gongo. Luz sobre o trono vazio. Entram Imperador e Mandarim.*

IMPERADOR:  Meu caro Mandarim, isto não pode continuar. Já estou velho e doente... Não poderei governar por muito tempo mais!

MANDARIM:  Não faleis assim, sublime Majestade! Praza aos deuses que reineis ainda por muitos e muitos anos sobre o império de Catai.

IMPERADOR:  Não, meu bom Mandarim... É preciso encarar a realidade. Estou velho e não tardará o dia em que terei de ser substituído. Estou muito preocupado com o destino do império. Muito preocupado!

MANDARIM:  Não deveis vos apoquentar, Majestade! Afinal, vossa filha dileta, sua luminosa alteza, a princesa Turandot, aqui está... E todos conhecem a inteligência, a sabedoria e energia da princesa!

IMPERADOR:  Sim, sim! Turandot tem inteligência, cultura, energia, está preparada para bem governar... Mas ela é solteira! Se alguma coisa me acontecer, minha filha não poderá, sem estar casada conforme manda a nossa lei, tomar em suas mãos as rédeas do governo.

MANDARIM:  Isto é verdade, Majestade... A grande dinastia não pode ser interrompida... A imperatriz tem que ser casada para poder dar herdeiros ao império de Catai.

IMPERADOR: Pois é exatamente isso o que me preocupa, o que me tira o sono... Minha filha não quer casar! Nenhum dos príncipes e reis que cá estiveram para pedir a sua mão lhe agradou!
MANDARIM: Sim, bem me lembro. Sua Alteza conversando com eles lhes fazia perguntas difíceis sobre ciências, letras e artes... E quando eles não respondiam bem, mandava-os embora, humilhados e encarecidos...
IMPERADOR: Mas isto não pode continuar! Precisamos descobrir um meio... uma maneira de convencer a minha filha!
MANDARIM: Sim, sim... Precisamos pensar... (*Ambos andam para cá e para lá. Mandarim para de repente*) Majestade, tenho uma ideia.
IMPERADOR: Dize, dize depressa, meu bom Mandarim.
MANDARIM: Não... não serve, Majestade.

*Andam mais um pouco.*

IMPERADOR (*parando*): Não adianta... É preciso tornar a falar com a minha filha! Meu caro Mandarim, ide chamar a princesa Turandot.
MANDARIM: Sim, Majestade!

*Mandarim sai. Imperador torna a sentar-se no trono, pensativo.*

Cena 2

*Turandot, em seus aposentos, joga xadrez com a Aia.*

TURANDOT (*fazendo um movimento*): Ganhei!
AIA (*sorrindo*): Sem dúvida, Alteza... E em sete lances apenas! E pensar que fui eu mesma quem vos ensinou este jogo!
TURANDOT: Sim, entre tantas coisas boas que tu me ensinaste...

*Batem à porta.*

AIA: Vou ver quem é! (*Abre e faz vênia.*) Grande Mandarim! O que ordenais, senhor?

MANDARIM: Avisa Sua Alteza, a princesa Turandot, que sua luminosa Majestade, o grande imperador, seu pai, deseja falar-lhe e que espera na sala do trono.

AIA: Sim, meu senhor.

*Mandarim sai.*

AIA (*indo até Turandot*): Alteza... Vosso pai e grande imperador deseja ver-vos.

TURANDOT: O que será que meu pai quer de mim? Vem comigo, Aia. Talvez eu precise de ti.

*Saem.*

Cena 3

*Imperador está sentado no trono. Entram Turandot e Aia.*

TURANDOT: O senhor meu pai me chamou?

IMPERADOR: Sim, sim, chamei... Senta-te aqui ao meu lado, minha filha. Preciso muito falar contigo. (*Turandot obedece*) Ouve, minha filha, já estou ficando velho, doente e cansado...

TURANDOT: Não faleis assim, papai. Vós ainda sois bem forte!

IMPERADOR: Deixemos de ilusões, minha filha... Mais ano, menos ano, irei juntar-me aos meus antepassados... E tu, minha filha, terás de governar o império de Catai. (*Ela abaixa a cabeça*) E tu sabes, Turandot, que, pela nossa lei, uma rainha não pode ser solteira... para que não acabe a nossa grande dinastia!

TURANDOT: Eu já sabia, meu pai. Eu já sabia que íeis novamente me falar em casamento! Mas eu não quero me casar com um homem de quem eu não gosto! Um desconhecido qualquer de um país estrangeiro!

IMPERADOR: Mas, minha filha... Não precisa ser um desconhecido! Sabes muito bem que os príncipes e reis nossos vizinhos estão dispostos a vir aqui e ser nossos hóspedes pelo tempo que seja necessário para que tu os conheça bem...

TURANDOT: Vós bem vistes, meu pai, que para conhecê-los bem bastou meia hora de conversa com cada um deles! Quantos já estiveram aqui? Até perdi a conta! E todos, todos, sem exceção, na primeira hora de conversa se revelaram ou ignorante ou tolos, ou então o que é pior, fanfarrões que só falam em guerras, brigas e massacres!

IMPERADOR: Mas nem todos são assim, minha filha!

TURANDOT: São todos sim, meu pai. Não vi nenhum que fosse diferente. E como poderei eu governar bem, como poderei dar paz e prosperidade ao meu povo se estiver casada com um homem tolo ou com um brigão que só pensa em guerras? Não, meu pai. Não quero me casar...

IMPERADOR: Mas, minha filha! É preciso! É absolutamente necessário que te cases! Ou queres partir o coração de teu velho pai? Queres que eu morra antes do tempo e que morras infeliz?

TURANDOT: Oh, não, meu pai! Longe de mim tal pensamento!

IMPERADOR: Mas então o que sugeres, minha filha?

TURANDOT (*aflita*): Não sei, meu pai... Não sei.

*Aia faz um sinal para Mandarim e cochicha-lhe algo ao ouvido.*

MANDARIM (*animado, faz que sim com a cabeça e depois fala*): Majestade! Uma sugestão!

IMPERADOR: Fala, fala depressa!

MANDARIM: Um concurso, Majestade!

TURANDOT: Concurso?

MANDARIM: Sim, um concurso. Convidar-se-ão todos os príncipes e reis solteiros de toda a província do império e de todos os reinos vizinhos e propor-se-lhes-á três perguntas. Três perguntas muito difíceis de responder! E aquele que conseguir respondê-las, a princesa Turandot receberá como seu esposo!

IMPERADOR (*animado*): É uma sugestão excelente. Que dizes a isso, minha filha?

TURANDOT (*após trocar um olhar com a Aia, que lhe sinaliza que sim*):
Está bem, meu pai. Aceito... mas com uma condição.

IMPERADOR: Fala, minha filha!

TURANDOT: Que as perguntas sejam escolhidas por mim, meu pai.

IMPERADOR: É justo, minha filha. Podes escolher as perguntas. Porém aquele que as responder será teu esposo.

TURANDOT: Sim, meu pai. Mas estou certa de que ninguém, ninguém no mundo, responderá minhas perguntas.

IMPERADOR: Como assim, minha filha? São perguntas que não tem resposta?

TURANDOT: Não, meu pai... Tanto assim que vós, e apenas vós, meu pai, sereis informado sobre as respostas certas!

IMPERADOR: Estou satisfeito, minha filha! Mandarim, podeis enviar mensageiros a todas as províncias e aos reinos vizinhos convidando príncipes e reis para o grande concurso!

MANDARIM: Sim, Majestade! Para que data deverei convidá-los?

TURANDOT (*levemente*): Para daqui a três dias, Mandarim. Nesses três dias pensarei nas minhas perguntas!

IMPERADOR (*satisfeito*): Muito bem, muito bem!

TURANDOT (*leve*): Posso retirar-me agora, meu pai?

IMPERADOR: Sim, podes ir, minha filha. Podes ir. Deste-me uma grande alegria hoje, minha filha!

*Beija-a na testa e ela sai acompanhada pela Aia. Imperador e Mandarim, contentes, seguem-na com os olhos.*


# Cena 4

*Turandot e Aia entrando nos aposentos da princesa.*

TURANDOT: Tiveste uma boa ideia. Assim meu pai ficou satisfeito... e eu ficarei livre de ter de me casar com um daqueles príncipes imbecis e briguentos! Porque nós inventaremos umas perguntas bem difíceis, não é mesmo?

AIA: Nada temais, alteza! Ninguém adivinhará as vossas perguntas... porque serão charadas, enigmas... Sim, três enigmas, alteza! Três enigmas que eu já sei quais serão!
TURANDOT: Três enigmas? Dizei-me depressa! Quais são esses três enigmas?
AIA: Ouvi, ouvi bem, alteza!

*Música. Aia chega perto de Turandot e cochicha em seu ouvido. Escurecimento.*

Cena 5

*Sala do trono. Imperador e Turandot sentados. Mandarim e Aia estão em pé.*

MANDARIM (*mostrando um rolo com a lista de nomes*): Vede, alteza! Trezentos e quarenta e nove inscritos! E já se encontram todos aqui, na nossa grande capital.
TURANDOT (*sorrindo*): Trezentos e quarenta e nove? Este concurso durará meses!
IMPERADOR: Durará tanto quanto for preciso! Preza aos deuses que o vencedor esteja entre os primeiros!
TURANDOT: Não sejais otimista demais, meu pai. Ou achastes fáceis as minhas perguntas?
IMPERADOR: Na verdade são muito difíceis... Eu mesmo não conseguiria decifrá-las.
TURANDOT: No entanto, já conheceis as respostas... mas duvido que alguém desses trezentos e quarenta e nove seja capaz de descobri-los!
IMPERADOR: Estou ficando impaciente! Mandarim, já está quase na hora da apresentação do primeiro candidato, não é mesmo?
MANDARIM: Sim, Majestade! Está realmente na hora.

*Mandarim faz um gesto para o escravo do gongo, que toca.*

VOZ: Sua Alteza Real, o príncipe Ali-Saad de Sheriazar!

*Ali-Saad entra, muito senhor de si, cumprimentando à moda muçulmana.*

ALI-SAAD: Salaam-Alex, Majestade Imperial... Alteza.

IMPERADOR: Sede bem-vindo, príncipe Ali-Saad! Estais pronto para responder às perguntas de minha filha Turandot?

ALI-SAAD: Estou pronto, Majestade, e afianço-vos que para mim, que conquistei sete tribos bárbaras, as perguntas de sua Alteza serão fáceis!

TURANDOT (*baixo para o imperador*): Eu não vos disse, meu pai? Convencido e fanfarrão. (*Alto.*) E achais muito heroico, príncipe Ali-Saad de Sheriazar, assaltar e invadir as terras de pobres tribos indefesas?

ALI-SAAD (*espantadíssimo*): Como, alteza? O que dissestes?

TURANDOT: Nada, príncipe Ali-Saad. Estava apenas pensando. Estais pronto para responder às minhas três perguntas?

ALI-SAAD: Estou pronto. Podeis perguntar, alteza!

TURANDOT: Prestai atenção, pois, príncipe Ali-Saad de Sheriazar da Aibára... Aia, a ampulheta. (*Aia entrega-lhe a ampulheta.*) A primeira pergunta é a seguinte: "Na noite negra e profunda/ Voa um fantasma iridescente/ Estende as asas largas, longas, amplas/ Sobre a humanidade triste e escura/ O mundo todo chama, o mundo todo o invoca/ Mas o fantasma sobe com a aurora/ Para no coração reaparecer, fagueiro — E a cada noite nasce/ E a cada dia morre." (*Turandot vira a ampulheta. Pausa. Príncipe franze o cenho, pensa.*)

TURANDOT: Então, alteza? Quem é esse fantasma? A areia está escorrendo na ampulheta. Quando cair o último grão, ter-se-á esgotado o vosso tempo!

ALI-SAAD (*apertando a cabeça*): O fantasma... toda noite nasce... todo dia morre!

TURANDOT (*triunfalmente*): Terminou o tempo! Não pudestes responder nem a primeira pergunta, alteza! Apesar de terdes conquistado sete tribos selvagens, estais desclassificado! Podeis voltar ao vosso reino, alteza! Adeus!

*Ali-Saad, louco da vida, nem responde. Faz uma reverência e sai ouvindo atrás de si o riso de Turandot.*

IMPERADOR (*chateado*): Com efeito, este não era um bom candidato.

TURANDOT: Vereis, meu pai, que os outros não serão melhores. Podes mandar entrar o seguinte, Mandarim...

*Mandarim faz o gesto, escravo bate o gongo*

VOZ: Sua Alteza Real, o príncipe Menelik-Haissié, o Leão da Astiopia.

*Entra figura de Manto.*

TURANDOT: Aia, a ampulheta. (*Aia entrega-lhe a ampulheta*) A primeira pergunta é a seguinte: "Na noite negra e profunda/ Voa um fantasma iridescente/ Estende as asas largas, longas, amplas/ Sobre a humanidade triste e escura/ O mundo todo chama, o mundo todo o invoca/ Mas o fantasma sobe com a aurora/ Para no coração reaparecer, fagueiro – E a cada noite nasce/ E a cada dia morre." (*A voz de Turandot vai sumindo, sendo encoberta pela música.*)

*Segundo Ato*

Cena 1

*Sala do trono. Imperador e Mandarim, sozinhos.*

IMPERADOR: Meu caro Mandarim, estou ficando desesperado. Há quase três meses que estamos atendendo quatro candidatos por dia e nenhum deles chegou a responder pelo menos uma das perguntas da minha filha!

MANDARIM: Na verdade, Majestade, parece que a princesa Turandot tinha razão... os príncipes que têm se apresentado são mesmo tolos, vaidosos e ignorantes...

IMPERADOR: Mas isso não pode ficar assim! Hoje vamos ouvir os últimos inscritos... e eu já perdi a esperança de que um deles seja capaz de decifrar os enigmas!

MANDARIM: É verdade! Os últimos... Mas tenhamos fé nos deuses, Majestade...

TURANDOT (*entrando*): Meu pai, aqui estou para a nossa última sessão, não é mesmo? (*Senta-se.*) Finalmente, hoje poderemos descansar deste árduo trabalho!

IMPERADOR: Oh, minha filha! Não sabes o quanto estou triste!

TURANDOT: Triste, meu pai? Estais triste porque não vou me casar com nenhum daqueles imbecis? Deveis ficar contente como eu! Mandarim, pode dar início à audiência.

*Mandarim faz sinal. Escravo bate no gongo.*

VOZ: Sua Alteza Real, o príncipe Asgard de Ganoruê.

TURANDOT (*baixo*): É o tricentésimo quadragésimo quarto. Faltam apenas cinco para acabar!

ASGARD (*entra, cumprimenta*): Majestade Imperial... Alteza... Estou pronto para responder às perguntas.

TURANDOT: Estais realmente preparado, príncipe Asgard? Pensai bem antes de responder! Lembrai-vos que antes de vós 343 candidatos falharam!

ASGARD: Eu não falharei, Majestade. Quem venceu nove batalhas em terra e doze no mar saberá decifrar três charadinhas!

TURANDOT: Batalhas, batalhas! É só o que eu ouço! Contra quem combatestes, príncipe Asgard? Invasores do vosso país? Conquistadores?

ASGARD: Invasores de meu país? Aqueles pobres selvagens? O invasor sou eu! Sou eu o conquistador! Conquistei-lhes, princesa Turandot.

TURANDOT (*baixo para o imperador*): Este, além de tudo, é insolente! (*Alto.*) Não estejais tão certo, príncipe Asgard!

ASGARD: Podeis perguntar, princesa!

TURANDOT: Está bem, Aia. Ampulheta, aia. Ouvi bem, príncipe Asgard. A pergunta é a seguinte (*levanta):* "Arde tal uma flama e não flama/ É delírio e febre. É ímpeto e ardor/ Mas a inércia o transforma em langor... Quando está preso, é quente! Quando se perde, é frio. Tem a voz trepidante, nunca para! E sua cor/ É rubro da aurora." (*Pausa. Príncipe pensa, intrigado*) Então, príncipe Asgard? O tempo passa! Pensai, que a areia não para na ampulheta! O que é, o que é? Não sabeis? Pensai, príncipe! Terminou o tempo! Não conseguistes responder, príncipe Asgard, vencedor de nove batalhas em terra e doze em mar! Podeis voltar para a vossa terra, príncipe. Agora já sabes que usar a cabeça é mais difícil do que atacar povos mais fracos! Ide!

*Ele sai. Ela o acompanha com um riso zombeteiro e senta-se.*

IMPERADOR: Será que ninguém é capaz de responder as tuas perguntas, minha filha? Ai de mim! Morrerei sem ver os meus netos! Mandarim, mandai entrar o próximo.

*Mandarim faz um gesto. Escravo bate o gongo. Turandot e os outros se entreolham.*

IMPERADOR: Então? Não entra ninguém?

*Mandarim sai e, depois de um tempo, volta.*

MANDARIM: Majestade... Os cinco últimos candidatos desistiram de concorrer. Não há mais ninguém.
TURANDOT: Desistiram? Antes assim... Estou livre!
IMPERADOR: Espera, minha filha. Não é possível, eu...
TURANDOT: Não ouvistes, meu pai? Os outros ficaram com medo e desistiram! Posso retirar-me agora?
IMPERADOR: Eu não sei, eu...

*Nisso, o príncipe incógnito que é Tímur entra e interrompe-os impetuosamente.*

TÍMUR: Um momento! Um momento!
MANDARIM: Quem ousa invadir a sala da audiência?

TÍMUR (*vênia profunda*): Majestade Imperial. Alteza... Espero não ter chegado tarde demais!

IMPERADOR (*assanhado*): Sois candidato, pois não? Quem sois? Desististes da desistência?

TÍMUR: Não, Majestade! Eu não estava inscrito! Acabo de chegar neste momento!

IMPERADOR: Ah, um candidato novo!

TURANDOT: Mas já é tarde demais, meu pai! O concurso já terminou. (*Levanta-se.*)

IMPERADOR: Não, minha filha! Se os outros não tivessem desistido, terias de atender mais cinco hoje! Este jovem chegou no último instante, mas ainda em tempo de concorrer!

TURANDOT: Se assim o dizes, meu pai, obedeço. (*Senta-se.*)

IMPERADOR (*aproxima-se*): Quem sois, jovem, e de onde vindes?

TÍMUR: Se me permite Vossa Majestade, desejo ficar incógnito até depois da prova.

IMPERADOR: Não quereis dizer o vosso nome? Que dizes a isso, minha filha? (*Senta-se.*)

TURANDOT: O nome não me importa, meu pai! Já ouvi tantos nomes que os confundo todos... Vamos à prova, pois quero acabar com isso de uma vez por todas.

IMPERADOR: Está bem! Podeis começar!

TURANDOT: Estais pronto, estrangeiro?

TÍMUR: Estou pronto, Alteza!

TURANDOT (*irônica*): Não me dizes nada sobre as vossas conquistas? As tribos bárbaras que vencestes? As batalhas de terra e mar que combatestes contra povos indefesos? As terras alheias que invadistes?

TÍMUR: Jamais invadi terra alheia. Meu reinado é de paz, Alteza! Não de guerra!

TURANDOT: Sois o primeiro que me falas em paz... Estranho! Sois um príncipe e nunca guerreastes?

TÍMUR: Só uma vez, Alteza! Mas foi em defesa da minha terra. Eu não ataco ninguém, não invado terras alheias! (*Com orgulho.*) Mas a minha terra defendo-a contra tudo e contra todos até a última gota do meu sangue! (*Noutro tom.*) Fazei as vossas perguntas, Alteza!

TURANDOT (*que ouvira fascinada, cai em si*): Ah, sim... As perguntas. Ouvi pois, estrangeiro, a primeira pergunta: "Na noite negra e profunda/ Voa um fantasma iridescente/ Estende as asas largas, longas, amplas/ Sobre a humanidade triste e escura/ O mundo todo chama, o mundo todo o invoca/ Mas o fantasma sobe com a aurora/ Para no coração reaparecer, fagueiro – E a cada noite nasce/ E a cada dia morre." (*Pausa*) O tempo corre! Qual é a resposta para a minha pergunta, estrangeiro?

*Imperador e Mandarim estão visivelmente na "torcida". Tímur pensa um momento.*

TÍMUR (*com segurança*): Alteza, o fantasma iridescente que nasce em cada noite, que morre a cada dia, que todos invocam, este fantasma é... a ESPERANÇA!

IMPERADOR (*contentíssimo*): Ele acertou! Ele acertou! É a esperança, sim. É a esperança! Jovem estrangeiro acertastes a primeira pergunta!

*Tímur faz um cumprimento modesto.*

TURANDOT (*seca*): Não fiques tão entusiasmado, meu pai! Ainda faltam duas perguntas!

TÍMUR: Podeis fazê-las, Alteza. Estou pronto.

TURANDOT: Ouvi bem este enigma. A segunda pergunta é esta: "Arde tal uma flama e não flama. É delírio e febre. É ímpeto e ardor/ Mas a inércia o transforma em langor... Quando está preso, é quente! Quando se perde, é frio. Tem a voz trepidante, nunca para! E sua cor/ É rubro da aurora." (*Vira a ampulheta*) Então, estrangeiro, o que é isso?

IMPERADOR: Não vos apresseis, jovem! Pensai bem! Ainda tendes tempo!

TURANDOT: A areia escorre! Qual é a resposta estrangeiro?

TÍMUR: O que é ardente e ao mesmo tempo langoroso? O que trepida e pulsa com ardor e com ternura quando vos olho, Alteza? O que é rubro como a aurora, Alteza? Eu o sinto ferver demasiado dentro de mim quando vos encaro! É o sangue nas minhas veias, Alteza! A resposta é SANGUE!

IMPERADOR: Ele acertou outra vez! Acertastes, jovem! Louvado sejam os deuses!

TURANDOT (*impressionada, mas ainda fria*): A excitação faz mal, meu pai! Ainda falta a terceira pergunta!

IMPERADOR (*chateado*): É verdade!

TÍMUR: Fazei a terceira pergunta, Alteza! Estou pronto!

TURANDOT: Sim? Então ouvi. (*Levanta.*) A terceira pergunta é essa: "É gelo que te queima! E o fogo gela! Se te quer livre, te faz mais escravo! E se por servo te aceita, te faz rei." (*Vira a ampulheta.*) Responde esta, estrangeiro, se fores capaz! O tempo está correndo!

IMPERADOR: Cuidado, jovem! Cuidado!

TURANDOT: Então, estrangeiro? Qual é a resposta?

TÍMUR: É gelada e me queima! E o meu ardor gela! (*Vitorioso.*) É fácil, Alteza! Sois vós! A resposta ao vosso enigma é TURANDOT.

*Turandot fica petrificada. Imperador está felicíssimo.*

IMPERADOR: Acertastes, jovem! Acertastes as três perguntas! A mão de minha filha é vossa!

TÍMUR: Majestade, sou feliz! Amo a vossa filha de todo coração!

IMPERADOR: Tanto melhor! Vais fazê-la feliz, jovem! Turandot, fala com o teu noivo!

TURANDOT (*recuperando a fala, começa a chorar*): Não, meu pai. Não. Não me entregues a um estranho, a um homem de que nem sei o nome!

IMPERADOR (*escandalizado*): A tua promessa, Turandot!

TURANDOT: Não, meu pai! Não quero! Prefiro morrer!

IMPERADOR: Tua palavra não pode voltar atrás, minha filha!

TURANDOT (*caindo de joelhos diante dele*): Tende piedade, meu pai! Eu não o conheço, não sei quem é! Não quero casar com ele!

IMPERADOR (*severo e definitivo*): Levanta-se, minha filha! Não envergonhes os meus cabelos brancos! Deste a tua palavra e terás de cumpri-la. (*Turandot levanta-se com ar de condenada.*) Estrangeiro! Aqui está a tua noiva!

TÍMUR: Não, Majestade!

*Surpresa geral. Pausa.*

IMPERADOR: O que dissestes, jovem?

TÍMUR: Eu disse não. Não quero a vossa filha contra a vontade dela! Amo-a muito e não quero sacrifícios! Se a princesa Turandot me quisesse, seria o mais feliz dos homens. Mas se ela não me quer...

IMPERADOR (*assustado*): Não podeis desistir, jovem! Também a vossa palavra está empenhada!

TÍMUR: Sim, é verdade! Neste caso proponho o seguinte: Sua Alteza, a princesa me fez três perguntas... Eu, em troca, vou lhe fazer só uma. Uma pergunta apenas. Se sua Alteza souber respondê-la, ficará livre de sua promessa.

*Imperador hesita. Turandot agarra-lhe o braço.*

TURANDOT: Aceitai, meu pai! Tende pena de mim. Dai-me esta oportunidade!

TÍMUR: Uma pergunta só, Majestade! E se a princesa Turandot respondê-la até amanhã a esta mesma hora, estará livre de mim para todo o sempre. Porém, se não conseguir respondê-la, terá que se casar comigo!

IMPERADOR (*cedendo*): Está bem. (*Suspira.*) Já que sois assim generoso, estrangeiro, tenho de aceitar.

TÍMUR: Obrigado, Majestade! Posso fazer a minha pergunta, Alteza Real?

TURANDOT (*já senhora de si*): Fazei a vossa pergunta, estrangeiro generoso. Estou ouvindo.

TÍMUR: Então, Alteza Real, amanhã, a esta mesma hora, deveis dizer-me apenas isto: Qual é o meu nome e de onde venho?

TURANDOT: O vosso nome e a vossa origem?

TÍMUR: Sim, Alteza! O meu nome e a minha origem. Amanhã a esta mesma hora.

IMPERADOR: Sim, naturalmente! Mandarim, acompanhai este jovem aos seus aposentos. Que fique na ala leste no salão azul.

*Tímur e Mandarim saem. Turandot fica pensativa.*


Cena 2


*Aposentos de Turandot. Turandot e a Aia.*

TURANDOT (*nervosa*): Há horas que estou pensando... Estudei todos os nomes dos candidatos desta lista. Qual é o que falta? Não sei, não sei! Estou perdida, Aia. Não conseguirei descobrir-lhe o nome e origem.

AIA: Consolai-vos, Alteza... O estrangeiro é garboso... e inteligente... mostrou-se generoso e cavalheiresco... se tiverdes de casar com ele, não será nenhuma desgraça!

TURANDOT (*pensativa*): Sim, ele é guapo, tem belo porte e é modesto e simples e não me falou em guerra! (*Recai na teimosia.*) Mas eu não quero me casar com ele! Nem com ele nem com ninguém! Oh, Aia, se eu tiver de casar com ele, prefiro morrer!

AIA: Não digas isso, Alteza! É pecado! Os deuses podem te ouvir!

TURANDOT: Que me importa! Não quero casar-me à força com um estranho. Não quero. Não quero! (*Choro histérico.*)

AIA: Não vos aflijais assim, Alteza! Eu descobrirei o nome do estrangeiro! (*Ideia.*) Sim, eu sei como descobri-lo!

TURANDOT: Sabes mesmo, Aia?

AIA: Sim, eu sei! Alteza, já é noite alta... deitai-vos e descansai. Eu vou sair um pouco e quando voltar vos trarei as informações de que precisais.

*Faz uma reverência e sai.*

Cena 3

*Aia entra no quarto onde está Tímur. Chega perto da cama e olha-o. Ele se mexe e suspira. Ela fala baixo, suave, para ser ouvida no sono.*

AIA: Suspiras por ela, príncipe?
TÍMUR (*dormindo*): Ela... Turandot...
AIA (*consigo*): Ele responde! (*Para ele.*) Turandot, sim... Tu amas Turandot...
TÍMUR: Turandot... a formosa...
AIA: Turandot casará contigo. Ela não sabe o teu nome.
TÍMUR: Meu nome...
AIA (*ansiosa*): Sim, o teu nome e origem... Turandot não sabe que te chamas... Te chamas...
TÍMUR: Tímur!
AIA: Tímur! Ela não sabe que te chamas Tímur, príncipe de... de...
TÍMUR: Tímur de Irani!
AIA: Tímur de Irani! (*Ele se mexe.*) Dorme, Tímur... Dorme... (*Saindo pé ante pé, fecha a porta, vitoriosa*) Tímur de Irani! Sua Alteza está salva!

*Sai.*

Cena 4

*Sala do trono. Em cena, o Imperador e o Mandarim.*

IMPERADOR: Está quase na hora, Mandarim. Minha filha deve estar chegando!
MANDARIM: Sim, majestade. E desta vez a princesa Turandot terá de aceitar o jovem estrangeiro, pois ninguém conseguiu descobrir-lhe o nome e a origem!
IMPERADOR: Tu procuraste saber também, meu bom Mandarim?
MANDARIM: Fiz todo o possível! Não consegui descobrir nada a respeito do estrangeiro!

IMPERADOR: Neste caso, minha filha também não saberá nada. Mas aí vem ela. (*Preocupado.*) Meu bom Mandarim, ela está alegre demais! Tenho um mau pressentimento.
MANDARIM: É verdade, Majestade... Alegre demais.
TURANDOT (*entrando*): Descansastes bem, meu pai? (*Senta-se ao lado dele.*) Pareceis preocupado...
IMPERADOR: E estou, minha filha! E estou! E tu, como dormiste?
TURANDOT: Otimamente, meu pai. Otimamente!
IMPERADOR (*à parte, aborrecido*): Ela está contente demais!
VOZ: Sua Alteza, o príncipe incógnito.

*Todos têm um sobressalto. Entra Tímur.*

TÍMUR: Majestade imperial... Princesa Turandot... Aqui estou... Com o coração nas mãos aguardando a decisão do meu destino. Se não souberdes dizer o meu nome e a minha origem, serei o mais feliz dos mortais, pois vos amo com toda a alma. (*Abaixa a cabeça, depois olha para ela.*) Princesa Turandot! Estou pronto! Dizei-me! Qual o meu nome e a minha origem?

*Suspense. Todos olham. Turandot fica de pé com sorriso vitorioso.*

TURANDOT: O vosso nome, estrangeiro... É...
TÍMUR (*num gemido*): Sabeis o meu nome!!!!
TURANDOT: Sim, sei. O vosso nome é...

*Para, hesita. Imperador e Mandarim estão pendentes dos seus lábios. Os olhos de Turandot encontram o olhar ansioso e triste de Tímur.*

TÍMUR: Falai, Alteza! Estou pronto para tudo... O meu destino está em vossas mãos. Falai!
TURANDOT: O vosso nome é...

*Para. Toda sorte de caras.*

TÍMUR: Falai! Falai o meu nome!
TURANDOT: O vosso nome... (*entrega os pontos*) Não sei, estrangeiro. Não sei o vosso nome!

IMPERADOR: Ela não sabe! Ela não sabe o vosso nome! Oh, nobre estrangeiro. Deixai-me felicitar-vos!

TÍMUR (*que ficara olhando para Turandot e continua de rosto escondido*): Não, Majestade!

*Turandot tira as mãos do rosto.*

IMPERADOR: Como assim?

TÍMUR: Não! Não posso aceitar o sacrifício de vossa filha! (*Suave*) Eu amo a princesa Turandot... Desejo apenas que ela seja feliz. E se ela não me quer, desobrigo-a de sua palavra. Adeus!

*Cumprimenta, volta-se e sai.*

TURANDOT (*que ficou em pé de repente*): Se desejais partir, boa viagem, príncipe "Tímur de Irani".

*Tudo para.*

TÍMUR (*voltando-se, fala lentamente*): Sabias o meu nome? Sabias o meu nome e não o dissestes? (*Dá um passo para ela.*) Por que fizestes isso, Alteza? Por quê?

TURANDOT (*olhinhos meigos*): Porque... porque eu não queria perder-vos, príncipe Tímur!

TÍMUR: Turandot!

*Cai de joelhos.*

# UM CHEIRINHO DE PÃO
# OU OS VIZINHOS DO PADEIRO

*Personagens:*
  Padeiro
  Mulher do Padeiro
  Vizinho
  1 Vizinho
  2 Freguesa
  Menina
  Juiz
  Servente
  Narrador
  Povo

*Cenários:*
1. Balcão de padaria. 2. Ao lado da padaria, dois toquinhos de árvore na calçada. 3. Escritório do Juiz, com grande escrivaninha e porta ao fundo.

*Ato Único*

Cena 1

*O padeiro está sentado diante da mesa, contando o dinheiro e escrevendo num grande livro de contas. Conta o dinheiro com grande satisfação. De vez em quando, morde uma moeda para saber se é legítima e guarda o dinheiro num baú.*

NARRADOR: Era uma vez um padeiro muito trabalhador. Ele misturava a farinha, ligava a massa, assava os pães, as roscas e os biscoitos. Trabalhava bem e vendia melhor, pois, para ele, a melhor coisa do mundo era o dinheiro...

PADEIRO (*escrevendo no livro*): Hum, hum... as vendas foram boas. Ganhei vinte moedas de ouro... Eu ainda serei o homem mais rico dessa cidade... Vamos guardar o dinheirinho...

MULHER: Marido, está na hora de tirar os pães do forno.

PADEIRO: Vamos lá. (*Tirando os pães.*) Estão bonitos mesmo. Que perfume! Dá até água na boca, mas se eu comer algum, deixo de ganhar o meu rico dinheirinho.

MULHER: Já está na hora de abrirmos a porta da padaria, marido.

PADEIRO: Ainda é cedo para começar as vendas... Vamos aproveitar para amassar um pouco de massa. (*Cantam, viram-se e começam a trabalhar.*) Que homem admirável que sou! Como eu trabalho... (*Percebe os vizinhos olhando os pães pela vitrine. Para a plateia.*) Não sou como certos vagabundos que não fazem nada.

VIZINHO 1: Hum! Que cheirinho gostoso de pão fresquinho! Que delícia! Acho que o cheiro de pão é ainda melhor do que o gosto.

VIZINHO 2: É uma vantagem ser vizinho do padeiro. Podemos ficar cheirando à vontade o dia inteiro... Nós vamos trabalhar hoje?

VIZINHO 1: Pra quê? Está um dia tão bonito e o cheiro do pão está tão gostoso... (*Suspira.*)

PADEIRO (*trabalhando e resmungando*): Esses vadios dos meus vizinhos já estão outra vez aí na frente sem fazerem nada! Não suporto gente vagabunda!

MULHER: E ainda ficam horas cheirando os nossos pães e não compram nada. É um desaforo!

VIZINHO 1: Bom dia, senhor padeiro. Bom dia, minha senhora. Como vão?

VIZINHO 2: Os pães estão hoje com um perfume maravilhoso. Como vai, senhor Padeiro?

PADEIRO: Como vou? Como os senhores queriam que fosse? Pensa que todo mundo é como os senhores, que não fazem nada? Eu trabalho, ouviu?

VIZINHO 1: Não precisa ficar nervoso...

VIZINHO 2: Nós nos incomodamos absolutamente que os senhores trabalhem... Podem trabalhar à vontade...

VIZINHO 1: Nós até gostamos, pois este trabalho cheira tão bem...

MULHER: Cheira bem, não é? É só o que os senhores sabem fazer?

PADEIRO: Querem comprar algum pão?

VIZINHO 2: Não, obrigado. Ficamos satisfeitos com o cheiro...

PADEIRO (*para a mulher*): Mas é o cúmulo! Todos os dias é a mesma coisa! Cheiram, cheiram e não compram nada.

MULHER: É um desaforo!

PADEIRO: Eu tenho toda a despesa: compro farinha, sal, açúcar, passas; trabalho dia e noite e esses preguiçosos passam o dia inteiro se enchendo com o perfume do nosso trabalho.

MULHER: E não compram nada.

*Alguns transeuntes aglomeram-se entre eles.*

PADEIRO (*dirigindo-se entre os transeuntes*): Me diga uma coisa: isto é justo? Onde está a justiça? Eu trabalho, me canso, me mato e esses sujeitos aqui que não fazem nada, a não ser se esquentarem no sol e fumar cachimbo, ficam aí se aproveitando do meu esforço!

MULHER: Ficam aí se aproveitando do nosso esforço!

FREGUESA: Seu padeiro, eu quero um pão bengala e duas roscas...

PADEIRO: Nesse instante, minha senhora. (*Entra depressa, embrulha os pães, gritando para os vizinhos.*) Mas isto não fica assim. Não fica assim, não. Vocês me pagam...

MULHER: É isso mesmo. Vocês nos pagam...

VIZINHO 1: Se vocês gritarem tanto, vão se cansar e não vão poder trabalhar direito!

VIZINHO 2: E o cheiro dos pãezinhos não ficará tão gostoso...

PADEIRO (*histérico de raiva, faz menção de jogar um pão na cara do vizinho, mas, ao perceber que pode estragar o pão, desiste*): Ha, ha, ha...

VIZINHO 2: Está bem. Nós saímos. Vamos pra casa, pois o cheiro dos pãezinhos já está mesmo ficando fraco...

VIZINHO 1: Voltaremos para cheirar a nova fornada.

VIZINHO 2: Até loguinho...

*Entram em casa.*

PADEIRO: Vagabundos! Ladrões de uma figa! Vocês nos pagam.

MULHER: Vagabundos! Ladrões de cheiros!

FREGUESA (*ainda ali*): O senhor pode embrulhar também dois pães de mel, por favor!

PADEIRO: Hein?! Sim, senhora. Um instantinho... Pronto. Duas moedas. (*Freguesa paga.*) Obrigado, obrigado. Volte sempre.

*Freguesa sai.*

MULHER: Mas o que é que nós vamos fazer com aqueles dois sujeitinhos? Sem vergonha, descarados...

PADEIRO: Ah... Já sei. Tive uma ideia formidável... (*Pega uma grande folha de papel e uma pena de ganso*) Vou apresentar-lhes a conta. (*Senta.*) Naturalmente! A conta de todos os cheiros que eles andaram cheirando de graça. Ah, ah, ah! (*Começa a escrever*) Conta de cheiros até a presente data: cinquenta cheiros de pão de sal é igual a vinte moedas...

MULHER: E é até barato para o nosso pão de sal, que é o melhor que existe na cidade...

PADEIRO: cinquenta cheiros de pão doce é igual a trinta moedas.

MULHER: Esses são mais caros porque levam açúcar...

PADEIRO: cinquenta cheiros de pão de mel é igual a quarenta moedas... Por causa das passas... (*Soma.*) Total dá noventa moedas. Vamos arredondar para cem. Assim, cinquenta cheiros sortidos é igual a dez moedas. Agora dá cem. Cem moedas de ouro!

MENINA (*entrando*): Seu padeiro, embrulha dois pães de mel e um pão de sal para a minha mãe?... Quanto é?

PADEIRO: Duas moedas... Muito obrigado, volte sempre. (*Menina vai embora. Padeiro cantarola.*) Já vendi a primeira fornada. Foi depressa hoje... Vamos guardar o dinheiro. (*Guarda no baú.*) E agora, ao trabalho!

MULHER: A segunda fornada já está pronta. (*Ambos voltam-se para o forno e tiram a nova fornada.*) Essa fornada saiu ainda melhor do que a primeira...

*Arrumam os pães na bandeja, espiando para fora.*

PADEIRO: Os nossos amigos cheiradores já vão aparecer... (*Cantarolam com satisfação antecipada.*) Cem moedinhas de ouro... bonitinhas... lustrosinhas...

VIZINHO 1 (*aparecendo*): Hum, hum, hum... Desta vez são pães doces... Cheiro de coisa fina... Ahnnn...

VIZINHO 2: Finíssimos. Que maravilha. Hummmmmm...

PADEIRO (*saindo com o papel na mão, amável*): Boa tarde, vizinhos!

VIZINHO 1 (*surpreso*): Boa tarde, senhor padeiro.

VIZINHO 2: Boa tarde. O senhor está tão amável hoje...

PADEIRO: Naturalmente... Por que não? Vim acertar nossas contas...

VIZINHO 1: Contas?

VIZINHO 2: Contas? Que contas?

PADEIRO: As nossas contas... O que os senhores nos devem...

OS DOIS: O que nós lhe devemos?

VIZINHO 2: Não lhe devemos nada!

VIZINHO 1: Nós nunca compramos nada de vocês.

PADEIRO (*para o vizinho 1*): Mas não é pelo o que os senhores compram. É pelo o que os senhores cheiram... Olhem aqui. (*Lê a conta.*) Conta de cheiros até a presente data: cinquenta cheiros de pão de sal é igual a vinte moedas... cinquenta cheiros de pão doce é igual a trinta moedas... cinquenta cheiros de pão de mel é igual a quarenta moedas... cinquenta cheiros sortidos é igual a dez moedas. Total, cem moedas de ouro. (*Vizinhos escutam estupefatos.*)

MULHER: Pela qualidade dos cheiros até que não está caro!

VIZINHO 2: Quer dizer que o senhor está querendo nos cobrar o cheiro dos pãezinhos?

PADEIRO: Exatamente.

OS DOIS (*caindo na gargalhada*): Ah, ah, ah! Essa piada é boa! (*Os vizinhos batem-se nas costas e gargalham.*)

VIZINHO 2: Meus parabéns, vizinho... Não sabia que o senhor era tão bom piadista... Ah, ah, ah!

*Curiosos se aglomeram.*

CURIOSOS: O que foi que aconteceu?

PADEIRO: Esses sujeitinhos desocupados... Esses caloteiros não querem pagar a dívida que me devem...

VIZINHO 1 (*recuperando o fôlego*): A dívida? Escutem só todo mundo... Ele está querendo nos cobrar pelo cheiro dos pães! Pelo cheiro!!!!!!!

VIZINHO 2: Além de esganado, ainda é bobo! Ah, ah, ah!

CURIOSOS: Pelo cheiro? Mas onde é que se viu isso? Ah, ah, ah...

MENINA (*puxando o padeiro pela manga*): Quanto o senhor me cobra por uma puxadinha?

PADEIRO (*desvencilhando-se furioso e humilhado*): Vocês vão ver. Isso não fica assim, não! Vocês vão ver só...

NARRADOR: O padeiro, furioso com a humilhação sofrida, e ainda mais por não ter recebido o dinheiro que tanto cobiçava, ficou pensando num modo de ajustar as contas com os vizinhos. Teve uma ideia, afinal. Foi procurar o juiz...

## Cena 2

*Sala do tribunal. Barulhos de fora.*

JUIZ: Que barulho é esse?

SERVENTE: É o padeiro da avenida que quer apresentar uma queixa.

PADEIRO (*entrando, com sua mulher, e limpando as mãos no avental*): Excelência, eu tenho uma coisa muito importante...

SERVENTE: Silêncio. Os senhores estão dentro do Tribunal. Mais respeito...

JUIZ: Quem são os senhores?

PADEIRO: Eu sou o padeiro, Excelência! E esta é a minha mulher...

SERVENTE: É aquele senhor que estava com tanta pressa, não queria esperar sua vez e quase invadiu o Tribunal, Excelência!

PADEIRO: É que eu não tenho tanto tempo, Excelência... A padaria, o trabalho... O senhor compreende?

JUIZ: Silêncio! Quem tem alguma coisa importante para comunicar à Justiça deve saber que também faz parte da Justiça cada um esperar a sua vez.

PADEIRO: Sim, Excelência, sim, Excelência... Naturalmente!

JUIZ: Silêncio. Da próxima vez, tenha mais educação.

PADEIRO: Sim, Excelência. Posso falar agora?

JUIZ: Pode. Qual é a queixa?

PADEIRO: São os meus vizinhos, Excelência. Eles não trabalham, não fazem nada... Eu, que sou o homem mais trabalhador da cidade, trabalho dia e noite e...

JUIZ: Silêncio. Isso não me interessa... Qual é sua queixa? De que modo seus vizinhos se aproveitam do seu trabalho?

PADEIRO: Eles ficam o dia inteiro sentados do lado da minha padaria! Eu sou um homem trabalhador. Faço os melhores pães da cidade: salgados, doces, pão de mel, bolos, rosquinhas de polvilho, pasteis... Entrego a domicílio, pago os impostos...

SERVENTE (*batendo o martelo na mesa*): Silêncio! Silêncio!

JUIZ: Pode parar, senhor servente... Senhor padeiro, eu não tenho nada com a sua padaria! Diga de uma vez por todas o que os seus vizinhos fizeram?

PADEIRO: Sim, Excelência! Eles passam todos os dias cheirando meus pães.

SERVENTE (*estupefato*): Chei... chei... cheirando os pães?

JUIZ: Silêncio, senhor servente! (*O juiz também fica estupefato com a revelação.*) Então, quer dizer que eles passam todos os dias chei... chei... cheirando os seus pães, senhor padeiro? (*Ríspido.*) E o que é que tem isso?

PADEIRO: Não teria nada se eles pagassem como é de direito. Mas eles ficam o tempo todo cheirando de graça!

MULHER: O dia inteiro cheirando de graça, sem pagar um tostão!

JUIZ: E o que tem isso?

PADEIRO: É que não é justo, Excelência! Eles não querem pagar nenhum tostão por todo o tempo que passam na frente da minha padaria, cheirando os meus pãezinhos.

JUIZ: Ah... E quanto lhes devem os seus vizinhos pelos cheiros que eles cheiram?

PADEIRO: Cem moedas de ouro, Excelência! Conta redonda!

JUIZ: Ce... cem mo... moe... moedas de ouro? Hum... este caso é bastante grave. Para julgá-lo direito, preciso ouvir as duas partes.

PADEIRO: Mas vossa Excelência não podia dar ordem para eles pagarem e pronto?

JUIZ: Não. Vou fazer um julgamento público, de acordo com a lei... Vou mandar intimar os seus vizinhos... Ou melhor, o senhor mesmo vai levar a intimação pessoalmente a eles.

*Pega um papel e uma pena de ganso, escreve e dá para o servente ler.*

SERVENTE: "Intimo os Vizinhos do Padeiro, a comparecerem neste Tribunal, amanhã, depois do pôr-do-sol, para deporem no caso da queixa do padeiro. Deverão trazer cem moedas de ouro. (*O servente olha por cima do papel para o padeiro, que mal consegue disfarçar a satisfação*) O julgamento será público. Os réus poderão trazer as suas testemunhas." (*Entrega o papel para o padeiro.*)

PADEIRO (*cheio de mesuras*): Muito obrigado, Excelência. Muito obrigado, Excelência. Muito obrigado. Obrigado...
SERVENTE: Silêncio no Tribunal, por favor...

*Padeiro sai. O juiz e o servente saem também, soltando gargalhadas.*

Cena 3

*Padeiro chega esbaforido e bate na porta dos vizinhos.*

PADEIRO: Oh, vizinhos! Vizinhos!
VIZINHO 1 (*aparecendo*): Que barulho é esse? Não deixam a gente dormir sossegado... Ah, é o meu caro amigo padeiro! Como vai, caro vizinho? Veio cobrar algum cheirinho? Ah, ah, ah!
PADEIRO: Ah, ah, ah! Você vai ver, já, já! Vamos ver quem faz ah, ah, ah por último! Olhem aqui. Sabem ler? Ou querem que eu leia. (*Mostra o papel ao vizinho e, impaciente, vai recitando alto, enquanto o riso vai sumindo da cara do vizinho 1, que murcha visivelmente. Quando ele começa a ler, aparece o vizinho 2*) "Intimo os Vizinhos do Padeiro, a comparecerem neste Tribunal, amanhã, depois do pôr-do-sol, para deporem no caso da queixa do padeiro. Deverão trazer 100 moedas de ouro. O julgamento será público. Os réus poderão trazer as suas testemunhas." ... Ouviram? A minha causa já está ganha!
VIZINHO 1 (*embasbacado, lê baixinho, incrédulo. Ao chegar na última frase, anima-se um pouco*): "... Os réus poderão trazer as suas testemunhas". Testemunhas! Vamos chamar todas as pessoas que viram a nossa discussão...
VIZINHO 2: Vamos lutar pelo nosso direito! Onde já se viu? Cem moedas de ouro?! É tudo o que nós temos!
PADEIRO: E eu com isso. Quem manda roubar os cheiros alheios?
MULHER: É isso mesmo. Quem mandou nos roubar os cheiros dos nossos maravilhosos pãezinhos? Os melhores da cidade!

PADEIRO: Até amanhã, caros vizinhos! Fiquem com a sua cartinha.

*Entrega o papel para ambos e saem.*

Cena 4

*Sala do tribunal. O juiz, de toga e beca, com um livro grosso e martelo na mão. O povo espera, cochichando animadamente.*

SERVENTE (*batendo o martelo*): Silêncio! Silêncio ou a sala será evacuada! (*todos ficam atentos.*)
JUIZ: Mande entrar os querelentes.

*O servente conduz o padeiro, sua mulher e os vizinhos. O vizinho 1 está carregando um saco de dinheiro apertado contra o peito. Os primeiros estão muito assanhados. Os vizinhos, preocupados, querendo passar na frente um do outro.*

PADEIRO, MULHER E VIZINHOS 1 E 2: Excelência!
PADEIRO (*empurrando o vizinho 1*): Quem fala sou eu!
VIZINHO 1 (*empurrando o padeiro*): Eu é que vou falar!
VIZINHO 2 (*ao lado do vizinho 1*): Nós é quem vamos falar!
JUIZ: Silênciooooo! (*Todos ficam quietos.*) Vamos ouvir primeiro o queixoso! (*Olhar de vitória do padeiro para os vizinhos.*) O senhor é o queixoso?
PADEIRO: Eu mesmo, Excelência!
JUIZ: Profissão?
PADEIRO: Padeiro!
SERVENTE: Levantem a mão direita. (*Padeiro e mulher obedecem.*) Juram dizer a verdade, toda a verdade, e nada mais que a verdade?
PADEIRO E MULHER: Juro!
JUIZ (*para os vizinhos*): E os senhores, são os réus?
VIZINHO 2 (*desanimado*): Parece que somos...
VIZINHO 1: Mas não entendemos por que fomos...
JUIZ (*para o vizinho 1*): Silêncioooooooo! Profissão?
VIZINHO 1: Eu... eu... eu sou...

VIZINHO 2: Eu...sou...

PADEIRO: Vagabundos... Eles não têm profissão.

JUIZ (*batendo o martelo na mesa*): Silêncioooo... (*Para os vizinhos.*) Prestem o juramento.

SERVENTE: Levantem a mão direita! (*Vizinhos obedecem*) Juram dizer a verdade, toda a verdade, e nada mais que a verdade?

VIZINHO 1 E VIZINHO 2: Juro!

JUIZ: Muito bem. (*Para o padeiro e a mulher.*) Qual é a queixa?

PADEIRO: Excelência... esses indivíduos são vizinhos da minha padaria e todos os dias, de manhã e à tarde, eles se sentam na frente da minha vitrine para gozar o cheiro dos meus pães.

JUIZ (*para os vizinhos*): Silêncioooo! Isso é verdade?

VIZINHO 1: Sim, Excelência. Mas o que tem de errado nisso?

VIZINHO 2: Excelência, isso não tem nada demais...

JUIZ: Silêncio! (*Para o padeiro*) Continue.

PADEIRO: Eu trabalho muito, Excelência. Trabalho dia e noite, e os meus pães são os melhores da cidade. Faço pães de sal, pães de mel, pães doces, pães de ló, rosquinhas de polvilho...

MULHER: Pão trançadinho...

JUIZ (*interrompendo*): Silêncio! Isso não me interessa! Qual é a sua queixa?

PADEIRO: Como qual é a minha queixa? Eu não disse que esses sujeitos passam o dia cheirando meus pães? (*Vira-se para eles*) Cheiram os pães de sal, os pães de mel...

MULHER: ...os pães doces, os pães de ló, os pães trançadinhos, as rosquinhas de polvilho, os biscoitos...

JUIZ: Silêncio! Eles cheiram tudo... E depois?

PADEIRO: Como e depois, senhor juiz? Eles cheiram tudo. Cheiram até se fartar, respiram, inspiram, expiram, aspiram o perfume do nosso trabalho, deliciam-se, gozam, aproveitam...

MULHER: ... enchem o bucho com o cheiro dos nossos pães...

PADEIRO: ... e não pagam nada...

JUIZ: Silêncio! (*Para os vizinhos.*) É verdade tudo isso?

VIZINHO 2: É... é verdade...

VIZINHO 1: Cheirar pão não é nenhum crime...

UM CHEIRINHO DE PÃO

JUIZ: Confessam que há muito tempo vem gozando do cheiro dos pães desse padeiro?
VIZINHO 1: Confessar por quê? É algum crime a gente cheirar?
JUIZ: Silêncio! Respondam a minha pergunta, confessam ou não confessam?
VIZINHOS 1 E 2 (*amedrontados*): Sim...
JUIZ: E os cheiros que os senhores cheiravam, eram bons ou ruins?
VIZINHO 1: Eram... eram...
VIZINHO 2: Eram bons...
JUIZ: Muito bons? Agradáveis?
VIZINHO 1: Sim, Excelência.
JUIZ: Confessam então que é verdade que gozaram de todos os cheiros durante todo esse tempo? Sim ou não?
VIZINHO 2: Sim, Excelência.
JUIZ: Muito bem. Continuem...
PADEIRO: Pois é... E quando eu lhes apresentei a conta...
JUIZ: Que conta?
PADEIRO: A conta dos cheiros. (*Puxa o papel do bolso e mostra ao juiz*) Está tudo especificado, Excelência. Pode ler...
JUIZ (*lendo*): "Conta de cheiros até a presente data: 50 cheiros de pão de sal é igual a 20 moedas... 50 cheiros de pão doce é igual a 30 moedas... 50 cheiros de pão de mel é igual a 40 moedas... 50 cheiros sortidos é igual a 10 moedas. Total: 100 moedas de ouro..." Cem moedas de ouro? (*Zumzum na assistência*) Que cheiro caro!!!!!
MULHER: Não é caro não, Excelência! Se vossa Excelência cheirasse nossos pães...
PADEIRO: ...logo veria que não é caro! Meus pães levam farinha de trigo, ovos, manteiga, açúcar, sal, passas, mel...
JUIZ: Chega! Chega! Já percebi que não é caro! (*O público se entreolha, espantado.*)
PADEIRO: Esses indivíduos, Excelência, se recusaram a pagar a conta! E ainda por cima, caçoaram de mim...
JUIZ (*para os vizinhos*): Isso é verdade?
VIZINHO 1 E VIZINHO 2: O quê?

JUIZ: Que os senhores se recusaram a pagar a conta de cheiros?
VIZINHO 1: Claro, nós não somos...
VIZINHO 2: Onde já se viu tamanho absurdo?
JUIZ: Respondam simplesmente, recusaram-se a pagar a conta? Sim ou não?
VIZINHO 2: Sim, Excelência...

*Murmúrios entre o público.*

JUIZ (*batendo com o martelo na mesa*): Então ordeno que entreguem imediatamente ao queixoso as cem moedas de ouro que ele exige, em pagamento pelos cheiros cheirados pelos senhores...
VIZINHO 1 E VIZINHO 2: Mas... mas... (*agarram o dinheiro.*)
JUIZ: Não discutam! Obedeçam imediatamente, senão terão que obedecer à força.
VIZINHO 1 (*sem outro remédio, entrega o saco com as cem moedas ao padeiro, que ficou esfregando as mãos, como um avarento*): Tome... (*baixinho*) Não há justiça nesse mundo...
PADEIRO (*agarrando o saco com as duas mãos e rindo, satisfeito*): Eu disse que isso não ia ficar assim! (*Para o juiz, fazendo menção de sair.*) Muito obrigado, Excelência. Muitíssimo obrigado! (*Dirigindo-se para a saída.*)
JUIZ (*detendo-o*): Espere um momento, senhor padeiro e senhora.
PADEIRO E MULHER: Excelência...
JUIZ: Ordeno que contem aqui, diante de nós, as moedas de ouro que receberam.
PADEIRO: Certamente, Excelência... É muita bondade da sua parte incomodar-se a ponto de querer verificar se eu não fui enganado por esses aproveitadores...
JUIZ: Silêncio. Conte as moedas.
PADEIRO (*derrama as moedas no chão*): Sim, Excelência... (*Começa a contá-las. Rola-as entre os dedos, morde-as para verificar se são verdadeiras. Os vizinhos estão bem tristes. O povo murmurando, indignado. O juiz inescrutável*): Noventa e oito, noventa e nove, cem... Estão todas aí, Excelência, sem faltar nenhuma...

JUIZ: Tem certeza de que são cem moedas de ouro?
PADEIRO: Sim, Excelência...
JUIZ: As moedas são bonitas?
PADEIRO: Sim, Excelência...
JUIZ: O ruído que elas fazem é agradável?
PADEIRO: Sim, Excelência... (*Enche as mãos de moedas e deixa-as cair, escutando o tilintar.*)
JUIZ: Bem, agora pode guardá-las dentro do saco...
PADEIRO: Sim, Excelência... (*Gozando a situação.*) Pronto! (*Pega o saco, aperta-o contra o peito e se volta para o público*) A justiça foi feita! (*Para o juiz.*) Antes de sair, desejo, mais uma vez, expressar a minha profunda gratidão pela sabedoria com que julgou esse caso. Particularmente ao senhor, que, sem dúvida, é o maior juiz do mundo.

*Vai saindo com sua mulher.*

JUIZ: Um momento, senhor padeiro. (*Padeiro e mulher param*) Ordeno-lhe que entregue agora o saco de dinheiro aos réus, seus vizinhos.

*Surpresa geral.*

PADEIRO: O quê?
MULHER: Como?
JUIZ: Exatamente. Ordeno que devolva o saco de dinheiro aos réus... Vamos, obedeça.
PADEIRO: Mas como... por quê? (*Obedece consternado.*)
JUIZ: Porque o veredicto é o seguinte: "Os vizinhos, aproveitando-se do cheiro do pão do padeiro. E o padeiro, aproveitando-se do cheiro do dinheiro dos vizinhos." E está encerrada a sessão... (*Sai junto com o servente.*)

*A plateia vai embora. Padeiro e mulher ficam com cara de tacho, e os vizinhos pegam o dinheiro e se abraçam, felizes com o saco apertado no peito.*

NARRADOR: E assim terminou a história. Entrou por uma porta, e saiu pela outra. E quem quiser, que conte outra...

# VITÓRIA PARA DOIS

Dramatização de um conto popular boêmio

*Personagens:*
  Inteligência
  Sorte
  Vanek
  Pai de Vanek
  Rei
  Rainha
  Princesa
  Cortesão
  Duas damas da corte
  Dois guardas
  Arauto
  Jardineiro-chefe
  Boris, um jardineiro real
  Médico
  Príncipe Rodolfo da Bavária
  Duas mulheres (aldeãs)
  Um homem (aldeão)

*Cenários:*
1. O jardim do rei. No centro, fundo, um muro de pedras com roseiral e plantas pelo palco.
2. Praça da execução. Cadafalso no meio, com bloco da execução. Saídas à esquerda e à direita.

*Cena 1*

*Antes de abrir o pano, Inteligência aparece na frente da cortina fechada. Traja toga e beca e tem um grande livro na mão. Abre o livro e começa a ler. Sorte entra pelo lado usando chapéu alto enfeitado com um grande trevo de quatro folhas. Caminha até Inteligência e cumprimenta-a com o chapéu.*

SORTE (*alegremente*): Bom dia, dona Inteligência. Abra caminho para mim!
INTELIGÊNCIA (*a contragosto*): Não sei porque deveria fazê-lo, dona Sorte. A senhora não é melhor do que eu.
SORTE: Ora, não estou tão certa disso, dona Inteligência.
INTELIGÊNCIA: A senhora acha que a sorte é melhor do que inteligência?
SORTE: A melhor é aquela que consegue mais, não concorda?
INTELIGÊNCIA: Concordo. Mas a senhora acha que consegue mais do que eu, dona Sorte?

*Vanek entra pela esquerda e atravessa o proscênio lentamente, de cabeça baixa e mãos nos bolsos, olhando para o chão. Não repara em Sorte e Inteligência e sai pelo outro lado.*

SORTE: Pois bem. Tomemos este pobre camponês que passou, o Vanek. Ele, o seu pai e seu irmão mal e mal conseguem ganhar a subsistência no seu pequeno sítio. Dando sorte ao Vanek, eu posso melhorar a sua vida. E a inteligência? Poderia dar uma vida melhor a Vanek?

INTELIGÊNCIA: Eu acho que sim. Vou fazer o Vanek usar a sua inteligência. A senhora verá que isto faz mais por um homem do que a simples sorte.

SORTE: E eu gostaria de ver isso. Sorte é uma boa coisa para se ter, mas se a senhora acha que pode fazer mais pelo Vanek do que eu, então, toda vez que nos encontrarmos, eu me curvarei diante da senhora. Aceita a aposta?

INTELIGÊNCIA: Está certo. Aceito a aposta. E se a senhora conseguir fazer mais por ele, quem vai se curvar diante da senhora sou eu. (*Apertam as mãos.*)

SORTE: Feito, dona Inteligência. Primeiro é a sua vez. Vejamos o que a inteligência pode fazer por um rapaz tão pobre como o Vanek.

*As duas saem, uma pela esquerda, outra pela direita. Pela esquerda entra o pai de Vanek. Vanek entra pela direita, com passo vivo e alerta e vai até o pai.*

VANEK: Porque é que eu tenho que passar a vida inteira revirando a terra, pai? Acho que existem melhores maneiras de ganhar a vida.

PAI (*atônito*): O que é que estás dizendo, Vanek? Perdeste o juízo?

VANEK: Não, meu pai, eu o encontrei. Nosso pequeno sítio não dá para todos nós ganharmos a vida. Eu tenho de partir à procura da fortuna.

PAI: Mas para onde irás tu, Vanek?

VANEK: Irei ao palácio do rei para ser aprendiz do jardineiro-chefe.

PAI: E será que isto será melhor do que ficar aqui trabalhando no nosso sítio? No palácio do rei sempre haverá alguém para lhe dizer, "faça isso, faça aquilo!" Aqui você é seu próprio patrão.

VANEK: Eu sei. Terei de trabalhar muito e aprender a ser um jardineiro--chefe. Então serei eu quem dirá "faça isso, faça aquilo!" Se o rei gostar do meu trabalho, irá me recompensar.

PAI: Realmente não entendo o que aconteceu contigo, Vanek. Mas não te impedirei. Se tu partires, nosso sítio ficará para o

teu irmão menor. E eu te darei a minha bênção. Adeus…
e que Deus te acompanhe.

VANEK: Adeus, meu pai. Voltarei para ver-te, quando tiver feito fortuna.

*Abraçam-se. Vanek sai pela direita, pai pela esquerda. Abre-se o pano.
O cenário é o jardim real. Vanek e Boris estão jardinando em torno de
algumas plantas diante do muro.*

VANEK: Afofe bem a terra ao redor das plantas, Boris.
BORIS: Por que, Vanek? O jardineiro-chefe nunca nos mandava fazer isso antes de tu apareceres.
VANEK: Com isso as plantas crescerão melhor, Boris.
BORIS: Está bem, já que tu insistes. Mas antes de vires, nós só arrancávamos o mato.

*Jardineiro-chefe entra pela direita. Fica observando o trabalho dos dois
por alguns momentos.*

JARDINEIRO-CHEFE: Devo admitir que os jardins estão ainda mais bonitos do que antes. Eu sou jardineiro-chefe há muito tempo, Vanek, e tu estás trabalhando nos jardins do rei há menos de um ano, mas eu sinto que tu entendes mais dessas plantas do que eu.
VANEK: O senhor é muito gentil em dizer isso, mas eu acho que não é assim.
JARDINEIRO-CHEFE: O rei mandou me chamar hoje. Ele está muito satisfeito com o roseiral que tu plantaste. Ele, a rainha e a princesa passaram uma hora inteira no jardim, admirando as rosas.
VANEK: Fico feliz de ouvir isso.
BORIS: E como está a linda princesa? Alguém já foi capaz de fazer alguma coisa por ela?
VANEK: O que é que há com a princesa?
BORIS: Então não sabes? A princesa não fala.
VANEK: Que horror! E ela ouve?
JARDINEIRO-CHEFE: Ah, sim. Quando era uma meninazinha, a princesa falava e ria como todo mundo. Mas no seu décimo

segundo aniversário, sem que ninguém saiba por que, ela de repente parou de falar. Dizem que nenhuma palavra saiu da sua boca desde então até agora.

VANEK: Mas com certeza um homem importante como o pai dela pode conseguir os melhores médicos e os homens mais sábios para ajudá-la!

JARDINEIRO-CHEFE: Isso ele pode mesmo. Durante algum tempo, vinha gente todos os dias para ajudar a princesa a falar. Ninguém conseguiu. Mas eles ainda não perderam a esperança.

BORIS: O rei mandou mensageiros para o mundo todo prometendo a mão da sua filha em casamento e metade do reino como dote ao homem que conseguisse fazer a princesa voltar a falar.

VANEK: Mas isto é uma oferta formidável! Dizeis que a princesa sabia falar?

JARDINEIRO-CHEFE: Certamente. Ela falava como todo mundo, até fazer doze anos.

VANEK (*lentamente*): Acho que eu posso fazer a princesa falar.

BORIS (*horrorizado*): Tu! Então terias coragem de te apresentares diante do rei, da rainha e de toda a corte?

VANEK: E por que não?

BORIS: E a tua língua não ficaria grudada no céu da boca?

VANEK: Por que havia de acontecer tal coisa? Eles não passam de gente como nós; alguns melhores, alguns piores, mas gente de carne e osso, simples mortais.

JARDINEIRO-CHEFE: Tu podes dizer isso a nós aqui, mas o que dirás quando estiveres diante do rei e de todas as grandes damas e cavalheiros da corte, nas tuas roupas de jardineiro com teus sapatões de jardineiro?

VANEK: Primeiro limparei minhas roupas e sapatos de jardineiro. Depois irei me apresentar ao rei. Farei uma reverência (*faz uma com graça, para demonstrar*) e direi, "Majestade, eu sou Vanek, o jardineiro, e vim para fazer a princesa falar."

JARDINEIRO-CHEFE: E o rei dirá "Volta para o jardim, Vanek. És pobre demais e plebeu demais para falar com a princesa".

VANEK: Posso ser pobre e plebeu, mas isto não me impede de fazer a princesa falar.

*Entra Cortesão seguido por dois Guardas que carregam cadeiras, uma almofada e tapeçaria para cobrir as cadeiras.*

CORTESÃO (*dando ordens aos guardas*): Ponham a cadeira de Sua Majestade aqui (*Aponta o centro.*) e o da Sua Majestade, a rainha, aqui ao lado. E ponham a cadeira da princesa aqui, ao lado da da rainha. A almofada para o cãozinho da princesa pode ficar ali. Agora cubram as cadeiras, ligeiro. Não temos tempo a perder. (*Os guardas obedecem.*)

JARDINEIRO-CHEFE: O que está acontecendo, meu senhor?

CORTESÃO: O rei ficou muito satisfeito com o jardim e decidiu dar a audiência real aqui hoje. Vocês, jardineiros, apanhem seus instrumentos e retirem-se. Suas Majestades devem chegar aqui a qualquer momento.

*O cortesão se ocupa com as tapeçarias. Os guardas ficam dos dois lados do palco. Os jardineiros juntam seus instrumentos enquanto o cortesão sai pela direita.*

VANEK: Agora é a minha oportunidade. Farei a princesa falar hoje.

BORIS: Receio que vás te meter em dificuldades, Vanek.

JARDINEIRO-CHEFE: Depressa, aí vêm suas majestades.

*Os jardineiros saem pela esquerda, levando seus objetos. Rei e rainha entram pela direita. O rei acompanha a rainha até a cadeira e senta-se depois dela estar sentada. Princesa entra pela direita com um cãozinho no colo, que coloca sobre a almofada, depois senta-se também. O arauto entra pela direita e fica no centro-esquerda. Duas damas entram pela direita e ficam atrás da princesa.*

REI (*para a rainha*): Foi ótima a ideia que tivestes, senhora. Eu nunca teria me lembrado de trazer a corte ao jardim.

RAINHA: Os jardins estão tão lindos que devemos aproveitá-los o mais possível.

*Entra o cortesão e faz reverência diante do casal real.*

CORTESÃO: Majestade, o médico da Espanha está aqui para ver a princesa.
REI: Que ele se aproxime.

*O cortesão faz sinal ao arauto e fica à direita.*

ARAUTO: O doutor Hernandez Esteban, da Espanha.

*Entra o médico pela direita.*

MÉDICO (*reverência diante do rei e da rainha, dirige-se à princesa*): Como estais hoje, alteza real? (*Princesa sacode os ombros, sem responder*) Ela tem tomado as pílulas que lhe prescrevi Majestades?
RAINHA: Ela as tem tomado, bom doutor, eu mesma cuidei disso.
MÉDICO: E ela não falou?
REI: Nenhuma palavra com ninguém.
MÉDICO: Então receio que não há mais nada a fazer. Já tentei pílulas, dietas e exercícios. Deve tratar-se de um feitiço que só uma feiticeira poderá desfazer.
REI (*suspiro*): Nós vos agradecemos pela tentativa, doutor.

*Médico faz reverência e sai.*

CORTESÃO (*apresentando-se*): O príncipe da Bavária está aqui, Majestade, e deseja falar com a princesa!
REI: Que ele entre.

*Cortesão faz sinal ao arauto e volta ao seu lugar.*

ARAUTO: Sua alteza real, o príncipe Rodolfo da Bavária.

*O príncipe entra, trazendo uma gaiola com passarinho dentro. Ele faz reverência ao rei e à rainha, e depois põe um joelho na terra diante da princesa.*

PRÍNCIPE (*erguendo a gaiola diante da princesa*): Minha princesa, tenho um presente para vós. Este passarinho vos cantará a mais formosa canção, mas só cantará se vós pedirdes. Vós deveis dizer: "Canta, passarinho, canta!" Ele não cantará para mim, só para uma princesa. Vós lhe ordenareis que cante, alteza?

*A princesa pega a gaiola e a segura em várias posições para admirar o passarinho. Seus lábios se movem como se estivesse falando, mas sem som. Depois ela devolve graciosamente a gaiola ao príncipe, balançando a cabeça com tristeza e pondo um dedo sobre os lábios.*

RAINHA (*gentil*): Obrigada por tentardes, príncipe Rodolfo. Gostaria bem que tivésseis sido bem-sucedido.

*O príncipe entrega a gaiola à primeira dama, cumprimenta todos e sai pela direita. Vanek entra pela esquerda e faz sinal ao cortesão. Cortesão cochicha com Vanek e sacode a cabeça. Vanek parece estar insistindo e o cortesão lhe aponta a saída. Vanek insiste ainda e o cortesão bate palmas e faz sinal ao primeiro guarda.*

REI (*reparando no movimento*): O que está se passando ali?
CORTESÃO: É apenas Vanek, um dos jardineiros, Majestade. Ele quer falar com a princesa. Eu lhe disse que um filho de camponês não pode falar com a princesa.
REI: Ah! Vanek! Eu já ouvi este nome. O jardineiro-chefe fala muito bem de ti, Vanek.
VANEK (*adiantando-se*): Obrigado, Majestade. Como eu disse ao senhor cortesão, eu vim porque eu gostaria de fazer a princesa falar.
REI (*triste*): Muitos tentaram e falharam. Mas tu terás a tua oportunidade, já que a queres.

*Vanek faz reverência ao rei e à rainha, depois, em vez de falar com a princesa, ajoelha-se na frente do cãozinho e fala com ele.*

VANEK: Ouvi dizer que és um bichinho muito inteligente, cachorrinho branco, e por isso gostaria de te fazer uma pergunta. Tenho dois amigos, um escultor e um alfaiate. Um dia nós três entramos na floresta e nos aprofundamos muito. Quando a noite chegou, nós nos vimos perdidos. Juntamos bastante madeira e fizemos uma fogueira para espantar os lobos. E combinamos que cada um de nós ficaria acordado, por turnos, para conservar o fogo aceso.

CORTESÃO: Vanek, estás desperdiçando o precioso tempo de sua Majestade com a tua longa história. Se queres fazer a princesa falar, dirige-te a ela, não ao seu cão.

REI: É uma história interessante. Deixa-o continuar.

VANEK: Obrigado, Majestade. (*Rei, rainha e princesa ouvem com interesse*) O primeiro a montar guarda foi o escultor. Para se conservar acordado, ele pegou um pedaço de madeira e esculpiu um boneco. Quando o seu tempo terminou, ele acordou o alfaiate e disse: "Eu entalhei este boneco, para ficar acordado, e se tu quiseres, poderás fazer umas roupas para ele".

CORTESÃO (*interrompendo*): Ainda estais interessado nesta longa história, Majestade?

REI: Mais do que nunca. Para de interromper!

CORTESÃO: Muito bem, Majestade.

VANEK: O alfaiate abriu a sua trouxa e passou o tempo fazendo roupa para o boneco. Depois ele me acordou. "Estás vendo aqui", disse ele, "o escultor o fez e eu o vesti. Agora tu, se quiseres, podes ensiná-lo a falar". E acreditem ou não, eu o fiz. Pela manhã, o boneco não só sabia falar como também se movia à vontade.

RAINHA: Uma história notável!

VANEK: Obrigado, Majestade. Agora, a pergunta é a seguinte. Qual de nós três devia ficar com o boneco? O escultor disse que devia ser ele, porque ele o fez. A alfaiate disse que devia ser ele, porque o vestiu. E eu acho que devo ser eu. O que dizes tu, cachorrinho branco?

PRINCESA: Ora, está claro que deves ser tu, porque tu o fizeste falar.

PRIMEIRA DAMA: Ela falou!

SEGUNDA DAMA: A princesa falou!

*Todo mundo cochicha e comenta, fica feliz etc. Rei e rainha se abraçam.*

ARAUTO (*sai correndo pela direita*): A princesa falou! A princesa falou!

PRINCESA: Eu nunca fui capaz de falar com pessoas que queriam que eu falasse. Mas quando este jardineiro falou com o meu cão, eu percebi de repente que eu era capaz de falar, finalmente.

*Princesa e damas vão para um canto do jardim, com o cachorrinho, e ficam conversando em voz baixa, sem prestar atenção nos outros.*

REI: Nossa mais profunda gratidão, inteligente Vanek, por teres feito a princesa falar. Que recompensa posso te dar?

VANEK: Apenas a recompensa que vossa Majestade prometeu àquele que fizesse a princesa falar; sua mão em casamento e metade do reino por dote.

RAINHA: Tu és apenas um filho de camponeses, Vanek. Não podes te casar com uma princesa real. Escolhe qualquer outra recompensa, e o rei lhe dará de boa vontade.

VANEK: Mas eu não quero outra recompensa.

REI: Vanek, certamente tu entendes que eu não posso deixar que a minha filha se case com o filho de um camponês, um homem de baixa origem. Uma princesa deve se casar com um príncipe.

REI: Nunca imaginei que alguém que não fosse um príncipe pudesse realizá-lo. Propõe qualquer outra recompensa.

VANEK: Um rei deve manter sua palavra, Majestade. Vossa Majestade tem de me deixar casar com a princesa.

CORTESÃO: Um campônio não diz ao rei o que ele tem de fazer!

VANEK: Insisto em casar com a princesa. Um rei tem de manter sua palavra.

CORTESÃO: Guardas! Amarrem o campônio insolente! Ele deveria ser executado, Majestade.

*Os guardas se aproximam.*

REI: Guardas, levem-no à praça de execução, e que ele seja decapitado imediatamente.

*Guardas obedecem e arrastam Vanek para fora. A princesa não percebe nada, já que está de costas.*

## Cena 2

*Uma hora mais tarde. Cenário da praça, com o cadafalso no meio e o bloco de execução sobre ele. O palco está vazio, mas logo entram Inteligência, por um lado, e Sorte pelo outro, e se encontram no centro.*

SORTE: Então, minha amiga dona Inteligência, a senhora ajudou bem o Vanek por algum tempo. Mas agora o que pode fazer por ele?

INTELIGÊNCIA (*suspirando*): Receio que infelizmente não há nada que eu possa fazer, dona Sorte.

SORTE: Então chegou a minha vez de agir.

*Sai por onde entrou e Inteligência também. Entram Boris e Jardineiro-chefe.*

BORIS (*triste*): Pobre Vanek! Eu bem que tinha medo que ele se metesse em dificuldades.

JARDINEIRO-CHEFE: É uma lástima. Onde é que eu vou arranjar outro jardineiro tão bom?

BORIS: Até amanhã o rei já estará arrependido por isso.

JARDINEIRO-CHEFE: Mas isto não ajudará Vanek em nada.

*Entram duas Mulheres e homem, vão até o bloco e ficam bem atrás dele.*

HOMEM: É aqui que terá lugar a execução?

*Boris e Jardineiro-chefe fazem que sim.*

PRIMEIRA MULHER: Quem é que vai ser executado?

JARDINEIRO-CHEFE: Vanek, um dos jardineiros do rei.

SEGUNDA MULHER: O que foi que ele fez?

BORIS: Ele fez a princesa emudecida falar, foi isso que ele fez.

PRIMEIRA MULHER: E por isso ele tem de perder a cabeça?

JARDINEIRO-CHEFE: Ele insistiu que o rei cumprisse sua palavra e o deixasse casar com a princesa.

HOMEM (*balançando a cabeça*): Só um homem valente ou um louco ousaria discutir com o rei.

PRIMEIRA MULHER: Eu nunca vi uma execução. Que é que vai acontecer?

JARDINEIRO-CHEFE: Silêncio! Lá vem eles com o Vanek. Tu verás.

*O cortesão entra pela direita e assume posição à direita do bloco. Guardas trazem Vanek. Ele está de olhos vendados e as mãos amarradas atrás das costas. Levam-no para a esquerda do bloco.*

PRIMEIRO GUARDA: Abram caminho para o Carrasco!

*Carrasco entra pela esquerda, carregando um grande machado de papelão. Usa um capuz preto que lhe cobre a cabeça e rosto. Encosta o machado ao bloco.*

CARRASCO: Para trás, todos!
SEGUNDO GUARDA: Para trás, todos!
CORTESÃO: Tens alguma coisa para dizer, Vanek? Não te adiantará nada, mas podes dizê-lo assim mesmo.
VANEK: Tudo o que eu tenho a dizer é que um rei deve manter sua palavra.

*Ajoelha-se junto ao bloco.*

CORTESÃO: Carrasco! Faze o teu dever!

*O carrasco avança – todos estão horrorizados. Quando ele ergue o machado, o cabo se quebra.*

TODOS: Quebrou! O machado quebrou-se!
CORTESÃO: O que significa isto?
CARRASCO (*espantado*): Nunca antes me aconteceu uma coisa dessas!
CORTESÃO: Pois não fiques parado aí! Pega outro machado!
CARRASCO: Eu não tenho outro machado, meu senhor. Para que eu teria dois machados para cortar uma só cabeça?
CORTESÃO: Mas isto é muito irregular! Quem tem um machado? Tu! (*Aponta para um dos guardas.*) Guarda, vai buscar outro machado para o Carrasco!
GUARDA: Terei de voltar para o castelo, meu senhor.
CORTESÃO: Pois faze-o já! E rápido!

*Guarda sai pela direita.*

BORIS (*em voz alta*): Talvez não seja o destino de Vanek ter a cabeça cortada.

CORTESÃO: Mas claro que é o destino dele! Foi o próprio rei quem ordenou!

PRIMEIRA MULHER (*apontando para direita*): Olhem para a estrada! Alguém vem galopando para cá a toda a velocidade!

*Todos olham na direção.*

SEGUNDA MULHER: O cavalheiro está agitando uma bandeira branca!

CORTESÃO: É o arauto. Deve trazer uma mensagem do rei.

HOMEM: Ele apeou do cavalo. Aí vem ele.

*Arauto entra pela direita.*

ARAUTO (*esbaforido*): Parai a execução! Suspendei a execução!

CORTESÃO: O quê? O que estás dizendo?

ARAUTO: O rei mudou de ideia.

CORTESÃO: Mas como foi que aconteceu isso?

ARAUTO: A princesa convenceu o rei seu pai. Ela disse que Vanek tem razão: um rei tem de manter sua palavra.

CORTESÃO (*zangado*): Um rei não tem que deixar sua filha casar com um campônio.

ARAUTO: Foi isso que o rei falou. Mas a princesa disse: "Um rei pode fazer qualquer coisa. Ele pode fazer um príncipe de um camponês".

CORTESÃO: E o que foi que o rei respondeu?

ARAUTO: O rei disse "Eu não tinha pensado nisso". Por isso ele me mandou na frente para suspender a execução e a carruagem real para me seguir para levar o Príncipe Vanek para o palácio. (*Olha em volta.*) Onde está o príncipe Vanek? Espero que a sua cabeça ainda esteja nos seus ombros.

CORTESÃO (*corre para Vanek e o desamarra*): Imploro a vossa alteza que me perdoe. Eu só estava obedecendo às ordens reais. (*Subserviente*) Por aqui, alteza... para a carruagem real.

*Vanek sai, acompanhado pelo cortesão, com uma expressão feliz e maravilhada.*

BORIS: Viva a princesa!
PRIMEIRA MULHER: Viva o Príncipe Vanek!
TODOS (*saindo pela direita, felizes*): Viva! Viva a princesa! Viva a príncipe Vanek!

*Todos saem. Logo entram Inteligência e Sorte, uma de cada lado do palco e, ao se encontrarem-se no meio, as duas se inclinam profundamente uma diante da outra.*

INTELIGÊNCIA: Tenho de admitir que a senhora salvou a vida de Vanek, dona Sorte. Aquele cabo de machado quebrado foi um truque e tanto!
SORTE: E eu tenho de admitir, dona Inteligência, que, sem a senhora, Vanek ainda estaria cavoucando a terra no sítio do seu pai para nunca chegar a ser príncipe.
INTELIGÊNCIA: É melhor que trabalhemos juntas, dona Sorte. Agora que Vanek é príncipe e um dia será pai, vai precisar de nós duas. Inteligência e Sorte perfazem uma boa equipe!

*As duas se inclinam uma diante da outra, enquanto cai o pano.*

## TECELÃ DOS FIOS DA FICÇÃO

> *A questão primordial não é a das relações que a ficção mantém com a realidade; trata-se, antes, de verificar como ela opera na realidade, ou seja, em nossas vidas.*
> JEAN-MARIE SCHAEFFER

O período compreendido entre 1949 e 1951 marca a fase áurea do Teatro Escola de São Paulo, o Tesp. Dirigido pelo casal Tatiana Belinky e Júlio Gouveia, o grupo semiamador realiza apresentações semanais em teatros da prefeitura de São Paulo e em diferentes locais da periferia. Auditórios de bibliotecas, cinemas de bairro, clubes são alguns dos espaços que acolhem os espetáculos daquele coletivo cheio de entusiasmo.

Inaugura-se assim na capital paulista uma modalidade teatral peculiar, para a qual, diga-se de passagem, a contribuição das escolas públicas se torna valiosa. O teatro voltado à infância e às jovens gerações inicia sua trajetória na cidade, quase ao mesmo tempo em que Maria Clara Machado, no Rio de Janeiro, funda o Tablado e, pouco depois, Olga Reverbel, em Porto Alegre, cria o Teatro Infantil Permanente, o Tipie, dentro do Instituto de Educação General Flores da Cunha.

O desenvolvimento de uma produção cultural específica para a criança, da qual o teatro faz parte, pode ser analisado como indício forte da natureza das relações entre crianças e adultos na sociedade brasileira de então. A infância torna-se objeto de um cuidado especial no que se refere à fruição artística. O tempo, entretanto, iria revelar que a qualidade artística de manifestações teatrais não pode ser estabelecida unicamente a partir da natureza do seu público. E é essa constatação que nos permite, hoje, avaliar a produção do Tesp como um marco de excelência na descoberta da cena pelas jovens gerações.

Em 1952 os responsáveis pelo grupo são convidados a experimentar uma nova aventura, a da televisão, então em seus primórdios. Tatiana Belinky como roteirista e Júlio Gouveia como diretor assumem o desafio de levar ao ar uma série de programas, envolvendo o trabalho de atores pioneiros na televisão, em torno de um roteiro dramatúrgico. Além de adaptações das obras de Monteiro Lobato que desembocaram no famoso seriado *Sítio do Pica-Pau Amarelo*, tantas vezes retomado pela televisão em décadas subsequentes, outros programas foram produzidos pelo casal durante anos de 1950-1960 como *Fábulas Animadas* e *Teatro da Juventude*. Esse último, o mais complexo, levava ao ar a cada domingo, e ao vivo, um texto relevante da literatura mundial. Com o passar dos anos, ampliou-se a faixa etária dos destinatários, assim como a temática abordada, e ele se transformou em teleteatro, obtendo grande aceitação do público.

Uma vez reconhecida a excelência da criação ficcional de Tatiana, em 1965 ela é nomeada diretora do setor infanto-juvenil da Comissão Estadual de Teatro. É dentro dessa função que cria e edita a *Revista Teatro da Juventude*, referência fundamental para várias gerações de artistas e professores voltados ao fazer teatral dirigido a essa faixa de idade. Fundado naquele mesmo ano, o periódico vive uma primeira fase até 1972, reaparecendo depois em 1995 e sendo publicado até 2002 sob supervisão geral da autora. Boa parte daqueles roteiros de televisão é retomada em forma de dramaturgia para publicação na *Revista Teatro da Juventude*, de modo a serem difundidos em ampla escala.

Desse universo de peças provêm os dezoito textos que damos a conhecer – ou a reconhecer – aqui. Trata-se, portanto, de um percurso marcado pela originalidade; roteiros de TV já apresentados em programas transmitidos ao vivo transformam-se em dramaturgia, meio escolhido para que aquelas situações dramáticas marcantes se difundissem pelo país. Televisão e teatro se fundem aqui de modo singular, consagrando as marcas de um tempo histórico em que fortes vínculos entre as duas manifestações contribuíram para a concretização de universos ficcionais.

O leitor pode observar que as peças em questão não obedecem a uma categorização estrita em termos de faixas etárias; se algumas delas visivelmente têm no público infantil seu destinatário privilegiado, outras parecem ter potencial para sensibilizar jovens e pessoas de toda e qualquer idade. Embora tenham dirigido seus esforços artísticos à consolidação de uma cena voltada para crianças e jovens, Tatiana e Júlio sempre mantiveram uma atitude de flexibilidade em torno da idade do público, relativizando a ortodoxia das faixas etárias. O esmero com a qualidade poética da escrita e da encenação, tanto no palco quanto no estúdio de TV, serviam de bússola segura para as escolhas do casal.

Se partirmos da noção de intertextualidade, segundo a qual um texto é sempre atravessado por outros textos, e da ideia de que toda escritura se situa sempre entre as obras que a precederam – o que nos leva à impossibilidade de fazer tábula rasa de referências literárias – teremos em mãos um valioso instrumento para examinar esse conjunto de peças. Contos, escritos e de tradição oral, lendas, narrativa bíblica e até um mito – *O Toque de Ouro* – surgem solidamente entrelaçados nas tramas destes textos dramáticos, obras de tecelã esmerada.

Quer estejamos diante de realizações explicitamente fruto de adaptação, quer nos defrontemos com originais, a leitura das peças aqui reunidas nos remete com frequência a outros textos, cujos traços nelas se fazem presentes. Inspirada e cuidadosa, Tatiana exerce com maestria a arte da transferência de formas de um gênero para outro, efetuando assim o exercício intertextual da adaptação, na busca do estabelecimento de conivência com o espectador e, simultaneamente, produzindo novos significados. Assim, a memória de outro texto, ausente, é ativada pelo leitor/

espectador. Se a intertextualidade faz jogar as obras entre si como afirma Nathalie Piégay-Gros[1], o leitor é inegavelmente o móvel e o parceiro desse jogo. Das camadas superpostas de textos emergem significações a serem atualizadas de modo singular por cada leitor, de acordo com suas referências.

Assim, o libelo republicano emitido pelo Gato de Botas, ausente tanto em Perrault quanto nos Irmãos Grimm, nos surpreende, apesar de ser absolutamente coerente com a ridicularização do monarca e da corte, vetores vigorosos do enredo. Essa contestação, cabe observar, é gradativamente preparada ao longo da intriga: o rei indolente come bananas, o ministro é gago e indeciso e a rainha exerce autoridade sobre o rei, indicando-lhe as ordens que deve impor.

*Beijo, não*, por sua vez, remete às narrativas dos Irmãos Grimm, elas mesmas vinculadas a fontes de tradição oral. Numa inversão bem-humorada do *Príncipe Sapo,* famoso conto daqueles autores, agora um macaco é transformado em homem e, apesar de desejar voltar à condição animal, isso só será possível se for beijado por uma moça.

*O Corvo e a Raposa*, de La Fontaine, emerge em seu congênere, a peça *O Macaco Malandro,* na qual a astúcia maior provém do macaco juiz, enquanto a própria noção de justiça é colocada na berlinda. Na peça, a Raposa, em conflito aberto com o Lobo se dirige a seu rival em tom que pode ser interpretado como ameaçador, fazendo menção à famosa fábula do autor francês: "Uma vez, quando eu era jovem, um corvo muito amável me ofereceu um pedaço de queijo, e olhe que estava muito bom".

Hoje reconhecido mundialmente, *Peter Pan* foi encenado em 1904, antes de tornar-se a personagem central do livro do escocês James Mathew Barrie, publicado em 1911. Encenado em 1949--1950 pelo Tesp, resulta em um espetáculo que ulteriormente se tornaria emblemático, entre outros fatores, pela presença em cena de Clóvis Garcia e Alberto Guzik, este ainda garoto. O texto escrito por Tatiana e Júlio substitui a Terra do Nunca e o barco

---

1. *Introduction à l'Intertextualité*, Paris: Dunod, 1996, p. 111.

pela unidade de lugar: agora é o quarto das crianças que sedia as peripécias do grupo.

A *Turandot* com quem nos defrontamos traz em seu bojo uma trajetória de retomadas e adaptações, que vão do conto de Gozzi, escrito no século XVIII, à ópera de Puccini e à famosa encenação de Vakhtângov em 1922. Essa sequência em si mesma revela o quanto o argumento tem atraído diferentes gerações, com sua estrutura próxima à do conto maravilhoso, com provas a serem vencidas, adjuvante ativo e final feliz. Aqui a violência cometida contra a ancestral da princesa é omitida e substituída com propriedade pelas falas antibelicistas da personagem principal e por sua intolerância ao tão alardeado desejo de conquista dos pretendentes em desfile. Enigmas, linguagem cifrada e a consequente excitação que sempre acarretam estão no centro da intriga, espelhando, de certo modo, o evidente prazer que nossa autora extrai de adivinhas, trava-línguas e brincadeiras com a linguagem que ela tão bem explora em publicações mais recentes.

Ao leitor individual ou à plateia é assim oferecido o prazer especial de decifrar as "piscadelas" intertextuais lançadas pela autora em um leque diversificado de opções dramatúrgicas.

É dentro de um universo mágico ou fantástico, no qual a verossimilhança deixa de ser pertinente, que se desenrola boa parte dos textos, como é o caso, por exemplo, do poético *Quero a Lua*. Por outro lado, contextos nos quais os acontecimentos vividos se situam no universo do possível caracterizam textos como *Os Verdes Anos* e *A Cumbuca*. No primeiro, a paixão amorosa de uma jovem por um homem mais velho é colocada em xeque. No segundo, as bajulações e mentiras incontornáveis inerentes às convenções sociais soberanas em cerimônias de casamento são ironizadas com graça irreverente.

A própria noção de verossimilhança, por sua vez, está no cerne de *A Promessa dos Reis Magos*. Com sua ação, os garotos protagonistas transformam as condições de sua noite de Natal. Na ótica de determinadas personagens, só um milagre explicaria a origem do dinheiro depositado no sapato das crianças, ao passo que do ponto de vista da personagem infantil central, Manuelito, uma vez que os sapatos haviam finalmente sido colocados na janela, a aparição dos presentes nada tinha de espantoso. Visões de mundo diferentes atribuem significações diversas a um mesmo fato: estamos no coração da situação dramática.

Teses de caráter moral, nas quais preceitos éticos podem ser deduzidos pelo receptor, se fazem presentes em textos como *O Toque de Ouro,* em que a ganância de Midas o leva à perdição. Dentro dessa mesma categoria incluímos três textos que se caracterizam de modo particular por terem a fome como elo temático.

Em *A Sopa de Pedra,* na origem conto português, uma velha avarenta é castigada quando mantimentos que lhe são caros são utilizados à sua revelia. Seu vício é ridicularizado quando, no final, acaba vitoriosa a astúcia dos personagens Vardi e Nardo, herdeiros irrequietos e esfomeados de Arlequim e da tradição dos heróis picarescos.

Situação semelhante ocorre em *Um Cheirinho de P*ão, no qual a mesquinhez é igualmente punida. O padeiro, personagem avara, acaba vivendo a mesma experiência de prazer que condena nos vizinhos, mas, diferentemente deles, extrai sua satisfação do ato de contar moedas de ouro. Na sua perspectiva, esses vizinhos tiram proveito de sua atividade profissional sem pagar o que deveriam, o que o faz se vangloriar de trabalhar com afinco e de não ser vagabundo como aqueles com os quais se desentende: "Esses preguiçosos passam o dia inteiro se enchendo com o perfume do nosso trabalho". Uma crítica irônica à ideologia do trabalho como vetor determinante das relações entre os homens pode ser lida nas entrelinhas; a noção de que nem sempre se pode contabilizar monetariamente o bem-estar é formulada de modo conciso pela situação dramática. Mais do que propriamente a avareza, o que é ridicularizado aqui é a ganância. Cabe destacar a ênfase dada na peça ao cheiro como sucedâneo da satisfação propiciada pela comida, assim como o cuidado com a descrição detalhada dos ingredientes empregados pelo padeiro.

Em outro texto, baseado em conto popular francês, um casal miserável nega alimento ao garoto que vive sob sua responsabilidade e, como forma de castigo, impede-o de comer *O Peru de Natal* preparado com primor. É o narrador que nos esclarece sobre a situação de privação da qual o garoto é vítima. Os padrinhos "não perdiam tempo nem com maus tratos, nem com carinhos com o órfão. Apenas achavam que a um par de braços inúteis correspondia uma barriga vazia". Não se trata de maniqueísmo; o zelo e a crueldade coexistem no âmago das personagens. Trata-se, antes de tudo, de um equacionamento peculiar da relação entre produtividade e nutrição, correlacionada aqui a sociedades camponesas.

Reconhecemos nesses textos a experiência da privação e da fome, tão bem caracterizada em antigas narrativas europeias. Neles, a carência alimentar — que tantas vezes assolou aquele continente ao longo de sua história — é o principal vetor da ação dos personagens. No contexto desta dramaturgia, o tema ora é tratado em tom farsesco, ora surge perpassado por elementos mágicos.

Mas outras posições claramente assumidas, de teor não moralizante, podem ser detectadas nessa dramaturgia.

Conflitos de ordem mais especificamente política caracterizam duas obras. *A Cidade dos Artesãos* — um dos textos mais complexos do conjunto, articulado em três atos — ressalta a necessidade da luta contra um poder despótico e a solidariedade necessária para levá-la adiante. A insurgência contra a tirania marca o conflito principal; se a solução apresenta um aspecto mágico, pois é uma espada encantada que devolve a vida à personagem Caracol, a vitória contra o tirano se deve à organização da população, mobilizada de modo coeso para destituir o usurpador. Não é difícil reconhecer no texto um tratamento metafórico do autoritarismo e da censura que caracterizaram nossos anos de chumbo.

*A Mitzvá ou o Banquete dos Pobres* traz à tona vínculos perversos entre interesses de classes sociais diferentes. Personagens ricas precisam da presença dos pobres nas comemorações de um casamento, para que a união seja abençoada. Cientes dessa condição, os desvalidos fazem greve, solicitando dinheiro para comparecer às bodas da filha da personagem principal: o exercício da bondade tem um preço, e ele é pago. Como resultado, a tradição de congraçamento entre abonados e carentes é reestabelecida, e a ordem social se mantém preservada. Trata-se do avesso da demonstração acabada de uma tese, pois a pretensa solução do conflito deixa entrever desdobramentos de uma situação explosiva. Texto especialmente interessante pelas contradições que aponta, o *Banquete dos Pobres*, cuja temática o aproxima da dramaturgia de caráter épico brechtiana, interroga de modo aberto e irônico as relações de poder.

Se a fome, como apontamos, aparece como motivo principal de três peças entre as selecionadas, há também outro elemento comum que salta aos olhos em termos temáticos. A noite de Natal e as variadas expectativas de natureza afetiva que nela se manifestam também são um tema recorrente, pois caracterizam outras três criações, a saber: *O Peru de Natal, A Promessa dos Reis Magos* e *Mão Furada*.

O exame do conjunto das peças aqui presentes revela que aldeias europeias, o reino da Frígia e vários lugares não identificados no Brasil são alguns dos locais em que se desenrola a ação dramática. A época em que ocorre a trama varia entre um passado por vezes datado, outras vezes indeterminado como nos contos maravilhosos e um presente passível de ser inferido ou caracterizado pela encenação. Espaços e tempos outros se abrem para permitir descobertas do jovem espectador, convidado a se debruçar sobre distintos modos de viver. O vasto leque de referências de Tatiana, fruto de sua experiência de leitora ávida desde a infância, se desdobra diante de nós, contribuindo para o desvelamento de universos que estão nas raízes do nosso imaginário.

Conflitos nitidamente construídos, deflagrados através da ação das personagens e não simplesmente através da fala – como seria o caso de boa parte das peças dirigidas às crianças encenadas posteriormente – marcam essa dramaturgia.

Alguns desses conflitos são de caráter interno, como ocorre com o Mago Merlinaldo de *Beijo, não*, cuja incerteza acerca da competência em realizar magias constitui o cerne da trama.

No entanto, a maioria dos conflitos decorre do confronto entre as personagens; deslanchados com precisão desde o início, eles estruturam todo o desenrolar dos comportamentos em choque.

Assim, quando o Lobo e a Raposa, inimigos ancestrais, disputam um pedaço de queijo em *O Macaco Malandro* ou no momento em que Henri é impedido de participar da ceia natalina pelos pais adotivos em *O Peru de Natal*, fica evidenciado o motor da ação posterior das personagens. Em uma das peças, *Mão Furada*, nossa autora traz à tona com cores precisas e de modo particularmente agudo um universo de pequenas e reiteradas disputas infantis. Mesquinharias e desavenças manifestam a competição entre as primas, mediante diálogos ágeis e vivos. Afeto e concorrência se entrelaçam, gerando situações marcadas pela verossimilhança; estamos tão longe do maniqueísmo quanto da idealização da infância. O resultado da briga pela posse do "bule da noiva" só pode parecer fortuito à primeira vista. Como a tentativa de exploração do objeto por parte de Sonia leva inadvertidamente à descoberta do brilhante, a curiosidade e a ousadia da personagem acabam premiadas.

A maneira pela qual os conflitos são solucionados se revela significativa quando esses textos são examinados mais de perto.

Em alguns casos, a solução é inegavelmente mágica, como acontece em *O Peru de Natal*, com a aparição do velho "estrangeiro e viajante" designado ao final como Papai Noel. É ele o responsável pelas palavras mágicas que tornarão impossível a degustação da esmerada iguaria pelos padrinhos de Henri.

Mas na obra de Tatiana Belinky, em muitos casos, a magia e a ação deliberada das personagens se associam para conduzir à solução do confronto. Embora algumas possam contar com a ajuda de forças mágicas, estamos longe do contexto do conto tradicional, pois é a ação delas, em determinado sentido, intencional e refletida, que conduz ao desfecho. O desempenho de objetos mágicos por vezes parece apenas reforçar a legitimidade da causa para qual contribui. *Vitória para Dois* ilustra essa ocorrência; o confronto entre Vanek e o rei é solucionado em parte pelo fato de o cabo do machado arrebentar, mas também graças à mudança de atitude do monarca, que volta atrás e suspende a execução.

*Quero a Lua* traz à tona um tema tão pouco explorado quanto fascinante, o da poesia que perpassa a visão de mundo infantil.

Estamos imersos em um universo fantástico no qual a verossimilhança norteia a ação. Uma princesa que deseja possuir a lua recebe de um ourives uma joia de ouro em forma do astro que passa a usar no pescoço. Um dilema aparece então para os sábios que a acompanham: como esconder a lua da garota, pois ela não poderia ao mesmo tempo estar no céu e brilhar no seu corpo. É a própria princesa quem soluciona o problema: "Quando a gente tira a lua do céu nasce outra em seu lugar", assim como havia ocorrido quando perdera um dente... Ela fica então com duas luas, "uma pendurada no pescoço por uma corrente de ouro e outra brilhando no céu". A lógica infantil, carregada de poesia, é trazida para o primeiro plano; graças a ela são encaminhadas soluções que mesmo grandes sábios não teriam podido vislumbrar.

No entanto, na maior parte dos casos, são os atos das personagens os responsáveis pela solução dos conflitos: Ester desmascara a ambição de Haman, salvando assim o povo judeu; Manuelito se dispõe a encontrar os Reis Magos na estrada para satisfazer o desejo de seus parceiros; Tia Clotilde destrói o objeto que simboliza o culto aos bens materiais em *A Cumbuca*. O próprio ato de "fazer teatro" conduz ao desfecho feliz em *Os Verdes Anos*, uma das peças que focalizam relações familiares na vida cotidiana. Daniel, ex-ator de teatro amador, finge uma série de doenças com o intuito de dissipar as ilusões da adolescente que o idealiza; não se poderia propriamente falar em teatro dentro do teatro, uma vez que a protagonista não está ciente de que as dores alardeadas não são verdadeiras, mas poderíamos caracterizar aqui o enquadramento da simulação dentro do ato teatral.

Nem sempre, porém, como seria previsível, as personagens possuem o controle das situações. É o que ocorre com Turandot, exemplo eloquente da força da paixão amorosa. Inicialmente resistente em relação a um eventual casamento, ela acaba se apaixonando por um príncipe incógnito que a desobriga da promessa que ela mesmo fizera de tornar-se sua esposa. Movida pela intensa atração que a liga ao pretendente, Turandot passa por uma radical transformação entre o início e o desfecho da peça.

Resquício do gênero épico na dramaturgia, a instância da narração pode ser examinada de diferentes maneiras, dependendo da ótica do observador. Anatol Rosenfeld, em *O Teatro Épico*, obra de referência no tema, mostra como a narração – traço estilístico de caráter épico – se faz presente na literatura dramática desde a Grécia antiga. Chegando aos nossos tempos, ele demonstra que no século XX a narração está vinculada à visão de uma arte que se assume como representação, jogo, a serviço de modalidades teatrais que reivindicam o não ilusionismo e excluem a quarta parede.

[...] o uso de recursos épicos, por parte de dramaturgos e diretores teatrais, não é arbitrário, correspondendo, ao contrário, a transformações históricas que suscitam o surgir de novas temáticas, novos problemas, novas valorações e novas concepções do mundo[2].

Por outro lado, a produção dramatúrgica brasileira dirigida às jovens gerações na segunda metade do século passado é pródiga no emprego da instância narrativa para suprir lacunas e insuficiências na dinâmica própria da ação. Marcada por forte teor didático, a presença da narração seria garantia de que o pensamento do autor estaria inequivocamente explicitado no texto.

No caso da produção de Tatiana Belinky, a presença da moldura narrativa revela uma preocupação singular, que em nenhuma circunstância a aproxima da precariedade acima mencionada.

Quando o narrador está presente, ele fornece informações mais ou menos detalhadas sobre o lugar e a época em que se desenrola a ação, situando o contexto da ficção e a situação que serve de ponto de partida do enredo. Tomando em consideração o conjunto da obra examinada, observamos que a moldura ficcional da encenação, em alguns casos, é estabelecida através de um narrador isento do desenvolvimento da trama, mas, em outros, é configurada mediante uma personagem diretamente nela envolvida.

Quando o narrador permanece exterior ao desenrolar dos diálogos, ele sempre se manifesta abrindo a encenação, desvelando as

2. Anatol Rosenfeld, *O Teatro Épico*, 6. ed., São Paulo: Perspectiva, 2008, p. 12.

coordenadas da ficção a que vamos assistir e, muitas vezes – mas não necessariamente –, reaparece para encerrá-la, circunscrevendo assim a intriga.

Leitores ou espectadores que foram crianças nas décadas de 1950--1960 irão sorrir ao relembrar os consagrados bordões enunciados por Júlio Gouveia na TV Tupi: "E assim terminou a história. Entrou por uma porta, saiu pela outra, quem quiser que conte outra" ou "Bem, mas essa já é uma outra história, que fica para uma outra vez". Nos programas de televisão que originaram a dramaturgia aqui apresentada, essas frases remetem ao fechamento da moldura narrativa e ao encerramento da situação fictícia, tendo ficado fortemente gravadas na memória dos então jovens espectadores. A permanência dessa lembrança nos adultos de hoje fala por si só; a enunciação da narrativa, traço que delimitava com precisão os contornos do universo ficcional impressionava os jovens espectadores. O primeiro bordão dizia respeito a modalidades de ficção que se encerravam naquele mesmo momento, como era o caso do programa Teatro da Juventude aos domingos, enquanto o segundo era enunciado no final dos capítulos dos chamados seriados, anunciando assim o elo com o episódio seguinte, que iria ao ar dias mais tarde. Júlio Gouveia enunciava essas frases olhando para o espectador enquanto fechava um volumoso livro onde estaria inscrita a ficção recém-representada, colocando-o de volta na estante instalada atrás de si. Momento de transição, em que seu sorriso suave e olhar acolhedor nos indicavam que o mergulho em outras vidas tinha – lamentavelmente – chegado ao final.

Bem diferentes são os casos em que o narrador interfere no desenrolar da trama.

Nísias, por exemplo, escravo idoso do Rei Midas instaura o prólogo em *O Toque de Ouro*, explicando a paixão do monarca por aquele metal: "Vou contar-lhes um caso extraordinário que eu, Nísias, vi com meus próprios olhos" – antes de assumir plenamente sua personagem e dialogar com o monarca.

*Na Cidade dos Artesãos,* a personagem Vovó Taffareau apresenta a situação dramática, descreve o conflito, retoma sinteticamente a evolução dos acontecimentos no terceiro ato, mas também interfere decisivamente na ação através de seus dons proféticos, pois é a responsável pela ressurreição do herói.

Igualmente o Bobo de *Quero a Lua* abre e fecha a intriga, dirigindo-se em aparte diretamente à plateia; ele é o narrador, mas ao mesmo tempo tem peso decisivo na fábula, pois encontra a pista para a solução do conflito, valendo-se para isso do ponto de vista da própria princesa.

Uma ocorrência singular caracteriza *Vitória para Dois,* em que duas personagens alegóricas, a Inteligência e a Sorte, disputam a primazia de contribuir para o bem-estar dos homens. O debate entre elas tem como função comentar o conflito principal, ampliando a envergadura daquilo que está em jogo.

Mesmo que na maioria das peças a trama seja única e tenha um caráter linear, em alguns casos, nos deparamos com textos estruturados em torno de uma trama múltipla na qual diferentes níveis se encaixam, gerando uma estrutura mais complexa, suporte de uma dramaturgia com tendência a maior densidade. Desdobramento da instância narrativa em diferentes planos, tratamento não linear do tempo, ambiguidade entre a "realidade" e a força da imaginação são alguns recursos que ilustram a complexidade à qual fazemos referência.

Um narrador situa o contexto da ação dramática; dentro dela uma personagem, Dom Miguelito, conta a história da promessa dos Reis Magos a Jesus, estabelecendo-se assim uma narração *em abismo,* à moda de Sherazade nas *Mil e Uma Noites.* Duas molduras narrativas, ajustadas entre si, cercam o conflito. O que é contado passa a ser o ponto central da peça: o hábito de colocar um par de sapatos à janela na noite de Natal se justifica pela necessidade de os Reis Magos localizarem as casas habitadas por crianças. A partir daí se desenvolve a ação do protagonista.

Já em *A Mitzvá ou o Banquete dos Pobres* é o tratamento não linear da temporalidade que constitui o principal interesse. Mordekhai se desdobra diante dos olhos do espectador: quando velho, é o narrador; quando jovem, é a personagem da narração. O centro da intriga acontece em *flashback*, mas, no final da peça, os tempos se fundem e o velho Mordekhai dança com o mesmo prazer com que havia dançado quando jovem. Revela-se na elaboração desse texto certa complexidade formal, que, sem dúvida, lhe acarreta um vigor particular. De modo sensível, apreendemos o olhar do homem sobre si mesmo, transformado pela passagem dos anos.

A construção dramatúrgica de *Peter Pan*, por sua vez, instaura dois planos na ficção. Por um lado, temos o enquadramento proporcionado pela relação entre os pais e os filhos, delimitando a duração da trama: algumas horas, mais precisamente a duração de um jantar. Por outro lado, há as aventuras vinculadas ao universo do garoto que não quer crescer. E a articulação entre eles gera a fértil ambiguidade do texto. Vanda e João teriam sonhado? Os personagens da Terra do Nunca seriam fruto da imaginação das crianças, nutrida pelas histórias contadas pela mãe? O tempo da história e o tempo da infância de Vanda se superpõem, chegando ao fim simultaneamente?

Outra singularidade torna a construção de Peter Pan especialmente elaborada quando cotejada às demais peças. A relação com a literatura e com a ficção é explicitada dentro do próprio texto dramático, conforme podemos observar numa fala do protagonista: "A Terra do Nunca pode estar em qualquer lugar. Agora, por exemplo... É como se a Terra do Nunca estivesse aqui mesmo, neste quarto. Olhem estes livros, estas histórias nós as vivemos sem ter lido os livros. Os livros é que contam as histórias que nós vivemos... As aventuras é que acontecem conosco".

A Terra do Nunca deixa de ser um lugar preciso e se torna uma construção do imaginário, que pode ser trazida à tona em qualquer circunstância. Ao mesmo tempo, valoriza-se a experiência de cada um como matéria-prima potencial da criação literária, já que "nossas" vivências é que alimentam o nascimento dos livros. A unidade de lugar presente na peça se justifica, portanto, plenamente; a ficção permite que o leitor/ouvinte/espectador se transporte para lugares outros, sem limites.

Por outro lado, é significativo que peças desenvolvidas em um contexto de vida cotidiana como *Mão Furada*, *A Cumbuca* e *Os Verdes*

*Anos* tenham em comum a ausência de narrador. Elas trazem à tona situações que não necessitam de qualquer esclarecimento ou informação suplementar, exterior à ação; seu universo é o das relações familiares dentro de um registro marcado pela verossimilhança.

Desvela-se assim o espaço ocupado pela instância narrativa dentro dessa dramaturgia: ela aparece quando lugares e tempos outros, culturas e acontecimentos longínquos são convocados e trazidos para o aqui-agora da encenação. Não se trata, em nenhum caso, de garantir uma pretensa "moral" ou de encaminhar o ponto de vista do autor. Assegurada por um narrador desvinculado da ação ou por personagem nela envolvido, servindo de prólogo a uma trama simples ou complexa, a instância narrativa nos casos verificados parece ser, antes de mais nada, o elo que abre as portas para a ampliação das referências do espectador.

Apesar de não serem recursos exclusivos à produção teatral dirigida às jovens gerações, a presença da música, da comicidade e do apelo à participação do público costumam aparecer com frequência nessa modalidade, revestindo-a com traços peculiares.

Cantar, dançar, tocar instrumentos constitui marca de alegria de personagens e situações, além de consagrar finais felizes. A própria música, contudo, pode se tornar central no tratamento do tema. É o que ocorre em *A Cidade dos Artesãos,* onde a música e a festa são vistas como indícios de liberdade de expressão e manifestação de entusiasmo coletivo. Nesse caso, os versos criados pela autora, integrados à melodia tradicional, permitem o reconhecimento e a empatia do público.

Algo semelhante acontece em *Peter Pan,* em que o poder encantatório da música se exerce tanto sobre o herói quanto sobre o Capitão Gancho. Pan se dirige a Vanda: "Enquanto eu não voltar, você pode cantar uma canção, como as mães fazem. Uma canção bonita é para as crianças como a chuva que cai sobre a terra e faz as flores nascer".

A importância desse recurso pode ser verificada também pelas indicações cênicas. Em *O Banquete dos Pobres* a rubrica pede "música alegre, moderna", o que contribui para caracterizar a época em que se passa a ação, contemporânea à dos espectadores. De modo semelhante, a presença da música, conforme indicação cênica presente em *Turandot,* deve encobrir o diálogo entre as personagens, de modo a não desvelar para o público os estratagemas por eles tecidos.

A comicidade, recurso dramático onipresente na produção voltada para a infância, aparece aqui em diferentes modalidades. As categorias apontadas por Henri Bergson[3] nos auxiliam a configurar como funcionam os procedimentos voltados para provocar o riso, ou, em certos casos, o sorriso. Segundo ele, a fonte do cômico está associada à percepção de um mecanismo reproduzido na ação humana: aquilo que é mecânico, calcado no que é vivo. Assim, posturas, gestos e movimentos do corpo humano tornam-se risíveis na medida em que remetem à mera mecânica, mas esse princípio se estende também a diferentes esferas, como a gestualidade rígida, as repetições verbais, sequência de *gags,* entre outras.

Uma das modalidades mais comuns, a comicidade verbal, se caracteriza por incidente que pretende provocar o riso através de recursos da própria linguagem, seja mediante equívoco provocado pela diversidade de acepções de uma mesma palavra, seja mediante mecanismos que acentuem a rigidez dessa mesma linguagem. É o que ocorre em *O Macaco Malandro:*

MACACO: Eu preciso examinar o objeto de litígio.
LOBO: Não é de litígio, não, senhor juiz. É de leite de vaca mesmo...

A sonoridade da língua é trazida à tona quando, em *O Banquete dos Pobres,* Mordekhai ironiza a festa de casamento da qual está participando:

Uma vez fui convidado para um casamento (*para o público*). Claro que não foi como esses casamentos de agora com as mulheres com (*mostrando*) decotes até aqui e saias até aqui. (*Os dois jovens sorriem*). Nem foi com o tal buffet francês com peixe "à la fifi" e "bouillon à la fonfon", salada "à la bombom" e champanhe "antidiluvion".

3. Le Rire, *Essai sur la signification du comique*, Paris: PUF, 1972.

Em outras passagens, é o gesto ou a movimentação, motivada por circunstância exterior à personagem que provoca o riso, como o que podemos observar, por exemplo, em *Quero a Lua*: "O Bobo surge no proscênio, por um lado, enquanto o ourives, um velhinho simpático, aparece do outro lado, distraído. Encontram-se no meio, de chofre, chocam-se e o Bobo cai sentado no chão".

Já a comicidade de situação pode ser observada em *A Cidade dos Artesãos*. Movido pelo desejo de manifestar insubordinação à ordem de tirar o chapéu diante do Vice-Rei e do seu ilustre Conselheiro, a personagem Caracol lidera manifestação em que todos jogam seus chapéus em uma árvore. Clique-Claque, pouco inteligente, não participa do movimento e mantém seu chapéu na cabeça, mas pouco depois acaba sendo recriminado pelo Conselheiro, preposto do conquistador, por não descobrir a cabeça à sua passagem. Aflito, ele assim se justifica: "Clique-Claque (*arrancando o chapéu e caindo de joelhos*): Senhor Guilherme! Ouvi-me, por favor! Todos eles tiraram os chapéus só para não tirar o chapéu, mas eu não tirei o chapéu só para tirar o chapéu diante de vós! Eu juro, Excelência!"

A personagem não se dá conta de que algo mudou entre os dois momentos – a manifestação de rebeldia e a passagem do tirano – e mantém o mesmo comportamento de pouco antes, não mais adequado à nova situação. O riso advém do encadeamento de acontecimentos, que apresenta um componente mecânico.

Na mesma categoria do cômico vinculado à situação se inclui a comicidade caracterizada pela repetição, ou seja, combinação de circunstâncias que se reproduz em mais de uma oportunidade, como se observa em *O Gato de Botas*. A Rainha dá repetidas instruções ao Rei, indicando que o monarca não tem iniciativa, desmaia duas vezes e o Rei come bananas continuamente.

Em alguns casos, nos deparamos com falas cujo potencial cômico não é evidente, dependendo de um referencial adulto para serem caracterizadas como tal. É o que se verifica, por exemplo, em *Beijo, Não*:

FEITICEIRO: [...] onde é que eu iria achar um príncipe aqui no Brasil, pra transformar num sapo?... Talvez algum político, vereador, deputado, senador... sei lá.

CORUJA (*irônica*):  Destes existem uns que nem precisam ser transformados em sapos ou mesmo em ratos... Não. A minha ideia não é por aí...

Procedimentos visando à manifestação ruidosa da plateia, que caracterizaram muitas encenações nos anos de 1970 e nas décadas seguintes, não são marcantes nessa dramaturgia. Apenas uma ocorrência de participação direta do público foi identificada: diante da iminência da morte de Sininho, Peter Pan pede às crianças da plateia que manifestem a sua crença em fadas, batendo palmas. O ato aqui não é gratuito; acaba tendo função específica no desenrolar da trama, pois assegura a sobrevivência da personagem, e, por extensão, de todas as demais fadas.

O exame das personagens de Tatiana Belinky revela de imediato um aspecto bastante significativo. Elas não fornecem explicações *a priori* sobre si, o que caracterizaria uma intenção didática, mas se dão a conhecer enquanto agem. O acompanhamento direto de suas ações e daquilo que se diz sobre elas permite à plateia identificá-las e conhecê-las.

Muitas dessas personagens possuem características marcantes, seja em razão da natureza do desejo que as mobiliza, seja em função da sua construção peculiar. Algumas delas são movidas por aspirações que, numa ou noutra medida, colocam em cheque a autoridade ou o conformismo vigente.

O jovem Caracol, de *A Cidade dos Artesãos*, impetuoso e rebelde, manifesta ironia quando se trata de criticar o poder local: "Quem sabe o senhor Duque proibiu também os pássaros de cantarem?". Líder de um movimento que visa à libertação da cidade do jugo de governantes autoritários, Caracol conta com o apoio entusiasmado de boa parte dos concidadãos.

*Vitória para Dois* nos faz conhecer Vanek, que abandona o sítio do pai e parte para fazer fortuna, revelando-se competente jardineiro. Ousado e perspicaz, apesar de solucionar o problema do mutismo da princesa, não recebe a recompensa do casamento com a jovem, conforme promessa feita pelo rei, seu pai. Ao insistir pela vigência de seus direitos, Vanek é condenado à morte por desacato à autoridade real. Outra personagem comenta sua atitude: "Só um homem valente ou um louco ousaria discutir com um rei".

A *Promessa dos Reis Magos,* por sua vez, nos revela o herói Manuelito, menino de nove anos, sensibilizado pelo fato de os garotos do vilarejo espanhol onde vive nunca receberem presentes de Natal. Consegue que o sapateiro disponibilize pares de sapatos para serem colocados na janela à espera dos presentes dos Reis Magos e vai aguardar as reais figuras ao relento, com a intenção de conduzi-los às casas de seus companheiros. A manifestação de seus receios em meio à noite gélida o tornam convincente: "Meu pai do céu, por favor... faça com que os três Reis Magos cheguem logo antes que eu fique com medo...".

Em outro registro, mais próximo ao da comédia, as personagens principais de *A Cumbuca* são marcadas pela franqueza de quem questiona convenções sociais. Estamos falando da provocadora Tia Clotilde, com seu senso de humor ácido, e de Miloca, irreverente, cujas posições não conformistas em muito lembram as tiradas da Emília de Lobato.

Construídas com esmero, as personagens Vera e Sonia de *Mão Furada,* em contínuo conflito, permitem ao espectador mergulhar na visão de mundo de duas crianças. Estamos longe de reduções simplórias no estilo bem *versus* mal. Movidas pela competição, ambas cometem pequenos deslizes de caráter moral, o que as torna verossímeis e especialmente humanas.

De fato, uma característica digna de nota que perpassa os textos analisados é certamente a tendência a não caírem em qualquer maniqueísmo redutor. Em *A Cidade dos Artesãos*, o grupo dos antagonistas é liderado por Clique-Claque, caracterizado como obtuso, e por Moucheron, visto como um fraco; não são, portanto, personificações da maldade. Do mesmo modo, Ahasuerus, o rei marido de Ester escapa a uma classificação estrita: se num primeiro momento, influenciado por Haman, deporta sua primeira esposa, no final reconhece a honradez de Mordekhai ao salvá-lo de uma conspiração mortal, voltando atrás, portanto, na decisão de eliminar os judeus; "influenciável" é o termo que o qualifica. Até o comportamento do Capitão Gancho de *Peter Pan* pode ser compreendido de modo mais multifacetado do que a simples maldade, digamos, natural. Gancho se sente só e quer — ou finge querer, dependendo da escolha da encenação — uma companhia, conforme fala endereçada a Vanda: "Como eu gostaria de ter alguém que me contasse histórias e cantasse para mim, no meu navio...".

Situações dramáticas ricas são possibilitadas pelo tratamento concedido a certas personagens. O desdobramento entre o jovem e o velho Mordekhai em *O Banquete dos Pobres* é, sem dúvida, um procedimento interessante, que permite trazer criticamente à tona determinadas práticas sociais tradicionais.

Outra situação digna de nota provém de Peter Pan, personagem que não tem mãe, construída com coerência: sua sede de narrativas o faz aparecer no quarto dos meninos para ouvir as histórias contadas pela mãe deles.

PETER PAN: Você agora vai ser a nossa mãezinha? Pois então comece a contar histórias!
VANDA: Sim, senhor, mas primeiro vocês vão tomar banho e jantar. Depois eu vou cerzir as meias e então poderemos começar com as histórias.

Como num jogo de espelhos, assistimos Vanda se comportar com as crianças companheiras de Pan exatamente como os pais agiam com ela e seu irmão. Mas enquanto ele não quer crescer, Vanda "está deixando de ser criança", e Peter Pan sabe que o tempo da relação entre os dois caminha inexoravelmente para o final.

Algumas peças revelam personagens que passam por um processo nítido de transformação, como ocorre em *Os Verdes Anos*. O texto traz à tona um tema tão pouco explorado quanto relevante: a defasagem entre o processo de amadurecimento de meninas e meninos durante a puberdade. Essa diferença faz Lu considerar Zeca, rapaz um ano mais velho, como um criança, ao mesmo tempo em que está encantada com Daniel, mais velho, seu quase cunhado, mostrado como sensível e ponderado. Se no início da ação Lu considera Zeca "sem sensibilidade artística" e estima que o rapaz "não tem o mínimo interesse pelas coisas mais... mais elevadas da vida", ela muda de posição ao longo da trama graças a uma astúcia preparada pelo pai e acaba aceitando o convite feito pelo rapaz para ir ao baile. Zeca, por sua vez, parte do pressuposto de que ballet "é coisa de Maricas", mas evolui ao longo da situação a ponto de tomar a iniciativa de convidar a jovem para assistir a um espetáculo dessa natureza.

O caráter intertextual dessa dramaturgia aparece nitidamente por meio de determinadas personagens concebidas à luz de outras, identificáveis pelo leitor.

O feiticeiro Merlinaldo de *Beijo, Não* traz à tona uma interseção explícita com o Mago Merlin, sábio de origem celta, central nas lendas medievais do Rei Arthur. A alusão àquela personagem coloca em jogo para o leitor/espectador um outro texto, conhecido, ao qual remete o nome da personagem em pauta, tornando-as de certo modo co-presentes. Atravessado por crise de incompetência, Merlinaldo constata que nada mais pode surpreender tanto quanto as conquistas da tecnologia contemporânea: "Os homens inventaram, criaram e construíram tantas coisas científicas, que deixam qualquer feitiçaria antiga no chinelo! Que saudades da Idade Média...". Aconselhado pela Coruja, prepara-se para fazer bruxaria "trajando uma roupa de feiticeiro medieval, com manto de estrelas, chapéu pontudo e tudo o mais", figurino que remete diretamente à personagem Merlin, a quem Tatiana, por assim dizer, dá uma piscadela.

Mas é em *Os Verdes Anos* que a intertextualidade é levada mais longe e torna-se central na construção da protagonista. Lu está fascinada com *Eurico, o Presbítero*, de Alexandre Herculano, a ponto de viver uma contaminação entre seus próprios sentimentos e a narrativa literária recém-conhecida na escola. A obra do escritor português, que gira em torno do combate aos mouros na península Ibérica, revela uma concepção romântica da personagem feminina Hermengarda, arrastada por uma paixão avassaladora pela personagem que dá o nome ao texto. Do ponto de vista da jovem protagonista, sua admiração por Daniel, o quase cunhado, espelha o amor impossível de Hermengarda pelo monge Eurico, homem mais velho: "Pois eu acho o Daniel formidável, que nem Eurico, o presbítero". A literatura aqui alimenta diretamente a "vida real" da personagem. Ao inserir em sua dramaturgia alusões a um romance do século XIX, que solicitam uma operação específica de interpretação por parte do leitor/ espectador, Tatiana tece ao seu texto dramatúrgico um legado literário pouco lembrado em nossos dias.

Algumas das personagens que se fazem presentes têm existência própria, independentemente dos textos analisados. É o caso de Ester, que, assumindo riscos, se defronta com decisões difíceis, das quais vão depender não apenas a dignidade, mas a própria sobrevivência do povo judeu. Midas, personagem mitológica e protagonista de *O Toque de Ouro* age movido por uma paixão que não domina: a sede de riquezas. Tendo como contraponto a filha, que cultiva flores e gosta de música, Midas se dá conta tardiamente que está forjando sua própria destruição ao transformar em ouro tudo o que toca.

Cabe notar também a existência de personagens antropomorfizadas; é o caso do Gato de Botas, assim como do conjunto formado pela Raposa, o Lobo e o Macaco de *O Macaco Malandro,* na qual assistimos a diferentes modalidades de esperteza tentando se suplantar, dentro do universo característico da fábula. E há também as personagens alegóricas Inteligência e Sorte, representando as entidades abstratas que constituem os vetores da ação em *Vitória para Dois*.

Personagens coletivas têm aparição significativa nos textos de Tatiana, revelando de modo mais ou menos nítido traços do antigo coro grego. *A Cidade dos Artesãos* sugere tratamento coral das personagens coletivas que manifestam a solidariedade da população em relação à causa política defendida por Caracol. Os três líderes grevistas de *O Banquete dos Pobres,* centrais no desenvolvimento da trama, constituem, por sua vez um subconjunto do coro dos esfarrapados, mais amplo, do qual provém. *A Promessa dos Reis Magos* apresenta em coro os três oficiais que têm prazer em serem tomados pelos reis pelegrinos e acabam encaminhando a solução do conflito. Os meninos da Terra do Nunca e os companheiros do Capitão Gancho constituem dois grupos de personagens atuando de forma coral em *Peter Pan;* apesar de terem nome, agem em uníssono, e muitas vezes suas falas reverberam em eco:

JOÃOZINHO: [...] Quasetudo, você já esteve na escola?
QUASETUDO: Eu não. Banguela, você já esteve na escola?
BANGUELA: Eu não. Mão Furada, você já esteve na escola?
MÃO FURADA: Eu não. Pele Vermelha, você já esteve na escola?

Personagens oriundas de outros textos são assim convocadas nessa dramaturgia, seja sob a forma de alusões mais ou menos explícitas, seja remetendo de modo direto às obras de origem propriamente ditas. Essas interseções propõem camadas de significações a serem atualizadas de modo singular por cada fruidor, contribuindo dessa maneira para expandir seu horizonte de leitura.

Para que essas e outras personagens vivam seus conflitos, no entanto, há um significativo número de outras, secundárias, muitas vezes desprovidas de caracterização e até de nome próprio, que têm como atribuição assegurar determinadas funções no desenrolar da trama.

Ao escrever esses textos, Tatiana Belinky projetou ao mesmo tempo sua encenação, o que pode ser observado através do exame das rubricas. Um primeiro olhar para essas passagens nos revela que elas dizem respeito ao lugar e ao tempo, detalhando a sonoplastia, a iluminação, as ações executadas pelas personagens, os gestos, chegando por vezes a pormenores do cenário, como em *O Peru de Natal:* "grande sala estilo provençal, com clássico móvel de pratos à vista e xícaras penduradas".

Mediante as didascálias, a atmosfera da encenação imaginada pela autora é projetada no texto, como em *Beijo, Não:* "Os dois já estão se beijando, num doce e suave beijo de amor, com violinos e tudo". Uma indicação de que os acontecimentos de *Peter Pan* se dariam na esfera do sonho pode ser observada na rubrica "luz azulada", presente no texto. A noção de ritmo da encenação é tratada por uma rubrica inserida em *A Promessa dos Reis Magos:* "[Manuelito] entra em casa e fecha a porta, o pano vai se fechando, enquanto o narrador já vem entrando".

Dois são os textos nos quais há inserção de didascália sobre cenas simultâneas e a alternância entre elas: *Quero a Lua* e *O Toque de Ouro*. Em muitos casos de cenas mudas ou pantomimas, a ausência de trocas verbais acarreta o peso maior atribuído às indicações cênicas acerca do jogo dos atores, como se pode observar em *Os Verdes Anos:* "Lu olha o tempo todo para ele [Daniel], corre toda sorte de sentimentos mistos na cara". Nesse último caso, a rubrica nada tem de prescritiva, pois cabe ao ator encontrar as nuances que permitirão responder ao desafio lançado.

O universo ficcional ao qual nos referimos emerge de diálogos formulados com esmero, nos quais as trocas entre as personagens impulsionam com precisão o desenvolvimento da ação dramática.

Em muitos dos textos aqui mencionados, a época em que ocorre a ação e a hierarquia de poder entre as personagens acarretam o tratamento com o pronome pessoal "tu" ou "vós". Como ilustração, podemos citar falas de *O Gato de Botas*. José, se dirigindo ao Escrivão: "Se estais melhor, então começai a leitura", ou a recriminação feita pela Rainha ao Ministro: "Sois todos uns poltrões! Estou farta de todos vós! Por vossa causa não se tem mais sossego neste reino!" O imperador de *Turandot* usa a segunda pessoa para se endereçar à filha, assinalando assim a singularidade da relação, marcada pela diferença de idade: "E tu, minha filha, terás de governar o Império de Catai", ao passo que a heroína trata o pai com deferência filial: "Não faleis assim, papai. Vós ainda sois bem forte!"

Uma das peculiaridades marcantes da qualidade da escrita de nossa dramaturga é a agilidade e a precisão de seus diálogos. Réplicas certeiras e concisas trocadas em ritmo rápido dão conta de universos, contextos, situações conflitantes, com notável economia de palavras. As primeiras falas de *O Macaco Malandro*, cheias de graça e humor, ilustram essa afirmativa:

RAPOSA: Estou com tanta fome, seu Lobo, que seria capaz de comer um boi inteiro, com chifre e tudo. De que serve a nossa sociedade de caçar juntos, se nenhum dos dois consegue caçar nada?

LOBO: É. Eu também estou com o estômago tão encolhido que já está virando sanfona...

RAPOSA: Então toque um pouco, para distrair a gente...
LOBO: Tocar o quê?
RAPOSA: Sanfona...
LOBO: Que sanfona?
RAPOSA: O senhor não disse que o seu estômago virou sanfona?
LOBO: Ora, dona Raposa, isso é modo de dizer...

O conflito que marcará a relação entre as personagens de *Mão Furada*, por exemplo, já aparece nitidamente delineado no diálogo inicial da peça:

DONA MARIANA: Meu Deus do céu! Que será que esta menina quebrou agora!
VERA: Pelo barulho, foram todos os pratos do guarda-louça. Se a Sonia continuar muito tempo aqui, vamos ficar sem uma peça de louça em casa!
MARIANA: Verinha! Como pode dizer isso da sua prima! Lembre-se que ela é nossa hóspede.

Salta aos olhos do leitor a riqueza do vocabulário empregado pela autora; emergem dos textos termos pouco comuns como "pelerine", "catre", "alabarda", "sátrapas", trazendo consigo o sabor de outras épocas e contextos.

Vez por outra, imagens poéticas ganham fluência e transbordam, trazendo consigo o maravilhamento de quem mergulha em universos fantásticos, como se pode constatar em *Quero a Lua*:

Tenho conseguido para Vossa Majestade marfim e pérolas, macacos e faisões, rubis, opalas e esmeraldas gigantes, orquídeas negras e elefantes de âmbar, cachorros azuis, línguas de beija-flor, penas de asas de anjos, chifres de unicórnios, ogres, gnomos e sereias, incenso, âmbar-gris e mirra, trovadores e menestréis e dançarinas orientais.

Uma linguagem cuidadosamente burilada caracteriza as trocas entre determinadas personagens. Na *Cidade dos Artesãos* assim aparece a menção a poderes ainda mais tirânicos do que aqueles que cercam os personagens, devidamente desfeitos:

CLIQUE-CLAQUE: Que é isso, enlouqueceste, velha? Mas será que compreendeste que espada é aquela? É a Gaiana Invencível, é isso mesmo que ela se chama.
VOVÓ: Espadas mais fortes que esta já foram arrebatadas de mãos indignas.

O prazer do uso imagético da linguagem vem para o primeiro plano em um dos diálogos centrais de *Ester*. Sem se dar conta, Haman, acreditando que seria ele mesmo o beneficiário das honrarias mencionadas pelo rei, sugere a este último medidas que seriam em seguida adotadas em favor de Mordekhai, seu inimigo:

REI: Sim, meu bom Haman. Quero pedir-te um conselho. O que se deve fazer a um homem a quem o rei deve gratidão e a quem quer honrar perante o povo?
HAMAN (*iluminando-se todo, à parte*): A quem deseja o rei honrar, senão a mim? (*Alto*) O homem que o rei deseja honrar, ó Ahasuerus, que lhe sejam trazidos os trajes reais de que usa o rei, e que lhe seja posto sobre a cabeça a coroa real e que seja sentado na liteira real, e que quatro sátrapas de sangue real carreguem a liteira, e que o príncipe mais importante e mais chegado ao rei caminhe na frente da liteira por todas as ruas e praças da cidade e proclame em alta voz: "Assim faz o rei Ahasuerus ao homem que deseja honrar".

Passagens especiais, caracterizadas por aspectos mais marcadamente simbólicos, são destacadas mediante a versificação, como podemos observar em um dos enigmas propostos por Turandot a seus pretendentes, cuja solução é "a esperança":

> Na noite negra e profunda
> Voa um fantasma iridescente
> Estende as asas largas, longas, amplas
> Sobre a humanidade triste e escura
> O mundo todo chama, o mundo todo o invoca
> Mas o fantasma sobe com a aurora
> Para no coração reaparecer, fagueiro –
> E a cada noite nasce
> E a cada dia morre

As criações dessa artista da palavra e da palavra em cena continuam possibilitando que diferentes gerações ampliem e enriqueçam sua compreensão da condição humana. Alimentada por uma fértil familiaridade com a ficção literária de origens e épocas diversas, e ancorada no contexto brasileiro dentro do qual e para o qual escreve, Tatiana Belinky é autora de uma dramaturgia ímpar que vem atravessando décadas e continua sendo referência quando se pensa no teatro voltado para crianças e jovens no país.

Nós, adultos que tivemos o privilégio de conhecer seus textos dramáticos, seja no próprio teatro, seja na televisão, podemos testemunhar o quanto eles nos abriram para horizontes outros, o quanto descobrimos do mundo a partir deles. Tomando emprestada uma ideia de Tzvetan Todorov, sabemos hoje que essa dramaturgia singular "provoca um movimento cujas ondas de choque continuam muito tempo depois do contato inicial"[4].

*Maria Lúcia de Souza Barros Pupo*

---

4. *La littérature en péril*, Paris: Flammarion, 2007, p. 74.

## OLHARES DE UM PERCURSO

O ano de 1949 foi importante na vida do casal Júlio Gouveia e Tatiana Belinky. Nessa época, os dois e alguns amigos criaram em São Paulo a Sociedade de Teatro de Arte para Crianças, pequeno grupo teatral amador que ficou conhecido como Tesp – Teatro Escola de São Paulo. Já com trinta anos de idade e mãe de dois filhos, Tatiana passou então a dedicar-se ao ofício de escritora. Apaixonada por literatura e poliglota, começou a escrever incentivada pelo marido Júlio Gouveia, médico psiquiatra que via a arte dramática como instrumento de alto valor educativo, importante para o desenvolvimento intelectual e emocional das crianças e adolescentes. Logo, ela tornou-se a única responsável pelos textos teatrais do grupo, sobretudo a partir de 1952, quando o Tesp iniciou suas apresentações na TV Tupi-Difusora de São Paulo.

No começo eram dois programas semanais de meia hora: *Sítio do Pica-pau Amarelo*, baseado na obra de Monteiro Lobato, e *Fábulas Animadas*, com adaptações de histórias de autores clássicos da literatura infantil que ela conhecia tão bem desde a infância vivida às margens do rio Dvina, na cidade de Riga, na Letônia. Em 1953, além desses dois, passou a escrever mais um programa semanal, o *Era Uma Vez*, chamado depois de *Teatro da Juventude*, um teleteatro de dois atos apresentado aos domingos pela manhã. Em 1955, já escrevia quatro programas por semana e continuou nesse ritmo até 1963, quando Júlio Gouveia deixou a TV Tupi--Difusora para dedicar-se somente à medicina.

Tive o privilégio de conviver com Tatiana e Júlio desde 1954, ano em que estreei na televisão como ator infantil de seus programas. Muito recebi deles na minha formação moral e intelectual. E, com muita gratidão, devo a eles a paixão que tenho pelos livros e todo o meu encantamento pela vida.

*David José Lessa Mattos*
Professor e ator nas produções teatrais e televisivas
de Tatiana Belinky e Júlio Gouveia
São Paulo, fevereiro de 2012

O nome, Tatiana Belinky, foi a primeira coisa impressionante que eu soube dela. Deve ter sido a primeira vez também que prestei atenção em créditos numa tela de televisão. Antes disso era o Júlio Gouveia, na frente de uma estante, abrindo um livro e começando a contar a história que criava vida com personagens que, depois de aprontarem mil e uma, voltavam comportadas para o livro que se fechava e ficava para uma outra vez. Tudo bem, o Júlio Gouveia estava processado. Ele era o cara que contava a história. Mas, depois de tudo acabado, vinha aquele nome na tela. Não havia muitas Tatianas na minha vida. Nós nos chamávamos Vera Lúcia, Sonia, Maria Cristina, Cidinha. Tatiana era nome de bailarina, de princesa do Tolstói, era uma aliteração da fada Titânia. Eu não sabia que Tatiana Belinky existia, eu tinha sete ou oito anos e acabava de entrar na confraria dos leitores compulsivos. Não sabia que Tatiana era um de nós, e eu era um de nós em grande parte por causa dela. Porque – fui descobrindo aos poucos – quem transformava as histórias em programas de televisão era ela.

Devo ter visto Tatiana em pessoa meia dúzia de vezes. Quando fez críticas das nossas peças de teatro infantil, quando deu depoimentos em encontros e congressos, e, glória das glórias, quando fomos brevemente colegas escrevendo os roteiros de *Mundo da Lua*.

Li muita coisa de e sobre Tatiana Belinky na minha vida, assisti a inúmeras montagens de suas peças, fui testemunha do encanto renovado a cada vez que um jovem grupo de teatro descobre como é gostoso montar um espetáculo com um texto seu.

Mas o nome que aparecia na tela branca e preta da TV dos anos de 1950, daquela mulher que não estava lá e que era responsável por tudo que acontecera antes, esse nome estrangeiro, na época, não tinha nada a ver com literatura, educação, teatro infantil. Era o nome da encarregada da mágica. Era um nome importado diretamente do País das Fadas.

*Claudia Dalla Verde.*
Dramaturga e roteirista
São Paulo, outubro de 2012

O que posso dizer a respeito de Tatiana Belinky, essa "bruxinha" que me ensinou tantas coisas boas e a quem devo grande parte da minha formação como artista e educador? É impossível descrever em poucas palavras tudo o que ela representa para mim. Mas, vamos lá.

Em 1998, estava procurando uma peça infanto-juvenil para encenar com os adolescentes do meu grupo, a Cia. das Artes Dramáticas (CAD). Todos os textos que caíram em minhas mãos não me agradaram. Eram extremamente didáticos, cheios de liçõezinhas de moral e sempre com um adulto com aquele dedinho em riste, dizendo para uma criança o que era "certo" ou "errado". Isso me incomodava tanto que passei a detestar o gênero.

Estava quase desistindo e partindo para outro projeto, quando ganhei um exemplar da revista *Teatro da Juventude*, dos anos de 1990. Mas não era só uma revista que estava ganhando, não. Era um tesouro. Quando terminei a leitura de *A Sopa de Pedra*, que estava nesse volume, meu conceito sobre o teatro infanto-juvenil havia mudado. As personagens dessa peça não eram príncipes ou princesas que viveram felizes para sempre, mas espertalhões que tentam ludibriar um ao outro. Foi o que me atraiu: o fato de essas personagens serem politicamente incorretas.

Minutos depois, estava falando ao telefone com Tatiana. Sem titubear, pedi para conhecê-la pessoalmente. E ela, generosamente, abriu-me as portas de sua residência, no bairro do Pacaembu. Na semana seguinte, eu estava lá, sentado ao seu lado, trêmulo e gaguejante, pedindo a liberação dos direitos autorais do texto. Ela não só autorizou a encenação como também me presenteou com outros textos de sua autoria, que foram lidos naquele mesmo dia.

*A Sopa de Pedra, Os Dois Turrões, Beijo, Não!, João Magriço* e *Quem Casa, Quer Casa – Ou Não?* foram os espetáculos encenados por mim e que me deram muita satisfação. Não só a mim, mas ao elenco (que entrava em cena com imenso prazer) e ao público. Vez por outra encontro com algum espectador que me fala, empolgado, de determinado espetáculo, como por exemplo: *"Quem Casa, Quer Casa – Ou Não!* marcou a minha infância".

É essa a força que tem uma obra de Tatiana Belinky. Atinge a todos os públicos, do bebê ao vovô, e não subestima ninguém. As peças de Tatiana são educativo-formativas, nunca didáticas. É isso que a diferencia de alguns dramaturgos que acham que teatro infantil é escolinha e que é necessário pregar uma moral com peças que fazem a cabeça e não que abrem a cabeça, como deveriam ser.

Obrigado por tudo, Tati. Daqui a pouco estarei ao teu lado, acariciarei teus cabelos, ouvirei tuas histórias e passaremos mais uma tarde agradável, como as inúmeras tardes que passamos juntos.

Aproveito a ocasião para parabenizar a editora Perspectiva pela publicação desses textos, reunidos em um único volume. Os leitores precisam conhecer essas pérolas que, por pouco, não se perderam com o tempo.

*Julio Carrara*
Diretor, ator e dramaturgo
São Paulo, outubro de 2012

Eu havia chegado há pouco tempo em São Paulo para estudar teatro e um dia, por acaso, acompanhei um colega da escola numa visita que ele ia fazer ao casal Tatiana Belinky e Júlio Gouveia. Como vinha de outro estado, não conhecia a Tatiana autora. Por isso, foi primeiro a Tatiana anfitriã, gentil e generosa com aqueles dois jovens, que me seduziu. Depois, com o passar do tempo, fui conhecendo também a sua obra e, literalmente, me apaixonando por ambos – o ser humano e a escritora.

Tenho tido, ao longo da vida, a sorte de trabalhar como atriz e como diretora com alguns textos de Tatiana, junto ao grupo Luz e Ribalta: *A Sopa de Pedra*, *O Macaco Juiz*, *Beijo, Não!*, *Os Turrões* e *Cheirinho de Pão*. E, como professora, tenho me servido muito de inúmeros outros para conversar com os alunos sobre o universo do teatro dirigido a crianças.

As peças de Tatiana são do tipo que nos deixam "inteligentes" ("Texto bom, pra mim, é o que me deixa inteligente", diz o ator e diretor Antônio Pedro. Concordo com ele.), ou seja, abrem nossa visão de mundo e estimulam a criação. É fácil para o ator entrar no universo do faz de conta com um texto dessa autora – o que permite, à direção, fazer melhor o seu trabalho.

Como grande escritora que é, Tatiana estimula na criança o prazer que o bom uso da palavra proporciona[1]. Além disso, a maior parte de suas peças são baseadas em histórias tradicionais, o que garante o enredo, e ela usa estruturas simples para contá-las, fazendo tudo se encaixar tão organicamente que fisga o público. As situações criadas e os diálogos são tão sedutores que, com frequência, na época de ensaios, acontece de um ator olhar para o outro sem saber se o que está sendo dito é do texto mesmo ou é "caco" (termo usado em teatro para designar palavras que são inseridas no texto de improviso). É que o ator se apodera com prazer e facilidade do

---

[1] Em *Beijo, Não!*, por exemplo, o Bruxo Merlinaldo desfia uma série de adjetivos para exprimir seu estado de espírito:

BRUXO MERLINALDO: ...Estou aborrecido, enfastiado, entediado, irritado, acho tudo desinteressante, enfadonho...

CORUJA (interrompendo-o): ..."Chato", o senhor quer dizer, não é? Aqui no Brasil se diz "chato", estou "chateado"...

texto da Tatiana – confesso que é também estimulado a inventar, o que exige uma boa dose de bom senso, para que não se perca o rumo. Mas Tatiana não fica brava com as invenções. Nos espetáculos do Luz e Ribalta, por exemplo, costumamos enxertar algumas músicas criadas por nós. Claro que sempre submetemos o que fazemos a ela – que olha tudo com muito cuidado, exigência, mas sem nenhuma mesquinharia ou tola vaidade.

Ano passado, o Luz e Ribalta apresentou, para crianças e adultos, três textos da autora (*A Sopa de Pedra, Beijo, Não!* e *O Macaco Juiz*), em espaços onde dificilmente acontece um espetáculo: asilos, prisões, hospitais, albergues, escolas que trabalham com crianças pobres. Foi surpreendente a recepção que tivemos. Para nós, foi como se redescobríssemos a função social do teatro. Pudemos confirmar, também, a força que os textos da Tatiana mantêm e foi um prazer perceber que os estamos defendendo bem. O que é uma honra e um prazer, para nós.

*Gabriela Rabelo*
Atriz e diretora
São Paulo, outubro de 2012

*Tatiana Belinky,*
*um Prato Cheio para o Ator, o Diretor e o Público*

Do ponto de vista estritamente teatral, os espetáculos infantis contribuem para a formação de plateias habituadas ao teatro, que o consideram como elemento importante de atividade cultural. Por esses motivos, a realização de teatro para crianças deve ser encarada com seriedade e atenção. Entretanto, pouco temos visto nesse sentido. Apenas um grupo, ou melhor, um diretor, tem se especializado no assunto aqui em São Paulo. Júlio Gouveia, autor de uma tese apresentada ao 1º Congresso Brasileiro de Teatro (Teatro para Crianças e Adolescentes – Bases Psicológicas, Pedagógicas, Estéticas e Econômicas para a sua Realização) e sócio-correspondente da American Educational Theatre Association, da California, USA, organizou o Teatro Escola São Paulo, que se dedica quase exclusivamente ao teatro infantil, e estava construindo uma casa de espetáculos para suas apresentações. Participamos, há dois anos, de espetáculos no centro e nos bairros (*Peter Pan*, adaptação e direção de Júlio Gouveia), e pudemos verificar as dificuldades de um teatro assim especializado. Atualmente, Júlio Gouveia, além de apresentar semanalmente as *Fábulas Animadas* na TV Tupi, realiza espetáculos nos bairros, patrocinados pela Prefeitura Municipal.

*Clóvis Garcia*
Teatro Infantil – O Príncipe Medroso 1, *O Cruzeiro*, 2 ago.1952,
republicado em Clóvis Garcia, *Os Caminhos do Teatro Paulista*,
São Paulo: Prêmio, 2006, p. 91.


Desde 1949, vem o Tesp, com a colaboração da Secretaria da Educação, prestando relevante serviço à juventude, especialmente na televisão, a partir de 1951. Notáveis trabalhos foram realizados como: *Teatro da Juventude* apresentado pelo educador Júlio Gouveia, em adaptações de belíssimas peças de celebrados autores infanto-juvenis, magistralmente realizadas por Tatiana Belinky. Trazendo, ainda, o mesmo casal a obra do genial e saudoso Monteiro Lobato à televisão, com *O Sítio do Pica-pau Amarelo*. É lamentável a transitoriedade desses programas.

Bárbara Vasconcelos de Carvalho
*Literatura Infantil: Estudos*,
São Paulo: Lotus, [s.d.], p. 284.

# BIBLIOGRAFIA

*Da Autora*
## Literatura Infanto-Juvenil

*A Operação do Tio Onofre*. São Paulo: Ática, 1985.
*Limeriques*. São Paulo: FTD, 1987.
*Que Horta*. São Paulo: Paulinas, 1987.
*Bidínsula e Outros Retalhos*. São Paulo: Atual, 1990.
*As Coisas Boas do Ano*. São Paulo: Paulinas, 1990.
*O Caso do Bolinho*. São Paulo: Moderna, 1990.
*Quatro Amigos*. São Paulo: Paulinas, 1990.
*Saladinha de Queixas*. São Paulo: Moderna, 1991.
*Assim, Sim!* São Paulo: Paulinas, 1992.
*Bumburlei*. São Paulo: Saraiva, 1992.
*Ratinho Manhoso*. São Paulo: Moderna, 1992.
*A Cesta de Dona Maricota*. São Paulo: Paulinas, 1992.
*O que Eu Quero*. São Paulo: Paulinas, 1993.
*O Grande Cão-curso*. Rio de Janeiro: Salamandra, 1993.
*O Galinho Apressado*. São Paulo: Paulinas, 1993.
*O Caso do Vaso*. São Paulo: Paulinas, 1994.
*Limeriques das Coisas Boas*. Belo Horizonte: Formato, 1994.
*Bom Remédio!* Rio de Janeiro: Ediouro, 1995.
*Baba Iagá no Pantanal*. São Paulo: Olho d'água, 1995.

*Transplante de Menina: Da Rua dos Navios à Rua Jaguaribe*. São Paulo: Moderna, 1995.
*Que Tal?* São Paulo: AM, 1996.
*A Aposta*. São Paulo: Paulinas, 1996.
*O Valentão de Orelhas Compridas*. São Paulo: AM, 1997.
*Beijo, não!* São Paulo: Quinteto Editorial, 1997.
*Que Cardápio!* São Paulo: AM, 1997.
*Dez Sacizinhos*. São Paulo: Paulinas, 1997.
*A Saga de Siegfried: O tesouro dos Nibelungos*. São Paulo: Companhia das Letrinhas, 1997.
*Stanislau*. São Paulo: Ática, 1998.
*Medroso! Medroso!* São Paulo: Ática, 1999.
*Diversidade*. São Paulo: Quinteto Editorial, 1999.
*Quem Parte e Reparte*. São Paulo: FTD, 1999.
*Coral dos Bichos*. São Paulo: FTD, 2000.
*Desastreliques*. Rio de Janeiro: José Olympio, 2000.
*Mandaliques* – Ilustrações de Guto Lacaz. São Paulo: Editora 34, 2001.
*O Livro dos Disparates*. São Paulo: Saraiva, 2001.
*Sou do Contra!* São Paulo: Editora do Brasil, 2001.
*A Lição do Passarinho*. São Paulo: Ave Maria, 2001.
*Chorar é Preciso*. São Paulo: Paulus, 2001.
*O Ogro*. São Paulo: Saraiva, 2001.
ABC. São Paulo: Elementar, 2001.
*Ielena, a Sábia dos Sortilégios e Outras Histórias do Povo Russo*. São Paulo: Ática, 2001.
As Três Respostas. *Conto Inglês*. São Paulo: FTD, 2001.
O Diabo e o Granjeiro. *Conto Alemão*. São Paulo: FTD, 2001.
O Gato Professor. *Conto Chinês*. São Paulo: FTD, 2001.
O Simplório e o Malandro. *Conto de As Mil e Uma Noites*. São Paulo: FTD, 2001.
Vrishadarbha e a Pomba. *Lenda Indiana*. São Paulo: FTD, 2001.
O Cocheiro Erudito. *Conto Judaico*. São Paulo: FTD, 2001.
História de Dois Irmãos. *Conto Russo*. São Paulo: FTD, 2001.
O Samurai e a Cerejeira. *Conto Japonês*. São Paulo: FTD, 2001.
O Rei que Só Queria Comer Peixe. *Conto Tibetano*. São Paulo: FTD, 2001.
*O Caso dos Ovos*. São Paulo: Ática, 2002.
*O Grande Rabanete*. São Paulo: Moderna, 2002.
*Acontecências*. Belo Horizonte: Dimensão, 2002.
*Bregaliques*. São Paulo: Paulus, 2002.
*Brincaliques quase Travalínguas*. São Paulo: Evoluir, 2003.
*Rita, Rita, Rita!* São Paulo: Ave-Maria, 2003.
*Cantiga do Tiribiri- biribim*. São Paulo: Editora do Brasil, 2004.
*Trazido pela Rede*. São Paulo: Caramelo, 2004.
*Tudo Bem! Ou não?* São Paulo: Noovha America, 2004.

*Olhos de Ver.* São Paulo: Moderna, 2004.

*Mentiras... e Mentiras.* São Paulo: Companhia das Letrinhas, 2004

*Onde já se Viu?* São Paulo: Ática, 2004.

*O Toque de Ouro.* São Paulo: Editora34, 2004.

*Tatu na Casca.* São Paulo: Moderna, 2004.

*O Livro das Tatianices:* Ilustrações de Laerte. São Paulo: Salamandra, 2004.

*Limeriques do Bípede Apaixonado.* São Paulo: Editora 34, 2004.

*Miopia Aguda.* São Paulo: Evoluir Cultural, 2004.

*Pisos e Pisadas – Choro e Choradeira.* São Paulo: Evoluir Cultural, 2005.

*Quem Quer?* São Paulo: Evoluir Cultural, 2004.

*O Sabe Tudo e o Sabe Nada.* São Paulo: Evoluir Cultural, 2004.

*E Agora?* São Paulo: Evoluir Cultural, 2004.

*Bisaliques.* São Paulo: Paulus, 2005.

*ABC e Numerais.* São Paulo: Cortez, 2005.

*Pontos de Interrogação.* São Paulo: Noovha América, 2005.

*17 é TOV.* São Paulo: Companhia das Letrinhas, 2005.

*Sustos e Sobressaltos na TV sem VT e Outros Momentos.* São Paulo: Paulinas, 2006.

*O Malvado.* São Paulo: Mercuryo Jovem, 2006.

*Limeriques dos Tremeliques.* São Paulo: Biruta, 2006.

*Sete Vezes Sim!* São Paulo: Biruta, 2006.

*Limeriques para Pinturas da Paz.* São Paulo: Noovha América, 2006.

*Limeriques da Coroa Implicante.* São Paulo: Paulinas, 2006.

*Quem é que Manda?* São Paulo: Noovha América, 2007.

*Salada de Limeriques.* São Paulo: Noovha América, 2007.

*Limeriques da Cocanha.* São Paulo: Companhia das Letras, 2008.

*Aparências Enganam.* São Paulo: Cortez, 2008.

*O Segredo é não Ter Medo.* São Paulo: Editora 34, 2008.

*Rimas de Ninar.* São Paulo: Ática, 2009.

*Andrócles e o Leão.* São Paulo: Manole, 2009.

*A Charada do Gorducho.* São Paulo: Manole, 2009.

*História da Tigela Achada.* São Paulo: Manole, 2009.

*O Papagaio e a Borboleta.* São Paulo: Rideel, 2009.

*As Formigas.* São Paulo: Rideel, 2009.

*Denteliques.* São Paulo: Rideel, 2009.

*Os Dois Cabritos.* São Paulo: Rideel, 2009.

*O Espantalho.* São Paulo: Rideel, 2009.

*Conto de Outono.* São Paulo: Rideel, 2009.

*A Bexiga de Borracha.* São Paulo: Rideel, 2009.

*Terrores a Beça.* São Paulo: Noovha America, 2009.

*Alegria.* São Paulo: Rideel, 2009.

*Limeriques para Pinturas – Dalmau*. São Paulo: Noovha America, 2010.
*Fábulas de Krylov*. São Paulo: Brasiliense, 2010.
*Medoliques*. São Paulo: Melhoramentos, 2010.
*Cacoliques*. São Paulo: Melhoramentos, 2010.
*A Alegre Vovó Guida que é um Bocado Distraída*. São Paulo: do Brasil, 2010.
*Abecê e Beabá*. São Paulo: Evoluir Cultural, 2010.
*Uma História Hebraica*. São Paulo: Cortez, 2011.
*Brincadeiras*. São Paulo: Salesiana, 2011.
*O Espirro do Vulcão*. São Paulo: Siciliano, 2011.
*Rimandinho*. São Paulo: Paulinas, 2011.
*Que Jejum!* São Paulo: Noovha America, 2011.
*Trança-rimas*. São Paulo: Noovha America, 2011.
*Eu Sou a Dita-cuja*. São Paulo: Noovha America, 2011.
*O Otimista/ Língua Viperina*. São Paulo: Noovha America, 2011.
*Por que a Lua só Tem Luz Fria*. São Paulo: Leya Brasil, 2011.
*Para Encher Linguiça*. São Paulo: Caramelo, 2011.
*A Vingança do Zezinho*. São Paulo: Evoluir Cultural, 2011.
*Língua de Criança: Limeriques às Soltas*. São Paulo: Global, 2011.
*Me Poupa*. São Paulo: Evoluir Cultural, 2011.
*Agridoce Nostalgia*. São Paulo: Paulinas, 2012.

## Antologias

*Clássicos Russos para Jovens*. Rio de Janeiro: Thex, 2000. (Inclui traduções de Gorki, Tchékhov, Tolstói e Turguêniev.)

*Di-versos Alemães*. São Paulo: Scipione, 1993. (Tradução e adaptação de poemas e escritores alemães: Goethe, Wilhelm Busch, Heinrich Hoffmann, Gustav Falke, Wilhelm Hey, Heinrich Heine e Heinrich Seidel.)

*Di-versos Russos*. São Paulo: Scipione, 1994. (Tradução e adaptação de poemas e escritores russos: Samuil Marchak, Ivan Krilov, Sacha Tchorny, Serguei Mikhalcov e Vladimir Maiakóvski.)

*Di-versos Hebraicos*. São Paulo: Scipione, 1998. (Tradução e adaptação de poemas e escritores hebraicos: Miriam Yallan-Shteklis, Anda Amir, Saul Tchernitchevsky, Lea Goldberg, Hayim Nachman Bialik, Abraham Halfi, Itzhac Leibush Peretz, Dan Peguis, Yehuda Atlas e Aharon Ze'ev.)

*Um Caldeirão de Poemas*. São Paulo: Companhia das Letrinhas, 2003. (Além de poemas próprios, inclui traduções de Goethe, Heine, Carroll, Whitman, Brecht e Stevenson.)

*Um Caldeirão de Poemas 2*. São Paulo: Companhia das Letrinhas, 2007. (Além de poemas próprios, inclui traduções de Lewis Carroll, Heinrich Hoffman, Ivan Andreievitch Krylov, Edward Lear, Samuil Iakovlévitch Marchak, William Shakespeare, Kornei Tchukovski e Boris Vladimirovich Zahoder.)

*Sete Contos Russos Recontados por Tatiana Belinky*. São Paulo: Companhia das Letrinhas, 1995. (Inclui traduções de Púchkin, Liérmontov, Liéskov e Tolstói.)

*Salada Russa* – Seleção de Tatiana Belinky com Tolstói, Gorki, Tchékhov, Liérmontov, Púchkin e Turguêniev. São Paulo: Paulinas, 1988.

## Dramaturgia (Traduções e Adaptações)

A CIDADE *dos Artesãos ou Os Dois Corcundas*. Teatro da Juventude, Ano 1, n. 4-5, out.-nov. 1965. (Adaptação de T. Gabbo, baseada numa lenda medieval belga.)

A DÁDIVA. Teatro da Juventude, Ano 4, n. 25, dez. 1968.

ANDERSEN, Hans. *A Roupa Nova do Imperador*. Teatro da Juventude, ano 5, n. 28, maio 1969. (Baseada na tradução de Winifred Ward.)

A PROMESSA *dos Reis Magos*. Teatro da Juventude, Ano 1, n. 6-7 dez. 1965. (Adaptação de um conto popular espanhol.)

ASIMOV, Isaac. *A Máquina de Contar Histórias*. Teatro da Juventude, Ano 2, n. 8-9, fev.-mar. 1966.

A SOPA *de Pedra*. Teatro da Juventude, ano 1, n. 1, ago. 1995. (Inspirada em conto popular.)

BAUM, L. Frank *O Mágico de Oz*. Teatro da Juventude, Ano 4, n. 21, jul. 1968.

BARRIE, James M. *Peter Pan*. Teatro da Juventude, ano 6, n. 32, 1970.

BEIJO, *não! No, no, don't kiss!* Dramaturgia bilingue. São Paulo: Letras &letras, 2001.

ESTER, *a Rainha*. Teatro da Juventude, Ano 3, n. 13, ago. 1967. (Teatralização do Livro de Ester, da *Bíblia*.)

HEIDERSTADT, Dorothy. *A Menina que Veio do Mar*. Teatro da Juventude, Ano 2, n. 12, dez. 1966. ( *Plays*.)

HUGO, Victor. *Os Castiçais de Monsenhor*. Teatro da Juventude, Ano 2, n. 8-9 fev.mar. 1966.

LOBATO, Monteiro. *Emília e o Palhaço*. Teatro da Juventude, ano 7, n. 39, 1971.

MOISÉS SALVO *das Águas*. Teatro da Juventude, Ano 3, n. 16, nov. 1967.

O MACACO *Malandro*. São Paulo: Moderna, 2002.

O PERU *de Natal*. Teatro da Juventude, Ano 1, n. 6-7, dez. 1965.

OS DOIS *Turrões*. Teatro da Juventude, Ano 1, n. 2-3, ago.-set. 1965.

PERRAULT, Charles. *Gato de Botas*. Teatro da Juventude, ano 5, n. 30, out. 1969.

PÚCHKIN, A. S. *Mozart e Salieri*. Teatro da Juventude, Ano 4, n. 18, mar. 1968.

QUEM CASA *Quer Casa – ou não?* Teatro da Juventude, ano 2, n. 8, out. 1996.

QUEM TEM *Casa, Casa?* São Paulo: Letras & Letras, 1992.

SHAKESPEARE, William. *As Sete Idades do Homem*. Teatro da Juventude, ano 6, n. 35, 1970. (Tradução do monólogo de Jaques, de *Como Quereis*.)

SOFOCLES. *Oedipus rex*. Adaptação de um conto de Teatro da Juventude, Ano 1, n. 4-5, out.-nov. 1965. (Baseada na adptação de A. Averchenko.)

TAMANHO *não é Documento.*. São Paulo: Paulinas, 2007. (Inspirado na fábula de La Fontaine.)

TCHÉKHOV, Anton. *A Gaivota*. Teatro da Juventude, ano 7, n. 43, 1971.

_____.*Dos Males do Fumo*. Teatro da Juventude, ano 5, n. 28, maio 1969.

_____. *O Urso*. Teatro da Juventude, Ano 2, n. 8-9, fev.-mar. 1966.

TEATRO *para a Juventude*. São Paulo: Companhia Editora Nacional, 2005. (Adaptações para teatro dos contos "Édipo Rei" [para os íntimos], "Os Dois Turrões" [baseada num conto popular], "As Orelhas do Rei" [inspirada em Nathaniel Hawthorne] e "Muitas Luas" [inspirada num conto de James Thurber].)

THURBER, James. *Quero a Lua*. Teatro da Juventude, Ano 1, n. 2-3, ago./ set. 1965, n. 44, out. 2002.

## Narrativas (Traduções e Adaptações)

ANDERSEN, Hans Christian. *O Patinho Feio*. São Paulo: Martins Fontes, 1997.

_____. *História de uma Ervilha*. Adaptação de *A Princesa e a Ervilha*. São Paulo: Paulinas, 2009.

_____. *História Molhada*. Adaptação de *A Pequena Sereia*. São Paulo: Paulinas, 2009.

_____. *O Pinheirinho de Natal*. São Paulo: Caramelo, 2011.

_____. *Uma Roupa muito Especial*. Adaptação de *A Roupa Nova do Imperador*. São Paulo: Paulinas, 2011

_____. *História de Canto e Encanto*. Adaptação de *O Rouxinol do Imperador da China*. São Paulo: Paulinas, 2012.

_____. *História de Feiura*. Adaptação de *O Patinho Feio*. São Paulo: Paulinas, 2012.

BAUM, L. Frank. *O Mágico de Oz*. Adaptação livre de Tatiana Belinky. São Paulo: Paulinas, 2004.

BAUMANN, Hans. *Orfeu*. São Paulo: Ática, 2000.

BROWNING, Robert. *O Flautista de Hamelin*. São Paulo: Martins Fontes, 1997.

BURNETT, F. Hodgson. *O Pequeno Lorde*. São Paulo: Editora 34, 2002.

CARROLL, Lewis. *Alice no País das Maravilhas*. São Paulo: ARX, 2010.

COAT, Janik. *Eu não Sou como os Outros*. São Paulo: Ática, 2009.

COLLODI, Carlo. *Pinóquio*. São Paulo: Martins Fontes, 1997.

DOSTOIÉVSKI, Fiodor. *O Crocodilo e Outras Histórias*. São Paulo: Scipione, 2003.

DICKENS, Charles. *Uma Canção de Natal*. São Paulo: Caramelo, 2011.

EMERMAN, Ellen. *Já é Shabat?* São Paulo: Maayanot, 1994.

GOETHE, Johann Wolfgang von. *Raineke – Raposo*. São Paulo: Companhia das Letrinhas, 1998.

GOGOL, Nicolai. *A Feira Anual de Sorotchinski*. São Paulo: Ática, 1993.

_____. *Almas Mortas*. São Paulo: Perspectiva, 2008.

_____. *O Nariz*. São Paulo: Ática, 1996.

GORKI, Maksim. *Micha*. Aparecida, SP: Santuário, 1992.

GRIMM, Jacob & Wilhelm. *A Casinha na Floresta*. Porto Alegre: Kuarup, 1985.

_____. *Os Músicos de Bremen*. Porto Alegre: Kuarup, 1987.

_____. *Os Contos de Grimm*. São Paulo: Paulus, 1989.

_____. *Branca de Neve*. São Paulo: Paulus, 1995.

_____. *Joãozinho e Mariazinha*. São Paulo: Paulus, 1995.

## BIBLIOGRAFIA

_____. *Chapeuzinho Vermelho*. São Paulo: Paulus, 1995.

_____. *O Gênio na Garrafa*. São Paulo: Paulus, 1995.

_____. *O Gato de Botas*. São Paulo: Paulus, 1996.

_____. *As Andanças do Pequeno Polegar*. São Paulo: Paulus, 1996.

_____. *A Bela Adormecida no Bosque*. São Paulo: Paulus, 1996.

_____. *O Rei Sapo*. São Paulo: Paulus, 1996.

_____. *Rapunzel*. São Paulo: Paulus, 1996.

_____. *O Lobo e os Sete Cabritinhos*. São Paulo: Paulus, 1997.

_____. *O Ganso de Ouro*. São Paulo: Paulus, 1997.

_____. *Sete de um golpe só*. São Paulo: Martins Fontes, 1997.

_____. *João e Maria*. São Paulo: Martins Fontes, 1997.

_____. *História de lobo*. Adaptação de *Chapeuzinho Vermelho*. São Paulo: Paulinas, 2009.

_____. *História de terror*. Adaptação de *Joãozinho e Mariazinha*. São Paulo: Paulinas, 2009.

_____. *O mata sete*. Adaptação de *O alfaiate valente*. São Paulo: Paulinas, 2011.

_____. *Flauta poderosa*. Adaptação de *O flautista de Hamelin*. São Paulo: Paulinas, 2012.

HAWTHORNE, Nathaniel. *O Toque de Ouro*. São Paulo: Editora 34, 2004.

HOFFMANN, H. *O caçador valente*. São Paulo: Paulus, 1995.

IRVING, Washington. *Rip Van Winkle*. São Paulo: Ática, 1994.

JUKOVSKY, V. *A Torre do Reno*. São Paulo: Global, 2006.

KIPLING, Rudyard. *A Foca Branca*. São Paulo: Editora 34, 2006.

_____. *Rikki Tikki Tavi*. São Paulo: Editora 34, 2006.

KRYLOV, Ivan. *Fábulas Russas*. São Paulo: Melhoramentos, 1986.

_____. *Bicho é Boa Gente*. São Paulo: Paulus, 1996.

LEBOVICA, Aydel. *Como Será o Mundo?* São Paulo: Maayanot, 1993.

LEIBEL, Estrin. *A História de Dani Três Vezes*. São Paulo: Maayanot, 1994.

LIESKOV, Nicolau. *O Urso e Outras Histórias*. São Paulo: Scipione, 1992.

MAKARENKO, Anton. *Poema Pedagógico*. São Paulo: Editora 34, 2005.

MALCOLM, Janet e Tchekov, *Lendo Tchekov*. Rio de Janeiro: Ediouro, 2005.

MOORE, Clement Clarke. *A Véspera de Natal*. São Paulo: Caramelo, 2011.

NIEKRÁSSOV, Nicolai A. *Vovô Majai e as Lebres*. São Paulo: SM, 2004.

PERRAULT, Charles. *O Barba Azul*. Porto Alegre: Kuarup, 1987.

_____. *As Fadas*. São Paulo: Martins Fontes, 1991.

_____. *A Gata Borralheira*. São Paulo: Martins Fontes, 1997.

_____. *O Gato de Botas*. São Paulo: Martins Fontes, 1997.

_____. *A Bela Adormecida no Bosque*. São Paulo: Martins Fontes, 1997.

_____. *Sapatinho de Cristal*. Adaptação de *Cinderela*. São Paulo: Paulinas, 2009.

_____. *História de Gato*. Adaptação de *O Gato de Botas*. São Paulo: Paulinas, 2012.

_____. *História Sonolenta*. Adaptação de *A Bela Adormecida*. São Paulo: Paulinas, 2012.

POLLACK, Willian. *Meninos de Verdade*. São Paulo: Alegro, 1999.

PUCHKIN, Alexandr. *A História da Ursa Parda*. São Paulo: Scipione, 1996.

_____. *O Pope Avarento*. São Paulo: Paulus, 1988.

RHEAD, L.J. *Robin Hood*. São Paulo: Paulicéia, 1991.

ROSENFELD, Dina. *Um Garotinho Chamado Abrão*. São Paulo: Maayanot, 1998.

_____. *A Bondosa Pequena Rebeca*. São Paulo: Maayanot, 1998.

_____. *Tudo sobre Nós*. São Paulo: Maayanot, 1994.

SINGER, Isaac. *Satã em Gorai*. São Paulo: Perspectiva, 1992.

SLADE, Peter. *O Jogo Dramático Infantil*. São Paulo: Summus, 1978.

STEVENSON, R. Louis. *Raptado*. São Paulo: Círculo do Livro, 1997.

STILLERMAN, Marci. *Nove Colheres, uma História de Chanucá*. São Paulo: Maayanot, 1999.

TCHEKHOV, Anton. *Histórias Imortais*. São Paulo: Cultrix, 1959.

_____. *Contos da Velha Rússia*. Rio de Janeiro: Ediouro, 1966.

_____. *Os Mais Brilhantes Contos de Tchékhov*. Rio de Janeiro: Ediouro, 1966.

_____. *Os Contos de Tchékhov*. São Paulo: Cultrix, 1985.

_____. *O Homem no Estojo*. São Paulo: Global, 1986.

_____. *O Malfeitor e Outros Contos da Velha Rússia*. Rio de Janeiro, Tecnoprint, 1987.

_____. *Os melhores Contos de Tchékhov*. São Paulo: Círculo do Livro, 1987.

_____. *Cachtanca: Artista por Acaso*. São Paulo: Atual, 1998.

_____. *Cachtanca, a Aventura de uma Vira-lata*. Belo Horizonte: Comunicação, 1983.

_____. *Um Homem Extraordinário e Outras Histórias*. Porto Alegre: L&PM, 2007.

TOLSTAYA, Tatiana. *No degrau de ouro*. São Paulo: Companhia das Letras, 1990.

TOLSTÓI, Alexei. *Aelita*. São Paulo: Editora das Américas, 1961.

TOLSTOI, Lev Nikoláievitch. *A História de Iván Ilitch e Outras Histórias*. São Paulo: Paulicéia, 1991.

_____. *A Aposta*. São Paulo: Paulinas, 1996.

_____. *Histórias de Bulka*. São Paulo: Editora 34, 2007.

_____. *Senhor e Servo e Outras Histórias*. Porto Alegre: L&PM, 2009.

TURGUÊNIEV, Ivan. *O Relógio e Mumu*. São Paulo: Scipione, 1990.

_____. *O Cão Fantasma*. São Paulo: Editora 34, 2007.

_____. *Primeiro Amor*. Porto Alegre: L&PM, 2008.

UNGERER, Toni. *Uma Nuvem Azul*. São Paulo: Global, 2011

ZÓCHTCHENKO, Mikhail M. *Causos Russos*. São Paulo: Paulinas, 1988.

## Bibliografia Geral

ALMEIDA PRADO, Décio. *Apresentação do Teatro Brasileiro Moderno*. São Paulo: Perspectiva, 2001.

AZEVEDO, Carmen Lúcia de. *Monteiro Lobato: Furacão na Botocúndia*. São Paulo: Senac, 1997.

BARBOSA, Alaor. *Um Cenáculo na Paulicéia*. Brasília: Projecto Editorial, 2002.

BARBOSA, Ana Mae. *John Dewey e o Ensino da Arte no Brasil*. São Paulo: Cortez, 2002.

BARRIE, J.M. *Peter Pan*. Herfordshire : Wordsworth Classics, 1993.

BELINKY, Tatiana; Gouveia, Júlio. O Teatro para Crianças em São Paulo. Revista *Teatro da Juventude*, ano 5, n. 26, mar. 1969.

_____. Teatro para Crianças e Adolescentes. A experiência do Tesp. In: Zilberman, Regina (org.). *A Produção Cultural para a Criança*. Porto Alegre: Mercado Aberto, 1990.

CAMARGOS, Márcia. *Juca e Joyce: Memórias da neta de Monteiro Lobato*. Depoimento a Márcia Camargos. São Paulo: Moderna, 2007.

CAVALHEIRO, Edgard. *Monteiro Lobato, Vida e Obra Vol. I e II*. Companhia Editora Nacional: São Paulo, 1956

CHIARELLI, Tadeu. *Um Jeca nos Vernissages*. São Paulo: Edusp, 1995.

COELHO, Nelly Novaes. *Dicionário Crítico da Literatura Infantil e Juvenil Brasileira*. São Paulo: Edusp, 1995.

GOUVEIA, Júlio. Bases psicológicas, pedagógicas, técnicas e estéticas do teatro para crianças e adolescentes. Tese apresentada no Primeiro Congresso Brasileiro de Teatro, Rio de Janeiro, 1954. Publicada nos números 15 a 20 da Revista *Teatro da Juventude*, ano 5, 1969.

_____. *Mas Esta é uma Outra História...* Antologia de peças teatrais. Organização e apresentação de Tatiana Belinky. Contém dois episódios adaptados da obra *Reinações de Narizinho*, de Monteiro Lobato: A Pílula Falante e O Casamento da Emília, e a tese acima. São Paulo: Moderna, 2005.

GARCIA, Clóvis. *Os Caminhos do Teatro Paulista: O Cruzeiro (1951-1958), A Nação (1963-1964)*. São Paulo: Prêmio, 2006.

GERIBELLO, Wanda Pompeu. *Anísio Teixeira, Análise e Sistematização de sua Obra*. São Paulo: Atlas, 1977.

KOSHIYAMA, Alice Mitika. *Monteiro Lobato, Intelectual, Empresário, Editor*. São Paulo: Edusp, 2006.

KOUDELA, Ingrid Dormien. *Jogos Teatrais*. Prefácio de Tatiana Belinky. São Paulo: Perspectiva, 1984.

LAJOLO, Marisa. *Monteiro Lobato, um Brasileiro sob Medida*. São Paulo: Moderna, 2000.

LEITE, Sylvia Helena Telarolli de Almeida. *Chapéus de Palha, Panamás, Plumas, Cartolas: A Caricatura na Literatura Paulista (1900-1920)*. São Paulo: Unesp, 1996.

LOBATO, Monteiro. *Obras Completas*. São Paulo: Brasiliense, 1955.

MAGALDI, Sábato; VARGAS, Maria Thereza. *Cem Anos de Teatro em São Paulo (1875-1974)*. São Paulo: Senac, 2000.

MATTOS, David José Lessa. *O Espetáculo da Cultura Paulista: Teatro e Televisão em São Paulo (décadas de 1940 e 1950)*. São Paulo: Códex, 2002.

_____. *A TV antes do VT: Teleteatro ao Vivo na TV Tupi de São Paulo 1950-1960*. São Paulo: Cinemateca Brasileira, nov. 2010.

MELLONE, Karin Dormien. *Tatiana Belinky: A História de uma Contadora de Histórias*. Dissertação de mestrado. Centro de Artes Cênicas da Escola de Comunicações e Artes da Universidade de São Paulo, 2008.

MORAIS, Fernando. *Chatô, o Rei do Brasil*. São Paulo: Companhia das Letras, 1994.

NUNES, Cassiano. *Monteiro Lobato Vivo*. Rio de Janeiro: MPM/ Record, 1986.

PUPO, Maria Lúcia de Souza Barros. *No Reino da Desigualdade: Teatro Infantil em São Paulo nos anos 70*. São Paulo: Perspectiva/ Fapesp, 1991.

RAULINO, Berenice. *Ruggero Jacobbi*. São Paulo: Perspectiva/ Fapesp, 2002.

ROVERI, Sérgio. /*Tatiana Belinky... E Quem Quiser que Conte Outra*. São Paulo Imprensa Oficial, 2007.

SANTA ROSA, Nereida. *A Infância de Tatiana Belinky*. São Paulo: Callis, 2010.

VASQUES, Marciano. *Encontro com Tatiana Belinky*. São Paulo: Noovha América, 2004.

## Sites

Academia Paulista de Letras. Disponível em: <http://www.academiapaulistadeletras.org.br/>. Acesso em 19 jan. 2012.

Associação dos Pioneiros, Profissionais e Incentivadores da Televisão Brasileira (PRÓ--TV) Disponível em: >http://www.museudatv.com.br>. Acesso em 19 jan. 2012.

Belinky, Tatiana. Uma Amadora do Verbo Amar... Paixão!: depoimento. Comunicação e Educação. São Paulo, ano X, n. 2, maio-ago 2005. Disponível em: <http://www.revistasusp.sibi.usp.br/pdf/ced/v10n2/v10n2a09.pdf>. Acesso em 24 jan. 2012.

Biblioteca Virtual Anísio Teixeira. Disponível em: <http://www.bvanisioteixeira.ufba.br/indexa.htm>. Acesso em: 19 jan. 2012.

Centro Brasileiro de Teatro para a Infância e Juventude. Disponível em: <http://www.cbtij.org.br/>. Acesso em 19 jan. 2012.

Fundação Nacional do Livro Infantil e Juvenil. Disponível em: <http://www.fnlij.org.br/>. Acesso em 19 jan. 2012.

Itaú Cultural. Inventário. Disponível em: <http://www.itaucultural.org.br/index.cfm?cd_pagina=2752&categoria=33969>. Acesso em 19 jan. 2012.

Universidade Estadual de Campinas. Monteiro Lobato (1882-1948) e Outros Modernistas Brasileiros. Disponível em: <http://www.unicamp.br/iel/monteirolobato/>. Acesso em: 19 jan. 2012.

## Vídeos

http://www.youtube.com/watch?v=nHraxRjc_sQ&feature=related (24/01/2012)

http://www.youtube.com/watch?v=Kb67aRawg-4&feature=related (24/01/2012)

http://www.youtube.com/watch?v=CsKdVzbFZf4&feature=mfu_in_order&list=UL (24/01/2012)

MARIA LÚCIA DE SOUZA BARROS PUPO
(organização)

É professora titular no Departamento de Artes Cênicas da ECA-
-USP. Atua particularmente na formação de professores de teatro
e orienta pesquisas de mestrado e doutorado no campo da pedagogia teatral. Sua experiência profissional abrange a coordenação de
processos teatrais com crianças, jovens e adultos. Publicou, pela
editora Perspectiva, *No Reino da Desigualdade: Teatro Infantil em
São Paulo nos Anos Setenta* e *Entre o Mediterrâneo e o Atlântico: Uma
Aventura Teatral*, além de uma série de artigos especializados, no
Brasil e na França.

Este livro foi impresso na cidade de São Paulo,
nas oficinas da Markpress Gráfica e Editora, em outubro de 2012,
para a Editora Perspectiva